新版

うつほ物語 三

現代語訳付き

室城秀之＝訳注

角川文庫
23704

はじめに

新版『うつほ物語』をお届けします。

『うつほ物語』は、わが国初の長編物語で、清少納言と紫式部も読んだ作品です。『源氏物語』以上に物語らしい作品だとの評価がありながらも、巻序の混乱や本文の重複などの乱れもあって、研究が後れていました。今回、全二〇巻を六冊に分けて、注釈と現代語訳を施しました。全六巻の内容をごくごく簡単にまとめてみましょう。

第一冊　巻一「俊蔭(としかげ)」の巻から巻四「春日詣(かすがもうで)」の巻
　琴(きん)の家を継ぐ藤原仲忠(なかただ)の誕生と、源正頼(まさより)の娘あて宮をめぐる求婚の物語

第二冊　巻五「嵯峨(さが)の院」から巻八「吹上(ふきあげ)・下」
　あて宮の春宮入内(とうぐうじゅだい)に向けての求婚の進展の物語

第三冊　巻九「菊の宴」から巻十二「沖つ白波」
　あて宮の春宮入内後の物語と、仲忠と朱雀帝(すざくてい)の女一の宮の結婚の物語

第四冊　巻十三「蔵開(くらびらき)・上」から巻十五「蔵開・下」
　仲忠と女一の宮との間のいぬ宮誕生と、琴(きん)の家を継ぐ仲忠の自覚の物語

第五冊　巻十六「国譲・上」から巻十八「国譲・下」
　朱雀帝の譲位の後の春宮立坊をめぐる物語
第六冊　巻十九「楼の上・上」と巻二十「楼の上・下」
　いぬ宮への秘琴伝授の物語

　本書第三冊目の読みどころを簡単に説明しましょう。あて宮が春宮のもとに入内することで、求婚譚は決着がつきます。あて宮に求婚していた人々の嘆きは大きく、亡くなってしまう者、妻子を捨てて隠棲したり出家したりしてしまう者もいました。あて宮の父源正頼は、あて宮に求婚していた人たちの中から、残った未婚の女君たちを婿取ります。「涼にはあて宮を与える」との宣旨の代わりに、源涼はあて宮の妹のさま宮と、藤原仲忠は朱雀帝の女一の宮と結婚します。一方、物語は新たな物語を模索します。物語の中からしばらく遠ざかっていた、清原俊蔭が将来した秘琴を伝える俊蔭の娘が朱雀帝の御前で琴を弾き、帝の「私の后」として尚侍に任じられます。求婚譚が終わりを告げた後、『うつほ物語』はどのような新しい物語を紡いでゆくのでしょうか。
　この文庫で『源氏物語』とはまた違った平安時代の物語の世界にふれて、多くの方が日本の古典文学のおもしろさを味わってくださることを願っています。

室城秀之

目次

内侍のかみ

凡例

一　本書は、尊経閣文庫蔵前田家十三行本を底本として、注釈と現代語訳を試みたものである。できるだけ底本に忠実に解釈することにつとめたが、校注者の判断で校訂したところがある。校訂した箇所は算用数字（1、2……）で示し、「本文校訂表」として一括して掲げた。

一　本文の表記は、読みやすくするために、歴史的仮名遣いに改め、句読点・濁点、送り仮名・読み仮名をつけ、踊り字は「々」以外は仮名に改めた。会話文と手紙文には、「」を付した。

一　和歌は二字下げ、手紙は一字下げにして改行した。

一　内容がわかりやすいように、章段に分けて、表題をつけた。

一　注釈は、作品の内容の読解の助けとなるように配慮した。注番号は、章段ごとにつけた。注釈で、同じ章段の注を参照させる場合には注番号だけ、同じ巻の別の章段の注を参照させる場合にはその章段と注番号、別の巻の注を参照させる場合にはその巻の名と章段と注番号を示した。

一　現代語訳は、原文に忠実に訳すことを原則としたが、自然な現代語となるように、言葉を補ったり、語順を入れ替えたりした部分がある。本文が確定できないところでも、前後の文脈から内容を推定して訳した場合には、脚注でことわった。また、推定が不可能な場合には、底本の本文をそのまま残して、（未詳）と記した。現代語訳の形式段落は、現代語の文章として自然な理解ができるように分けた。そのために、本文の形式段落と異なるところがある。

一　この物語には、絵解き・絵詞などといわれる部分がある。本来的な本文なのか、後に加えられたものなのか、議論が分かれている。本書では、この部分も本文として読む立場を取った。そのため、ことさらに、「絵解き」「絵詞」などと名をつけずに、「　」で区別して、そのまま、本文として読めるようにした。

一　登場人物の名には、従来の注釈書を参照して、適宜、漢字をあてた。

一　各巻の冒頭に、「この巻の梗概」と「主要登場人物および系図」を載せた。

一　三冊目には、巻九「菊の宴」、巻一〇「あて宮」、巻一一「内侍のかみ」、巻一二「沖つ白波」を収録した。

菊の宴

この巻の梗概

この巻は、「吹上・下」の巻から続き、十一月から翌年の秋までの内容が語られている。十一月の残菊の宴の際に春宮から源正頼にあて宮の入内要請があり、正頼は妻大宮と相談し、さらに、大宮は仁寿殿の女御とも相談する。この部分は、「嵯峨の院」の巻と内容的に重複するので、成立過程上の問題になっているが、「吹上・下」の巻の神泉苑での宣旨を踏まえ、春宮にはまだ御子がいないことが明らかになるなど、物語の進展も見られる。十一月の正頼邸での神楽から翌年の大后の宮の六十の賀へと続く展開も「嵯峨の院」の巻と同じだが、「嵯峨の院」の巻以後の物語を踏まえている。一月二十七日の大后の宮の六十の賀の際には、春宮から大宮への入内要請があり、大宮は、大后の宮にあて宮の入内の挨拶をする。小宮が大后の宮の鍾愛の娘だったからである。この六十の賀をきっかけに、あて宮の春宮入内は決定的となり、物語は求婚者たちの嘆きを語る。中で

主要登場人物および系図（菊の宴）

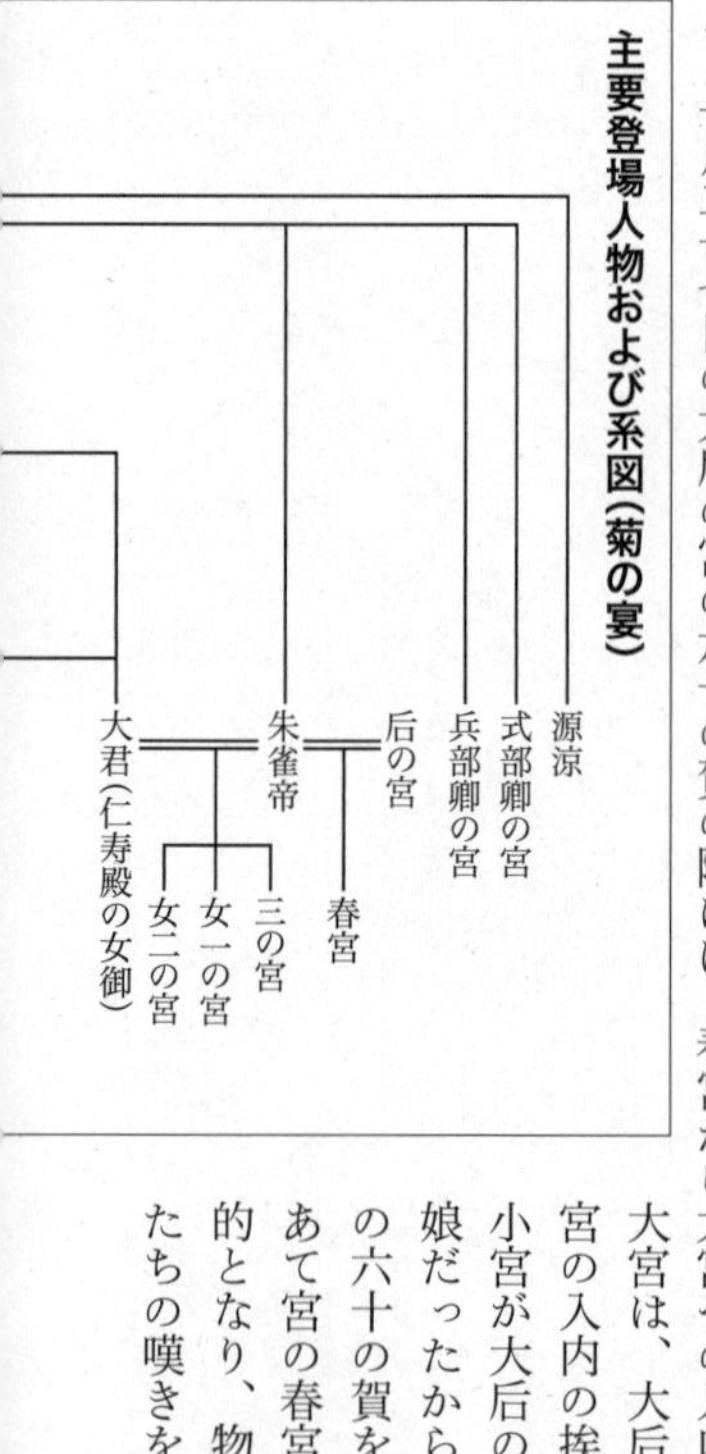

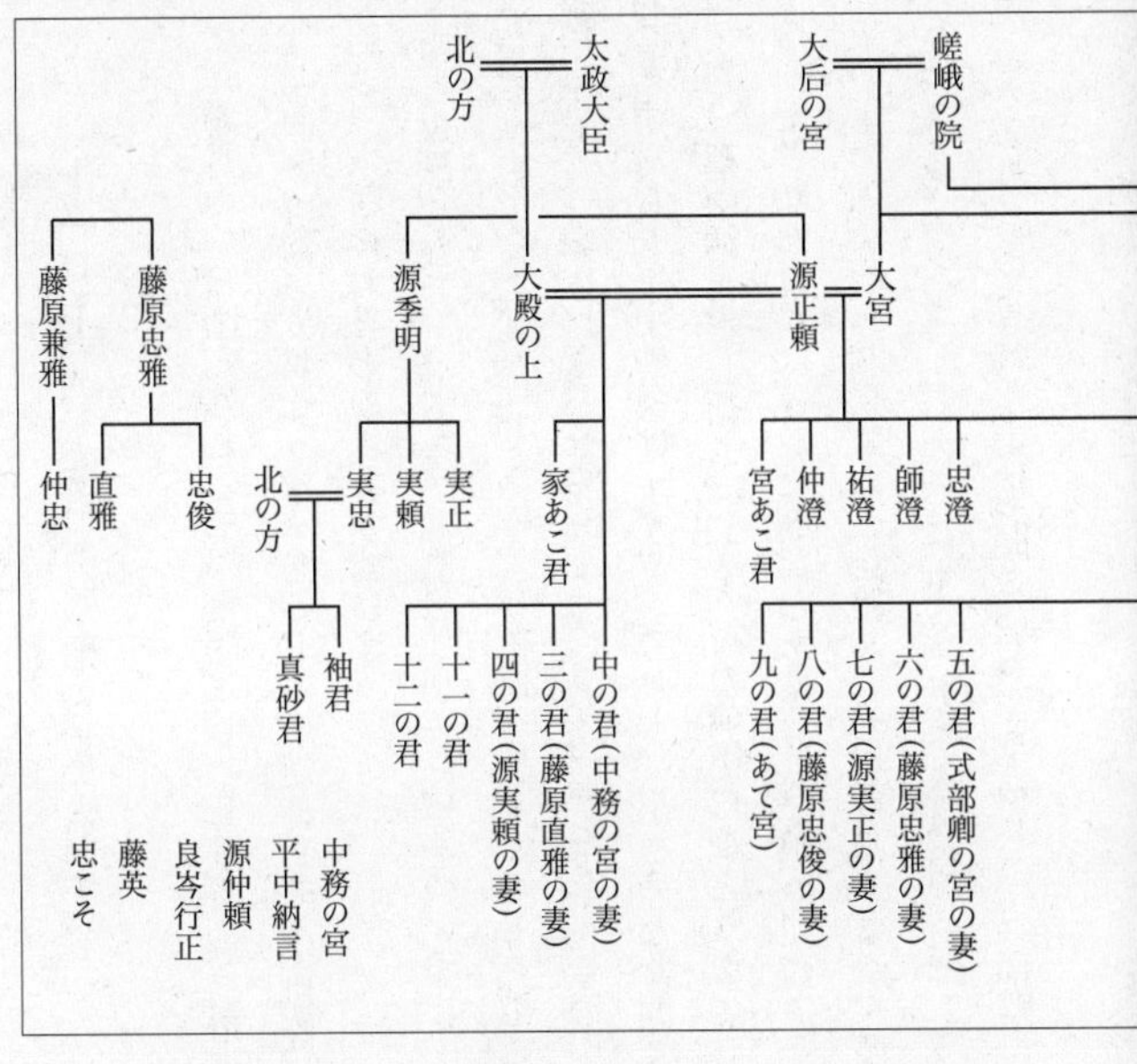

も、妻子を捨ててあて宮に求婚していた源実忠の嘆きは激しかった。実忠の男君（真砂君）は父を恋い慕って亡くなり、妻と女君（袖君）は志賀に籠もる。三月には、正頼家の上巳の祓えが難波で催される。また、藤原兼雅は金峰山に、仲忠は白山に、仲頼は宇佐八幡宮に詣で、忠こそは聖天の法を行って、あて宮との結婚を祈願するが、時はむなしく過ぎてゆく。

一　十一月上旬、春宮、残菊の宴を催す。

かくて、霜月の一日頃、[一]残れる菊の宴聞こしめしけるに、親王たち・上達部参り給ふ。博士・文人ら召して、詩作らせ、御遊びなどし給ふ。[二]大将のおとどのみ参り給はず。

かくて、夜深くなりて、春宮、御遊びなどし給ふついでに、「ここにものせらるる中に、事もなき娘、誰、多くものせらるらむ。賭物にして、娘比べなどせられよや」。[三]左のおとど、「この中には聞こえずなむ。平中納言ばかりや。それも、小さくなむ聞こえ侍る」[1]と。[四]源中納言奏し給ふ[五]、「[六][2]左大将の朝臣にひとりをてし[七]りうくから上らなと母こはきかたきなむあやしき。娘の苑にこそあれ。天の下の人集へられ果てぬと見給ふれど、なほ、また、多く侍なり」。左のおとど、[八]「おのへにも、一人二人は侍らむ」。平中納言、「さのみはあらじ。[九]またも聞こゆるやうあり」。兵部卿の

一　春宮主催の残菊の宴。この巻には、「嵯峨の院」の巻と重複する内容が書かれていて、成立過程上の問題となる。「嵯峨の院」の巻【三】の、春宮主催の九月二十日の詩宴に相当する。

二　「大将のおとど」は、左大将源正頼。

三　「左のおとど」は、左大臣源季明。正頼の兄。

四　この「源中納言」は、涼ではなく、「内侍のかみ」の巻【三八】注三に見える「源文正」か。「嵯峨の院」の巻【三】注四参照。

五　春宮に対して「啓す」ではなく「奏す」の敬語を用いることは、異例。

六　源正頼。底本「右大将」。この巻も正頼を「右大将」とする例が多いが、傍証がないので、正頼を「左大将」に作る。

親王、「さがなのもの言ひや」とて、春宮、源宰相を見やり給へば、苦しと思ひて、もののたまはず。春宮、「かの集へらるなるうちに、など入らざらむ」。左のおとど、「仰せ言候はば、奉り侍りなむを。かしこまりてこそ候ひ給ぶらめ」。春宮、「事のついであらばと思へど、すずろにおぼえつつ、まだ、かの大将にもものせず。かの人には、時々消息などものすれど、をさをさいらへものせられずや」などのたまふほどに、左大将のおとどなどものし給へり。

二　同日、春宮、正頼にあて宮入内を要請する。

宮、「今日ぞ、あやしく、時過ぎたる菊をも、え見捨つまじう思ほえつれば、これかれ召して見せなどしつるに、見え給はずありつれば、さうざうしかりつるに」などのたまふ。大将の君、「はなはだかしこし。例もわづらひ侍る脚病の発動し侍りて、久

七 「ひとりをてしりうくから上らなと母こはきかたき」、未詳。
八 「おのへ」は、私のもとの意か。「嵯峨の院」の巻【三】注八参照。
九 実忠のことをあてつけた言葉。「嵯峨の院」の巻【三】注九参照。
一〇 「源宰相」は、実忠。
一一 どうして私は婿として入れてもらえないのでしょう。
一二 ぶしつけだと思われて。
一三 「かの人」は、あて宮をいう。

一 「はなはだかしこし」は、まことに恐縮ですの意の慣用的な挨拶の言葉。
二 「発動す」は、記録類に見える語。参考、『貞信公記』延長三年二月二十四日「脚気（病）発動、不レ得二参入一」。

しう内裏にも参らず侍りつるを、ただ今、ある人の告げ申しつればなむ、驚きながら候ひ侍りつる」とて、御物語し給ふついでに、宮、[三]「年ごろ、聞こえむと思ふことのあるを、しめやかなる折なければ、え聞こえぬかな」。大将、「今日よりしめやかなる折侍らじを、いかで承りてしかな」。宮、「さすがに聞こえにくしや」などて、「なほ、[四]上野の親王などに思ひ落とし給へるをなむ、ねたく思ほゆる。さやうなる謀りことをやせましなど思へど、そがやうにもやせらるるとてなむ」。大将、「あなかしこ。[五]しかある仰せ言なきうちにも、[六]しか候ふべきも侍らず。くちをしうつたなきのみ侍れど、さ言ひて侍らむやはとてなむ、これかれに配り侍ることを[七]侍しに、かの親王だに見給ふべきが侍らざりしかばなむ、からく求めてものせし」。春宮、悲しと見やり給へり。「さても、残りあるやうに聞こゆ。それをさへ忘れ給ふな」。大将のおとど、「つたなきが中にも選り屑なるが侍るを、この神泉の行幸に、[八]府の中将涼、[九]同じ中将、心とどめて琴仕うまつりしに、[一〇]仲忠の朝臣に一

三 「嵯峨の院」の巻【三】には、「月ごろ」とあった。「嵯峨の院」の巻と重複させながらも、時間の進展がある。

四 上野の宮。上野の宮については、「藤原の君」の巻【五】～【一九】、および、「嵯峨の院」の巻【七】【三】参照。

五 副詞「しか」は、漢文訓読語的な表現で、男性の会話文に多く見られる。

六 春宮のもとに入内するのにふさわしい娘もおりません。「はんべり」は、平安時代中期初頭から漢文訓読語として用いられたもので、ここも、男性のあらたまった言葉遣いである。

七 「侍し」は、「侍りし」の促音便無表記の形か。

八 左近中将源涼。

九 「同じ中将」は、仲忠。下に「仲忠」脱か。

の内親王、涼の朝臣に正頼が九にあたる娘賜ふべきよし、宣旨下りにしことなむ侍る」と申し給ふ。春宮、「それは、今のことにこそあなれ。ここには、そこに[一一]こそただ今聞こゆれ、かしこに[一二]聞こえて、久しき心地なむする」。大将、「宣旨を背かぬものに侍ればなむ、思う給へわづらひ侍る」。（春宮）「何か、そは。罪[一三]あらば、奏せさすばかりにこそはあなれ。な思しわづらひそ」。大将、「さらば、[1]仰せ言に従はむ」など奏し[一四]給ふを、そこばくの人、肝心を砕きて思す[2]中に、源宰相、青くなり赤くなり、魂もなき気色にて候ふを、[一五][3]左のおとど、見やり給ひて、いと悲しと見やり給へり。

［春宮おはします。御前に、上達部・親王たち。兵部卿の親王・左のおとど・右大将[一六]・中納言二所・源宰相。大床子[一七]立てて、涼・仲忠・仲頼・行正、大将殿の君たちをはじめにて[4]、四位五位、古き進士、ただ今の秀才[一八]藤英など。召したるは、引出物賜へる。殿上人ら・博士、一群にて、韻字[5]賜へる、作りて、詩奉る。楽所、遊びす。文台立てたり。皆、物書きたる。上達部・親王たち、

一〇 「吹上・下」の巻【二】参照。
一一 挿入句。「そこ」は、二人称。
一二 「かしこ」は、あて宮をいう。
一三 帝からお咎めがあったら、私が帝にお願い申しあげればいいだけのことです。
一四 【一】注五参照。
一五 左大臣季明は、実忠の父である。
一六 「右大将」は、藤原兼雅。あるいは、「左大将」の誤りで、正頼をいうか。
一七 「大床子」は、庭で、涼・仲忠たちがすわるための長椅子。
一八 藤英が対策に及第するのは、【三】注三四参照。藤英は「吹上・下」の巻【九】で方略の宣旨を得ているので、文章得業生に準じて、「秀才」といったか。

博士たちまで[6]、白き袿(うちき)・袴被(はかまかづ)く。人も、呉服(ごふく)[一九][7]賜はる。」

三　同日、正頼、大宮にあて宮の入内について相談する。

かくて、大将のおとど、まかで[1]給ひて、宮[一]に聞こえ給ふ、正頼「春宮より、あてこそに、今ものたまふことやある」。宮、大宮「さあめり」。正頼「そのことをぞのたまひ[2]つるや。しばしは、とかく聞こえつれど、いと切(せち)にのたまひつれば、え否び侍らざりつるを、兵部卿の親王(みこ)・平中納言、いとものしと思ひたりつる中に、源宰相の、ある中に思ひ入りて居給ひたりつる、左のおとど、これかれに見合はせてぞ、涙ぐみてものし給へる、いとほしかりつれ。宮[二]も、いとほしと思し居たりつ。あやしく[3]、この子によりてこそ、興(けう)ある折もいとほしき折も多かれ」。宮、「などかは、人々あまたある折しも、さはのたまひ[4]けむ」。おとど、「なほ、人[三]々かくものすと聞こしめして、な[四][5]かけそと思しめいてのたまはするにこそはあめ

一九 「呉服」は、古代中国の呉の国の織法で織った綾。この物語には、もう一例、「沖つ白波」の巻【一〇】注二にもあるが、平安時代の仮名作品にはほかに例が見えない。

一 大宮。正頼の妻。
二 この「宮」は、春宮。
三 「かくものす」は、求婚していることをいう。
四 「かく」は、心にかけて思うの意。
五 それほど思慮がない人ではないのに、内心を外に表してしまうのは困りますね。
六 「それ」は、「かしこく思ひ静む」る様子をいう。
七 「あれ」は、一人称。
八 今ではこうして夫婦となっておりますが。
九 「まだす」は、「まゐいだす」が変化した語という。

れ」。大宮、「源宰相、[五]さ言ふばかりの人にはあらぬ、気色を見ゆるぞ悪きかし」。おとど、「いとどかしこく思ひ静むれど、[六]それしもぞしるきかし。男は、さこそは。[七]あれは、[八]かくても候ひけれど、昔、御ことを[九]思ひ初めまだししほどは、何心地かせし。かのぬし、有識なれど、[一〇]この道になれば、かくこそはあれ。[一一]その道、人目慎まるるものかは。これを思へばこそ、このことどもをのたまふ人々には、[一二]え惜しみ申さざれ」などのたまふほどに、[一三]女御の君、（仁寿殿）「まかで給はむ」と聞こえ給ひつれば、御迎への車二十ばかり、四位五位六位数多く、はらからの君たち、さながら参り給へり。[一四]御輦車の宣旨遅く下りて、夜更けてまかで給へり。

四　同日、大宮、退出した仁寿殿の女御に相談する。

大宮、明くるつとめて、中のおとどに渡り、[一]君たち、御裳引きかけつつおはします。宮、[二]兵衛の君して、[三]西のおとどに、（大宮）「そな

奈良時代から平安時代前期に用いられた。ここは、その補助動詞の例。

一〇 「この道」は、恋の道をいう。

一一 反語表現。「その道、人目慎まるるものならず」の強調表現。

一二 底本「申たれ」を「申さざれ」の誤りと解する説に従ったが、係助詞「こそ」を助動詞「ず」の補助活用の已然形で結ぶこと、不審。

一三 「女御の君」は、仁寿殿の女御。

一四 「輦車の宣旨」は、輦車に乗って宮門を出入りすることを許可する宣旨。

一 「君たち」は、正頼の女君たち。裳をつけるのは、「嵯峨の院」の巻【一五】注二参照。

二 「兵衛の君」は、あて宮づきの侍女。

たにや参り候ふべき。こなたにや侍る」と聞こえ給へり。女御、「そなたに、ただ今参りて」とて渡り給へり。

宮、「そこにまうでむとこそしつれ」などて、「久しう、長居やしつる度にこそあれ。そがおぼつかなさになむ」。「この度も、暇賜はせざりつれど、あやしく悩ましくのみ侍れば、言つけてまかでつるぞや」。「などか、さは仰せらるる。もし、例のことか」。「いさや。こが見苦しきこと」。宮、「何かは。さうざうしかりつるに。いつばかりよりぞは」。女御の君、「いさや。七夕の心地せし頃よりなむ」。宮、うち笑ひ給ひて、「紅葉の橋は、いかにぞ」とて、物語し給へるついでに、「あて宮は、などてか、かくてのみ」。「とぞ思ふや。いかがすべき。のたまへかし」。女御の君、「なま嫗こそ、さやうのことはすれ。たばかり聞こえむかし。おとどは、いかが聞こえ給ふらむ」。宮、「そも、まだ思ひ定められざめり。春宮なむ、御気色ありてのたまはすなる。内裏にも仰せらるることありけりとなむ」。女御の君、「春宮よりは、なほ聞こ

三 西の対。仁寿殿の女御の居所。
四 「嵯峨の院」の巻【一五】に、大宮の同様の発言があった。「しつる」は「し給ひつる」の誤りか。
五 「例のこと」は、懐妊をいう。「嵯峨の院」の巻【一五】注一〇参照。
六 七夕の頃、珍しく帝のお召しがあった頃からです。
七 『古今集』秋上「天の川紅葉を橋に渡せばやたなばたつ女の秋をしも待つ」(詠人不知)による表現。
八 「かくて」は、まだ結婚せずにいることをいう。
九 「と」が受ける具体的な内容を省略した表現。
一〇 「なま嫗」は、「嵯峨の院」の巻【一六】注三照。
一一 神泉苑での宣旨をいう。
一二 数が多いことがそのまま問題になるということではありませんから。

え給ふや」。「さかし。されど、やむごとなき人多く候ひ給ふとて。この人たちのはかなくて交じらひ給はむ、片端にこそあなれ」。[4]女御の君、「人は多かれど、[一二]そのままにしもなきものを。『うちにも、[一三][5]小宮・[6]右大将ばかりこそ。さては』など聞こえぬ」。[一四]「左の大殿は」。[一五]「思せかし。同じ君たちと聞こゆれど、[一六]あらまほしくめでたくおはします宮なれ、[一七]この君たちの候ひ給はむ[7]にこそは似つかはしからめ。里住みし給はむには、便なうこそあらめ。内裏には、『ただ一人あるやうにてあらせむ。参らせ奉れば、さやうのことし給ふまじき人なればなむ、[一八]かしこには、えものせぬ[8]』など、度々のたまへど、[一九]先立ちて[9]候はばこそあらめ。[二〇]宮には君達などもまだ参り給はねば、頼もしかし」。宮、「後ろめたくぞあるや。御方をこそは、[二一]消物に」。女御の君、「あなゆゆし」などて、一日、御物語し、御琴遊ばし、[10]方々の男君たち、おとども、皆おはしまして、御遊びありて、方々より、興ある物ども、けうらに調じて参り給ふ。

一三　嵯峨の院の小宮と右大将藤原兼雅の大君。「嵯峨の院」の巻【一六】では、兼雅の大君は話題になかった。
一四　左大臣源季明の大君。
一五　私の口からは申しあげられません。お察しください。
一六　挿入句。「宮」は、春宮。「なれ」の語法不審。
一七　あて宮たち。
一八　左大将には頼めないのだ。
一九　ほかの妃たちより先に入内しているならともかく、そうではないのだから、二人きりで暮らすことはできないでしょう。
二〇　春宮には御子たちなどもまだお生まれになっていないから。
二一　「消物」は、消りものの意。「嵯峨の院」の巻【一六】注一八参照。

かくて、皆、夜更けて、御方々に帰り給ひぬ。

［中のおとど。大宮・女御の君、御物語し給へり。[二二]あて宮、御子（みこ）たち五所（いつところ）、御方々、おはします。皆、物参れり。男君たち七所ばかり居給ひて、[11]物参る。御達（ごたち）多かり。[二三][12]右大臣殿より、御果物（くだもの）・破子（わりご）などを奉り給へり。］

五　正頼、伊勢の君に霜月神楽の準備を命じる。

かくて、霜月の神楽（かぐら）し給ふべきこと、[一]伊勢の君に聞こえ給ふ、[正頼]「府（つかさ）の源中将ものし給はむとぞする。[1]この度（たび）の神楽、少しよろしうせばや。召人（めしうと）など選ひて、その行事、心とめてものせられよ」。[2]伊勢の君、「例の者どもは参りなむ。このそしに[二]の雅楽頭（うたのかみ）などらは、内裏（うち）の召しにも、必ずなむ侍る」。[正頼]「なほ、巡らし文して、[3]奥に草仮名（さうがな）[三]書きつけて遣はさば、[4]すまはじ」。[5]伊勢の君、「遊びの者どもは、えや見給（た）ばざらむ。[四]末に和歌を詠まむやは」[五]などのたま

二二　「藤原の君」の巻【二四】には、「寝殿には、あて宮、小君たち、女御の君腹の皇女たち、合はせて七所」とあった。

二三　底本「右大将殿」。正頼の婿の一人と見て、「右大臣殿」の誤りと解した。

一　「伊勢の君」、不審。「嵯峨の院」の巻【六】には、「左大弁の君」（正頼の長男忠澄）とあった。

二　「そしに」、未詳。『源氏物語』「花宴」の巻の「そしうなる物の師」の「そしうなる」と関係のある語で、すぐれているなどの意か。「この」は、正頼家と親しいことをいうか。

三　「草仮名」は、万葉仮名を草書体に崩した仮名。

四　必ず御覧になることができるはずです。

五　「末」を、前の「奥」

ふ。

六　正頼家の霜月神楽が行われる。

かくて、その夜になりぬ。おとど、「さればこそ。さはあらじ[一]と思ひつかし[1]」とて、幄打ちて、[二]才ばら、笛吹き、歌歌ひ、着き並みぬ。これに候ふ[2]、ただ今の逸物どもなり。上達部・親王たち、殿の内より、世にある限り集ひ給へり。客人にて、兵部卿の親王・涼の中将なむものし給ふ。

[三][3]川原より帰り給ふ。御神の子下りて舞ひ入り、[四]山人帰す物の音出だし、神歌仕まつる。

[五][4]八葉盤を手に取り持ちて山深くわが折り持て来る榊葉は神の
　御前に枯れせざらなむ

[六]榊葉の香を香ばしみ求め来れば八十氏人ぞ円居しにける

[七]優婆塞が行ふ山の椎が本あなそばそば[5]し床[6]にしあらねば

と同じ意と見た。奥に草仮名で和歌を詠む必要などありません。

一 「さはあらじ」は、【五】の正頼の発言の「すまはじ」に同じ。

二 「才ばら」は、才の男の人々の意か。「嵯峨の院」の巻【一九】には、「才ども」とあった。神楽歌を歌う人々。

三 賀茂川の川原。

四 神楽に招かれた山人（仙人）を山に帰すための楽を演奏して。参考、『貫之集』「声高く遊ぶなるかなあしひきの山人今ぞ帰るべらなる」。

五 「嵯峨の院」の巻【一九】注三・注四では、「八葉盤を」「山深く」の二首に分かれている。ここも、脱文を想定して、二首に分けるべきか。

などて遊びするほどに、兵部卿の親王、中将の君[八]して、大宮の御もとに御消息聞こゆれば、中のおとどに対面し給へり。

七　同日、兵部卿の宮、大宮と語る。

兵部卿の親王、「夏頃[一]、川原にて、うれしう聞こえ承りしを、今宵も」[1]。〔大宮〕『同じ神の御徳ならでは訪はせ給はでこそは」などて、「院には参り給ふらむや。宮の上[二]の悩みおはしますと承りて、参らむとせし[3]を、あやしき人[三]に見給へ惑ひ[2]てなむ」。親王、「一日、参りて侍りき。殊なることもおはしまさざりき。さて、御上[四]どもをなむのたまはせし。〔大后〕『誰々に対面することの難き。おぼえむ世も行く先短き心地するを、おぼつかなからぬ[4]ほどにてあらむと思[五]ほすを、えさらぬこと。内裏にこそ行幸も難からめ。さらぬ人々さへおぼつかなきを。若宮たち[六][5]、殿の君たちなども、いかで見奉らむ』」。〔大宮〕「また、けしからぬ者どもの、今出で来たるも御覧ぜさ

六 「榊葉の」の歌は、「嵯峨の院」の巻【一九】注二参照。

七 「優婆塞が」の歌は、「嵯峨の院」の巻【一九】注三参照。

八 「中将の君」は、正頼の三男右近中将祐澄。大宮腹。

一 「祭の使」の巻【三】の桂川での神楽の際、兵部卿の宮は大宮と会っている。

二 「宮の上」は、嵯峨の院の大后の宮。二人にとって、母親にあたる。

三 「あやしき人」は、子どもたち、特に、あて宮のことをいう。

四 姉上（大宮）たちに関することを。

五 「思ほす」は、兵部卿の宮の立場からの間接話法的な敬意の表現。

六 女御腹の御子たちと正

せむと思う給ふれど、見苦しきさまなればなり」と聞こえ給ふ。兵部卿の親王、「いでや、今は、聞こえさせて効なけれど、いみじく効なきことはまづ聞こえさせむとこそ思ひ給ふれ。月ごろ思ひ給ふることの、つひにはかなくなりぬること。まづまづ、数ならぬ者に思されざらましかば、かくもあらざらまし。同じ御仲らひにも、頼み聞こえさせしかば、かやうの折にも、人よりはとなむ思ひ給へし」。宮、「など、かく便なく思さるべき。さ思ひ給へたることあるが、また、えさもあるまじければ。一所をなむ聞こえさするを、よくもあらぬ中にも、いかでと思ひ給ふれど、え見給ふまじくのみあれば、少しよろしきや出で来るとてなむ」。宮、「一日、宮にて承りしかば、片時世に経べき心地せねば、いたづらにならぬほどに、かくなむとだに聞こえさせむとてなむ。心魂を砕きて聞こえ初めたる身のみこそ、いとからく悲しくはおぼえ給ふれ」など、泣く泣く聞こえ給ふ。大宮、とかく聞こえこしらへて入り給ひぬ。

頼の子どもたち。

七　自分一人ではどうにもならないことは、何よりもまず姉上にご相談申しあげよう。

八　「月ごろ思ひ給ふること」は、あて宮への思いをいう。「祭の使」の巻【三】の、兵部卿の宮の大宮への発言参照。

九　「聞こえさする」は、「頼み聞こえさする」の意、あるいは、その誤りか。私も、宮お一人を頼りに思っておりますので。

一〇　「いかで」は、ぜひ結婚していただきたいの意。「祭の使」の巻【三】注三五参照。

一一　兵部卿の宮は、春宮主催の残菊の宴に参加していた。【三】の「絵解き」参照。

一二　底本「給」。「給ふれ」に本文を作ったが、動詞「おぼゆ」に接続すること、

八　同日、才名告りの後、人々帰る。

かくて、さうはちの物の調べばかり、物の音ども、同じ声に調へて遊びす。歌仕うまつりなどするほどに、藤中将・源中将など、声たぐひなし。「物奉る人を、片去りて奉れ。そのなにがし、面を」と言ふ。式部卿の親王、「源中将の朝臣、何の才か侍る」。「鍛冶仕うまつる才なむ」。「いで、仕うまつれ」。「うちよげのきんだちや」。古屏風のあるを押し倒して入りぬ。「藤中将の朝臣、何の才か侍る」。「和歌の才なむ侍る」。あるじのおとど、「難波津かや」。「あな、冬籠もりの頃や」とて、被きわたして奥へ入りぬ。「祐澄の朝臣、何の才か侍る」。「渡聖の才なむ侍る。あな、風早の世や」。「仲頼の朝臣、何の才か侍る」。「樵夫の才なむ侍る。人にあらずのみや」。「仲澄の朝臣、何の才か侍る」。「山臥の才なむある。あな、松臭の香や」。「行正の朝臣、何の才か侍る」。「筆

不審。

一「さうはち」、未詳。「箏発」（箏の調子合わせの小曲）と解する説もある。

二「物」は、採物のことか。「祭の使」の巻【一】注二、【三】注三参照。「を」は、間投助詞か。

三 以下は、才名告り。「嵯峨の院」の巻【三】注八参照。

四「打ちよげの金太刀」と「氏よげの君達」の意を掛ける。

五『古今集』仮名序「難波津に咲くや木の花冬籠もり今は春へと咲くや木の花」。百済の王仁が詠んだとされ、「安積山影さへ見ゆる山の井の浅き心をわが思はなくに」の歌とともに、手習いの初歩に用いられた。

六「渡聖」は、遊行聖のことか。「嵯峨の院」の巻

結ひの才なむ侍る。[九]渡りがたき物は、[一〇]冬げなりや」など言ひ立てたるに、源宰相、垣下の所より入りいますを、右のおとど、「かの君は、何の才かおはするや」。「藁盗人の才なむ侍る」。兵部卿の親王、「[一一]枯条吹く風は」。「あな、入りがたの宿りや」とてつい立ち給へり。

かくて、上達部・親王たちは、供人まで物被き、物の節まで禄賜はりぬ。

かくて、皆まかでぬ。

九　同日、仲忠、仲澄にあて宮への思いを語る。

藤中将、侍従の君の御方に、「仲忠、まかでつべき方なし」とて、「御前に、[一]三の宮にあさましく強ひられ奉りて、ものもおぼえず食べ酔ひにけり。このついでに聞こえむことは、罪もあらじな。『神も許し』とか言ふ」とて、物語のついでに、「一日、[二]春宮

【三】では、仲澄が、「渡し守」と答えていた。

七　人並みの身でないことだけがつらいのです。

八　山臥は松の葉を食料とするという。「嵯峨の院」の巻【三】注九、「吹上・下」の巻【六】注一八参照。

九　「渡る」は、生計を営むの意。「嵯峨の院」の巻【三】注一〇参照。

一〇　「冬げ」に「冬毛」と「冬気」を掛ける。参考、『枕草子』一本「筆は、冬毛。使ふも見目も、よし」。

一一　「枯条」は、枯れ枝の意。『陶淵明』巻四の雑詩に、「寒風払枯条」と見える。

一　「嵯峨の院」の巻【三】には、「御前にて、兵部卿の親王の強ひ給へるに」とあった。

二　春宮主催の残菊の宴で

にて、悲しき心地もせしかな。やがて御前にて死ぬと[4]おぼえし。いかで、今日まで侍るならむ」。侍従、「(仲澄)あやしの[三]つらへ虫や」。中将、「されど、[四]臥(ふ)しぬる牛の心地ぞするや」。「(仲澄)[五]ぬしは異筋(ことすぢ)[5]になり給へる人[6]にはあらずや。何をか思す」。中将、「『[六]玉の台(うてな)も』と言ふ。源中将の君こそうらやましけれ」。侍従の、「[七]角(つの)折れたる牛のたとひなりや」。中将、うち笑ひて、「[八]むくり犬のあいな頼み[7]のやうに」。「(仲澄)いで。[九]ぬし、おほけなう、なおはせそ。[一〇]かの人は、ただ今の世の一にて、内裏(うち)にもここにも、[一一]雲居より降(ふ)りたるよりも、[8]殊に思ひ聞こえ給ふ人を。さるついでに、しか仰せられぬ。かかる身を持ちて、なぞ、このはかな言(ごと)は」。中将、「かしこけれど、[一二]心魂を尽くして聞こえ初めたるを、ここには、身を変へても、いかでとは、え思ひ給へ寄らぬは。いとかしこきぞや」。侍従、「[一三]薬の杵(きね)は、いかにぞ」。中将、「[一四]実のなる桃[9]食はぬ心地ぞするや」など言ひて。

のこと。
三 「つらへ虫」、未詳。「つぐら虫」（蝸牛、かたつむり）の誤りか。
四 「蝸牛」と「臥牛」の同音による洒落か。
五 「ぬし」は、二人称。「吹上・下」の巻【二】で、女一の宮の婿にとの宣旨を得たことをいう。
六 「玉の台」は、「藤原の君」の巻【七】注一〇参照。
七 「角折れたる牛」は、角が折れて戦意をなくした牛の意の当時の諺か。
八 「むくり犬」は、「尨犬」か。「むくり犬」があてにならない期待をして待っている意の当時の諺か。
九 この「ぬし」も、二人称。
一〇 「かの人」は、女一の宮。
一一 空から下りて来た天女よりも。

一〇　正頼、大后の宮の六十の賀の準備を進める。

かくて、大将殿の大宮[1]、年ごろ、母后の御六十の賀仕まつり給はむと、御倚子[一][2]・御屛風よりはじめて、うるはしき御調度どもを、綾・錦にし返して、おとどに聞こえ給ふ、「伊勢の君[二]、そのかみ、親王[3]に対面し給びにしに[4]、宮の上[三]の、参らぬことを[5]、ゆかしげにのたまひけるを、いかで、思ふこととして参りにしかな」。おとど、「いとやすきことにこそあれ。来年こそは、足り給ふ年にはしますらめ。子の日[6]がてら参り給へかし。はや、あるべからむことをせさせ給へ」。宮、「皆したるを、被け物なむまだしき。異人々は、くう一らくこと[四]をなむ。黄金[五]の薬師仏、五尺にて、七所、経など、きらにせらるなり[六]。小宮[七]は、法服[八]をなむし給ふなる」。「それは、今年となむ聞く。身には、御落忌のことを。子どもなども御覧ぜさせよ」。[九]「ただならむやは」。「男子は遊びし、女

一二　ぜひ女一の宮を得たい。
一三　死なぬ仙薬を搗く杵。
一四　「実のなる桃」は、西王母の仙桃。三千年に一度実がなり、それを食べると不老長寿になるという。

一　参考、『源氏物語』「若菜上」の巻「寝殿の放出を、例のしつらひにて、螺鈿の倚子立てたり」（光源氏の四十賀）。
二　兵部卿の宮に対面したのは大宮自身で、「伊勢の君」ではない。求婚の話を避けるために、正頼にはこう話したのか。
三　「宮の上」は、嵯峨院の大后の宮。
四　「くう一らくこと」、未詳。
五　以下、七仏薬師と薬師経のことか。参考、『拾遺往生伝』巻下九（藤原経実）「母堂謂ひて曰く、『除病延

は物の音(ね)掻(か)き鳴らして聞こしめさせ給へかし」。「(大宮)舞には、[一〇]親王たちの御子(みこ)ども、[一一]左大弁・兵衛督(ひやうゑのかみ)・中将などの御子ども出(い)ださるなりや。宮あこ・家あこなどをば、例の人にはあらで、仲頼・行正らして、いかで習はせむとなむ思ふ」。おとど、「中将・督(かん)[7]の殿・[8]弁などは、後ろめたうはあらじ。また、女たちも、恥づかしげには、よもあらじかし。舞をや、この人々習はさざらむ、[一二]まだせぬ[9]ことなめれば。[10]さはありとも、[一三][11]のたまひなむかし」とて、召しに遣はして、人もなき御簾(みす)の内に召し入れて、「(正頼)年ごろ、大事と思ふことを、[一四]ぬしたちの[一五]同じ心し給はぬに、[一六]思ひとすることとなむ[12]あるを、さ言ひてあらむやは、今日始めむとてなむ、消息(せうそこ)ものしつる」。少将仲頼、[一七]「はなはだかしこし。何ごとにか侍らむ。殿の御大事に思ほし障(さは)ることの[13]侍(はべ)[14]るになむ、承り驚きぬる」。おとど、[一八]「ふしことを、山と積み、林としても、[15]ただ今、このことしつべし、ただ、これになむとて。まめやかに、[一九]ここにものし給ふなむ、『(大宮)院の后(きさい)の宮、来年、御歳足り給ふ年なるを、え承り過ご

命のために、七仏薬師の像を造り奉らむ』と言ふ」。

六 形容動詞「きらなり」は、豪華だなどの意か。

七 嵯峨の院の小宮。

八 僧に布施として与える法服。

九 何もせずに、ただお目にかけるというわけにはいかないでしょう。

一〇 「親王たち」は、正頼の婿である式部卿の宮と中務の宮の御子たちをいう。

一一 正頼の長男忠澄、次男師澄、三男祐澄の御子たち。

一二 倒置法。

一三 「のたまふ」は、申しつけるなどの意。「俊蔭」の巻【三四】注一五参照。

一四 「ぬしたち」は、二人称。

一五 「同じ心」は、「同心」の訓読的な表現か。

一六 「思ひ」は、もの思いの意。

すまじうなむ。[16]家あこ・宮あこらに、舞仕うまつらせむと思ひ給ふるを、人の古せる[17]手は伝へじとなむ思ふ。「御弟子にて生ほし立てられよ」とものせよ』[18]となむ」。少将、久しく思ひ[二〇]潜びて、「さらに仕うまつらぬことなり。おのづから御覧ずらむ。神泉・吹上の浜などにてこそは、[二一]人、仕うまつらぬなどなく仕うまつるめりしか。その折なども、仕うまつらずなりにしことなり」。行正も、同じごと申す。おとど、「[二二]朝臣さへ、からものせらるめればこそ、かの少将ののたまふこともおぼゆれ。宮あこをば、少将、落蹲、[二三]兵衛佐はかり、生ける形に習はし、男どもに、さまざまに、物の音どもなどに合はせて出だし立てられず[19]は、[二四]生々世々の[20]代の仇とならむとす。習はし給ふべくは、[二五]連理の契りをなさむ」など言ひかけて入り給ひぬ。

一七　「はなはだかしこし」は、まことに恐縮ですの意の慣用的な挨拶の言葉。
一八　「ふしこと」、未詳。
一九　「ここにものし給ふ」は、妻大宮をいう。
二〇　「思ひみそぶ」は、「思ひひそむ」に同じ。じっと静かに考えるの意。
二一　ほかの人は、残す手など舞ったようでした。
二二　もっともだと思われるの意。
二三　「兵衛佐はかり」、未詳。「宮あこをば、少将、落蹲」に対して、「家あこをば、兵衛佐、陵王」とあるべきところ。
二四　「生々世々」は、何度も生まれ変わる多くの世の意。仏教語。「俊蔭」の巻【一四】注五参照。
二五　参考、『長恨歌』「在レ天願作ニ比翼鳥一、在レ地願為ニ連理枝一」。ここは、婿にし

一一　六十の賀の舞の練習に励む。

少将・良佐(らうすけ)、このことをすと、いかで聞こしめしけむ、かかることすと、人にも聞かれむと、せずは、いかに思(おぼ)さむと思ひわづらひて、なほ、おとどの思さむこと、苦しう思さるれば、少将・良佐、殿の君たち十所(ところ)[1]を、五所づつ、[一]こまどりに取りて、少将は、[二]愛宕(あたご)[2]といふ所の奥に、鳥も通はぬ山の中に籠もり、良佐は、[三]水尾(みつのを)といふ所より奥に、同じやうなる所に、人にも知らせで籠もりて習はすに、手どもの限り[3]、同じうはと思ひ、習はす。

親王(みこ)たち・男君たちは、[四]殿にて、舞の師ら調(てう)ず。

[大将殿。[4]式部卿の宮の御方。[五]太郎君[六]太平楽(たいへいらく)、二郎君[七]皇麞(わうじやう)。舞の師二人、楽人(がくにん)十人ばかり。殿上人など多かり。物食ひ、酒飲み、舞の師、立ちて舞ふ。君たち習ひ給へり。

中務(なかづかさ)の宮の御子、太郎君、[八]万歳(まんざい)・[九]五常楽(ごじやうらく)。舞の師・楽人[5]、垣下(ゑが)

ようの意を暗示するか。

一「こまどり」は、一・三・五、二・四・六のようにして、二組にすること。

二「愛宕」は、京都市右京区嵯峨愛宕町の山の名。

三 京都市右京区嵯峨水尾。

四 正頼の三条の院。

五「祭の使」の巻【一】注五の「右馬の君」とは別人。ほかに御子がありながら、正頼の五の君腹の童君を、「太郎君」「二郎君」と称している。

六「太平楽」は、太食調の左方舞。武の舞。

七「皇麞」は、平調の左方舞。祝賀の際に舞う童舞。今は、舞がなく、楽曲のみが残る。

八 万歳楽。平調。左方舞。祝賀の際に舞う。

九「五常楽」は、平調の左方舞。

多かり。

左大弁殿の御方。太郎君、すすしの。[一〇]君おはせず。[一一]舞の師。垣下多かり。

兵衛督（ひやうゑのかん）の殿の御方。太郎君、すらう。[一二]

中将殿の太郎の君、鳥の舞[一三]と思ひ。[一四]」

一二　十一月の下旬から、春宮をはじめ、人々、あて宮に歌を贈る。

かかるほどに、霜月のつごもりばかりになりぬ。新嘗会（しんじやうゑ）[一]の頃、春宮より、かくのたまへり。

祈ぎ言（ねぎごと）[二]を神も驚く頃しもや君が心は静けかるらむ

あて宮、

ちはやぶる[三]神の前にはあだ人も思はぬことを祈るものかは

降る雪を見て、聞こえ給へり。

春宮[四]「数ならぬ身は水の上の雪なれや涙の上にふれど効（かひ）なき

一〇　底本「すゝし」、未詳。舞の名か。
一一　「君」を、左大弁と解した。
一二　「すらう」は、未詳。
一三　「鳥の舞」は、迦陵頻の左方舞。右方舞は、胡蝶の舞。童舞。
一四　「と思ひ」、未詳。

一　「新嘗会」は、大嘗祭を行う以外の年の十一月の中の卯の日に、その年の初穂を皇祖をはじめ神々に供え、天皇自身も食する儀式。
二　願い言に神も心を動かす頃なのに。
三　「ちはやぶる」は、「神」の枕詞。
四　この歌も、前に続けて、春宮からの歌と解した。「水の上の雪」は、「忠こそ」の巻【三】注七参照。「ふれ」に「降れ」と「経れ」を掛ける。

御覧じこそ落とさざらめ」
と聞こえ給へり。あて宮、
「水の上に雪は山とも積もりなむ浮きてのみふる人の効なさ
あな見苦しや」
と聞こえ給へり。
右大将ぬし、五節出だし給ひて、内裏より、参りの夜、
（兼雅）「百敷にさぶる少女の袖の色も君し染めねば何かとぞ見る
効なきものになむ」
と聞こえ給へり。あて宮、
「ひとしほも染むべきものか紫の雲より降れる少女なりとも
思しかくるこそなめけれ」
などのたまふ。
兵部卿の親王、小忌にあたり給ひて、内裏より、
「色深く摺れる衣を着る時は見ぬ人さへも思ほゆるかな
いづれの折にか忘れ聞こえむ。あないみじや」

五 「ふる」に「降る」と「経る」を掛ける。
六 「参りの夜」は、「五節の参りの夜」。十一月の中の丑の日、五節の舞姫が参内する日の夜。この日に、五節の試みが行われる。
七 「さぶる」に「振る」を掛ける。「さぶ」は、バ行上二段活用の動詞で、それらしく振る舞うの意か。
八 「ひとしほ」に、副詞「ひとしほ」と「一入」（染め物を染め汁に一度浸すの意）を掛ける。五節の舞は、天武天皇が吉野宮で琴を弾いた際に舞い降りた天女の舞を写したものだと伝えられている。
九 五節の舞姫の装束を染めた北の方（仲忠の母）に対して失礼ですの意か。
一〇 「小忌」は、大嘗会や新嘗会の時に、斎戒して、小忌衣を着て、神事に奉仕

など聞こえ給へり。あて宮、

「[一二]あだ人のさはに摘みつつ摺れる色に何にあやなく思ひ出づらむ

それならでは、えのたまはじかし」

など聞こえ給ふ。

藤中将仲忠、[一三]臨時の祭りの使に出で立つとて、

「[一四]夕暮れの頼まるるかな逢(あ)ふことを賀茂(かも)の社も許さざらめや

神の御[5]徳も見[6]給へに、今参[7]り来む」

と聞こえ給へり。あて宮、「めざましや」など[8]のたまひて、

「[一五]榊葉(さかきば)の色変[9]はるまで逢ふことは[10]賀茂の社も

神も、同じ心にや」

とのたまふ。

三の皇子(みこ)、

「[一六]一人寝(ね)る年は経(ふ)れども冬山にまだ一葉(ひとは)[11]だに見えずもあるかな

涼(すずし)の中将、霜[12]の置けるつとめて、

することと。

一一　「色深く摺れる衣」は、小忌衣をいう。小忌衣は、白布に春草や小鳥などの模様を山藍で青く摺りつける。

一二　「さはに」に「沢に」と「多に」を掛ける。

一三　「臨時の祭りの使」は、十一月下の酉の日に行われる賀茂神社の祭り。「吹上・下」の巻【一七】注一三参照。

一四　「逢ふ」に「逢ふ日」の意を込めて、「葵」を掛ける。

一五　五句脱。「榊葉の色変はる」は、永遠にありえないことのたとえ。

一六　「一葉」に、あて宮の返事をたとえる。

一七　参考、『後撰集』冬「身を分けて霜や置くらむあだ人の言の葉さへにかれもゆくかな」（詠人不知）。

一八　「下紐」は、下裳や下

「[一七]言ふことに答へぬやなぞ冬の夜(よ)は言(こと)の葉にさへ霜や置くらむ
とさへなむおぼゆる」

と聞こえ給へり。御返りなし。

侍従の君、師走の一日(ついたち)に、梅(むめ)の花開け果てぬを折りて、

[仲澄一八]「年のうちに下紐(したひも)[13]解くる花見れば思ほゆるかなわが恋ふる人
まづこそ思ほゆれ」

などて見せ奉り給へど、見ぬやうにて、もののたまはず。

[一九]蔵人(くらひと)の源少将、つごもりの夜、[二〇][14]御読経の後、内裏(うち)よりまかでて、かく聞こえたり。

年返りて、一日(ついたち)の日、良佐(らうすけ)[15]、

[行正二一][16]「立ち返る年とともにやつらかりし君が心も改まるらむ
と[二二][17]思ひ給ふるなむ、今日ぞ頼もしき」

と聞こえたり。

藤英(とうえい)は、宣旨(せんじ)賜はりて、[二三][18]六十日が試み賜はりて、[二四]年のうちに春[19]返りて、[二五]内冠(うちかうぶり)にあたりたれば、大将殿の御労(いたは)[二六]りにて、七日(なぬか)の日内

袴の紐。下紐が解けるのは、人から思われているしるしだとされた。『古今六帖』五帖〈紐〉「山里に一目見しよりわが恋ふる花の下紐いかに解くらむ」。

一九 「蔵人の源少将」は、源仲頼。仲頼の歌脱。

二〇 年の果ての御読経。

二一 『風葉集』恋五「年を経て言ひわたりける女に、睦月の一日に遣はしける　うつほの参議良岑行正」、初句「立ち返る」。初句を、『風葉集』に従って改めた。

二二 以下、係助詞「なむ」と「ぞ」の重複を認めた。

二三 「吹上・下」の巻【一七】参照。

二四 「年のうちに春返る」は、年内に対策に及第したことをいうか。

二五 「内冠」は、従五位下に叙せられること。ただし、大内記は正六位上相当。

冠賜はりて、十一日に、[二七]大内記になされ、東宮の[二八]学士になされなどして、時めくこと二つなし。[二九]内宴に召されて、[三〇]青色の衣に緋衣替ふとて思ふ、

藤英　衣手の色は二度変はれども心に染めることは変はらず

など思へども、かくなむとも聞こえず。

忠こその[20]阿闍梨、宮あこ君を呼び取りて、かく聞こえ奉る。

[三一]「鶯の谷より出づる初声もよに憂きものと思ひぬるかな

かくは思ほえぬものにこそあなれ」

と聞こえたれば、恐ろしとのみ思す。

一三　年返る。六十の賀の準備が進む。

かくて、后の宮の御賀[1][2]、正月二十七日に出で来る[一][3]乙子になむ仕まつり給ひける。設けられたる物、[二]御厨子六具、沈・麝香・白檀・蘇枋・こうのつかひてこと、覆ひ、織物・錦、[4]御箱、[三]薫物・

二六「労り」は、官位の昇進などの世話の意。

二七「大内記」は、中務省に属し、詔勅・宣命を作り、位記を書く。儒者で、文章が上手な者が選ばれた。

二八「東宮の学士」は、「俊蔭」の巻【一七】注六参照。

二九「内宴」は、「忠こそ」の巻【二】注三参照。

三〇　六位の深緑の袍を五位の浅緋の袍に着替える。

三一　参考、『古今集』春上「鶯の谷より出づる声なくは春来ることを誰か知らまし」（大江千里）。

一「乙子」は、月に三度の子の日がある時には、三番目の子の日をいう。「嵯峨の院」の巻【三四】注一参照。

二　以下は、「御厨子」の材質。「麝香」の御厨子、不審。「浅香」の誤りと解す

薬・硯の具よりはじめて、御衣は女、御衾、御装ひ、夏冬、春秋、夜の御衣、唐の御衣、御裳、御箱の[5]折立[四]、ちらしろかね[五]置きて、[6]千鳥の蒔絵して、内の物、色に従へて[六]、ありがたく清らにて、なずらへ据ゑたり。御手水[7]の調度、白銀[8]の手つきの御盥、沈を丸に削りたる貫簀[七]、白銀の半挿[八]。沈の脇息、白銀の透箱、唐綾の御屏風、御几帳の骨、蘇枋・紫檀、夏冬、ありがたし、御几帳の帷子、冬[九]、香ぐはしき[9]御褥、御座[10]、言ふばかりなし。御台六具、金の御器に黄金の毛打てり[一〇]。これらよりはじめて、せぬことなし。

一四　一月二十六日、人々、嵯峨の院に参上する。

かくて、二十六日、参り給ふ。車二十、糸毛十、黄金造りの檳[1]榔毛十、うなゐ車二つ、下仕への車二つ。御前、天の下の人残らず、四位五位百人、六位数知らず。御装ひ、大宮、女一の宮、今[一]宮までは、赤色に葡萄染めの重ねの織物、唐の御衣、綾の裳。若[二]

る説もある。「こうのつかひてこと」、未詳。

三　以下「御裳」までは「御箱」の中に入れる物。「夏冬、春秋」は「御装ひ」の説明。

四　「折立」は、裏打ちした織物を箱の中に敷き、箱の四隅で折り立てる装飾。

五　「ちらしろかね」、未詳。

六　それぞれの種類に応じて。

七　「貫簀」は、盥などの上に載せて、水がはねないようにする道具。

八　「半挿」は、湯や水を注ぐ道具。

九　「冬」は「夏冬」の誤りか。

一〇　「黄金の毛打つ」は、糸状の黄金で象嵌することをいう。

一　「大宮をはじめ、女一の宮までは」の意で、「今宮は、十一、同じ赤色の織物の五重襲[2]の上の御衣、白き綾の上の袴。御供の人、青丹に柳襲の平絹、青海摺り[3]の裳、上下分かず着たる。童、同じごと、下仕へ、平絹の三重襲着たり。

一五　同日、大宮、大后の宮と対面する。

かくて、参り給ひて、宮に、大宮聞こえ給ふ[1]、「あやしく、そのこととなきものから、騒がしくのみ侍るを、見給へむつかりて、久しく、え参らざりつること。先つ頃も、御薬のこと[一]おはします[2]と承りて、驚きながら参り来ましを、この、内裏に候ふ[二]がほとほどしく侍りし[3]を、見給へ慌ててなむ」。后の宮、「ここには、事にもあらざりけり。例の、熱などなむありける[4]。などかものし給ひけむ」などのたまふ。

宮」は女一の宮の説明か。「女一の宮」は、朱雀帝の女一の宮。仁寿殿の女御腹。

二「若宮」は、朱雀帝の女二の宮。仁寿殿の女御腹。

三「青海摺りの裳」は、青色で海賦文を摺り出した裳。

一「薬のこと」は、病気の意の婉曲表現。

二「内裏に候ふ」は仁寿殿の女御のことで、女御が懐妊中で危険な状態だったことをいう。

一六　六十の賀の屏風の歌。

かくて、夜の御座所しつらひ、御調度ども、あるべきやうに賄はれたる、玉光り輝く。

御屏風の歌、

正月。子の日したる所に、岩に松生ひたり。てうに[一]、鶴遊べり。　右大将

兼雅[二] 岩の上に鶴の落とせる松の実は生ひにけらしな今日にあふとて

二月。人の家に、花園あり。今、植木す。　民部卿

実正[三] 植ゑ並むる人ぞ知るべき花の色はいく世見るにか匂ひ飽くとは

三月。祓へしたる所に、松原あり。　源中将

涼[四] 禊ぎする春の山辺になみ立てる松の世々をば誰に寄すらむ

一「てうに」、未詳。

二「鶴」に大后の宮、「松」に孫の男宮と男君たちをたとえる。『風葉集』賀「嵯峨の院の后の宮の御賀の屏風に、子の日したる所に、岩に松生ひ、鶴遊べり　右大将仲忠」。ただし、「仲忠」は誤りで、正しくは兼雅。または、正頼と見るべきか。

【二】注六参照。

三「花」に、孫の女宮と女君たちをたとえる。二句切れ倒置法の歌。『風葉集』賀「人の家に花園あり。今植木する所　民部実正」。

四「なみ」に「並み」と「波」を掛ける。「寄す」「波」は、縁語。

五 山人の立場で詠んだ歌。

六「古里」の「ふる」に「経る」を掛ける。『風葉集』賀「人の家に、橘の木に、時鳥をり　参議祐澄」。

四月。神祭る所に、山人帰れり。[1]　藤中将仲忠

五 神祭る榊（さかき）折りつつ夏山に行き帰りぬる数も知られず

五月。人の家に、橘（たちばな）に、時鳥（ほととぎす）をり。　中将祐澄（すけずみ）

六 わが宿の花橘を時鳥（ほととぎす）千世ふるさとに思ふべきかな

六月。人の家に、池あり。蓮（はちす）生ひたり。　少将仲頼

七 池水も緑も深き蓮葉（はちすば）にのどかにもの[2]の思ほゆるかな

七月。七夕（たなばた）祭りたる所に。八

九 彦星の帰るにいく世あひぬれば今朝（けさ）来る雁（かり）[3]の文[4]になるらむ

八月。十五夜したる所あり。「かり」一〇と言へり。　侍従（じじゅう）仲澄

一一 秋ごとに今宵の月を惜しむとて初雁の音（ね）を聞き馴らしつる

九月。紅葉見る人の、山辺にあり、田刈り積めり。　中将実頼（さねより）

一二 織り敷ける秋の錦（にしき）に円居（まとゐ）して刈り積む稲をよそにこそ見れ

十月。網代（あじろ）ある川に、船ども漕ぎ浮けたる。　左大弁

七「池水も」は「池水の」の誤りか。

八 下に、詠者名脱か。仲忠も四月と十二月の歌を詠んでいるので、ここも、六月に続いて仲頼の歌か。

九「雁の文になる」は、雁が列をなして飛ぶさまを文字に見立てて、彦星の後朝の文をたとえたものか。

一〇「かり」は、雁の鳴き声の擬音語。

一一 参考、『後撰集』秋下「秋ごとに来れど帰れば頼まぬを声に立てつつかりとのみ鳴く」（詠人不知）。『風葉集』秋上「嵯峨の院の后の宮の六十賀の屏風に、八月十五夜、雁飛べる所　うつほの侍従仲澄」、四句「初雁が音を」。

一二『風葉集』秋下「嵯峨の院の后の宮の六十御賀の屏風に、紅葉見る人、山辺に新田刈り積める所　参議

忠澄[一三]　漕ぎ連ねひを運ぶとて網代には多くの冬をみ馴れぬるかな

十一月[5]。雪降れるに、人濡れたり。　兵衛督の君

師澄[一四]　ふりにける齢[6]もいさやしら雪の頭に積もる時にこそ知れ

十二月。仏名したる所。　中将仲忠

[一五]かけて祈る仏の数し多かれば年に光や千世もさすらむ

など詠みて、少将仲頼書けり。

一七　一月二十七日、六十の賀始まる。

辰の二刻ばかり、事始まりて、うちふたはゆるえ[一]、笙・鼓[1]響きつ。[二]楽所・舞人も参る。舞の君たち、青色に蘇枋襲、綾の上の袴、楽所の君たち、闕腋・柳襲など着つつ参る。

かくて、しばしあれば、御桶火参る。沈の火桶、白銀の瓫、沈を火箸にして、黒方を鶴の形にて、白銀の嘴などして、[三]帝・后の御前に参る。御台参る[2]。

実頼」。

一三「ひを」に「氷魚」と「日を」、「み馴れ」に「水馴れ」と「見馴れ」を掛ける。『風葉集』冬「嵯峨の院の后の宮の御賀の屏風に、網代ある川に船ども漕ぎ浮けたる所　うつほの権中納言忠能」、三句四句「網代木に多くの船を」。「忠能」は「忠澄」の誤り。

一四「ふり」に「降り」と「古り」、「白雪」の「しら」に「知ら（ず）」を掛ける。

一五『風葉集』冬「嵯峨の院の后の宮の御賀の屏風に、仏名したる所　右大将仲忠」、四句五句「年に一度千世もますらむ」。

一「うちふたはゆるえ」、未詳。

二「楽所」は、楽人の意。

三 嵯峨の院と大后の宮。

四「六十」は、六十の賀

しばしあれば、左大将[3]、折敷[四]六十、同じ黄金の脇息、よろづの物、数を尽くして参る。上達部・殿上人、取り次ぎて参る。女御の君の賄ひ、民部卿[五]、御前に、沈の折敷同じごととして、打敷・参る物同じごと。左衛門督殿[六]より、大宮よりはじめ奉りて、姫君たちの御前へ、蘇枋の[七]、二十づつ。あなたの[八]御腹の君たち、御方々よりも、大后の[4]宮の宣旨[九]・おもと人・内侍・命婦・蔵人の前に、衝重[5]して賜ふ。それより下[6]まで賜はて[一〇]、上達部・親王たちの御前、遊び人・舞人の前まで参り果てぬ[7]。

また、白銀・黄金の若菜の籠、同じ壺ども、色々の作り枝どもに、よろづの宝物ども清らにし入れて、持て連ねて参り給ふ。御[一一]挿頭、[一二]尚侍の殿、松の下に鶴据ゑて、

尚侍[一三]　おのれだに齢久しき葦鶴のねのひの松の陰に隠るる

御[一四]、

大后[一五]　我一人鶴と松とを見るよりも[8]一つ一つは[9]君にとぞ思ふ

などのたまふ折に、春宮、年の初めにまだ参り給はぬを、同じう

に合わせた数。
五 源実正。正頼の七の君（大宮腹）の婿。左大臣源季明の長男。
六 藤原忠俊。正頼の八の君（大宮腹）の婿。右大臣忠雅の長男。
七 「蘇枋の」は、「蘇枋の折敷」の意。
八 大殿の上腹の男君たち。
九 「宣旨」は大后の宮の上臈の侍女、「おもと人」は側近の侍女、「内侍」は大后の宮の内侍代、「命婦」は大后の宮の侍女、「蔵人」は大后の宮の女蔵人。
一〇 底本「給はて」。「たまはりて」の促音便無表記の形か。
一一 大后の宮に献上する挿頭。ここは、松の枝か。
一二 この「尚侍の殿」は、ここにだけ登場する人物。
一三 「ねのひ」に「子の日」と「根延び」を掛ける。

はとて、今日参り給へり。帝、驚きて対面し給へり。

一八　六十の賀の舞と楽。

かくて、楽始まりて、君たち舞仕うまつりなどす。大将殿の宮あこ、落蹲舞ひ給ふ。上達部[1]、かしづきて出だし給ふ。舞台に[2]立ち給ふに、帝よりはじめ奉りて、そこらの人驚く。「ただ今の世こそ、映えの盛りにて、さまざまの才盛りにて、人の容貌さへすぐれてあれ。そがうちにも、選ひ[3]調へて、この世に見えぬわざをせむとせし[一]吹上・神泉のみゆきなんどにも見えざりし舞の手かな」など[4]騒ぎ満ち、上達部・親王たち、「[二]習はせる少将かな」と、涙落とさぬなし。次ぎて、家あこ君、[三][5]陵王舞ひ給ふ。ただ生ける[6]陵王に舞ひ給ふ。驚きあやしがり給ひて、帝、舞ひ果つるすなはち、二所ながら召し上げて、かはらけ取らせて、かうのたまふ。

院[四]過ぎにける齢[7]ぞ延ぶる雲近く遊び始むる鶴の雛鳥

「根延び」は、大后の宮の子孫の繁栄をたとえる。『風葉集』賀「嵯峨の院の后の宮の六十賀、正月の乙子に、女一の皇女奉り給ひけるに、御挿頭、小松の枝に鶴据ゑて　うつほの前の尚侍」。この尚侍の系譜、未詳。

四「御」は、「御歌」の略。大后の宮の御歌の意。

五「一つ一つ」は、どちらか一つの意。

一「吹上・神泉のみゆき」は、吹上の宮への御幸と神泉苑への行幸。

二 少将はよくもここまで習わせたものだの意。「少将」は、源仲頼。

三 家あこ君に陵王を教えたのは、兵衛佐行正。【一〇】注三参照。

四「雲」は、ここは、この院の御所をいう。「鶴の

宮あこ君、

　君[五]にとて世々をば思ひしら雲に連ねて遊ぶ鶴(たづ)の雛鳥

とて、かはらけ取り給ふ。

[六][8]后(きさき)の宮、女一[七]の宮よりはじめ奉り[9]て、大将殿[八]の君たちに、御琴(こと)弾かせ奉り給ふ。后の宮[10]、[大后]「あてこそは、など見え給はぬぞ」と、あらはなる方に御几帳(みきちやう)さし出でさせ[11]、「なほ、ここに。あらはにもあらず」とて、姉君たちかしづきて参らせ奉らせ給ひて、后の宮、「ことわりこそはありけれ、父[九]などの口開けさせなどしけるは。いで、[一〇]あなれや」とて、そら[一一]とふもの御琴(おほんこと)[12]を、ふと[13]調べて、「この上には多くもあらず」とて奉り給ふ。あて宮、「さらに」など聞こえ給ふ。上[一二]、[大宮]「さ[一三]言ふばかりには聞こえずや。なほ、少しや」と聞こえ給へばなむ、響き高く、おもしろく仕うまつり給ひける。

　ただ今、誰ぞや、かばかりの、思ほえぬなど驚きて、帝・春宮聞こしめす。藤中将、誰ならむ、わが手におぼえたるかな、あら

雛鳥」に、宮あこ君と家あこ君をたとえる。

五「白雲」の「しら」に「知ら（ず）」を掛ける。

六「后の宮」は、大后の宮。

七「女一の宮」は、朱雀帝の女一の宮。【一四】注一参照。

八「大将殿の君たち」は、左大将正頼の女君たち。

九 倒置法。「口開けさす」は、茫然とさせるの意か。

一〇「あなれや」は、「さあなれや」に同じ意か。

一一「そらとふも」は、琴の名だが、未詳。

一二「上」は、大宮をいうと解した。

一三 お断りになるような腕前だとは思いませんよの意。

一四 副助詞「など」でとめた表現と解した。

じと思ふものをなど。[一四]ある限りの人、驚くこと限りなし。春宮、「仲忠の朝臣聞くに恥づかしからぬ手かな」とのたまふ。[一五][14]左大将のおとど、涙を落として聞き給ふに、皆人、あて宮なるべしと思ひぬ。

后の宮、「いとありがたし。ただ今、映え[15]なめりかし」とて、

[一六]常よりも今日のねの日のうれしきはひく松の緒を聞くにぞありける

あて宮、

[一七]野隠れて風の調べの松のねは今日もひかれぬものにぞありける

など聞こえ給ふ。后の宮、白銀の櫛の箱六具、黄金の箱・壺[16]ども、中[17]に、よろづのありがたき物ども入れて、世の中にありがたき御[一八]仮髻・蔽髪・[一九]彫櫛・[二〇]釵子・元結、[二一]御宮仕への初めの御調度奉り給ふ。

一五 「左大将のおとど」は、正頼。あて宮の父。

一六 「子の日」の「ね」に「根」と「音」、「ひく」に「引く」と「弾く」を掛ける。「松の緒」は、琴の音を松風にたとえ、あて宮が弾く琴をいう。「根」「引く」「松」は、縁語。

一七 「ね」に「根」と「音」、「ひか」に「引か」と「弾か」を掛ける。

一八 「仮髻」は、頭髪にかぶせる髪のようなもの。『和名抄』調度部容飾具「釈名云、仮髻 須恵 以レ此仮覆二髪上一也」。「蔽髪」は、金具の髪飾り。『和名抄』調度部容飾具「釈名云、蔽髪 比太飛 蔽二髪前一為レ飾」。

一九 底本「へりくし」。「ゑりぐし」（彫櫛）（装飾用の模様をつけた櫛）と解した。「あて宮」の巻【四】注四

一九　同日、春宮、大后の宮や大宮と対面する。

かくて、春宮、后（きさい）の宮に参り給ひて、后の宮、御物語など聞こえ給うて、大后「かく、時も知らぬ住まひせしほどに、年月過ぎけるも知られざりつるほどに、今日、[一]この君の知らせ給ふに、残り少なくなりにける行く先も、あはれに思ほゆるを、かく渡りおはしたれば、末の世継ぎ給ふ心地になむ」。春宮、「年の初めにも参[1]らむとせしを、今日、かく参り給へりと承[2]りて、同じくはとてなむ。[3]何よりは、[二]設けて候ふ心地なむする」[4]と聞こえ給ふ。

かくて、大将殿の大宮に対面（たいめ）し給ひて、春宮「久しくもなりにけるかな。后（きさい）の宮にも参りて侍りしかど、[三]時のままにや侍らむ」とて、「[5]あて宮、[6]里居のままにや」。大宮、「あな久しや」と[四]て、春宮[五]「御消息（せうそこ）などは常に聞こゆれど、それ、はた、聞こえぬよりもおぼつかなくなむ。いかで、それらも、かかるついでにこそ承りぬべかな

参照。

二〇「釵子」「元結」をつけるのは、女性の正装の時の髪の恰好。「祭の使」の巻【三】注九参照。

二一 大后の宮が入内した時の物をあて宮に贈ったのである。参考、『新古今集』雑下〈后に立ち給ひける時、冷泉院の后の宮の御蔽髪を奉り給へりけるを、出家の時返し奉り給ふとて　東三条院〉。

一「この君」は、大宮と解した。ただし、大宮を「君」と称するのは異例。あて宮と解する説もある。

二 入念な準備をしたうえで参った思いがいたします。

三 昔とお変わりがないようにお見受けされました。

四「とて」で発言者が変わるのは異例だが、以下を春宮の発言と解した。

五 あて宮への手紙をいう。

れ」。大宮、「いく度にかは聞き定め給へらむ」。春宮、「[六]対面する人には、常にものするは。かうなども聞こえ給はずや」。大宮、「承る時もあれど、[七]さるべきにも侍らざめれば、心ときめきに思ひ侍りつるに」。春宮、「思ほし捨つるにこそはあなれ。聞こえずとも思ほし出でやするなど思へど、さもあらねば、『[八]恥捨てて』と言ふばかりになむ聞こゆる」。大宮、「言ひ知らぬが中にも、雑役の[九]蔵人などにも仕うまつりぬべき者侍らば、参らせむと思ひ給ふるを、[一〇]やむごとなき人あまた候ひ給ふと承れば、[一一]鼬の間なき心地してなむ」。春宮、うち笑ひ給ひて、「参り給はむほどこそ、心地には、鼠の心地もすべかなれ。いと、さな思しそや、『[一二]何の中の蓮』とかや言ふこともあるを。よそにては、常におぼつかなきを、かかるついでに承り定めてむ。偽りとや思す」。大宮、「[一三]今つれなき人頼まるなる。今、暮れ方になむ」。春宮、「同じくは、心のどけからぬこそ。[一四]『後は何せむ』などこそ言ふなれ」とて、

春宮[一五] 年経れどわが身変はらぬ子の日にはまつも効なく思ほゆるか

六 「対面する人」は、正頼をいう。

七 春宮にふさわしい娘ではございませんので。

八 『竹取物語』「白山にあへば光の失するかとはぢを捨てても頼まるるかな」（石作の皇子）によるか。

九 女蔵人。

一〇 「やむごとなき人」は、春宮のほかの妃をいう。

一一 「鼬の間なき心地」は、天敵の鼬がいつもそばにいる鼠の気持ちの意の当時の諺。参考、『源氏物語』「東屋」の巻「鼬の侍らむやうなる心地」。

一二 泥の中の蓮。参考、周敦頤『愛蓮説』「晋陶淵明独愛レ菊。自二李唐一来、世人甚愛二牡丹一。予独愛下蓮之出二淤泥一而不レ染、濯二清漣一而不レ妖、中通外直不レ蔓不レ枝、香遠益清、亭亭浄植、可二遠観一而不上可褻

な

と聞こえ給ふ。大宮、

時分かずねの日のあまた聞こゆれば変はらぬまつとえこそ頼まね

など聞こえ給ふ。「今、かしこにも」などて立ち給ひぬ。

二〇　同日、大宮、大后の宮にあて宮入内の了解をとる。

かくて、后の宮にも聞こえ給ふ、「この、あてといふ者をなむ、かくのたまはすれども、この宮なども、かくて候ひ給へばなむ、かしこさにも、え候はせぬ」。后の宮、「などか、そは参り給はざらむ。ことさら心ざしてもこそは参らすれ。さて、里住みは、ものすまじうこそものすめれ。さてものし給はば、御後見ばかりは、いとようものしてむ。ここに思ほし障るにやあらむ、『「聞こえて久しくなりぬるかし」と聞こえ奉れよ』と、度々のたまへど

一三　「今つれなき人頼まる」は、当時の諺か。
一四　『拾遺集』恋一「恋ひ死なむ後は何せむ生ける日のためこそ人の見まくほしけれ」（大伴百世）による表現。
一五　「まつ」に「松」と「待つ」を掛ける。
一六　「ね」に「子」と「寝」、「まつ」に「松」と「待つ」を掛ける。「寝の日のあまた聞こゆ」は、春宮に寝所をともにする妃が多くいることをいう。
一七　「かしこ」は、あて宮をいうと解した。

一　春宮が。
二　「この宮」は、嵯峨の院の小宮。春宮妃。大后の宮腹。
三　あて宮が春宮に入内なさったら。
四　「ここ」は、一人称。

も、かからむついでにとてなむ」。「あさましうはかなきうちにも、よろづのこと片端なるをなむ」。后の宮、「いでや。殊に、恥づかしげなる人もなし。右大将殿のばかりぞ、容貌・心めやすく、参上りなども、しばしばせらるめる。さては、殊なることあるもなかめり。大殿のは、かたがたにも参上り給ふこともなくて、さがなさをのみぞ、事にはせらるめれ。なほ、早う参り給へ。あぢきなう責めらるるや」など聞こえ給ふ。

二一　同日、大后の宮、帝と贈答する。

后の宮、内裏に、今日の捧げ物さながら、蔵人の少将を御使にて、かく聞こえ奉り給ふ。

　今日よりは君にを見せむちくま野によろづ世摘める今日の若
　　菜は

などて奉り給ふ。

五　あきれるほどつたない娘たちの中でも、あて宮は、何もかもまだ未熟なので、不安なのです。
六　「右大将殿の」は、「右大将殿の娘」の意。藤原兼雅の大君。嵯峨の院の女三の宮腹。大后の宮にとって孫にあたる。【四】注三参照。
七　それ以外には。
八　「大殿の」は、「大殿の娘」の意。左大臣源季明の大君。
九　「かたがたにも」は、「まったく……（ない）」の意の呼応の副詞か。
一〇　以下をあて宮への発言と解した。

一　「今日の捧げ物さながら」は、【一七】の、作り枝につけた「白銀・黄金の若菜の籠、同じ壺ども」をすべての意。

内裏にも、かねてよりさる御心ありて、黄金の山・威儀物などありて、かく聞こえ給ふ。
若菜摘む野辺をば知らで君にとは亀の尾山の小松をぞ引く
など聞こえ給ふ。

二二　六十の賀が終わり、人々帰る。

かくて、春宮帰り給ふ。上達部・親王たちには女の御装ひ、それより下に、ほどにつけつつ賜ふ。宮人、男には白き袿・袴、女には装束一具づつ。春宮の御供、殿上人・宮司まで賜はりぬ。

かくて、事果てて、大将殿に帰り給ふ。御車ども、数のごとくに引き続けて、君達、侍従の君よりはじめて、御馬にて、上達部ならぬ人は、馬にて仕うまつり給ふ。

藤中将・侍従の君は、馬を並べ、手綱を交はして、物語をするついでに、藤中将、「世の中の楽・遊びなどは、吹上の浜にて尽

二「蔵人の少将」は、源仲頼。【三】注一九参照。

三「筑摩野」の「ち」に「千」を掛ける。「筑摩野」は、所在未詳。「千」「よろづ（万）」は、縁語。

四「黄金の山」は、黄金で「亀の尾山」を模した作り物。

五「威儀物」は、儀式の威儀を調えるための飾り物。

六「亀の尾山」は、京都市右京区嵯峨にあった亀山の異名。


一「宮人」は、皇太后宮職の職員。

二「殿上人」は、春宮の殿上人。

三「宮司」は、春宮坊の職員。

四「楽・遊び」は、舞と音楽をいうか。

きにきと思ふを、殿にこそ、取り侵されずなりにけれな。宮あこ君の御舞、君の御笙[五]は、三千大千世界[六]に相手はあらじかしな。そが中にも、そくとけふ[七]のならしふ[八]の声は、いみじかりつるものかな。源氏の中将[九]・仲忠らが耳は、身にも添へで、かの御琴のあたりに」。侍従、「いかにぞ、多かりつる心地せられつらむ」。中将、「かの御ためには、さは、そも、僻者とぞ思ふや」。「いづこより[一〇]来し。きてう[一一]よりや」。中将、「いさや。恋てふ山[一二]までも」など、けしからぬ戯れしつつ、殿まで帰り給ひぬ。

二三　春宮、あて宮に入内を促す歌を贈る。

かくて、殿に帰り給へるに、春宮より、

「一日、いとうれしかりし喜びは、まづと思ひ給へしに、今は[一]の世なる心地してなむ。いでや、

[二]君により弛げに袖もひちぬればうれしかりしもえこそ包まね

五「君」は、二人称。

六「三千大千世界」は、全宇宙をいう。仏教語。参考、『三宝絵』上巻序「三千大千世界ノ中ニ芥子許モ身ヲ捨テ給ハヌ所無シ」。

七「そくとけふ」、未詳。【二八】注二の「そらとふも」と同じ琴の名か。

八「ならしふ」、未詳。「馴らし譜」で、練習曲と解する説もある。

九「源氏の中将」は、源涼。

一〇 参考、『古今六帖』二帖〈門〉「いづこより思ひ入りてか惑ふらむ恋は門なきものとこそ聞け」。

一一「きてう」、未詳。

一二 参考、『古今六帖』四帖〈恋〉「いかばかり恋てふ山の深ければ入りと入りぬる人惑ふらむ」、『一条摂政御集』「あぢきなや恋てふ山は繁くとも人の入るにやわ

今だに、早くを。常に、[三][2]川岸の松に、[3]な思はせ給ひそよ」[5]

など聞こえ給へり。大宮、かく聞こえ給ふ。

包むべき袖の朽ちなばうれしさもつひになき身となりもこそ
すれ

など聞こえ給ふ。

また、宮より、

（春宮）「いづこにか包まざるべきうれしさは身[6]よりも殊にあまりしも
せじ
袂（たもと）にしもあらじや」

とのたまはせたる。あて宮、

「[四]雲にまだ及ばぬ身より[7]あまらぬは長き心のなきにやあるらむ
と思ひ給ふるなむ」

など聞こえ給へり。

が惑ふべき」。

一　うれしさのあまりこれを最後に死んでしまうような気持ちがして、しばらくお手紙をさしあげられませんでした。

二　引歌、『古今集』雑上「うれしきを何に包まむ唐衣袂豊かに裁てと言はましを」（詠人不知）。次の大宮と春宮の歌も、この歌を引歌にしている。

三　『後撰集』恋五「来ずやあらむ来やせむとのみ川岸のまつの心を思ひやらなむ」（詠人不知）による表現。

四　「雲にまだ及ばぬ身」は、まだ帝位についていない春宮をいう。

二四　入内の噂に、人々、あて宮に歌を贈る。

かくて、春宮に宮もおとども頼め聞こえ給へりとて、聞こえ給ふ人々、精進・潔斎をしつつ、山々寺々に不断の修法を、七度、春の初めより参り給はむ日まで行はせ、いみじき大願を立て、あるは、山林に交じりて、金の御嶽・越の白山・宇佐の宮まで参り給ひつつ、願じ申し給はぬ人なき中にも、源宰相は、淵川に入りなむと惑ひ焦がれつつ、殿の内、片時離れず、御前の簀子を離れで、草木につけつつ、涙を流して、かくぞ聞こえ給ふ。

「言の葉も涙も今は尽き果ててただつれづれと眺めをぞする

いでや。聞こえさすべき方こそおぼえね。ここらの年ごろ思ひ給へ惑ひつるところ効なく、人伝てならで、夢ばかりも聞こえさせでやみぬること。あが君や、雲居のよそにても聞こえさせてしかな。いましばしだに、いたづらになし果て給ひそ」など聞こえ給

一　「金の御嶽」は、奈良県吉野郡の金峰山。役小角創建と伝えられる金峰山寺は、修験道の霊場。【三】で、兼雅が行っている。

二　「越の白山」は、石川・岐阜・福井県にまたがる山。富士山・立山とともに日本三霊山の一つ。【三】で、仲忠が行っている。

三　「宇佐の宮」は、大分県宇佐市の宇佐八幡宮。【三】で、仲頼が宇佐の使として行っている。

四　「国譲・下」の巻【五三】にも、「やがて淵川にも落ち入りて死に侍りなむ」の表現が見える。

五　「殿」は、三条の院。

六　あて宮がいる寝殿の簀子。

七　参考、『古今集』恋三「つれづれのながめにまさる涙川袖のみ濡れて逢ふよ

ひつれば、御返りもなし。

右大将[7]（兼雅）、

「今は、聞こえさせむもいとかしこけれども、[九]立つこと憂き陰の心地してなむ。いでや、

八百万（やほよろづ）現（あ）れたる神は祈（ね）[8]ぎつれど君はもの聞く時のなきかな

[一〇]多くの年月を、えこそこしらへずなりぬれ」

など聞こえ給へり。あて宮、見給ひて、「[一一]春の残りはまだ多かめるものを」など言ひて、これかれ笑ひて、御返りなし。

兵部卿の宮より、

「[一二]『数書く[9]』とか言ふやうなれど、思ひ給へやる方なければ、

いかでか思ひ給[10]へ忘れむ」

とて、

「[一三]二つともふみ行（ゆ）くかたはなきものを跡につきつつ惑ふ心[11]か

あないみじや。いかさまにせむ」

と聞こえ給へり。

しもなし」（藤原敏行）。

八 「雲居のよそ」は、遥か遠く離れた所の意。

九 『古今集』春下〈亭子院歌合の春の果ての歌〉「今日のみと春を思はぬ時だにも立つことやすき花の陰かは」（凡河内躬恒）による表現。

一〇 あて宮さまのお気持ちを動かすことができないままになってしまいました。

一一 注九の歌による表現。

一二 『古今集』恋一「行く水に数書くよりもはかなきは思はぬ人を思ふなりけり」（詠人不知）による表現。

一三 「ふみ」に「踏み」と「文」、「かた」に「潟」と「方」を掛ける。「跡」は、筆の跡と鳥の足跡の意を込める。「踏み」「潟」「跡」は、縁語。

一四 引歌、『古今集』誹諧歌「世の中の憂きたびごとに

平中納言、

「かくのみ思ひ給ふるよりも、世に住まずもがなと思ひ給ふれど、それさへ心にもかなはぬものにこそ」とてなむ、[12]

一四「身を投げむ方さへぞなき人を思ふ心にまさる谷しなければ

いかにせむ。いかにせむ」。

御返りなし。

三の皇子、雨の降りたる頃、御前の紅梅の匂ふ盛りに、

一五「紅の涙の流れ溜まりつつ花の袂の深くもあるかな

一六大空さへこそ」など聞こえ給ふ。

藤中将、

仲忠一七「涙川浮きて流るる今さへや我をば人の頼まざるらむ

一八袖の濡るるは、人の咎めらるるはや」

など聞こえ給へり。

源中将、

身を投げば深き谷こそ浅くなりなめ」（詠人不知）。

一五「紅の涙」は、あて宮を思って流す涙。「花の袂」は、花を袂にたとえる。「深く」は、紅の色深くの意。参考、『千里集』「泣く涙恋ふる袂に移しては紅深き色とこそ見れ」。

一六『敦忠集』「我のみは夏のながめはせざりけり大空さへやものを思ふらむ」による表現か。

一七 引歌、『古今集』恋三「浅みこそ袖もひつらめ涙川身さへ流ると聞けば頼まむ」（在原業平）。『風葉集』恋一「藤壺の女御いまだ参り侍らざりける頃遣はしける右大将仲忠」。

一八『拾遺集』恋四「わが袖の濡るるを人の咎めずは音をだにやすく泣くべきものを」（詠人不知）による表現。

涼一九「荒磯海（ありそうみ）の真砂（まさご）の数は知りぬれど数[13]ふばかりの跡をこそ見ねたとふべき方こそおぼえね」。

御返りなし。

御前（まへ）の木（こ）の芽のうちけぶりたるを見給ひて、かく聞こえ給ふ。

仲澄二〇「わがごとや春の山辺も焦（こ）がるらむ嘆きの木（こ）の芽もえぬ日もなし

二一山にも満ちぬる心地こそすれ」など聞こえ給へど、いらへ聞こえ給はず。

源少将[14]、

仲頼二二もえ出（い）でて[15]わかみどりともなりななむさてもや人に及ばぬと見む

兵衛の良佐（らうすけ）、

行正二三「たましひを人に通はず[16]なりぬればわが熱さをも知らでやあるらむ

と思ひ給ふるこそ、いみじうつらけれ」

一九「跡」は、足跡と筆の跡の意を込める。「浜の真砂」「跡」は、縁語。参考、『古今集』仮名序「わが恋は読むとも尽きじ荒磯海の浜の真砂は読み尽くすとも」。

二〇 あて宮の同腹の兄仲澄の歌と解した。「嘆き」の「き」に「木」、「もえ」に「燃え」と「萌え」を掛ける。「木」「焦がる」「燃ゆ」は、縁語。参考、『順集』「嘆きつつ過ぐす月日は何なれやまだき木の芽ももえまさるらむ」。

二一『古今集』恋三「君によりわが名は花に春霞野にも山にも立ち満ちにけり」（詠人不知）による表現。

二二「もえ」に「萌え」と「燃え」、「わかみどり」に「若緑」と「わが身鳥」を掛ける。

二三「魂」の「ひ」に「火」を掛け、「熱さ」にあて宮になどあり。

藤英の大内記、時なる、[17]二つなし。春宮には学士、内裏の殿上許されて、[二四]つくり内紀かきゆきにて、難き書、おもしろき書を、片時に作り、朝廷、[18]多う、かしこき者にし給ふ。よき人々婿に取り給ふを、耳に聞き入れず、[19]誇りかに、「迫れる時には、[20]はふらし、[二五]ありけうもこたふはうちていふ。頭の髪に焔のつき、大海に流るるを、[21]助くることもなし。恥を捨て、名を顧みず出で立ちて、[二六]時の上達部に見え知られしかばこそ、いささか浮かみ、[22]人ともなれ。ただ、そは、一つは天道、[23]一つは[二七]学生の力なり。昔、天下れるかと見えし人に、肩を並べ、上に見し人を下に見、[24]雲よりも及びがたかりし百敷を馴らすこと、仏の御徳なり。我を言ひまさぐる公卿たち、[二八]緋の[25]衣・[26]白き笏に娘[27]逢はせよかし。我を取りせば、昔ぞせまし」[28]など言ふほどに、[29]左大将のおとど、春宮大夫にものし給ふを辞し給ふ[二九]表作らせ給ふとて、召して、南のおとどしつらはせて候はせ給ふ。

対する熱い思いの意を込める。「魂を」は「魂も」の誤りか。

二四 底本「つくり内紀かきゆきにて」、未詳。

二五 「ありけうもこたふはうちていふ」、未詳。

二六 「時の上達部」は、今を時めく上達部の意で、源正頼をいう。「祭の使」の巻【三】参照。

二七 「学生」は、学問の意。

二八 「緋の衣・白き笏」は、「吹上・下」の巻【三】注五・注六参照。

二九 「表」は、臣下が天皇に奉る文書。「辞し給ふ表」は辞表。一定の型式があり、四六駢儷体の漢文で作ることから、漢学者などに依頼することもあった。藤英は、正頼の左大将の辞表も作っている。「蔵開・上」の巻【三】注四参照。

三〇 「まうち君たち」は、

おとど、御装束して会ひ給へり。物いと清らにて賜ひなどして、御かはらけ賜ふ。君達、皆、かはらけ取り給ひ、三〇[30]まうち君たち、三一巡流しなどす。御表作り果てて、しばし候ふに、魂消え惑ひ、炎も見ゆる心地す。大内記[31]思ふ三二ほに、三三昔の試策の歩みに、かくおぼえしかば、出で立ちて[32]こそは、[33]今の形ともなれ、なほ、三四このことといたしてむと思ひて、宮あこ君に、かく書きて奉る。

藤英三五「もの思ふに胸だに燃えぬものならば身より炎は出ださざらまし

隠れ所のなければにや」

など書きて、「これ、三六世の常に聞こゆるなり。御覧ぜさせ給ひて、御返り聞こえ給へ」と言ふ。三七宮あこ君、「[34]さらに、かやうの物見給はずなむある。今、さりとも、かうなむ聞こえむ」とて、「久しう書を承らぬかな。藤英三八『異人には、な読みそ』とのたまへば、いと悪しや」。内記、藤英「暇の、さらに侍らねばなむ。[35]さはありとも、聞こゆることだに顧み給はば、三九学士をば仕うまつらずとも、[36]いと

正頼家の四位五位の令外家司たちをいうか。「祭の使」の巻【三】注八参照。

三一「巡流し」は、酒坏を一座の人々に順に回すこと。

三二「ほに」は、「俊蔭」の巻【五】注一参照。

三三「昔の試策の歩み」は、「祭の使」の巻【一九】参照。

三四 あて宮さまにこの思いを訴えてみよう。

三五「炎」に、この手紙をたとえるか。

三六 懸想文のような手紙ではありませんの意。

三七 以下の場面は、「藤原の君」の巻【二九】注一〇、「春日詣」の巻【七】注三、「吹上・下」の巻【一六】注五参照。

三八 ほかの人からは漢籍を習うなの意。

三九「学士」は、東宮の学士。

よく習はし奉りてむ」。宮あこ君、「物の師ごとに、かくのたまへばこそ、いと無才になりぬべけれ」などのたまひて、宮あこ君、あて宮に奉り給へど、あやしがりて捨て給ひつ。[37]

忠こその阿闍梨も、大願を立てて、四〇聖天の法を不断に行ひ、四一加持したる水を硯水にして奉れ給ふ。

忠こそ　尽きにきと思ふわが身の悲しさを君はいかでかここらとめけむ

と聞こえ給へり。なほ、仏の御徳なし。

二五　実忠の男君（真砂君）、父を恋いつつ亡くなる。

かくて、源宰相は、三条堀川のほどに、広くおもしろき家に住み給ふ。一上に、時の上達部のかしづき給ひける[1]一つ娘、十四歳にて婿取られて、また思ふ人もなく、いみじき仲にて、実忠「この世にはさらにも言はず、行く末にも、草・木、鳥・獣となるとも、友

四〇「聖天」は、「大聖歓喜天」の略。インドの仏教守護神。夫婦和合・安産などの神として尊崇された。

四一「加持したる水」は、加持によって清められた水。加持香水。


一「上」は、実忠の北の方。実忠に妻がいることについては、これまでも何度も語られていた。

二 源涼の吹上の宮も、「金銀・瑠璃の大殿を造り磨き」とあった。「吹上・上」の巻【二】参照。

三「植ゑたるごとし」は、人々が大勢整然と並んでいるさまの形容。「吹上・上」の巻【三】注六、「蔵開・上」の巻【九】注三参照。また、類似の表現として、

達とこそならめ」と言ひ契りて住みわたり給ふに、男子一人、女子一人、女子は袖君、男子をば真砂君といふ、真砂君をば、父君、片時、え見給はであへず、撫で養ひ給ふほどに、殿の内豊かに、家を造れること、一二金銀・瑠璃の大殿に、上下の人三植ゑたるごとして経給ふに、このあて宮に思ほしつきてより、年ごろの契りをも忘れ、愛しき妻子の上をも知らで、四かの殿に籠もり居て、吹く風、五飛ぶ鳥につけても訪ひ給はで、年月になりぬ。北の方、思ひ嘆き給ふこと限りなし。

六如月ばかりになりぬ。殿の内、やうやく毀れ、人少なになり、池に七水草居わたり、庭に草繁りゆき、木の芽、花の色も昔におぼえず。朝には、八もし人や訪れ給ふと待ち暮らし、夜さりは、九影にや見ゆると頼みわたる。涙を流して眺めわたり給ふに、春の雨つれづれに降る日、雨籠もりて、若き君たち、父君を恋ひつつ、うち泣きて居給へるを、一〇母君、あからしく悲しと思ほえて、鶯、巣に卵を生み置きて、雨に濡れたるを取らせて、かく書きて奉らせ

「藤原の君」の巻【一六】に、「庭の木のごと、上達部・親王たち住み給ふ」も見える。

四「かの殿」は、正頼の三条の院。「祭の使」の巻【三】注四参照。

五「飛ぶ鳥」は、「俊蔭」の巻【三九】注六参照。「訪ふ」は、手紙を贈るの意。

六 物語の時間が、この巻の時間に戻る。

七 参考、『蜻蛉日記』上巻「絶えぬるか影だにあらば問ふべきを形見の水は水草居にけり」。

八「人」は、夫の実忠をいう。

九『後撰集』「日を経ても影に見ゆるは玉葛つらきながらも絶えぬなりけり」（伊勢）による表現か。

一〇「あからし」は、つらい、情けないの意。「吹上・下」の巻【一五】注一六参照。

給ふ。源宰相に、

実忠の北の方一一「春雨とともにふる巣のもりうきは濡るることどもを見るにぞありける

一二これに劣らぬ宿は、見苦しうなむ。さても、『一三真砂は数知らず』とか聞こゆめる」

とて奉らせ給へり。

宰相、げに、いかに思ふらむと思ほえて、

実忠一四「住み馴れし宿をぞ思ふ鶯は花に[5]心も移るものから

など、のどかに思したれ。げに、いかにと思ふものからなむ。

一五『真砂は、数知らむ時にや』とのたまへ」

とあり。

北の方、見給ひて、涙を流して経給ふほどに、一六真砂君十三歳、遊[6]袖君十四歳なり、真砂君、[7]父君の撫(な)で養ひ給ひしのみ恋しく、遊びもせず、物も食はで思ふほに、[8]一七父君(ててぎみ)の我を思ほしし時には、[9]遊びしに、片時立ち退(しぞ)きしをだに苦しきものにこそし給ひしか、今

一一「ふる」に「経る」と「古」、「もり」に「守り」と「漏り」、「こ」に「子」と「卵」を掛ける。

一二「これに劣らぬ宿」は、この鶯の古巣に劣らず濡れているこの家の意。

一三「真砂は数知らず」は、【三】注九の歌による表現。

一四「住み馴れし宿」に北の方、「鶯」に実忠自身、「花」にあて宮をたとえる。

一五 浜の真砂の数を数え尽くした時に帰って来るだろうの意。

一六 以下「十四歳なり」まで挿入句。

一七「父君（ててぎみ）」は、幼児語。真砂君は、後に、「父君（ててき）」とも言っている。それに対して、乳母は、「つらくあからしき父君（ちちぎみ）」と言っている。また、地の文にも、

は、[一八]前を渡り[10]歩き給へど、訪ひ給はぬは、御子とも思さぬなり、親なき人は、心もはかなく、才も習はで、官爵も得ること難くこそあなれ、我こそさるべき人ななれなど思ほし屈して、病づきて、ただ弱りに弱りぬ。真砂君、乳母に言ふほに、「我こそ、父君の恋しく[一九]おぼえ給ふに、えあるまじくおぼゆれ。[二〇]上に仕うまつらむと思ひつるものを」と、泣く泣く言ふ。乳母、「あなゆゆしや。あが君は、などかのたまふ。上も今はかく[二一]御徳もなくなり給ひつれど、[二二]君達のおはしませばこそ、行く先を頼み聞こえて、ここらの人候へ。おはしまさずは、[二三]ややよりはじめて、何を頼みてか仕うまつらむとこそ思さめ。つらく[11]あからしき父君により奉りて、身をもいたづらになさむとは思すな」と、泣く泣く言ふ。真砂君、「さは思へど、えぞあるまじきや。わがなからむ代[12]はりに、上に、よく仕うまつり給へよ」など言ひわたるに、つひに、父君を恋ひつつ亡くなり給ひぬ。母君惑ひ焦がれ給ふに、効なし。

「父君（ちちぎみ）」とある。

一八　この家の前をお通りになるのに。前渡り。参考、『蜻蛉日記』中巻「前渡りせさせ給はぬ世界もやあるとて、今日なむ」。

一九　「おぼえ給ふ」は、「思はれ給ふ」に同じで、父君が私に思われなさるの意。「給ふ」は、父実忠に対する敬意の表現。

二〇　「上」は、母上の意。

二一　「徳」は、財産の意。

二二　「君達」は、二人称。真砂君。

二三　「やや」は、子が乳母を呼ぶ言い方という。ここは、それを、乳母自身が用いたもの。

二六　実忠、真砂君の死を知って悲しむ。

源宰相は、かかることをも知り給はで、思ほすことのならぬをのみ思ひ焦られ、伏し沈み、病になり、ある時は遊びきらめきつつ旅住みをし、思ひし妻子の上をも知らで、恋ひ悲しむをも知らぬほどに、真砂君の七日のわざを、母君、仏描き、経書き、法服して、比叡にてし給ふほどに、宰相、「思ひなし給へ」と、御社に詣で会ひ給へるに、この君のわざをする願書に、親の心変はりたるにより、一人ある男子いたづらになしたることを、おもしろう作れり。一山の人、悲しみののしる。源宰相、驚きて、泣き惑ひ、臥しまろび給へど、効なし。多くの誦経し給ふ。さてなむ、真砂君のなきをば知り給ひける。


一「思ほすこと」は、あて宮への恋の思いをいう。

二「祭の使」の巻【三七】参照。

三「遊びきらめく」は、管絃の遊びに心を尽くすの意。

四「旅住み」は、妻子を捨て、自分の家を離れて三条の院に居続けていることをいう。「藤原の君」の巻【三七】注五参照。

五「七日のわざ」は、四十九日の法要。参考『篁物語』「この男、涙尽きせず泣く。その涙を硯の水にて法華経を書きて、比叡の三昧堂にて、七日のわざしけり」。

六「御社」は、比叡山の東麓にある、延暦寺の地主神である日吉神社。

七「願書」は、祈願の内容を書いて神仏に奉る文書。

二七　実忠の北の方と袖君、真砂君の死を嘆く。

かくて、男(をとこ)もなき所に、つれづれと眺めわたり給ふ。この北の方、昔より、容貌(かたち)清らに、心ある名取り給へり。娘の君もよきほどにてものし給へば、よろづの人聞こえ給ふ中に、左大将殿の中[一][1]将の君、兵衛督(ひやうゑのかん)[二]の君、式部卿[2]の右馬頭(むまのかん)[三]の君など、この北の方を、切(せち)に聞こえ給ふを、近くて見給ふこと、かけて[四][3]なし。

真砂(まさご)[4]君の恋しくおぼえ給ふ折、かくなむ。[5]

実忠の北の方[五]
聞くだにもゆゆしき道と思ひしを君も行(ゆ)きぬと見るが悲しさ

袖君、

[六]並び居て遊びしものを鳰鳥(にほどり)の涙の池に一人行くかな

などて、飽かず[七]おぼゆれば、母君、

実忠の北の方
思へども　悲しきものは　池水の[八]　のどけき言(こと)を　結びつつ
鴛鴦(をし)[九]の子どもも　並び居て　憂きもつらきも　もろともに

願文に同じ。
八　比叡山にいる人は皆。

一　源正頼の三男祐澄。
二　源正頼の次男師澄。
三　「祭の使」の巻【二】注五に見える「式部卿の宮の右馬の君」と同一人物。
四　「かけて」は、下に打消の表現を伴って、「まったく……（ない）」の意を表す呼応の副詞。
五　「ゆゆしき道」は、死出の道。
六　「鳰鳥」は、繁殖期に雌雄がともにいることが多いので、二人並ぶものをたとえる。ここは、真砂君と袖君の二人。
七　短歌では表現しきれない思いを長歌に託した。
八　「池水の」は、「のどけし」の序か。
九　「鴛鴦の子ども」も、真砂君と袖君の二人をいう。

[一〇]淵にも瀬にも　後れじと　契りしものを　いつの間に　花の色々　咲き紛ふ　[一一]春の林に　移り居て　跡だに見えず　なりゆけば　明くる朝を　眺めつつ　[一二]嵐の風の　[6]音にだに　聞こえやすると　待ち暮らし　暮れゆく時は　飛ぶ鳥の　影や見ゆると　頼みつつ　[一三]まつの葉繁き　奥山の　深く悲しと　思ひつつ　月日の行くも　知らぬ間に[7]　[一四]二葉に生ひし　撫子を　来る朝ごとに　掻き撫でて　いつしか色の　[一五]薄き濃き　盛りをだにも　見むとのみ　思ひしほどに　うちはへて　親を恋ひつつ　泣き溜めし　[一六]韓紅の　海を出でて　[一七]黄なる泉に　下り立ちて　[一八]砂子の波を　うち背き　[一九]悲しき岸に[8]　着きにけり　夜々ごとに　[二〇]むばたまの　衣の下に　臥しわたり　しののめごとに　起き居つつ　花の木もとに　遊び来し　わが子[9]の一人　行く道に　[二一]枝なる雪の　消ゆる間も　後れむとやは　思ほえし　宿の板間は　荒れまさり　[二二]このもとはかく　漏りぬれど　[二三]玉の枝にも　ありしかば　蝶鳥だにぞ　通ひ来し

一〇「淵にも瀬にも」は、『古今集』雑下「世の中は何か常なる明日香川昨日の淵ぞ今日は瀬になる」（詠人不知）による表現。

一一「春の林」は、三条の院をたとえる。

一二「嵐の風の」は「音」、「飛ぶ鳥の」は「影」の序。

一三「まつ」に「待つ」と「松」を掛ける。「松の葉繁き奥山の」は、「深く」の序。

一四「二葉に生ひし撫子」は、真砂君をたとえる。

一五「薄き濃き」は、四位の浅紫の位袍と三位以上の深紫の位袍をたとえる。

一六「韓紅の海」は、真砂君が流した紅涙をたとえる。

一七「黄なる泉」は、「黄泉」の訓読語。黄泉の国。

一八「砂子の波」は、「娑婆」を省略して書いた「沙波」の訓読語。この世。

一九「悲しき岸」は、彼岸

空行く雲の[二四]　よそにても　ありやと問はば　深草[二五]の　峰の霞と　ならましや　なほたらちめ[二六]を　思ふには　眺めて暮らす　春の日の　日暮らしまでに　立つ塵の　数も数には　あらず[10]もあるかな

とて、嘆き[11]わたり給ふ。

二八　正頼家の人々、上巳の祓えに出かける。

かくて、弥生の十余日[1]ばかりに、初めの巳[2]の日出で来たれば、大将殿には、上巳[3]の祓へしに、難波へ、方々、男君たちも、残り少なくおはします。百五十石[4]ばかりの船六つ、檜皮葺きの船具して、金銀・瑠璃に装束[5]かれ、大きなる高欄[6]を打ちつけ、帆手[二][7]に上げて、白き糸を太き縄に綯ひ、大いなるはくえ[三]にて、船の調度に使ひ、すべて[8]、御簾どもなども縫ひ物[四][9]などして、船六つに、船子[五]二十人ばかり、楫取四人、装束選ひ、容貌を調へて、国々の受領

の意。

二〇 「むばたまの衣」は、夜の衣の意。

二一 「枝なる雪の消ゆる間」は、短い時間のたとえ。

二二 「こ」に「木」と「子」を掛ける。

二三 「玉の枝」は、真砂君をたとえる。

二四 「空行く雲の」は、「よそ」の序。

二五 「深草」は、真砂君の墓所か。

二六 「たらちめ」は、母の意。

一 正頼の女君たち。

二 「帆手」は、帆布の意。

三 「はくえ」、未詳。

四 「縫ひ物」は、刺繍の意。

五 「船子」は、船を漕ぐ水夫。「楫取」は、楫を操る人。

六 仁寿殿の女御。

ども、一つづつ御船の装束どもして奉りたるに、一の御船に、大宮・[六]女御・あて宮、[10]二に、[七11]あなたの北の方の[12]御妹君たち、[13]三には、[八]御方々七所ながら[九]奉り給ふ。御船一つに、大人十二人・童四人・下仕へ四人、やむごとなきを選はれ、装束、御船ごとに、かかり。男方、一には御婿七所奉り、そこばくの宮・殿の人、あるは御船に候ひ、あるは小船どもに乗りて渡り給ふに、[一〇]かうぶり柳に至り給ひて、大宮、

[一一]名にし負はば緋の衣は解き縫はで緑の糸を縒れる青柳

女御の君、

（仁寿殿）[一二]川津なる柳が枝に居る鷺を[14]白き笏ともまづ見つるかな

あて宮、

[一三]色変へて久しくなれど青柳のいとど深くも見ゆる緑か

など言ひて、[一四]長州[15]に至り給ひて、鶴の立てるを、[16]式部卿の宮の御方、

（五の君）[一五]千年経る[17]鶴の立ち居る今日よりや長州てふ名を人の知るらむ

七　正頼の妻大殿の上腹の未婚の姫君たち。

八　中の君から八の君までの七人の既婚の女君たち。

九　「奉り給ふ」、敬語不審。お乗りになるの意。

一〇　淀川の岸にあった柳の名。参考、『拾遺集』雑下〈かうぶり柳を見て〉「川柳糸は緑にあるものをいづれか朱の衣なるらむ」（藤原仲文）。「かうぶり」は、従五位下に叙せられること。

一一　「緋の衣」は五位、「緑」は六位の位袍の色。

一二　「白き笏」は、五位以上が用いる。

一三　「色変ふ」は、袍の色を緑から五位の緋に変えるの意。「いとど」の「いと」に「糸」を掛ける。

一四　「長州」は、淀川尻の地名。

一五　「長州てふ名」は、「長い」という語を持つ長州の

中務（なかづかさ）の宮の御方、鶯（うぐひす）の鳴くを聞きて、

中の君一六　惜しむなる春のながすの浜辺には何を嘆くぞうぐひすの声

[18]右大臣殿の御方、

六の君一七　春を惜しむ鶯の音（ね）も来てなかず野はまだ花ぞ盛りなるらし

民部卿殿、

七の君一八　うち群れて長州の浜に宿りして春の名残や久しきと見む

一九御津（みつ）にて、左衛門督（さゑもんのかん）の殿、

八の君二〇　おぼつかなまだしら雲のよそながらみつと頼まむことのはかなさ

藤宰相（さいさう）殿、

三の君二一　音にのみ聞きつるものをみつの浜みなれてのみも思ほゆるかな

中将殿、

四の君二二　聞きわたりはつかに今日ぞみつの浜[19]見つつは[20]過ぎじ船宿りせむ

名の意。

一六「ながす」に「長州」と「流す」、「鶯（うぐひす）」に「憂く」を掛ける。参考、『拾遺集』恋五「恋ひわびぬ悲しきことも慰めむいづれながすの浜辺なるらむ」（詠人不知）。

一七「なかず」に「鳴かず」と「長州」を掛ける。

一八「長州」に「長（し）」を掛けて、「久しき」とひびかせる。

一九「御津」は、淀川河口西岸の湊。

二〇「白雲」の「しら」に「知ら（ず）」、「みつ」に「見つ」と「御津」を掛ける。「白雲の」は、「よそ」の枕詞か。

二一「みつ」に「見つ」と「御津」、「みなれ」に「見馴れ」と「水馴れ」を掛ける。「音にのみ聞く」と「見馴る」を対比する。

などて、湊に御祓へし給ふほどに、春宮より、かく聞こえ給へり。

遥々と行く川ごとに祓ふともわが嘆き[21]をば離れしもせじ

あて宮、うち笑ひ給ひて、「腹汚くも、はた」などて、

[二三]禊ぎには嘆きの花も散りぬらむ八重雲払ふ風の寒さに

とて、女の装束、よき[二四]馬鞍。御使、早く上りて参りぬ。

二九　難波に着き、上巳の祓えをする。

かくて、難波に出で給ふほどに、畿内・山陽道・南海道の受領ども集ひて、おはしますべき所を、ありがたくおもしろうしなし、花の林、浦のままに植ゑ並べ、同じき砂子、同じき岩、ありがたくをかしき姿に調じて、よろづの御設けをして待ち候ふに、御船ども漕ぎ連ねて、よろづの上手、[一]船歌に、物の音ども吹き合はせて、船ごとに遊び変はりておはします。万歳楽の所に御[二]唱歌して待ち奉る。

二二「みつ」に「見つ」と「御津」を掛ける。また、「聞きわたる」と「はつかに見る」を対比する。

二三「嘆き」の「き」に「木」を掛ける。参考、祝詞「六月晦大祓」「科戸の風の天の八重雲を吹き放つ事の如く……祓へ給ひ清め給ふ事を」。

二四 下に「御使に被け給ふ」などの脱文があるか。

一「船歌」は、楫取や船子が船を漕ぎながら歌う歌。

二「唱歌」は、笛の譜を唱えること。

三「月の輪の」は、「かけ」の序。「月の輪」は、満月のこと。「かけ」に「欠け」と「懸け」を掛ける。「かく」は、心に懸けるの意。

四「飛ぶ車」は、『竹取物語』で、かぐや姫が乗って月に帰った車。「飛ぶ車をばよ

かくて、御船ども漕ぎ寄せて、御船ごとに祝詞申して、一度に御祓へするほどに、藤中将の、御祓への物取り具して奉る。黄金の車に黄金の黄牛かけて、乗せたる人、つけたる人、皆金銀に調じて、かく聞こえ奉る。

仲忠三　月の輪のかけてや世々を尽くしてむ心を遣らむ雲だに[1]もがな

と聞こえたり。あて宮、

四　雲にだに心を遣らば大空に飛ぶ車をばよそながら見む

とて返しける。

源中将、同じさまに調じて[五2]、かく聞こえたり。

涼六　恋せじの禊ぎの船も漕ぎ寄らば大海の原に解きや放たむ

と聞こえたり。「ものも言はでかへせほあれ[七]」とて、中納言の君して、かく言はせ給ふ。

あて宮3　禊ぎして見ぬより人を忘るてふ船を放たぬ風やなからむ

とて、皆返し遣はしつ[八]。また、皆返し奉りたり[九]。

見わたしに、源宰相など、御方々の、[一〇]船柵に居て、方々にも

そながら見む」に、この黄金の車を返すという気持ちを込める。

五　黄金の車を。

六　参考、『古今集』恋一「恋せじと御手洗川にせし禊神は受けずぞなりにけらしも」、祝詞「六月晦大祓」「大津辺に居る大船を舳解き放ち、艫解き放ちて、大海の原に押し放つ事の如く」。

七　「かへせほあれ」、未詳。(歌も詠まずに)返すのは失礼だの意と解した。

八　黄金の船を。

九　仲忠と涼は再びあて宮に返したのである。

一〇　「船柵」は、船のへりに渡した板。

一一　「なみ」に「並み」と「波」、「まつ」に「松」と「待つ」、「ねたさ」の「ね」に「根」を掛ける。「難波女」に、あて宮をたとえる

の聞こえなどし給ふを、源宰相、うらやみて、

実忠 [一一]なみ立てるまつのねたさを難波女に返す返すも禊ぎするかな

あて宮、

[一二]神ほかの禊ぎなるらむ岩の上に籠もれる松の生ふる岸かは

源宰相、「木工の君に」とて、かく言はせたり。

実忠 [一三]住みよしのまつのゆかりと頼むかな難波の禊ぎ神や受くらむ

木工の君、

[一四]難波女を花盛りなる禊ぎにはあだなる言のいかが離れむ

など言ふほどに、夜に入りて、月おもしろう、浜静かなるに、御遊び盛りに、色々の花散り敷きたる浦に潮の満つを見給ひて、あるじのおとど、

正頼 [一五]色々の花こき交ぜに散り敷けるうらはいくしほ打ちて染めしぞ

[4]式部卿の親王、

散る花をとどめわびつつ浜に出でて惜しむ春さへほど[5]やなか

か。

一二「神ほかの禊ぎ」は、神が不在の間の効果のない禊ぎの意か。「祭の使」の巻【三】注三参照。参考、『古今集』恋一「種しあれば岩にも松は生ひにけり恋をし恋ひば逢はざらめやは」（詠人不知）。

一三「住みよし」に「住吉」と「住み良し」、「まつ」に「松」と「待つ」を掛ける。「ゆかり」に、木工の君をたとえる。

一四「あだなる言のいかが離れむ」は、反語表現で、「あだなる言は離れじ」の強調表現。

一五「うら」に「浦」と「裏」、「しほ」に「潮」と「入」を掛ける。「敷く」「裏」「入」「染む」は、縁語。

一六 引歌、『古今集』春下「桜花散りぬる風の名残には水なき空に波ぞ立ちけ

らむ

中務の親王、

一六[6]春深み花の色々散りぬれど名残ある空と見るぞあやしき

右のおとど、

忠雅一七立ち寄るもうれしとも見ず花散ると吹きにし風の名残と思へば

民部卿[7]、

実正一八都出でて柳も花も磨けるを錦とやなほ人の見るらむ

左衛門督、

忠俊一九群れて訪[8]ふ今日を待たぬは桜花浦さへ波の折ればなりけり

藤宰相、松原に潮の満つを、

直雅二〇深緑満ち干て染むる浦の松いづれのしほに色まさるらむ

二一源宰相、波に競ひて群鳥の立つに、

実忠二二浜千鳥友を連ねて立ちぬるはよるよる[9]波の打て[10]ばなりけり

源中将、帰る雁の飛ぶ影を、満つ潮に見給ひて、

る」（紀貫之）。

一七　前の注の歌を引く。

一八　引歌、『古今集』春上「見わたせば柳桜をこき交ぜて都ぞ春の錦なりける」（素性）。

一九　「折る」は、波が立つの意とともに、波が桜を折るの意を込める。参考、『万葉集』巻七「今日もかも沖つ玉藻は白波の八重折るが上に乱れてあるらむ」。

二〇　「しほ」に「潮」と「入」を掛ける。引歌、『拾遺集』雑上「海にのみひちたる松の深緑いくしほとかは知るべかるらむ」（伊勢）。『風葉集』雑三「左大臣難波へ祓へしに出で侍りけるに伴ひて、松原に潮の満ちけるを詠める　同じ藤宰相」。

二一　この「源宰相（実忠）」以外は、正頼の婿たち。

二二　「よるよる」に「寄る寄る」と「夜々」を掛ける。

実頼[二三] 帰るともまだしら雲に飛ぶ雁を今朝こそ潮の満ち方に見れ

など言ひて、御設けしたる国々の官（つかさ）どもに女の装ひ、さては、桜色の細長・袴（はかま）など賜はせて、おもしろき所々に、見ぬ所なく見て帰り給ひぬ。

三〇　春宮と実忠、あて宮に歌を贈る。

かくて、また、春宮よりは、

「いつとなけれど、日ごろは、いとどおぼつかなくなむ思ほゆ[1]るかな」

とてなむ、

[一] まつならで生ひずもあるかな住みよしの岸風ごとに思ふものから

と聞こえ給へる。[2] あて宮、

[二] 波越ゆるまつは枯れつつ住みよしは忘れ草のみ生ふとこそ聞

二三「白雲」の「しら」に「知ら（ず）」、「満ち方」の「みち」に「道」を掛ける。「帰る」「道」は、縁語。

一「まつ」に「松」と「待つ」、「住みよし」に「住吉」と「住み良し」を掛ける。

二「まつ」に「松」と「待つ」、「住みよし」に「住吉」

け
と聞こえ給ふ。
源宰相(さいさう)、賀茂(かも)に詣で給ひて、いみじき大願を申し給ふにも、なほ悲しうおぼえ給ひければ、御社(みやしろ)より、

実忠三　妹(いも)を置きて賀茂の社(やしろ)にまづ来ても血なる涙をえこそとどめね

御返りなし。

三一　兼雅、諸寺を詣でて、祈願する。

[1]大将ぬし、長谷(はせ)より御嶽(みたけ)詣でと思ほし立ちて出(い)で給ふに、井手一のわたりにありける山吹のおもしろきを折りて、かく聞こえ給ふ。

兼雅二「思ふこと祈りて行(ゆ)[2]けばもろともにゐてとぞ告ぐる山吹の花
三『唐土(もろこし)も』とか言ふなれば、頼もしくてなむ」

と聞こえ給へり。御返りなし。

大将のぬし、いたく嘆きて、長谷に詣で給ひて、思すことの[3]難

と「住み良し」を掛ける。引歌、『古今集』東歌「君をおきてあだし心をわが持たば末の松山波も越えなむ」、『古今集』雑上「すみよしと海人は告ぐとも長居すな人忘れ草生ふと言ふなり」（壬生忠岑）。

三「血なる涙」は、「血の涙」「血涙」に同じ。平安時代の仮名作品にほかに例が見えない表現。

一　京都府綴喜郡井手町。歌枕。蛙や山吹の名所。
二「ゐて」に、「井手」と「率て」を掛ける。引歌、『大和物語』一一三段「もろともにゐでの里こそ恋しけれ一人をりうき山吹の花」（藤原庶正）。

三『古今集』恋五「唐土も夢に見しかば近かりき思はぬ仲ぞ遥けかりける」（兼芸）による表現。

う、大いなる願を立て給ひて、七日ばかり籠もり給ひて、日ごとに誦経(じゆきやう)しつつ、兼雅「思ふことなし給へらば、黄金(こがね)の堂建てむ。金色(こんじき)の御像(かた)現し奉らむ。月に一度(いちど)、左右(さう)の御灯明(みあかし)、命のあらむ限り奉らむ」など申し給ひて、出で給ひて、四龍門(りうもん)・比蘇(ひそ)・高間(たかま)・壺坂(つぼさか)・御嶽(みたけ)[4]まで、忍びて詣で給ふ。さるままに、険(さが)しき道を、歩みも知り給はず歩み給へば、御足腫(は)れぬ。かくても、思すことの難かるべきを、心細く思しつつ詣(ま)で給ふを、五肘笠雨(ひぢかさあめ)降り、神鳴り閃(ひらめ)きて落ちかかりなむとする時に、右大将のぬし、六三条の北の方・藤中将よりも、あて宮に聞こえさしてやみなむずることと思すに、涙とどまらず思ほさる。それよりも、かく聞こえ給へり。

兼雅七　思ふことなすてふ神も色深き涙流せば渡りとぞなる

と聞こえ給へり。

あて宮、見給ひて、ものものたまはず。八中将の君、祐澄「ふりはへ、かくのたまへるを、九御使のただに参るらむも、いとほしけれ。例[5]も聞こえ給はぬものにもあらぬを、[6]こたびばかり、一〇祐澄許し給へ、

四「龍門」「壺坂」は、「藤原の君」の巻【一六】注三・注一四参照。「比蘇」は、比蘇寺で、奈良県吉野郡大淀町比曽にある世尊寺の別名。「高間」は、奈良県御所市高天か。

五「肘笠雨」は、笠をかぶる余裕もなく、肘を頭の上にかざして笠の代わりにするほどの激しいにわか雨。

六　俊蔭の娘と仲忠。

七「思ふことなすてふ神も」の下に、何もせずにいてはかなえてくれませんがなどの意を補い読むべきか。「色深き涙」は、紅の涙の意。「渡り」は、二人の間を繋ぐものの意か。「祭の使」の巻【三】注一五の仲頼の歌参照。

八「中将の君」は、右近中将祐澄。あて宮の同腹の兄。

九　お使の者が返事を持たずに兼雅殿のもとに参上す

この御返り言(こと)は聞こえ給へ」。一一[7]さ思ひてこそ、度々(たび)聞こえしか、常には、いかがはと思ひて、聞こえ給はず。

三二　兼雅、祐澄を招き、あて宮への歌を託す。

[1]右大将のぬし、かしこく祈り詣で[2]て、一よそながら願じ申し給ふ、兼雅「祈りなし給へらば[3]、二いさことぞ、月に従ひて奉らむ[4]」など願じ申し給ひて、神といふ神、仏といふ仏に[5]、大願を立て尽くして、思ほしわづらひて、中将の君を三条殿へ迎へ奉り給ひて、物語などし給ふついでに、兼雅「あやしく、年月経るままに、つれなさのみまさり給へば、思ひわづらひて、神仏に[6]、もし聞き入れ給ふやとて、遠き所に詣(ま)で侍りて[7]しかど、いかがあらむとすらむ。いでや。かやうのことは、心にまかせて、人にのみ恨みらるるものとこそ[8]思ひしか。三この御ためにこそ、身さへいたづらになりぬべきものと思ひぬれ」。中将、祐澄四「いかなればか、さ侍らむ。かやうの心もま

ることになるのも、気の毒です。助動詞「らむ」は、ここは、確実に起こる近い未来の推量の表現。

一〇　挿入句。「祐澄」は、自称。私の願いを聞き入れてください。

一一　以下「いかがは」まで、あて宮の心内。

一　「よそながら」は、ご自分で参詣できない所にはそこに行かずにの意。

二　「いさことぞ」、未詳。「常灯」「御灯明」「御幣帛」などの誤りか。「藤原の君」の巻【二六】の大徳宗慶の発言参照。

三　あて宮さまのためには。

四　反語表現。「いかなればか、さ侍らむ」は、「さ侍らじ」の強調表現。

だなき人にて、聞こえにくし侍りしを[9]、とにかくにのたまひて[五]、時々聞こえさすめりしを、日ごろは、親たちなど同じ所にて、祐澄らも、え[六]、ものも、え[七]のたまはねばにや侍らむ」。右大将殿、[八]「事の近くなりにたればにこそあなれ、時々ほのめきし御返りも見えずなりぬるは。人笑へ[10]になし給ふな。兼雅、子もあまたなし。[九]仲忠は、おのづから出で立ち侍りなむ。[一〇]かたじけなくとも、おのが一つ子にてものし給ふとも、御身は沈み給はじ。人の命を助くと思ほして、このことなしたばかり給へ。聞こえありて御罪になるとも、それを、な思しそ。あが仏、いとこそわびしけれ」。「祐澄も、いかでと思ひ給ふることなり。しかれど、あまた侍る中に、らうたき者にして、『しばしも、放ちては、えあるまじ』とて、[一一]宮よりも切[11]にのたまはするを、かつはかしこまり聞こえさするものから、え出だし立てられぬを見給ふればなむ、とかくしなさむは難く侍る。思すことにかなふとも[12]、[一二]かしこ[13]に嘆かれむことなむ心苦しかるべき」。大将のぬし、「春宮にと思したるを、ここにと

五 「のたまふ」は、申しつけるなどの意。「俊蔭」の巻【三四】注一五参照。

六 副詞の「え」が重複している。

七 この「のたまふ」も、申し聞かせるなどの意。

八 「事」は、あて宮の春宮入内をいう。

九 仲忠は、ほうっておいても、きっと自分一人で出世することでしょう。

一〇 以下、「かたじけなくとも、おのが一つ子にてものし給へ。さりとも、御身は沈み給はじ」という文脈。

一一 春宮。

一二 「かしこ」は、父正頼と母大宮をいう。

一三 「空に遊ぶ雲の高く宿る」は、あて宮が高嶺の花であることをいうか。

一四 「かの位」は、后の位

聞こゆるは、空に遊ぶ雲の高く宿るばかりにはあれど、宮仕へし給ふ人、必ず、かの位にしもなり給はず。ここにおはして、兼雅よりはじめての君にてものし給はむには、いたづらになるばかりにしも、殿は思さじ」。「御心より起こりて、男子ばかりの人はものし給はずやは」。「何かは。このこと効なくなりなば、やがていたづらになりぬべきを、助け給はば、まさりぬべくなむ。かやうのこと知らぬ人のやうに、なのたまひそや」などて、かはらけ度々になりぬ。

明くるまで物語などして、あて宮に、かく聞こえ給ふ。

「昔だにおぼつかなかりつる御返りさへ、今はのたまはせぬこそ、いみじうつらけれ」

とて、

いにしへの跡を見つつも惑ひしを今行く末をいかにせよとぞ

とて、女の装ひ一領被け奉り給ふ。

中将、帰り給ひて、あて宮に、「『御返り言聞こえ給はず』とて、

をいう。

一五　私をはじめとしてわが一族すべての者たちの主君として。

一六　「殿」は、正頼。

一七　以下を、ご自分で望んで結婚なさって、立派な男のお子さまがいらっしゃるではありませんかの意と解した。

一八　「まさる」は、俊蔭の娘よりもあて宮への愛情がまさるの意と解した。

一九　以下、同じ色好みである祐澄に対して言う。「藤原の君」の巻【七】注三に、「かの若宮わたり思し出でて、兼雅が思ひも思し知れかし」とあった。

二〇　「跡」は、筆の跡の意。『河海抄』は、『源氏物語』「幻」の巻の光源氏の「死出の山越えにし人を慕ふとて跡を見つつもなほ惑ふかな」の歌の注に、この歌を引く。

いみじく恨み聞こえ給ふめり。などかは、心遣り(や)ばかりに聞こえ給はぬ。人には、深く、つらき者としも思はれぬものぞや」など聞こえ給へど、御返りも聞こえ給はず。

三三　兵部卿の宮をはじめ、人々、あて宮に歌を贈る。

兵部卿の宮より、

一 君がため塵(ちり)と砕くる魂や積もれば恋の山となるらむ

御返りなし。

平中納言殿より、

二 うちはへて落つる涙や袖の上に潮の満ち来る海となるらむ

御返りなし。

三の皇子(みこ)、四月ばかりに、かく聞こえ給へり。

三「煙(けぶり)立つ頭(かしら)の雪は夏若みいかで降れると知る人のなさ

これをだに御覧じ解かぬこそ、いみじうつらけれ」

一 塵積もりて山となるのたとえによる。参考、『大智度論』「譬如下積二微塵一成レ山難上レ可二得移動一」、『古今六帖』一帖〈塵〉「積もりては山となるてふものなれど憂くもあるかな塵泥の身よ」、『好忠集』「袖に落つる玉はいくらぞ塵すらも積もれば山となると言ふものを」。

二 参考、『伊勢集』「四方の海女も潜きわぶてふ白玉と見し身に袖は海となりにき」。

三 「煙」は、恋の嘆きによって燃える煙の意。

四 「越の白山」は、【三四】

など聞こえ給ふ。

藤中将の君は、[2]近き所には[3]詣でぬ所なく、[四]越の白山まで参るに、[4]道も知らぬ山に惑ひければ、道より、かく聞こゆ。

[仲忠五] 慰むる神もやあるとこし路なるまたはしらねば迷ふ頃かな

と聞こえ給へり。御返りなし。

[5]源中将は、

[涼]「聞こえさせて久しうなりぬれど、[6]おぼつかならうのみなりまさるこそ、いみじうわびしけれ。いでや。行く末おぼえぬ人にも[7]こそなれ。いみじく惑はし給ふかな」

とて、

[涼六] 我をかくなどいたづらになしつらむ後を頼まむものと知る知る

御返りなし。

蔵人の源少将、[七]宇佐の使に[八]任されて下るに、それより、

[仲頼九] 石清水宇佐まで許す逢ふことをなほいらへずは神を恨みむ

注二参照。

五 「こし」に「来し」と「越」、「しらね」に「知らね」と「白嶺」を掛ける。引歌、『後撰集』恋六「厭はれて帰りこし路の白山は入らぬに迷ふものにぞありける」（源善）。

六 「後を頼まむ」は、参考、『小大君集』「今日や我消え果てなましなかなかに後を頼まむ命知らぬを」。

七 「宇佐の使」は、宇佐八幡宮への三年ごとの恒例の奉幣使。【三四】注三参照。

八 「任す」は、任命するの意。

九 「石清水」は、京都府八幡市の石清水八幡宮。貞観元年（八五九）に宇佐八幡宮を勧請して、翌年創建された。

一〇 「恋」の「ひ」に「火」、「うき」に「憂き」と「浮き」、「こがれ」に「焦がれ」と

御返りなし。

侍従(じじゆう)の君、

仲澄一〇 こひをのみたぎりて落つる涙川身をうき船のこがれますかな

兵衛佐(ひやうゑのすけ)、

行正一一 山も野もなほ憂しと言へば白檀弓(しらまゆみ)入るべき方の思ほえぬかな

また、藤英の大内記(だいないき)、

一二 夏草に置く露よりもはかなきは君にかかれる命なりけり

忠こその阿闍梨(あざり)、

一三 世の中を行き巡(ゆ)りにし身なれども恋てふ山をまだぞふみみぬ

誰々も、御返りなし。

三四　春宮、あて宮に歌を贈る。

かくて、春宮より、

一 恨みつつむなしくならば我さへや庭去らず鳴く蟬(せみ)となるべき

「漕がれ」を掛ける。「火」「たぎる」「焦がる」、「川」「船」「漕ぐ」は、縁語。

一一 「白檀弓」は、「入る」の枕詞。引歌、『古今集』雑下「世を捨てて山に入る人山にてもなほ憂き時はいづち行くらむ」(凡河内躬恒)。

一二 「露」「かかる」は、縁語。『風葉集』恋五「女に遣はしける　うつほの右大弁季英」。

一三 「ふみみ」に「踏みみ」と「文見」を掛ける。

一 斉王を恨んで死んだ后が蟬になったという中国の故事による。参考、『太平御覧』巻九四四〈蟬〉「崔豹古今註曰、牛亨問二董仲舒一曰、蟬為二斉女一何、答曰、昔斉王后怨レ王而死、尸変為レ蟬、登二庭樹一嘒唳而鳴一」。

二 「まつ」に「松」と「待つ」を掛ける。「後への位

あて宮、

　二まつに鳴く蟬としならば雲の上の後(しりへ)[1]の位何にかはせむ

また、宮より、

春宮三「わが砕く心の塵(ちり)は雲となり落つる涙は海となるかな

ありがたくも思はせ給ふものかな。世のためしにもなりぬべし

や」

とて奉れ給ふ。あて宮、

四風雲の驚く亀の甲の上にいかなる塵か山と積もりし

宮より、

春宮五「亀の尾の山には誰も至りなむ君をまつにぞ老いもしぬべき

六船の内ならぬ人さへ」

あて宮、

七山よりも至りがたきは風いた[2]み危ふきめのみあればなりけり

など聞こえ給ふ。

は、後宮の后の位の意。

三「心の塵」は、心の穢れ、煩悩をいう。

四「驚く」は、ここは、風が激しく吹き、雲が湧き上がるの意か。「亀の甲の上の山」は、蓬萊山をいう。『太平御覧』巻三八〈蓬萊山〉「玄中記曰、東南之大者有二巨鼇一焉、以背負二蓬萊山一」。

五「亀の尾の山」は【三】注六の「亀の尾山」に同じ。「まつ」に「松」「待つ」を掛ける。

六参考、『白氏文集』海漫漫「海漫漫風浩浩、眼穿不レ見二蓬萊島一、不レ見二蓬萊一不二敢帰一、童男丱女舟中老」。

七「山」は、蓬萊山。「風いたみ」は、前の注の『白氏文集』の「風浩浩」による表現。「め」に「目」と「妻」を掛ける。

三五　実忠、兵衛の君に託して、あて宮に歌を贈る。

源宰相、思ほしわづらひて、山林に交じりて、山々寺々に不断の修法(しゅほふ)行はせつつ聞こえ給へど、御返りなしと嘆くこと限りなくて、さ言ひてあらむやはとて、かく聞こえ給ふ。

(実忠)[一]帆を上げて岩より船は通ふともわが水茎(みづくき)[1]は道もなきかな

御返りなし。

また、宰相、

(実忠)[二]逢ふことの難くてやまば君はなほ人を恨みて石となりなむ

御返り言(こと)なし。

思ひ惑ひて、兵衛の君を局(つぼね)に呼びてのたまふ、(実忠)「などか、今は、夢ばかりの御返りもなき。[三]御参りは、いつばかりぞ」。兵衛、「くはしくは、え承らず。今は、誰にも、時々の御返りも聞こえ給はねば、さやうに思ほしたることぞや。日を定められぬばかり[2]にこ

一　「岩より船は通ふ」は、実現不可能なことのたとえ。「水茎」は、手紙の意。「通ふ」「水茎」「道」は、縁語。

二　松浦佐用姫の伝説や、中国の望夫石の故事による。散佚物語『しらら』とも関係があるか。参考、『和歌童蒙抄』巻三「頼みつつ来がたき人を待つほどに石にわが身ぞなり果てぬべき／しららの物語の第二にあり。しららの姫君、男の少将の、迎へに来むと契りて遅かりしを待つとて詠めるなり。幽明録に、昔貞婦ありき。夫軍に従ひて遠く行く。幼き子をして、武昌北山まで送る。夫の行くを望みて立てり。夫、帰らずなりぬ。婦、立ちながら死ぬ。化して、石になりぬ。形、人の立てるがごとし。その後、その

そあなれ」。「いでや。いかさまになすべき。あが仏、助け給へ。かくておはします時だに死ぬる心地するものを、まして、参り給ひなば、やがて死に果てぬべし。いかで、さらぬ前に、よそながらも、一言聞こえさせむ」と、「かく年ごろになりぬれば、思ほし疎むべくもあらぬを、よきに聞こえ給へ」。兵衛、「あな恐ろし。いつとても、さるべき折はなけれど、[四]この頃は、宮・おとど、御[3]方々おはしまし、夜はやがてこなたに大殿籠もれば、[五]兵衛などだに、近くは、え候はずや。すべて、今は効なし。はや思し忘れね」。源宰相、「あが仏、など、かくいみじきことはし給ふ。いづれの世にか忘れ聞こゆべき。今は、何心もなし。ただ、ここらの年ごろ思ひ給へ焦がるることを、かくなむと、[六]よそながら聞こえ[4]てしかなとのみなむ思ふ。まろを、かくながら殺し給ひても、君の御敵とこそあらめ。同じくは、殺し給はで。[七]殿に、ものしき人[八]に思ほされ給はむこと[5]は、[九]命までにはならじ。[一〇]官爵賜はり給はばこそあらめ。殿にこそは、え候ひ給はざらめ。それは、な思し

山を望夫山といふ。その石を、望夫石といふ云々」。

三 「御参り」は、あて宮の春宮入内をいう。

四 【三三】の祐澄の発言にも、「日ごろは、親たちなど同じ所にて」とあった。

五 乳母子の私などでさえ。

六 実忠は、【三四】注八でも、「雲居のよそにても聞こえさせてしかな」と言っていた。

七 「殿」は、正頼。

八 「思ほされ給ふ」の「れ」は、受身の助動詞。「思ほす」は正頼、「給ふ」は兵衛の君に対する敬意の表現。

九 あなたの命まで取られることはないでしょう。

一〇 あなたが、男で、官位をいただいていらっしゃるならともかく、そうではないのですから。

そ。なほなほ、[一一]もの聞[6]こえむ、たばかり給へ。おぼろけにては、かく聞こえじ。身の内に火の燃ゆる心地すればぞや。助け給へ」と、血の涙を流してのたまへば、兵衛、「わりなきことになむ侍る。年ごろ、かくのみ聞こえ給ふを、[一二]さもありぬべき御気色の見えば、必ず、身はいたづらになるとももと思ひ給へしかど、思ひかくべくもあらず、いと恐ろしければ、す[7]べき方なく侍り。もしも[一三]暇(ひま)侍らば、今、かくなむと聞こえさせむ」。宰相、喜びて、御文書き給ふ。

「今は聞こえさせじと思ひ給ふれど、[一四]『ほどもなし』とか言ふなる身より思[8]ひ給へあまりぬるを、遣(や)る方なければなむ。から、いみじき目を見給へあまりぬるよりは、死ぬるものにもがなと思ひ給ふれど、それも、かくながらは、[一五]道なき心地なむする」

とて、

「思ふこと難くて死なば死出(しで)の山関とやならむ塞[9](ふた)がれる胸

いかで、夢の中にも、かくなむと聞こえさせてやみぬるものに

一一 挿入句。

一二 あて宮さまが願いを聞いてくださるご様子が見られたら。

一三 「暇」は、話すことができる機会の意。

一四 『信明集』「ほどもなく消えぬべき世に白露のつらかりきとな思ひ置かれそ」による表現か。『後撰集』哀傷「ほどもなく誰も後れぬ世なれどもとまるは行くを悲しとぞ見る」(伊勢)による表現と見る説もある。

一五 「道なき心地」は、冥土へ行く道のない心地の意で、成仏できない気持ちをいう。

もがな。あが君や、いかにせむ」

とて、兵衛の君に、[一六]蒔絵の置口の箱一具に、綾・絹畳み入れ、夏の装束、綾襲にて入れて、かく言ひて取らせ給ふ。

実忠一七 [10]燃えさかる思ひ込めたる身を熱み脱げる[11]衣をあつしとな見そ

とて取らせ給ふ。

兵衛、[一八]とかく聞こえて、参上りて、あて宮にこの御文を奉る。見給ひて、ものものたまはず。兵衛、「いみじく惑ひ焦られ給ふめるを、こたみばかり、ただ一行聞こえ給へ。[12][一九]思ひ死にに死に[13]給ひなば、恐ろしくもこそ」と聞こゆれど、聞き入れ給はず。

源宰相、心魂を砕きて、思ひ嘆くこと限りなくて、兵衛の君を呼びて、かく[二〇]聞こえ給ふ。

実忠二一 「湧くがごとも思ふ人の胸の火に落つる涙のたぎり[14]ますかな

今は、聞こえさすべき方こそなけれ」

とて、兵衛の君に、をかしげなる沈の箱一具に、黄金一箱づつ入れて取らせ給ふとて、

一六 「蒔絵の置口の箱」は、金銀で縁飾りをした蒔絵の箱。「置口の箱」は、「吹上・上」の巻【三〇】注六参照。
一七 「思ひ」に「火」、「あつし」に「熱し」と「暑し」を掛ける。
一八 実忠殿をあれこれとなだめ申しあげて。
一九 「思ひ死に」は、恋の思いのために死ぬことの意。参考、『大和物語』一五五段「山の井なりける歌を見て帰り来て、これを思ひ死にに、傍らに臥せりて死にけり」。
二〇 客体敬語「聞こゆ」があるので、あて宮に返事をしたと解する。
二一 「たぎる」は、激しく流れるの意と、沸騰して煮えかえるの意を掛ける。「嵯峨の院」の巻【三】の平中納言の歌「湧き出づる涙の川はたぎりつつ恋ひ死ぬべくも思ほゆるかな」参照。

[実忠]二二 年を経て頼む人だにつれなきに箱の黄金も何にかはせむ

兵衛、

二三 数知れる黄金は我も何せむにはかりなしてふ恋をこそ思へ

とて、賜はらで、二四 参上りて、あて宮にこの御文奉るとて、[兵衛]「なほ、この度ばかり、一行聞こえさせ給へ。[実忠]『こたびさへのたまはずは、やがて死ぬべし』と惑ひ焦がれ給ふを見給ふれば、いといみじくなむ」。

あて宮、久しく思しわづらひて、かの文の端に、ただ、かく書き給へり。

二五 涙をばいかが頼まむまた人の目にさへ浮きて見ゆとこそ聞け

と書きつけ給へり。

宰相、喜び給ふこと限りなし。立ち返りて聞こえ給へり。

「年を経て嘆かぬ人は浮かばぬをまたかかる目は誰か見るらむ

あらじとなむおぼゆる」

とて奉れ給ふ。[兵衛]『こたびばかり』とのたまはすれば、暇をうかが

二二 「年を経て頼む人」は、兵衛の君をいう。

二三 「はかりなし」に「秤なし」と「計りなし」を掛ける。引歌、『[寛平五年九月以前]皇太夫人班子女王歌合』「かけつれば千ぢの黄金も数知りぬなどわが恋のあふばかりなき」。

二四 黄金が入った箱をいただかずに。

二五 「また人の目にさへ浮きて見ゆ」は、涙はあなた以外の誰の目にも浮かんで見えるの意で、「浮きて見ゆ」に、浮気に見えるの意を込める。「涙」「浮く」は、縁語。

二六 「御覧ぜさせつれ」は、已然形で条件句になる表現で、「頼ませそよ」に係ると解した。「今はすべき方もなし」は、挿入句。

ひて、おぼろけならず聞こえて御覧ぜさせつれ[二六]、今はすべき方もなし、かけても、[二七]な頼ませそよ。[二八]思し定めぬ時だにあるものを、今は、世は逆さまに[15]なるとも、思ほし返すべきにもあらず。身を捨ててと思ほすとも、簀子には、[16]巡りて、君達、御帳の巡りには、宮・おとどよりはじめ奉りて、[二九]御方々隙なくおはしますには、飛ぶ鳥といふとも、[三〇]翔り給ふべくもあらず。見奉れば、いみじくいとほしと思ひ給ふれど、たばかり聞こゆべき方[17]もなくなむ。なかなかに、かかることを、何に承り始めけむ」。宰相、死に入りて息もせず、[三一]頂より黒き煙立ちて、青くなり赤くなりて、ただ息のみ通ふ。兵衛、涙を流して、上りぬ。

かかることを、[三二]源中将・[18]民部卿など聞き給ひて、大願を立て給へど、何とも知らせ給はず。かくて、からうして生き出でて、息の下にもの言ひなどす。[三三]おとども皆帰りなどし給ひぬる[19]暇に、白銀の箱に黄金千両を入れて、兵衛の君に、かく言ひて遣り給ふ。

実忠[三四]
死ぬる身を惜しみかねてぞ君に遣る千ぢの黄金は命延ぶとか

二七 「せ」は使役の助動詞で、「頼む」は、兵衛の君があて宮に返事をするように依頼するの意。
二八 「思し定めぬ時」は、春宮への入内を決めていらっしゃらなかった時の意。
二九 「御方々」は、あて宮の姉君たちをいう。
三〇 「翔り給ふ」は、実忠に対する敬意の表現。
三一 参考、『源氏物語』「若菜下」の巻「頭よりまことに黒煙を立てて、いみじき心を起こして加持し奉る」。
三二 「源中将・民部卿」は、実忠の兄、実頼と実正。
三三 「おとど」は、実忠の父左大臣季明。
三四 「千ぢの黄金」は、王昭君の故事によるか。参考、『永久四年百首』〈王昭君〉「見るままにわが姿をや描きてまし千ぢの黄金を惜しまざりせば」（源兼昌）。

兵衛、いみじかりし言を見て、あはれに悲しと思ひて、かく言ひ返す。

「[三五]雲の上に星の位は上れどもこひ返すには延びずとか聞く

とてなむ。まめやかには、ここにも、いといみじくなむ」

とて返し[三六]つ。

源宰相、時の変はるまで思ひ入りて、赤く黒き[三七]涙を滝のごとく落として、千両の黄金を三十両づつ白銀の鶴の壺に入れて、七[三八]大寺よりはじめて、香華所[三九][20]・比叡・高雄[四〇]に誦経す。その心ざし、ただこのことなり。天地・仏神、与力し給はばと思ふ。

三六　実忠、比叡山に上って祈願する。

源宰相、なほ、すべき方おぼえねば、比叡に上りて、あるが中に験かしこき所に、四十九所に、よき阿闍梨四十九人を選りて、阿闍梨一人に伴僧六人具して、四十九壇に、聖天供[二]を、布施・供

三五 「雲の上」は、宮中の意。「星の位」は、大臣・公卿などのことをいうが、ここは、帝の妻となった王昭君をたとえるか。「こひ」に「恋ひ」と「請ひ」を掛けると解した。
三六 千両の黄金が入った箱を返してしまった。
三七 「黒し」は、濃い紅色が黒みを帯びて見えることをいう。「黒き涙」は、紅の涙以上の悲しみの表現。
「あて宮」の巻【九】注五、【三】注二〇参照。
三八 奈良の南都七大寺。東大寺・興福寺・西大寺・元興寺・大安寺・薬師寺・法隆寺の総称。
三九 「香華所」は、祖先の墓碑を安置して香華を供える寺院。香華院。菩提所。
四〇 「高雄」は、京都市右京区高雄山神護寺。

養豊かに、うるはしき絹を袈裟に着せつつ行はせ、みづからは、三中堂に、七日七夜、四加持の潔斎をして、五五体を投げて、「このことなし給へ」と行ひ給ふ。

三七　実忠、帰路、仲忠と志賀の山里を訪れる。

かかるに、かの真砂君の母君、一聞こえ給ふ人々、二あるは、ただ入りに入らむ、あるは、盗まむなどし給ひければ、いかで人も寄らざらむ所にあらむとて、三志賀の山もとにぞありける。人の、心に入れて造りたりける所の、山近く、水近く、花・紅葉どもの色々の草木植ゑわたしたる所に、四住み給ひし殿を替へて、忍びて渡りて住み給ふ。女どち、大人一人、童一人、下仕へ一人して、行ひをして、ある時には、五琴・琴掻き鳴らして経給ふに、秋深くなりゆく頃の夕暮れに、秋風肌寒く、山の滝心すごく、鹿の音遥かに聞こえ、前の草木、あるは色の盛り、あるは花の散りなどし

一　「四十九所」は、「藤原の君」の巻【一六】注一六参照。
二　「聖天供」は、聖天を供養すること。「聖天」は、【三四】注四〇参照。
三　比叡山の根本中堂。
四　「加持の潔斎」は、加持を受けるための精進潔斎。
五　「五体を投ぐ」は、両肘・両膝・額を地につけて、仏を拝む意。最も丁重な拝礼のしかた。五体投地。

一　「母君」は、「志賀の山もとにぞありける」に係る。
二　求婚し申しあげなさっている人々。【三七】参照。
三　「志賀の山」は、滋賀県大津市西部で、比叡山に連なる山々。
四　都で住んでいらっしゃった屋敷と取り替えて。
五　「琴」は、箏の琴。

てあはれなるに、母北の方・袖君、御簾を上げて、出居の簀子に
[4]御達など居て、北の方琴、袖君琴、乳母[六]など搔き合はせて、北の方、

　秋風[七]の身に寒ければつれもなき

袖君、

　見る人[八]もなくて散りぬる山里の[5]

乳母、

　蜩[九]の鳴く山里の夕暮れは[6]

[7]など言ひつつ、うち泣きて居給へるに、源宰相、かのこと[一〇]果てて帰り給ふに、藤中将仲忠[8]も、志賀[一一]に籠もりて、同じやうなることして帰り出づる、比叡辻[一二]にて、源宰相、見つけ給ひて、[実忠]「いづこよりぞや」とのたまへば、藤中将、

[一三]やくとあしひきの[9]瓜生[10]の山を立ち均しつる

源宰相、うち笑ひて、

[実忠][一四]おとなしものをすかり均せどもかひなき山は我もまだ見ず

六　あるいは、「など」の上に、「和琴」「琵琶」など脱か。

七　『古今集』恋二「秋風の身に寒ければつれもなき人をぞ頼む暮るる夜ごとに」（素性）。

八　『古今集』秋下「見る人もなくて散りぬる奥山の紅葉は夜の錦なりけり」（紀貫之）。「山里の」は、志賀の山もとに合わせて変えたもの。

九　『古今集』秋上「蜩の鳴く山里の夕暮れは風よりほかに訪ふ人もなし」（詠人不知）。

一〇　「かのこと」は、比叡山の根本中堂での精進潔斎。

一一　近江国志賀寺。崇福寺。

一二　「比叡辻」は、志賀寺と比叡山との道の分岐点。

一三　初句と二句に、誤脱が

[11]をかしからむ紅葉折りて山つとにせむとて見給ふに、この家の垣根の紅葉、韓紅（からくれなゐ）を染め返したる錦をかけて渡したると見ゆ。源宰相、情けある枝はかしこにぞあらむとて、まづ押し折るとて、

（実忠 一五）濃き枝は家つとにせむつれなく[12]てやみにし人や色に見ゆると

中将、

（仲忠 一六）山つとも見すべき人はなけれどもわが折る枝に風も避（よ）きなむ

とて折りて立ち給へるに、なほ、この家、見も[13]飽かずおもしろし。

人々、え過ぎ給はで、源宰相、

（実忠）里遠み急ぎて帰る秋山にしひて心のとどまるやなぞ

中将、

（仲忠 一七）一人のみ蓬（よもぎ）の宿に臥（ふ）[14]すより[15]は錦（にしき）織り敷く山辺にを居む

とて、この家に入り給ひて見入るれば、籬（まがき）の尾花、色深き袂（たもと）にて、折れ返り招く。

源宰相、思すことはならず、年ごろの妻子（めこ）はいかにしけむ方も知らで、よろづにあはれに思ほゆれば、

ある。「瓜生の山」は、京都市左京区北白川にある瓜生山。志賀の山越えの道の途中にあった。『一条摂政御集』「行く人をとどめかねてや瓜生山峰立ち均しかも鳴くらむ」を引くか。

一四 「おとなしものをすかり」、未詳。「かひ」に「峡」と「効」を掛けるか。

一五 「つれなくてやみにし人」は、あて宮をいう。参考、『古今集』春上「見てのみや人に語らむ桜花手ごとに折りて家つとにせむ」（素性）。

一六 『風葉集』秋下「志賀に籠もりて出で侍るとて、色濃き紅葉を折りて　右大将仲忠」、初句「山つとを」四句「わがもる枝に」。

一七 参考、『後撰集』秋下「秋風に散るもみぢ葉は女郎花宿に織り敷く錦なりけり」（詠人不知）。

実忠 一八夕暮れの籬に招く袖見れば衣（きぬ）縫ひ着せし妹（いも）かとぞ思ふ

一九「妹が門（いもがかど）」の声振り（こわぶ）りに、北の方、聞き給ひて、袖君 二〇[16]「あはれにも、失ひたる人こそあなれ」。北の方、「あなむくつけや。それは、鬼の声ぞせむ。これは、人の声にこそあなれ」とはのたまへど、それなりけり。袖君「げに、似たる声かな」とのたまふに、なほ、かく、あはれにおぼゆれば、北の方、

二一古里のつらき昔を忘るやと替へたる宿も袖は濡れけり[17]

袖君、

立ち寄りし籬を見つつ慰めし宿を替へてぞいと悲しき[18]

とて、これかれうち泣きつつ居給へるに、[19]中門（ちゅうもん）押し開けて、二所並び立ち給へるを見給ひて、北の方「むくつけく。このわたりにありつらむ。あなかま。人に言ひそ」二二とて、御簾取り下ろして入り給ひぬ。

一八　参考、『躬恒集』「白栲の妹が袖して秋の野に穂に出でて招く花薄かな」。
一九　催馬楽「妹之門」を歌う時の声振り。北の方は、「妹が門　夫が門　行き過ぎかねてや……宿りてまからむ」の歌詞をひびかせていると聞き取ったのである。
二〇　以下を袖君の発言と解した。「失ひたる人」は、父実忠。
二一　『風葉集』雑三「男の心変はりければ、山里に移ろひ住みけるを、そことも知らで、物詣での帰るさに立ち入りたりけるを、ほのかに見て　同じ中納言実忠の北の方」。
二二　終助詞「そ」だけで禁止を表す例と解した。

三八　実忠、妻子と知らず、歌を詠みかける。

人々、近く立ち寄り給へば、さすがに人は住むものから、咎めず。簀子近く寄りて、宰相、

夕暮れの黄昏時はなかりけりかく立ち寄れど問ふ人もなし

とて、上りて居給ひぬ。皆、声聞き知り給へる人のみあれば、ものも言はせず。宰相、「などか、もののたまふ人もなき。もし、片端人の住み給ふ所か」とて、

「山彦も答ふるものを夕暮れに旅の空なる人の声には

あやしく。などか、世離れたる住まひはし給ふ。思ふ心なき人々、好かずや」などのたまふ。袖君、夜昼恋ひ泣き給ふ父君の、まれに見え給ふを、いかがいらへ聞こえざらむとて、御座など出だすとて、円座に、かく書きつく。

「旅てへば我も悲しな世を憂しと知らぬ山路に入りぬと思へば

一　「黄昏時」は、「誰そかれ」と問う時の意。
二　口がきけない人。
三　参考、『古今集』恋一「うちわびて呼ばはむ声に山彦の答へぬ山はあらじとぞ思ふ」（詠人不知）。
四　以下、御簾の中の人々に呼びかけた言葉。「好く」は、懸想をしかけるの意。
五　『和名抄』調度部坐臥具「円座　俗云円座、一云和良布太　円草褥也」。
六　参考、『後撰集』冬「神無月時雨ばかりを身に添へて知らぬ山路に入るぞ悲しき」（増基）。
七　「同じ山路に」が何の歌による表現か未詳。
八　「松の子」は、松の実。参考、『和名抄』果蓏部果蓏類「五粒松子　楊子漢語抄云五粒松子　五粒、五葉也。松子、末都乃美」。

[七]『同じ山路に』とか言ふなる」。

出だして、しばしばかりありて、透箱(すきばこ)四つに、平坏(ひらつき)[5]据ゑて、紅葉折り敷きて、[八]松の子・果物(くだもの)盛りて、[九]菌(くさびら)などして、[一〇]尾花色の強飯(こはひ)など参るほどに、雁(かり)鳴きて渡る。北の方、かはらけに、かく書きて出だし給ふ。

北の方[一一]秋山に紅葉と散れる旅人をさらにも[6]かりと告げて行(ゆ)くかな

源宰相、

実忠[一二]旅と言へど雁も[7]紅葉も秋山を忘れて過ぐす時はなきかな

北の方、

[一三]あき果てて落つる紅葉と大空にかりてふ音(ね)をば聞くも効(かひ)なし

など言へど、気色も見せず。あやしくをかしき所かなとは見給へど、[一四]思ふ心のいみじければ、それを思ふにやあらむ、[一五]え思ひやり給はず。

九「菌」は、茸の総称。

一〇「尾花色」は、白に薄い黒が混じった、枯れた尾花のような色。底本「こはい」を、「こはいひ」の約と解した。茸入りの強飯。

一一「かり」に「カリ」(雁の鳴き声)と「仮」を掛ける。「旅人」に、実忠たちをたとえると解した。参考、『古今六帖』六帖〈雁〉「ひたすらに我聞かなくに雲分けてかりぞかりぞと告げ渡るらむ」。

一二「秋山」は、今のこの志賀の山もとをたとえる。

一三「あきはて」に「秋果て」と「飽き果て」、「かり」に「カリ」(雁の鳴き声)と「仮」を掛ける。

一四「思ふ心」は、あて宮を思う心の意。

一五 今歌を詠み交わしている相手が自分の北の方だと想像することもおできにな

三九　実忠、夜が明けて、仲忠とともに帰る。

源宰相[1]、「いかが見給ふ。心もなくは見えずなむ」。中将、「さらにものたまふかな。有心者なり。語らひ置きて[2]、時々は紅葉見る所にし給へ」。宰相、「いでや。見る人に心移りては、身もいたづらに。年ごろあはれと思ひし人のなりけむ方も知らず、らうたしと思ひし子をも失ひてしかば、今は、さる心をぞ思はぬ」と言[3]ふほどに、鹿、遥かに鳴く。宰相、

鹿の音に恋ひまさりつつ惑ひにし妻さへ添ひて思ほゆるかな

藤中将[4]、うち笑ひて、「めづらしくも、古里を思し出づるかな。うるさき風なりや」とて、

[5]しきたへの妻の待ち待ち鳴く鹿に[6]君待つ人は劣らざるらむ

など、夜一夜言ひて、暁に帰るとて、ものなどのたまへども、人もいらへず。源宰相[7]、「など。我らが思ふ心いみじかりけりと思

らない。

一　おっしゃるまでもないことです。

二　「有心者」は、風流を解する人の意。参考、『大鏡』頼忠伝「(皇后遵子は)いみじき有心者・有識にぞ言はれ給ひし」。

三　「年ごろあはれと思ひし人」は、北の方をいう。

四　「らうたしと思ひし子」は、真砂君をいう。

五　参考、『貫之集』「心しも通はじものを山近み鹿の音聞けばまさる恋かな」。

六　「古里」は、実忠の歌の「妻」をいう。

七　「うるさき風」は、恋しい人のことばかりか妻のことまで思い出させるやっかいな風の意か。

八　「しきたへの」は、「妻」の枕詞。

九　「人も」は、北の方や

へば、ここを見捨てて帰るこそ。いかならましな」。中将、「仲忠は、思ふ心もなけれど、『物の心も』など言ふやうにあるにや」とて帰りぬ。

四〇 実忠、兵衛の君を介して、あて宮に歌を贈る。

かくて、源宰相、かの四十九壇の修法に加持したる香水を硯の水にて、あて宮に、

実忠「言の葉も身も限りにはなりぬれど涙は尽きぬものにぞありける

いでや、今までかう聞こえさすべうもあらざりしを、いま一度御返りをだに見給へて黄なる泉の道にもと思ひ給へてなむ」

とて、兵衛の君に、いみじく悲しき言を言ひて取らす。

兵衛、あて宮の湯殿に出で給へるに、くはしく聞こえて奉れば、あて宮、「亡くなりぬ」とののしりしを、あはれと聞こしめして、

袖君はもちろん御簾の中の人もの意。

一〇「物の心も」が何の歌による表現か未詳。

一「四十九壇の修法」は、【三六】参照。

二「加持したる香水」は、【三四】注一参照。

三「黄なる泉」は、「黄泉」の訓読語。死んだ人の霊が行く所。冥土。「藤原の君」の巻【一三】注五参照。

四 兵衛の君は、あて宮のそばに正頼夫婦などが常にいるので、人目をはばかって湯殿で渡したのである。

五【三五】注四参照。

五【三三】に、「宰相、死に

返り言（こと）や一行（ひとくだり）せましと思せど、聞こえこそあれとて、もののたまはず。

入りて息もせず」とあった。「ののしりし」とあるのは、その時のことをいう。

菊の宴

一　十一月上旬、春宮、残菊の宴を催す。

十一月の上旬ごろに、春宮が残菊の宴を催しなさったので、上達部や親王たちが参上なさる。春宮は、文章博士と文人たちを召して、漢詩を作らせ、管絃の遊びなどをなさる。左大将（源正頼）だけは参上なさらない。

夜がすっかり更けて、春宮は、管絃の遊びなどをなさった機会に、「ここにおいでになっている方々の中で、どなたが美しい姫君をたくさん持っていらっしゃるのでしょうか。何かを賭物にして、娘比べなどをなさったらどうですか」とおっしゃる。左大臣（源季明）が、「この中では聞いたことがありません。平中納言だけがお持ちかもしれません。でも、その姫君も、幼いと聞いております」。源中納言が、「左大将（正頼）の朝臣にひとりをてしりうくから上らなと母こはきかたき（未詳）が不思議です。まるで娘の苑です。この世の名だたる人々が皆婿として集められてしまったように見えますが、まだ、ほかにも、姫君たちが大勢いるそうです」。左大臣が、「私のもとにも、婿になった者が一人か二人はおりましょう」。平中納言が、「それだけではないでしょう。ほかにもいると聞いていますよ」。兵部卿の宮が、

「意地の悪い言い方ですね」と言ってたしなめなさる。それを聞いて、春宮が、源宰相（実忠）に目をお向けになると、源宰相は、苦々しいと思って、何もおっしゃらない。春宮が、「左大将のもとに婿たちが集められているということなのに、その中に、どうして私は婿として入れてもらえないのでしょう」。左大臣が、「左大将にそのことをおっしゃったら、入内させ申しあげることでしょう。ご遠慮申しあげていらっしゃるのだと思います」。春宮が、「何か機会があったらと思うのですが、ぶしつけだと思われて、まだ、左大将にも何も言っていないのです。あて宮さまには、時々手紙などを贈っているのですが、ほとんど返事もくださらないのです」などとおっしゃっているうちに、左大将などがおいでになった。

二　同日、春宮、正頼にあて宮入内を要請する。

春宮が、「今日は、どういうわけか、盛りを過ぎた菊を見てそのまま何もせずにいることができそうもなく思われたので、人々を召して見せたりなどしていたのですが、左大将殿（正頼）がお見えにならなかったので、もの足りなくてつまらない思いをしているところでした」などとおっしゃる。左大将は、「まことに恐縮です。持病の脚気が起こって、長らく参内もせずにいましたが、つい今しがた、ある人が知らせてくれましたので、驚いて参内いたしました」と言って、いろいろとお話しなさる。その機会に、春宮が、「長年、お話ししたいと思っていることがあるのですが、落ち着いて話ができる時がなかったので、お話しできませんでした」。左大将が、「今日以上に落ち着いてお話しできる時はないでしょうから、ぜひうかがいたいと思います」。春宮が、「そうはいっても、いざとなると、申しあげにくいものですね」などと言って、「上野の宮などと比べて軽く見ていらっしゃることが、やはり、ねたましく思われます。私も上野の宮と同じような策略を用いようかなどと思うのですが、同じようににせものをつかまされるのではないかと考えて実行できずにいるのです」。左大将は、「畏れ多いことです。そのようなお言葉はありませんでしたし、また、春宮のもとに入内するのにふさわしい娘もおりません。取るに足らないつたない娘ばかりなのですが、そう言って嘆いてばかりもいられまいと思って、いろいろな人と結婚させました。それでも、上野の宮でさえ結婚してくださるのにふさわしい娘がおりませんでしたので、やっとのことで捜し出して結婚させたのでございます」とおっしゃる。春宮は、悲しいと思って、遠くを眺めていらっしゃる。春宮が、「それにしても、まだ結婚していない姫君がいるように聞いています。その人のことまでお忘れにならないでください」。左大将は、「つたない娘たちの中でも残り滓のような娘がいるのですが、この前の神泉苑の行幸の際に、左近中将涼と同じ左近中将仲忠の二人が、心をこめて琴を弾いた時に、仲忠の朝臣に女一の宮、涼の朝臣にあて宮をお与えになるという宣旨が下ったのでございます」と申しあげなさる。春宮が、「聞けば、それは、最近の出来事ではありませんか。私は、左大将殿には今初めて申しあげましたが、あて宮さまにお手紙をさしあげてから、ずいぶんと長い時間がたった気持ちがします」。左大将が、「帝の宣旨を背くことはできないものですから、どうしたらいいのか困っているのでございます」。春宮が、「そのことは案ずることはありません。帝からお咎めがあったら、私が帝にお願い申しあげればいいだけのことです。お悩みにならないでください」。左大将は、「そういうことなら、お言葉に従いましょう」などと申しあげなさる。それを聞いて、そこにいた大勢の人々は、気も動顛なさる。その中でも、源宰相（実忠）は、顔が青くなり赤くなって、魂も抜け出たような様子をしている。父の左大臣（季明）は、それを、とても悲しい気持ちで眺めていらっしゃる。

「春宮がいらっしゃる。その前には、上達部と親王たち。兵部卿の宮、左大臣、右大将、お二人の中納言、源宰相がおいでになる。庭には、大床子を置いて、涼・仲忠・仲頼・行正、ほかに、左大将の男君たちをはじめとして、四位と五位の官人や、歳をとった進士、秀才になったばかりの藤英などが席に着いている。お召しになった人々には、引出物をお与えになる。

殿上人たちや文章博士が、集まって、春宮がお与えになった韻字で詩を作って提出する。楽人の座では、管絃の遊びをしている。文台が立ててある。そこには、皆が書いた詩が載せられている。上達部と親王たちをはじめとして、文章博士たちまで、白い袿や袴を、被け物としていただく。ほかの人々も、呉服をいただく。」

三　同日、正頼、大宮にあて宮の入内について相談する。

左大将（正頼）は、退出して、大宮に、「春宮から、今でもお手紙が贈られてくるのですか」とお尋ね申しあげなさる。大宮が、「贈られているようです」。左大将が、「春宮は、そのことをおっしゃっていたのですよ。しばらくの間は、あれやこれやと言いのがれていたのですが、ほんとうに心をこめてお願いなさったので、お断りできませんでした。その時、兵部卿の宮と平中納言は、とても困ったことになったと思っていましたが、その中でも、源宰相（実忠）が、特に思い詰めていらっしゃったのを見て、左大臣殿（季明）が、人々と顔を見合わせて、涙ぐんでいらっしゃったので、気の毒に思いました。春宮も、気の毒だと思っていらっしゃいました。どういうわけか、あて宮のことで、楽しい時も困った時もたくさんありますね」。大宮が、「春宮は、どうして、人々が大勢いる時を選んで、そんなことをおっしゃったのでしょうか」。左大将が、「やはり、人々があて宮に求婚していることを聞いて、あて宮に思いをかけるなと思っておっしゃったようです」。大宮が、「源宰相殿は、それほど思慮がない人ではないのに、内心を外に出してしまうのが困りますね」。左大将が、「源宰相殿は、いつもよりも懸命に心を落ち着かせようとしていたのですが、その様子もはっきりとわかりました。男とは、そういうものなのです。私は、気がつくと、今ではこうして夫婦となっておりますが、昔、あなたのことを思い始め申しあげた時は、どれほど心が乱れたことでしょう。源宰相殿は、学問教養がある方ですけれど、恋の道となると、こんなふうになるのですね。恋をすると、人目を憚らなくなるものなのです。こう思うと、娘たちに求婚なさる方々には、無下にお断りすることができないのです」などとおっしゃる。そんな時に、仁寿殿の女御が、「退出したい」と申しあげなさったので、左大将は、お迎えの車を二十輛ほど用意して、四位五位六位の官人たちを数多く引き連れて、兄弟の男君たちも全員一緒に参内なさった。

輦車の宣旨がなかなか下りなかったために、女御は、夜が更けてから退出なさった。

四　同日、大宮、退出した仁寿殿の女御に相談する。

大宮は、翌朝、北の対から寝殿に移って、女君たちは、裳をつけて待っていらっしゃる。大宮は、兵衛の君を使にして、仁寿殿の女御が退出なさった西の対に、「私のほうからそちらにうかがったらいいのでしょうか。それとも、こちらでお待ちいたしましょうか」と申しあげなさる。女御は、「そちらに、すぐにうかがいます」と言って、寝殿においでになった。大宮が、「そちらにうかがおうと思っていましたのに、わざわざおいでいただいて恐縮です」などと言って、「今回は、長い間宮中にいたのですね。そのことが気にかかっていました」。女御が、「今回も、お暇をくださらなかったのですけれど、どういうわけか、気分がすぐれませんでしたので、それを口実にして退出いたしました」。大宮が、「どうしてそんなことをおっしゃるのですか。もしかして、懐妊なさったのですか」。女御が、「さあ、わかりません。そんなみっともないことを」。大宮が、「そんなことはありません。しばらく御子が生まれずに寂しい思いをしましたのに。いつごろからですか」。女御が、「さあ、どうでしょう。七夕（たなばた）の頃、珍しく帝（みかど）のお召しがあった頃からです」。大宮は、笑って、「紅葉の橋は、ちゃんと架（か）かっていましたか」と言って、いろいろとお話をなさった機会に、女御が、「あて宮は、どうしていつまでも結婚せずにいるのですか」。大宮が、「そのことで悩んでいるのですよ。どうしたらいいのでしょう。お考えをお聞かせください」。女御が、「私みたいなお婆さんが、間に立っていろいろとお世話をするものです。私が、結婚の仲立ちをいたしましょう。父上は、このことを、どのように申しあげていらっしゃるのでしょう」。大宮が、「父上も、まだ決めかねていらっしゃるようです。春宮は、あて宮との結婚のご意向があってお話しになったそうです。帝からもお言葉があったと聞いています」。女御が、「春宮からは、今でもお手紙があるのですか」。大宮が、「あります。けれども、春宮には身分が高いお妃（きさき）たちが大勢お仕えしていらっしゃると思って、ためらっているのです。娘たちが寵愛（ちょうあい）を受けるかどうかもはっきりしないまま宮仕えをなさるとみっともないことになると聞いています」。女御が、「妃たちは多くいるのですが、数が多いことがそのまま問題になるということではありませんから。『妃たちの中でも、嵯峨（さが）の院の小宮と右大将殿（兼雅（かねまさ））の大君（おおいぎみ）だけは寵愛を受けているけれども、それ以外の方々は』などという評判です」。大宮が、「左大臣殿（季明（すえあきら））の大君は、いかがですか」。女御が、「私の口からは申しあげられません。お察しください。春宮は、申し分がなくすばらしい方です。求婚なさっている方々の中でも、妹たちが結婚なさるのにふさわしい方だろうと思います。あて宮が結婚をせずに里住みをなさるのは、具合が悪いと思います。帝は、『あて宮が入内したら、二人だけで暮らせるようにさせたい。でも、入内させ申し上げると、そのように二人で暮らすことのおできになれない人だから、左大将（正頼）には頼めないのだ』などと、何度もおっしゃるのですが、ほかの妃たちより先に入内しているならともかく、そうではないのだから、二人きりで暮らすことはできないでしょう。ただ、春宮には御子たちなどもまだお生まれになっていないから、期待がもてます」。大宮が、「でも、心配です。ですから、あなたのことを、消りものに」。女御が、「まあ縁起でもない」などとおっしゃって、一日中、いろいろと話をしたり、琴を弾いたりなさる。ほかの町にいる男君たちも左大将も、皆おいでになって、管絃の遊びをなさると、あちらこちらから、趣向を凝らした食事を、美しく調えてさしあげなさる。

夜が更けて、皆、それぞれの町にお帰りになった。

［寝殿。大宮と仁寿殿の女御がお話をなさっている。

あて宮をはじめとして、女御がお生みになった女宮たちが、合わせて五人、ほかに、左大将の女君たちがいらっしゃる。どなたも、食事をなさっている。男君たちも、七人ほどいて、食事をなさっている。上臈の侍女たちが大勢いる。右大臣（忠雅）から、果物や破子などをさしあげなさっている。」

五　正頼、伊勢の君に霜月神楽の準備を命じる。

左大将（正頼）が、霜月の神楽を催すために、伊勢の君に、「左近の源中将（涼）がおいでになるだろう。今回の神楽は、少し人の心を惹きつけるようなすばらしいものにしたい。召人などを選んで、その儀式を、心をこめて準備しなさい」と申しあげなさる。伊勢の君が、「いつもの召人たちは、きっと参上することでしょう。こちらで親しくしているすぐれた雅楽頭などたちは、帝のお召しにも、必ず参上いたします」。左大将が、「やはり、巡らし文を作って、奥に草仮名で歌を書きつけて送ろう。それならば、断りはすまい」。伊勢の君が、「楽人たちは、やって来て、必ず御覧になることができるはずです。奥に草仮名で和歌を詠む必要などありません」などとおっしゃる。

六　正頼家の霜月神楽が行われる。

神楽の夜になった。左大将（正頼）は、「思ったとおりだ。断ることはないだろうと思っていたよ」とおっしゃって、幄を張って、才の男たちが、笛を吹き、歌を歌い、並んで座に着いた。ここに集った者たちは、現在のすぐれた楽人たちである。左大将の婿である上達部と親王たちが、屋敷の中から、全員お集まりになっている。客人として、兵部卿の宮と源中将（涼）がおいでになる。

禊ぎを終えて、賀茂の川原からお帰りになる。御神の子が、車から下りて、舞いながら屋敷に入り、神楽に招かれた山人を山に帰すための楽を演奏して、神楽歌を歌う。

これは、私が、八葉盤を手に持って、山深く入って折って持ち帰って来た榊の葉だ。だから、神の御前でずっと枯れずにいてほしい。

榊の葉のいい香りがするので、捜し求めてやって来ると、ここには大勢の人々が楽しく集まっていた。

優婆塞が修行している山にある椎の木の根本は、寝床ではないから、なんともごつごつしていることだ。

などと歌って、楽器を演奏している時に、兵部卿の宮が、右近中将（祐澄）を使として、大宮のもとにご連絡をさしあげたので、大宮は寝殿でお会いになった。

七　同日、兵部卿の宮、大宮と語る。

兵部卿の宮が、「夏ごろ、桂川での神楽の際、川原でいろいろとお話ができてうれしく思いましたので、今宵もお話ししたいと思います」とおっしゃると、大宮が、「あの時と同じように神のおかげがなければお訪ねいただけないのですね」などとおっしゃって、「嵯峨の院には参上なさいましたか。大后の宮がご病気だとお聞きして、うかがおうと思ったのですが、けしからん子どもたちの世話にあたふたとして、うかがうことができませんでした」。兵部卿の宮が、「私は、先日、嵯峨の院にうかがいました。母上は、特にご病気ということでもありませんでした。ところで、母上が、姉上たちのことを、『どなたにも、なかなか会うことができない。これから先、そういつまでも生きていられそうな気もしないから、あまり間を置かずに会いたいと思うのだが、それもできない。帝がおいでになるのは無理だろう。でも、ほかの方々まで来てくれないのはつらい。若宮たちや左大将殿（正頼）の御子たちなどにも、ぜひお会いしたい』とおっしゃっていました」。大宮が、「ほかにも、新しく生まれた、できの悪い子どもたちもお目にかけたいと思うのですが、見苦しい者たちなので、お見せできないのです」と申しあげなさる。兵部卿の宮が、「それはそうと、今となっては、申しあげてもしかたがないことですが、『自分一人ではどうにもならないことは、何よりもまず姉上にご相談申しあげよう』と思っております。ここ何か月も心に思ってきたことが、結局はかなわないまま終わってしまいそうです。何はともあれ、私を人並みの者と思ってくださっていたら、こんなことにはならなかったでしょうに。同じ兄弟姉妹の仲でも、姉上を頼りにしてまいりましたから、『このような時にも、誰よりも姉上に聞いていただきたい』と思っておりました」。大宮が、「どうしてそんなふうに期待が持てないようにお思いになるのでしょう。私も、あて宮と結婚していただきたいと思ったことがあるのですが、それが、今は、実現できそうにもありませんので。私も、宮お一人を頼りに思っておりますので、ふつつかな娘たちの中でも、誰かと、ぜひ結婚していただきたいと願っているのですが、お目にとまりそうもない娘たちばかりなので、少しましな子が生まれるのではないかと思って待っておりました」。兵部卿の宮が、「先日、春宮主催の残菊の宴の際に、あて宮さまが春宮のもとに入内なさることになるとお聞きしましたので、片時も生きていられる気がしませんでした。だから、『死なないうちに、せめて自分の気持ちだけでもお伝えしたい』と思ってお話しいたしました。思い悩んだあげくに、あて宮さまに思いをうち明けるようになった私だから、とてもつらく悲しくてならないのです」などと、泣く泣く訴え申しあげなさる。大宮は、いろいろとなだめ申しあげて、奥にお入りになった。

八　同日、才名告りの後、人々帰る。

さうはち（未詳）の曲の調べばかりを、琴の音を同じ調子に調えて、管絃の遊びをする。神楽歌を歌ったりしていると、藤中将（仲忠）と源中将（涼）などの声は、ほかの誰よりもすばらしい。「採物を献上した者たちよ、そこを退いて場所を譲れ。そこにいる者たちよ、顔を上げよ」と言う。式部卿の宮が、「源中将の朝臣は、何の才があるのですか」。源中将が、「鍛冶をいたす才があります」と言う。宮が、「さあ、その才を披露してください」。源中将が、「打ちやすそうな金の太刀だ」と言って、そこにあった古屏風を押し倒しながら、奥に入った。宮が、「藤中将の朝臣は、何の才があるのですか」。藤中将が、「和歌の才があります」と言う。あるじの左大将（正頼）が、「難波津の歌ですか」。藤中将が、「ああ、冬籠もりの頃は寒くてつらい」と言って、寒そうに衣をすっぽりかぶって、奥へ入った。宮が、「祐澄の朝臣は、何の才があるのですか」。右近中将が、「渡聖の才があります。ああ、風が激しい世の中だ」と言う。宮が、「仲頼の朝臣は、何の才があるのですか」。仲頼が、「樵夫の才があります。人並みの身でないことだけがつらいのです」と言う。宮が、「仲澄の朝臣は、何の才があるのですか」。仲澄が、「山臥の才があります。ああ、松の葉の臭い匂いがします」と言う。宮が、「行正の朝臣は、何の才があるのですか」。行正が、「筆結いの才があります。生活が苦しいのは、冬の間です」などと声をあげているところに、源宰相（実忠）が、相伴の客の座からこちらにいらっしゃる。それを見て、右大臣（忠雅）が、「そちらの方は、何の才があるのですか」。源宰相が、「藁盗人の才があります」と言う。兵部卿の宮が、「こちらは、冷たい風が枯れ枝に吹いています」。源宰相が、「ああ、それでは、この屋敷には入ることができませんね」と言って出て行っておしまいになった。

上達部と親王たちはもちろん、供人まで被け物をいただき、歌が上手な官人まで禄をいただいた。

皆退出した。

九　同日、仲忠、仲澄にあて宮への思いを語る。

藤中将（仲忠）が、源侍従（仲澄）の曹司で、「私は、帰る所もありません」と言って、「左大将殿（正頼）の前で、三の宮にひどく飲まされて、何がなんだかまったくわからなくなるほど酔ってしまいました。こんな機会に申しあげることは、誰も咎めはしないでしょう。『神も許してくださる』とか言います」と言って、いろいろとお話をなさる。その機会に、藤中将が、「先日、春宮の所で、悲しい思いをしました。そのままそこで死ぬのではないかと思われました。どうして今日まで生きているのでしょう」。源侍従が、「おかしなつらえ虫ですね」。藤中将が、「いや、蝸牛ならぬ、横に寝た牛になった気がします」。源侍従が、「中将殿は、帝の婿になられる方ではありませんか。何を悩んでいらっしゃるのですか」。藤中将が、「『玉の台も』と言います。あて宮さまと結婚できる源中将殿（涼）がうらやましい」。源侍従が、「それでは、角が折れて戦意をなくした牛のたとえのようではないですか」。藤中将が、笑って、「あてにならない期待をして待っているむくり犬のようなものです」。源侍従が、「何をおっしゃるのですか。身のほどをわきまえないことをおっしゃってはいけません。女一の宮さまは、この世で一番美しい方で、宮中でもこちらでも、人々が、空から下りて来た天女よりも、特にお慕い申しあげていらっしゃる方なのですから。帝は、女一の宮さまのことを中将殿にとおっしゃった機会に、あて宮のこともお話しになったのです。そんな身でありながら、どうしてこんなつまらないことをおっしゃるのですか」。藤中将が、「畏れ多いことですが、思いの限りを尽くして、あて宮さまにうち明け始めたのですから、私は、『生まれ変わっても、ぜひ女一の宮さまを』という気持ちにはなることができないのです。まことに畏れ多いことです」。源侍従が、「死なない薬を搗く杵は、どうなっているのですか」。藤中将が、「三千年に一度実がなるという西王母の仙桃を食べずにいる気持ちがしますね」などと言って。

一〇　正頼、大后の宮の六十の賀の準備を進める。

左大将（正頼）の北の方の大宮は、長年、母の大后の宮の六十の賀をしてさしあげたいと思って、倚子や屏風をはじめとして、さまざまな立派な調度を、綾や錦に改めて準備なさって、左大将に、「伊勢の君が、以前、兵部卿の宮にお会いになった時に、大后の宮が、私たちが参上しないので、会いたがっていらっしゃっていたということですから、ぜひ、充分に準備をしてうかがいたいと思います」。左大将が、「とても簡単なことです。来年は、大后の宮が六十歳におなりになる年でしょう。子の日の遊びを兼ねて、嵯峨の院に参上なさったらいいでしょう。早く、私がすべきことをさせてください」。大宮が、「賀宴の準備はすっかり調っているのですが、被け物の準備がまだできていません。ほかの方々は、くう一らくこと（未詳）をしてくださっています。五尺の大きさの黄金の薬師仏を七体、ほかに、『薬師経』なども、豪華に用意してくださっていると聞いています。嵯峨の院の小宮は、法服の準備をなさっているそうです」。左大将が、「それは、今年のことだと聞いています。私は、精進落としの宴の準備をいたします。子どもたちなどもお目にかけてください」。大宮が、「何もせずに、ただお目にかけるというわけにはいかないでしょう」。左大将が、「男の子は舞を舞ってお見せ申しあげ、女の子は楽器を弾いてお聞かせ申しあげなさったらいかがですか」。大宮が、「舞には、親王たちのお子さまたちや、左大弁（忠澄）・兵衛督（師澄）・右近中将（祐澄）などの子どもたちもお出しになるのですか。宮あこと家あこなどは、いつもの師たちではなく、ぜひ、仲頼と行正たちに頼んで習わせたいと思います」。左大将が、「右近中将・兵衛督・左大弁などの子どもたちは、心配ないでしょう。また、女の子たちも、まさか、恥ずかしい思いをすることはないと思います。仲頼と行正たちは、まだその経験がないようですから、舞を教えてはくれないでしょう。でも、申しつけてみましょう」と言って、仲頼と行正を召すために、人をお遣わしになる。

左大将が、人もいない御簾の内に少将（仲頼）と兵衛佐（行正）を呼び入れて、「私が長年どうしてもしなければならないと思っていることがあるのですが、あなたたちがそのことで協力してくださらないので、困っています。でも、『そんなことを言ってはいられない。今日から始めよう』と思って、連絡したのです」。少将が、「まことに恐縮です。どのようなことでございましょう。左大将殿がどうしてもしなければならないとお考えになっていることにさしつかえることがあるとうかがって、驚いて参りました」。左大将が、「私は、『ふしこと（未詳）を、山のように積み、林のように繁らせたとしても、今はこのことをしなければ。

どうしてもこのことをしたい』と考えているのです。じつは、私の妻が、『嵯峨の院の大后の宮は、来年は六十歳におなりになる年だから、そのことを聞いて何もせずにいることはできません。家あこと宮あこたちには舞を舞わせたいのですが、人が何度も見た舞は舞わせたくないと思います。ですから、少将殿と兵衛佐殿に、二人を弟子にしてしっかり教えてくださるようにお願いしてほしい』とおっしゃっているのです」。少将は、長い間じっと静かに考えて、「私は舞など舞ったことはございません。おのずと御覧になっていることでしょう。神泉苑や吹上の浜などでは、ほかの人は、残す手などなく舞ったようでした。でも、私は、その時なども、舞うことのないまますませました」と答える。兵衛佐も、同じようにお答え申しあげる。左大将が、「兵衛佐殿までこうおっしゃるのを見ると、少将殿が辞退なさるのももっともですね」と言って、「でも、少将殿は宮あこに落蹲を、兵衛佐殿は家あこに陵王を、生きた姿で舞っているかのように教え、ほかの男の子たちにも、それぞれに、楽器などに合わせて舞えるようにお教えください。そうしてくださらなければ、何度生まれ変わっても恨みに思うことでしょう。教えてくださったら、将来まで親しく契りを交わしましょう」などと言葉をかけて、奥にお入りになった。

一一　六十の賀の舞の練習に励む。

少将（仲頼）と兵衛佐（行正）は、「左大将殿（正頼）は、私たちが舞を舞うことを、どうしてお聞きになったのだろう。ほかの人にも、舞を教えていることが知られることになるだろう」と思う一方、「舞をお教えしなかったら、左大将殿はどうお思いになるだろう」と思い悩むが、それでも、「断ったら、左大将殿がどうお思いになるだろうか」と、心苦しくお思いになられるので、少将と兵衛佐は、左大将の家の男君たち十人を、五人ずつ、順に分けて、少将は、愛宕という所の奥の、鳥も通わない山の中に籠もり、兵衛佐は、水尾という所より奥の、同じような所に、誰にも知らせずに籠もって教える。少将と兵衛佐は、「同じことなら、すべての技法を伝授しよう」と思って教える。

　左大将の婿の親王たちと男君たちは、三条の院で、舞の師たちを調える。

［左大将の三条の院。式部卿の宮のお住まい。太郎君は太平楽、二郎君は皇麞の舞を舞う。舞の師は二人、楽人は十人ほど。殿上人などが大勢いる。食事をしたり、酒を飲んだりして、舞の師は立って舞っている。男君たちが舞を習っていらっしゃる。

　中務の宮の御子の太郎君は、万歳楽と五常楽の舞を舞う。舞の師と楽人がいて、相伴の客が大勢いる。

　左大弁（忠澄）のお住まい。太郎君は、すすし（未詳）の舞を舞う。左大弁はいらっしゃらない。舞の師がいて、相伴の客が大勢いる。

　兵衛督（師澄）のお住まい。太郎君は、すらう（未詳）の舞を舞う。

　右近中将（祐澄）の太郎君が、鳥の舞を習っていらっしゃる。］

一二　十一月の下旬から、春宮をはじめ、人々、あて宮に歌を贈る。

こうしているうちに、十一月の下旬ごろになった。新嘗会(しんじょうえ)の頃、春宮から、

願い言に神も心を動かす頃なのに、あて宮さまのお心は静かなまま動かないのでしょうか。

とお手紙をさしあげなさった。あて宮は、

神の前では、浮気心を持った人も、思ってもいないことを祈るものなのですか。

とお返事申しあげなさった。

春宮が、降る雪を見て、

「人並みでない私は、水の上に降る雪なのでしょうか。涙の上に降る雪のように、はかない思いで過ごしていますが、なんの効(かい)もありません。

私のことを軽く見ないでいただきたい」

とお手紙をさしあげなさった。あて宮は、

「水の上に、雪は、消えることなく、山のように積もることでしょう。それなのに、降る雪のように、浮ついた思いで過ごしていらっしゃる方のことはあてになりませんね。

ああ見苦しいことです」

とお返事申しあげなさった。

右大将（兼雅）は、五節の舞姫をさし出して、宮中から、五節の参りの日の夜、

「宮中で、袖を振りながら、天女のように美しく舞う少女の袖の色も、あて宮さまが染めてくださったものではないので、たいしたものではないと思って見ています。舞姫をさし出した効がありません」

とお手紙をさしあげなさった。あて宮は、

「紫の雲から下りて来た天女であっても、その衣の袖以上に美しく染めることはできません。

私に期待なさることは、その衣を染めてくださった方に対して失礼です」

などとお返事なさる。

兵部卿の宮が、小忌人の役にあたって、宮中から、

「青色に濃く摺り出した小忌衣を着る時は、逢ったことがないあて宮さまのことまで恋しく思われることです。

あて宮さまのことをお忘れすることなどできません。ああつらいこと」

などとお手紙をさしあげなさった。あて宮は、

「浮気心を持った人が、沢でたくさん摘んだ染め草で摺った小忌衣を着て、どうして私のことを思い出しなさるのでしょうか。わけがわかりません。

浮気心をお持ちでなかったら、そんなことをおっしゃることはできないでしょう」

などとお返事申しあげなさる。

藤中将（仲忠）が、賀茂の臨時の祭りの使として出発する時に、

「夕暮れになることが頼みに思われます。葵にゆかりのある賀茂の臨時の祭りの日ですから、あて宮さまに逢うことを、神もきっと許してくださるでしょう。

神のご利益があるのかどうかを確かめるために、すぐに戻って参ります」

とお手紙をさしあげなさった。あて宮は、「とんでもないことをおっしゃる」などと言って、

「私に逢うことは、賀茂の神も、常緑の榊の葉の色が変わるまで（五句欠）。

神も、同じお気持ちでしょうか」

とお返事なさる。

三の宮が、

独り寝のまま長い年月がたちましたが、冬山には、まだ一枚の葉でさえ見えないのですね。この冬は、まだお手紙をいただいていません。

源中将（涼）は、霜が置いた朝に、

「お手紙をさしあげても、どうしてお返事がいただけないのでしょうか。冬の夜は、葉に霜が置くように、言の葉にも霜が置いて、お返事が届かなくなるのでしょうか。

とまで思われます」

とお手紙をさしあげなさった。どちらにもお返事はない。

源侍従（仲澄）は、十二月の上旬に、まだ充分に咲いていない梅の花を折って、

「年が明ける前に下紐が解けるようにほころび始めた花を見ると、私が恋しく思っている

　あて宮さまのことが思われます。

あて宮さまのことが真っ先に思われるのです」

などと書いてお見せ申しあげなさるけれど、あて宮は、見ないようにして、何もおっしゃらない。

蔵人の源少将（仲頼）は、月末の夜、御読経の後、宮中から退出して、あて宮にお手紙をさしあげる。

（歌欠）

年が改まって、元日に、兵衛佐（行正）は、

「年が改まるとともに、冷淡だったあて宮さまの心も改まっているのでしょうか。

と思いますと、今日は、これからのことが期待できます」

とお手紙をさしあげる。

藤英は、宣旨をいただいて、六十日の間に方略試の試験を受けさせていただき、年内に対策に及第して、内冠を受けることになったので、左大将（正頼）のご推挙で、一月七日の日に内冠をいただいて、十一日に大内記とともに東宮の学士に任じられなどして、帝の寵愛をこのうえなく受ける。内宴に招いていただいて、六位の深緑の袍を五位の深緋の袍に着替え

る時に、
　袍の袖の色は、深緑へ、そして、深緋へと、二度も変わったけれども、私の心に深く感じているあて宮さまへの思いは変わることはない。
などと思うけれども、あて宮にお手紙をさしあげてその思いを伝えることはない。
忠こその阿闍梨が、宮あこ君を呼び寄せて、あて宮に
「谷から里に出て来て鳴くのを聞いて、人が春になったことを知る鶯の初声であっても、あて宮さまのことを思う私は、ほんとうにつらいものだと思っています。ほかの人はこんな思いはしないものだと聞いています」
とお手紙をさしあげたところ、あて宮は、ただただ、恐ろしいとお思いになる。

一三　年返る。六十の賀の準備が進む。

大后の宮の六十の賀を、一月二十七日の乙子の日に催してさしあげなさった。その日のために用意された物は、厨子が六具で、沈香・麝香・白檀・蘇枋・こうのつかひてこと（未詳）で作られている。覆いは、織物や錦である。また、箱には、薫物や薬や硯箱などをはじめとして、御衣は女性用の物で、衾、四季折々の装束、夜の御衣、唐衣と裳が入れてある。箱の折立としては、ちらしろかね（未詳）を敷きつめ、千鳥の蒔絵を施して、中には、ほかに例がないほど美しく仕立てられた物が、それぞれの種類に応じて入れてある。手水の調度

品は、取っ手がついた白銀の盥、沈香を丸く削った貫簀、白銀の半挿。ほかに、沈香の脇息、白銀の透箱、唐綾の屏風、几帳がある。几帳の骨は蘇枋と紫檀で、夏用と冬用があり、ほかに例がないほどすばらしい。几帳の帷子は、冬用である。また、いい香りがする褥と敷物は、言葉にならないほどすばらしい。食膳が六具で、黄金の御器に糸状の黄金で象嵌してある。これらをはじめとして、あらゆる用意が調っている。

一四　一月二十六日、人々、嵯峨の院に参上する。

二十六日に、嵯峨の院に参上なさる。車は二十輛、糸毛の車が十輛と、黄金造りの檳榔毛の車が十輛で、ほかに、女童の車が二輛、下仕えの車二輛が続く。御前駆は、この世の人が残らず集まり、四位と五位の官人たちが百人いて、六位の官人は数え切れない。その日の装束は、大宮をはじめ女一の宮までは、赤色の表着に葡萄染めの重ねの織物の袿を着て、唐衣と綾の裳をつけている。女二の宮は、十一歳で、同じ赤色の織物の五重襲の上の衣を着て、白い綾の上の袴を穿いている。お供の人は、青丹の表着に柳襲の平絹の袿と、青海摺りの裳を、身分にかかわらず着ている。女童も、同じような装束で、下仕えは、平絹の三重襲の袿を着ている。

一五　同日、大宮、大后の宮と対面する。

大宮たちの一行が嵯峨の院に着いて、大宮が、大后の宮に、「特別な理由があるわけではないのですが、どういうわけか、騒がしいことばかりが起こるので、扱いかねているうちに、長い間おうかがいすることができませんでした。先ごろも、ご病気だと聞いて、驚いてお見舞いにうかがおうと思ったのですが、帝にお仕えしている娘（仁寿殿の女御）が懐妊中で危険な状態だったので、見て慌ててしまいました」と申しあげなさる。大后の宮は、「私は、たいしたこともありませんでした。いつものように、熱が出ただけだったのです。それより、仁寿殿の女御はどうなさったのでしょうか」などとおっしゃる。

一六　六十の賀の屏風の歌。

大后の宮の夜の御座所をしつらえ、調度品も、しかるべく調えられていて、玉のように光り輝いている。

屏風の歌は、

正月。子の日の遊びをしている所に、岩に松が生えている。てうに（未詳）、鶴が飛びまわっている。

右大将（兼雅）

岩の上に鶴が落とした松の実は、今日の子の日にあうために生長したらしい。

二月。人の家に、花園がある。今、木を植えている。　民部卿（実正）

木を並べて植えている人は、その花の色が、何代にもわたって見続けても、美しさを見飽きることがないと知っているだろう。

三月。上巳の祓えをしている所に、松原がある。　源中将（涼）

禊ぎをしている春の山辺に、波が立つように並んで立っている松の千年の寿命は、誰のためのものなのだろうか。

四月。神祭りをしている所に、山人が帰って来ている。　藤中将仲忠

神祭りをする時の榊を折るために、これまで、数えきれないほど、夏山を行ったり来たりしたことだ。

五月。人の家の橘の枝に、時鳥がとまっている。　中将祐澄

時鳥は、花が咲いている私の家の橘を、千年の間もずっと、自分の家だと思っているにちがいない。

六月。人の家に、池がある。その池に、蓮が生えている。　少将仲頼

池の水に浮かぶ、緑も濃い蓮の葉を見ていると、私も心のどかな気持ちがすることだ。

七月。七夕祭りをしている所に。

彦星が一年に一度帰って行く朝に、何年も続けて出あったから、今朝飛んで来る雁が列をなして後朝の文になっているのだろうか。

八月。十五夜の宴を催している所がある。雁が「かり」と鳴いている。　侍従仲澄

秋が訪れる度（たび）に、この十五夜の月を惜しみながら、初雁の鳴き声を何度も聞いてきたことだ。

九月。山辺には紅葉を見ている人がいて、田では稲を刈り取って積んでいる。　中将実頼（さねより）

紅葉の葉を織って敷いた秋の錦に、皆で、楽しく集まってすわって、刈り取って積んだ稲を遠くに見ている。

十月。網代（あじろ）がしかけてある川に、船をいくつも漕（こ）ぎ浮かべている。　左大弁（忠澄）

氷魚（ひお）を運ぶために、網代に、船を何艘（そう）も漕ぎ連ねてやって来ている。冬になると、水に浮かぶそんな船をいつも見てきたことだ。

十一月。雪が降っていて、人が濡れている。　兵衛督（ひょうえのかみ）（師澄）

いったい何歳になったのか、年齢もわからないが、白雪が頭に降って積もったように、髪が白くなった時に、歳老いたことがわかるのだ。

十二月。仏名会（ぶつみょうえ）をしている所。　中将仲忠

口に唱えて祈る仏の数が多いので、年に一度の仏名会ではあっても、恵みの光が千年間もさすことになるのだろうか。

などと詠んで、それを、少将仲頼が書きつけた。

一七　一月二十七日、六十の賀始まる。

辰の二刻（午前七時半から八時）頃、賀宴が始まって、うちふたはゆるえ（未詳）、笙の笛と鼓の音が響いた。楽人と舞人も参上する。舞を舞う男君たちは青色の表着に蘇枋襲の下襲と綾の上の袴、楽を奏する男君たちは闕腋の表着に柳襲の下襲などを着て参上する。

しばらくすると、火桶に入れる炭火を運んで来る。火桶は沈香、瓫は白銀で、沈香を火箸にして、白銀の嘴を持った黒方の鶴などを作って、嵯峨の院と大后の宮の前にさしあげる。食膳も用意する。

しばらくすると、左大将（正頼）が、黄金の折敷六十と黄金の脇息をはじめとして、さまざまな物を数えきれないほど献上する。上達部と殿上人が、取り次いで運んで来る。仁寿殿の女御の食事の世話は民部卿（実正）で、女御の前に、沈香の折敷も、打敷とお食事も同じように調えなさる。左衛門督（忠俊）からは、大宮をはじめとして、姫君たちの前に、蘇枋の折敷が二十ずつ届けられる。大殿の上腹の男君たちや、ほかの方々からも、大后の宮に仕える宣旨の君や侍女たち、内侍・命婦・女蔵人の前に、衝重に載せてお与えになる。それより身分が低い者たちまでいただいて、上達部と親王たちや、楽人や舞人の前にまですべて用意してさしあげた。

また、宮中から、人々が、白銀と黄金で作った、若菜の籠と壺を、さまざまな作り枝につけて、中にたくさんの宝物を美しく入れて、持って連れだって参上なさる。大后の宮に贈る挿頭には、松の下に、鶴を立たせて、尚侍の歌が、

自分でも千年の寿命がある鶴が、長寿の子の日の松の陰に隠れているのですから、大后の宮さまもさぞかし長生きなさって、ご子孫も繁栄なさることでしょう。

と書きつけてある。大后の宮が、

私が一人で鶴と松との両方を見ているよりも、どちらか一つは尚侍さまにさしあげたいと思います。

などとお返事を書いていらっしゃる時に、春宮が、新年のご挨拶をなさっていなかったので、同じことなら一緒にと言って、この日に参上なさった。院は、驚いてお会いになった。

一八　六十の賀の舞と楽。

楽が始まって、男君たちが舞を舞ってお見せしたりなどする。左大将（正頼）の宮あこ君が落蹲をお舞いになる。上達部がお世話して舞台にお出しになる。宮あこ君が舞台にお立ちになると、嵯峨の院をはじめとして、大勢の人が驚く。人々は、皆、「ただ今の世は、伎芸が盛んで、さまざまな才能に恵まれた人が多く、その人の容姿まですぐれている。その中でも、選りすぐりの人を集めて、この世で見たこともない技を披露しようとした吹上の宮への御幸と神泉苑への行幸などの際にも見えなかった舞の技法だなあ」などと騒ぎ、上達部と親

王たちは、「少将（仲頼）はよくもここまで習わせたものだ」と言って、誰もが涙を落とす。続いて、家あこ君が陵王をお舞いになる。まるで陵王が今生きているかのように舞いなさる。驚いた院は、不思議に思って、二人が舞い終わるとすぐに、二人とも呼び寄せて、盃を与えて、

　初めて雲（院の御所）近くで舞を舞う二羽の鶴の雛鳥を見ていると、すっかり歳老いた私の寿命もさらに延びる思いがします。

とおっしゃる。宮あこ君は、

　鶴の雛鳥である私たちは、院と大后の宮のために、お二人がどれほど長く生きてゆくことができるのかもわからずに、白雲の中で一緒に舞っているのです。

と答えて、盃をお受け取りになる。

　大后の宮は、女一の宮をはじめ、左大将の女君たちに、琴をお弾かせ申しあげなさる。大后の宮が、「あて宮は、どうして姿をお見せにならないのですか」と言って、外から見える所に几帳を出させて、「やはり、こちらに出ていらっしゃい。ここなら、外からは見えませんよ」とおっしゃる。それを聞いて、姉君たちが、世話をして、あて宮をお連れ申しあげなさる。大后の宮は、あて宮を見て、「あまりの美しさに、父の左大将殿などを茫然とさせたというのは、当然だったのですね。ほんとうに、噂どおりですね」と言って、そらとふも（未詳）の琴を、さっと調律して、「これ以上の琴は、多くはありませんよ」と言ってお渡し

申しあげなさる。あて宮は、「私には、とても弾けません」などとお返事申しあげなさる。大宮が、「お断りになるような腕前だとは思いませんよ。そんなことをおっしゃらずに、少しお弾きなさい」と促し申しあげなさったので、あて宮は、琴の音を高く響かせて、上手に弾いてさしあげなさった。

嵯峨の院と春宮は、その琴の音を聞いて、「いったい誰が弾いているのか。今の世に、これほどの琴の名手は思い当たらないなあ」などとお驚きになる。藤中将（仲忠）は、「誰だろう。私の奏法に似ているなあ。ほかにはいないだろうと思っていたのに」などと思う。居合わせた人は、皆、とても驚く。春宮は、「仲忠の朝臣が聞いても恥ずかしくない奏法だなあ」とおっしゃる。父の左大将が涙を流しながらお聞きになっているので、皆、あて宮にちがいないと思った。

大后の宮が、「ほんとうに、これまで聞いたことがないほどすばらしい琴の音ですね。今が伎芸の盛んな世だということがよくわかります」と言って、

例年よりも今日の子の日がうれしいのは、小松の根を引いて祝うとともに、あなたが弾く琴の音を聞くことができたからだったのですね。

とおっしゃると、あて宮は、

風が調べる松風の音は、この野に隠れたままで引いてもらえない松の根のように、今日の子の日にも充分に弾くことができませんでした。

などとお返事申しあげなさる。大后の宮は、あて宮に、白銀の櫛の箱六具と、黄金の箱と壺をお贈り申しあげなさる。その中には、さまざまな珍しい宝物を入れて、ほかに、これまでに見たこともないようなすばらしい、大后の宮が入内なさった時の仮髻・蔽髪・彫櫛・釵子・元結の調度品をさしあげなさる。

一九　同日、春宮、大后の宮や大宮と対面する。

春宮が、大后の宮のもとに参上なさる。大后の宮が、春宮に、いろいろとお話などを申しあげて、「こうして、時の移り変わりもわからない暮らしをしていたために、年月が過ぎたのも気づかずにいたのですが、今日、大宮が賀宴を催して、歳を知らせてくださったので、寿命が残り少なくなってしまったことを知って、悲しく感じていました。でも、こうして春宮が来てくださったので、残り少なくなった寿命を継ぎ足してくださった気持ちがいたします」とおっしゃると、春宮が、「年の初めにもうかがおうと思ったのですが、今日、こうして皆さまが参上なさったとお聞きして、同じことならと思って、私もこちらにやって参りました。ほかのどんな日にうかがうより、入念な準備をしたうえで参った思いがいたします」と申しあげなさる。

春宮は、次に、大宮に会って、「ずいぶんとご無沙汰してしまいました。大后の宮のもとにもうかがったのですが、昔とお変わりがないようにお見受けされました」と言って、「あて宮さまは、里住みのまま結婚なさらないのですか」。大宮が、「まあ、ずいぶんと久しぶりですね」とおっしゃると、春宮が、「あて宮さまに、お手紙などはいつもさしあげているのですが、それでも、いいお返事をいただけないので、お手紙をさしあげずにいるよりももどかしい思いでおります。そのあたりのことも、この機会にぜひお聞きしたいと思います」。大宮が、「私に何度お聞きになっても、はっきりしたことはおわかりにならないでしょう」。春宮が、「左大将殿（正頼）には、会う機会があると、いつもお願いしているのですが。左大将殿は、そのことをお話し申しあげていらっしゃらないのですか」。大宮が、「うかがった時もあるのですが、春宮にふさわしい娘ではございませんので、不安に思っていたのですが」。春宮が、「私のことなど、どうでもいいと思っていらっしゃるのですね。あらためて申しあげなくても思い出してくださるのではないかなどと思って安心していたのですが、それも期待できなかったので、『恥を捨てて』と言うかのような思いで申しあげるのです」。大宮が、「ふがいない娘たちの中でも、雑用をする女蔵人などであってもお仕えするのにふさわしい者がおりましたら、参上させたいと思っているのですが、身分が高いお妃たちが大勢お仕えしていらっしゃるとお聞きしましたので、天敵の鼬がいつもそばにいる鼠のようになるのではないかと心配なのです」。春宮は、お笑いになって、「あて宮さまが参上なさったら、その時は、誰もが、そんな鼠のような気持ちがすると言います。でも、『何の中の蓮（菊や牡丹よりも蓮を愛す）』とか言うこともあるのですから、そのようなことは、まったく心配なさらないでください。離れていると、いつももどかしいので、この機会に、ぜひはっきりしたことをお聞きしたいと思います。こんな私の気持ちは嘘だとお思いですか」。大宮が、「今は冷淡な人のほうが後では期待できると言います。この話は、また、日が暮れた頃にうかがいましょう」。春宮は、「同じことなら、あまりのんびりしないほうがいいと思います。『後は何せむ（恋い死にをした後は、たとえ逢えたとしても何にもならない）』などと言うそうです」と言って、

何年たっても、私の身は変わることのないままでいます。小松を引く子の日になっても、待っていた効もなく思われることです。

と申しあげなさる。大宮は、

いつもご寝所をともにする方が大勢いらっしゃると耳にいたしますので、変わることなく待っているとおっしゃっても、あてにすることはできません。

などと申しあげなさる。春宮は、「近いうちに、あて宮さまにもお願いしてみます」などと言ってお立ちになった。

二〇　同日、大宮、大后の宮にあて宮入内の了解をとる。

大宮は、大后の宮にも、「春宮が、あて宮の入内を望んでいらっしゃるのですが、小宮なども春宮のもとに入内なさっているので、畏れ多くて、入内させることができません」と申

しあげなさる。大后の宮が、「どうして、あて宮は、春宮のもとに入内なさらないのですか。特にそちらから望んででも入内させるものです。このまま里住みを続けることはできないでしょう。あて宮が入内なさったら、後ろ盾としてのお世話くらいは充分にいたしましょう。春宮は、私に遠慮なさっているのでしょうか、『大宮さまに、「あて宮さまに思いをお伝えしてから長い年月がたちました」とお手紙をさしあげてください』と、何度もおっしゃったのですが、『こうしてお会いできる機会があるだろうから、その時に』と思って、ご連絡をさしあげずにいました」。大宮が、「あきれるほどつたない娘たちの中でも、あて宮は、何もかもまだ未熟なので、不安なのです」。大后の宮は、「何をおっしゃるのですか。妃たちの中には、特に、気後れしなければならないような方もいません。右大将殿（兼雅）の大君だけが、容姿も性格も感じがよく、春宮のもとに頻繁に参上なさっているようです。それ以外には、特別な寵愛を受けている方もいないようです。左大臣殿（季明）の大君は、まったく参上なさることもなく、もっぱら、たちが悪い行いばかりなさっているようです」と言って、あて宮にも、「やはり、早く入内なさい。春宮から責められて困っているのですよ」などと申しあげなさる。

二一　同日、大后の宮、帝と贈答する。

大后の宮は、蔵人の少将（仲頼）を使にして、帝に、私は、千年の寿命を持つ松を引いて祝ってもらった今日からは、帝には、筑摩野で万年の寿命を祈って摘んだ今日の若菜をお見せしたいと思います。

などとお手紙を書いて、今日の献上の品々をすべてさしあげなさる。

帝も、大后の六十の賀のお祝いにしようと思って、前もって用意なさっていた黄金の山や威儀物などがあったので、それを贈って、

若菜を摘むことができる野辺がどこにあるのかわからないので、私は、大后の宮さまのために、亀の尾山の小松を引いてお贈りします。

などとお返事申しあげなさる。

二二　六十の賀が終わり、人々帰る。

春宮がお帰りになる。被け物は、上達部と親王たちには女の装束、それ以下の者たちにも、それぞれの身分に応じてお与えになる。皇太后宮職の職員たちは、男には白い袿と袴、女には装束一具ずつ。春宮のお供の者、殿上人、春宮坊の職員まで、被け物をいただいた。賀宴が終わって、大宮たち一行は、三条の院にお帰りになる。車を、用意した数どおりに次々と続けて、男君たちは、源侍従（仲澄）をはじめとして馬に乗って、上達部以外の方々も、馬でお供なさる。

藤中将（仲忠）と源侍従は、馬を並べ、一緒に手綱を取って、話をしながら行く。その機

会に、藤中将が、「この世の舞や音楽などは、吹上の浜ですべて出尽くしてしまったと思っていましたが、左大将殿（正頼）のもとには、それ以上のものが残っていたのですね。宮あこ君の舞と、侍従殿の笙の笛は、三千大千世界に相手となる人はいないでしょうね。中でも、あて宮さまがお弾きになったそくとけふ（未詳）のならしふ（未詳）の琴の音は、ほんとうにすばらしいものでした。源中将殿（涼）や私たちの耳は、体から離れて、その琴のそばに飛んで行ってしまいそうでした」。源侍従が、「あて宮は、さぞかし、まわりに耳がたくさんあるような気持ちがなさったことでしょう」。藤中将が、「あて宮さまのためには、そんなふうに、その時も、常軌を逸した者になった気持ちがしたのですよ」。源侍従が、「その思いは、どこから来たのですか。きてう（未詳）からですか」。藤中将が、「さあ、どうでしょう。恋という山まで入って恋の道に惑うかもしれませんが」などと、けしからん冗談を言いながら、三条の院までお帰りになった。

二三　春宮、あて宮に入内を促す歌を贈る。

大宮たち一行が三条の院にお帰りになった後に、春宮から、

「先日、あて宮さまが弾く琴を聞くことができてうれしかったので、その気持ちをすぐにお伝えしたいと思ったのですが、うれしさのあまりこれを最後に死んでしまうような気持ちがして、しばらくお手紙をさしあげられませんでした。それはそうと、

あて宮さまのために袖が弛むほどの涙で濡れてしまったので、うれしかった気持ちも包むことができません。

せめて今からでも、早く入内なさってください。いつも、川岸の松のようなもどかしい思いをおさせにならないでください」

などとお手紙をさしあげなさった。大宮が、あて宮に代わって、

包むことのできる袖が腐ってしまったら、うれしい気持ちを感じることのない身になってしまうのではないでしょうか。

などとお返事をさしあげなさる。

また、春宮から、

「うれしい気持ちは、どこにでも包むことができます。ですから、特に、身からあふれ出ることもないでしょう。

包むことのできるのは、袖ばかりではありませんよ」

とお手紙をお贈りになる。あて宮は、

「雲にまだとどくことのない（帝位にまだ即いていない）身からあふれ出ることがないということは、長い間変わることのないお気持ちがないのでしょうか。

と思うと心配です」

などとお返事をさしあげなさる。

二四　入内の噂に、人々、あて宮に歌を贈る。

左大将（正頼）ばかりでなく、大宮も春宮にお約束申しあげなさったということが伝わって、あて宮に求婚し申しあげていらっしゃる人々は、どなたも、精進潔斎をして、多くの山や寺に不断の修法を、七度、春の初めから入内なさる日まで行わせて、大がかりな大願を立てたり、山に籠もり、金峰山や白山、宇佐神宮まで参詣して、祈願し申しあげたりなさる。

その中でも、源宰相（実忠）は、深い川に身を投げてしまおうと取り乱して恋い焦がれて、三条の院にずっといて、あて宮がいらっしゃる前の簀子を離れずに、草木を御覧になるにつけても、涙を流しながら、

「お逢いすることもできず、おかけする言葉も涙も今ではすっかり尽き果てて、何もする
　気にならないまままずっともの思いにふけっています。

いやはや。どのような言葉をおかけしたらいいのかわかりません。長年あて宮さまのことを思って心を惑わしてきましたが、その効もなく、少しも直接お話し申しあげることがないまま終わってしまうことが残念でなりません。あて宮さま、遥か遠く離れた所からでも直接お話し申しあげたいのです。せめて、もうしばらくの間だけでも、私の身を破滅させてしまわないでください」などと申しあげなさったところ、お返事もない。

右大将（兼雅）は、

「今となっては、お手紙をさしあげるのもまことに畏れ多いことですが、美しい花の陰を立ち去りがたい気持ちがして、お手紙をさしあげました。それはそうと、あて宮さまはこの世に出現した八百万（やおよろず）の神には祈願をしてかなえてもらってきましたが、あて宮さまは私の願いを一度も聞きとどけてくださいませんでしたね。

長い年月、あて宮さまのお気持ちを動かすことができないままになってしまいました」

などとお手紙をさしあげなさった。あて宮は、それを見て、「春は、今日が最後ではなく、残りの日々が、まだたくさんありますのに」などとおっしゃって、侍女たちも笑って、お返事はない。

兵部卿の宮から、

「『数書く（愛してくれない人のことを思うのは、流れる水に数を書くよりもはかない）』とか言うようですが、心を慰める方法がないので。あて宮さまのことを忘れることができません」

と書いて、

「私の手紙の行く先はあて宮さまの所以外にないのに、お手紙を贈りながら、どうして途方にくれているのでしょうか。

ああつらいことです。どうしたらいいのでしょう」

とお手紙をさしあげなさった。

平中納言は、

「『こんなふうに思い悩んでばかりいるよりも、この世から消えてしまいたい』と思うのですが、そんな私の気持ちまでも思いどおりにならないものですね」

と書いて、

「私は、どこに身を投げたらいいのかわかりません、あて宮さまのことを思う私の心よりも深い谷はありませんから。

いったいどうしたらいいのでしょう」

とお手紙をさしあげなさったが、お返事はない。

三の宮は、雨が降っている頃、庭の紅梅が美しく咲いた盛りに、

「私があて宮さまのことを思って流す紅（くれない）の涙が流れて溜（た）まったために、あの紅梅の花が濃く染まっているのですね。

大空まで、恋のもの思いをして、紅の雨を降らせているのでしょうか」などと申しあげなさった。

藤中将（仲忠）は、

「私は、自分が流した涙でできた川に浮かんで流れています。そんな今でも、あて宮さまは私のことを頼りに思ってくださらないのでしょうか。

私の袖が濡れるのを、人が見咎（とが）めなさるのですよ」

などとお手紙をさしあげなさった。

源中将（涼）は、

「荒磯の海にある真砂の数は知ることができましたが、あて宮さまからのお手紙は数えるほども見たことがありません。

私のこの気持ちは、何にたとえたらいいのかわかりません」

とお手紙をさしあげなさったが、お返事はない。

庭の木の芽が芽ぶいているのを見て、源侍従（仲澄）が、

「私と同じように、春の山辺も恋い焦がれているのでしょうか。木の芽が、毎日、燃えるかのように芽をつけています。

私が恋をしているという噂は、あて宮さまのために、野にも山にも満ちてしまった気持ちがします」などと詠みかけ申しあげなさるけれど、あて宮はお答え申しあげなさらない。

源少将（仲頼）は、

「芽をつけて瑞々しい緑色になる中で、私の身は鳥になってほしいと思います。それでもあて宮さまのもとにとどかないのかと、確かめてみたいのです。

兵衛佐（行正）は、

「私の心の燃える思いを、あて宮さまにお伝えすることがないままに終わってしまったので、あて宮さまは、私の思いの熱さをもおわかりにならないのでしょう。

と思うことが、とてもつらいのです」

などとお手紙をさしあげた。

藤英の大内記は、このうえなく時めいている。東宮の学士を務め、宮中で昇殿を許されて、つくり内紀かきゆきにて（未詳）、難しい文書や見事な文書をすぐに作るので、帝は、何かにつけ、漢学の才がすぐれた者として扱っていらっしゃる。身分が高い人々が婿として迎えようとなさるが、聞き入れることもなく、誇らしげに、「私が生活に困っていた時には、私を助けもせずにほうっておき、ありけうもこたふはうちていふ（未詳）。私の髪に炎がつき、大海原に放たれたとしても、誰も助けてもくれない。それでも、恥を捨てて、外聞も気にせずに人前に出て、今を時めく上達部の目にとまったから、私は、多少なりとも世に認められ、人並みにもなった。ただ、それは、一つには天道、一つには学問の力だ。昔は天から下って来たのかと見えた人に、今は肩を並べ、昔は上に仰ぎ見た人を、今は下に見て、雲よりも高くて手もとどかないと思った宮中で宮仕えができたのは、仏のおかげなのだ。私を婿にしようとして気を惹く公卿たちは、娘を五位の深緋の袍や白い笏と結婚させればいい。私を婿に迎えるなら、昔のうちにすればよかったのに」などと言っていた。

そのうちに、春宮大夫を兼ねていらっしゃった左大将が、その職を退く辞表を作らせなさるために、藤英を召して、南のおとどを調えて控えさせなさる。左大将は、正装してお会いになった。贅を尽くした食事をお与えになったりなどして、酒をお勧めになる。左大将の男君たちは、皆、盃を手になさって、家司たちは巡流しなどをする。藤英は、辞表を作り終えて、しばらくじっとしていたが、あて宮のことを思うと、今にも死にそうなほど思い乱れて、胸の炎も見える気持ちがする。藤英は、「昔の三条の院への試策の歩みの際に、今と同じような思いになったので、三条の院へ出向いたことがあった。そのことで、今の私になったのだ。やはり、あて宮さまにこの思いを訴えてみよう」と思って、あて宮に、

「恋のもの思いをしても胸の炎が燃えることさえもなかったとしたら、私は、身から炎を出すことはなかったでしょうに。

わが身の炎を隠す所がなかったからなのでしょうか」

などと書いて、宮あこ君にお渡しして、「これは、懸想文のような手紙ではありません。だから、あて宮さまにお見せして、お返事をくださるようお願いしてください」と言う。宮あこ君が、「姉上は、このような物は、けっして御覧になりません。でも、今すぐに、お願いしてみましょう」と言って、「長い間、漢籍を教えていただいていません。『ほかの人からは漢籍を習うな』とおっしゃったので、とても困っています」。藤英が、「暇が、まったくなかったからです。けれども、お願いしたことだけでもかなえてくださったら、東宮の学士の務めは怠っても、漢籍をしっかりとお教えいたしましょう」。宮あこ君が、「学問や音楽の師が、どなたも、同じようにおっしゃるので、私はなんの才能もない人間になってしまいそうです」などとおっしゃる。宮あこ君が、その手紙をあて宮にお渡し申しあげなさったけれど、

あて宮は、不気味に思って捨てておしまいになった。

忠こその阿闍梨も、大願を立てて、聖天の修法を不断に行い、加持をして清めた水を硯の水にして、

出家したことでもうなくなってしまったと思っていた私の悲しい気持ちを、どうしてあて宮さまはこんなにもたくさんお残しになったのでしょうか。

とお手紙をさしあげなさる。いつものように、仏のご利益はなく、お返事がない。

二五　実忠の男君（真砂君）、父を恋いつつ亡くなる。

源宰相（実忠）は、三条堀川のあたりに、広く風情がある屋敷に住んでいらっしゃる。北の方は、時めいていた上達部が大切に育てていらっしゃった一人娘で、その娘が十四歳の時に婿として迎えられて、ほかに愛する女性もなく、睦まじい夫婦仲で、「この世にはもちろんのこと、来世でも、草や木、鳥や獣に生まれ変わったとしても、友達となろう」と約束して、ずっと暮らしていた。お二人の間に、男君が一人、女君が一人お生まれになった。女君は袖君、男君は真砂君という。父の源宰相は、真砂君の顔を、片時も見ずにはいられず、いつもそばに置いてかわいがって育てていらっしゃる。そのうちに、屋敷の中は富み栄え、金銀・瑠璃の建物を造り、身分が高い人も低い人も木を植えたように大勢お仕えしている。源宰相は、こんなふうに暮らしていらっしゃったのだが、あて宮に思いをおかけになってから

は、長年の夫婦の契りも忘れ、いとしい妻子のことも気にかけることがなくなって、左大将（正頼）の三条の院に籠もり続けて、吹く風や飛ぶ鳥に託して、妻子の様子をお尋ねになることもないまま、長い年月がたった。北の方は、とても思い嘆きなさる。

二月ごろになった。屋敷の中は、次第に荒れ果てて、仕える人も少なくなり、池には水草が一面に浮かび、庭には草が生い繁って、木の芽も花の色も昔のような風情が感じられない。北の方は、朝になると、もしかしたら宰相殿が訪れてくださるのではないかと思って、日が暮れるまで待ち続け、夜になると、面影に見えるのではないかと期待し続ける。涙を流してずっともの思いにふけっていらっしゃったが、春の長雨が降り続く日、雨に降りこめられて、若い子どもたちは、父上を恋しく思って、泣き暮らしていらっしゃる。北の方は、それを見て、つらく悲しく思われて、鶯が巣に生んだままほうっておいて雨に濡れた卵を持って来させて、源宰相に、

「春雨が降る中で、雨漏りがするこの屋敷を守ってきましたが、父を恋い慕って涙を流している子どもたちを見るとつらくてなりません。

この鶯の古巣に劣らず濡れているこの家を見ていると、つらくなります。ところで、真砂君が、『真砂の数と同じように数えきれないほどの悲しみにくれている』とか申しあげているようです」

と書いて、お手紙をさしあげなさった。

源宰相は、「おっしゃるとおりだ。どれほど恋しく思っていることだろう」と思われて、

「鶯は、たとえ花に心が移ってはいても、住み馴れた宿のことを思っているものです。などと思って、のんびりとしたお気持ちでいてください。『おっしゃるとおりだ。どれほど恋しく思っていることだろう』と、気にしてはいるのですが。真砂君には、『浜の真砂の数を数え尽くした時に帰って来るだろう』とお伝えください」

とお返事をなさる。

北の方は、源宰相の返事を読んで、涙を流して過ごしていらっしゃる。今年、真砂君は十三歳、袖君は十四歳になる。真砂君は、父上がかわいがって育ててくださった時のことを恋しく思ってばかりいて、遊びもせず、食事もせずに、「父上が私をかわいく思ってくださった頃は、遊んでいた時に、ほんの少しの間そばを離れただけでも、心配してくださった。それなのに、今では、この家の前をお通りになっても訪れてくださらないのは、私のことをわが子だとも思っていらっしゃらないのだ。父親から見捨てられた子は、思慮分別も足りず、学問を教えてももらえないので、官位に就くことも難しいと聞いている。私もきっとそうなる運命なのだろう」などと思ってふさぎこみ、病気にかかって、すっかり衰弱してしまった。真砂君は、乳母に、泣きながら、「私は、父上のことが恋しく思われて、もう生きていることができそうもありません。母上にお仕えしようと思っていましたのに」と言う。乳母も、泣きながら、「まあ縁起でもない。真砂君は、どうしてそんなことをおっしゃるのですか。

母上も今ではこうして財産もなくなっておしまいになりましたけれど、真砂君がいらっしゃるから、将来を期待して、多くの人がお仕えしているのです。真砂君がお亡くなりになったら、私をはじめとして、皆、何を期待してお仕えしたらいいのでしょう。そのことを心におとめください。薄情で情けない父上のために、わが身をも破滅させようなどとお考えにならないでください」と言う。真砂君は、「私もそうは思うのですが、もう生きていられそうもありません。私が死んだら、私の代わりに、母上にしっかりとお仕えしてください」などと、何度も言っているうちに、父君のことを恋しく思いながらついに亡くなっておしまいになった。母君は取り乱して恋い焦がれなさるが、もうどうしようもない。

二六　実忠、真砂君の死を知って悲しむ。

源宰相（実忠）は、真砂君が亡くなったことも知らずに、あて宮への思いがかなわないことにいらだつばかりで、すっかり沈みこんで、病気になり、ある時には管絃の遊びに心を尽くして三条の院に居続けながら、愛していた妻子のことも忘れ、妻子が恋しく思って悲しんでいることも知らずに過ごしていらっしゃる。そうしているうちに、北の方が、仏像を描き、経を書き、法服を誦経のためのお布施にして、比叡山で真砂君の七日の法要をなさる。その時に、源宰相が、「私の思いをかなえてください」と祈願するために日吉神社に参詣なさって、その法要に出くわした。真砂君の法要のための願文には、父親がほかの女性に心を移したために一人の男の子を死なせてしまったという内容が、感動的に書かれている。比叡山にいる人は、誰もが、悲しく思って大声をあげて泣く。源宰相は、驚いて、転げまわって泣いて取り乱しなさるけれど、今さらどうしようもない。盛大な誦経をなさる。源宰相は、そんな事情で、真砂君が亡くなったことをお知りになったのだった。

二七　実忠の北の方と袖君、真砂君の死を嘆く。

北の方は、源宰相（実忠）も真砂君もいない屋敷で、長い間もの思いにふけって暮らしていらっしゃる。この北の方は、昔から、顔も美しく、風流を解する心があるという評判を得ていらっしゃる。娘の袖君も結婚するのにふさわしい歳ごろでいらっしゃるので、大勢の人が求婚し申しあげなさる。その中でも、左大将（正頼）の右近中将（祐澄）と兵衛督（師澄）、式部卿の宮の右馬頭などが、この北の方に、心をこめて言い寄り申しあげなさるが、お近づけになることはまったくない。

北の方が、真砂君のことが恋しく思われた時に、

　耳にするだけでも忌まわしいと思っていた死出の道に、真砂君までも行ってしまったと思うと、悲しくてなりません。

袖君は、

　鳰鳥のように二人で並んで一緒に遊んでいたのに、悲しみの涙を湛えた池に真砂君は一

　人で行ってしまったのですね。

などとお詠みになる。それでも心が晴れないので、北の方は、いくら考えても、悲しいのは、夫婦でのんびりと言葉を交わしながら、仲がいい二人の子どもたちも一緒に並んでいて、「これから先、苦しいことがあっても、つらいことがあっても、移り変わるこの世で、一緒に生きてゆこう」と約束していたのに、あの人が、いつの間にか、美しい女性たちが大勢いる春の林に移り住んで、こちらに通って来ていた足跡さえも見えなくなってしまったことだ。だから、私は、夜が明けた朝には、ぼんやりと眺めながら、日が暮れるまで、あの人がせめて手紙だけでもくれるのではないかと待ち続け、日が暮れてゆく時には、あの人の姿が見えるかと期待しながら待ち続けて、心の底から悲しいと思いながら、月日が過ぎてゆくのも知らずに暮らしていた。その間に、朝が来るごとに、育った幼い真砂君の頭を撫でながら、「早く、この子が成長して、位袍の色が薄い紫や濃い紫の色になった姿だけでも見たい」とばかり思っていたのに、真砂君は、ずっと父上を恋しく思って、激しく泣いて溜めた深い紅色の涙の海を出て、黄泉の国に下り立って、この世を捨てて、悲しい彼岸に行ってしまった。真砂君は、毎晩、私の夜の衣の下で寝て、夜が明けると、起き出して、花の木のもとに遊んでいた。私は、「そんな真砂君が一人で行った死出の道に、枝に積もった雪が消えるほどの短い間であっても後れることなく一緒に行こう」と思っていた。わが家の屋根も荒れ果てて、こうして隙間から雨が漏れて、木のもとは雨で漏れてしまったが、真砂君は玉の枝でもあったので、蝶や鳥でさえ通って来た。そんな真砂君のことを、あの人が、よそながらも、「元気でいるか」と案じてくれたら、真砂君も深草の峰の霞とはならなかっただろうに。真砂君が母の私を慕ってくれた思いと比べると、もの思いに沈んで暮らす春の日が暮れるまでに立つ塵の数であってもまったく及ばないことだ。

と詠んで、嘆き続けていらっしゃる。

二八　正頼家の人々、上巳の祓えに出かける。

三月の十日過ぎ頃に、初めの巳の日になったので、左大将（正頼）の所では、難波へ、上巳の祓えをするために、女君たちも男君たちも、ほとんどがお出かけになる。百五十石ほどの六艘の船に乗って、檜皮葺きの船を引き連れている。船は、金銀と瑠璃で飾りたてられ、大きな高欄を打ちつけ、帆布を上げて、白い糸を太い縄として縒り合わせて、大きなはくえ（未詳）として船の調度に使い、御簾などもすべて刺繍を施している。六艘の船には、それぞれ、二十人ほどの船子と、四人の梶取が、装束を選び、容姿を調えて乗っている。この船は、諸国の受領たちが一艘ずつ装飾を施して献上したものである。その第一の船には大宮と仁寿殿の女御とあて宮、第二の船には大殿の上腹の妹君たち、第三の船には七人の女君たちがすべてお乗りになる。船一艘に、侍女が十二人、女童が四人、下仕えが四人、家柄がいい者をお選びになり、どの船にも、同じように装飾が施されている。男君たちは、一艘の船に左大将の七人の婿君たちがお乗りになって、婿の宮や殿に仕える大勢の人は、ある者は同じ船に乗ってお供し、ある者は小船に乗って、一行はお出かけになる。こうぶり柳の所にお着きになって、大宮が、

「こうぶり柳」という名を持っているならば、五位の官人の緋色の衣を縫えばいいのに、
そうしないで、青柳はまだ緑の糸を縒っています。

仁寿殿の女御が、

川の渡し場にあるこうぶり柳の枝にとまっている鷺を、真っ先に、五位の官人が持つ白い笏かと思って見てしまいました。

あて宮が、

冠を得たこうぶり柳は、五位の官人の衣と同じ緋色に色を変えてずいぶんとたつのに、
青柳の糸はますます深い緑に見えることです。

などとお詠みになる。

長州に着いて、鶴が立っているのを見て、式部卿の宮の北の方（五の君）が、

千年の寿命がある鶴が立っている今日からは、「長い」という語を持つ長州の名を人が
知るでしょうか。

中務の宮の北の方（中の君）が、鶯が鳴くのを聞いて、

行く春を、涙を流して惜しむという春の長州の浜辺では、あの鶯の声は、何をつらいと嘆いているのでしょうか。

右大臣（忠雅）の北の方（六の君）が、

行く春を惜しむ鶯も、この長州の浜辺に来て鳴くことはありません。野では、まだ花が盛りに咲いているらしい。

民部卿（実正）の北の方（七の君）が、

皆で連れだって、「長い」という名を持つ長州の浜に旅寝をして、春の名残がいつまで続くのかと見てみましょう。

御津で、左衛門督（忠俊）の北の方（八の君）が、

どうしてなのでしょう。まだわかりません。御津を遠くから見ただけで、「見た」と頼もしく思うことははかないことです。

藤宰相（直雅）の北の方（三の君）が、

話ばかりで聞いていたのに、実際に来て見ると、御津の浜は、いつも水に浸っていて、見馴れた風景のように思われることです。

左近中将（実頼）の北の方（四の君）が、

ずっと聞いていて、今日わずかに見ることができた、この御津の浜は、見ただけで通り過ぎたくはありません。ここで船を泊めて一泊しましょう。

などと詠んで、湊で祓えをなさる。

その時に、春宮から、

遥々と船旅を続けて、途中の川の瀬ごとに祓えをなさったとしても、私の恋の嘆きは、
この身を離れることはないでしょう。

とお手紙をさしあげなさった。あて宮は、笑って、「意地が悪いことをおっしゃることだ」などと言って、

禊ぎをしたことで、八重雲を吹き払う風が吹いて、その寒さで、嘆きの木の花も散って
しまうことでしょう。

と詠んで、使に、女の装束と立派な馬の鞍を被けなさる。使は、すぐに都に上って、春宮のもとに参上した。

二九　難波に着き、上巳の祓えをする。

一行が難波においでになると、畿内はもとより、山陽道や南海道の受領たちが集って、お泊まりになる所を、これまでに見たこともないほど趣深くしつらえてある。花が美しく咲く木々を、浦に沿って林のように並べて植え、同じ砂や岩も、ほかにないほど風情がある姿に調えて、何もかも用意をしてお待ちしているところに、一行が、船を漕ぎ連ねて、さまざまな笛の名手たちが、船子たちが歌う船歌に合わせて笛を吹き、船ごとに違う曲を演奏しなが

ら、湊にお入りになる。岸では、万歳楽を演奏して、唱歌をしながらお待ち申しあげる。一行が、船を岸に漕ぎ寄せて、どの船も祝詞を唱えて、一緒に祓えをしているところに、藤中将（仲忠）が、祓えのための道具類を取り揃えて、あて宮にお贈りする。黄金の車に黄金の黄牛をかけて、車に乗せた人も、牛につけた人も、皆、金と銀でこしらえて、

あて宮さまのことを心にかけたまま一生を送るのでしょうか。月を隠して心を慰めてくれる雲だけでもあればと思います。

とお手紙をさしあげて、それをお贈りする。あて宮は、

雲にさえ心を慰めることがおできになるなら、かぐや姫が月に帰るために乗って大空を飛んだ車は自分には関係のないものだと思って見ることにしましょう（ですから、黄金の車はお返しします）。

と詠んで、黄金の車を返した。

源中将（涼）も、黄金の船を同じようにこしらえて、

もう恋をすまいと禊ぎをするための船が近づいて来たら、そんな船は大海原に解き放ってしまいましょうか。

とお手紙をさしあげる。あて宮は、「歌も詠まずに返すのは失礼だ」と言って、侍女の中納言の君に、

もう恋をすまいと禊ぎをして、会う前から人を忘れるという船を、どんな風もきっと解

き放ってしまうことでしょう（ですから、この船はお返しします）。

と詠ませて、すべて返して送った。でも、藤中将と源中将は、ふたたびお返し申しあげた。方々が、船枻にいて、女君たちにお話ししたりなさっている。それを見わたすことができる場所に、源宰相（実忠）などがいらっしゃる。源宰相が、うらやましく思って、

波が立つ岸に並んで立って待っている松（おそばにいる方々）のことをうらやましく思って、何度も、難波女（あて宮）のことを忘れるための禊ぎをしています。

と歌をお贈りする。あて宮は、

神が不在で聞きとどけてくださらない時に、禊ぎをなさったのでしょう。こちらは、岩の上に籠もっていた松の種が生える岸ではありません。

とお返事なさる。

また、源宰相が、「木工の君に」と言って、

住吉の松（あて宮）に関わる人として、あなたのことを頼りにしています。この難波での禊ぎは、神も受け入れてくださることでしょう。

と歌を贈らせた。木工の君が、

花盛りの時期に禊ぎをなさっても、難波女は、いつものいいかげんなお言葉だと思うことでしょう。

などと返事をする。

そうしているうちに、夜になって、月が美しく輝き、浜が落ち着いた風情を漂わせ、管絃（かんげん）の遊びも闌（たけなわ）になる。色とりどりの花が散って、浦一面を覆っている。そこに潮が満ちてくるのを御覧になって、あるじの左大将（正頼）が、

色とりどりの花が一面に散って交ぜ合わせられたように覆っている浦は、潮の満ち干を何度繰り返して染めたものなのでしょうか。

式部卿の宮が、

散る花をとどめることができないことが悲しくて、浜に出て、行く春を惜しんでいるのですが、その春ももう残り少ないことでしょう。

中務（なかつかさ）の宮が、

春が深まっているので、色とりどりの花が散ってしまいましたが、その浜が、花を浮かべていて、春の名残をとどめる空かと見えるのは、不思議なことです。

右大臣（忠雅）が、

波が立ち寄るこの美しい浜に立ち寄っても、花を吹き散らすために吹いた風の名残だと思うと、うれしいとも思われません。

民部卿（実正）が、

この難波で柳も桜も美しく輝いているのを見て、都を出てやって来た人々も、都と同じように春の錦だと見ているのでしょうか。

左衛門督（忠俊）が、

連れだって訪れた今日を待たずに桜の花が散るのは、この浦でも、波が桜の花を折ったからなのでした。

藤宰相（直雅）が、松原に潮が満ちるのを見て、

この浦の、潮が満ちたり引いたりして深緑に染める松は、どの潮に浸して色が深くなっているのでしょうか。

源宰相（実忠）が、群鳥が波に競って飛び立つのを見て、

浜千鳥が友を引き連れて飛び立ったのは、夜ごとに波が打ち寄せて打つからだったのでした。

源中将（実頼）が、潮が満ちてくる頃に、北に帰る雁が飛ぶ姿を御覧になって、

雁が北に帰る時期になったことをまだ知らずにいましたが、今朝、白雲の中を飛んで行く雁を、潮が満ちる頃に見てわかりました。

などと詠んで、迎える用意をした諸国の官人たちに女の装束、それ以外の者たちには桜色の細長と袴などをお与えになって、一行は、風情がある所をすべて見尽くして、都にお帰りになった。

三〇　春宮と実忠、あて宮に歌を贈る。

また、春宮からは、

「いつものことですが、ここ数日は、いっそう待ち遠しく思われます」

と書いて、
住吉の岸を風が吹く度ごとにあて宮さまのことをいつも思っているのに、まだ待っている以外にはないのですね。

とお手紙をさしあげなさった。あて宮は、

「待つ」とはおっしゃっても、波が越える末の松山の松は枯れて、住みよいと言われる住吉には忘れ草ばかりが生えていると聞いています。

とお返事をさしあげなさる。

源宰相（実忠）は、賀茂神社に参詣して、大がかりな大願を立ててお祈り申しあげなさったが、それでも悲しく思われたので、賀茂神社から、
何はともあれ、愛する人を残して賀茂の社にやって来たのですが、それでも、血の涙をとめることはできませんでした。

とお手紙をさしあげなさったが、あて宮からのお返事はない。

三一　兼雅、諸寺を詣でて、祈願する。

右大将（兼雅）は、長谷寺から金峰山に参詣しようと思い立ってお出かけになる。その途中で、井手のあたりに咲いていた、美しい山吹を折って、井手までやって来たのですが、山吹の花が、一緒に連れて行ってくれと告げています。

「私の思いがかなうようにと祈って井手までやって来たのですが、山吹の花が、一緒に連れて行ってくれと告げています。

『唐土も』とか言うそうですから、期待しています」

とお手紙をさしあげなさった。お返事はない。

右大将は、ひどく嘆いて、長谷寺に参詣して、願いがかなえられることが難しいので、大願を立てて、七日ほど籠もって、毎日誦経をして、「私の願いをかなえてくださったら、黄金の堂を建てます。また、金色の仏像をお造りいたします。月に一度、左右の灯明を、生きている限り奉納いたします」などとお祈り申しあげなさる。その後、長谷寺を出て、龍門寺・比蘇寺・高間寺・壺坂寺・金峰山寺まで、こっそりと参詣なさる。その途中で、険しい道を、山道を歩いた経験もなくお歩きになるので、足が腫れておしまいになった。ここまでしても、願いがかなえられることが難しいので、心細く思いながら参詣を続けていらっしゃると、激しいにわか雨が降り、雷が鳴り閃いて落ちようとする。そんな時でも、右大将は、三条殿の北の方（俊蔭の娘）や藤中将（仲忠）のことよりも、あて宮に求婚したままかなえ

られずに終わってしまうことを嘆いて、涙がとまらず悲しくお思いになる。そこからも、

願いをかなえてくださるという神も、何もせずにいてはかなえてくれませんが、紅の涙
を流して祈ると、二人の間を繋いでくださるものとなるのですね。

とお手紙をさしあげなさった。

あて宮は、この手紙を見ても、何もおっしゃらない。右近中将（祐澄）が、「こうして、わざわざお手紙をくださったのに、お使の者が返事を持たずに参上することになるのも、気の毒です。これまでもお返事をさしあげなさらなかったわけではないのですから、今回だけは、このお返事はさしあげてください。私の願いを聞き入れてください」とおっしゃる。あて宮は、「私だって、そう思って、何度もお返事をさしあげたのだ。でも、そういつもというわけにはいかない」と思って、お返事をさしあげなさらない。

三二　兼雅、祐澄を招き、あて宮への歌を託す。

右大将（兼雅）は、祈願のためにあちらこちらに懸命に参詣して、参詣できない所には、そこに行かずに、「私の祈りをかなえてくださったら、いさことそ（未詳）、毎月奉納いたします」などと祈願し申しあげなさって、あらゆる神という神、あらゆる仏という仏に、大願を立ててお祈りなさる。

それでも思いがかなわないので、思い悩んで、右近中将（祐澄）を三条殿へお迎えして、

いろいろとお話などなさった機会に、右大将が、「どういうわけか、年月がたつにつれて、あて宮さまがどんどんと冷淡になってゆかれるので、思い悩んで、神や仏に、ひょっとして私の願いを聞きとどけてくださるかと思って、遠い所まで参詣いたしましたけれど、これからどうなるのでしょう。いやはや。このようなことは、自分が思いのままに振る舞って、人から恨まれるものと思ってはいても、自分が人を恨むことになるとは思いませんでした。でも、あて宮さまのためには、死んでしまうにちがいないと思いました」。右近中将が、「そんなことはないでしょう。あて宮は、まだ恋の経験もない人で、お返事するのを渋っていたのですが、私があれこれと申し聞かせたために、時々お返事をさしあげたようでした。でも、ここのところ、親たちなどが同じ所にいて、私どもも、あて宮に申し聞かせることができないからでしょうか」。右大将が、「入内が近くなったからなのですね、時々わずかにあったお返事も見えなくなってしまったのは。私を世間の笑いものになさらないでください。私は、子どもも多くはありません。仲忠は、ほうっておいても、きっと自分一人で出世することでしょう。畏れ多いことですが、中将殿は私の一人息子になってください。たとえそうおなりになっても、不遇な思いはなさらないでしょう。私の命を助けると思って、私の願いがかなうように計略をめぐらせてください。そのことが噂になって、罰をお受けになったとしても、そのことは心配なさらないでください。中将殿、私はとてもつらくて苦しいのです」。右近中将が、「私も、ぜひにと思っていることです。でも、親たちは、大勢いる娘たちの中でも、あて宮のことをかわいく思って、春宮からもしきりにお話があるのですが、『少しの間も、手もとから放すまい』と言って、恐縮してお返事をしておきながらも、入内させることができずにいらっしゃいます。それを見ておりますと、あれこれと計略をめぐらせることは難しいと思います。右大将が、「春宮のご希望にかなったとしても、父と母がお嘆きになることがつらいのです」。右大将殿が、入内させたいとお考えになっているのに、私のもとにとお願いするのは、空に浮かぶ雲が高い所にとどまっていたいと願うようなものではありませんが、宮仕えをなさる人が、必ずしも、后の位にお即きになるわけでもありません。こちらに来て、私をはじめとして、わが一族すべての者たちの主君となってくださったら、左大将殿は、あて宮さまがみじめなことになったとはお思いにならないでしょう」。右近中将が、「ご自分で望んで結婚なさって、立派な男のお子さまがいらっしゃるではありませんか」。右大将が、「そんなことはありません。こうしてお願いしたのにかなわなかったら、このまま死んでしまうでしょう。でも、助けてくださったら、妻よりもあて宮さまへの思いがまさることでしょう。こんな私の気持ちを察することができない人みたいにおっしゃらないでください」などと言って、酒を何杯もお飲みになる。

右大将は、夜が明けるまでいろいろとお話しして、あて宮に、

「昔でもなかなかいただけなかったお返事まで、今はくださらないのが、とてもつらいのです」

と書いて、

昔は、いただいたお手紙の筆跡を見ながら取り乱していましたが、お返事をいただけなくなったこれから後は、どうしろとおっしゃるのでしょうか。

とお手紙をさしあげて、右近中将に、女の装束一領（ひとくだり）を被（かず）け申しあげなさる。

右近中将は、三条の院に帰って、あて宮に、「右大将殿は、『お返事をくださらない』と言って、とてもお恨み申しあげていらっしゃるようです。どうしてお心を慰める程度にお返事をさしあげなさらないのですか。人には、深く、冷淡な者だと思われてはなりませんよ」などと申しあげなさるけれど、あて宮は右大将にお返事も申しあげなさらない。

三三　兵部卿の宮をはじめ、人々、あて宮に歌を贈る。

兵部卿の宮から、

あて宮さまのために、私の魂は塵（ちり）となって砕けています。でも、その魂は、積もると、恋の山となることでしょう。

とお手紙をさしあげなさった。お返事はない。

平中納言から、

あて宮さまを思ってずっと流れ落ちる私の涙は、袖の上に潮が満ちてくる海となることでしょう。

とお手紙をさしあげなさった。お返事はない。

三の宮は、四月ごろに、

「あて宮さまへの思いの火によって煙が立つ私の頭の雪は、まだ夏になって間もないので、どうして降っているのかと知る人はいません。

この手紙を見ても私の気持ちを理解してくださらないことが、とてもつらいのです」

などとお手紙をさしあげなさった。

藤中将（仲忠）は、都近くの寺や神社にはすべて参詣して、白山まで参詣したが、道もわからない山で迷ったので、道中から、
私の心を慰めてくれる神もあるのかと思ってやって来ましたが、越路にある白嶺への道はこれまで通ったことがないので、今、道に迷っているところです。

とお手紙をさしあげなさった。お返事はない。

源中将（涼）は、

「お手紙をさしあげてからずいぶんと時間がたってしまいましたけれど、ますますお返事がいただけなくなってゆくので、つらくてなりません。いやはや。私はこれからどうなってしまうのでしょう。私をひどく惑わしなさいますね」

と書いて、
あて宮さまは、私を、なぜこうして破滅させてしまったのでしょう。私は、後世を期待

するものだとわかってはいても、つらくてなりません。

とお手紙をさしあげなさったが、お返事はない。

蔵人の源少将（仲頼）は、宇佐神宮への使に任命されて下った時に、そこから、

石清水八幡宮や宇佐八幡宮の神までも、逢うことをお許しになっているのに、それでもお返事をくださらなかったら、私は神を恨むことになるでしょう。

とお手紙をさしあげたが、お返事はない。

源侍従（仲澄）が、

恋しい思いのために激しく流れ落ちる私の涙でできた川に、ますます恋い焦がれてつらい思いをしながら漕ぐ船が浮かんでいます。

兵衛佐（行正）が、

山に入っても野に入っても、それでもまだつらいと言うのですから、私はどこに入ったらいいのかわかりません。

また、藤英の大内記が、

夏草に置く露よりもはかないものは、あて宮さまによって生きるも死ぬも決まる私の命だったのですね。

忠こその阿闍梨が、

修行のためにこの世をあちらこちら巡り歩いた私ですが、恋という山にまだ足を踏み入

れたことはありません。あて宮さまからのお手紙も、まだいただいたことがありません。

とお手紙をさしあげたが、誰にもお返事はない。

三四　春宮、あて宮に歌を贈る。

春宮から、
あて宮さまのことを恨みながら死んでしまったら、中国の故事にある斉女のように、私も庭の木にとまって鳴く蝉となるのでしょうか。
とお手紙をさしあげなさる。あて宮は、
春宮が、私のことを待ちながら、松の木で鳴く蝉になっておしまいになったら、後宮の后の位などなんにもなりません。
また、春宮から、
「私が恋に思い悩んで砕けた心の塵は雲となり、落ちる涙は海となるのですね。この世の先これまでに経験したことがないような恋のもの思いをおさせになるのですね。この世の先例にもなってしまいそうです」
とお手紙をさしあげなさった。あて宮は、
風が激しく吹き、雲が湧き上がる亀の甲の上の蓬莱の山では、どのような塵が山のように積もったのでしょうか。

また、春宮から、

「蓬莱の山ならぬ亀の尾山には、誰でもきっとたどり着くでしょう。でも、私は、あて宮さまの入内（じゅだい）を待っているうちに歳老いてしまうことでしょう。
蓬莱の山を捜す船に乗ったわけではない私も歳をとるのですよ」

とお手紙をさしあげなさった。あて宮は、

宮中が蓬莱の山よりもたどり着くのが難しいのは、風が激しく吹くと危険な目にあうように、恐ろしいお妃（きさき）ばかりがいらっしゃるからだったのです。

などと、どちらにもお返事をさしあげなさる。

三五　実忠、兵衛の君に託して、あて宮に歌を贈る。

源宰相（実忠）は、思い悩んで、山に籠もって、多くの山や寺に不断の修法を行わせてお手紙をさしあげなさるけれど、あて宮からはお返事がない。源宰相は、そのことを、とても激しくお嘆きになる。でも、嘆いてばかりはいられまいと思って、

船が帆を上げて岩の上を通って行き来することがあったとしても、私の手紙はあて宮さまのもとに届く道もないのですね。

とお手紙をさしあげなさったが、お返事はない。

また、源宰相は、

　あて宮さまが私に逢うことができずに終わってしまったとしたら、あて宮さまは、望夫石の故事などと同じように、私のことを恨んで石となってしまうことでしょう。
とお手紙をさしあげなさったが、お返事はない。

　源宰相が、どうしていいのかわからなくなって、三条の院に行って、兵衛の君を、その局に呼び寄せて、「どうして、今では、少しのお返事もいただけないのですか。入内なさるのは、いつごろなのですか」とおっしゃる。兵衛の君が、「くわしいことは、うかがうことができません。今は、どの方にも、時々のお返事もさしあげていらっしゃらないので、入内するおつもりになったのだと思います。まだその日取りを決めていらっしゃらないだけだと聞いています」。源宰相が、「いやはや。私は、どうしたらいいのでしょう。兵衛の君さま、私をお助けください。あて宮さまがこのお屋敷にいらっしゃる時でさえ死にそうな気持ちがしているのですから、まして、入内なさってしまったら、私はすぐに死んでしまうでしょう。入内なさる前に、せめて物越しでも、一言お話し申しあげたいのです」と言って、「こちらにうかがって何年にもなりますから、あて宮さまも疎ましくお思いになるはずはないと思います。ですから、上手に申しあげてください」。兵衛の君が、「まあ恐ろしい。これまでもそんなことができる機会はなかったのですが、最近は、大宮や左大将殿（正頼）も、女君たちもおいでになって、夜はそのままこちらでおやすみになるので、乳母子の私などでさえ、あて宮さまのおそば近くに参ることができません。今では、何をやっても無駄です。あて宮さまのことは、早く忘れておしまいください」。源宰相が、「兵衛の君さま、どうしてこんなにひどい仕打ちをなさるのですか。いつまでもお忘れすることはできません。今はもう、あて宮さまと結婚したいなどとは思いません。ただ、長年恋しく思ってまいりましたので、その気持ちを、物越しででもお伝えしたいと思うばかりです。私を、このままお殺しになっても、あなたのことを恨みに思うだけでしょう。同じことなら、私をお殺しにならないでください。左大将殿に、けしからん者だと思われなさったとしても、あなたの命まで取られることはないでしょう。あなたが、男で、官位をいただいていらっしゃるならともかく、そうではないのですから。左大将殿のもとにお仕えすることはおできにならなくなるでしょう。でも、そのことはご心配なさらないでください。さあ、私の願いがかなうように計略をめぐらせてください。あて宮さまにお話ししたいのです。いいかげんな気持ちで、こう申しあげるつもりはありません。体の中で火が燃えている気持ちがするから、お願いするのです。私をお助けください」と、血の涙を流しておっしゃるので、兵衛の君が、「無理なことでございます。長年、同じように申しあげなさるので、『あて宮さまが願いを聞いてくださるご様子が見られたら、私の身が破滅したとしても、必ず』と思っておりましたけれど、それを期待することもできず、とても恐ろしいので、どうしていいのかわかりません。もし機会がございましたら、近いうちに、今のお気持ちをお伝え申しあげましょう」と言う。源宰相は、喜んで、手紙をお書きになる。

「もうお手紙をさしあげるのはよそうとは思うのですが、『ほどもなし（ほどもなく消えてゆく）』とか言う私の身ですが、その自分の身に納めておけなくなった思いを晴らす方法がないので、お手紙をさしあげてしまいました。このようなつらい目を次々と見るよりは、死んでしまいたいと思うのですが、でも、このままでは成仏できない気持ちがいたします」

と書いて、

「思うことがかなわずに死んだら、あて宮さまへの思いでいっぱいになった私の胸が死出の山路の関となって成仏できないのでしょうか。

ぜひ、夢の中ででも、この思いをお伝えして死んでしまいたいものです。あて宮さま、私はどうしたらいいのでしょう」

と書いて、兵衛の君に、金銀で縁（ふち）飾りをした蒔絵（まきえ）の箱一具に、綾（あや）と絹を畳んで入れ、綾襲（あやがさね）の夏の装束を入れて、

燃えさかる火のような恋の思いを心に込めた身が熱いために脱いだこの衣を、暑苦しいと思って見ないでください。

と言ってお与えになる。

兵衛の君は、あれこれとなだめ申しあげて、あて宮のもとに参上して、この手紙をお渡しする。あて宮は、読んでも、何もおっしゃらない。兵衛の君が、「ひどく取り乱していらだ

っていらっしゃるようですから、今回だけは、たった一行だけでもお返事をさしあげてください。あて宮さまへの思いのためにお亡くなりになってしまったら、恐ろしいことです」とお願いするけれど、あて宮は聞き入れなさらない。

源宰相は、心を乱し、ひどく思い嘆いて、兵衛の君を呼び寄せて、あて宮へのお手紙を、

「あふれ出るように恋のもの思いをしている私の胸の火で、さらに激しく流れ落ちる涙が
　煮えかえっています。

今はもう、おかけする言葉もありません」

と書いて渡して、兵衛の君に、いかにも立派な沈香の箱一具に、黄金を一箱ずつ入れてお与えになる時に、

　長い年月頼みに思ってきた兵衛の君さまでさえ冷淡なのですから、私には箱の黄金もな
　　んにもなりません。

と詠みかけなさると、兵衛の君は、

　秤にかけると、どれだけあるかわかる黄金など、私にはなんの関心もありません。計る
　　ことができないという、宰相さまの恋のことが気にかかります。

と詠んで、黄金をいただかずに、あて宮のもとに参上する。

兵衛の君が、あて宮にこの手紙をお渡しする時に、「やはり、今回だけは、一行でも、お返事をさしあげてください。宰相さまが、『今回もお返事をなさらなかったら、私はこのま

ま死んでしまうでしょう』と言って、取り乱して恋い焦がれていらっしゃるのを見ておりますと、ほんとうにつらくて」と言う。あて宮は、長い間思い悩んで、その手紙の端に、ただ、

宰相殿が流す涙など、あてにすることなどできません。涙が誰の目にも浮かんで見えるように、あなたは浮気な方だと聞いています。

とだけ書きつけなさった。

源宰相は、とてもお喜びになる。折り返し、

「私のように長い年月嘆き続けた人でなくては、涙は目に浮かばないものです。こうしてお返事をいただくようなうれしい思いを、誰がしているでしょうか。

私以外にはいないだろうと思われます」

とお手紙をさしあげなさる。兵衛の君が、『今回だけは』とおっしゃったので、機会をうかがって、懸命に説得してお目にかけたのですから、もうけっしてお返事を依頼させないでください。もうどうにもなりません。春宮への入内を決めていらっしゃらなかった時でさえなかなかお返事をくださらなかったのですから、今は、天地が逆さまになったとしても、お考え直しになるはずはありません。命をかけてとお思いになったとしても、簀子には、男君たちが取り囲み、御帳台の周囲には、大宮と左大将殿をはじめとして、女君たちが隙間もなく詰めていらっしゃるのですから、そこには、飛ぶ鳥であっても、飛んで行くことはおできになりません。宰相殿のことを見ておりますので、とても気の毒だとは思いますけれど、計略

をめぐらせ申しあげる方法もありません。どうして、このようなことをお引き受けしたのでしょう。かえってお引き受けしないほうがよかった」と言う。源宰相は、すっかり死んだようになって息もしなくなり、そのうちに、頭の上から黒い煙が立ち上り、顔が青くなり赤くなって、ただ息だけする。兵衛の君は、涙を流して、あて宮のもとに戻った。

兄の源中将（実頼）や民部卿（実正）などが、このことを聞いて、快復を願って大願をお立てになるけれど、源宰相にはそれをまったく知らせなさらない。そのおかげで、源宰相は、やっとのことで息を吹き返して、息も絶え絶えに口をきいたりなどする。父の左大臣（季明）をはじめとして皆がお帰りになった隙に、源宰相は、白銀の箱に千両の黄金を入れて、兵衛の君に、

　私は死んでゆく身ですから、命を惜しむ気になれないので、これはあなたにお贈りします。千両の黄金があると、寿命が延びるとか言います。

という歌を添えてお贈りになる。兵衛の君は、ひどくつらい気持ちが書かれているのを見て、いたわしく悲しいと思って、

「千両の黄金をいただいて、私の身が雲の上に上ることがあっても、あて宮さまのことを恋しく思って、私に繰り返し願っていらっしゃるのですから、私の寿命は延びることはないとか聞いています。

私は、こんなふうに思っています。冗談はさておき、私も、ひどくつらいのです」

と書いて、千両の黄金を返してしまった。

源宰相は、時が変わるまで思い詰めて、赤い涙、さらには、黒い涙を滝のように落として、千両の黄金を三十両ずつ白銀の鶴の壺に入れて、奈良の七大寺をはじめとして、香華所と、比叡山や、高雄山の神護寺に誦経のためのお布施にする。その願いの趣は、ただただあて宮へ思いがかなうことである。天地の神々や仏が力を貸してくださったらと思う。

三六　実忠、比叡山に上って祈願する。

源宰相（実忠）は、それでも、どうしていいのかわからないので、比叡山に上って、多くの中でも特に効験があらたかな所、四十九か所に、立派な阿闍梨四十九人を選び、阿闍梨一人に伴僧を六人添えて、四十九壇に、聖天の修法を、布施も供物も充分に与え、美しい絹で仕立てた袈裟を着せて行わせる。源宰相自身は、根本中堂で、七日七夜、加持を受けるための精進潔斎をして、両肘・両膝、そして、額を地につけて、「私の願いをかなえてください」と祈願なさる。

三七　実忠、帰路、仲忠と志賀の山里を訪れる。

源宰相（実忠）がこんなことをしている時に、あの真砂君の母君は、求婚し申しあげなさっている人々が、ある人は、強引に入り込もう、ある人は、勝手に連れ出そうなどとなさったので、なんとしてでも人も近づいて来ない所に住みたいと思って、志賀山の麓で暮らしていた。そこは、もとの持ち主が心をこめて造って、山も川も近く、あちらこちらに色とりどりに花が咲いたり紅葉したりする草や木を植えた所で、都で住んでいらっしゃった屋敷を取り替えて、こっそりとお移りになったのだった。母北の方と袖君、ほかには、女たちばかり、侍女が一人、女童が一人、下仕えが一人で、勤行をしたり、ある時には、箏の琴や琴の琴を弾いたりして過ごしていらっしゃる。秋が深まってゆく頃で、秋風が肌寒く吹き、山の滝の音がもの寂しく、鹿の鳴き声が遥か遠くに聞こえ、庭の草木が、あるものは色の盛りで、あるものは花が散ったりなどして風情がある夕暮れに、母北の方と袖君が、御簾を上げ、出居の簀子に上臈の侍女たちなどがいて、北の方は箏の琴、袖君は琴の琴をお弾きになり、乳母なども合奏する。北の方は、

　秋風の身に寒ければつれもなき

袖君は、

　見る人もなくて散りぬる山里の

乳母は、

　蜩の鳴く山里の夕暮れは

などと、古歌を口ずさみながら、泣いていらっしゃった。

　その頃、源宰相は、比叡山の根本中堂での祈願が終わってお帰りになる。また、藤中将

(仲忠)も、志賀寺に籠もって同じような祈願をして、都に帰るために山を出た。源宰相が、比叡辻で、藤中将を見つけて、「どちらからお帰りになったのですか」とお尋ねになると、藤中将が、

……やくと、瓜生の山を歩きまわって踏み均していました。

と答えるので、源宰相は、笑って、

私もおとなしものをすかり(未詳)踏み均したけれども、これまで峡がない山をまだ見たことがありません。山を歩きまわった効がない経験はまだしたことがありません。

と言って、美しく色づいた紅葉を折って山のみやげにしようと思って御覧になると、北の方が住む家の垣根の紅葉が、深い紅色を何度も染め返した錦を一面にかけたように見える。源宰相が、風情がある枝はあの家にあるだろうと思って、手近な枝をまず折り取ろうとして、

真っ赤に色づいたこの紅葉の枝は、家へのみやげにしましょう。冷淡なままで終わってしまったあの方が、この紅葉の色で、私の深い思いをわかってくれるかと期待して。

と詠むと、藤中将も、

私には、この美しい紅葉の枝を山のみやげにしても見せる人はいませんが、私が折る枝には、葉を散らさないように、風も避けて吹いてほしいと思います。

と詠んで、紅葉の枝を折って立っていらっしゃるが、藤中将の目にも、同じように、この家は、いくら見ても見飽きることのないほどおもしろい。お二人とも、このまま通り過ぎるこ

とがおできにならずに、源宰相が、

家が遠いので、急いで帰りたいのですが、そんな私の思いとは裏腹に、この秋の山に心が残るのはどうしてなのでしょう。

藤中将が、

都に帰って、蓬が生い繁る家でたった一人で寝るよりは、紅葉の錦を織って敷きつめたようなこの山辺で過ごしましょう。

と詠んで、この家に入って中を御覧になると、籬の尾花が、色濃い袖のように、人を招くかのように風に靡いている。

源宰相が、あて宮への思いはかなわず、長年一緒に暮らした妻子がどうなったかもわからずに、何もかも悲しく思われたので、

夕暮れの籬で私を招く袖のように靡いている尾花を見ると、衣を縫って着せてくれた妻なのかと思います。

とお歌いになると、北の方は、「妹が門」の声振りだと思ってお聞きになる。袖君が、「来なくなった父上の声みたいですね。懐かしい」とおっしゃると、北の方は、「まあ気味が悪い。あの人なら、鬼の声がするでしょう。今のは、人の声ですよ」とはおっしゃるけれど、実際は、源宰相なのだった。袖君が、「ほんとうに、父上の声に似ていますね」とおっしゃると、北の方が、やはり、悲しく思われるので、

昔暮らした家でのつらい日々を忘れることができるかと思って、この家に住み替えたのに、この家でも袖は涙で濡れるものだったのですね。

袖君が、

昔は、父上が立ち寄ってくださった家の籬を見て、心を慰めることができましたが、その家を住み替えてからは、それもできなくなり、ますます悲しくてなりません。

と詠んで、母と娘が泣きながらすわっていらっしゃると、源宰相と藤中将のお二人が、中門を押し開けて、並んでお立ちになる。北の方は、それを見て、「嫌だ。やはり、あの人がこのあたりにいたのですね。静かにしなさい。あの人に言葉をかけてはいけません」と言って、御簾を下ろして奥にお入りになった。

三八　実忠、妻子と知らず、歌を詠みかける。

源宰相（実忠）と藤中将（仲忠）のお二人が、近くに立ち寄りなさったところ、こんな山里だとはいえ、人は住んでいるが、誰も咎めない。源宰相が、簀子近くに寄って、

夕暮れの、「誰そかれ」と問われる黄昏時はなかったのですね。こうして立ち寄ったのに、私に問う人もいません。

と詠んで、簀子に上っておすわりになった。そこにいる人々は、皆、源宰相が声を聞けば誰だかおわかりになる者たちばかりなので、北の方は何も返事をさせない。源宰相が、「どう

して誰も声を聞かせてくださらないのですか。ひょっとして、口のきけない人が住んでいらっしゃる所なのですか」と言って、

「山彦も、旅の途中で夕暮れに立ち寄った人の声には答えてくれるのに、どうしてこちらでは誰も答えてくださらないのですか。

変ですね。どうして都から離れたこんな山里で住んでいらっしゃるのですか。奥にいる、恋の情趣を知らない人々、私に声をかけないのですか」などとおっしゃる。袖君は、夜も昼も泣きながら恋しく思っていらっしゃった父君が、珍しくお見えになったので、ぜひお返事したいと思って、敷物などを出す時に、円座に、

「旅の途中だとおっしゃるのを聞いて、私も、この世をつらく感じて、今まで来たこともない山路に入ってしまったと思うと、悲しくなります。

『同じ山路に』とか言うそうです」

と書きつける。

円座を出して、しばらくしてから、四つの透箱に、平坏を載せ、折った紅葉を敷いて、松の実や果物を盛り、茸などを交ぜて作った尾花色の強飯などを用意してさしあげると、雁が鳴いて飛んで行く。北の方が、盃に、

秋の山に、散る紅葉のように旅人が訪れてくれましたが、さらに、雁が、「かり」と鳴きながら、この世は仮の世だと告げて飛んで行きます。

と書いて、御簾の下からお出しになる。源宰相が、

旅とは言っても、雁も紅葉も、これからは、この秋の山を忘れて過ごす時はないと思います。

とお詠みになると、北の方は、

秋が終わって、この世がすっかり嫌になって散り落ちる紅葉を見ても、大空に、「かり」と鳴きながら、この世は仮の世だと告げて飛んで行く雁の鳴き声を聞いても、私にはなんの効もありません。

などとお詠みになるけれども、自分が北の方だというそぶりも見せない。源宰相も、不思議なほど風情がある所だなあと思って御覧になるけれど、あて宮を思う気持ちがとても強かったので、そのことを考えていたのだろうか、北の方だと想像することもおできにならない。

三九　実忠、夜が明けて、仲忠とともに帰る。

源宰相（実忠）が、藤中将（仲忠）に、「ここを見て、どうお思いになりますか。風流を解する方のようですよ」。藤中将が、「おっしゃるまでもないことです。確かに、風流を解する方です。今日、何か言葉をかけて親しくなって、これからは、時々、こちらを紅葉を見る所にしたらいかがですか」。源宰相が、「何をおっしゃるのですか。会った人に心が移っていては、私の身が破滅してしまいます。長年いとしく思っていた妻がどうなったのかもわからな

いまま、かわいいと思っていた子も亡くしてしまったので、もう、そんな気持ちにはなりません」と言っている時に、鹿が遥か遠くで鳴く。源宰相が、

　鹿の鳴き声を聞くと、恋しく思う気持ちがつのって、さらに、行方がわからなくなった妻のことまで恋しく思われることです。

とお詠みになると、藤中将が、笑って、「奥さまのことを思い出しなさるとは、珍しいことですね。やっかいな風ですね」と言って、

　妻が夫を待ちながら鳴く鹿の鳴き声に、宰相殿のお帰りを待って泣いている奥さまの声が劣ることはないでしょう。

などと、一晩中詠み交わして、夜が明ける前に帰ろうとして、御簾の内に声をおかけなさるけれども、誰も返事をしようとしない。源宰相が、「どうして返事をしてくれないのでしょう。私たちがこんなにも心惹かれたのだと思うと、ここをこのままにして帰るのも心残りです。どうしたらいいのでしょう」とおっしゃると、藤中将は、「私は、心惹かれることはありませんが、『物の心も』などと言うようなお気持ちなのでしょうか」と言って、お二人は帰った。

四〇　実忠、兵衛の君を介して、あて宮に歌を贈る。

源宰相（実忠）は、比叡山の四十九壇の修法で加持した香水を硯の水にして、あて宮に、

「さしあげるお手紙も、私の命も、これが最後になってしまいました。でも、涙は尽きることがないものだったのですね。

それはそうと、今までこんなふうにお願いすることもできませんでしたが、せめてもう一度だけでもお返事を見てから冥土への道にもと思って、お手紙をさしあげました」

と書いて、兵衛の君に、ひどく悲しい気持ちを訴えて渡す。

兵衛の君は、あて宮が湯殿にお出になった時に、源宰相の様子をくわしく申しあげて、お手紙をお渡しする。あて宮は、「源宰相殿が亡くなった」と言って大騒ぎをしたことを聞いて、気の毒だとお思いになっていたので、一行だけでもお返事をしようかとお思いになるけれど、変な噂が立つかもしれないと思って、お返事もなさらなかった。

あて宮

この巻の梗概

あて宮の春宮入内は十月五日に決まり、二年半に及んだ求婚譚は終わりを告げる。あて宮が入内した。春宮妃には、嵯峨の院の小宮と藤原兼雅の大君のほかに、左大臣源季明の大君、右大臣藤原忠雅の大君、平中納言の姫君などもいたが、春宮は、ほかの妃たちには目もくれず、あて宮だけに愛情をそそぐ。ほかの妃たち、特に、あて宮の従姉妹にあたる季明の大君の反感は激しかった。あて宮は入内後すぐに懐妊して、翌年の十月に第一御子が生まれる。初めての御子の誕生に、朱雀帝と后の宮の喜びは大きく、盛大な産養の宴が催された。この后の宮が忠雅・兼雅たちの姉妹であることが初めて明らかにされ、後の立坊争いの伏線になっている。あて宮は、すぐにふたたび懐妊して、翌年には第二御子も生んで、このうえなく時めく。一方、あて宮に求婚していた人々の悲嘆はいっそう深まる。あて宮の同母兄仲澄は死に、実忠は小野に隠棲し、仲頼は出家して水尾に籠

主要登場人物および系図（あて宮）

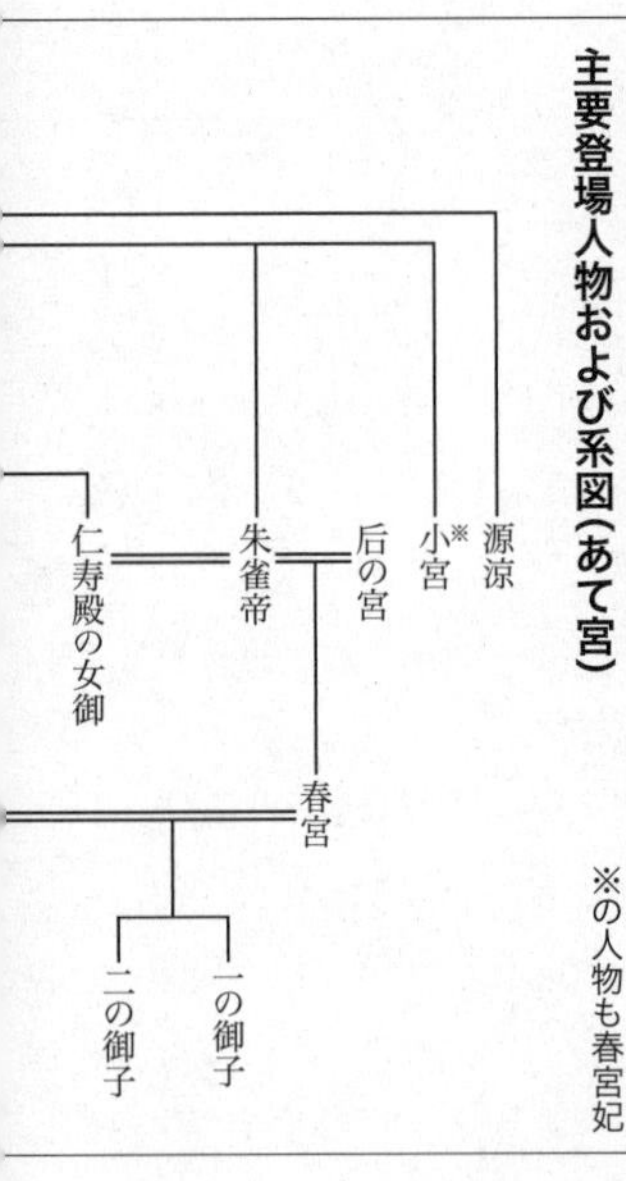

※の人物も春宮妃

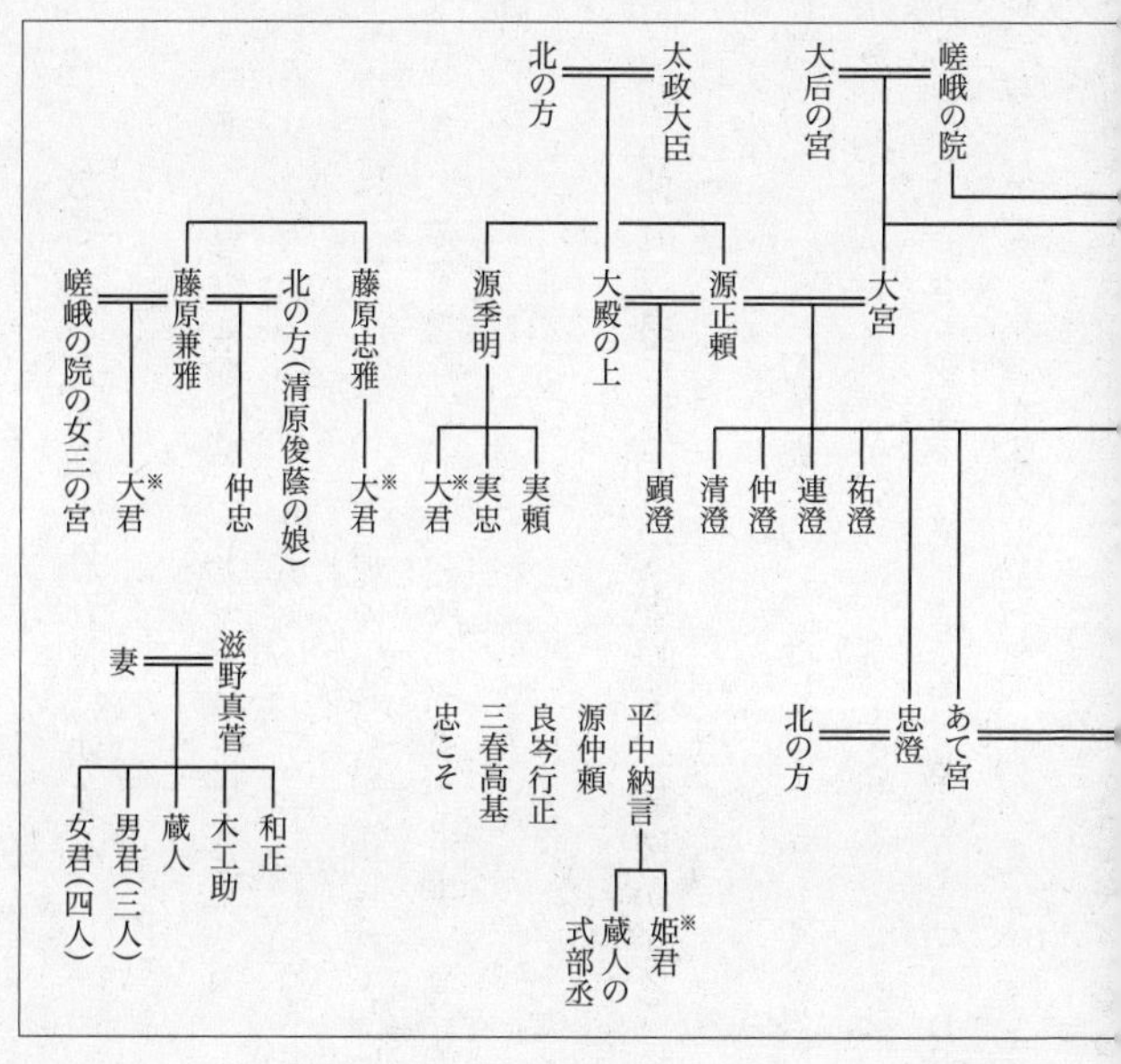

もった。また、滋野真菅は帝に愁訴したために伊豆に流され、三春高基は家に火をつけて山に籠もってしまった。

一　あて宮の入内が十月五日に決まる。

かくて、あて宮春宮に参り給ふこと、十月五日と定まりぬ。聞こえ給ふ人々、惑ひ給ふこと限りなし。その中にも、源宰相、御兄人の侍従は、伏し沈みて、ただ死ぬべしと惑ひ焦られて、いみじう悲しきことども書き連ねて、日々に書き尽くし聞こえ給へり。御返りなし。

二　仲澄、あて宮の入内を嘆き、病にかかる。

惑ひ焦らるる中にも、源侍従、心一つに思ひて、伏し沈みて、湯も水も絶えて死ぬべきに、大宮、いと悲しと思して、「など、言ふ効なくはなりまさり給ふぞ。あてこそを、宮のいと切に召せば、何かはと思ふを、あまたものし給へど、中将とそことをこそ

一　あて宮に求婚なさっている人々。
二　源実忠。
三　「御兄人の侍従」は、仲澄。あて宮の同腹の兄。源侍従。

一　「湯も水も絶ゆ」は、湯も水も飲まなくなるの意。
二　春宮。
三　「何かは」は、断るわけにはいかないの意。
四　「中将」は、右近中将祐澄。正頼の三男。大宮腹。
五　「そこ」は、二人称。仲澄。
六　春宮からも昇殿を許されたりなどなさって（信任を得て）いるから。
七　あて宮が春宮に入内する時にもの意。
八　「この御こと」は、あて宮のことの意。

は、[六]宮にも上許されなどし給へれば、[七]さらむ折にも、宮の内のことをも後見（うしろみ）すべし[1]、この[八]御（み）ことをば、そこに預け奉らむとなむ思ふを、かくいたづら人にていますかるが、いみじく悲しきこと」[2]と泣き惑ひ給ふ。いとどしきに、[九]かけてものたまはで[3]、ものもおぼえず、あるかなきかにてぞ聞こゆる。（仲澄）「月日の経るままに、かくのみなりまさり侍（はべ）るは、なほ、え侍るまじきにこそ侍るめれ。官爵（つかさかうぶり）をも、人と等しく賜はり御覧ぜられむ、[一〇]負荷（もちになひ）も、[一一]御世の限りは仕うまつらむとこそ思ひ侍りつれ。かくながらやみ侍りぬべきが、いみじう悲しきこと。あまたおはしませども、[一二]中のおとどの姫君になむ、いかで仕うまつらむと思ひ給へつる。御宮仕へのほどなどには、雑役（ざふやく）をだにとこそ思ひ給ふる時[一三]しまれ、いたづら人になりぬること」と、泣く泣く聞こゆ。

宮、[一四]おとどに、（大宮）「侍従の、いと頼もしげなう見ゆるに、思ひこそわづらひぬれ。いかならむとすらむ」。おとど、（正頼）「そがいとほしきこと。[4]などか、[一五]これしも、かくあらむ。わが子といふ者、いと

九　あて宮への思いは少しも口になさらずに。
一〇　「もちになひ」は、「負荷」の訓読語で、父の手助けをすることなどの意か。参考、『春秋左氏伝』昭公七年「子産曰、古人有レ言曰、其父析レ薪、其子弗レ克ニ負荷一」。
一一　父上がご存命の間は。
一二　「中のおとどの姫君」は、あて宮。「藤原の君」の巻【七】注二、【一七】注四、【三五】注四、【三九】注二参照。
一三　「時しまれ」は、「時しもあれ」に同じ。平安時代の仮名作品の散文にほかに例が見えない表現。参考、『順集』「時しまれ今日にしあへる餅粥は松の千年に君も似よとか」。
一四　「おとど」は、正頼。
一五　「これ」は、仲澄をいう。

面伏せ人笑へなるはなきがうちに、これは、なり出でぬべく、[一六]門をも広げ、氏をも継ぐべき[5]しも、かくあれば、いといみじくなむ。すべて、世の中、いと騒がしかなり。これがわづらふやうに、皆人あなる。源宰相も、『死ぬべし』となむ言ふなる。今年のこととして、かくなむあなる。あやしく、騒がしかりぬべき年とて、[一七]春の初めより、人慎み[6]て、御嶽・熊野詣で、やむごとなき[7]上達部、下り立ちて[一八]山踏みし給へる年にこそあれ」とのたまふ。

三　あて宮の入内の準備が進められる。

かくて、御参り近くなりぬ。御調度・御装ひを、うるはしく清らに調ぜられ、[一]御供人、大人四十人、皆、[1]四位、[2]宰相の娘、髪丈にあまり、丈よきほどに、[二]手書き、歌詠み、琴・琴弾き、人のいらへすること、皆上手、歳二十余のうち、唐綾、[3]ただの絹一つ交ぜず、皆赤色、童六人、五位の娘、十五歳のうち、容貌・するわ

一六「門広ぐ」は、一族を繁栄させるの意。参考、『源氏物語』「幻」の巻「そこ（夕霧）にこそは、門は広げ給はめ」。

一七 以下、「菊の宴」の巻【三四】参照。

一八「山踏み」は、寺社詣でのために山に入ること。


一「御供人」は、大人四十人（四位の官人と宰相の娘）、女童六人（五位の娘）、下仕え八人（従者の娘）、樋洗まし二人。

二 字も歌も巧みで。

三「手織り」は、「機織り」に対して、手で織ったものをいうか。


一「蒔絵の置口の箱」は、「菊の宴」の巻【三五】注一六参照。

二「沈の挿櫛」以下が、

ざ、大人のごとく、装束、唐綾の、赤色の五重襲の上の衣、綾の上の袴、袷の袴、綾の袙着たり、下仕へ八人、手織りの絹は交ぜず、檜皮色に紅葉襲、侍の娘、樋洗まし二人、皆、かくのごとし。

四　あて宮入内の当日。求婚者たちの悲しみ。

かくて、その時になりて、御車、数のごとし。御供の人、品々、装束きて、日の暮るるを待ち給ふほどに、仲忠の中将の御もとより、蒔絵の置口の箱四つに、沈の挿櫛よりはじめて、よろづに、梳髪の具、御髪上げの御調度、よき御仮髻・蔽髪・釵子・元結・彫櫛よりはじめて、ありがたくて、御鏡・畳紙・歯黒めよりはじめて一具、薫物の箱、白銀の御箱に、唐の合はせ薫物入れて、沈の御膳に白銀の箸・薫炉・匙、沈の灰入れて、黒方を薫物の炭のやうにして、白銀の炭取の小さきに入れなどして、細やかにうつくしげに入れて奉るとて、御櫛の箱に、かく書きて奉れたり。


第一の箱の中の物。「梳髪の具」は、髪を梳かすための道具。

三「御髪上げの御調度」以下が、第二の箱の中の物。

四「彫櫛」は、「菊の宴」の巻【八】注一九参照。

五「御鏡」以下が、第三の箱の中の物。

六「歯黒め」は「歯黒めの具」の意。参考、『和名抄』調度部容飾具「黒歯　文選注云、黒歯国在東海中、其土俗以草染歯、故曰黒歯。俗云波久路女。今婦人有黒歯具、故取之。」

七「薫物の箱」が第四の箱で、「唐の合はせ薫物」以下が、その箱の中の物。

八 沈香のご飯の作り物。

九 以下は、「薫炉」の中の物か。「藤原の君」の巻【九】注二・三参照。

一〇「御櫛の箱」は、第一の箱。

仲忠[一一]唐櫛笥明け暮れものを思ひつつ皆むなしくもなりにけるかな

とて、孫王の君に、夏冬の装束して心ざす。御使、[一二]さし置きて帰りぬ。

かくて、[一三]源中将、夏冬の御装束ども、装ひなどうるはしうして、[一四]沈の置口の箱四つに畳み入れて、包みなど清らにて、かく聞こえ給へり。

涼[一五]人知れず染めわたりつる袖の色も今日いくしほと見るぞ悲しき

とて奉り給へり。

宮・おとど、見給ひて、大宮・正頼「言ひ知らずうるはしき物どもかな」とて、「[一六]とどむればあり、返せば情けなし。物は、[一七]景迹なる[一八]要の物なり。なほとどめつるなり」とて笑ひ給ふ。

源宰相、さるいみじき心地に、え聞き過ぐし給はで、兵衛の君に、装束して心ざし給ふとて、

実忠 燃ゆる火も泣く音にのみぞ温みにし涙尽きぬる今日の悲しさ

一一「唐櫛笥」は、「開け」と同音の「明け」の枕詞。

一二「さし置きて帰る」は、手紙を置いて返事をもらわずに帰るの意。

一三「源中将」は、源涼。

一四「沈の置口の箱」は、金銀で縁飾りをした沈木の箱。

一五「人知れず染めわたりつる袖の色」は、人知れず流し続けた紅の涙で染めた袖の色の意。「いくしほ」に「幾入」と「行く潮」を掛ける。「入」は、染め物を染め汁に浸す回数を数える語。「行く潮」は、あて宮が入内する時の意。

一六 受け取って手もとに置いておくのも困るし。

一七「景迹なり」は、すぐれている、すばらしいの意。「俊蔭」の巻【六三】注三参照。

一八「要の物」は、必要な物、必需品の意。

など、「聞こえ給ふべき暇(ひま)あらば、かく聞こえ給へ。一九よろづのことと忘れ聞こえねど、ものもおぼえず」となむのたまへりける。

五　仲澄・実忠、悲しみのあまり気を失う。

かかるほどに、「侍従(じじゅう)の君、一人面(ひとおもて)も知らず、くちをしうなりぬ」とののしる。二宮・おとど、かつは思し騒ぎ、かつは参りのことと思(おぼ)し急ぐ。

大宮、三局(つぼね)にさし覗(のぞ)き給ひて、「ただ今は、いかにぞや。この御(み)参りのことどものすとて、見奉らずや」。侍従、（仲澄）「限りにこそあめれ。いま一度(ひとたび)、かの御方に対面を賜はらずなりぬること」と聞こゆ。宮、「あなゆゆしや。などか、さあらむ。四さまれ、『今ものし給へ』と、さものせむかし。五今日はと思へど、あないみじや」とて、涙を流し給ひて、あて宮に、「侍従の、いと心細くものしつるを、渡りて見給へ。六物の初めに、いとうたてと思へど、（仲澄）『対

一九「よろづのこと」は、兵衛の君のこれまでのさまざまな尽力の意。

一「人面」は、人の顔の意。平安時代の仮名作品にほかに例が見えない語。

二「宮・おとど」は、仲澄の母大宮と父正頼。

三「局」は、大宮たちが住む北の対に、病気の仲澄のために設けられた部屋か。

四「さまれ」は、「さもあれ」の約。それはともかくの意。

五 上を仲澄への発言、下を大宮の心内と解した。

六「物の初め」は、物事の最初の機会の意。特に、初めての結婚をいう。参考、『源氏物語』「少女」の巻「めでたくとも、物の初めの六位宿世よ」。

面せむ』とものしつれば」などのたまふ。

あて宮、心憂しとは思せど、宮[七]聞こえ給へば、渡り給ふ。宮・おとどの住み給ふ北のおとどに臥(ふ)し給へり。あて宮、その頃、御容貌(かたち)の盛りなり。丈五尺にいま少し足らぬほど、いみじく姿をかしげに、御髪(みぐし)のうるはしくをかしげに、清らなる黒紫の絹を瑩(やう)[八]ぜるごと、生ひたる限り、末までいたらぬ筋なし。めでたきこと限りなし。今日は、まして、心殊に見え給ふ。兵衛の君・孫王(そわう)の君ばかり御供にておはしたり。

侍従の君、見奉り給ひて、とみにものも聞こえ給はず[3]。からうして、(仲澄)「今日や参り給ふ。御送りをだに、え仕うまつらずなりぬること。生きてまた対面賜はらむこと難くもあるかな」と、涙を流して聞こゆ。あて宮、「心にもあらずのみなむ。いでや。など[九]かは、かくのみはものし給はむ」。侍従、「なほ、え侍(はべ)るまじきにこそ侍るめれ。よろづのこと、心細く悲しきこと」と聞こゆ。あて宮、「さな[4]思し入りそ」とて立ち給ふ。

七　大宮。

八　「瑩ず」は、絹などを磨いて光沢を出すの意。『貞丈雑記』巻五「張りたる絹を貝にてすりて光りを出すを云也」。参考、『枕草子』「宮の五節出ださせ給ふに」の段「いみじう瑩じたる白き衣」。この物語には、「瑩じかく」の形で、「蔵開・上」の巻【六】注一九に、「御髪は、瑩じかけたるごとして」とあるように、艶やかな髪の毛の形容として用いることが多い。

九　反語表現。「かくのみはものし給はじ」の強調表現。

一〇　「たぎる」に、水が激しく流れるの意と、沸騰するの意をこめる。紅の涙を歌い、仲澄の、「菊の宴」の巻【三】注一〇の歌より、さらに悲しみが増した内容になっている。

仲澄[一〇]臥しまろび韓紅（からくれなゐ）に泣き流す涙の川にたぎる胸の火

と書きて、小さく押し揉（も）みて、御懐に投げ入る。あて宮、散らさ[一一]じと思して、取りて立ち給ひぬるを見るままに絶え入り[一二]て息もせず。

宮・おとど、あるが中にも愛（かな）しき子のかかるよりも、よろづの故障（[一三]ゆゑさはり）をしのぎて思ひ立ち給へる御参り延びむこと、この度（たび）せずなりなば、つひにせずなりなむことと思すに、ただ惑ひに惑ひ給ふ。「あなかま。しばし[一四]、ものな言ひそ」とて、君たち[一五]、男女、集ひ給ひて惑ひ騒ぎ給ふをも知らず[一六]、外（と）には、御車どもを装束（さうぞ）き設けたり。皆人ものもおぼえず、さかしき人もなし。

源宰相も、参り給ひぬと聞きて絶え入り給ひぬれば、大殿（[一七]おほとの）には騒ぎ満ちてののしる。

一一「散らす」は、落としたりして人の目に晒すの意。参考、『源氏物語』「若菜下」の巻「あないはけな。（女三の宮は）かかる物（柏木からの手紙）を散らし給ひて、我ならぬ人も見つけたらましかば」。

一二「絶え入る」は、気を失う、気絶するの意。

一三「ゆゑさはり」は、「故障」の訓読語。さし障り、障害の意。

一四 しばらくの間、このことは誰にも言わないように。正頼の子どもたちの発言。

一五 正頼の子が、男君も女君も。

一六「知らず」の動作主体は、外で車の用意をしている人々。

一七「大殿」は、実忠の父左大臣源季明邸。

六　涼・仲忠・仲頼、あて宮の見送りに参上する。

上達部(かんだちめ)・親王(みこ)たちもの思ほし嘆く中に、ただ、源氏の中将[一]・藤[1]中将、いみじう悲しと思ひながら、世の中ははかなきものなり、かく参り給ひぬとも、限りと思はじと、心強う思ひて、御送り[二]もせむと思ひていましたり。

源少将[三]も、伏し沈みて久しくなりぬるを、かねてより思ふやう、いかで、この参り給はむ御送りをも仕うまつらむ、いささかなることも、殿のし給ふ度(たび)ごとに参らぬはなきを、やむごとなきことにしもまうでざらむや[四][2]、数ならぬ身に、思ふまじきこと[3]を思ひ初めたるが、過ち[五]こそあれなど思ひて参りたり。

七　仲澄、あて宮の手紙を見て蘇生する。

一　源涼と藤原仲忠。

二　「御送り」は、あて宮が参内する時の見送りをいう。

三　「源少将」は、仲頼。「嵯峨の院」の巻【三】、「吹上・上」の巻【一〇】注七参照。

四　「や」を補う説に従ったが、底本のまま、下に「あるまじきことなり」などの省略を考えることもできる。

五　「過ちこそあれ」は、「過ちにこそあれ」に同じ。

1　出発の時刻になりました。

2　「百済藍」は、昔、百済から渡来した藍という。ここは、顔色が真っ青になったさまの形容。

3　「思して」は、「聞こえ

かく、皆集ひて、御車寄せて、「一時なりぬ」と聞こしめすままに、宮・おとど、二1百済藍（くだらあゐ）の色して2うつ伏し臥（ふ）して、願を立て給へど、効（かひ）なし。あて宮、宮・おとどの、かく思（おぼ）し騒ぎ、よろづの人の、参らせじとのみ思ふが聞かむことなど三思して、いみじく悲しき言（こと）をのみ聞こえつれど、耳にも聞き入れ給はぬ心地ながら、かく四聞こえ給ふ。

（あて宮）五別るとも絶ゆべきものか涙川行く末（ゆ）もあるものと知らなむ

など、

「思し入りそ六や。いといみじく見給へつつ、心憂しとは思ふものから、いとほしく」

など書きて、（あて宮）「これ、かの君に奉れ」とのたまふ。兵衛の君、「七おとど・宮・君たち、隙（ひま）なくおはしまし、かの君は、言ふ効なくなり給ひぬるものを」と聞こゆ。あて宮、「なほ」とて、「奉れ」とのたまふ。兵衛、「八よき折持て参りて、御前に」。

宮、おとどに聞こえ給ふ、（大宮）「この頃、かくわづらふを、もの問

給ふ」に係る。

四 「聞こえ給ふ」は、あて宮が仲澄に。

五 「絶ゆべきものか」は、反語表現で、「絶ゆべきものならず」の強調表現。『後撰集』恋五「流れ出づる涙の川の行く末はつひにあふみの海と頼まむ」（詠人不知）を引くか。

六 終助詞「そ」だけで禁止を表す例と解した。

七 正頼たちが集まっていることは、「菊の宴」の巻【三五】注四参照。

八 以下を地の文と解し、「御前に」の下に、省略や脱文を想定する説もあるが、「よき折」があったのは、次の、忠こそが来て、「宮・女君たち立ち退き給へる」場面である。したがって、「よき折持て参りて、御前に（奉らむ）」の意と見て、兵衛の君の発言と解した。

はせつれば、『女の霊』となむ言ひつる。ただ今、何わざをかはせむ」。忠こそ阿闍梨の御もとに、御文遣はす。驚きて参り給へり。

内に召し入るとて、宮・女君たち立ち退き給へる、ものおぼえぬ君の御手に、この御文を押し入れて、指の先して、腕に書きつく、「これ、御方の御文なり」。侍従、死に果つるに、湯、露ばかり落とし入る。おとど、「忠こそその御験あり」と喜び給ふこと限りなし。かく瞬くを見給ひて、明日はまかづとも、今宵参らせむと思して、おとど・君たちが立ち給ひぬるほどに、この御文見て、ものわづかに言ふ。喜び給ふこと限りなし。

八　あて宮、春宮のもとに入内する。

かくて、御車二十、糸毛六つに、黄金造り十に、うなゐ車二つ、下仕へ車二つ、御前、四位三十人、五位三十人、六位数知らず。

九　女性の霊。女性の物の気。参考、『源氏物語』「柏木」の巻「陰陽師なども、多くは、女の霊とのみ占ひ申しければ」。

一〇　忠こそを仲澄のもとに呼び入れるために、女性たちがその場を退くのである。

一一　「ものおぼえぬ君」は、仲澄をいう。

一二　「この御文」は、兵衛の君が渡したあて宮からの手紙。

一三　「瞬く」は、瞬きをするの意で、ここは、まだ生きていることをいう。参考、『源氏物語』「玉鬘」の巻「冥途の絆にもてわづらひ聞こえてなむ瞬き侍る」。

一四　明日は仲澄の死による服喪のために退出することになるとしても。仲澄の死は、【三五】注一〇参照。

一五　大宮たちは。

皆、よき人なり。

かくて、[二]参るすなはち参上(まうのぼ)り給ひぬ。御供の人、まかで給ふ。

九　仲頼、悲しみのあまり出家する。

源少将、[一]木工(もく)の君に会ひて、とみにものも言はで、涙を流すことと限りなし。（仲頼）「年ごろ、いともかしこくて、物馴れたるやうに御覧ぜられつるを、何の報いにかありけむ、つたなき身に、おほけなき心つきて、今まで侍るべくもおぼえざりつれど、御送りをだに仕うまつりてこそとて。いでや。[二]君に対面することさへ限りにおぼゆるこそ、いみじう悲しけれ」とて、

[三]今はとて振り出(づ)る時は紅(くれなゐ)の涙とまらぬものにぞありける

とだに、さかしうも言はで、泣き惑ふこと限りなし。木工の君、「心細くものたまふかな。年ごろは、げに、心ざしありて聞こえ給ふと見奉りつれど、かく参り給ひぬるが効(かひ)なきこと。いでや、

一　底本「二」。「下仕へ車二つ」と揃えて、「二」の誤りと解した。「嵯峨の院」の巻【三四】に「糸毛六つ、檳榔毛十四、うなゐ車五つ、下仕へ車五つ」、「菊の宴」の巻【一四】に「糸毛十、黄金造りの檳榔毛十、うなゐ車二つ、下仕への車二つ」、「国譲・下」の巻【四〇】に「糸毛六つ、檳榔毛二十、うなゐ・下仕へ車二つづつ」とある。

一　「木工の君」は、あて宮づきの侍女。「嵯峨の院」の巻【三二】注三参照。

二　「君」は、木工の君。

三　「振り出る」は、「振り出づる」の約。「振り出る」は、紅を水に振り出して染めるの意で、「紅」の縁語。参考、『古今集』恋二「紅の振り出でつつ泣く涙には袂のみこそ色まさりけれ」(紀貫之)。

[四]一所にもあらず、いとほしくぞ承るや」とて、
[木工五]「深き色に君しもなどか振り出づべき誰もとまらむ涙[1]ならぬを
世の常に思しなせかし」。
少将、言ふばかりなく泣き惑ひて、帰りてすなはち法師になりにけり。

「これは、あて宮の、内裏に参り給へる。
これは、御車ども引き立てたり。下り給へる。大人[2]・童、群れて歩める。
これは[3]、[六]御局。上[4]に参上り給へる。[七]靫負の乳母、御使に来たり。
源少将、木工[5]の君と物語し[6]たり。」

一〇 あて宮、春宮の愛を一身に受け、懐妊する。

かくて、宮[1]に参り給ひにしより、参上り給はぬ夜なく、御局に宮渡り給はぬ日なし。よろづのことせぬわざなく上手にものし給

四「一所にもあらず」は、仲頼には妻がいることをいう。

五「深き色」は、濃い紅色が黒みを帯びて見えることをいう。出家者の墨染めの衣の色である。

六 入内したあて宮の局。後に、藤壺と知られる。【三】注二、「内侍のかみ」の巻【六】注四参照。

七「靫負の乳母」は、春宮の乳母。乳母を遣わしたのは、あて宮を丁重に扱う春宮の気持ちを表すか。

一「嵯峨の院」の巻【一六】に「やむごとなき人いと多く候ひ給ふなる宮」、「菊の宴」の巻【四】に「やむごとなき人多く候ひ給ふ」とあった。

二 嵯峨の院の小宮。源正頼の妻大宮と同じ后腹の妹。

三 左大臣源季明の大君。

へる御遊び相手にし給ふ。

宮に候ひ給ふ人々、大将殿の大宮の御はらから、同じ后腹の、小宮と聞こゆる、左大臣殿の大君、右大臣殿の大君、右大将殿の大君、平中納言。かく候ひ給ふ中に、小宮・右大将殿なむ、時におはしましける。異人はよろしく、左の大殿、あるが中に、歳老い、容貌も憎し。時なし。心のさがなきこと、二つなし。君たち、まだ生まれ給はず。

かくて、あて宮参り給ひて、また人あるものとも知り給はず、うちはへ参上り給ふ。まれに、人の宿直の夜は、夜更くるまで、この御局にのみおはしまして、御遊びなどし給ふ。

かくて、二日ばかりありて参上り給へるつとめて、春宮、

めづらしき君に逢ふ夜は春霞天の岩戸を立ちも込めなむ

とのたまふ。あて宮、寝給へるやうにて、ものも聞こえ給はず。

かかるほどに、妊じ給ひぬ。

「ここは、大将殿の御局。ここに、あて宮、中納言の君歳十九、

「菊の宴」の巻【四】注一四参照。

四 右大臣藤原忠雅の大君。

五 右大将藤原兼雅の大君。嵯峨の院の女三の宮腹。

六 「平中納言」は、平中納言の姫君の意。平中納言の娘は、「嵯峨の院」の巻【三】、「菊の宴」の巻【一】で話題になっていた。

七 「菊の宴」の巻【四】注一三参照。

八 「君たち」は、春宮の御子たち。「春日詣」の巻【四】注三、「菊の宴」の巻【四】注二〇参照。

九 二日ほど間を置いた後に。ここまでの間に年が改まっていることになる。

一〇 春霞が天の岩戸を立ち込めるとは、夜が明けないことをいう。

一一 あて宮の御局。

一二 以下は、あて宮づきの侍女たち。

孫王の君二十一、帥の君十七、宰相のおもと十八、兵衛の君二十、中将、少弁、小大輔の御、木工の君、少将の御、少納言、左近、右近、衛門などいふ人、いと多かり。うなゐなど、御前に候ふ。[一三]左大弁の君参り給へり。そこに宮[一四]おはしまして、箏の御琴遊ばす。あて宮と御碁遊ばす。

大将のおとど、御局に参り給へり。宮、（春宮）「なほ、ここに」などのたまはすれば、御前に候ひ給ふ。ものなど聞こえ給ひて、（春宮）「仲澄は、などか久しく参らぬ」。大将、（正頼）「日ごろ、あさましく、病に沈み侍りて、交[8]じらはずてなむ侍る。よろづの神仏に願を立て侍れど、今は頼むべくも侍[9]らず」。宮、「[一五]らうたきことかな。朝廷にも仕うまつりぬべく見えつるものを。実忠の朝臣も、さぞ言ふなる。あやしう。人の[一六]愛子ども、などか[10]かるらむ」とのたまふ。」

一二　翌年の二月中旬、初庚申。

一三「左大弁の君」は、正頼の長男忠澄。あて宮の同腹の兄。

一四 春宮。

一五「らうたし」は、いたわしいの意。

一六「愛子」は、漢語で、和文には稀有な語。「俊蔭」の巻【七】注二参照。


一「庚申」は、「祭の使」の巻【三】注一参照。

二 下に「せさせ給ふ」など脱か。

三「殿上」は、春宮の殿上の間。「帯刀の陣」は、春宮坊の帯刀舎人の詰め所。果物を贈るのは、入内したことの挨拶のためである。

四「殿」は、父正頼。

五「黄金の毛打つ」は、糸状の黄金で象嵌することをいう。「菊の宴」の巻【三】

かくて、二月中の十日、年の初めの[一]庚申出で来たるに、春宮の君たち、御局[二]ごとに。

あて宮、さらぬ前より、[三]殿上・帯刀の陣に果物出ださむと思すに、よき折なりとて、[四]殿に聞こえ奉れ給ふ。宮の御台には、金の御器に[五]黄金の毛打ち、白銀の折敷三十、黄金の御器、[1]御台の打敷は、花文綾に薄物重ねたり。檜破子五十荷、[六]ただの破子五十荷。

檜破子は、[七]御方々にし給ふ。[八]ただのは、殿に仕うまつる受領どもに仰せ給ひつれば、仕うまつれり。[2][九]据物は、政所より、飯四石ばかり入る[3][一〇]樏[4]の木の櫃十、朴の木に黒柿の脚つけたる中取り十に据ゑ、一尺三寸ばかりの[一一]わたきの[一二]盌に、生物・乾物・鮨物・貝物、丈高くうるはしく盛りて、[一三]はまひとはきの脚つけたる[5]う[6]るはしき皿どもに据ゑて、一石入る樽十に酒入れ、[一四]碁手に、銭三十貫、紙・筆、机に積みて、色々の色紙積みて[7]十高坏、蘇枋の机に、檀の紙・[一五]青紙・[一六]松紙・筆など積みて、碁手にしたり。被け物、女の装束・白張袴など設けられたり。[8]おとど・君たち、参り給へり。

注一〇参照。
六 「ただの破子」は、「檜破子」に対して、杉などで作ったものをいうか。
七 「御方々」は、正頼の婿君たちをいうか。
八 「ただの」は、「ただの破子」の意。
九 「据物」は、飾りとして据えて置く物か。
一〇 「樏の木」は、「吹上・上」の巻【三】注三参照。
一一 「わたき」、未詳。
一二 「盌」は、お椀の一種。『和名抄』器皿部瓦器「盌 俗云毛比 小盂也」。
一三 「はまひとはき」、未詳。
一四 「碁手」は、囲碁の勝負に賭ける賭物。銭や紙などを用いる。「碁手物」とも。
一五 「青紙」は、薄青に染めた紙。
一六 「松紙」は、松葉色に染めた紙という。

物ども一度に持て連ねて参る、見物なり。

内裏より、色紙、透箱に入れて、よき果物、酒殿の御酒など召して、蔵人の木工助を御使にて、「これは、ただのそ命なり。肖物にとて」などのたまはせたり。

源中将のもとより、沈の破子十荷、入れたる物、飯には白粉飾ひて入れ、敷物・袋などめでたうして奉れ給へり。藤中将、白銀の透箱十、合はせ薫物、沈の鶴したる透箱、筆・黄金の硯瓶など据ゑ、唐の錦のいと清らなる沈の箱に、白銀・黄金の筋遣りて、白銀の碁石笥に、白き瑠璃・紺瑠璃の石作り盛りて、双六の盤・兆土、かくのごとくにて、さま変へて、碁手の銭、白銀にて、同じ箱にて奉れたり。おとど、見給ひて、「あやしく、わづらはしきわざせらるる中将たちかな」とのたまふ。

かくて、内に設けられたる御調度などは、あるべきに参らせ給ふ。夜には、破子三十荷ばかり、藤中将の奉れたる透箱一具ながら、台盤の所。破子・碁手など添へたり。小宮の御方に、殿に

一七 「そ命」は、注二四の「そまう」と同じで、妊産婦の薬物だろうが、未詳。「蘇命」と解する説もある。

一八 『和名抄』調度部容飾具「粉　之路岐毛能」。おしろいを、飯に見立てた。

一九 鶴の文様を透かし彫りにした沈香の透箱。

二〇 「すずり」は、「すみすり」の約。「硯瓶」は、硯に注ぐ水を入れる器。『和名抄』調度部文書具「硯　須美須利」、「水滴器　今案須美須理賀米」。

二一 「筋遣る」は、象嵌するの意か。「楼の上・上」の巻【三〇】注三、「楼の上・下」の巻【二四】注七にも見える。

二二 「兆土」は、双六の道具類か。黒川本『色葉字類抄』「兆土　テウト　双六――」。参考、『源氏物語』

設けられたりし箱、檜破子(ひわりご)添へて奉れ給ふ。殿上よりはじめて、宮の内、所々の帯刀(たちはき)の陣まで、破子・碁手など清らにして賜ふ。内裏(うち)の殿上・蔵人所まで、侍従所・衛府(ゑふ)の陣まで、中取り、うる[17]はしき皿[18]、碁手の銭・紙賜ひわたしつつ。

かくて、上の御使の蔵人に、白張袴被(かづ)け、御返り、（あて宮）「[二四]このそまうの下(お)ろしの多く候ひけるをなむ、肖物(あえもの)、時過ぎざりせばと見給ふる」と聞こえ給ふ。中将たちの使にも、白張袴被けて、御消息(せうそこ)言ひに遣はす。

一二　庚申の夜、あて宮の局で、人々歌を詠む。

内裏(うち)にも宮にも、殿上人、集まりて、攤(だ)[一]打ち、遊びするに、上[二]いと近き御局なれば、宮渡り給へるに、あて宮起き居給へり。（春宮）[三]「あな寝聡(いざと)や」などのたまふほどに、雁(かり)多く連れて渡る。宮、（春宮）「この雁は、いづちぞや」とのたまふ。[四]中将仲忠、

「須磨」の巻「碁、双六盤、兆土、弾棊の具など、田舎わざにしなして」。

二三　この「台盤の所」は、春宮づきの侍女の詰め所か。

二四　「そまう」は、注一七参照。

一　「攤」は、賽を用いて、その目によって優劣を競う遊び。「擲采之戯」ともいう。庚申や産養などの際に行われた。参考、『侍中群要』第八御庚申「終夜之間、有擲采戯」。

二　春宮の御殿。あて宮の居所は藤壺で、春宮の御殿は梅壺（凝華舎）か。

三　庚申の夜だからあて宮は起きていたはず。戯れに言った発言か。

四　以下藤壺の場面。仲忠たちは、春宮の御所から、春宮に同行して、藤壺へ行ったことになる。

[五]連れて行く雁が音聞けば飽かでのみ春の宮より帰るとぞ聞く

[六]宮の御、

春宮[七] 飽かでのみ別るる雁の手向けには花の錦も綴ぢられぬかな

左大将、

正頼[八] 青柳の暇惜しとて鶯の雁の手向け[2]も綴ぢずやあるらむ

源中将、

涼[九] 帰り行く雁の羽風に散る花をおのが手向けの錦とや見む

中将実頼、

古里へ翼休めず飛ぶ雁も今宵はここを過ぎず鳴くなり

左兵衛佐、

顕澄[一〇] 白雲の雁の手向けの錦とや山の端風に織り乱るらむ

[一一]左近中将、

[一二]綻びて別るる雁の古里は今や縫[3]ふらむ天の羽衣

中将祐澄、

花を折る春は経ぬれど鳴く雁の[4]帰れる数を知る人のなき

五「春の宮」に、春宮をたとえる。

六 春宮の御歌。

七「綴づ」は、縫いつけるの意。参考、『新撰万葉集』「春霞立ちて雲路に鳴き帰へる雁の手向けと花の散るかも」。

八「青柳の」は、「糸」と同音の「暇」の枕詞。

九『風葉集』春下「帰る雁を聞きて詠める　うつほの中納言涼」。

一〇 二つ前の涼の歌に和した歌。「雁の羽風」に対して、「山の端風」と詠んだ。

一一 この「左近中将」は、誰のことか未詳。

一二 二つ前の実頼の歌に和した歌。「綻ぶ」「縫ふ」は、縁語。

一三 正頼の四男、連澄。

一四「片面」は、半分の意で、ここは、十荷のうちの五荷をいうか。

左衛門佐、連澄

　鳴く雁に浮かべる雲の行き交ひていづくに待つと契り置きけむ

など、これかれのたまひて、明くるつとめて、女の装ひ被く。御台、明くるつとめて、参らせ給ふ。源中将の沈の破子、片面は、仁寿殿の女御の御もとへ奉り給ふ。

「ここに、あて宮。御達、いと多かり。檜破子・すみ物・透箱、いと多かり。

左大臣殿の御局。いと近し。殿上人ののしるを聞きて、季明の大君「例の、夏犬なれば、集まりて咬まふ夜にはあらずや」、物被きたるを見て、「狸の、衣を多く持て、富めるかな」など言ひて居給へり。庚申し給はず。御達、白き衣の煤けたる、薄色の裳など着て、四五人ばかり居たり。君、歳三十ばかり、容貌醜し。厳めしく太り給へり。ここに、おとど・殿上人三十人ばかり。物被け給へり。

これ、右大将殿の御局。君は、今宮の御腹、歳十八、容貌清ら

一五「すみ物」は、この物語に多く例が見えるが、未詳。「隅物」で、隅に置く飾りの物か。ただ、食べ物と見られる例も多い。
一六 あて宮の局で、殿上人たちが歌を詠んでいることを皮肉った言葉だろう。
一七「咬まふ」は、咬み続けるの意か。
一八 ここも、あて宮の所で、殿上人たちが被け物をたくさんもらったことを皮肉った言葉だろう。
一九「煤く」は、薄汚れたの意。あて宮方の豪華な衣に対して、わざと着たものだろう。
二〇「おとど」は、左大臣源季明。
二一 右大将（兼雅）の大君の局。
二二 嵯峨の院の今宮。嵯峨の院の女三の宮。「俊蔭」の巻【四八】注五参照。

なり。御達二十人ばかり、裳・唐衣着て候ふ。庚申し給へり。殿[二三]上に、破子二十荷、碁手に銭二十貫出だし給へり。なまめきてし給へり。青き透箱に、陸奥国紙・青紙など積みて出だし給へり。

これは、小宮の御局。おはします。御歳二十。御達、いと多かり。大人十五人、童四人。庚申し給へり。

これは、[二四]中納言殿の御局。君、歳十六歳、容貌、いとをかし。御はらからの[二五]蔵人[12]の式部丞居たり。（平中納言の姫君）「めでたくも、[二六]大将の君[13]おはするかな」。[14]式部、「かれは、心殊なる人ぞや。誰も、え並び給はじ」と言ふ。」

一三　人々、出家した仲頼が籠もる水尾を訪れる。

源少将は、山に籠もりにし日より、[1]穀を断ち、塩断ちて、[一]木の実・松の葉を食きて、[二]六時間なく行ひて、涙を海と湛へ、[三]嘆きを山と生ほして嘆きわたるを、帝よりはじめ奉りて、惜しみ悲しま

二三　「殿上」は、春宮の殿上の間。

二四　平中納言の姫君の局。

二五　「蔵人の式部丞」は、六位の蔵人で式部丞を兼ねた殿上の丞。「沖つ白波」の巻【一〇】注一、「蔵開・上」の巻【一〇】注九に見える「式部丞」と同一人物だろう。また、兄弟には、「内侍のかみ」の巻【三】に見える「平中納言殿の太郎元輔の君」がいるが、これは別人か。

二六　「大将の君」は、あて宮をいう。

一　「吹上・下」の巻【六】注六に、「木の実・松の葉を供養とし」の表現がある。

二　「六時」は、一昼夜を六分した時刻。晨朝・日中・日没・初夜・中夜・後夜。

ぬ人なし。中に、大将殿の、「思ふ心やありけむ。あはれ」などのたまふ。

高き山を尋ねつつ、殿上人・君たち訪ひ給ふを、[四]みづからにおはしつつ訪ひ給ふを、藤中将・源中将・兵衛佐などは、をかしき[五]弄びし者に[2][3]おはしし少将を恋ひて、花摘みがてら、[六]水尾におはしたり。

少将、喜びて対面して、ものなど言ふ。人々、涙を落とさぬはなし。藤中将、「あが仏、など[4]か、かく、思はぬさまにてはものし給ふ。仲忠ら、片時世に経べき心地もせねども、親に仕うまつらむと思ふ心深ければ、しばし交じらひ侍れど、かくておはするを見奉り侍れば、まづ悲しくなむ」とて、

少将、[七]うち見れば涙の川と流れつつ我も[5]淵瀬を知らぬ身なれば

源中将、[八]世の中を思ひ入りにし心こそ深き山辺のしるべなりけれ

三 「嘆き」の「き」に「木」を掛けた表現。

四 上の「訪ひ給ふ」を、使を遣るのではなくみずからおいでになったのだと繰り返した表現。「みづからに」は、平安時代の仮名作品にほかに例が見えない語。

五 底本「もてあそひしもの」。あるいは、「もてあそひもの」の誤りか。

六 京都市右京区嵯峨水尾。

七 「淵瀬を知らず」は、将来どうなるかわからないの意。「涙の川」の縁語。参考、『古今集』雑下「世の中は何か常なる明日香川昨日の淵ぞ今日は瀬になる」（詠人不知）。「流れつつ」は、接続助詞「つつ」でとめた表現で、三句切れ。

八 煩悩がそのまま悟りの縁になる、煩悩即菩提の心をいう。

涼九 蝶鳥の遊びし花の袂には深山の苔の生ひむとや見し

と、泣く泣く物語して帰りぬ。

大将殿の君たちものし給ひつるにも、対面し給ひて、物語などして帰り給ふにつけて、あて宮の御もとに、かく聞こえ給へり。

仲頼一〇「紅の袖ぞ形見と思ほえし今は黒くも染むる涙か

一一これならぬはなきこそ、いみじく」

など聞こえたり。

あて宮、あやしくもなりにけるかな、もの言ひし時、いらへもせずなりにしを、かくあはれになりにたること、一二今は何かはと思して、

あて宮一三 今はとて深き山辺にすみぞめの袂は濡れぬものとこそ聞け

とのたまへり。

少将、見て、涙を流して、この御文を伏し拝みて思へば、わが、ここらの年ごろ、日に従ひて聞こえしかども、一文字の御文書き賜はず、6 一四御顔をだに見ざりしかど、わが仏道の尊ければ、参り給

九 樹下石上に座して修行するうちに衣が苔のようになることから、僧侶の衣を「苔の衣」「苔の袂」という。「生ひむとや見し」は、反語表現で、「生ひむと見ざりき」の強調表現。

一〇 「紅の袖」は、紅の涙で染まった袖の意。【九】注三の仲頼の歌参照。「黒くも染むる」は、濃い紅色が黒みを帯びて見えるさまで、僧侶の墨染めの衣のことをいう。

一一 この黒染めの衣しか形見がないことが、悲しくてならないのです。

一二 もう返事をしてもかまわないだろう。

一三 「すみぞめ」に「住み初め」と「墨染め」を掛ける。

一四 仲頼は、実際は、一度、正頼の三条の院での賭弓の還饗の日にあて宮を垣間見

ひて後、一行にても見るなりと思ひて、[一五]かしこき宝にすべし。［水尾。[7]木高き山の頂に、樋かけ、庵などあり。中に、をかしげなる道あり。

ここに、殿上人いましたり。少将、[一六]麻の装ひあざやかにて対面し給へり。山の上より、大いなる滝、前に落ちたり。弟子一人は、若うより[一七]上に使ひつけ給へる者。童子一人、それも、[一八][8]小舎人に使ひ給へる。色々の花の木、繁く生ひたり。[9]小鳥は、目に近くすだ[10]けり。

少将、堂を飾りて、念誦したり。[一九]櫟・橡、鉢に入れて、[二〇]斎せさせたり。」］

一四　実忠、小野に隠棲する。

宰相も、参りにしよし聞き果てて、不用になりにければ、[一]夜のうちにと、[二]坂本に、小野といふ家に来て、大願立て、よろづの神

ている。「嵯峨の院」の巻【三】参照。

一五　草子地。

一六　麻の衣は、僧衣に用いる。

一七　「上に」は、上童としての意。

一八　「小舎人」は、「小舎人童」の略。近衛中将、少将が召し使った童。

一九　「櫟」は、ブナ科の常緑高木イチイガシの実。『和名抄』果蓏部果蓏類「櫟子　伊知比　相似大ニ於椎子一者也」。

二〇　「斎」は、僧の午前中の食事。

一　あて宮が春宮のもとに入内した日の夜のうちに。

二　「坂本」「小野」は、忠こその父千蔭が籠もった所。「忠こそ」の巻【三】注一、注二参照。

仏に祈りて、泣き焦がれつつ惑ひ給ひければ、からうして生きたれど、ありしやうにもあらず、宮仕へもせで、ただつれづれとあり経れど、悲しくおぼゆれば、小野より、兵衛の君のもとに、かく聞こえたり。

「かくばかり消ゆるわが身に年を経て燃ゆる思ひの絶えずもあるかな

いづれの世にか思う給へ慰めむ。あないみじや」

と聞こえたり。

あて宮、見給ひて、あはれと思せど、もののたまはず。

源宰相、悲しくおぼゆれば、三月つごもり方に、かう聞こゆ。

かけて言へば　塵と砕くる　魂に　深き思ひの　つきしより
入江の床に　年を経て　列を並べて　住む鳥の　行くへも知らず　鴛鴦の子の　立ちけむ方も　思ほえで　黄なる泉に
消え返り　涙の川に　浮き寝して　今や今やと　頼み来し
君が心を　限りぞと　思ひし日より　山里に　一人眺めて

三「思ひ」の「ひ」に「火」を掛ける。「消ゆ」「燃ゆ」「火」は、縁語。
四「塵と砕くる魂」は、「菊の宴」の巻【三】注一の兵部卿の宮の歌参照。
五「入江の床」は、水鳥が住む入江を、寝床に見立てたものか。
六「列を並べて住む鳥」は、鴛鴦のことで、北の方をいう。
七「鴛鴦の子」は、袖君と真砂君をいう。
八「黄なる泉」は、「黄泉」の訓読語。死んだ人の霊が行く所。冥土。
九「限りぞと思ひし日」は、あて宮が春宮に入内した日をいう。
一〇「もえ」に（「思ひ（火）が）「燃え」と「萌え」を掛ける。
一一「深き山辺と」は、倒置で、ここで句切れ。

[一〇]もえわたる　[一一]深き山辺と　[一二]満つ潮は　袖の漏るまで　[一三]湛(たた)へど
も　[一四]みるめ求めむ　[一五]かたもなし　今は[一六]かひなき　心地して
名残ぞものは　悲しかりける

など聞こえけれど、御返りなし[一七]。

かくおぼつかなければ、さらに忘れ聞こえず、折々につけて、なほ聞こえけり。交じらひもせず、[一八]宮の御もとへも参らず、眺め給へり。

［ここは、源宰相、小野におはす。[一九]はらからの中将はいましたり。[二〇]おとど、御文あり。］

一五　仲澄、ついに亡くなる。

かくて、侍従(じじゅう)の君も、参り給へりし日、亡くなり給ひにしかど、[一]御消息(せうそこ)にかかりてありつる、御思ひは、月日に添へてまさり、身は弱くなりつつ、え堪ふまじくおぼゆれば、あて宮に、かく聞こ

一二「満つ潮」は、いっぱいになった涙をたとえる。

一三「湛ふ」は、ハ行四段活用の動詞。自動詞で、あふれるの意。

一四「みるめ」に「海松布」と「見る目」を掛ける。

一五「かた」に「潟」と「方」を掛ける。「潟」は、干潟の意。

一六「効なき」の「かひ」に「貝」を掛ける。
一七　あて宮は、仲頼に対しては返歌をしている。【三】注三参照。
一八　春宮。
一九「はらからの中将」は、源実頼。実忠の兄。

二〇「おとど」は、左大臣源季明。実忠の父。

一　あて宮の手紙のおかげで生き返ることができたことをいう。【七】参照。

え給ふ。

仲澄二「いひ出(い)でて[2]もつひにとまらぬ水の泡をみごもり[3]てこそあるべ
かりけれ

三かくまで、聞こえであるまじくおぼえしかば[4]、聞こえ初めて。四侍らざらむ世にも、いともいともいみじう厭(いと)はしければ。いでや。あが君の御ためには、身のいたづらになりぬるも思ひ給へず。いま一度(ひとたび)の対面賜はらずなりぬるを思う給[5]ふるなむ五」

と聞こえたり。

あて宮、見給ひて、あるが中に、いかでと思ひ聞こえし人の六、あやしき心の見えしかば、つらしとはおぼえ七給[6]ひしかど、かう心細くのたまへること、心憂く、など、この君にしも、かく思されけむなど思して、かく聞こえ給ふ。

あて宮八「同じ野の露はいづれもとまらねどまづ消ゆとのみ聞くが苦し
さ

かく承るも、いとほしうなむ」

二「いひ」に「樋」と「言ひ」、「みごもり」に「水籠もり」と「身籠もり」を掛ける。参考、『後撰集』恋四「池水のいひ出づることの難ければみごもりながら年ぞ経にける」（藤原敦忠）。

三 以下、文脈が調わない。仲澄の心の動揺を表すか。ここは、「聞こえであるまじくおぼえしかば、聞こえ初めて、かくまで（なり侍りぬ）」の倒置表現と解した。

四「いともいともいみじう厭はしければ、侍らざらむ世にも（思し出でよ）」の倒置表現と解した。

五 下に「心残りだ」の意の省略がある。

六「人の」は、「かう心細くのたまへること」の部分に係る。

七「おぼゆ」は「思はる（受身）」の意で、「給ふ」は「思はる」の主体仲澄に対と聞こえ給ふ。

侍従、見給ひて、文を小さく押しわぐみて、[九]湯して飲き入れて、紅の涙を流して絶え入り給ひぬ。[一〇]殿の内揺すり満ちて、惑ひ焦がれ給ふこと限りなし。

あて宮、聞こしめして、いみじく悲しと思す。かかりけるものを、年ごろ、心苦しくのみのたまふ時、などいらへざりけむ、はかなかりける世の中に、つらしと思う給ひけむことなど思ひて、いみじく泣き給ひて、「まかでなむ」と聞こえ給ふ。宮、「あやしく。など、かくしも思ほす。あまたものせらるる御子にこそあんめれ。いたく、な嘆き給ひそ。[一一]服などは、[一二]あからさまに出でて着給へかし」など聞こえ給へど、なほ、常に聞こえ給ひしことのみ思ほえて、いといとほしく思すこと限りなし。

する敬意の表現。あて宮を主体にした表現にすれば、「思ひ聞こえしかど」となる。

八 「同じ野の露」は、あて宮と仲澄が同腹の兄妹であることをいう。「露」「消ゆ」は、縁語。「同じ野の露」の表現は、ほかに、『源氏物語』「藤袴」の巻の夕霧の玉鬘への贈歌に見える。

九 「押しわぐむ」は、丸めるの意。「嵯峨の院」の巻【亖】注九参照。

一〇 【五】注三にも、「絶え入りて息もせず」とあったが、ここは、亡くなる、絶命するの意味。

一一 「服」は、ここは、喪服の意。

一二 少しの間里邸に退出して。

一六　真菅、帝に愁訴し、伊豆に流される。

かくて、[一]治部卿のぬし、あて宮の御ためにとて、家を造りて、調度を設けて、心一つによき日を取りて、御迎へにとて、子ども・家の人率ゐて出で立ち給ふ。

ある人、「あて宮は春宮に参り給ひにけり」と言ふに、治部卿のぬし、家の内揺すり満ちて、怒り腹立ちて言ふほに[二][1]、（真菅）「いかでか、天下に国王・大臣にもいますかれども、もろ人のきざし置きて、[三]縁のことに、家を造り、閨を建てて、日を待つほど、かくはせさせ給ふべき。[2]真菅、つたなき身にはありとも、おのが妻がねを人に[四]欲らせしめてはありなむや。まつりごとかしこき世に、[3]愁へ奉らむ」とて、愁へ文を作りて、[五]文挟みに挟みて出で立ち給ふ。

そこばくの子ども、少将よりはじめて、「宮仕へを仕うまつりつつ、官爵の欲しきことは、[六]一所の御ためなり。かくあるまじき

一　滋野真菅。「藤原の君」の巻【三〇】、「祭の使」の巻【六】参照。ただし、これまで、「帥」「帥のぬし」と呼称されていた。治部卿だったことは、この巻にだけ見える。

二　「ほに」は、「俊蔭」の巻【五】注一参照。

三　「縁のこと」は、結婚することなどの意か。

四　「欲らす」は、四段活用の「欲る」の未然形＋使役の助動詞「す」か。「しむ」は、真菅の発言に見える、使役・尊敬ではない特殊な助動詞。「藤原の君」の巻【三〇】注八参照。

五　参考、『竹取物語』「一人の男、文挟みに文を挟みて申す」。

六　父上お一人のためです。

ことを申されば、人の国・境までも追ひ遣はされ、流罪の罪ともならば、いかがせむ」と、手を擦る擦る申す。治部卿のぬし、太刀を抜きかけて、「汝らが首、ただ今取りてむ。汝は、わが敵とする大臣の方によりて謀らしむる奴なり」と言ひて、太刀を抜ききらめかして、片端より追ひ払ひて、冠を後へざまにし、上の袴を返さまに着、片しに足二つをさし入れて、夏の上の衣に冬の下襲を着、靫負ひて、飯匙を笏に取り、沓片足、草鞋片足、踵をば端に履きて、徒歩から参りて、帝の南殿に出で給へるに、立ちて、白き髪・髭の中より紅の涙を流して愁へ申す。

文を見給ふに、言ふ限りなくさがなきことを作れり。驚き給ひて、治部卿のぬし伊豆の権の守、和正の少将を長門の権の介に、蔵人の式部丞など、そこばくの子ども、放ち遣はされ、調じ給ひて追ひ遣はす。少将、泣き嘆くこと限りなし。

[ここは、治部卿、腹立ちて、太刀を抜きて、子ども追ひ棄てたる所。娘ども、立ち躍りて、こたひ怖ぢて泣ける。男六人、女四

七　「手を擦る」は、掌を擦り合わせて拝むようにすること。懇願の気持ちを表す。

八　「大臣」は、身分の高い臣下の意で、正頼をいう。少将和正は、正頼家の家司。

九　『和名抄』調度部征戦具「靫　由岐　以㆑箭叉㆓其中㆒也」。

一〇　「踵」は、沓の踵の部分。「端」は、足先の意。

一一　参考、『落窪物語』巻一「徒歩からまかりて言ひ慰め侍らむ」。

一二　「南殿」は、紫宸殿。

一三　「蔵人の式部丞」は、【三】注三五参照。

一四　「こたひ怖づ」、未詳。ひどく怖がるの意と解した。

一五　「藤原の君」の巻【三〇】には、右近少将和正以下の四人の息子と、三人の娘がいた。ここは、幼少の子どもたちが加わった数か。

人、手を擦りて、ぬしにもの言ふ。

これは、流されたる。馬・車に乗りて行く。子ども、[一六]結鞍に乗りて行く。[一七]非違の尉・佐などして追ひやれり。」

一七　高基、家を焼いて山に籠もる。

かくて、[一]致仕のおとど、[二]かかることを聞きて、水も啜らず、[1]泣く泣く言ふほどに、[2]「我、昔より、食ふべき物も食はず、着るべき物をも着ずして、天の下、謗られを取り、世界に[三]名を施して財を貯へしことは、死ぬべき命なれど、難きことも、財持たる人は、心にかなふものなり。今は、[3]大臣の位を断ちて、ただ思ふこと、[四]このこと一つなり。そのかなはずは、今は、わが財、あるに効なし」とて、[五]七条の[4]家・四条の家を[5]はじめて、[6]片端より火をつけて、片時に[7]焼き滅ぼして、山に籠もりぬ。

一六「結鞍」は、荷物を載せて結びつけるための鞍。「吹上・上」の巻【三】注六参照。ここは、乗馬用の鞍を許されなかったことをいう。

一七「非違の尉・佐」は、検非違使の尉と佐。

一「致仕のおとど」は、三春高基。「藤原の君」の巻【三〇】、「祭の使」の巻【五】参照。

二「かかること」は、あて宮が春宮に入内したことをいう。

三「名を施す」は、ここは、悪名を広めるの意。

四「このこと」は、あて宮を妻に迎えることをいう。

五「七条の家」は高基のもともとの家、「四条の家」はあて宮を迎えるために買い求めた家。「藤原の君」の巻【三】【三五】参照。

一八　あて宮退出。春宮と頻繁に歌を贈答する。

かくて、あて宮出で[一]させ給へるつとめて、大進[二]を御使にて、

春宮「夜の間も、いかにと、おぼつかなく。急ぎまかで給ひしかな」

とて、

[三]夕されば宿りし花も移ろひて思ひ消ぬべき秋の夜の露

とあり。

あて宮、

[四]色々の花の中なる白露[1]は萩の下葉を思ひしも出でじ

とて、御使に、紫苑色の綾の細長・袴一具被け給ふ。

月立ちて、また、宮より、

春宮[五]あひも見で月日隔つるわが中に衣ばかりを何恨みけむ

あて宮、

年月も衣も中には多くとも心ばかりは隔てざらなむ

一　出産のための退出か。

二　「大進」は、春宮坊の第三等官。従六位上相当。春宮の使である。

三　「宿りし花」にあて宮、「秋の夜の露」に春宮自身をたとえる。「移ろふ」に、あて宮が退出した意を込める。

四　「色々の花」に春宮のほかの妃たち、「白露」に春宮、「萩の下葉」にあて宮自身をたとえる。参考、『貫之集』「花の色はあまた見ゆれど人知れず萩の下葉ぞ眺められける」。

五　引歌、『拾遺集』恋三「衣だに中にありしは疎かりき逢はぬ夜をさへ隔てつるかな」（詠人不知）。

また、宮より、

春宮　六よそにのみかく長らふる袖よりも人待つ滝の落ちぬ日ぞなき

あて宮、

七待つ滝といかが頼まむここをたにねをととめてし別ると思へば

一九　十月一日、あて宮、第一御子を出産する。

かくて、あて宮の御産屋(うぶや)の設け、候ふ大人・童(わらは)、皆白き装束(さうぞく)をし、大宮なども、皆一こなたにおはして待ち給ふに、十月一日(ついたち)に、男宮生まれ給ひぬ。

宮より御使立ち返り、二春宮の母后(きさき)おはす、三大殿・右大将などの御妹(いもうと)におはします、その后(きさい)の宮・内裏(うち)の帝(みかど)、喜び給ふ。

六「長らふる」の「ふる」に「振る」を掛ける。「振る」「袖」は、縁語。「嵯峨の院」の巻【九】注一〇の宮あこ君の歌に似る。参考、『古今六帖』三帖〈滝〉「行く水のわが心にしかなはねば人待つ滝となりやしぬらむ」。

七 底本「こゝをたにねをととめてし」、未詳。底本「こゝ」の右に「よし」と傍記がある。

一「こなた」は、あて宮がいる、正頼の三条の院の東北の町の寝殿をいう。

二 以下「春宮の母后おはす」、および、「大殿・右大将などの御妹におはします」は、挿入句。

三 右大臣藤原忠雅と右大将藤原兼雅。

二〇　三日の産養。

御子の君、御歳二十になり給ふ。異人々参り給ひて久しうなりぬるに、まだかかることなかりつるを思しつるに、仲らひよき所にしも生まれ給へることなど思して、三日の夜、内裏の后の宮より、御産養、白銀の透箱十に、御衣十襲、御襁褓十襲、沈の衝重二十に、白銀の箸、匙・坏ども、皆同じ物。すみ物、いと厳めし。碁手、銭百貫、大いなる紫檀の櫃に抜き入れて、宮亮を御使にて、后の宮の御消息、大宮の御もとに、

「いとめづらしきことを、まづそれよりしも始め給へるをなむ、思ふやうなる心地して、うれしく思う給ふる。いとうらやましげなる人々に肖物にせさせむ。食き米の下ろし、少し賜はせよ。まこと、これは、夜居の人々の目覚ましに賜へとてなむ」

と聞こえ給へり。御使の亮に女の装ひ、持て参れる男どもに絹・

一 「御子の君」は、春宮。
二 「かかること」は、御子の誕生をいう。
三 「仲らひ」を、春宮とあて宮との夫婦仲をいうか。后の宮とあて宮の母大宮との仲と解する説もある。
四 「襁褓」は、産着。『和名抄』装束部衣服類「襁褓　无豆岐　小児被也」。
五 「碁手」は、囲碁の勝負に賭ける賭物。
六 「抜く」は、銭を緡（さし）からはずの意。緡は、銭の穴に通す紐。
七 「宮亮」は、中宮職の次官。従五位下相当。
八 米を飲むのは、精白した米を水で飲みこんで邪気を払う呪法という。
九 「これ」は、碁手の銭。「夜居の人々」が、庚申の夜と同じように、碁などをして、夜を明かすのである。

布など、品々に賜ひて、黄金の壺の大きなるに、かの御食きの米一壺入れて奉れ給ふ。

御返り、

「かしこまりて承りぬ。めづらしき人は、まづ、ここにしものし給ふを、いともかしこく思ひ給ふるに、『[一〇]思すやうに』と
6 のたまはせたるをなむ、いともいともうれしく思う給ふる。[一一]夏衣は、ほど多く[一二]すきて、残り少なうなり侍りにける。[一三]へきよになむ」

と聞こえ給ふ。

后の宮、瑠璃の壺、小さき四つに入れて、[一四]春宮の御局どもに、

「これ、肖物にし給へ」とて奉れ給へり。

小宮よりはじめて、皆食き給ひつ。御使に物被け、御消息をかしきさまに聞こえ給ふ中に、[一五]大殿の君は、投げ散らしてのたまふ、

（季明の大君）「誰か、その[一六]姪の食み残しは欲しき。[一七]よろづの集め子を生みて、『宮の御子』と言へば、まことかとてもて崇め給ふ」など、局の

一〇「思すやうに」は、間接話法的な敬意の表現。

一一「夏衣」は、「食き米」の隠語的表現。夏衣は、「透き縠」を用いる。「縠」は、目の透いた薄絹。「祭の使」の巻【九】注七参照。

一二「すき」に「(夏の季節が)過ぎ」と「食き」を掛けた表現。

一三 底本「へきよになむ」、未詳。

一四 この「局ども」は、春宮のほかの妃たちの局。瑠璃の壺は四つとあるが、春宮妃は【一〇】には五人いた。

一五「大殿の君」は、左大臣源季明の大君。

一六「姪」とあるが、大君とあて宮は、従妹。ただし、当時、「をひ」「めひ」の呼称は混乱していた。ここは、一族の歳下の女の意か。

一七「よろづの集め子」は、さまざまな男の胤を集めて

毀れぬばかり一八口説ちののしりて、かく聞こえて返し奉れ給へり。[7]季明の大君一九[8]「かうせずとも、二〇頭大きなる子は、多く生み侍りぬべくなむ」とて返し奉る。

后の宮、聞こしめして、うち笑ひ給ひて、「あはれの人や。心憂くものし給ひつるかな」とのたまふ。

二一　五日の産養。

かくて、五日の夜、一院の后の宮より、同じごと、厳めしうし給へり。

所々より、いと清らに、あまた、碁手などいと多くて。上達部・親王たち、いと多くものし給へり。御衣・御襁褓など、皆被[1]き給ふ。

宿した子の意で、あて宮に求婚者が多くいたことを皮肉った言葉。

一八「口説つ」は、名詞「口説」を動詞化した語で、文句を言うの意、参考、『平中物語』「この女の親、気色をや見けむ、口説ち、まもり、いさかひて」。

一九 こんな食き米を飲まなくても。

二〇「頭大きなる子」を多く生むということが、何をいうのか未詳。「頭大きなる子」は、聡明な子をいうか。

一「院の后の宮」は、嵯峨の院の大后の宮。あて宮の母方の祖母。

二二　七日の産養。

七日の夜、春宮より、いと清らに厳めしくて、権の亮[一]を御使にて、御文あり。[1]大宮、御返り聞こえ給ふ。

また、右大将殿[二]より、御前に、紫檀の衝重二十、沈の飯笥・御坏ども、轆轤[三]に挽きて、御衣・襁褓などは、[2]例のごと。

大殿[四]も、劣らずし給へり。

藤中将、白銀の厳めしき瓮に七種[五]の御粥入れて、[3]蘇枋の長櫃に据ゑて奉れ給へり。

源氏[六]の中将、[4]また、さま変へて設け給へり。[5]

内裏・春宮の殿上人、残るもなく集ひたり。上達部・親王たち、さながら劣らず。御前の物、言ふばかりなし。碁手二百五十貫置きて、大きなる櫃に入れて出だされたり。上下、合はせて、二百余人ばかりあり。上臈[七]は五貫、中臈は三貫、下臈は一貫づつ賜ふ。

一　「亮」は、春宮坊の次官。従五位下相当。
二　「右大将殿」は、藤原兼雅。
三　「轆轤に挽く」は、轆轤鉋で削るの意。沈香を轆轤鉋で削って飯笥と坏を作るのである。
四　「大殿」を、同じ源氏の左大臣季明と解する説に従った。右大臣藤原忠雅と解する説もある。
五　「七種の粥」は、『延喜式』巻四〇主水司によれば、米・粟・黍子・薭子・葟子・胡麻子・小豆を入れた粥。七種の粥は邪気を払うものとされた。ここは、七日の産養に合わせて、七種にしたものか。
六　「源氏の中将」は、源涼。
七　【三】の「絵解き」に

夜一夜歌ひののしりて、皆、上達部・親王たちよりはじめ奉りて、[6]清らなる物に、御衣・襁褓添へて被き給ふ。

二三　第一御子誕生の日の儀式。

[一]かくて、大宮、御臍の緒切り給ふ。[二]左大弁殿の北の方[三]御乳つけ、[四]内蔵助のおとど御湯殿、[五]御書式部大輔。御乳母三人、一人は[六]わかんどほり、[2]二人は大弐の娘。

御乳つけに、贈り物、夏冬の御装束、よき絹・綾、箱に畳み入れて、式部大輔に、女の装ひ一具、よき馬二つ、牛二つ。

「中のおとど。帳立て、あて宮、白き御衾着て臥し給へり。乳母も、白き綾の袿一襲、白き綾の裳・唐衣着つつ、歳二十の人、容貌よし。

ここに、[3]人々の奉れ給ひつる物ども、いと多かり。人々、物食ふ。

よれば、「上臈」は上達部、「中臈」は殿上人と五位、「下臈」は六位。

一　臍の緒を切るのは、凶日でなければ、誕生の当日。以下、第一御子誕生の当日の日に戻る。

二　「左大弁殿の北の方」は、源正頼の長男忠澄の北の方。

三　「乳つけ」は、授乳ではなく、新生児の口の中を清めたり、薬を与えたりすること、または、それをする人をいう。多く、母方の縁者がつとめた。

四　「内蔵助のおとど」は、侍女の名。

五　「御書」は、読書のこと。湯殿の儀の時、『孝経』『史記』『礼記』などの一節を読みあげる儀式。

六　「わかんどほり」は、皇族の血を引く人の意。

大宮・女御の君おはす。物参り、打撒[七]したり。式部大輔、書読めり。弁殿の北の方、御乳つけに参り給へり。[八]左衛門尉、弓引き[九]給へり。

ここは、湯殿の所。[一〇]助のおとど、生絹の袿・湯巻[一一]して、湯殿に参る。白銀の瓫[一二]据ゑて、御湯殿参る。御迎湯[一三]、典侍[一四]のおとど参り給ふ。

[一五]これかれ、上達部・親王たち、殿上人、こなたにおはす。白銀の笥に碁手の銭入れつつ、上達部の御前には五笥、殿上人・五位には三笥、六位などには一笥づつ。

これ、宮の[一六]御使には物被けたり。人々立ち給へるに、品々[4]、物被け給へる。」

二四　あて宮、また懐妊して、第二御子を生む。

かくて、月日経て、宮より[一]切に召しければ、師走ばかりに参り

七「打撒」は、精白した米を四方に撒いて、邪気を払うこと。

八「左衛門尉」は、正頼の九男頼澄。

九「弓引く」は、矢をつがえずに弓の弦を鳴らして、魔除けをすること。鳴弦。

一〇「助のおとど」は、注四の「内蔵助のおとど」。

一一「湯巻」は、衣服が濡れることを防ぐために、衣の上に着るもの。

一二この「瓫」は、湯の温度が下がった時に、差し湯をしたり、湯から上がる時に、すすいだりするために湯を入れておくもの。『和名抄』器皿部瓦器「瓫　瓦器也、爾雅云、瓫謂之缶〈音不、訓保度岐〉」。参考、『紫式部日記』「御湯殿は、酉の時とか。……水仕二人、清子の命婦・播磨、取り次ぎて、うめつつ、女房二人、

給ひぬ。
明くる年の二三月より、また孕（はら）め給ひて、男御子（みこ）生まれ給ひぬ。
御産養（うぶやしなひ）、前（さき）の同じごとなり。
しばしありて、春宮に参り給ひぬ。
かくて、時めき給ふこと限りなし。

大木工・馬、汲みわたして、御瓮十六にあまれば、入る」。

一三「迎湯」は、湯殿の儀の際、補佐する役。

一四 この典侍は、いぬ宮が生まれた時にも登場している。「蔵開・上」の巻【二】注六、および「蔵開・上」の巻【三】参照。

一五 以下は、七日の産養の日のこと。

一六「宮の御使」は、春宮の使の権の亮。【三】注一参照。

一 春宮。

二「孕む」の下二段活用の例か。あるいは、「孕み」の誤りか。

三 第二御子は、年内に誕生したのだろう。

あて宮

一　あて宮の入内が十月五日に決まる。

あて宮が春宮に入内なさるのは、十月五日と決まった。

あて宮に求婚なさっていた人々は、このうえなくうろたえなさる。その中でも、源宰相（実忠）と兄上の侍従（仲澄）は、ひどく落胆して、もう死んでしまいそうだとうろたえいらだって、とても悲しいことを書き連ね、毎日のようにその思いを書き尽くして、お手紙をさしあげなさる。しかし、お返事はない。

二　仲澄、あて宮の入内を嘆き、病にかかる。

うろたえいらだつお二人の中でも、源侍従（仲澄）は、心一つに思い詰めて、ひどく落胆して、湯も水も飲まなくなって死んでしまいそうなので、母の大宮が、とても悲しいと思って、「いったいどうしてこれまで以上に弱々しく、死んでしまいそうにおなりになったのですか。あて宮のことを、春宮がしきりにお召しになるので、お断りするわけにはいかないと思っているのです。子どもたちがたくさんいらっしゃっても、中将（祐澄）とあなただけは、春宮からも昇殿を許されたりなどなさっているから、『あて宮が入内なさったら、宮中でも後ろ盾となってほしい。あて宮のことは、あなたにお頼みしたい』と思っているのに、こんなふうに身を破滅させた人におなりになったことが、とても悲しいのです」と泣いて取り乱しなさる。侍従は、ますますつらい気持ちになるが、あて宮への思いは少しも口になさらずに、意識もはっきりせず、息も絶え絶えの状態で、「月日がたつにつれて、ますますこんな状態になるのは、やはり、もう生きていられないのだと思います。私も、『官位をも、人並みにいただくのを見ていただきたい。父上の手助けも、父上がご存命の間はいたそう』と思っておりました。でも、それもできないまま死んでしまいそうなことが、とても悲しいのです。『姉も妹も大勢いらっしゃいますが、寝殿にいらっしゃるあて宮さまに、ぜひお仕えしたい』と思っておりました。『あて宮さまが春宮に入内なさった時には、せめて雑用だけでも務めよう』と思っていたのですが、ちょうどその時に身を破滅させてしまいました。そのことが情けなくて」と、泣く泣く申しあげる。

大宮が、左大将（正頼）に、「侍従が、ほんとうにいつまで生きていられるのかわからない様子なので、どうしたらいいのか困っているのです。どうなることでしょう」。左大将は、「それは困ったことです。どうして、よりによって、侍従は、こんなふうになってしまったのでしょう。私の子どもたちは、どの子も、私の面目をつぶしたり、世間のもの笑いになったりする者はいないのですが、中でも、この侍従は、将来、必ず、出世して、一族を繁栄させ、氏を継いでくれる子だと思っていました。それなのに、こんなふうになったので、とても悲しくてなりません。世の中が、全体的に、とても騒がしいことになっていると聞いています。誰もが、侍従と同じように苦しんでいるそうです。源宰相（実忠）も、『死んでしまいそうだ』と言っているそうです。今年になって、こんなことばかり聞きます。なぜだか、今年は、世の中が騒がしいことになるといって、春の初めから、身分が高い上達部が、精進潔斎をして、金峰山や熊野を参詣するために、熱心に山歩きをなさっています」とおっしゃる。

三　あて宮の入内の準備が進められる。

あて宮の入内の日が近づいた。調度品や装束を、美しく贅を尽くして用意なさる。供人たちのうち、四十人の侍女は、皆、四位の官人や宰相の娘で、髪は背丈よりも長くて、背もほどよくて、字も歌も巧みで、箏の琴と琴の琴を上手に弾き、人との受け答えも見事だ。歳は二十歳を超えたくらいで、皆、ただの絹は一つも交ぜずに、赤い唐綾を着ている。六人の女童は、五位の官人の娘で、歳は十五歳を超えず、容姿も才芸も侍女たちと同じで、装束は、赤い唐綾の五重襲の上の衣に、綾の上の袴、袷の袴、綾の袙を着ている。八人の下仕えは、従者の娘で、手織りの絹は交ぜず、檜皮色の表着に紅葉襲の袙を着ている。ほかに、樋洗ましが二人いる。供人たちは、皆、このようであった。

四　あて宮入内の当日。求婚者たちの悲しみ。

入内する時になって、準備していた数どおりの車が揃う。お供の人が、それぞれの身分に応じて、装束を調えて、日が暮れるのを待っていらっしゃる時に、藤中将（仲忠）のもとから、蒔絵の縁飾りをした箱が四つ贈られてくる。第一の箱には、沈香の挿櫛をはじめとして、さまざまに、髪を梳かすための道具、第二の箱には、立派な仮髻・蔽髪・釵子・元結・彫櫛をはじめとして、これまで見たことがないようなすばらしく仕立てられた、髪を上げるための調度品、第三の箱には、鏡・畳紙・歯黒めの道具をはじめとして一具、第四の箱は、薫物の箱で、白銀の箱に、中国渡来の合わせ薫物を入れて、沈香のご飯の作り物と白銀の箸・香炉・匙、香炉には沈香を灰のようにして入れたり、小さい白銀の炭取には黒方を薫物の炭のようにして入れたりなどして、優美で美しく調えて収めてお贈りする。その中で、第一の櫛の箱に、

　明けても暮れても恋のもの思いをしてきましたが、何も報われないままになってしまったのですね。

と書いて、孫王の君に、夏用と冬用の装束を添えて贈る。使は、これらを置いて、返事をもらわずに帰った。

源中将（涼）は、夏用と冬用の装束を、美しくしつらえて、縁飾りをした四つの沈香の箱

に畳んで入れ、美しい包みに包んで、

人知れず流し続けた紅の涙で染めた袖の色も、あて宮さまが入内なさる今日は、こんなにも深い紅色になったのかと思って見ると、悲しくてなりません。

と書いてお贈り申しあげなさった。

大宮と左大将（正頼）が、それらを見て、「どちらも、言葉で言いあらわせないほど、ほんとうにすばらしい物ですね」と言い、「こんなにすばらしい物を受け取るわけにはいかないし、送り返すとなると失礼です。贈ってくださった物は、ほんとうに見事ですばらしく、入内の際に必要な物です。やはり受け取ることにしましょう」と言ってお笑いになる。

源宰相（実忠）は、あのように死んでしまいそうなほどとてもつらい思いをしたが、あて宮が入内すると聞いてそのままにしておくことができず、兵衛の君に、装束を用意してお贈りになる時に、

昔は、私の胸で熱く燃える火も、声をあげて泣く涙で温くなりました。でも、涙が尽きてしまった今日の悲しさは、抑えることができません。

などと詠んで、「もしあて宮さまにお話しできる機会がおありでしたら、こうお伝え申しあげてください。あなたがこれまでしてくださったことは何もかも忘れてはおりませんが、今は、正常な判断ができない状態です」とおっしゃった。

五　仲澄・実忠、悲しみのあまり気を失う。

こうしているうちに、三条の院では「侍従の君（仲澄）が、人の顔を見てもわからなくなり、死にそうになってしまった」と言って騒ぐ。大宮と左大将（正頼）は、心配して騒ぎながらも、あて宮の入内の準備をお進めになる。

大宮が、侍従がいる局に顔を見せて、「今は、お加減はいかがですか。あて宮の入内の準備のために、看病してさしあげられません」。侍従が、「もう死んでしまうのだと思います。もう一度、あて宮さまにお目にかかることができないままになってしまうのが心残りです」と申しあげる。大宮は、「まあ縁起でもないことを。お亡くなりになるはずはありません。それはともかく、あて宮に、『すぐこちらにいらっしゃい』と伝えましょうね」と言って、「今日は何ごともなく入内させたいと思っていたのに、ああ困ったこと」と思って、涙を流して、あて宮に、「侍従が、とても頼りなく今にも死にそうな様子なので、こちらに来て見舞ってください。これから入内するという時に、ほんとうに困ったことだと思うのですが、侍従が、『お目にかかりたい』と言っていますので」などとおっしゃる。

あて宮は、気が進まないとはお思いになるけれど、大宮がお願い申しあげなさったので、侍従のもとにおいでになる。侍従は、大宮と左大将が住んでいらっしゃる北の対に設けられた局で横になっていらっしゃった。あて宮は、今が、美しい盛りである。背丈は五尺に少し足りないくらいで、容姿はとてもかわいらしく、髪は、美しく調っていて、贅を尽くした黒紫の絹を磨いたように艶々としていて、長く揃った末まですべて見事だ。ほんとうにすばらしい。今日は、いつにもまして、格別にすばらしくお見えになる。あて宮は、兵衛の君と孫王の君だけをお供にしておいでになった。

侍従は、あて宮を見申しあげなさって、すぐには何も申しあげなさらない。やっとのことで、「今日入内なさるのですか。お見送りさえもできなくなってしまったことが残念でなりません。生きてまたお目にかかることは難しいと思います」と、涙を流して申しあげる。あて宮が、「心から進んで入内するわけではありません。何をおっしゃるのですか。そんなに気の弱いことは口になさらないでください」。侍従が、「やはり、もう生きていられないようです。何もかも、心細く悲しいこと」と申しあげる。あて宮は、「そんなに思い詰めなさらないでください」と言ってお立ちになる。その時、侍従は、

　転げまわって泣いて流す涙が、深い紅色の川になって激しく流れて、胸の火で沸きたっています。

と書いて、両手で小さくくしゃくしゃに丸めて、あて宮の懐に投げ入れる。あて宮は、ほかの人に見せてはならないと思って、手に持ってお立ちになった。侍従は、それを見送ったまま気を失って息もしなくなる。

大宮と左大将は、大勢の中でも特に大切な子の侍従がこんな状態になったことよりも、さ

まざまなさし障りを乗り越えて決心なさった入内が延期されることを心配して、「この機会をのがしたら、結局できなくなってしまうのではないか」と心配して、ただどうしていいのかわからなくなって取り乱しなさる。男君も女君も、集まって、「静かにしろ。しばらくの間、このことは誰にも言わないように」と言いながらうろたえて大騒ぎをなさるが、それも知らずに、外では、車を飾りたてて、入内のための準備をしている。誰もかれも何がなんだかわからずに、しっかりとした判断ができる人もいない。

源宰相（実忠）も、あて宮が入内なさってしまうと聞いて気を失っておしまいになったので、源宰相がいる父左大臣（季明）の屋敷では、皆、大騒ぎする。

六　涼・仲忠・仲頼、あて宮の見送りに参上する。

あて宮に求婚なさっていた上達部と親王たちが嘆き悲しんでいらっしゃる中で、源中将（涼）と藤中将（仲忠）だけは、とても悲しいと思いながらも、「世の中は、どうなるかわからないものだ。今回入内なさったとしても、もうこれで終わりだとは思うまい」と、気持ちをしっかり持ってお見送りだけでもしようと思い、三条の院にお出かけになった。

源少将（仲頼）も、長い間すっかり沈みこんでいたが、以前から、「あて宮が入内なさる時には、ぜひお見送りをいたそう。左大将殿（正頼）がなさる催しには、ちょっとしたことでも、いつでも参上していたのだから、こんなに重大なことに参上しないわけにはいかないだろう。私のように人並みでない身で、だいそれた思いを懐いてしまったことが、私の過ちだったのだ」などと思って、三条の院に参上した。

七　仲澄、あて宮の手紙を見て蘇生する。

大勢の人が、三条の院に集まって、車を寄せて、「出発の時刻になりました」と言うが、大宮と左大将（正頼）は、その声をお聞きになった時には、百済藍のような真っ青な顔をしてうつ伏せになって、侍従（仲澄）のために願をお立てになっていた。でも、その効果はない。あて宮は、「母上と父上は、兄上のことを心配してお騒ぎになるし、また、私を入内させたくないと思っていた人たちは、このことをどんな気持ちで聞くのだろうか」などと思って、これまで、侍従が、とても悲しい思いばかりを訴え申しあげても聞き入れようともなさらなかったが、

このままお別れしても、私たちの兄妹の仲は絶えるはずはありません。涙の川は流れても、その行く末があるものだとわかってください。

などと詠んで、

「思い詰めなさらないでください。これまで、私に対する兄上のお気持ちがとても強いことを見て、つらいと思っておりましたが、今は、お気の毒で」

などと書いて、兵衛の君に、「これを、侍従の君にお渡ししなさい」とおっしゃる。兵衛の

君は、「左大将殿と大宮をはじめ、男君たちが隙間なくいらっしゃいますし、侍従の君は、弱々しく死んでしまいそうになっていらっしゃいますのに」と申しあげる。あて宮が、「それでも、ぜひ」と言って、「侍従の君にお渡ししなさい」とおっしゃる。兵衛の君は、「ちょうどいい機会に持って参上して、侍従の君に直接お渡しします」と言う。

大宮が、左大将に、「最近、侍従がこうして苦しんでいるので、陰陽師に占わせたところ、『女性の物の気が取り憑いている』と言いました。今は、どうしたらいいのでしょう」とご相談申しあげなさる。左大将は、忠こその阿闍梨のもとに、手紙をお送りになる。忠こそは驚いて参上なさった。

忠こそを侍従の局の中に呼び入れなさるために、大宮と女君たちがそばを離れなさると、兵衛の君は、あて宮のお手紙を、意識がはっきりしていない侍従の手の中に押し入れて、指の先で、腕に、「これは、あて宮さまのお手紙です」と書きつける。侍従は、すっかり死んだようになっていたが、湯をほんの少しだけ飲み込む。それを見て、左大将は、「忠こその阿闍梨の効験があった」と、とてもお喜びになる。侍従がこうして瞬きをして生きているのを見て、左大将が、「明日は喪に服するために退出することになるとしても、あて宮を今晩のうちに入内させよう」とお思いになって、左大将も男君たちもお立ちになった。その間に、侍従は、あて宮のお手紙を見て、わずかに何か言葉を口にする。それを聞いて、残った大宮たちは、とてもお喜びになる。

八　あて宮、春宮のもとに入内する。

あて宮の一行は、二十輛の車、糸毛の車六輛、黄金造りの車十輛、女童の車二輛、下仕えの車二輛で出発する。御前駆は、四位の官人が三十人、五位の官人が三十人で、六位の官人は数え切れない。誰も、皆、すばらしい人々である。

あて宮は、参内するとすぐに、春宮のもとに参上なさった。お供の方々は退出なさる。

九　仲頼、悲しみのあまり出家する。

源少将（仲頼）は、木工の君に会って、すぐには何も言わずに、とても激しく涙を流す。源少将が、「長年、まことに畏れ多いことに、馴れ馴れしいほどに親しくおつきあいいただきましたのに、何の報いだったのでしょうか、つまらない身に、身のほどをわきまえない恋心がついて、今まで生きていられるとも思われなかったのですが、せめてあて宮さまのお見送りだけでもしようと思って参りました。いやはや。あなたにお会いするのもこれが最後だと思うと、悲しくてなりません」と言って、

もうこれが最後だと思って、思いを振り切って、出家するつもりでいますが、その時には、紅の涙がとまらないものだったのですね。

と言おうとするのだが、それさえもしっかりと言うことなく、とても激しく泣いて取り乱す。

木工の君は、「心細いことをおっしゃることですね。おっしゃるとおり、長年、あて宮さまに愛情をこめてお手紙をさしあげなさっていたことを拝見しておりましたけれど、あて宮さまがこうして入内（じゅだい）なさってしまったことが残念でなりません。ところで、源少将殿には奥さまがいて、いたわしいことになっているとお聞きしています」と言って、

「少将殿だけが、どうして、濃い紅色の涙を流して、出家しようとなさるのでしょうか。

あて宮さまに求婚なさった方々は、誰も涙がとまることがありませんのに。このようなことはよくあることだとお考えください」と言う。

源少将は、言葉にできないほど激しく泣いて取り乱して、家に帰るとすぐに法師になってしまった。

「これは、あて宮が、参内なさるところ。

これは、内裏に着いて、車を立てている。あて宮が、車から下りていらっしゃる。侍女と女童（おんなわらわ）が、連れだって歩いている。

これは、あて宮の局（つぼね）。あて宮が、春宮のもとに参上なさる。靫負（ゆげい）の乳母（めのと）が、その使として来ている。

源少将が、木工の君といろいろと話をしている。」

一〇　あて宮、春宮の愛を一身に受け、懐妊する。

あて宮は、参内なさった日から、春宮のもとに参上なさらない夜はなく、春宮があて宮の局においでにならない日はない。あて宮は、どんなことにも嗜みがあって、巧みでいらっしゃるので、春宮は遊び相手になさる。

今、春宮のもとに入内なさっているのは、左大将（正頼）の北の方の大宮と同じ后腹の妹宮で、小宮と申しあげる方、左大臣（季明）の大君、右大臣（忠雅）の大君、右大将（兼雅）の大君、平中納言の姫君である。このように大勢入内なさっている中で、小宮と右大将の大君だけが、寵愛を受けていらっしゃった。ほかの方々はそれなりの寵愛を受けているが、左大臣の大君は、大勢の中でも特に、歳をとっていて、顔も醜い。春宮の寵愛は受けていない。性格が悪いことはこのうえない。春宮には、御子はまだお生まれになっていない。

あて宮が入内なさってから、ほかの妃たちがいることを意識なさることもなく、毎日続けて、春宮のもとに参上なさる。まれに、ほかの妃たちが宿直をなさる夜は、春宮は、夜が更けるまで、あて宮の局にずっといて、管絃の遊びなどをなさる。

あて宮が、二日ほど間を置いた後に春宮のもとに参上なさった翌朝、春宮は、

　久しぶりにあて宮さまと逢うことができた夜は、春霞が立ちこめて、天の岩戸を隠して、
夜が明けずにいてほしいと思います。

と、声をおかけになる。あて宮は、寝たふりをして、何も申しあげなさらない。

　こうしているうちに、あて宮は懐妊なさった。

「ここは、あて宮の局。ここに、あて宮がいらっしゃる。おそばに、中納言の君十九歳、孫王の君二十一歳、帥の君十七歳、宰相のおもと十八歳、兵衛の君二十歳、ほかに、中将、少弁、小大輔の御、木工の君、少将の御、少納言、左近、右近、衛門などという人が、とても大勢いる。女童などが、あて宮の前にお仕えしている。左大弁（忠澄）が参上なさっている。そこに春宮がおいでになって、箏の琴を弾いたり、あて宮と碁を打ったりなさる。

　父の左大将が、あて宮の局に参上なさった。春宮がおいでになっている時で、「さあ、こちらへ」などとおっしゃったので、左大将は春宮の前に参上なさる。春宮が、左大将にいろいろとお話などを申しあげて、「仲澄は、どうして長い間参内しないのですか」。左大将が、「仲澄は、ここのところ、どういうわけか、病にかかって、宮仕えをせずにおります。ありとあらゆる神仏に願を立てて祈ったのですが、今となっては助かりそうもありません」。春宮が、「いたわしいことですね。朝廷にお仕えして重責を担うことになる者だと思っていましたのに。実忠の朝臣も、病気にかかっていると聞きます。不思議なことだ。親がかわいがっているご子息たちが、どうして同じように病気にかかっているのでしょう」とおっしゃる。」

る。

一一　翌年の二月中旬、初庚申。

二月の中旬、年の初めの庚申の日に、春宮の妃たちは、それぞれの局で、庚申待ちをなさる。

あて宮は、その前から、殿上の間と帯刀の陣に果物を届けようと思っていらっしゃったので、ちょうどいい機会だと思って、父の左大将（正頼）にお願いしてお贈り申しあげなさる。春宮の食膳には、黄金の御器に糸状の黄金で象嵌して、白銀の折敷三十、黄金の御器、食膳の打敷は、花文綾に薄い絹織物が重ねてある。檜破子五十荷と普通の破子五十荷。檜破子は、左大将の婿君たちの所で用意なさる。普通の破子は、左大将にお仕えする受領たちにお命じになったので、受領たちがご用意する。据物は、三条の院の政所から、飯が四石ほど入る櫃の木の櫃十、朴の木に黒柿の脚をつけた中取り机十に載せ、一尺三寸ほどのわたき（未詳）の盌に、生物・乾物・鮨物・貝物を、こんもりと美しく盛って、はまひとはき（未詳）の脚をつけた立派な皿に載せて、一石入る樽十に酒を入れ、碁手として、銭三十貫、紙と筆を食台に積み、さまざまな色の色紙を積んだ高坏が十、さらに、蘇枋の食台に、檀の紙・青紙・松紙・筆などを積んである。被け物は、女の装束や白張袴などが用意された。左大将と男君たちが参上なさった。用意された物を一度に持って連れだって参上する様子は、すばらしい見物である。

帝（朱雀帝）のもとからも、色紙を透箱に入れて、上等な果物や、酒殿の酒などを取り寄せて、蔵人の木工助を使にして、「これは、ただのそ命（未詳）です。安産のための肖りものにしていただきたいと思ってお贈りします」などと言ってお贈りになった。

源中将（涼）のもとから、沈香の破子十荷を、中に、白粉を篩にかけてご飯に見立てて入れて、敷物や袋などを美しく仕立ててお贈り申しあげなさった。また、藤中将（仲忠）は、白銀の透箱十に合わせ薫物、沈香の鶴の文様を透かし彫りにした透箱に筆と黄金の硯瓶などを入れ、さらに、唐の錦で覆った立派な沈香の箱に、白銀と黄金で象嵌した碁盤と、白銀の碁石笥に盛った、白瑠璃と紺瑠璃で作った碁石、また、同じように作られた双六盤と双六の道具、ほかに、趣向を凝らして、白銀で作った碁手の銭を、同じ白銀の箱に入れてお贈り申しあげた。左大将が、それらを見て、「信じられないほど、手がこんだことをなさる中将たちだなあ」とおっしゃる。

局の内に用意された調度などは、しかるべき方にお贈り申しあげなさる。夜には、破子三十荷ほどと、藤中将がお贈りした透箱一具をそのまま、春宮の台盤所にさしあげなさる。破子や碁手なども加えてある。嵯峨の院の小宮のもとには、三条の院で用意された箱に、檜破子を加えてさしあげなさる。春宮の殿上の間をはじめとして、春宮の御殿の内や、所々の帯刀の陣まで、破子や碁手の銭などを美しく用意してお贈りになる。帝の殿上の間と蔵人所まで、また、侍従所と近衛府の陣まで、中取り机や立派な皿に載せて、碁手の銭と紙をあちらにもこちらにもお与えになった。

あて宮は、帝の使の蔵人に、白張袴を被け、帝に、「そまう（未詳）のお下がりをたくさんいただきましたが、このような安産のための肖りものは、時機を逸することなくいただけたらよかったのにと思って見ております」とお返事申しあげなさる。中将たちの使にも、白張袴を被けて、お礼を言いに行かせなさる。

一二　庚申の夜、あて宮の局で、人々歌を詠む。

帝のもとにも春宮のもとにも、殿上人が、集まって、攤を打ったり、管絃の遊びをしたりしている。あて宮の局は春宮の御殿のすぐ近くなので、春宮がおいでになると、あて宮は起き上がっておすわりになる。春宮が、「ああ眠らずにいたのですね」などとおっしゃる時に、雁が多く連れだって飛んで行く。春宮は、「この雁は、どこへ行くのか」とお尋ねになる。

藤中将（仲忠）が、

　連れだって飛んで行く雁の鳴き声を聞いていると、充分に満足することがないまま、春の宮から帰って行くのだと思います。

春宮が、

　充分に満足することがないまま別れて行く雁に手向けるためには、散る花を錦として縫いつける間もありません。

左大将（正頼）が、

鶯は、春になって時間が惜しいので、雁のために手向ける錦も縫いつけずにいるのでしょうか。

源中将（涼）が、

北へ帰って行く雁が羽ばたく時の風によって散る花を、雁は、自分のために手向ける錦だと思って見るのでしょうか。

左近中将（実頼）が、

古里へ翼を休めずに飛んで行く雁も、今夜は、この御殿を通り過ぎることができずに鳴いているのが聞こえます。

左兵衛佐（顕澄）が、

白雲は、雁に手向けるための錦だと思って、山の稜線に吹く風によって乱れるように織っているのでしょうか。

左近中将が、

別れてばらばらになって飛んで行く雁の古里では、今は、天の羽衣を縫っているのでしょうか。

右近中将（祐澄）が、

花を折って楽しんだ春は過ぎてゆくけれど、誰も、鳴きながら帰って行く雁の数に関心を持っていないのですね。

左衛門佐（連澄）が、

空に浮かんでいる雲は、鳴きながら帰って行く雁と行き違って、どこで待っていると約束しておいたのだろうか。

などと、どなたもお詠みになって、翌朝、方々に女の装束を被ける。夜が明けると、食膳をすぐに用意させなさる。源中将から贈られた沈香の破子を、半分の五荷は、仁寿殿の女御のもとへさしあげなさる。

「ここに、あて宮がいらっしゃる。上臈の侍女たちも、とても大勢いる。檜破子・すみ物（未詳）・透箱が、とてもたくさん置かれている。

左大臣（季明）の大君の局。あて宮の局のすぐ近くにある。大君が、あて宮の局で殿上人たちが騒いでいるのを聞いて、「今夜は、いつものように、来ているのは夏犬たちだから、集まって咬み続けているのではないか」。また、被け物をもらっているのを見て、「狸が、衣をたくさん持って、裕福になっていること」などと言ってすわっていらっしゃる。こちらでは、庚申待ちをなさらない。上臈の侍女たちは、薄汚れた白い衣と、薄色の裳などを着て、四人か五人ほどすわっている。大君は、三十歳ほどで、顔も醜い。いかつい感じで太っていらっしゃる。ここに、左大臣と殿上人が三十人ほどいらっしゃる。左大臣が被け物を与えていらっしゃる。

これは、右大将（兼雅）の大君の局。大君は、嵯峨の院の女三の宮がお生みになった御子で、十八歳、顔も美しい。上臈の侍女たちが二十人ほど、皆、裳と唐衣を着てお仕えしている。庚申待ちをなさっている。春宮の殿上の間に、破子二十荷、碁手として銭二十貫をお届けなさる。上品で美しくお作りになっている。青い透箱に、陸奥国紙と青紙などを積んでお届けになる。

これは、嵯峨の院の小宮の局。小宮がいらっしゃる。二十歳。上臈の侍女たちが、とても大勢いる。侍女が十五人、女童が四人いる。庚申待ちをなさっている。

これは、平中納言の姫君の局。姫君は、十六歳で、顔は、とても美しい。兄弟の蔵人の式部丞がいる。姫君が、「あて宮さまは、すばらしい方ですね」。式部丞が、「あて宮さまは、格別な方です。誰も、横に並ぶことなどおできにならないでしょう」と言う。」

一三　人々、出家した仲頼が籠もる水尾を訪れる。

源少将（仲頼）は、山に籠もった日から、穀物と塩を断ち、木の実や松の葉を食べて、六時の勤行を休まず勤めて、涙を海のように湛え、嘆きの木を山のように生やして嘆き続けているので、それを聞いて、帝をはじめとして、誰もが惜しみ悲しむ。その中でも、左大将（正頼）は、「何か思うことがあったのだろう。気の毒なことだ」などとおっしゃる。

殿上人と、左大将の男君たちが、使を遣るのではなく、ご自分たちで、高い山を捜し求めて訪れなさる。また、藤中将（仲忠）・源中将（涼）・兵衛佐（行正）などは、親しく管絃の遊びをした仲間でいらっしゃった源少将のことを恋しく思って、花を摘む目的も兼ねて、水尾においでになった。

源少将は、喜んで会って、いろいろとお話などする。人々は、皆、涙を落とす。藤中将が、「少将殿は、どうして、こんなふうに、思いもかけない出家姿でいらっしゃるのですか。私たちは、片時もこの世で生きていられる気もしないのですが、親にお仕えしたいと思う気持ちが強いので、しばらく宮仕えを続けております。でも、こうしたお姿を拝見いたしますと、何はともあれ悲しく思います」と言って、

私も、いつどうなるかわからない身ですから、出家なさったお姿を拝見していると、涙が川となって流れるのです。

源少将が、

かなわぬ恋のために煩悩でこの世の中を思い詰めた心が、私が深い山辺に入る道案内だったのです。

源中将が、

昔は、蝶や鳥が楽しそうに飛びまわっていた、花のように美しいあなたの袂に、奥深い山の苔が生えることになるとは思いませんでした。

と詠んで、皆で泣きながらいろいろな話をして帰った。

左大将の男君たちがおいでになった際にも、源少将は、お会いになり、いろいろとお話なさる。源少将は、男君たちがお帰りになる時に託して、あて宮のもとに、

「紅の涙で染まった私の袖が、あて宮さまとの形見だと思っていました。でも、今は、さらに激しく流れる涙が、この袖を黒く染めています。

この墨染めの衣しか形見がないことが、悲しくてなりません」

などとお手紙をさしあげなさった。

あて宮は、「どうしてこんなふうになったのだろう。手紙をくれた時、返事もしないままになってしまったから、こんなふうに悲しいことになったのだ。もう返事をしてもかまわないだろう」と思って、

もうこれまでだと思って、出家して、深い山辺に住み始めなさると、墨染めの衣の袂は濡れることがないものだと聞いていました。

とお返事をなさった。

源少将は、その手紙を見て、涙を流し、ひれ伏して手紙を拝んで、「私が、長年、毎日お手紙をさしあげたのに、一言のお手紙もくださらなかったし、お顔さえ見ることもなかったけれど、私が入った仏の道が尊いので、そのおかげで、あて宮さまが入内なさった後に、一行であっても、お手紙を見ることができるのだ」と思って、大切な宝物にするにちがいない。「水尾。木が高く繁った山の頂に、水を引くための樋をかけて、庵などが立っている。その

中に、風情ある道が通っている。

ここに、殿上人がおいでになっている。源少将が、美しい麻の衣を着てお会いになっている。山の上から、大きな滝が、庵の前に落ちている。弟子は一人いて、源少将が、若い時から、いつも身近にお使いになっていた者である。童子は一人いて、それも、殿上の間でお使いになっていた者である。色とりどりの花の木が、繁っている。小鳥は、その花のそばに集まって囀っている。

源少将が、堂を美しく調えて、仏の名号を唱えている。櫟や橡を、鉢に入れて、食事をさせている。」

一四　実忠、小野に隠棲する。

源宰相（実忠）も、あて宮が入内してしまったと聞いて、生きる気力もなくなってしまったので、その夜のうちにと思って、坂本の小野という所にある家に来て、大願を立て、ありとあらゆる神仏に、あて宮のことを恋い慕いながら泣いて取り乱してお祈りになったので、ようやくのことで息を吹き返したけれど、これまでとは違って、宮仕えもせずに、ただ何もすることがないまま月日を過ごしていたが、悲しくてならないので、小野から、兵衛の君のもとに、

「私の身は、こうしてこの世から消えてしまいそうになっているのに、長い年月燃え続け

ているあて宮さまへの思いの火は、消えることがないのですね。

いつになったら、私の心が慰められるのでしょうか。ああつらいことです」

と手紙をさしあげた。

あて宮は、その手紙を読んで、気の毒だとお思いになるけれど、何もおっしゃらない。

源宰相は、悲しく思われたので、三月の下旬に、

口に出して言うと、塵となって砕ける私の魂に、あて宮さまへの深い思いがついた時から、それまで入江の床で長い年月一緒に住んでいた鴛鴦の行く方も知らず、その鴛鴦との間に生まれた二人の子がどうなったのかも考えることなく、死ぬようなつらい思いをし、涙を流して過ごしてきて、あて宮さまのお気持ちが私に向いてくださるのを、今か今かと期待して待っていましたが、それももうかなわないと思った日から、小野の山里で一人もの思いにふけって、一面に芽ぶく深い山辺を見ながら、恋の思いが燃え続けています。いっぱいになった涙は袖が漏れるまであふれていますが、もうお会いする機会を求めるすべもありません。今はどうにもならない気持ちがして、これまでのことを考えると、なんだか悲しい思いです。

などと手紙をさしあげたけれど、お返事はない。

源宰相は、このようにお返事も期待できず、あて宮のことをまったくお忘れ申しあげることのないまま、さまざまな折に、これまでと同じようにお手紙をさしあげた。源宰相は、宮

仕えもせず、春宮のもとにも参上せずに、小野でもの思いにふけっていらっしゃった。

［ここは、源宰相が小野に籠もっていらっしゃる。兄の左近中将（実頼）はおいでになっている。左大臣（季明）はお手紙をお贈りになる。］

一五　仲澄、ついに亡くなる。

侍従（仲澄）も、あて宮が入内なさった日にお亡くなりになってしまったけれど、あて宮の手紙のおかげで生き返ることができた。それでも、あて宮への思いは、月日がたつにつれてつのり、体は衰弱して、生きていられそうもないと思われるので、あて宮に、

「楲を流れ出ても、水の泡は結局はとまることがなかったのですから、水の中に隠れていればよかったのですね（うち明けても、結局はかなわない思いだったのですから、心の中に秘めておいたほうがよかったのですね）。

思いをお伝えせずにはいられぬ気持ちで、お手紙をさしあげ始めたのですが、そのために、こんなふうにまでなってしまいました。わが身はほんとうにとてもいとわしいので、私が死んだ後でもいいから、私のことを思い出してください。いやはや。あて宮さまのためには、私の身が破滅してもなんとも思いません。もう一度お会いすることができないままになってしまうと思うと、心残りです」

とお手紙をさしあげなさった。

あて宮は、この手紙を見て、「兄弟たちの中でも、ぜひ頼りにしたいとお思い申しあげていた兄上が、私には理解できない思いを持っている様子が見えたので、つらいとお思い申しあげていたのに、こんなふうに心細いお手紙をくださるとは。嘆かわしいことだ。どうして、よりによって、この兄上から、こんなふうなお気持ちを持たれたのだろう」などと思って、

「私たちは、同じ野に置いた露のように、二人とも消える身ですが、兄上が私より前（さき）に消えることになると聞くと、つらくてなりません。

このようなお手紙をいただくのも、いたわしい思いです」

とお返事をさしあげなさる。

侍従は、読んで、このお返事を小さく丸めて、湯で飲み込んで、紅（くれない）の涙を流してお亡くなりになった。屋敷の内は大騒ぎになって、取り乱して、これ以上ないほど、侍従を恋い焦がれなさる。

あて宮は、それを聞いて、とても悲しいとお思いになる。「私のことをこれほどまでに思ってくださっていたのに、長年、つらい思いを訴えていらっしゃった時に、どうして返事をしなかったのだろう。いつ死ぬかわからないこの世で、私のことを、冷淡だとお思いになったことだろう」などと思って、激しく泣いて、春宮に、「ぜひ退出したい」とお願い申しあげなさる。春宮は、「変ですね。どうしてそんなにお思いになるのですか。左大将殿（正頼）には、御子が大勢いらっしゃるのですよ。そんなにお嘆きにならないでください。喪服

などは、少しの間退出してお召しになればいい」などと申しあげなさる。けれど、それでもなお、あて宮は、侍従がいつも申しあげなさっていたことばかり思い出されて、このうえなくとてもいたわしくお思いになる。

一六　真菅、帝に愁訴し、伊豆に流される。

治部卿(じぶきょう)（真菅(ますげ)）は、あて宮さまのためにと思って、家を造り、調度を用意して、自分で勝手に吉日を選んで、あて宮を迎えるために、子どもたちや家人を引き連れて出発しようとなさる。

ある人が、「あて宮さまは、春宮のもとに入内(じゅだい)なさってしまいました」と言うと、屋敷の内が大騒ぎになって、治部卿は、怒(おこ)って腹を立てて、「たとえ帝(みかど)や大臣でいらっしゃったとしても、多くの人が、妻に迎えたいと心に決めて、結婚のために、家を造り、閨(ねや)を建てて、その日を待っている間に、入内させることなどあってはならないはずだ。私は、ふがいない身ではあっても、自分の妻にと思っていた女を他人が望んだとおりにさせるわけにはいくまい。今の世は正しく政治が行われているのだから、朝廷に訴え申しあげよう」と言って、訴状を作り、文挟(ふみばさ)みに挟んで、家を出ようとなさる。大勢の子どもたちは、少将（和正(かずまさ)）をはじめとして、「私たちは、朝廷にお仕えして、官位の昇進を望んでいますが、それは父上お一人のためです。このようなとんでもないことを訴え申しあげなさったら、地方か国境(くにざかい)までも追い払われ、流罪の罪ともなることでしょう。もしそうなったら、どうしたらいいのでしょう」と、手を擦り合わせながら申しあげる。治部卿は、太刀を抜こうとして、「おまえたちの首を、今すぐに切ってやる。おまえは、私が敵だと思っている左大将（正頼）の御方になって、私をだまそうとする奴だ」と言って、太刀を抜いて刃を光り輝かせて、次から次へと追い払う。その後、冠を頭の後ろのほうにかぶり、上の袴を裏返しに穿き、袴の片ほうに二本の足を入れて、夏の袍に冬の下襲を着て、靫を背負って、飯匙を笏として手に持ち、片足に沓、片足に草鞋を、前後逆さまに履いて、歩いて参内して、帝が紫宸殿に出ていらっしゃった時に、立ったまま、白い髪と髭の中から紅の涙を流して、訴状をさし出して訴え申しあげる。

　帝がこの訴状を御覧になると、言いようもないほど理不尽なことが書かれている。帝は、驚いて、治部卿を伊豆の権の守、少将を長門の権の介に、ほかにも、蔵人の式部丞など、多くの子どもたちを、流罪にして、罰を与えて追い払いなさる。少将は、とても激しく泣いて嘆く。

「ここは、治部卿が、腹を立てて、太刀を抜いて、子どもたちを追い払っているところ。娘たちは、立って跳ねまわって、ひどく怖がって泣いている。六人の男君と四人の女君が、手を擦り合わせて、治部卿に訴えている。

　これは、治部卿が流罪になって護送されているところ。人々は、馬や車に乗って行く。子どもたちは、結鞍を置いた馬に乗って行く。検非違使の尉や佐などに命じて、都から追放した。」

一七　高基、家を焼いて山に籠もる。

致仕の大臣（高基）は、あて宮が入内なさったことを聞いて、水も飲まず、泣く泣く、「私は、昔から、食うべき物も食わず、着るべき物も着ずに、この世で非難を受け、国中で悪名を広めて財産を貯えてきた。それは、いつか死ぬことになる命ではあるが、財産を持っている人は、実現困難なことであっても、思いどおりになるからだ。今は、大臣の位をみずから捨てて、あて宮さまを妻に迎えることばかり考えてきた。その願いがかなわないなら、もう、私は財産を持っていてもしかたがない」と言って、七条の屋敷と四条の屋敷をはじめとして、次から次へと火をつけて、あっという間に焼き払って、山に籠もってしまった。

一八　あて宮退出。春宮と頻繁に歌を贈答する。

あて宮が退出なさった翌朝、春宮は、春宮大進を使にして、

「夜の間も、どう過ごしていらっしゃるのかと、気にかかっていました。急いで退出なさったものですね」

と書いて、

夕方になると、咲いていた花（あて宮）もここを離れて行ってしまったために、秋の夜の露（春宮）は心が消え入りそうな思いをしています。

とお手紙をお贈りなさった。

あて宮は、

色とりどりの美しい花の中にある白露（春宮）は、萩の下葉（あて宮）を思い出すこともないでしょう。

とお返事を書いて、使の大進に、紫苑色の綾の細長と袴一具を被けなさる。

月が変わって、また、春宮から、

お逢いすることもないまま月日を隔ててしまいましたが、私は、以前は、どうして二人を隔てる衣ばかりを恨んでいたのでしょう。

あて宮は、

春宮さまは、私との間に年月も衣も多く隔てたとしても、心だけは隔てを置かずにいてほしいと思います。

また、春宮から、

あて宮さまが私から離れたままこうして長い間がたちましたが、私の衣の袖からも、毎日、あて宮さまがお帰りになるのを待って流す涙が滝のように落ちています。

あて宮は、

私のことを待って滝のように涙を落としているとおっしゃっても、私は、ここをたにねをととめてし（未詳）別れると思うと、春宮さまのことを、あてにすることはできません。

とお返事をさしあげなさる。

一九　十月一日、あて宮、第一御子を出産する。

あて宮の産屋のしつらいは、お仕えする侍女も女童も、皆白い装束を着て、全体が白一色になっている。母の大宮なども、皆、東北の町の寝殿に来て、御子の誕生を待っていらっしゃるうちに、十月の一日に、男宮がお生まれになった。

春宮から使が何度もあり、帝も后の宮もお喜びになる。后の宮は、春宮の母で、右大臣（忠雅）と右大将（兼雅）などの姉妹でいらっしゃる。

二〇　三日の産養。

春宮は、二十歳におなりになる。后の宮は、ほかの妃たちが春宮に入内なさって長い年月がたったのに、まだ御子がお生まれになっていないことを嘆いていらっしゃったので、親しい仲の所にお生まれになったことなどとお喜びになって、御子が生まれて三日目の夜、后の宮から、産養の品として、白銀の透箱十に御衣十襲と産着十襲を入れ、沈香の衝重二十に、白銀の箸と、同じ白銀の匙と坏を載せてお贈りする。すみ物（未詳）は、とても豪華だ。碁手として、銭百貫を、大きな紫檀の櫃に、紐からはずして入れて、后の宮は、中宮亮を使にして、大宮のもとに、

「今まで待ち望んでいた御子の誕生を、真っ先にそちらからお始めになったことを、思いがかなった気持ちがして、うれしく思っております。とてもうらやましそうにしている方々に、安産のための肖りものにさせましょう。食き米のお下がりを、少しお送りください。ところで、この碁手の銭は、眠らずに起きている人々の眠気覚ましにと思ってお送りいたします」

とお手紙をさしあげなさった。使の中宮亮に女の装束、産養の品を持って参上した男たちに絹や布などを、それぞれの身分に応じて与えて、大きな黄金の壺に、頼まれた食き米を一壺入れてお送り申しあげなさる。

大宮は、后の宮に、

「お手紙をいただいて恐縮しております。今まで待ち望んでいた御子が、真っ先に、こちらにお生まれになったことを、とても光栄に思っていたのですが、『思いがかなった気持ちだ』と言ってくださったことを、ほんとうにうれしく思っております。送っていただいた食き米は、夏もずいぶんと過ぎ、こちらでたくさん食べて、残り少なくなってしまいました。へきよになむ（未詳）」

とお返事申しあげなさる。

后の宮は、贈られた食き米を小さい四つの瑠璃の壺に入れて、春宮の妃たちの局に、「これを、安産のための肖りものにしなさい」と言ってさしあげなさる。嵯峨の院の小宮をはじめとして、皆お食べになった。使に被け物を与えて、親しみをこめたお返事をさしあげなさったが、妃たちの中で、左大臣（季明）の大君は、食き米を投げ散らして、「そんな姪の食べ残しをほしい者などいない。さまざまな男の胤を集めて宿した子を生んで、『春宮の御子だ』と言うと、どなたも、ほんとうなのかと信じて大切にしていらっしゃる」などと、局が壊れんばかりに大声で文句を言って、「こんなことをしてもらわなくても、頭が大きな子を、私も大勢生むことはできます」と書いて、食き米をお返し申しあげなさる。

后の宮は、それを聞いて、笑いながら、「嘆かわしい人だ。情けなくていらっしゃいますね」とおっしゃる。

二一　五日の産養。

五日目の夜は、嵯峨の院の大后の宮から、同じように、豪華な産養の品々をお贈りくださる。

ほかの方々からも、贅を尽くした産養の品々がたくさん贈られ、碁手の銭などもとても多い。上達部と親王たちが、ずいぶん大勢来ていらっしゃる。皆、御衣や産着などを被け物としていただきなさる。

二二　七日の産養。

七日目の夜には、春宮から、贅を尽くした豪華な産養の品々をお贈りくださって、春宮の権の亮を使として、あて宮へのお手紙もある。あて宮に代わって、大宮がお返事をさしあげなさる。

また、右大将（兼雅）から、あて宮のもとに、轆轤で削った沈香の飯笥と坏を載せた紫檀の衝重二十をお贈りになって、御衣と産着などは、恒例に従っている。

左大臣（季明）も、誰にも劣らず産養をなさる。

藤中将（仲忠）は、白銀の大きな瓮に七種の粥を入れて、蘇枋の長櫃に載せてお贈り申しあげなさる。

源中将（涼）もまた、産養の品を趣向を凝らして用意なさった。

内裏と春宮の殿上人は、一人残らず、産養の宴に集まった。上達部と親王たちも、それに劣らず、全員がお集まりになった。贈られた産養の品々は、言葉にならないほどすばらしい。碁手の銭二百五十貫を置いて、大きな櫃に入れて、人々の前に出されている。身分が高い人も低い人も、合わせて、二百人以上いる。銭を、上﨟には五貫、中﨟には三貫、下﨟には一貫ずつお与えになる。人々が歌を詠んで一晩中盛り上がって、上達部と親王たちをはじめとして、皆、豪華な被け物に、御衣と産着を加えていただきなさる。

二三　第一御子誕生の日の儀式。

ところで、御子がお生まれになった時には、大宮が、臍の緒をお切りになった。左大弁（忠澄）の北の方が乳つけの役、侍女の内蔵助が湯殿の役、式部大輔が読書始めの役を務める。乳母は三人いて、一人は皇室の血筋を引く人で、一人は大宰大弐の娘である。

乳つけの役を務めた左大弁の北の方には、畳んで箱に入れた、夏用と冬用の装束と、美しい絹と綾、式部大輔には、女の装束一具と、立派な馬と牛を二頭ずつお贈りなさる。

［寝殿。帳台を立てて、あて宮が、白い衾を体にかけて横になっていらっしゃる。乳母たちも、白い綾の袿一襲を着て、白い綾の裳と唐衣をつけている。乳母たちは、二十歳で、顔が美しい。

ここに、人々がお贈り申しあげなさった産養の品々が、とてもたくさんある。侍女たちが食事をしている。

大宮と仁寿殿の女御がいらっしゃる。お二人に食事をさしあげて、打撒をしている。

式部大輔が、漢籍を読んでいる。左大弁の北の方が、乳つけをするために参上なさっている。左衛門尉（頼澄）が、魔除けのために弓を引き鳴らしていらっしゃる。

ここは、湯殿の儀式をしている所。内蔵助が、生絹の袿の上に湯巻をつけて、湯殿の役を務めるために参上する。白銀の瓮を置いて、湯殿の儀式をしてさしあげる。迎湯の役は、典侍がお務め申しあげなさる。

上達部と親王たち、殿上人が、皆、こちらに来ていらっしゃる。白銀の器に碁手の銭を入れて、上達部の前には五つ、殿上人と五位の官人たちの前には三つ、六位の官人の前などには一つずつ置かれている。

ここでは、春宮の使には被け物を与えている。人々がお帰りになる時に、それぞれの身分に応じて、被け物をお与えになっている。」

二四　あて宮、また懐妊して、第二御子を生む。

月日がたって、春宮からしきりにお召しになったので、あて宮は十二月ごろに参内なさった。

翌年の二月か三月から、また懐妊なさって、男御子がお生まれになった。産養は、第一御子の時と同じようになさる。

しばらくして、春宮のもとにお戻りになった。

あて宮は、このうえなく寵愛をお受けになる。

内侍のかみ

この巻の梗概

この巻と次の「沖つ白波」の巻は、あて宮の春宮入内という結末を受けて、ほかの求婚者たちの処遇を語ることで求婚譚に決着をつけながら、物語の新たな展開を模索する巻である。この巻では、清原俊蔭一族の家の物語を復活させるとともに、結ばれることのないまま終わった男主人公藤原仲忠と女主人公あて宮との関係を物語のなかで持続させてゆくが、また、「沖つ白波」の巻で語られる仲忠と朱雀帝の女一の宮の結婚に先立って、今まで物語にほとんど登場することがなかった女一の宮をあて宮以上の存在としてどのように物語に位置づけるのかを語る。

朱雀帝は、あて宮が春宮のもとに入内したことで、仲忠を女一の宮と結婚させようと、仁寿殿の女御に相談する。七月、相撲の節のために相撲人が集められた。相撲の節の夜、帝との碁の勝負に負けた仲忠は、帝の要請で、母を参内させる。帝は、仲忠の母に、変わらぬ思いをう

主要登場人物および系図（内侍のかみ）

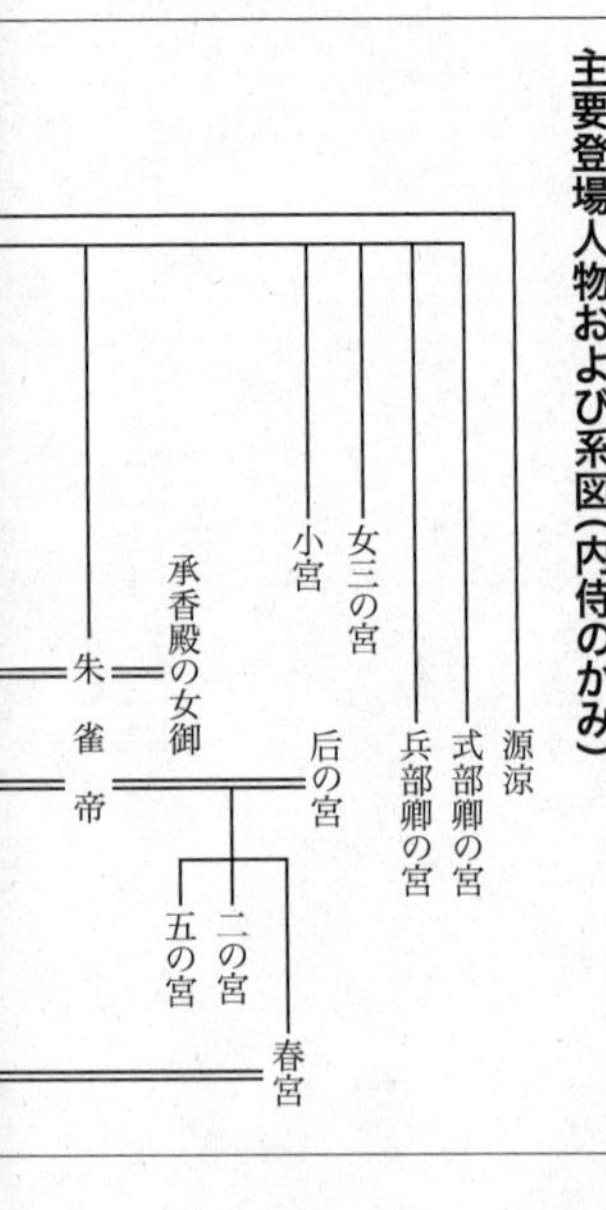

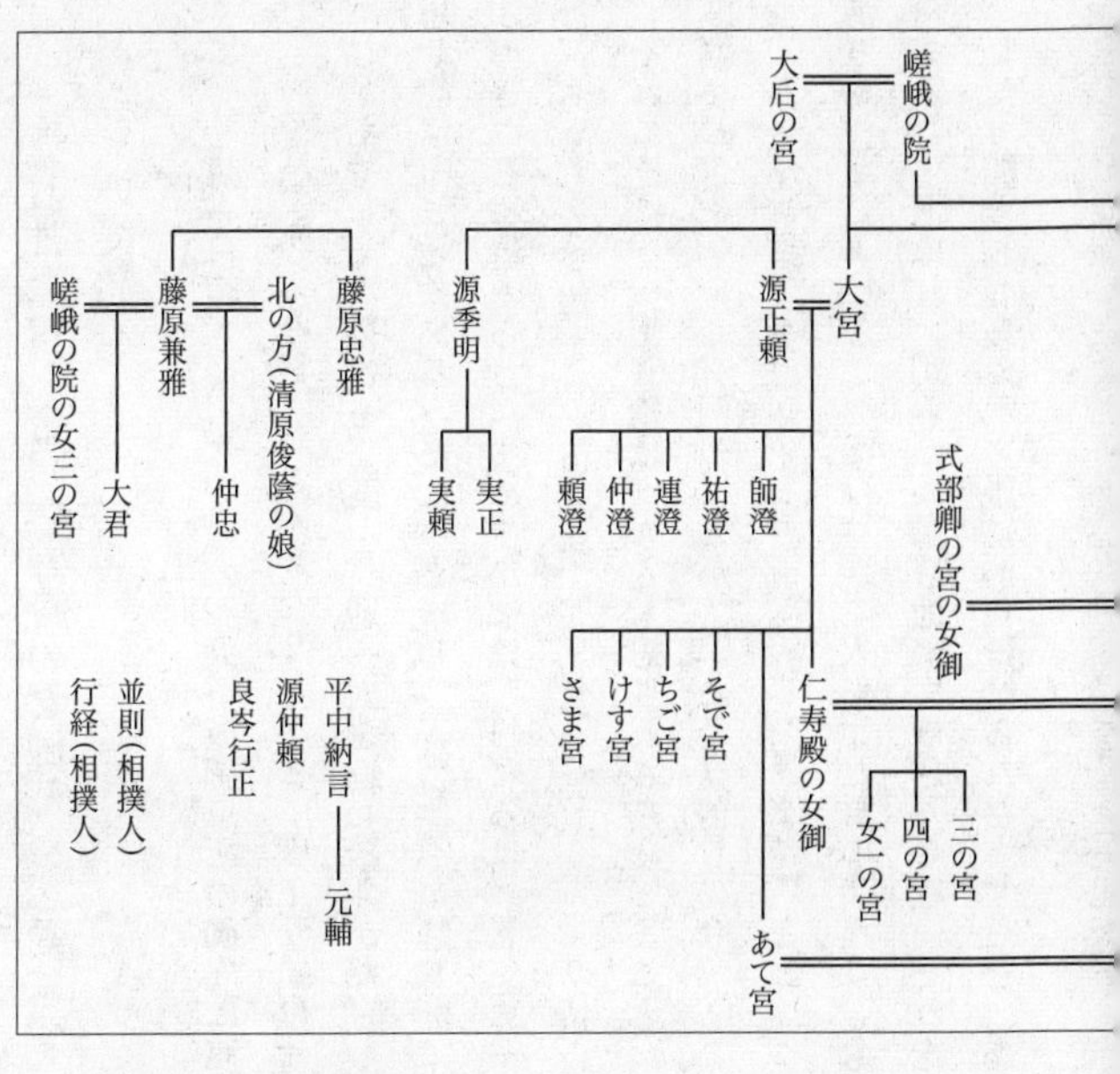

ち明け、琴を弾くことを求める。仲忠の母が弾く琴に感動した帝は、仲忠の母を、「私の后」として、尚侍に任じた。

なお、この巻には、底本をはじめ、諸本に共通して、錯簡が存在する。これまでの研究の成果によって、錯簡を訂して本文を立て、錯簡の箇所を▲▼で示した。ただし、この錯簡が偶然の綴りまちがいかどうかは、なお問題が残る。

一　七月上旬、帝、仁寿殿の女御と、恋愛について語る。

▼かくて、七月一日頃、帝、仁寿殿の、大将の御息所の御局に渡り給ひて、「などか、昨夜、蔵人奉りたりしかど、参上り給はずなりにし。あやしく、日ごろ、度々、迎へ人を返し給ふかな。もし、思し怨ずることやある。あないとほし」。御息所、「怨じ聞こえさすべきことや侍るらむ。まめやかには、日ごろは、暑気にや侍らむ、あやしく、悩ましく思ひ給へられてなむ、参上り侍らぬ」。「それこそは、参上り給はば、さも思されざらめ。まこと、なでふ悩ましさぞ。もし、例のことか」。「あな見苦し。今は、よにも」。上、「などか、今はせずとも思はむ。『夏水の』といふこともありや。まことに、この頃は、さる人あまたものすなり。ものし給ふらむ。あはれ、馴らはぬ御心地も思ほさるらむ。それをなむ、ただ今聞きわづらふ」。「誰にか負ほせせられむとすらむ。あ

▼底本九丁裏九行目の途中から。

一「大将の御息所」は、左大将の娘である御息所の意。仁寿殿の女御のこと。

二 この「蔵人」は、帝の夜のお召しを伝える女蔵人。

三「暑気」は、暑気あたり。参考、『落窪物語』巻三「女君は、暑気にや、悩ましうて見給はねば」。

四 清涼殿に「参上り給はば」ということ。「暑気」に対して、「清涼殿」を、清く涼しい殿として言って切り返した表現。

五「例のこと」は、懐妊をいう。

六「夏水の」、引歌未詳。夏草に隠れた水のように、ひそかに愛し合っているの意のたとえか。

七「相盗人」は、夫の目に隠れて愛し合っている人

やしや。いまだ、負ほせ人やはある」。上、「あぢきなの相盗[七]人や」。いらへ（仁寿殿）、「さらにこそ知り給へね。げに、何ごとならむ」。（帝）「げに、知り給はずや。[八]つれなく、なものせられそ。かくのたまはむからに、[九]右大将疑はむ」。御息所、「まして、これこそ。人の上にても、空言と思ほえぬ」。上、「あやしう心憎く労ある人なればこそ。[一〇]さ見つつある、異人は難からむかし。[一一]知りて惑はむことは、そがうちにも、また、許すところなむある。かの兵部卿の親王、はらからとも言はじ、少し見どころある人なり。まづ、うち見るにも、かの君を女になして[6]持たらまほしく、さならずは、我[7]持たれまほしくなむ見ゆる。まして、少し情けあらむ[一二]女の、心とどめて、かの親王の言ひ戯れむには、いかがはいとまめにしもあらむと見れば、ことわりなりとて、切にも咎めず、時々の気色をば、物とも思はれずかし。されど、[一三]罪免るることどもなむある。そが中に、[8][一四]おもとに大将の[9]朝臣[一五]馴らし給はむ、切にも咎めざらまし。ことわりなりと見ゆるところぞ、少しあらまし。[一六]さらに、兵

などの意。
八　おとぼけにならないでください。
九　右大将藤原兼雅。
一〇　「さ見つつある」は、疑いながら黙っているの意。
一一　『古今集』誹諧歌「何かその名の立つことの惜しからむ知りて惑ふは我一人かは」（藤原興風）による表現。
一二　「女の」は、「いかがはいとまめにしもあらむ」の部分に係る。
一三　「罪」は、妻のひそかな恋愛を見逃す夫としての罪の意か。
一四　「おもと」は、二人称。多く、親愛・敬意の気持ちで女性に用いる。
一五　「馴らす」は、親しくするの意。
一六　兼雅殿は、さらに、兵部卿の宮がかえって圧倒されるほどの人だなどの意か。

部卿の親王[10]、かへりて苦しき人なり。見む人に心とめられぬべきところ[11]ありて、一七吉祥天女（きちじやうてんにょ）にも、いかがせましと思はせつべき大将なり。それを、少し人にまさり給ふところは、いと深くなむ知り一八給はずなりにける。後はおぼつかなけれど」。御いらへ、（仁寿殿）「あなうたて。一九さる心やは見えし。異人（ことひと）をこそものせらるめりしか」。（帝）「かうのたまふからに、いと悪（あ）しからむ」。（仁寿殿）「ただ、言ひしが見どころありしかば、ただ、文走り書きたるが心あるさまなりしかば、あはれなど思ひし」など聞こえ給ふ。（帝）「空言をのたまふにこそ。さらば、疑ひ聞こえむ」。（仁寿殿）「なでふ空言にかあらむ」。（帝）二〇「時々もの聞こえ、今もあめるは」とのたまふ。

二　帝、仁寿殿の女御と、仲忠と涼の結婚の相談をする。

御息所（みやすどころ）、（仁寿殿）「いさや。[1]さ思はるる心やありけむなど、しるく見ゆることもなかりし。この、一春宮に候ふ[2]が、まだ里に侍りし時こそ、

一七「吉祥天女」は、理想的な女性と考えられていた。参考、『源氏物語』「帚木」の巻「吉祥天女を思ひかけむとすれば、法気づき、くすしからむこそ、またわびしかりぬべけれ」。

一八「知る」は、関わるの意。

一九 反語表現。「さる心見えざりき」の強調表現。「さる心」は、愛情の意。

二〇 時々手紙があり、今でも続いているようだの意。

一「春宮に候ふ」は、あて宮をいう。

二「あしこ」は、あて宮。

三「なかりし」は、「ありし」とあるべきところか。

四「纏はり」は、いつもそばにいる人の意で、妻を

さ思ふこともやあらむと見給へしか」と聞こえ給ふ。帝「それ、はた、さかし。いづれの世界にか、男とあるがあしこ言はぬがなかりし。纏はりなき致仕の大臣高基の朝臣さへ言ふことありけむかし。これになむ驚きにし、あやしくものせらるる人なりけりとは。そが中になむ、いと切に言ふ人々ありと聞きしかど、仲忠は、天下にめづらしき心あらむ女も、あれだに少し気色あらば、え忍ぶまじき人ぞかし。それを、いかによそに見ては、いかにあらむと思ふなむ、いと心憎くありがたき御心と、いよいよ思ほゆる。今も、なほ、その心失すまじかし」。御いらへ、「さるは、かのあてこそも、見るところやありけむ、異人よりは返り言せまうくは思ひたらざりしを、かの仲忠も、さもや見けむ、いとあはれと思ひぬべきこと多くすめりしかど、まめやかに思はでやみぬめりきや」。上、「あはれなることどもかな。かの中に通はされけむ文、いかに興ありけむ。かれを見ばや。涼の朝臣の吹上の浜にものしたりし時に、仲忠いと切に労ありしかば、『なほ、あてこそ

いうか。三春高基は、金がかかるという理由で妻を持とうとしなかった。「藤原の君」の巻【三〇】参照。

五 あて宮は不思議なほど魅力がある方だったのだ。

六 「あれ」は、仲忠。

七 以下は、あて宮が仲忠に心動かされなかったことに感心した帝の言葉。「いかに」が重複している。

八 挿入句。

九 挿入句。あて宮のそんな気持ちを察したのでしょうか。

一〇 吹上に行ったのは嵯峨の院であり、また、帝の宣旨は、神泉苑でのもので、涼にはあて宮、仲忠には女一の宮という内容だった。「吹上・下」の巻【二】参照。ここは、女一の宮をあて宮以上の存在として据え直すために、新たに作られた〈吹上の宣旨〉だろう。

は仲忠に取らせ給へ』と、大将[一一]にものすることありしを、いと切(せち)に喜び言ふことありしかば、必ず取らせ給ひてむやと思ひし[10]を、心ざし[一二]異(こと)なりければ、かく異なる[一三]を、いかに思ふらむ。『天子空(そら)[一四]言(ごと)せず』といふことはなき世なりけりとこそは思ふらめ。あやしく心憎きところありて、恥づかしと思ふ人に、空言すと思ほゆるなむ、いとほしき。その今宮[一五]をやは取らせ給はぬ。天下(てんげ)[一六]に言ふとも、えまさることあらじ。あやしく、見るに心行く心地して、世間のこと忘るる人[一七]になむある。涼の朝臣、えこそ等しからね。なほ、かれはかれとして、これは心殊になむある」。(仁寿殿)「まだ位なむ心もとなき」。(帝[11])「それは、な思しそ。さらでは、えもどきのたまふことあらじな」。御息所、(仁寿殿)「いかに、ここには、ともかくも思ひ給へむ。よろづ[一八]のこと、のたまはせむにこそは」。(帝)「されど、そこ[一九]に許し給はばとこそ」。(仁寿殿[12])「いかで、ここには聞こえさせむ。何かは。さてあらむ[二〇]に、人などは、『似げなく』など言ふことはなくやあらむなど思ひ給ふれど、位などまだ高き人にもあらねば、

一一　左大将源正頼。あて宮の父。
一二　「心ざし」は、仲忠とあて宮を結婚させたいという、帝の思いをいう。
一三　「かく異なる」は、あて宮が春宮のもとに入内してしまったことをいう。
一四　参考、『史記』晋世家「天子無二戯言一」。
一五　「今宮」は、仁寿殿の女御腹の女一の宮。仲忠の結婚相手として、女一の宮が初めて話題になった趣の発言である。
一六　誰がなんと言っても、仲忠にとって女一の宮と結婚すること以上にすばらしいことはあり得ないでしょう。
一七　「人」は、仲忠をいう。
一八　すべて、帝がお決めになることに従います。
一九　「そこ」は、二人称。
二〇　女一の宮が仲忠と結婚

二二なほ、しばしは、かくてものし給へとなむ思ひ給ふる」。帝（みかど）、二三「などてか、女のただにて盛り過ぐることのあらむ、さるべき人なくてある時にだにあぢきなきもの、かくよき人を見ては、さて過ぐすことのあらむ。位は、な思ほしそ。まだ歳若き人なり。罪は免（まぬか）れなむ。そのほど、はた、よに人には落とさじ。なほ、さ思ほしたれ。よに誹（そし）られはあらじ」。いらへ、（仁寿殿）「いでや。えぞ思ひ給へ定めぬや」。（帝）二四「うつほを思し出（い）づるにやありけむ。あなさがな。よに、もどきあらむことは聞こえじ。なほ、さ思したれ。こよなき位にしなしてむ。ただ今の見目（みめ）よりも、かく具したる才（ざえ）に、容貌（かたち）・心なども過ぐれば、ただ今より、おぼえ[13]まさりなむ」。御息所、「今、よく思ひ給へ定めてを。二五里になど許し申されば」。上、「その御里こそ、よに誹（そし）り給はざら[14]め。さては頼もしかなり」など聞こえ給ふ。

［御台四つ立てて、昼（ひ）の御膳（おもの）聞こしめす。」

しても。

二二　女一の宮は、やはり、しばらくの間は、このまま結婚なさらずにいたほうがいい。

二三　反語表現。「などてか」は、「盛り過ぐることのあらむ」と、「さて過ぐすことのあらむ」の両方に係る。

二三「ただにて」は、結婚しないでの意。

二四「うつほ」は、仲忠が北山のうつほで成長したことをいう。参考、『枕草子』「返る年の二月二十余日」の段「仲忠が童生ひのあやしさを、切に仰せらるるぞ」。ただし、助動詞「けむ」、不審。

二五　里の父と母などがお許し申しあげなさるなら、私は反対いたしません。

三　帝、仁寿殿を訪れた正頼と語る。

「賄ひにも渡らせ給へりき。からうして、この頃なむ、少し怠りて侍る」。上、「いといとほしきこと。さらになむ知らざりける。いかに、あやしき心と、人々思ひけむ。空言なむ、いと悪しきこととなる。いかが、人の弛まざらむ」などのたまふ。

四　上達部・親王たちも参上して、節会比べをする。

かかるほどに、上達部・親王たちなど、皆、仁寿殿に参り給ふ。殿上人、候ふ限り参れり。左大将、三条の院に、御果物・御酒など取り寄せて、その御局に、多くの上達部・親王たちなどおはしまして、御酒参りなどして、御物語、上も春宮も。

「久しく、よしあるわざせず。やうやう、風涼しく、時も、はた、

一　「賄ひ」が何の賄いか未詳。以下の部分は前の部分に続かない。脱文があろう。孤立文とされる。「沖つ白波」の巻の冒頭の部分と関連があるか。この部分を、正頼の発言と解した。
二　病気にかかった妻大宮が少しよくなってきたことをいうと解した。
三　仁寿殿の女御の退出を許さなかったことを。
四　仁寿殿の女御が、退出の口実に、誰かが病気だと嘘をつくのは、まったくけしからんことだ。私が、今度もいつもの嘘だと思って油断してもしかたがない。

一　「三条の院」は、正頼の自邸。
二　仁寿殿の女御の局。
三　お言葉どおり、帝の御代の、これまでに例がない

をかしきほどになりゆくを、世間のことも忘れ、心の中行くばかりのことも、この秋してしかな。人々、[2]定め給へ。人の齢（よはひ）といふもの、はかなきものなり。[3]命あらむ限り、[4]興（けう）あらむことを見つつこそあらめ」とのたまふ。春宮、「げに。同じくは、[5]出（い）で来む節（せち）会（ゑ）どもを、[三]なほ、御時のめづらしき[6]累代（るいたい）にもしてしかな。[四]かの吹上の九日、少しよしある九日にはなりなむ。またさやうならむこと侍らば、よからむかし。年のうち出で来る節会の中に、いづれ、いと切（せち）に労（らう）[7]ある、[五]定め申されよや」。大将（正頼）、[六]「年のうちの節会、これをいづれと労ありて、[七]朝拝（てうはい）など聞こしめす時は、いとおもしろく、[八]内宴（ないえん）を聞こしめす時も、いと労あり、おもしろし。三月の節会は、花疾（と）く咲く時は、いと労あるほどなり。さて、なほ、殊なる花などは咲かぬほどなれど、あやしく、なまめきてあはれに思ほゆるは、[九]五月五日なむある。短き夜（よ）の、ほどなく明くる暁に、時鳥（ほととぎす）のほのかに声うちし、さみだれたる頃ほひのつとめて、菖蒲（あやめ）所々にうち葺（ふ）[8]きたる香（か）のほのかにしたるなむ、あやしく、興（けう）まさ

代々続く催しにしたいものです。
四　以前の、吹上での九月九日の重陽の宴。「吹上・下」の巻【五】参照。
五　「申す」は帝、「る」は正頼に対する敬意の表現。
六　どれもこれも。
七　「朝拝」は、元日に、天皇が、大極殿に出御し、群臣から賀詞の奏上を受ける儀式。朝賀。一条天皇の正暦年間以降は、清涼殿で、略式の小朝拝が行われた。
八　「内宴」は、天皇が、仁寿殿に出御し、群臣を集めて催す私的な宴。文人に詩を賦させる。正月二十一日を原則とし、二十三日までに子の日があれば、子の日の宴とともに行った。
九　「五月五日なむある」は、「五月五日になむある」に同じ。

りて思ほゆる。果物などの盛りにはあらぬほどなれど、わづかに[一〇]時過ぎたる物などのあるなむ、いと労ある。[一一]節供など聞こしめす時に、はた、さらにもますものなし。[一二]七月七日、をかしうはあれど、殊なるおもしろきことはなくなむある。かれも、ありざまになむ。九日も、吹上を思う給ふれば、いとこそ労あれ。[一三]それより後は、五日[9]には劣るとなむ思う給へらるる」。上、「いとよう定め給ふなり[一四]。思ひしごとなり。さらに、年のうちの節会[10]見るに、五月五日にます節なしとなむ思ふ。花橘・柑子などいふものは、時過ぎて古りにたるも、めづらしきもの、一つに[11]交じるなむ、いとをかしき。そこにますものなくなむ。節する時の騎射[一五]・競馬[一六]も、さらに見どころなしかし」など笑ひ給ふ。

五　初秋の歌を詠み、帝、仁寿殿から帰る。

かく御物語し給ふほどに、日夕影[一]に、なほ、いと、七月十日ば

一〇　時期を過ぎた果物。
一一　「節供」は、節日に供える供御（くご）。五月五日には、粽を供える。
一二　七月七日の七夕祭（乞巧奠）。宮中では、清涼殿の東庭で、机の上に金銀の針や五色の糸や琴などを置き、一晩中香をたいて祝い、詩歌・管絃が催された。
一三　九月九日の重陽の宴以後の節会は。
一四　「なり」は、いわゆる伝聞・推定の助動詞。
一五　「まゆみ」は、「むまゆみ」に同じ。「祭の使」の巻【五】注一参照。
一六　「競馬」は、「祭の使」の巻【八】参照。

一　「夕影」は、夕日の意。
二　『貫之集』「吹く風のしるくもあるかな萩の葉のそよぐ中にぞ秋は来にける」などによる表現か。

かりのほどに、なほ暑さ盛りなり。風なども吹かずあるに、人々、「少し、涼しう風も吹き出で（い）なむ。さるは、今日、秋立つ日にこそあれ。[二][1]しるく見ゆる風吹けや」など、上達部（かんだちめ）のたまふほどに、[三]夕影になりゆく。めづらしき風吹き出づる時に、[2]上、かくぞ出だし給ふ。

[帝][四]めづらしく吹き出づる風の涼しきは今日初秋と告ぐるなるべし

とのたまふ。御息所（みやすどころ）、御簾（みす）の内ながら、[仁寿殿]「げに。例よりも、今日は」[3]とて、

[五]いつとてもあきの気色は見すれども風こそ今日は深く知らすれ

と聞こえ給へば、上、[4]うち笑ひ給ひて、[帝]「されど、まだ外（と）にぞ侍る。

[六]立ちながら内にも入らぬ初あきを深く知らする風ぞあやしき

[七][5]そそと聞こゆる風なかりや」とのたまふ。左大将、[正頼]「それも、い

三　ここは、夕方の意。
四　『古今集』秋上「わが背子が衣の裾を吹き返しうらめづらしき秋の初風」（詠人不知）を引くか。『風葉集』秋上「文月の初めつ方、風涼しく吹き出でたる夕べに詠ませ給ひけるうつほの朱雀院御歌」、五句「告ぐるなりけり」。
五　「あき」に「秋」と「飽き」を掛ける。参考、『小町集』「ながめつつ過ぐる月日も知らぬ間にあきの気色になりにけるかな」。
六　「あき」に「秋」と「飽き」を掛ける。「立つ」「秋」は、縁語。
七　「そそ」は、静かに吹く風の音。相手を促す言葉「そそ」を掛けた表現。私以外にあなたにささやきかけ申しあげた風があるはずですよ。暗に、兼雅とのことを言う。

かが」とて、

[八]外(と)に立つと頼みしもせじあだ人の秋は出でても過ぐ[6]と言ふなり

と聞こえ給ふ。

かくて、[九]そこにて日暮れぬ。[一〇]上に、[7]帝(みかど)渡り給ふとて、御息所(みやすどころ)を、[帝]「今宵だに参上(まうのぼ)り給へ。例の、御迎へに奉らば、[8]返し給はむものをや。いざ、もろともに」とて立ち給へり。御息所(みやすどころ)、「これも、[9]返しやすき御使になむ」と聞こえ給ひて、「まことは、何かは」とて、

[一一]夏だにも衣(ころも)隔てて過ぎにしを

と聞こえ給ふ。[帝]『[一二]おのれつらくて』とは、これをや言ふ。あなさがな」とて、「早う」とのたまふ。[仁寿殿]「まめやかには、今、ただ今」と聞こえ給ふ。[帝]「[10]例の返し給ふなよ。よし。[一三]さらば、みづからもよ」とて渡り給ひぬ。

かくて、上達部(かんだちめ)、皆、[11]御供に参り給ふ。

八 「外に立つと」を、逆接仮定条件と解した。「出でても過ぐ」は、兼雅の色好みを諷したもので、娘の女御を弁護した歌。

九 「そこ」は、仁寿殿。

一〇 「上」は、清涼殿。

一一 古歌の上の句の引用か。

一二 「おのれつらくて」は、歌による表現か。あるいは、自分が薄情なくせに人を恨むの意の当時の諺か。

一三 もし使の者をお返しになったら、私自身でお迎えに来ますよ。

一四 女蔵人。仁寿殿の女御のお供をさせるためである。

一五 左大将源正頼。以下を「絵解き」と見る説に従ったが、次の「左大将の君も、まかで給ふ」の本文に、「絵

上より、蔵人、御供に奉れ給へり。女御、参上り給ひぬ。
「ここに、御息所・上などおはします。大将の君、御子引き連れて、三条の院へ帰り給ふ。」

六　正頼も退出して、大宮と、婿選びについて相談する。

右大将は、宰相の中将もろともに、殿へ帰り給ひぬ。異人は、あるは、宿直に候ひ給ふもあり、里にまかで給ふもあり。左大将の君もまかで給ふ。婿も子どもも、北のおとどに送り奉り給ひてなむ、あなたこなたへおはしましける。

「物語し給へりけるほどに、上、仁寿殿に渡り給ひて、『ここになむものする。垣下仕うまつれ』と仰せありつれば、また、そこに参りて、御物語など聞こえさせつるほどになむ、夜更くるも知らずなりにけりや」。宮、「いかに。藤壺には、何ごとかものし給ふ」。おとど、「上局にものせられける。殊なることもものせられ

解き」が先立つことになる。

一 「宰相の中将」は、仲忠。ただし、仲忠が宰相になっていたことは、ここに初めて見える。

二 「北のおとど」は、三条の院の東北の町の北の対。

三 前に脱文があろう。以下を正頼の発言と見る説に従った。「物語」をしていたのは、助動詞「けり」から考えて、正頼自身ではない。仁寿殿の女御か。以下の内容は、「沖つ白波」の巻【三】と関係があるか。

四 あて宮が藤壺（飛香舎）に住んでいることが初めて知られる。「あて宮」の巻【九】注六、【三】注二参照。

五 「上局」は、あて宮が春宮の御所に賜っている局。助動詞「ける」、不審。あるいは、「つる」などの誤りか。

ざめり。例の、遊びをなむせられつる。[六]府の宰相の中将、御簾のもとにて、[7]箏の琴仕うまつりつ。あてこそは、琵琶をなむ、少し搔き合はせらるなりつる。[七]ここにものせられしよりも、少しまさりにけり。さる逸物の中将に劣らぬ声に[8]搔き合はせなどするに、[9]さらにもどかしからずや」。宮、「いかに。[八]かの中将の思ふらむ気色は、いかがある」。[10]おとど、「[11]それをなむ見給へつる。少し、静心なき気色なむ、[九]見なしにやあらむ、見えつる」。宮、「あはれと、聞く人の心にこそありしか。いと切に思ひたるものから、さらに[一〇]あばれたる気色は見えず。さりとも、はた、[一一]さ思ふらむとは見えつつ、同じう走り書きたる文の、おいらかに、人見るとも片端にもあらず、さすがに、いとあはれに見えしなり。[一二]いと恋しき宰相[12]の中将の文、いと久しく見えねば、思ひ出でられて、いと恋しくなむ」。おとど、「今も、[一三]かしこには絶ゆまじかめり。今日も、見給へつれば、[一四]御前に、[13]箏[14]仕うまつるとて候はれつるに、事もなく走り書いたる手の、薄様に書きたる、懐より[一五]すでに見えつるを、

六　仲忠。仲忠は、宰相で左近中将を兼ねている。
七　あて宮が入内前にこちら(三条の院)にいた時の意。
八　「かの中将(あて宮を)思ふらむ。その気色は、いかがある」という文脈。
九　挿入句。そう思って見ていたせいでしょうか。
一〇　「あばる(荒る)」は、ここは、心が動揺する、取り乱すなどの意か。
一一　あて宮への思いを持っているだろう。
一二　あるいは、「なり」は「なん」の誤りで、「いとあはれに見えし(文)なむ、いと恋しき」と解すべきか。
一三　「かしこ」は、あて宮。今でも、仲忠はあて宮のもとには手紙を贈り続けているようです。
一四　春宮の御前。
一五　「すでに」は、確かに、まさしくの意の漢文訓読語。

『見せよや』と、[15]戯れ心に請ひつれど、笑ひて、出ださずなりぬ。なほ、気色ある文にやあらむ。[一六]宮も、はた、仲忠、今も昔もさる心ありと聞こしめしたなれば、[一七]返り言[一八]時々せられなどするをば、切にのたまふまじかめり。ことわりと許されたるこそは、この中将はいとかしこけれ」などのたまふ。宮、「いで、この中将、この中に入れてしかな」。[正頼][一九]「さまこそをこそは、しか思ひ侍れど、[二〇]仰せらるることありや[16]。[帝]『なほ、さまこそは、涼の朝臣にものせられよ。仲忠は、我思ふことなむある。[二一]涼にと思へど、族の源氏なり。同じくは仲忠をとなむ思ふ』と、度々、かの吹上の九日にも仰せられしあり」。[大宮][17]「さは、源中将も[18]、仲忠の朝臣に、いづこかは劣れる。さらに劣りまさりたることなき人にこそあなれ」。おとど、「[19]源中将は、[二二][20]勢ひ、こよなくまさりたなり。さりとも、[21]けしうは劣るかは[22]。人からはいと等しきを、心恥づかしげさと才とは、[23]藤中将は、なほまさりたらむ。正頼が思ふは[24]、あてこそに心ありし人々、[二三]『これをだに』と、兵部卿の親王・[25]右大将のたまふ

一六　春宮。
一七　「返り言」は、仲忠に対する、あて宮の返事。
一八　「じじ」は、「ときどき」を音読したもの。この物語で、ここにだけ見える。
一九　「さまこそ」は、さま宮。大宮腹の十四の君。注四〇参照。〈吹上の宣旨〉は、涼にさま宮という内容らしい。【三】注二〇参照。
二〇　帝が。
二一　「（女一の宮を）涼にと思へど」の意。涼は、朱雀帝の異腹の弟で、一世の源氏。古代中国の家族制では、同姓間の結婚が忌まれた。参考、『国語』晋語四「同姓不レ婚、悪レ不レ殖也」、『礼記』曲礼第一「取レ妻、不レ取二同姓一」。
二二　「勢ひ」は、財力の意。
二三　せめてさま宮と結婚したい。ただし、このことは語られていない。

を、源中将にものしたらば、勢ひによりものしたるにやと思はれむなむ、いとほしき。正頼は、さらに、勢ひ求め[26]侍るにはあらず。ただ、この世に、こくばく容貌[二四]・労ある人の中にも、すぐれたる[27]人、この二人こそはあれ、これ一人はと思ふ本意なむある。仲忠の中将をば、かく仰せらるめれば」。宮、「仲忠をば、誰にか[二五]、上は仰せらるらむ」。おとど、「いさや。誰にと思すにかあらむ[二六]。帝『思すことあり』[28]と仰せらるれば。それもこの筋は離れじとこそ思ほゆれ」と、「なほ、正頼は、この藤中将[29]こそいとほしけれ。世の常の人にもあらず、めでたき公卿の一人子にて、よろづのことと心もとなからぬ、この世の人の限りなくあらまほしきになむ。藤中将、勢ひはあるまじ[30]。源中将は、いと目もあやに、一[31]の者なり[32]と見ればこそ、ふさひ[二七]にはおぼえね、必ず[33][二八]人々思ふところあらむと思へば。人の婿といふものは、若き人などをば、本家の労りなどして立つるをこそは、おもしろきことにはすれ。労りどころもなくて、本家[二九]の恥づかしくものせらるるなむ、ものしき。さる

二四　黒川本『色葉字類抄』「容貌　ヨウメウ」。
二五　帝は、仲忠は誰にとおっしゃっているのでしょうか。やや、語法不審。「誰にとか」の誤りか。
二六　こちらの一族と無関係ではないだろう。
二七　「ふさひ」は、動詞「ふさふ」の名詞。ここは、結婚相手としてふさわしい者の意。参考、『源氏物語』「紅梅」の巻「宮（匂宮）は、（宮の御方を）御ふさひの方に聞き伝へ給ひて、深う、いかでと思ほしなりにけり」。
二八　以下、倒置法。
二九　「本家」は、妻の実家の意。参考、『栄華物語』巻一二「三日の夜は、本家にせさせ給ふ」。
三〇　さま宮には藤中将殿を

は、いと見どころある人にこそあれ。この二人の人見る時にこそ、目五つ六つは欲しけれ」とのたまふ。宮、「三〇それは藤中将をと思ひしかど、さればなりと、人には知らせむかし」[34]。おとど、「三一人のことには、『さ仰[35]せらるればなむ』とは、三二いかが語らむ」。大宮「いさや。いかがせまし。このさまこそ、『あて宮の御代はりに』と、人々のたまふこそ苦しけれ。三三小さくより、藤中将のためにと労り生ほしたるものを」。正頼「さて、三四このそでこそ・[36]ちごこそをば、いかがすべき」。大宮「それを兵部卿の親王・[37]右大将殿にはとこそは思へど、いといみじう思ひ給へる仲忠の中将の母あるを、いかにせむと」。おとど、「いづれを、いかにすべきことぞや」。大宮「なほ、見るに、そでこそは[38]右大将の見給(たう)ばむによく、ちごこそは[39]兵部卿の見給(た)ばむにこそはよからめ」。おとど、「かしこうものたまひ合はせけるかな。そでこそは、いとよく、容貌(かたち)も心も、右大将にこそ作り合はせたれ。三五ちごこそは、いと厳(いか)めしくて、好みたるところこそあめれ」とのたまふ。宮、「三六この人々、いづれかは、いと見る効(かひ)な

と思っていましたけれど、帝が源中将殿にとおっしゃったからだと、人には伝えましょう。

三一「人のことには」は、まるで人ごとのように、自分たちには責任がないかのようになどの意と解した。

三二　反語表現。「語らじ」の強調表現。

三三　このことは、ここに初めて語られている。

三四　そでこそ（そで宮）、ちごこそ（ちご宮）は、いずれも大宮腹。「藤原の君」の巻【四】には、「十の君、ちご宮、十一。大殿の御腹、十一は十、十二は九つ。こなたの御腹の、十三の君、そで宮、八つ」とあった。

三五　ちご宮は、とても威厳がある様子で、向き不向きがあるようだなどの意か。

三六「この人々」は、大宮腹の姫君たちをいう。

くものしくはある。そがうちに、さまこそは[40]、いづれ[41]にも似ずこそは生ひ出でたれと見ゆれ[三七]、藤壺[三八]には、少し[42]けはひ[43]劣りたるをや」。［正頼］「あてこそは、あやしく、ここかしこともなく、おしなべてめやすくこそものし給へ」など聞こえ給ふ。

「物聞こしめし[三九]つつおはします。君達、皆。中のおとどには、十四[四〇]の君よりはじめ、あなた[四一]の御腹の若君たち、皆渡りて涼み給ふ。▲」

七　兼雅、三条の院を訪れ、今年の相撲人について語る。

▼かかるほどに、左大将殿の中のおとどに、君たち、上達部・親王たち、あまたおはしまして、物聞こしめしなどして、御物語し給ふほどに、右大将、その日、御暇にて籠もりおはしければ、

［兼雅］「今日、内裏へ参らで籠もりものすれば、むつかしう思ほゆるかな。左大将殿へやまうでまし。それは、内裏[1]にはまさりて、興は

三七「見ゆれ」は、已然形で条件句になる表現か。
三八　母大宮はあて宮を「藤壺」、父正頼は「あてこそ」と言っている。
三九　正頼と妻大宮が。
四〇「十四の君」は、さま宮。【六】注一九参照。あて宮の入内後、さま宮がこの寝殿の中心になっている趣である。
四一　大殿の上腹の姫君たち。
▲底本十九丁裏四行目の途中まで。

▼底本一丁表一行目の始めから。
一　左近中将仲忠。
二「三条殿」は、ここは、正頼の三条の院をいう。
三　兼雅の三条殿は三条堀川、三条の院は三条大宮。「俊蔭」の巻【五〇】、「藤原の君」の巻【三】参照。
四「奉る」を、「（座に）着

思ほえむ。いざ、中将、三条殿へ」とのたまひて、我も中将も、清げなる御直衣奉りて、一つ御車に奉り、近きほどなれば、殊なる所狭き御前もなくてまうで給へり。

まづ、中将下ろして、「ここに、今日、暇にて籠もり侍るがむつかしきになむ候ふ」と聞こえ給へり。左大将、「正頼も、さなむ思ひ給へむつかりて、そなたにも参り来むと思う給へつるに、いとかしこし」とのたまひて、親王たち・上達部引き出で給へり。右大将、下りて入り給ふ。皆、御座に奉りぬ。

かくて、御折敷、さらにも言はず、千ぢに、白銀のかはらけ、果物・乾物、いと清らかにして参らせ給ふ。北のおとどより、客人の御肴・御酒参らせ給ふ。それにうち次ぎて、粉熟参り、御膳など参らせ給ふ。

かくて、御物語のついでに、あるじのおとど、「右の相撲どもはまうで来にたりや。こなたのはまうで来ぬかな」。「少しはまうで来にためり。例の年ごろ、参上り来る男ども数多かるを、今年

く」の意の主体敬語と解した。

五　『和名抄』飲食部飯餅類「粉熟　弁色立成云、粉粥　以二米粥一為レ之、今案、粉粥即粉熟也」。

六　相撲節に先立って、左右近衛府は、相撲部領使（すまいのことりづかい）を諸国に送り、相撲人を徴集したが、相撲人の上京は年々後れがちになったので、上京の期日を定めて、後れた者には刑罰も与えた。参考『類聚三代格』巻一八、元慶八年八月五日太政官符「改二定相撲節日并相撲人入京期一事（上略）又相撲人入京之期、改二五月下旬一、以二六月廿五日一必令レ到レ京。若有二闕怠一者、便奪二国司公解一。一如二天長八年七月廿七日格一。立為二恒例一」。『九条年中行事』七月「相撲人入京事　以二今月十日一

は、数のごとくなむまうで来まじき年なめり。参上りたる限りは、事なき者どもなむある。容貌もいと清げにて、ただ今の力の盛りなる男どもにて、いとよし。なほ、仕うまつらむに、少し見どころある年の相撲人どもになむある。例のまうで来る男ども、あるは死に、あるは身の病など侍りて、さるついでの者ども奉り上げ、かくいとよき」。左大将、「左のも、よしある者どもあめり。力つき、容貌なども事なきうちにも、今年、思ふところや侍らむ、事もなく心遣ひしてなむまうで来ためる。この名高き下野の並則まうで来たり。まづめづらしきものは、かの並則がまうで来たることのみなむある」。客人のおとど、「こなたの伊予の最手行経がまうで来ぬに、兼雅は思ひ尽きにて侍り」。あるじのおとど、「一日も、仁寿殿にて仰せられしは、『少しよしあるわざもしてしかな。同じくは、出で来たらむ節会の、見どころありてもしなしてしかな』と仰せられしを、今年の相撲、かく男どもなど多からねど、さてもありぬべき限りあるを、同じくは、御心とどめて御覧ぜさ

為レ期。延喜三年符。十九年宣旨云、相撲人違レ期到来、随レ状下レ獄云々」。

七「ついで」は、順序、順番の意。その次の者たちを順に繰り上げたことで。

八 挿入句。

九「最手」は、相撲の節会に召し出された相撲人のうちで、最も強い者。「俊蔭」の巻【五八】注三参照。

一〇【四】の帝の発言参照。

一一 見どころがある節会にするのにふさわしい者たちばかりが集まるのですから。

一二 同じことなら、右大将殿のご配慮もいただいて、帝に今年の相撲の節をお見せ申しあげたい。

一三「心のさるべきさまなること」は、おもしろい相撲の節にするのにふさわしい趣向の意。

せ申してしかなと思ひ給ふる」。客人(まらうと)の大将のおとど、「兼雅も、さなむ思ひ給ふることなるを、[一三]心のさるべきさまなることをなむ、え思う給へ出でぬ」。あるじのおとど、「[一四]言はで思さむに、けしうはあらじ」。[9]右大将、「されど、[一五]言はではえあらぬものになむ」などのたまひて、我も我も劣らじと思ほす。

八　正頼と兼雅、親しくした女について語る。懸想文比べ。

御かはらけ度々(たび)になりて、右大将、(兼雅)「ここに参りては、[1]、[一]昔こそ、恥づかしう思う給へしか。今は、心やすかりけり」。あるじのおとど、(正頼)「今は、[2]御後見(うしろみ)すべき人やは侍らぬ、[3][二]しか思すは」と聞こえ給ふ。右大将、「あやしく、はた、ここにまうで来るは、候ひつきたる心地こそすれ」とて、

(兼雅)[三]立ち馴れでやみにし宿を今日見れば古き心地の思ほゆるかな

とのたまふ。あるじのおとど、

一四　「言はで思さむ」は、『古今六帖』五帖〈いはで思ふ〉「心には下行く水の湧き返り言はで思ふぞ言ふにまされる」による表現。

一五　「言はではえあらぬ」は、『後撰集』雑四「あはれてふことにしるしはなけれども言はではえこそあらぬものなれ」（紀貫之）による表現。

一　「昔」は、あて宮が入内前に三条の院のこの寝殿に住んでいた時のことをいう。

二　倒置法。副詞「しか」は、漢文訓読語的な表現で、男性の会話文に多く見られる。

三　「立ち馴る」は、ここは、婿として親しく通うの意。「古き心地」は、かつてあて宮に対して懐いていた思いをいう。

正頼四 やみぬとも思ほえぬかなわが宿は今こそ人の立ちも馴らさめ

とのたまひて、御物語、昔のことなど聞こえ給ふ。

正頼「世の中の、心行き、なほをかしきものは、労ある女の情けあるが、五もの言ひかかりなどするが、かの女の、いかにせましと思ひわづらへるが、心とどめて書きたる文見るばかり労あるものこそなけれ。昔、嵯峨の帝の御時、六承香殿の御息所ばかりの女を見給へぬかな。あやしく、めでたかりし人の御心にこそありしか。正頼、七いまだ中将に侍りし時、かの御息所、八内宴の賄ひにあたり給ひて、仁寿殿に候ひ給ふ方に、透きたる御簾の内におはしますに、うち見ゆるほどに、さらに魂なくなりて、いかでいささかならむことも聞こえてしかなと思ひわたりしに、九いかなる折にかありけむ、聞こえ始めて、後々は、せめて聞こえわづらはすほどに、思しわづらふにやあらむと見えしほどの御文見給へしこそ、よにあはれに労ありしか。正頼が老いの世に、一〇その御文見給へしばかり、似るもののあはれなむ思ほえぬ。つひに疎くてやみ給ひにしもの

四 「人」は兼雅のことで、兼雅を婿に迎えたいとの意向をほのめかした歌。

五 「もの言ひかかる」は、こちらから言い寄るの意。

六 嵯峨の院の承香殿の女御。「楼の上・上」の巻【三】注二参照。

七 正頼は、「藤原の君」の巻【三】に、「大将かけたる正三位の大納言」とある。中将だった時のことは語られていない。

八 「内宴」は、仁寿殿で行われる、天皇の私的な宴。「忠こそ」の巻【二】注三参照。「賄ひ」は、食事などの世話をする役目。陪膳。『西宮記』恒例一内宴「主上出御。［近代、着二赤色闕腋御袍一、着レ靴］陪膳着レ座。［更衣若典侍青色。出レ自二殿西庇戸一］」。

九 挿入句。

一〇 「老いの世に」は、今

から、[一一]のたまひ放たぬことなどのあれば、頼みまさりて、いとどしく、魂[6]の行くらむ方も知らずこそありしか。さる女の、今の世にあらじとや」。右大将、「今の世の女の深く[7]ありがたき御心は、仁寿殿（じじゅうでん）の女御こそおはしますらめ。この承る承香殿に、さらに劣らぬ御心なり。兼雅、[一二]現（げん）にあることならばこそ、取り申さざらめ。たいだいしきことなれど、昔、聞こゆることありしを、さらにのたまひ放たで、[一三]頼めとのみあらせつつ、多くの好き言（ごと）を御覧じたるなむ、いとありがたき。今に、いとたまさかに聞こえさする時[8]など、同じやうなるものから、[一四]遠き御心は、なほ同じやうなれど、多くの好き言（ごと）をなむ御覧ぜられぬる」など申し給ふ。あるじのおとど、「いで、いづくなりしをか。[一五]正頼が童部（わらはべ）[9]の中よりは、さる心ある人はあらむ。その承香殿は、[一六]いと筋異（こと）なりし人の御心をや」。大将（兼雅）、「よし。さは、かの御文はありや。兼雅がもとには、[10]女御の君の御文ありかし[11]」と申し給へば、おとど、「[一七]正頼がもとになからむやは。よろづのことむつかしうと思ふ時に見給へつつ、

の歳になるまでの意。

一一「のたまひ放つ」は、「言ひ放つ」の主体敬語。「言ひ放つ」は、きっぱりと拒絶するの意。

一二「現に」は、今でも、実際にの意。この物語には、この巻にもう一例見える。

【一二】注一五参照。平安時代の仮名作品にほかに例が見えない語。

一三 期待していいと思わせながら、私が思いをこめたたくさんの手紙を読んでくださったのは。

一四「遠き心」は、馴れ馴れしくしない配慮の意。

一五「正頼が童部の中より」は（別の所に）」の意と解した。「童部」は、ここは、正頼の娘たちをいう。

一六「いと筋異なりし」は、「人の御心」に係る。

一七 反語表現。「正頼がもとにあらむ」の強調表現。

世間のこと忘るる文ありかし」。

右大将、三条殿に、[12]中将して、仁寿殿の女御の御文取りに遣り給ふ。あるじのおとどは、[一八]左衛門佐の君して、昔の承香殿の御息所の御文取りに遣り給ふ。兼雅「この御文、御もととなると兼雅がもとなると比べむに、まづ物賭け給へ」と聞こえ給へば、おとど、「何を賭くべからむ。正頼、[一九]娘一人賭けむ。[二〇]おもとには、何をか賭け給はむずる」。「兼雅は、[二一]侍るに従ひて、仲忠を賭け侍らむ」など、これかれ、子どもを賭物にて、この御文ども、通はし給ひ[13]ける中にすぐれてめでたきを[二二][14]選り出だし持ち給へりけるを、右大将殿のをば、白銀の透箱のいと[二三]清らなるに、[二四]敷物などいとめでたし、[二五]それにつれて、この殿のを、[二六]錫の虫食みなどしたるに、紋削り出だしなどしたるに、[二七]唐草・鳥など彫り透かしてあるに入れて御覧じ比ぶるに、さらに劣りまさらずいと等しき、[二八]手・言葉、劣りまさらず等しき時に、あるじのおとど、「仁寿殿は、[二九]うるせき人にこそありけれ。昔より後の世までの、[15]いはゆる嵯峨の御時の

一八「左衛門佐の君」は、正頼の四男連澄。

一九 ここも、兼雅を婿に迎えたいとの意向をほのめかした発言。

二〇「おもと」は、二人称。多く女性に対して用いる。ここは、男性に対して用いた例である。

二一 今ちょうどここにおりますので。

二二「選り出だし持ち給へりけるを」は、「御覧じ比ぶるに」に係る。

二三「清らなるに」は、「入れて」に係る。

二四 挿入句。

二五「それにつれて」は、一方などの意か。

二六「錫」は、白鑞に同じ。「吹上・上」の巻【三】注四五参照。「虫食む」は、表面を腐食させることという。

二七「唐草」は当て字で、「絡み草」の略という。蔓

女御ぞかし。今、[16]それに殊に劣らぬ手など走り書きけり。[三〇]など、正頼がもとにおこする文、これにおぼえたる筋の思ほえぬ」とのたまふ。右大将、「かへりて、この御文は、今めきたる[17]筋などまさりたりけり。[三一]持なり」と定められて、仲忠をこなたの御賭物[三二]に、この殿の持給へる娘をあなたに取りて、かたみに御子どもを取り給ふ。

九　仲忠、正頼に、藤壺でのことを語る。

かくて、御遊び、よろづの物の声搔き合はせて遊ぶ時に、仲忠聞こゆる、「仲忠、ここばくの箏の御琴など、物に搔き合はせて仕うまつる中に、[一]一日、藤壺にて仕うまつりしばかりおもしろきなむ侍らぬ。[二]かの姫君、琵琶合はせて遊ばしし承りしに、世間のことこそ思ほえざりしか。ただ今の琵琶の一は、[三]良少将こそ侍めれ。それにも合はせて、度々仕うまつる時侍れど、え、かの手に

草の巻きながら伸びる様を図案化したもの。

二八　「等しき」は、「（等しき）時に」に係る。

二九　「うるせし」は、物事に巧みだの意。

三〇　仁寿殿の女御が私のもとに贈ってくる手紙は、どうして右大将殿のもとへの手紙に似通った趣が感じられないのかの意。

三一　「持」は、勝負がつかないの意。

三二　「のりもの」は、「かけもの」に同じ。

一　この「一日」のことは、【六】の正頼の発言参照。

二　「かの姫君」は、あて宮（藤壺）。

三　「良少将にこそ侍めれ」に同じ。「良少将」は、良岑行正。行正が少将に昇進したことは、ここに初めて見える。

も出ださぬ手をなむ、いとめづらかに遊ばしし[四]。[五]あやしかりしは、[1]をさをさ物の音に合はせがたくせらるるなむ、世になく仕まつりしを、かくして、仲忠が上手苦しき手をこそ、になく弾き合はせ給ひしか。それを、かの遊ばす琵琶の飽かずおぼえ侍りしままに、やむごとなき節会のために残して侍りし手どもを、残さずなむ仕まつりし」。あるじのおとど、〔正頼〕「まことに、戯れにても、そこに遊ばす[七]箏の琴、あやしく、いささかにても掻き合はせ違ひなどもせずと聞き[2]給へし琵琶なり。さるは、[八]女のせむに、うたて憎げなる姿したるものなり。殊に習ふなども見えざりきや。いかでするならむ。[九]まこと、その日、[3]おもとに[一〇]やはかはに書きたる文の、御懐より見えしを、切に惜しまれしは、誰がぞ。正頼、そればかり見給へまほしき物こそなかりしか。誰がぞ」とのたまへば、仲忠がいらへ、「あらず。里より[一一][4]要事のもの し給ひしなり」。あるじのおとど、「いで。この空言、なせられそ。なでふ、里よりは[一二]さまの御文は奉れ給はむ。心ばへあるべくこそ見えしか。[一三]いとしるか

四 あて宮（藤壺）は。
五 「あやしかりしは」は、「になく弾き合はせ給ひしか」に係る。
六 以下、「合はせがたくせらる」は行正、「仕まつる」は仲忠、「弾き合はせ給ふ」はあて宮（藤壺）の動作。
七 「箏の琴」は「箏の琴に」の誤りか。
八 参考、『源氏物語』「少女」の巻「琵琶こそ、女のしたるに憎きやうなれど、らうらうじきものに侍れ」。
九 「まこと」は、話題を変える時の言葉。以下の内容は、【六】参照。
一〇 「やはかは」、未詳。手紙の用紙か。【六】には、「薄様に書きたる」とあった。
一一 「要事」は、重要な要件の意。
一二 「さまの御文」は、懸想文然としたお手紙の意か。
一三 懸想文だと、はっきり

りきや」。仲忠、うち笑ひて、「[一四]紙をこそは、取りあへず侍りけめ。仲忠は、さらに、老いの世に、空言をなむ知らず侍る」。おとど、「これを初めにて習ひ給ふにこそはあめれ」などのたまへど、言はず。

一〇　翌朝、正頼と兼雅、馬を賭物にして弓比べを行う。

かく遊び暮らして、御前に[一]馬槽立てて、御馬どもに秣飼はれなどするに、あるじのおとど、右大将の君に、馬の奉らまほしく[二]思さるれば、[三]張革立てさせ給ひて、皆君達[四]御弓遊ばすほどに、中島なる五葉に、[五]雎鳩、池より立ちて、三寸ばかりの鮒を食ひてをりけるを、あるじのおとど、「かれ射給へらむ人には、この西の[六]馬槽の馬十四ながら賭けむや」とのたまふ。右大将、「皆遊ばせ。兼雅も仕うまつらむや」とのたまふ。あるじのおとど、「待て、しばし。見知らば、あたらぬものゆゑ、[七]鳥立ちなば、興冷めなむ、

とわかりましたよ。
一四　紙は、急いで間に合わせたものだったのでしょう。

一　『和名抄』調度部鞍馬具「槽　音曹　馬舟也　馬槽也」。飼馬桶。
二　「思さるれば」、「のたまふ」に係る。
三　「張革」は、革を張った矢の的だろう。
四　観智院本『類聚名義抄』「御弓　オホムタラシ」。「御執（と）らし」が変化した語。
五　『和名抄』羽族部鳥名「雎鳩　美佐古　雎属也、好在ニ江辺山中一亦食レ魚者也」。
六　この「馬槽」は、厩の意か。
七　以下「興冷めなむ」まで挿入句。

なほ、労経し兵衛尉、まづ試みてむや」とて、あるじのおとど、右大将と、まづ遊ばす。あるじのおとどは、西の御廐にかしこく労り飼はせ給ふ五尺の鹿毛、九寸の黒といひて名高き御馬、二つ賭け給ひて、まづ、右大将殿は、鷹屋に据ゑていと名高き御鷹二つ賭け給ひて、まづ、あるじのおとど遊ばす。これ、御本意ありて、この馬奉らむの心にてのことなれば、殊に遊ばしあてむの心もなくて、ただ、鳥立つまじばかりのほどに、心して遊ばす。さらにもて離れたり。右大将のおとど、おいらかに立ち走り遊ばすに、刺すがごとくに、食ひたる魚ごめに射落として、池に入りぬ。興ずること限りなし。駒迎へして、御馬を賜はり給ふ。その御廐の別当・預かり二人、遊びて、引かせて参る。

夜更けて、右大将のおとど、この賭物の九寸の黒を引き、重ねて遊びてまかで給ひて入り給ふ時に、仲忠、殿の御廐の別当・預かり・寄人、この馬を、舞ひ遊びて、かの大将殿の御廐人の手より遊び取る。さて、その御馬を引かせてぞ、参れる別当・預かり

八「労経し兵衛尉」を、正頼が自分のことを戯れに称したものと解した。

九「九寸」は、四尺九寸。馬高は、四尺を基準とする。

一〇「もて離る」は、的を遠くはずすの意。参考、能因本『枕草子』「あさましきもの」の段「賭弓に、わななくわななく久しうありてはづしたる矢の、もて離れて異方へ行きたる」。

一一「駒迎へ」は、馬を受け取る時の儀礼的な歌舞か。

一二 正頼家の廐の別当と預かり。

一三「遊ぶ」は、駒遊びをするの意で、「駒遊び」は馬を贈る時の儀礼的な歌舞か。

一四「仲忠」を「遊び取る」

に[10]になく饗し給ひて、宰相の中将[一五]、かはらけ取りて、になく強ひ給ふ。

一一　兼雅、三条殿に帰ってから、正頼に鷹を贈る。

夜一夜、「その駒[一]」を遊び明かして、暁方に、女の装束一領、白張一襲、袷の袴[1]一具づつ賜ふ。被きて帰り参るに、この殿の御鷹二つ、殿の鷹飼[2]に据ゑさせて、帰る御廐の人に添へて奉れ給ふ。左大将殿は、（正頼）「この御鷹は、いま一度渡り給ひて、いま一つの雎鳩落としてなむ賜はるべき」とて返し給ふ。右大将、「兼雅は雎鳩を仕うまつり、そなたには[二]中島のほどよりに遊ばししに、この御鷹は」とてなむ奉れ給ふ。大将殿は、[3]（正頼）「情けなきやうなり、しひて奉れば」とて、殿の鷹飼、高麗[三]の楽して、鷹ども遊び取りて、帰る鷹飼に、中将の君[四]、かはらけ取りて、限りなく饗し給ひて、細長[4]添へたる女の装束一装賜ひて帰し給ひつ。

に係ると解したが、敬語不審。

一五「宰相の中将」は、仲忠。

一「その駒」は、神楽歌の曲名。神楽歌「其駒」の本「葦駮のや森の森の下なる若駒率て来葦駮の虎毛の駒」、末「その駒ぞや我に我に草乞ふ草は取り飼はむ水は取り草は取り飼はむや」。

二　左大将殿はわざと中島のあたりに向かって矢を射なさったのですから、この鷹はお受け取りください。正頼の配慮に気づいていた兼雅の感謝の言葉。

三　高麗楽は、右方楽。右大将兼雅に対する敬意を表す。「祭の使」の巻【三】注二参照。

四「中将の君」は、右近中将祐澄。正頼の三男。

右大将、「情け[五]は、飽くまでおはすかし」などのたまひて、北の方に、左大将殿に参りてありつるやうなど、いとくはしく語り聞こえ給ふ。

一二　正頼、兼雅、それぞれ、相撲の節の準備をする。

かかるほどに、左大将殿に、左の相撲いと多く参れり。おとど、倚子[1]立てて、簀子におはしましてのたまふ、「今年、右大将殿も、[正頼][一]『例よりは、心殊に、今年の相撲仕うまつらすべきことなり』などのたまふを[2]、常よりも労りて候へ[二]。並則[3]、かく参上りたれば、[兼雅]『例よりまさるとおぼゆる年なり。右大将殿も、[4]『並則まうで来たるを』[三]となむのたまふこととしありし。あなたの[四]下野の最手。『前[五]に並則に会ひたりし行経、まうで来ず。さりとも、必ずまうで来らむ』となむのたまひし。さらでも、右には、[5]いと事もなき相撲ども、あまたあめり。あやしく、[六]例の、左右のとあるにきしろひ

五　心遣いは、充分過ぎるほどおありの方だ。

一　以下、誰への発言かよくわからない。
二　例年以上に相撲人たちの世話をいたせ。
三　「まうで来たるを」は、下の「前に並則に会ひたりし行経」に続く会話を、一旦中断したもの。
四　「あなたの下野の最手」を、遠くにいる並則に呼びかけた言葉と解した。
五　前に並則と対戦した行経。
六　不思議なことに、いつものように、左近と右近の対抗となると競い合って、ものものしいことになるが。

て、ことことしきことあるを、一[七]のには占手、果ての番に出で来なむ、よからむ」などのたまひて、物、いと厳めしう、政所より調じて賜ふ。

かくて、右大将殿も[6]、「論なう、今年の相撲は、勝たむ方に、やがて次将[八]たちなどいますることありなむを、さる心設けせむ。来[九]ぬまでも、しか思ひたらむに、負くるにても、なんでふことかあらむとする。にはかにて悪しかりなむ。なほ、心とどめてし給へや。被け物など多く設け給へ」と、北の方に聞こえ給ふ。政所などに、かくのごとく、禄[7]ども限りなく、清げなる打敷などのことども設けさせ給へり。

[正頼一〇]「左近中将たち、はた、勝ち負けせむほどの楽仕うまつらせむ。事勝つものならば、その遊び人ども・相撲人[二]どもは選ひ定めてむ」とのたまひて、「いかで、饗を清らにせむ[8]。何ごとも、めづらかにせむ」とて、大将たちは、我も我も劣らじとなむ思しける。

その相撲の節[9]の日奉りて参り給ふべき御装束ども、大将のおと

七　一番には占手の童、最後の番には最手のおまえ（並則）が出るのがいいだろう。「占手」は、相撲の節で、最初に取り組みをする童。身長が四尺以下の者がつとめた。参考、『内裏式』「先出二占手一 用二四尺以下小童一、前一日於二内裏一量二長短一、或有下過二四尺一者上、当日不三更令二相撲一、以為レ負」。

八　「次将たち」は、近衛の中将と少将をいう。

九　たとえ来なくても、そのつもりで準備していて、負けたとしても、それはそれでかまいません。

一〇　以下を正頼の発言と解した。「左近中将たち」は、仲忠と涼。

二　この「相撲人」は、還饗の際に「布引き」をする相撲人のことか。「俊蔭」の巻【五八】注四参照。

どのも、仲忠の中将のためにも、限り[一二]なく清らにせさせ給ふ。北の方、絹・綾(あや)、ふさに取う出(とうで)、調ぜ[10]奉り給ふとぞ。

[一三]藤中将[11]、御前(おまへ)に参り給ひて、「仲忠、宮[一四]に参らむと思ふを、え参らぬかな」。大将のおとど(兼雅)、「なほ、参りて、藤壺(ふぢつぼ)[12]にもの申さば、悩ましさはやみなむ」。仲忠、「かの局(つぼね)には、少し心して[13]こそ、ものは聞こえめ。乱り心地の悩ましくおぼえむままに、僻言(ひがこと)聞こえては、恥づかしからむ」。大将、「中将のかしこきは、かの君に、聞こゆる言(こと)のいらへなどせさせ奉ることこそ、うるさけれ[一五]」。仲忠、「それも、さらに馴れ聞こゆる」。

左大将殿も、同じごと、この相撲のことを定めらるるに、右の伊予(いよ)の最手(ほて)参上(まうのぼ)りたるに、おとど、いとかしこく喜び給ふこと限りなし。(正頼)「今年の相撲に、行経(ゆきつね)まうで来ざらましかば。左の並則(なみのり)もまうで来たるに。初め、行経、並則にこそは定まりにしか。それら[一六]まうで来ぬかとて、いとくちをしかりつるに、うれしく参上(まうのぼ)りたり」など仰せらる。

一二 主語は、右大将兼雅の北の方（俊蔭の娘）。
一三 以下の部分は、前後の文脈から遊離している。孤立文とされる。
一四 春宮。
一五 「うるさし」は、巧みだ、すぐれているの意。
一六 「それら」は、複数の表現ではなく、行経をいう。
一七 以下は、兼雅の三条殿の場面。
一八 「贄」は、進物の意。
一九 以下を、三条殿で北の方が兼雅に相撲の節の日の装束を渡している場面と解した。
二〇 「この頃の相撲のこと」の誤りか。
二一 相撲の節は、七月二十五日。参考、『類聚三代格』巻一八、元慶八年八月五日太政官符「改レ定相撲節日幷相撲人入京期レ事 右右大臣宣、奉レ勅。件節、弘

「伊予の最手、贄奉る。蘇枋・沈など奉れり。相撲どもなどにも持たす。

左大将殿には、仁寿殿・藤壺の御装束のこととし給ふ。[14]これは、右大将殿に奉り給ふ。ここに、相撲人らあり。」

その日ごろは、左右近衛大将、中、少将、ただ、この頃、相撲のことをのみ、他の御心なく、日の近くなるままに、急ぎて、日々に参り給ふ。そのこと定められなどす。右近、[15]中将祐澄、[16]頭かけたり、平惟蔭、平中納言殿の太郎元輔の君、権少将に藤原仲正、名高き容貌人・労者なり。左近には、仲忠・涼、[17]二人ながら宰相にて中将なり、少将に、行正、[18]右大臣殿の三郎仲清、村方など、名高き人々なむ、その頃の左近中将にはものし給ひける。▲

▼「ここに、大将殿・宮などおはします。国々より、絹、いと多く持て参れり。」

かくて、宮・おとど、国々より参れる絹御覧じて、[19]（大宮）「相撲の節の仁寿殿・藤壺の御装束、いかで清らにして奉らむ」。おとど、

仁以降改定数度。自今而後、宜三七月廿五日定為二節日一」。ただし、一条朝頃に、大の月は二十八九日、小の月は二十七八日に改められた。『小野宮年中行事』七月「相撲召合事　大月廿八九日　小月廿七八日」。

二一　節日より十数日前に行われる相撲の召仰（めしおおせ）のことをいうか。

二二　挿入句。祐澄は、「藤原の君」の巻【四】に、「三郎、右近中将、蔵人の頭祐澄」とあった。

二四　上に、「少将に」脱か。

二五　挿入句。涼が宰相になっていたことは、ここに初めて見える。

二六　右大臣忠雅の三男「仲清」は、ここにだけ見える。

▲底本九丁裏九行目の途中まで。

▼底本十九丁裏四行目の途中から。

正頼「[二七]論なく、御賄ひにもこそあたり給へ[20]。さるは、[21]心してよくせられたらむぞよからむ」。大宮「御裳などは[22]摺らせたり。唐の御衣どもぞ、まだせぬ」などのたまはせ、また、おとどの、その日奉るべ[23]き御衣[24]のこと。[二八]

「御達二十人ばかり、薄色の裳着てあり。うなゐども、ふさなり。唐の御衣など染めさせ給ふ。御紅染めは、[二九]打ち物などせし所の別当大弐[25]のおもと、[三〇]蔵人より下仕へなどあり、いみじく物染め騒ぐ。

政所に、家司たち、いと多く着きたり。「いかにぞ、[三一]御盆どもは。例の数候ふや」。[三二]義則言ふ、「御盆は、早稲の米を仰せに遣はせ」。[三三]御監、「今年は、早稲の米、いと遅き年なり」と言ふ。」

かくて、相撲の節明日になりて、内裏に、いとかしこく、賄ひにあたり給へる御息所・[26]更衣たちは、[27]参上り給ふべきことを思しつつ、手尽くしたる御化粧をしおはします。

二七 当然、仁寿殿の女御が食事の世話役を担当なさいます。

二八 下に脱文があるか。

二九 「打ち物などせし所」は、絹を砧で打って光沢を出す所。「別当」は、その責任者。「大弐のおもと」が、「別当」である。

三〇 挿入句。「蔵人」は、正頼家の蔵人所か。

三一 「盆」は、七月十五日の盂蘭盆会。祖先の霊を迎えて、供物を供え、経をあげる。

三二 「義則」は、正頼家の家司。「嵯峨の院」の巻【一七】注一五参照。

三三 「御監」は、家司の中の上級の役。

一 相撲の節は、清和天皇の貞観年間ごろから紫宸殿で行われることが例であっ

一三　相撲の節の当日、朝の賄いを仁寿殿の女御が務める。

その相撲の日、[一]仁寿殿にてなむ聞こしめしける。[二][1]内宴思ひ違へたるなるべし。その日、朝の御賄ひには仁寿殿の女御、昼の賄ひ[2]には承香殿の女御、夜さりの御賄ひには[三]式部卿の女御、[3]更衣十人、[四]色許され給へる限り、色を尽くして奉れり。更衣たち、皆、[五]日の装ひし、天の下の[4]めづらしき綾の紋を奉り尽くし、御息所たち、賄ひ仕うまつり給はぬは、[六]うなゐにてなむ候ひ給ひける。[5][七]蔵人も、皆、今の帝の盛りにものし給へば、この御時の蔵人は、やむごとなき人の娘ども、あるは、[八]五節の蔵人あつ。雑役[6]仕うまつる蔵人も、さらに衰へぬ容貌、さらに[7]劣らぬ品の者どもにて、髪上げ、装束したるさまも、いとめでたし。十四人の蔵人、七人、五節の召し蔵人、[8]七人は、雑役の蔵人なり。あるは、[九]爵賜はりて、[9]命婦、[10]上許されたる三人、内侍たち、許されぬも、いとめでたくあ

たが、村上天皇の天暦年間以後、仁寿殿で行われることも多くなった。

二　この一文は後人の注記の混入かという。

三　故式部卿の宮の大君。「国譲・下」の巻【三五】注二七参照。

四　禁色が許されていらっしゃる方は、皆。

五　「日の装ひ」は、女性の正装。裳・唐衣を身につけ、髪を上げる。

六　「うなゐ」は、「うなゐ髪」の意。髪上げをせずに垂髪のままの姿。

七　女蔵人。

八　五節の舞姫で十年以上結婚せずに宮中に勤めた者は、願い出ると、女蔵人になれた。『本朝文粋』巻二「一請減五節妓員事」参照。

九　五位に叙せられて、命婦となり、殿上を許された三人。

り。すべて、かしこに仕うまつるべき女、[一〇]容貌ども、仁寿殿には候ふべき用意してあり。

左右近衛大将よりはじめて、よろづの天の下の人参り給ふ。左右近の楽人、[11]なり調へて候ふ。おもしろきこと限りなし。皆、相撲の装束し、[一一]瓠花挿頭しなど、いとめづらかなることども[12]しつつ、[13]左右近の幄打ちつつ候ふ。[14]限りなく清らなる御容貌ども、まして御装束奉りて、皆、その日、男女、二藍をなむ奉りける。

かくて、その日、賄ひの[15]御息所たち、一の女御大将殿の仁寿殿、式部卿の女御なり。[一二]これ、ただ今、時の女御なり。

仁寿殿の女御、朝の御賄ひに出で給ふ。さらに、[一三]本性の御容貌、この御息所に似たるなし。花文綾に唐綾重ねたる摺り裳、搔練の袿、赤色に二藍襲の唐の御衣奉りて候ひ給ふ。そこばくの人に御覧じ比べ給ふに、[一四]この御息所とのみこにて候ひ給ふ、帝、この御息所を[16]右大将聞こえ給ふことありき、今も忘れ給ふまじと思して、さてはいかがあるべきと御覧じ比べて、[一五]内外に御目を配りて御覧

一〇 「容貌」は、「容貌人」と同じ。美しい人の意。

一一 相撲人は、左右の区別のために、左近は葵の、右近は瓠の造花を挿頭にした。

一二 このお二人の女御は。

一三 「本性」は、生来、生まれながらの意。

一四 この一文を挿入句と解した。ただし、「とのみこにて」は、未詳。

一五 「内外」は、御簾の内と外の意。御簾の内にいる仁寿殿の女御と、外にいる右大将兼雅に目を向けて。

一六 この女御と右大将は、恋愛関係になったら、いかにもふさわしい仲だったのだ。

一七 趣がある草木の見どこ

じおはしますに、いづれも事もなき男女にてある時に、上思す、この女御と大将と、さて[一六]あらむに、なかるまじき仲にこそありけれ、これを、同じ所に、労(らう)あらむ所に据ゑて、情け[一七]あらむ草木、[一八]花盛りにも紅葉[17]盛りにもあれ、見どころあらむ所の夕暮れなどありて、行く先を言ひ契り、深き心言ひ契らせ、かたみに、あはれならむことを、心とどめてうち言はせ、をかしきさま[18]にあらせむに、けしうはあらじ、なほ、聞き見む人、目とどめ、耳とどめ、見ざらむやは、見えじ[一九]、さてあらせて聞かばやなど思しつつまぼりおはしますに、賄ひうちしなどし給ふにも、いとらうらうじう、まことに、大将の相撲(すまひ)のことなど行ひ給ふにも、いと心深き労の見ゆれば、あやしく、似[二〇]たる人の心ざまにもあるかなと御覧じて、御前(ごぜん)に、いとおもしろき女郎花(をみなへし)の花のあるにつけて、外(と)にさし出だし給ふ。

帝[二一]「薄く濃く色づく野辺の女郎花植ゑてや見まし露の心を

これが心見解(と)き給ふ人ありや」

ろがある場所で、そのうえ、夕暮れ時などに。

一八　挿入句。

一九　底本「見えし」、未詳。「見えじ」で、そんな様子を人に見せはしないだろうの意と解した。

二〇「似る」は、釣り合う、似合うの意。

二一「女郎花」に仁寿殿の女御を、「露」に兼雅をたとえる。参考、『古今集』秋上「二人のみ眺むるよりは女郎花わが住む宿に植ゑて見ましを」（壬生忠岑）。露と女郎花を夫婦に見立てることがある。『拾遺集』秋「女郎花匂ふあたりにむつるればあやなく露や心置くらむ」（大中臣能宣）、「白露の置くつまにする女郎花あなわづらはし人な手触れそ」（詠人不知）。『風葉集』秋上「女郎花を詠ませ給ひけるうつほの朱雀院御歌」。

とてうち出だし給へば、兵部卿の親王（みこ）、取りて御覧じて、心得給はず。されど、御心に思すこと[二二]ありければ、知らず聞こえに[二三]、かくなむ。

二四 籬（まがき）より七叢（ななむら）匂ふ女郎花野辺はいづれもさもや待つらむ

と書きて、右大将のおとどに奉り給ふ。されど、人知れぬ心一つに思ししことなれば、上に気色御覧じたらむも知り給はねば、なでふ心ならむと思しながら、

兼雅 二五 女郎花賤（いや）しき野辺に移るとも蓬（よもぎ）は高き君にこそせめ

とて、大将のおとどに奉り給ふ。あやしく、ただ今の[19]御賄ひには、わが御息所（みやすどころ）こそ候ひ[20]給へ、その折にしもかくのたまふは、思すところやあらむとて、

正頼 二六 二葉より野辺に馴らはぬ女郎花籬ながらを老いの世は経よ

とて、仲忠の宰相の中将の近く[21]候ふに取らす。仲忠、うち見るすなはち、労の深き[二七]あまりに思ひ寄りて、かく書きつく。

二八 撫子（なでしこ）を並べて生ほす女郎花植ゑては花の親と頼まむ

二二 「思すこと」は、兵部卿の宮の承香殿の女御に対する思いをいう。

二三 「知らず聞こえ」は、よく理解できないままに申しあげるの意。

二四 「籬より七叢匂ふ女郎花」に、宮中にいる、朱雀帝の七人の女御をたとえる。

二五 「蓬」に、兼雅自身をたとえる。「高き君にせむ」は、女郎花を自分の主君として仰ぎ見ることになるだろうの意。

二六 二葉の頃から野辺には似つかわしくなく育てて来た女郎花よ。宮中の籬に植えられたまま生涯をお過ごしなさい。「野辺」に三条の院、「女郎花」に仁寿殿の女御をたとえる。

二七 「労の深きあまりに」は、あまりに深く気がまわるためにの意か。

二八 「撫子」に女一の宮、

と書きて参る。

上、御覧じて、いかにいかにと、[22]心を、御覧じて、解きておはしますに、[二九]兵部卿の親王、承香殿を思したり、左大将のを御覧じて、あやしく、心得たることをものた[23]まひたる[24]かなと思して、[三〇]仲忠を御覧じて、帝、笑ひ給ふこと限りなし。帝「仲忠の朝臣は、なでふ心をか得たる。[三一]あは」と仰せらる。仲忠、「深くは知り給へざりつれども、はた、奏したらむ、こよなくあらずや侍らむ」。帝「かしこう空おぼえする朝臣なりや」とて笑ひてやみ給ひぬ。

一四　相撲が始まる。勝負がつかないまま、最後の十三番を迎える。

今は、皆、相撲始まりて、左右の気色、[一]祝ひそして、勝ち負けの[二]かつきには、四人の相撲人出だして、勝つ方、一二の相撲、[三]方人に取られ給へる親王たち・上達部、大将、中、少将、[1]楽し給ふ。十二番まで、こなたかなた、かたみに勝ち負けし給ふ。ただ今は、

「女郎花」に仁寿殿の女御をたとえるか。「植ゑては花の親と頼まむ」は、父上が仁寿殿の女御をいただけるのだったら、私も、女一の宮をいただいて、女御を親として頼りにしようの意と解した。

二九 以下「思したり」まで挿入句。

三〇 「仲忠を」を、「仲忠の歌を」の意と解したが、あるいは、「仲忠のを」の誤りか。

三一 「あは」は、感動したり、驚いたりした時の言葉。

一 夢中になって勝ちを祈って。

二 「かつき」、未詳。勝敗が決まった時の意か。このあたり、文脈が調わない。

三 「方人」は、左右に分けて競う競技で、それぞれの方を応援する人。

こなたもかなたも、数なし。いま一番は、出だすべきになむ、勝ち負け定まるべき。左に、名立たる下野の並則、上りて候ふに、並則が都に参上ること三度、ここばくの年ごろの中に、一度は仕うまつれり、一度は合ふ手なくてまかり帰りにき、天の下の最手なり、左大将のおとど、右の相撲、これに合ふべきはなしと思して、こたびの相撲にぞ勝負定まるべければ、せめて、こなたかなたに挑み交はしておはしまさふ。左は並則を頼み、右は行経を頼みて、大願を立てつつ、勝たむことを念じ、さらに、相撲、とみに出で来ず。

一五　相撲が続き、夜の賄いを承香殿の女御が務める。

かく言ふほどに、まだ日高し、そのほどに、御膳の賄ひ代はりて、承香殿仕まつり給ひけるを、今は夜さりの御膳になりて、式部卿の宮の女御あたり給ふを、この御息所、昼の御賄ひに、

四　底本「さう」を「さぶらふ」の転「さうらふ」の縮約形と見る説もあるが、「さう」は、中世以後の俗語との通説に従って、「さぶらふ」の誤りと解した。

五　以下、および、「一度は……まで、「仕うまつれり」まかり帰りにき」「天の下の最手なり」は、挿入句。

六　対戦相手がいないので。

七　この最後の相撲で勝負が決まることになるので。相撲は、もともと二十番だったが、『西宮記』恒例二相撲事には、寛平三年の十七番、天慶九年の十五番の例も見える。この日は、十三番だったことになる。

一　朝の御賄いの仁寿殿女御から昼の御賄いの承香殿の女御に代わった時に時間を遡らせて、一、二番の

「なほ（式部卿の女御）、こたみは仕うまつり給へ。[1]後は、御譲りあらむことを仕うまつらむ」とて、今日は、なほ、承香殿仕うまつり給ふ。夕影のほどになり、[2][四][3]かの賄ひ仕うまつり給ふ。

[五]相撲（すまひ）の盛りに、きしろひて、勝ち負けして、左右、さまざまの相撲出（い）だして仕うまつらせ、限りなく楽を仕うまつる。かくおもしろき御覧ぜしほどに、賄ひの御息所の容貌（かたち）・装束（しやうぞく）めでたく清らなるも、え心とどめて御覧ぜざりけるを、[六]かくきしろひ挑み[4]交はして[七]出で来ぬほど、[八]この御賄ひを御覧じて、[九]夕影に、あやしく、物の清らまさるほどに、例よりもまさりてなむおはしましける、帝（みかど）、[一〇][5]この君を、御名立ち給ふ兵部卿の宮に御覧じ比べて、げに、[6]はた、え見過ごしてあるまじき人の仲にこそはありけれ、男も女も、かたみに見交はしては、[7]げにげに、身はいたづらになるとも、[8]我にても、ただにては、えあらじかし、見るに、男も女も、深き労（らう）ありけりとも、いとどおぼゆるかな、かかる仲の、さすがに、色に出でては、えあらず、思ひ慎（つつ）むことありて、[一一]その中に、なでふ

後の陪膳についていうか。参考『西宮記』恒例二相撲事「一二番後召二侍従一、御厨子所供二御膳一、内豎居二突重一、酒番侍従献レ盃」。
二　以下、再び、時間を戻す。
三　昼の御賄い役の承香殿の女御に。
四　「かの賄ひ」は、夜の御賄いをいう。
五　これまでの相撲の様子に遡った記述。
六　以下、夕刻に時間を戻した記述。
七　並則と行経が現れずにいる間に。
八　「この御賄ひ」は、夜の御賄い役の承香殿の女御。
九　以下「おはしましける」まで挿入句。
一〇　「この君」は、承香殿の女御。
一一　承香殿の女御と兵部卿の宮の間で。

ことを言ひ尽くすらむ、この中には、世の中にありとあることの、少し見どころ・聞きどころあるは言ひ尽くすらむかし、かれを聞き見るものにもがなと、これかれを比べつつおはしまして、いかで、これに、いささかなること言はせても見せてしかなと思す。

物など聞こしめして、（帝）「今日の賄ひは、人々にかはらけ賜ふべきものぞや。わいても、一二そこには、忌ん給ふことやあらむとする」。御息所（みやすどころ）、（承香殿）「賄ひのかはらけ賜ふべき人こそ候はざめれ」と聞こえ給ふ。一三兵部卿の親王（みこ）は、え聞き過ごし給はで、「今日は、かはらけのすまひの節（せち）にこそ」と聞こえ給ふ。帝、笑ひ給ひて、「一四されば、一五[9]愛（め）で倒（たふ）れする人もあらむ」。兵部卿の親王、「倒るる方になりなば、勝つ名もなりなむかし」と聞こえ給ふさま、[10]切（せち）に[11]隠しあまる気色なれば、あはれに苦しく思ほゆらむ、[12]さてあらむに似げなかるまじき仲にこそありけれなど御覧じて、上、御かは[13]らけ、女御の[14]賜ふべき人なかなるを、げになしやと試みむとて、賄ひの御息所に賜ふとて、

一二　「そこ」は、二人称。
一三　「すまひ」に、「相撲」と「すまひ」（断るの意の名詞）を掛けた表現。
一四　だから、飲み過ぎて倒れる人もいるでしょうか。「すまひ」の語を、争うの意に取りなした表現。「倒る」は、相撲の縁語。
一五　「愛で倒る」は、飲み過ぎて倒れるの意。
一六　「兵の庫」は、兵部省に属する兵庫寮。「兵の庫に宿る」は、女御が兵部卿の宮と結婚することをいう。「乙矢」の「おと」に「弟」の意を込め、「かたは」に「片端」と「片羽」を掛ける。「兵の庫」「片羽」「乙矢」は、縁語。
一七　「乙矢」の「おと」に「音」、「いらるる」に「焦らるる」と「射らるる」を掛ける。「射る」「乙矢」は、

帝一六「兵の庫[15]に宿るはつらけれどかたはに見えぬ乙矢なりけり

と見ゆればなむ咎め聞こえぬ」とて参り給ふ。御息所、賜はり給ふとて、

承香殿一七 片端なる名のおと矢にも聞こゆれば思ひいらるる頃にもあるかな

とて賜はり給ひて、春宮、取りて、兵部卿の宮に奉り給ふとて、

一八「秋の夜の数を掻かせむ鴫の羽の今は乙矢の片羽にはせむ

同じくは、さてあらむなむよからむ」。兵部卿、賜はり給ふとて、

一九「大鳥の羽や片羽になりぬらむ今は乙矢に霜の降るらむ

思ほえぬことかな」とて、[16]弾正の宮に奉り給ふ。取り給ふとて、

三の宮二〇「夜を寒み羽も隠さぬ大鳥のふりにし霜の消えずもあるかな

なほ、言はれ初め給うにたるこそ悪しかめれ」とて取り給ひて、

左大将に奉り給ふ。取りて、[17]

正頼二一 消え果てで夏をも過ぐす霜見ればかへりて冬の数ぞ知らるる

右大将に奉り給ふ。取りて、

縁語。

一八 引歌、『古今集』恋五「暁の鴫の羽掻き百羽掻き君が来ぬ夜は我ぞ数かく」（詠人不知）。「乙矢の片羽にせむ」は、兵部卿の宮に添わせようの意。

一九 春宮が鴫にたとえた女御を、自分にとっては大鳥だと詠み変えたもの。「霜の降るらむ」は、風俗歌「鸛（おほとり）」の「鸛の羽に　やれな　霜降れり」の句による。

二〇 「羽も隠さぬ」は、承香殿の女御が兵部卿の宮に対する愛情を隠そうとしないの意か。「ふり」に「降り」と「古り」を掛ける。「古りにし霜」は、かつての恋愛の噂の意か。

二一 「冬の数知らる」は、「霜」の縁で、どれほどつらい思いをしてきたのかがわかるの意と解した。

兼雅「花の上に秋より霜の降るなれば野辺のほとりの草をこそ思へ

かかる空言恐ろしかりけり」とて、式部卿の親王に奉り給ふ。取り給ふとて、親王、

こき交ぜて秋の野辺なる花見ればあだ人しもぞまづ古しける

一六　左方の並則が勝って、相撲が終わる。

かかるほどに、異上達部、いとあまた参り給ひぬ。度々御かはらけ参りて、日申の時ばかり、いま一手の相撲、こなたかなた、さらに出で来ず。上よりはじめ奉りて、上達部・親王たち、なほ気色あるべき手なり、こたみこそ事定まるべき度なれと思して、しひて待ちおはします。

からうして、まづ左に並則、右に伊予の最手行経出で来る時、人々、「こたみの相撲の勝ち負けの定まらむこと、いと無期なり。まさに、並則・行経が合ひなむ手は、とみに定まりなむやは」と、

三　「花」に兵部卿の宮を、「野辺のほとりの草」に兼雅自身をたとえる。

三　「秋の野辺なる花」に美しい女御たち、「あだ人」に兵部卿の宮と兼雅をたとえる。あるいは、「秋」に「飽き」を掛けるか。参考、『古今集』恋五「秋と言へばよそにぞ聞きしあだ人の我を古せる名にこそありけれ」（詠人不知）。

一　「日申の時」は、太陽が申の方角になった時の意。午後四時ごろ。「吹上・下」【三】注三参照。

二　やはりおもしろい取組になるはずだ。

三　反語表現。「とみに定まらじ」の強調表現。

四　「分かる」は、その席を立っての意と解した。

五　そちらの近衛府の人々や官人たちを見送れ。「官

心もとなくてあるほど、上、「いと切に労あり。左にも右にも、今日勝たむ方は、参れる人、分かれて、その府の人・官人の送りせよ」と仰せられて、左右と遊ぶこと限りなし。

かかるほどに、なほなほ、左勝ちぬ。左より、四十人の舞人分かれて、人など、数知らず出で来て遊ぶこと限りなく、おもしろく遊びせめて、左大将、かはらけ取りて、並則に賜ひて、衵の御衣脱ぎて賜ふ。

一七　管絃に及び、帝、涼と仲忠に琴を弾くように求める。

限りなく遊ぶに、上、「ここらの年ごろ、嵯峨の院の御時にも、国領りて後も、見どころあることなかりつるに、さこそ言へ、ただ今の大将たち、少し、例の人に立ちまさりたる人にて、心遣ひせられけむ、いと労あるかな。これに少しめづらかならむ筋にして、かの九日の等しき相撲になしてむ。『仁寿殿の相撲の節、吹

人」は、「俊蔭」の巻【五八】注一参照。

六 「人」は「楽人」をいうか。あるいは、その誤りか。

七 ここは、勝った方が乱声・奏舞をしたことをいう。左が勝った時には、抜頭を演奏する。『西宮記』恒例二相撲事「十七番取了、勝方乱声。左抜頭、右納蘇利」。

八 「遊びせむ」は、一心不乱に舞を舞い楽器を演奏するの意。「嵯峨の院」の巻【三】注三参照。

一 以下「心遣ひせられけむ」まで挿入句。

二 今日の相撲の節は。

三 「かの九日の」は、吹上での九月九日の重陽の宴をいう。【四】注四参照。「吹上・下」の巻【五】参照。

上の九日』とも言はせてしかな」[四][2]とのたまふ。春宮、「さりとも、今日、これはやと見ゆること、異人は、え仕うまつらじ。こくばくに、並びなく、天の下ある限りのものの、今日に尽きぬるを、それに少し立ちまさらむことは、涼・仲忠・仲頼なむ仕うまつり[五]出ださむ」。上、「その人々こそ、心強き[六]人なれ。さりとも、今見むかし」とて、涼を召す。

涼、その日、いとめでたく[3]装束きて参れるを、御前に召して仰せらるる、「今日なむ、例の節会に似ず、ものの興思ほゆる日になむあるを、今日、累代の例になりぬべかめり。思ふやう、いま少しめづらしからむことしつけて[七]、同じくは、例にせむ、なほ、[4]今日の相撲のこと、世にまたあるまじく古事[5]にとなむ思ふ。人のすまじきことをこそはせめと思ふに、[八]涼の朝臣といま一人となむある。[九]朝臣の訪ひにものしたりし九日なむ、唐土にもなく、めづらしき例になりにし。今日の相撲[6]をなむ、また、さなさまほしき。[一〇][7]かの仕うまつりし琴仕うまつれ」。涼、「年ごろ仕うまつりし琴

四 後世の人に言わせたいものだ。

五 ここに仲頼が話題になること、不審。仲頼は、「あて宮」の巻【九】で出家していた。ここは話題になっているだけだが、この後に実際に登場している。【三〇】注三、【三七】注三〇参照。ただし、【三】の左近少将たちの中に仲頼の名が見えないので、仲頼の官職についてははっきりしない。

六 「心強し」は、頼んでも言うことを聞かないの意。

七 「しつく」を、加えるの意と解した。

八 「涼の朝臣」は、涼本人に言った発言。「いま一人」は、仲忠をいう。

九 【三】注一〇参照。「朝臣」は、ここは二人称的な用法で、涼をいう。

一〇 涼が琴を弾いたのは、

仕うまつらじと思ふ心侍りて、魂をも変へ、仕うまつりし一一足末を捨てて侍れば、さらに、弾きどころある手といふものなむおぼえず侍る」と奏す。上、「さらに奏すまじきことなり。仲忠の朝臣、度々否び申すをだに許さで。一二 げに、一三山賤ども聞かじや」と一四仰せらるる。しひて、傍らなる人に言ふ、「いささか、ようまれ悪しうまれ、思ひだに出でられば、仕うまつるべきを、さらに一五かけ離れてなむ思ほゆる」と、人々に言ふを聞こしめして、「涼の朝臣が8すまひ申すをすまはせては、仲忠の朝臣のしてむをば責めじ」など、度々、いと切に責めさせ給ふ。かしこまりて、さらに仕うまつらず。上、一六「天下におぼつかなくおぼゆとも、深き才は、それに向かひて手触れしむれば、自然に思ひ出でらるるものなり。いと、さ言ふばかりにはあるまじかめるを。さりとも、片音ばかりは残りたらむものを」と、「度々辞し申すことなり。上手も、常に好みてはせざりけれど。一七 労ある声にもあるかな。まして、常に9違ひて心に入りなむ時、いかならむと思ほゆるなむ、いとおも

神泉苑の紅葉の賀の時だった。「吹上・下」の巻【九】【一〇】参照。ここも、新たに作られた〈吹上の宣旨〉と関わる問題である。ここも、【三】注一〇参照。

一一 「足末」は、足先の意を比喩的に用いて、奏法の端々の意という。

一二 下に脱文があるか。

一三 『拾遺集』夏「山賤と人は言へども時鳥待つ初声は我のみぞ聞く」（坂上是則）による表現か。

一四 あるいは、「仰せらる」の誤りか。

一五 「かけ離る」は、ここは、琴から遠ざかって忘れるの意。

一六 「天下に……とも」は、どんなに……しても、たとえ……してもの意。

一七 下に「頼まれれば、それなりに演奏したものだ」の意の省略があると解した。

しろき。いと切なる夜に、後ろめたきことは言はじや」とて、御前なる[一八]六十調を胡笳に調べて、[帝]「これが声[10]をもて、折り返し[11]、ただ、かの[一九]ふきあはせむにて仕うまつられよかし。[二〇]弥行が族[12]の[13]二の拍を、琴の音の出で来む限り仕うまつれ」と仰せられて、涼、「さらに、[二一]異手は思ひ出づることや侍らむ、胡笳の手といふもの、かけても思ほえずなむ侍る。[二二]この調べを、返して、声になして、わづかに仲忠と候はば。仲忠の朝臣の仕うまつらむを承らばや、も。[二三]ただ[14]この六十調ばかり、異手どもの多く侍らむ」と聞こえて候ふ。[帝]「涼の朝臣仕うまつらばこそは、[二四]仲忠の朝臣は、『きしろひたる人仕うまつるに、これに搔き合はせて仕うまつれ』とも言はめ。すまふまじき涼だに、かく言ふ。まして、[二五]かのあやにく者は、[二六]まさに聞きてむや。よし。仰せみむかし」とのたまひて、「仲忠の朝臣」と、御口づから[15]召す。仲忠、左近の幄に、[二七]笛吹きせめて、勝ちたる遊びしを[16]るに、召す声を聞きて、笛うち捨てて逃げ隠れぬ。

一八 底本「六十てう」を「六十調」と解する説に従った。琴（きん）の名。
一九 「ふきあはせむにて」、未詳。「吹上にてせし手」などの誤りと解する説に従って訳した。
二〇 「弥行が族の」は、弥行から伝授を受けたの意か。弥行は、涼の琴の師。「吹上・下」の巻【一〇】注二参照。「二の拍」は、胡笳十八拍の二の拍。「吹上・下」の巻【九】注七に、「□が族の胡笳の一の拍」の例が見える。
二一 挿入句。
二二 「この調べを、返して、声になして」を、この調べを、もとに戻して、胡笳の調べに変えての意と解した。
二三 下に「思ひ出で侍らむ」などの省略がある。
二四 「仲忠の朝臣は」は、「仲忠の朝臣には」の意か。

一八　仲忠、琴を弾くことをのがれて、藤壺に隠れる。

隠れ所もおぼえず、いかで人に知られじと思ひ、藤壺（ふぢつぼ）に、[一]春宮に候ひ給ふ、大将殿のあて宮の御局（つぼね）に隠るる時に、御達（ごたち）、「こは、なぞの御隠れぞや」など笑ひ言ふ。仲忠、「ただ今、わづらひにて侍り。[二]えまかでで、せめて隠れ所を求むるに、ただ、ここに候はむのみなむ、心やすかるべき」。兵衛（ひやうゑ）、「あなむくつけや。[三]過ちしたらむ人をば、いかでか隠さむ。言ひかけもこそし給へ」。中将、（仲忠）「ほかに過つべきこともおぼえず。ここにこそ、よろづのこと過つべけれ」。兵衛、「『[四]用なきもの見えず』とか言ふなれば、[五]いづくにてかし給はざらむ」。いらへ、（仲忠）「さりとて、[六]合はせに、あだならぬ人もありや」とて、御簾（みす）・御几帳（みきちやう）の中に隠れて、長押（なげし）[1]に押しかかりて、ただ、あて宮の御前（おまへ）に候ひて、ものなど聞こえて、（仲忠）「今日、上に参上（まうのぼ）り給はぬ人は、いと罪深き心地こそし給へ。

三五「かのあやにく者」は、仲忠をいう。

三六 反語表現。「聞かじ」の強調表現。

三七 一心不乱に笛を吹いて。

一「春宮に候ひ給ふ、大将殿のあて宮の御局に」は、上の「藤壺に」を説明して繰り返した表現。

二 宮中から退出することもできずに。

三「過ち」は、男女間の過ちの意。

四「用なきもの見えず」は、「必要がないものは見えないが、必要があれば、目につく」の意の当時の諺か。

五 反語表現。「いづくにてもし給はむ」の強調表現。

六「合はせに」、未詳。相手次第ではなどの意か。

さるめでたきことのありがたげなるを御覧ぜで。なほ、おぼろけ[七]にはあらじかし」。上、兵衛の君していらへなどせさせ給ふ、「それ見過ぐすも、罪なきにはあらずかし」。仲忠、「時々候ふに、肖えにたるにやあらむ」とて、「まめやかには、さばかりおもしろかりつるものを御覧ぜずなりぬる」。兵衛、「この頃、悩み給ふこ[八]とありてなむ。いづ方か勝ち給ひぬらむ」。いらへ、「何ぜむにか[九]問はせ給ふらむ。左の府の中将には、仲忠侍らずや。いづ方にかはあらむ」。兵衛、「さればこそは、こなたにはあらじと思ほすめれ」。いらへ、「心の内は、よき空言人なりけり」など言ふ。「いとこそ、よく気なかりつれ」。「いで、さも、くちをしく、御覧ぜずなりぬるかな。さるは、必ず参上り給へらむと思ひ給へつるを。[一〇]同じくいたす舞といへども、いと労ありてし侍りつるは、候ひ給ふらむと思ひてこそあれ。御覧ぜざりけるこそ、いと夜の錦[一一]の心地すれ」。兵衛、「ここにてやは、御手づから仕うまつり給ひて、御覧ぜさせ給はぬ」。「いで、何かは。合ふ手[一二]にしなし給はば」な

七 やはり、並みたいていな罪ではありませんね。
八 あて宮が懐妊していることをいうか。第一御子懐妊中の時のことなら、この巻は、あて宮の入内の翌年の七月のことになる。第二皇子懐妊中と見る説もある。
九 「なぜむ」は、「なにせむ」の撥音便「なんぜむ」の撥音便無表記の形か。
一〇 仲忠が舞ったことは語られていない。
一一 「夜の錦」は、「嵯峨の院」の巻【一三】注五参照。
一二 あなたが相手をしてくださるならば。【一四】注六の「合ふ手なくて」と同じく、相撲用語を用いたもの。
一三 『和名抄』術芸部雑芸具「独楽 古末都玖利」。
一四 古歌か。「高麗人」による洒落。「白樺の（夏衣）」に、入内後も変わら

ど言ふ。

かくて、もの聞こえ給ひ、よろづのことを言ひ居たれば、上、兵衛していらへさせ給ふ。中将、「高麗人などこそ、通辞はありといふなれ。[9]まかり渡るとも思はぬに、あやしくもあるかな」。[10]いらへ、（兵衛）「されども、[一三]独楽、はた、遊ばす、上手におはしませばにこそはあれ」[11]など言ふ折に、夕暮れになりぬ。秋風、いと涼しく吹く。中将、

（仲忠）[一四]秋風は涼しく吹くを白栲の

など、御前なる箏の琴を掻き鳴らしなどす。兵衛、「されば、頼[一五]み聞こゆる人もあらむかしな」。中将、「ここならでは、いづくをかは」。[12]いらへ、「されど、[一六]『野にも山にも』とこそ言ふなれ」。中将、「それは、[一七]嵐ならむや」。兵衛、「されど、[一八][13]『山風』とこそ聞こゆなれ」。中将、「されど、今は、皆、[一九]木枯らしになりにたりや」。兵衛、「むべこそは、[二〇]声の、空に聞こえけれ」。中将、「『まづ先に[二一]立つ』とてなむ」。兵衛、「春頃より聞こえざりつる御好きぞかし。

ない恋心をたとえるか。

一五「頼み聞こゆる人」は、暗に、女一の宮のことをいうか。

一六『素性集』「うち頼む人の心のつらければ野にも山にもいざ隠れなむ」による表現か。

一七『後撰集』雑三「身に寒くあらぬものからわびしきは人の心の嵐なりけり」（土佐）による表現か。

一八『古今集』秋下「吹くからに秋の草木のしをるればむべ山風を嵐と言ふらむ」（文屋康秀）による表現。

一九『古今六帖』一帖〈初秋〉「木枯らしの秋の初風吹きぬるをなどか雲居に雁の声せぬ」による表現。あて宮の返事がないの意。

二〇 雁の縁でいう。歌による表現か。

二一「先に立つ雁」の意。ここも、歌による表現か。

いかでならむ」。中将、「秋霧[二二]の上には[14]、いかが聞こえざらむ」。兵衛、「それが晴れ[二三]ずのみ[15]あらむこそ見苦しけれ」。中将、「そよや。尽き[二四]せぬこそ、いとわびしけれ」。兵衛、「『宿貸す[二五]人はあらむを、あいなき御言(こと)なりや』などなむ」。中将、「されど、春宮[二六]よりは帰さるめるを」。兵衛、「それは、『雲の上[二七]には御宿りあり』とてなむ」。中将、「それを[二八]まかり過ぎしは、月影にも御覧じけむ」。兵衛、「それこそは、しら雲[二九]なれ」。中将、「いで、まことは、まめやかなることをこそ聞こえさせめ。月日などは、ここ[16]こそ侍れ。え思う給へ定めぬことの、年月に添へてまさるをば、いかがせむ。つひに御覧じ知らじとやすらむ」。兵衛、「この頃は、月に添へては思ほし得ずやあらむ。つごもりになりにけるは」。(仲忠)「いで。さては、有明(ありあけ)もしるからむかし。あやしく、まめ言(ごと)聞こゆれば、[17]そらめきおはするかな。否や。君を聞こゆるにはあらず。あいなき垣下(かいもと)[三〇]かな」など[18]言ひて、(仲忠)[三一]「世の中に、わびしきものは、独り住みするにまさるものなかりけり。あが君や、『思し知らななむ』

二二 『古今集』秋上「春霞かすみて往にし雁がねは今ぞ鳴くなる秋霧の上に」(詠人不知)による表現。
二三 『古今集』雑下「雁の来る峰の朝霧晴れずのみ思ひ尽きせぬ世の中の憂さ」(詠人不知)による表現。
二四 前の注の歌による表現。
二五 『古今集』羇旅「一年に一度来ます君待てば宿貸す人もあらじとぞ思ふ」(紀有常)による表現。
二六 「春宮」は、春宮妃あて宮の局(藤壺)をいうか。
二七 暗に、仲忠が女一の宮と結婚することをいう。
二八 仲忠が女一の宮と結婚していないことをいう。
二九 「白雲」の「しら」に「知ら(ず)」を掛けた表現。
三〇 「垣下」は、宴席の、正客以外の客。ここは、兵衛の君のことをいう。
三一 以下、あて宮への発言。

と聞こゆるは、わりなかりけり。今は、『[三二]結ふ手も弛(たゆ)く解くる下(した)紐(ひも)』と聞こえさするも、いとなむ効(かひ)なき」。

あて宮、からうしていらへ[19]給ふ、「『[三三]下紐解くるは朝顔に』[20]とか言(こと)ふ言ある」。中将、「同じく吹かば、この風も、物の要(えう)にあたるばかりになりなむ」とて、

仲忠[三四]「旅人のひもゆふ暮れの秋風は草の枕の露も干(ほ)さなむ

[三五]涙のかからぬ暁さへなきこそ」。藤壺の御いらへ、

「[三六]あだ人の枕にかかる白露はあき風にこそ置きまさるらめ

忘れ給ふ人々もなうはあらじかし」。中将、「まだこそなけれ。

木(こ)の葉をも宿に古さぬ秋風のむなしき名をも空に立つかな

しるきこともあらじものを。いづれか、あだ人ならむ」。藤壺、

「吹き来れば萩の下葉も色づくをむなしき風といかが思はむ

まめやかにも見えずかし」。中将、「それはおもとにならむかし」とて、

[三七]秋風の萩の下[21]葉を吹くごと[22]に人待つ宿は言(こと)[23]さやぐらむ

三二『古今集』恋一「思ふとも恋ふとも逢はむものなれや結ふ手も弛く解くる下紐」（詠人不知）。

三三『伊勢物語』三七段「我ならで下紐解くな朝顔の夕影待たぬ花にはありとも」と関係があるか。

三四「日も夕暮れ」の「ひもゆふ」に「紐結ふ」を掛ける。「露」は、涙をたとえる。『風葉集』羇旅「題知らず　右大将仲忠」。

三五『信明集』「ものをのみ思ふ寝覚めの枕には涙のかからぬ暁ぞなき」による表現。

三六「秋風」の「あき」に「飽き」を掛ける。「白露」は、涙をたとえる。

三七『風葉集』秋下「同じ女御のもとに、とかく申すこと侍りて　右大将仲忠」、五句「床や敷くらむ」。三句は、『風葉集』に従った。

藤壺、うち笑ひ給ひて、

三八 籬(まがき)なる荻(をぎ)のあたりを吹く風のいさやそよともいかが答へむ

中将、「いでや。もどかしうこそあれ。

三九 吹きわたる下葉多かる風よりも我をこちてふ人もあらなむ」[24]

と聞こゆるほどに、仁寿殿(じじゆうでん)より、仲忠を、せめて求めさせ給へど、[25]さらになし。帝「まかでやしぬる」と仰せらる。四〇「陣にも、四一[26]まかづとも見えず、四二随身はあり」と聞こしめして、しひて求めさせ給ふ。帝「ただ今、左近の幄(あく)にて、になき笙(しやう)の声々出(い)だすなりつるを、よにもまかでじ。まかでにたらば、召しに遣はせ」など仰せらるれど、さらになし。

一九　涼、仲忠を捜して、藤壺で仲忠を見つける。

上、右大将に、[1]帝「仲忠の朝臣(あそん)に、切(せち)に会はまほしきことなむある。さらになしとや。そこに、あり所は知り給へりや」。大将、

三八「籬なる荻」に、春宮妃としてのあて宮自身をたとえる。参考、『大和物語』一四八段「一人していかにせましとわびつればそよとも前の荻ぞ答ふる」。

三九「吹きわたる下葉多かる風」は、妃が多い春宮をたとえる。「こち」に代名詞「こち」と「東風」を掛ける。

四〇「陣」は、左近の陣。日華門にあった。

四一 挿入句。

四二 仲忠の随身。

一 挿入句。
二「中将の朝臣」は、涼。
三 以下、聞き手が、帝から涼に変わる。
四 仲忠が、このまま宮中を退出してはまずい。

「ただ今まで候ひつるを、まかでやしぬらむ、候はずなむ侍る」。上、「さらば、召しに遣はせかし」。大将、「まかで侍りとも、さるは見えざりけるを。あやしくなむ消え失せ侍りぬる。中将の朝臣も候はるるを、もし、琴仕うまつるべきことや仰せられつらむ。さ承りてか逃げぬらむ。いとあやしき者なり。琴のこと言へば、跡を断ちて逃げ隠るる者なればにや。しばし、御琴どもを隠され、涼の朝臣も候はずまかるよしを言ひ散らして、隠されよ。あいなう、はた、やがてまかづる」。涼、何のよきことと立ちて、ただ気色ばかり、御前近きわたりにて、頼澄の君に会ひ給ふ、「涼はまかでぬ。もし召しあらば、『御前にて琵琶仕うまつりつるに、にはかに気上して』と奏し給へ」と言ひつけて、仲忠聞くばかりにも言はで、これも、藤壺に参りぬ。

仲忠、「かれは、誰ぞ」と言ふ。「涼」と、いらへて言ふ。仲忠、「おはせねど、いとよく吹くめり」。「涼とて、秋風にもなし給ふかな。ここにこそ隠れられたりけれ。ただ今、切に求めさせ給ふ

五　「何のよきこと」は、かえって好都合だの意。参考、『伊勢物語』六五段「されば、何のよきことと思ひて、行き通ひければ、皆人聞きて笑ひけり」。
六　「ただ気色ばかり」は、「言ひつけて」に係る。
七　源正頼の九男。「春日詣」の巻【三】注四参照。
八　底本「給ふ」。「給ひ」の誤りと解する説もある。
九　「気上す」は、のぼせるの意。
一〇　仲忠の耳にとどくほど言い広めることなく。涼自身も、藤壺のもとを訪れようとしていたのである。
一一　「かれ」は、二人称。まだ遠くにいる涼に呼びかけた言葉。
一二　あなたがおいでにならなくても、今日は、涼しい風がずいぶんと吹いているようです。

めるは」。仲忠、「さらば、あなかまや」。涼、「大将のおとど、召す使に任され給ひつめるは。それをばすまひ給はじかし」。仲忠、「今宵は、親も子も知らじ」。涼、「御前にて、御琴賜はりて責め[一三]そせさせ給へるに、極じにたりや。あが君の御徳にこそまかり出でぬれ」。「仲忠が徳には、さのみこそはうれしげなけれ」など物語しつつ、内より、浅香の折敷どもに、肴、いと[一四]景迹にし出だされたり。

[7]中将、「いとねたきこと、ただ一つ、涼が、今日あるかな」。仲忠、「何ごとぞや」。(涼)「いで。今日、[一五]必ず参り給ひなむと思ひつるに」。仲忠、「それや。何か。ねたきことありや」。(涼)「この相撲の、左の並則が勝ちつるほどの[一六][8]大和舞仕まつりつるをなむ。おはしますと用意しつるところなむ[9]ありつる」。(仲忠)[一七]「祓へをこそすなれ。[一八]殊なる神とも思はぬものを」。涼、「ねたきことも言ふを聞こしめし入れぬは。げに、それだにあらぬ御心なんめりかし」など聞こゆ。「仲忠も、さぞありつるや。笙の笛の調べのほどよ」など言ふ。

一三 「そす」(過度に……する)の下二段活用の例。
一四 「景迹なり」は、すぐれている、すばらしいの意。
一五 あて宮さまが節会の場に必ず参上なさるだろう。
一六 涼が大和舞を舞ったことは語られていない。
一七 『貫之集』「憂き人のつらき心をこの川の波にたぐへて祓へてぞ遣る」などによる表現か。
一八 『古今集』恋一「恋せじと御手洗川にせし禊神は受けずぞなりにけらしも」(詠人不知)による表現か。

一 「かくても」は、あるいは、「かくて」の誤りか。
二 「さしながら」は、そっくりそのまま、全員の意。「し」は強意の副助詞で、「さながら」に同じ。

藤壺、「ここにてやは、ただ今聞かせ給はぬ」。

二〇　兼雅、藤壺で、仲忠を見つける。

かくても、涼も仲忠も、よろづのことを聞こゆるほどに、仁寿殿より、藤中将求むる使に、府の人も、さしながら里には行き、仲頼も少将たちも、連ねて、すべて、宮の内を求め巡り給ふ。大将のおとど、ただ殿上童を一人御供にて、まづ、陣ごとに、「宰相の中将やまかでつる」と問はせ、近衛の御門に、「車やある」と問はせに遣はしたれば、「陣にも、まかで給ふとも見えず、車も随身どももあり」と聞こし、后町よりはじめて、君たちの御宿直所・御局どもにうかがひ給ふに、藤壺に立ち寄りて聞き給へる、御前の方に、箏の琴弾き、涼琵琶掻き合はせて、しるき人々の琴なれば、しるく聞かせじとて、異声を調べ、例の声を変へて弾けど、労ある人の御耳なれば、ふと聞き知りて入り給ふ。

三　ここに仲頼が話題になること、不審。【一七】注五参照。仲頼が少将ではない証となるか。
四　「陣」は、内裏の門にある、左衛門の陣（建春門）、右衛門の陣（宜秋門）、左兵衛の陣（宣陽門）、右兵衛の陣（陰明門）、および、縫殿の陣（朔平門）、枇杷の陣（春華門）などをいう。
五　「近衛の御門」は、陽明門。左近衛府のそばで内裏に最も近いので、左近衛府の官人以外でも、参内した人の車が置かれた。
六　挿入句。
七　「聞こす」は、「聞く」の主体敬語の例か。あるいは、「聞こしめし」の誤りか。
八　「后町」は、常寧殿の異称。
九　聞くと、すぐにそれとわかる仲忠と涼の琴なので。
一〇　「労ある人」は、兼雅。

仲忠、見つけられて、すべなき心地して、しひて隠るれど、おとど、見つけ給ひて、「召せば、などかくてはものするや、参られよや」とのたまふ。仲忠、「『やがてまかり出にけり』と奏せさせ給へ」と、「ただ今、乱り心地、ものに似ず悩ましくて、え、御前に候ふまじ」。おとど、「見苦しき人にもあるかな。『まかでにけり』と、人の奏すればこそ、『召しに遣はせ』とは仰せらるれ。また、ただ今、『随身も乗り物もあり』と奏すなりつるは。さ聞こしめしたるには、いかが、さは奏せむ。『兼雅さへ隠すなり』と仰せられじや。たいだいしきことなり。朝臣の交じらひするに、兼雅苦しき時多かりや。世の中の、人の否びがたく思ふことは、気疎くこそはすれ。いかが、天の下ならむ人は、仰せの言を否び申す人のあらむ。切に御口づから召し求めさせ給ふを、宮の内に候ひながら仰せにかなはぬこと、例の人に、えあらじや。早う参り給へ」とのたまふ。仲忠、「さらに。なほ、今宵のことは許させ給へ」。おとどの、「後に、兼雅、ひとへに痛まれたらむ、

一一 挿入句。
一二 「まかり出（で）」は、「まかり出で」の約。
一三 反語表現。「奏せじ」の強調表現。
一四 反語表現。「仰せられむ」の強調表現。
一五 「世の中の」は、「人の否びがたく思ふ」とともに、「（思ふ）こと」に係る。「世の中の」は、ごく普通のの意。
一六 「御口づから」は、帝ご自身のお口での意。
一七 「さらに」の下に「参らじ」などの省略があると解した。
一八 「進退にかなふ」は、思いどおりに振る舞うの意。参考、『落窪物語』巻一「いといみじきわざかな、よくなりて、わが進退にはかなふまじきなめりなど思ふに」。
一九 反語表現。「悪しからじ」

何にかせむ。[一八]天下に進退にかなはむとて、[一九]何か悪しからむ。今宵の召しにかなはれざらむこそは、いと悪しかるべけれ。御気色悪しうて[13]仰せらるるぞや[14]」とて、責めて、御前に押し立てて参り給ふ。涼の君をば、ありとも聞き給はず。

「ここは、[15]藤壺。仲忠・涼・[二〇]姫君。御達、数知らず多かり。大将、仲忠召す。

[二一]大将・中将の君。[二二]春宮の君たち、[二三][16]左大臣の大君・[17]嵯峨の院の小宮。[二四]四の皇子・[二五][18]五の宮おはします。[二六]女御、賄ひのもただのも、ふさに候ひ給ふ。左大将殿の[19]大君、すべて、この御族、君達・[20]女君たち、[二七]さしながら、御容貌いと清らなる。」

二一　春宮、あて宮に歌を贈って参上を促す。

上、[一]こなたに入り給ひて、[帝]「など藤壺は参上り給はぬ」。[1]小宮、「そがさうざうしきこと。かの君の参上り給へらむこそ、今日の

の強調表現。

二〇「姫君」はあて宮（藤壺）をいうが、異例。地の文で、あて宮を「姫君」とした例はほかにない。

二一「大将・中将の君」は、兼雅と仲忠。以下は、仁寿殿での場面。

二二　春宮の妃たち。

二三　底本「左大将の三君」「左大臣の大君」の誤りと見る説に従った。

二四　朱雀帝の第四皇子。仁寿殿の女御腹。

二五　朱雀帝の第五皇子。后の宮腹。

二六　仁寿殿の女御。正頼の長女。

二七「さしながら」は、注二参照。平安時代の仮名作品の散文には、この二例のみ。

一「こなた」は、春宮と妃たちの御座所をいう。

相撲(すまひ)よりも見どころあべけれ」。春宮、「[二]影に恥づばかりはあらざめるものを」とて、御前(まへ)に、[三]生海松(なまみる)の、石・貝つきながらあるを取り給ひて、藤壺に、

(春宮)「などか参上り給はぬ。こなたに、皆ものせらるめるものを。

[四]浦なるやみるめは知らで須磨の海人(あま)は底にや潜(かづ)く海の玉藻(たまも)を

と思ふなむ、あやしき。今だに参上り給へ」

とて奉れ給ひつれば、藤壺、

「[五]底なるやみるに隠るる海の藻はえこそ潜かねめに障(さは)りつつ

人々の御覧ぜむを思ひ給へてなむ」

とて奉れ給へり。

春宮、小宮に、「御覧ぜよや。いと、[六]さ言ふばかりにはあらぬを」とて、[七]御前(まへ)に出(い)で給ひぬ。

二二　仲忠、兼雅と正頼に連れられて、帝の御前に戻る。

二 『古今集』恋四「夢にだに見ゆとは見えじ朝な朝なわが面影に恥づる身なれば」(伊勢)による表現。ここは、懐妊による衰えをいう。

三 参考、『大和物語』三〇段「亭子の帝に、紀伊国より石つきたる海松をなむ奉りけるを題にて、人々歌詠みけるに」。

四 「みるめ」に「海松布」と「見る目」を掛ける。「須磨の海人」に、藤壺に閉じ籠もって参上しないあて宮をたとえる。

五 「みる」に「海松」と「見る」、「め」に「布」と「妻(春宮のほかの妃たち)」を掛ける。

六 ここは、あて宮の字を見ての判断だろう。

七 「御前」は、帝の御前。

一 「楼の上・上」の巻【三七】

かくて、夕暮れに、藤壺（ふぢつぼ）より参り給ふ。侍従（じじう）なりし時よりも、この頃は、いとめでたき容貌（かたち）の盛りなり。父おとど、さる容貌人（かたちびと）にて、連ねて参り給ふに、さらに親子とも見えず、ただ一つ[一]二つの弟兄（おとどこのかみ）に見えたり。左大将のおとど、見給ひて、[正頼][二]「事もなき随身（ずいじん）かな。中将の朝臣（あそん）[三]の今日の随身、いと見苦しや」と遊び[四]おはしまさふ。左近大将、[正頼]「右大将、左の府（つかさ）[1]のかの随身し給ふなり。[五]いかが、同じ府（つかさ）[2]の仕うまつらざらむ」とて、仲忠を前（さき）に立てて、左右の大将後（しり）に立ちて参り給ふ。仲忠求めにとて歩き（あり）つる少将・左右近も、立ちて、皆遊びて参る。ただ、この御中に、涼（すずし）一人なむなかりける。仲忠、[六][3]夕映えして、そこらの人にもすぐれてめでたく、容貌（かたち）の清らなるよりも、さし歩みたるさま、[七]うち思ひつる気色、さらに人に似ず、なまめきらうらうじ。

左右の大将よりはじめて参るを、上、御覧じて、いと御気色よくて、[帝]「いとかしこく求め出（い）でられたるかな」とのたまふ。御気色のいとよければ、御前（まへ）に候ひ給ふ限り、[八]弾正（だんじやう）の皇子（みこ）、立ちて、

注三にも、「ただ兄弟のやうにて」とある。
二　仲忠が兼雅を後に従えて現れたことをいう。
三　「今日の随身」は、仲忠の本来の随身をいう。
四　「遊ぶ」は、ここは、冗談を言うの意か。「おはしまさふ」は、主体敬語の補助動詞。動作主体が複数の時に用いられる。
五　反語表現。「同じ府の仕うまつらむ」の強調表現。
六　「夕映え」は、夕暮れの薄明かりの中で映える美しさをいう。参考、『源氏物語』「薄雲」の巻「柱に寄り居給へる（光源氏の）夕映え、いとめでたし」。
七　「うち思ひつる気色」は、無理やり召し出されて困惑している仲忠の様子。
八　以下「遊び合ひ給ふ」まで挿入句。

御階より遊び下りて、仲忠の朝臣に遊び合ひ給ふ、兵部卿の親王・若宮よりはじめ奉りて、上達部・親王たち、殿上人、連ねて迎へ給ふ。上、「候ひけるを、などか召しには参らざりつる」とのたまへば、右近大将、「左の幄にて、大将の、かはらけ賜ひて、闕巡を賜ぶことありければ、こよなく食べ酔ひて、深き葎の下になむ隠れて侍りける。草の中に笛の音のし侍るを尋ねてなむ」。上、「草笛をこそは吹きけれ」。大将、「隠れ遊びをやし侍るらむ」と聞こえ給へば、上、御かはらけ始めさせ給ひて、「酔ひ人も忘れぬことありとか」と仰せられて、仲忠に、

「百敷を今は何ともせぬ人の誰と葎の下に臥すらむ

現に、人あらじかし」とて賜へば、仲忠、

百敷に知る人もなき松虫は野辺の葎ぞ臥しよかりける

と奏し、賜はりて、春宮に候ふ。春宮、「いで。その籠もられつらむ葎も思ほゆるや」とて、

松虫の宿訪ふ秋の葎には宿れる露やものを思はむ

九「若宮」は、朱雀帝の二の宮か。「藤原の君」の巻【三八】注二、「吹上・上」の巻【三】注二〇参照。

一〇 左大将源正頼。

一一「闕巡」は、酒宴の巡盃に後れた人に、罰として、それまでの分の酒を飲ませること。

一二「隠れ遊び」は、隠れんぼう。隠れて女性と逢うことの意を込める。参考『栄華物語』巻一一「御隠れ遊びのほども童げたる心地して」。

一三「酔ひ人も忘れぬことあり」は、酔っても本性を忘れないの意の当時の諺か。

一四『古今六帖』六帖〈葎〉「何せむに玉の台も八重葎出づらむ中に二人こそ寝め」を引くか。

一五「現に」は、【八】注三参照。

とのたまへば、仲忠、

[一八]同じ野に宿をし貸さば松虫の秋の葎を頼みしもせじ

と聞こゆる、春宮、左大将に参り給ふ。大将、取り給ひて、

松虫に宿をし貸さば秋風に匂ひ殊なる花も見えなむ

とて、賜はり給ひて、弾正の皇子に参り給ふ。取り給ひて、「戯れにても、[一九]忠康をこそ思しかけねな。

[二〇]花磨く野辺を見る見る秋ごとになほまつ虫の旅に経るかな

『つらし』とこそ聞こえつべけれ」。

二三　仲忠、帝との碁に負けて、母を迎えに行く。

かかるほどに、上、何ごとをしてこれにものを言はせむと思ほす。仲忠はいとかけ離れて候ふに、上、碁盤を召して、仲忠と碁遊ばす。「何を賭物に賭けむ。いと切ならむ物も賭けじ。[一]言ひごとを賭けむ」とのたまはせて、三番に限らせ給ひて遊ばす。[二]上の、

一六　「松虫」に、仲忠自身をたとえる。

一七　『古今六帖』二帖〈宿〉「八重葎繁る宿には松虫の声よりほかに訪ふ人もなし」を引くか。「松虫」に仲忠、「葎」に藤壺、「露」に春宮自身をたとえる。

一八　「同じ野に宿を貸す」に、あて宮が育った三条の院に婿として迎えられるの意を込める。「松虫」に仲忠自身、「葎」に藤壺をたとえる。

一九　「忠康」は、三の宮の名。ここにだけ見える。

二〇　「花磨く野辺」は、美しい女性たちが育つ三条の院をいう。「松虫」の「まつ」に「（婿になるのを）待つ」を掛ける。

一　たがいに相手の言葉に従うことを賭けよう。

二　「上」は、帝をいう。

御才を尽くしてし給ふ中に、碁なむ一にし給ひ、栄えおはしますうちにも、これにいかでと思ほし、仲忠、はた、さ思ほすらむとも知らで、ただ藤壺にてもの聞こえつるのみ思ほえて、我この御碁に勝たむとも思はず、魂はただ藤壺にてからのみある心地して仕うまつりければ、一番に、上勝ち給ひぬ。二番は、仲忠勝ちて、果ての度、手を一つ打ち過ちて、ただ目一つを負け奉りぬ。

上、興ありと思して、「早う、賭物づくのことは」と仰せらる。「何ごとをかは仕うまつるべく侍らむ」。「ただ、言ふことを否ぶまじきばかりなり。労ある秋、夕暮れに言はむこと、ただにはあらじかし」と仰せらる。仲忠、ねたう負け奉りぬるかな、心遣ひして仕うまつらましものを、何ごとをか仰せられむとすらむと思ひて、「疾く承りて、身に堪へぬべきことならば、仕うまつり、堪へぬことならば、そのよしをこそ奏し侍らめ」。上、「仲忠が堪へぬことは、よにありなむや。さて、堪へぬべきことならば、承りなむやは」。仲忠、「承りてのみなむ」。上、涼に賜ひつる琴と

三 「いかで」の下に「もの言はせむ」などの省略がある。

四 「賭物づく」は、賭物として出す物の意か。『古事記』の「うれづく」の語と関係があるか。折口信夫は、「うれづく」の「づく」を「償ふ」の語根だと言っている。

五 ただ、私が言うことを拒まなければいいだけのことだ。

六 反語表現。「よにあらじ」の強調表現。

七 反語表現。「承らむ」の強調表現。

八 「せいひん」は、琴の名だが、未詳。【七】には、「御前なる六十調を胡笳に調べて」とあった。

九 「上ふたへてこと」、未詳。

一〇 「いん」を「引」（調べ

等しきせい[八]ひんを同じ声に調べて、「これなむ、今日の言ひごとに仕うまつらむによろしき琴なる。これ、さらに、上[九]ふたへてこと聞かじ。これが音の出で来む限り、この引[一〇]を、立ち返り立ち返り、度々遊べ」と仰せらる。仲忠奏す、「異仰せ言は、『身をいたづらになさむ。[一一]蓬萊[3]・悪魔[4]国に、不[5]死薬・優曇華を取[6]りにまかれ』と仰せらるとも、身の堪へむに従ひて承らむに、さらに、この仰せ言をなむ。かかる所々に遣はさむよりも難き仰せ言なる」と奏す。上、うち笑はせ給ひて、「になき勅使かな。さ[7]りとも、蓬萊の山へ不[8]死薬取りに渡らむことは、[一二]童男・丱[9]女だに、その使に立ちて、船の中にて老い、『島の浮かべども、蓬萊を見ず』とこそ嘆きためれ。[一三]かの心上手のさる者だにつひに至らずなりにける蓬萊へ、今、朝臣の、日の本の国より、行くらむ方も知らず、不死薬の使したらむこと、少しわづらはしからむ。えや求め合はざらむ。童男・丱女、え劣るまじかめり。いま一つ、興ある丱女出で来るわづらひあらむ。これ、になき使好みなり。また、悪魔

の意）と解する説に従った。

一一　以下、「蓬萊に不死薬、悪魔国に優曇華を取りにまかれ」の意。「吹上・下」の巻【九】注一三参照。「優曇華」は、「優曇波羅華」の略。「吹上・上」の巻【一】注二参照。

一二　参考、『白氏文集』海漫「海漫漫風浩浩、眼穿不レ見二蓬萊島一、不レ見二蓬萊一不二敢帰一、童男丱女舟中老、徐福文成多二誑誕一」。『紫式部日記』「『船の内にや老いをばかこつらむ』と言ひたるを、……大夫、『徐福文成誑誕多し』とうち誦じ給ふ声も」。

一三　「かの心上手のさる者」は、秦の始皇帝の命を受けた徐福や、漢の武帝の命を受けた文成をいう。

国に優曇華取りに行かむに、少し身の憂へ[10]やあらむ。かれも、[一四]南天竺より[一五]金剛大士の渡りけることは、むつましき輩を隣の国より迎へ取りて、これあひ顧みるとて、時の[11]国母の仇をいたしてなむ、さる使には出だしたりける。それ、南天竺より渡るに、自然に年経にたれば、[一六]忍辱の輩の別れにあはずとは嘆かずや。それを、いかに、朝臣の、国母の仇ありともなくて、また、さる薬要ずる[一七]后ありともなくて、にはかに親を捨てて渡らむに、少しもののわづらひあり、[12]不孝になりなむ。身の疲れありなむ。かくになきことよりは、ただ、ここながら、[一八]調べたる一つ弾かむことは、やすからむかし。あるまじき使には進まで、ただ、この琴を、手一つ掻き鳴らして聞かせなむ。かの不死薬・優曇華に劣らざらむ。不死薬は、『[13]一つ食ふとも、万歳の齢あり』と言ひて、かの国の帝王、さる難き使を立てて[14]求められ、優曇華は、『にはかに迫むる命とどめむ』となりける。いづれもいづれも、命を惜しむ薬なりけり。それを、朝臣、今宵の言ひごとを、さらばとて、悪魔国・蓬

一四 「南天竺」は、古代インドを、東西南北、中の五つに分けた五天竺の一つ。
一五 金剛大士の説話、未詳。「大士」は、菩薩、薩埵に同じ。
一六 「忍辱」は、大乗の菩薩の修行の徳目である六波羅蜜の一つ。あらゆる侮辱に堪えて、怒りの心をおこさないこと。「俊蔭」の巻【七】注六参照。
一七 「后」は、漢の武帝の王夫人をいうか。
一八 「調べたる琴」の意。
一九 「行きて見し人」は、仲忠の母をいう。かぐや姫に見立てて表現したものか。
二〇 以下、文脈が調わない。「不死薬をも」の続くべき文脈がそれて、下で、「不死の薬も」と繰り返した表現と解した。
二一 『竹取物語』「逢ふこともなみだに浮かぶわが身に

莱の山[15]まで出だし立てむなむ[16]、我、少し[17]はかなき。まづは、我、かく目に近く見馴らしたるを、さる心すごき使に、遥かなるほどを出だし立てて思はむになむ、少しあはれに心細からむ。また、[一九]行きて見し人も、ただ今ものせらるる、それが嘆き思はむを見むに、いと効なからむかし。かく言ふほどに、[二〇]不死薬をも、蓬萊にも至らむと思はむほどに、ともかくもあらば、[二一]不死の薬も何にかはせむ」と仰せらる。仲忠、「さては、向かふこと難き蓬萊には[二二]侍らざりけり。ただ、[二三]不死薬なむ焼[18]かれ侍りにける[19]」と奏す。上、「されど、今宵は、[二四]王母が家に劣らずなむありける」。仲忠、「近き衛りに、[二五]童男・丱女こそ候へ」と奏す。上、[二六]「海広く、風早きを、いかで求められむとすらむ」。

仲忠、さらにえ仕うまつるまじきよしを奏し、[二七]この心[20]の詩を作りて御覧ぜさせなどするに、帝、わりなく言ふものかな、[二八]これにつひに負けぬることのねたさなど思ほして、これならぬことは[21]何[22]ごとをかは言はむと思すに、仲忠の母に、年ごろ、いかでかと、

は死なぬ薬も何にかはせむ」による表現。

二二 不死の薬はないということだったのですねの意か。

二三 不死薬を焼くのは、『竹取物語』による表現か。

二四 「王母」は、西王母。中国の神話の仙女。不死薬を持っていたという。

二五 「童男・丱女」は、この日集まった人々や妃たちをたとえるか。確かに、帝のおそばに、童男と丱女はおりますね。

二六 「海広く、風早き」は、『白氏文集』海漫漫「海漫漫風浩浩」による表現。注三参照。

二七 「この心の詩」は、琴を弾くことができない気持ちを表現した詩。

二八 「これに負く」は、仲忠に言い負けるの意。

御心に思しわたり、昔より[二九]聞こしめしかけて、[23]いかでとのみ思ほしけれど、よにも聞こえざりければ、くちをしく思ほしけることの、かく、今、世の中にありと聞こえ、[三〇]ただ今の労者（らうざ）・容貌人（かたちびと）の、二三の者の内に入るを、これがついでにのたまひ寄らむと思して、帝「さらば、朝臣は絶えて仕うまつらじとや。かく、みづからは、えものすまじかなるを、少し朝臣の手に思ほえたる、弾く人はありなむや」。仲忠、「この族（ぞう）の手は、[三一]松方のみなむ仕うまつらむ。この一つ筋になむ侍る」。上、「それは、時々[24]聞く。[25]いま少しめづらしからむをこそ」と仰せらる。仲忠、「[26]一つ族（ぞう）の手は、松方を放ちて仕うまつる人侍らず」。上、「なほ思ひ出でられよや。さてなしや」。仲忠、「おぼえず侍り」。上、「女の中に思ひ出でよや。誰ありなむ」。仲忠、「思ほえずなむ侍る」など、[三二]のたまふ気色あれば、わづらはしう思ひながら、「仲忠、[三三]内戚（ないしやく）にも外戚（げしやく）にも、女といふ者[27]なむ乏（とも）しく侍る。そが中にも、[28]母方なるは、さらに、松方を放ちて、[三四][29]心早き方侍らずなむ。琴（きん）は、もし、母方の外戚こそ、

二九　「聞こしめしかく」は、「聞きかく」（評判を聞いて思いをかけるの意）の主体敬語。この巻に三例見えるほかには、平安時代の仮名作品に例が見えない語。朱雀帝の俊蔭の娘への思いは、「俊蔭」の巻【三】、および、「春日詣」の巻【二】注八参照。
三〇　仲忠の母（俊蔭の娘）の美しさについては、「蔵開・上」の巻【三】注三〇参照。
三一　清原松方。「春日詣」の巻【三】注四八参照。ただし、清原俊蔭の一族というだけで、関係は未詳。
三二　帝は何かお考えがあっておっしゃっているご様子なので。
三三　「内戚」は父方の親族、「外戚」は母方の親族。参考、『後拾遺集』賀「大中臣輔長袴着き侍りける夜、内外

かの俊蔭（としかげ）の朝臣の琴（きん）は仕うまつらめ。それを、さるべき筋の、さらに侍らねばにやあらむ」と奏す。帝「よし。それは、さもあらむ。
30
三五やむごとなき朝臣として、移し伝へたる人なしや。『絶えてなし』と申さじばかりにはありもしなむ。それをこそは、今宵の物には出だされめ。それは、早く。これをさへ聞かずは、心憂からむ」と仰せらる。
31
仲忠、「移し取りて伝へ侍りし仲忠だに、絶えてその筋おぼえず侍るを、まして、三六もとの師は、おぼゆること難くや侍（はんべ）らむ」。上、「三七それをこそは、今の師も忘れにたらむとは思はめ。かしこに、おぼつかなく思ほされむよ」とのたまふ。仲忠、「げに。忘れにて侍らむよしばかりをば聞こしめされてしかなと思ひ給ふるを、三八いかでかは参らすべく侍らむ」と聞こゆれば、帝「早う。それをだにものせられずは、さらに聞かじ」など、許しげなく仰せらる。仲忠、いかがはせむ、参らせ奉らむかしと思ひて、ものも聞こえで立つ。

32
右大将、見給ひて、兼雅三九「朝臣や。など。さばかり仰せらるるもの

戚の祖父にて輔親・公資侍りけるを見て詠める／方々の親の親どち祝ふめりこの子の千世を思ひこそやれ」（藤原保昌）。

三四　「心早し」は、（音楽の）才能がある の意。平安時代の仮名作品にほかに例が見えない語。

三五　「やむごとなき朝臣」は、仲忠をいう。

三六　「もとの師」は、仲忠の母（俊蔭の娘）をいう。

三七　「今の師」は、仲忠。その方が思い出すことができないなら、今の師であるあなたが忘れてしまってもしかたがないと納得することにしよう。

三八　反語表現。「参らすべく侍らじ」「参らすまじく侍らむ」の強調表現。

三九　「朝臣や」は、仲忠に呼びかけた言葉。

を、[四〇]また、いづちぞや。あやしく、魂静まらず、異様にもなりゆく人かな。見苦しかめり。しばし候へ」とのたまふ。宰相、「[四一]仰せらるる言によりてなり」と申す。「[四二]さては、何かは」とのたまふ。宰相、[四三]近衛の御門に出でて、その日、[四四]父おとどの御車のいと清らにて立てるに、おのが車をばうち捨てて這ひ乗りて、おとどの御前、皆仕うまつる。

二四　仲忠、母を連れて参内する。

かくて、宰相の中将、三条殿にまかでて入る。北の方、御衣など引き着て、その日、御髪洗[1]まし、端に出で[2]干し居給へる折[3]に、仲忠、簀子につい居る。北の方、「いかが。相撲は、いづ方か勝ちぬる」。仲忠、「左なむ勝ちぬる」。北の方、「いとさうざうしきことかな。もしこなた[一]や勝ち給ふとて、人々参り集まりて候ふめるものを。いとくちをしきことかな」。仲忠、「いとつらくものた

四〇 今度は、また、どこに行くのか。

四一 帝のご命令で行くのです。

四二 そういうことなら、かまわない。

四三 「近衛の御門」は、陽明門。【三〇】注五参照。

四四 兼雅が乗って来た檳榔毛の車。【三四】注六に、「かの、父おとどの檳榔毛の御車」と見える。仲忠は、母を、自分の車ではなく、父兼雅の車に乗って参内させることで、母に右大将の妻としての格式を調えようと配慮したのである。

一 「こなた」は、右大将兼雅の右方をいう。

二 仲忠は、左近中将。

三 母上は、父上よりも私のことを軽んじていらっしゃる。

四 （右方がお勝ちになる

まはするものかな。[二]仲忠侍る方の勝つこそうれしけれ。[三]思ほしこそ落としたれ」。北の方、うち笑ひて、「それ、はた、うれしくて。[四]ここに心設けなどしたるに、さらねば、さうざうしくなむ」。仲忠、「左近引きて、[五]大将よりはじめて[4]参らむかし。わいても[六]西や東（ひんがし）にやあらむ。[七]まことに、ただ今の内裏（うち）のおもしろさこそ、ものに似ね。[八][5]こなた、はた、なほ、少し心殊なる御気色ありつかし。それも、[九]あなたは、例も、し給ふこと、はた、筋異なればにやあらむ、左の勝ち給ひて、ただ今、興（けう）あることこそ[6]限りなけれ。世に名高き舞の師・[7]物の師といふ者の限り集（つど）ひてよろづの遊びをし給うつるを[一〇]見給へるに、仲忠一人見給へつる効（かひ）なさになむ、御迎へに参り来つる」。北の方、「いかでか御前（おまへ）のことをば見む」。（仲忠）「それをこそは、仲忠はよく御覧ぜさせ奉らめ。天下（てんげ）に、西方浄土（さいはうじやうど）の遊びも、かくぞあらむ。御覧ぜむとあらば、[8]御覧ぜさせ奉りてむ。早く出で給へ」。北の方、「[一一]すずろなりともこそ思へ。また、[一二]かしこに[9]思ほす、いかがはあらむ」。中将、（仲忠）「まさに、さあらむことを

のではないかと思って）こちらで準備していたのに、負けておしまいになったので、張り合いがなく思ったのです。

五「大将」は、左大将正頼をいう。

六「西や東にやあらむ」は、大騒ぎになることだろうなどの意か。

七「まことに」は、話題を変える時の言葉。

八「こなた」は、右方をいう。

九「あなた」は、左方をいう。以下「筋異なればにやあらむ」まで挿入句。

一〇 皆さまが見ていらっしゃるうちに。底本「み給へるに」。あるいは、「見給ふるに」の誤りか。

一一「すずろなり」は、軽率で非常識だの意。

一二「かしこ」は、兼雅をいう。

ば聞こえてむや。さるべくもあらず。早う」[10]と聞こゆ。北の方、「すずろにはと思へど、語り給ふを聞けば、見まほし」。中将、「などてか、仲忠は、人のすずろなりと思はむことは聞こゆべき。くちをしくとも、などてか、さばかりのことを見給へ知らざらむ。なほ、はや、[一三]少しよしあらむ御衣奉り、見どころあらむ御容貌見出でて、いざさせ給へ」。北の方、「衣は、切に求めば、[11]さもやあらむ。容貌は、いづくよりかは取う出べき。納めたる所もおぼえぬは」。「それをこそは、いとよく取う出させ給ふ時あれ。よし。見給へかし」など言ひ居たり。北の方、「さは、ものせむかし。後ろめたきことをのたまはむやは」とて、御髪の生湿りたる、急ぎ干し給ふ。

中将、「今日の相撲の、いとくちをしく、こなたの勝ち給はずなりぬるに、仲忠が身には喜びあり、殿の御ためには喜びなむなき。さるは、ただ[一四]一番になむ[12]負け給ひぬる。ただ今こそ、いとおもしろしや。せめておもしろきを見給ふれば、[13]よに効なきになむ、

一三 以下の会話、何か出典があるか。
一四 底本「ひとはん」。「一番」と解したが、湯桶読みの語となること不審。
一五 上は母へ、下は「人々」への発言。
一六 以下、母への発言。
一七 以下も、母への発言。
一八 【三】注四参照。
一九 「副車」は、お供の者が乗る車。
二〇 「移し」は、「移しの鞍」の略。官人たちが公用で用いる鞍。行幸などに供奉する近衛の官人も用いた。ここも、母の格式を調えようとの配慮である。
二一 「龍の駒」は、龍のように天を翔る馬。龍馬。参考、『万葉集』巻五「龍の馬も今も得てしかあをによし奈良の都に行きて来むため」(大伴旅人)。

御迎へに参り来つる。[一五]饗の垣下の設けに参りたる人々、[14]この御供に。[一六]仲忠、馬にて候はむ」とて、「[一七]ただ、[一八]かの、父おとどの檳榔[15]毛の御車に、[一九]副車三つして参り給はむ」とて、宰相、御厩の別当右の馬助に、「[仲忠]その御厩の御馬の中に、仲忠乗るとも[16]咎[17]なかるべき御馬、[二〇]移し置かせて賜へ」。馬の源助国時[18]聞こゆ、「いはゆる[二一]龍の駒といふとも、[19]奉らむには咎やなからむ。[20]御厩ながらも」。中将、「みづからだに[二二]野飼ひに放たれたる身を、[21]まして、乗り物は。御厩の雑役[22]をせむとも思はむ」。国時、「[二三]駒牽も近くなりぬれば、野飼ひも数に入り給ふ時やあらむ」。中将、「それに、数あまる時こそ」。国時、「[二四]藤壺の御方をや、今は下ろし給はぬ」[23]。仲忠、「[二五]あな似げなの方の人々の待つ間や。まめやかには、その御前仕うまつらむ馬、装束き給へや」[24]。「[国時]例の、君の好き栄し給ふなりけり」。国時、

[二六]今さへやすきて見ゆらむ夏衣脱ぎも替ふべき秋の暮れには

風のうち吹くほどに、中将、立つとて、

二一　「野飼ひ」は、野で放し飼いにされるの意。参考、『古今集』雑躰「厭はるるわが身は春の駒なれや野飼ひがてらに放ち捨てつる」（詠人不知）。

二三　「駒牽」は、八月、天皇が、紫宸殿で諸国から献上された馬を見て、御料馬を定めた儀式。ここは、仲忠が女一の宮の婿になることをたとえる。

二四　反語表現。今ならきっとあて宮さまをお下げ渡しになりますよなどの意か。

二五　底本どおりに、本文を「あな似げなの方の人々の待つ間や」と作って解したが、未詳。

二六　「今さへ」は、帝の婿になられようという今になってもの意か。「すき」に、「透き」と「好き」を掛ける。「秋の暮れ」は、「秋の夕暮れ」の意。

秋の夜の涼しきほどにたつ時は替ふる衣もなほぞすきける

など言ひて、国時、「まめやかには、御鞍は、いづれをか奉らむ」。中将、「移しを置きて賜へ。何ぜむにか。無礼なり」。国時、「異男ども、移し侍らぬ者あるを、さて奉らむは、にはかに、男どもわづらひ侍りなむ」。中将、「人は、なほ、例の御鞍奉れ。仲忠、なほ、身の数ならず、世の心にもかなはねば、なほ、かしこまりをだにこそあれ。人は、なほ、例の、御前を」と言ふ。

国時、御廏に三十余匹立てる御馬の中に、吹上の浜にて得給へりし鶴駮にまさる御馬なし、それに移し置きて、中将のために引き出でなどしてあるに、北の方、洗ましたる御髪の干たるを掻い梳り、花文綾の地摺りの御裳に呉綾重ねて、涼しきほどなれば、綾の掻練一襲、赤色に二藍襲の唐衣いとめでたき奉りて、なでふめづらかなるわざもせず、かくばかりにて、大人六人・童四人・下仕へ二人して出で立ちて、御簾のもとについ居給へるを、庭に手火灯して候ふ松明の光に、中将見るに、ましてさらなり。

二七 「たつ」に「裁つ」と「立つ」、「すき」に「透き」と「好き」を掛ける。
二八 祝詞『龍田風神祭』に見える「御鞍」を「みおそひ」と読む訓がある。特殊な語感を持つ語か。
二九 「移し」は、「移し鞍」の略。
三〇 「何ぜむにか」は、【一八】注九参照。ここは、反語表現。通常の鞍を用いるわけにはいきませんの意。
三一 母上に対して失礼です。
三二 以下「御馬なし」まで挿入句。
三三 涼からの引出物。「吹上・上」の巻【三】に、「引出物は、侍従に、さまざまの駮馬の、……走り四つ」とあった。
三四 「花文綾」は、花の紋様を織り出した綾。「俊蔭」の巻【五八】注一〇参照。
三五 「地摺り」は、白地に

御髪（みぐし）のほど丈に二尺ばかりあまりて、[三八]少し小まろかれする髪を掻（か）き洗ひたるすなはち、一背中（ひとせなか）こぼるるまであり。さらに、一筋散りたるもなし。姿のうつくしげなること、[27]さらにいとめでたし。丈立ちよきほどに、姿の清らなること、さらに並びなし。顔かたち、さらにも言はず。仲忠、これを見るままに、藤壺を思ひ出でて、この北の方を、さらに親と思ひ忘れて、[28]いづくなりし天女ぞと思ひ居たり。

北の方、（俊蔭の娘）「さらば、車寄せさせ給へ」。中将、「ただ今、[三九]おとどの見給はぬこそ、いとくちをしけれ」とて、「御車寄せよ」とて、手づから[四〇]御几帳（きちやう）さして、後（しり）に大人二人、副車（ひとだまひ）に次々人乗りて出で立ち給ふ。中将、[四一]移しに乗りて、車の轅（ながえ）近く添ひて立つ。この殿の饗（あるじ）の設けしに参れる四位五位六位など、合はせて八十人ばかりして参り給ふ。

かくて、[四二]縫殿（ぬひどの）の陣に車引き立てて、中将、「しばし」とて、内へ参る。御前（さき）の人、内に参る。（仲忠）「人々は、御車のもとに候ひ給へ。

模様を摺り出したもの。参考、『紫式部日記』「色許されたる人々は、例の、青色・赤色の唐衣に、地摺りの裳」。

三六　元和本三年板『下学集』人倫門「呉綾（コリヨウ）クレハトリ織レ綾者自二呉国一至二日本一、故云二呉綾一也」。

三七　底本「たに」。「手火」の誤りと見る説に従ったが、「松明」と重複する。

三八　「少し小まろかれする髪」は、先が少し丸まった髪の意か。

三九　「おとど」は、父兼雅。

四〇　さし几帳である。

四一　「移し」は、「移し馬」の略。「移し鞍」を載せた馬。注三〇参照。

四二　「縫殿の陣」は、内裏の朔平門。北の陣ともいう。女性は、ここで牛車を乗り下りする。

仲忠は、一人参りなむ」とて入る。

［四三］「御供に、前に手火(たひ)[29]灯(とも)して、御前(さき)[30]数知らず多かり。」

二五　仲忠、母を帝の御前に連れて行く。

かくて立てるほどに、中将、殿上に参りて、仁寿殿(じじゆうでん)の御前(まへ)に候ひ給ふ。上、御覧じて、［帝］「いかにぞや。かの言ひし言(こと)は」と問はせ給ふ。仲忠、「まだ乗り物ながらなむ」と奏す。帝(みかど)、うち笑ひ給ひて、「さらば、賭物(かけもの)許す」と仰せらる。

仲忠、御答へして、立ちて、［一］かの妹の君の、春宮に候ひ給へる御局(つぼね)にまうでて、［二］君は上におはすれど、［三］母宮ぞおはする、[1]［四］この大将、さばかりいみじき御仲におはせしかど、この北の方につき給ひにしより、あたりにも寄り給はず、わづらひ給ひて、御娘を春宮に奉り給ひて、これをかしづきものにて、内裏(うち)にのみなむおはしましける、そこに、中将参りて、［仲忠五］「いかで、人々にも取り申さ

四三　以下は、仲忠の母の行列が三条殿から縫殿の陣に着くまでの描写である。

一　「かの妹の君」は、仲忠の異母妹。女三の宮腹。梨壺。

二　「君」は、梨壺。以下、「おはする」まで、および、「この大将……内裏になむおはしましける」は、挿入句。梨壺は、ほかの妃たちとともに、春宮との御座所（【三】注一参照）に行っていたのか。

三　「母宮」は、嵯峨の院の女三の宮。

四　「この大将」は、兼雅。兼雅は、仲忠の母を迎えて以来、女三の宮が住む一条殿を訪れなかった。「俊蔭」の巻【五】参照。

五　侍女たちに女三の宮への取り次ぎを依頼する言葉。

む」と、御簾(みす)のもとにて言ふ。皇女(みこ)(女三の宮)、「誰ぞや」と、御口づからのたまふ。「仲忠」と聞こえて、「いかで、[六]人賜ひならむ御几帳(きちやう)[2]賜はらむ。[3]にはかに里へ取りに遣は[4]すがなむ」。宮(女三の宮)、「いと汚げなりともやは」とて、「月ごろ、[七]若き人の一人候ひ給へば、後ろめたさに、ここに侍るを、[八]異人(ことひと)はさもこそ訪(と)う給はざらめ、[九]そこにさへ、いと疎(うと)くこそ思したれ」。仲忠、「あなかしこ。[一〇]宮に候ひなどする[5]折侍れど、ここにおはしますらむといふこと、え承らずなむ侍りける。さるは、一日(ひとひ)も、[一一]一条殿に参りて御方に候ひしも、中のおとどに候ひて聞こえさせしかど、[一二]院になど承りしは、ここにこそおはしましけれ。かしこけれど、[一三]姫君など宮に候ひ給へば、数ならず思さるとも、世の人の親しく候はむよりは、心殊に思ほさむなむ、いとうれしく侍るべき」。宮、「さらにものたまふかな。この候ひ給ふ人は、[一四]親も思ほし忘れ給ふめれば、[一五]世の中にあはれに心細げなる人なめり、[一六]はらからも、何につけてか思さむ、なほ、あはれなる者の心苦しきに思ほして訪(とぶら)ひ給へかし」。仲忠、「あな

六 「人賜ひならむ几帳」は、人に貸し与えてもいい几帳の意か。さし几帳のためのもの。
七 「若き人」は、梨壺をいう。
八 挿入句。
九 「そこ」は、二人称。
一〇 春宮。
一一 仲忠が一条殿を訪れたことは語られていない。
一二 嵯峨の院。
一三 「姫君」は、梨壺をいう。この呼称は、ここにだけ見える。
一四 「親」は、父兼雅。
一五 以下、「人なめり」まで、および、「はらからも……思さむ」は、挿入句。
一六 「はらから」は、女三の宮の姉妹のことで、あて宮（藤壺）の母大宮と、嵯峨の院の小宮をいうのだろう。藤壺も小宮も、梨壺と同じく、春宮妃。

かしこ。さらに仰せ言なくとも、聞こえさすまじきほどならばこそあらめ」など聞こえて、[一七]「ことごとに取り申さむとするを、急ぐこと侍ればなむ」とて急ぎて立つ。その御局より、花文綾の帷子かけたる三尺の几帳二具賜はりて、母北の方の御もとへ持て行く。

上、おはしまして、仁寿殿の南の廂の、御座装へつる西の方に、御屏風・御几帳など立てさせ給ひて、（帝）「上達部、しばし、あなたに」とて、東の方に渡して、そこにおはします。

仲忠、[一八]仲澄の君を、「いざ給へ」。仲忠、切なる人、今宵参らするを、御陰に隠して率て入り給へ」。仲澄、「誰ぞや」。（仲忠）[一九]「いさかし」とて率て、さて、やむごとなくむつましき人に、几帳持たせて、父おとどの御沓持たせて、（仲忠）「はや下り給へ」と言ふ。（俊蔭の娘）「もの思ほえずも思ほゆるかな。いづくに下りよとてぞ」。中将、（仲忠）「あなさがな。な知ろしめしそ。さりとも、[二〇]悪しき所にはおはしまさせてむや」。北の方、（俊蔭の娘）「あな苦し。異様なる参りかな。さる心も思はぬ

一七 「ことごとに」は、詳細にの意。漢文訓読語的な表現。会話や手紙で用いられる。

一八 ここに仲澄が登場すること、不審。仲澄は、「あて宮」の巻【三五】注一〇で亡くなっている。底本「なかすみ」を「すけすみ（祐澄）」の誤りと解する説もあるが、「祐澄の君」という呼称は、ほかに見えない。

一九 「いさ」は、「いさ知らず」の意。さあ、誰でしょうね。

二〇 反語表現。「悪しき所にはおはしまさせじ」の強調表現。「おはしまさせ」の「せ」は、使役の助動詞。

二一 特に、仲忠の言葉に従って、北山に移り住んだことや北山から都に戻ったことをいう。「俊蔭」の巻【三九】や【四九】参照。

二二 「異君達」は、仲澄を

ものを。片端なる目をも見るかな」とのたまへど、昔より中将の言に従ひ給へば、下り給ふ。童四人、御几帳を前にさしたり。大人後に立ちて、中将、沓履かせ奉り、裳取らせて、御髪繕ひ、かしづき立てるさま、めでたきこと限りなし。いとうつくしげなり。めでたく繕ひて、我も異君達も、几帳さして参らせ奉る。

上、出でおはしまして、皆人出ださせ給ふ。御殿油消たせ給ふ。御前松どもにきたに消たせ給ひて参上らせ給ふすなはち、上、「御道のしるべせむ」とて、「なほ、これより」とのたまひて、御局へ入れ奉り給ひて。中将さりげなくて居たれば、大将、さらに、夢にも、この北の方ならむとも知らず。

二六　帝、俊蔭の娘に、琴を弾かせようとする。

上、御几帳のもと、褥うち敷きて居給ひて、客人に物語し給ふ、「今宵、仲忠の朝臣に言ふことありつれば、『みづからは、えせ

いう。

二三 「出だす」は、人々を仁寿殿から出すの意か。仲忠たちが、朔平門からどのようなコースをたどったのかわからないが、仁寿殿の北側から入ったのか。

二四 仲忠の母を人目に晒さないための配慮である。

二五 「前松」は、松明（たいまつ）に同じ。

二六 「きたに」、未詳。「にきたに」「にたに」と同じ語で、大勢、たくさんなどの意か。「吹上・上」の巻【三】注七参照。

二七 接続助詞「て」でとめた表現。

二八 右大将兼雅。

二九 自分の北の方だろうとも、まったく気づかない。

一 「客人」は、仲忠の母（俊蔭の娘）をいう。

ずなむあるべき。代はりを』などものしつれば、いかなる代はりをかはと思ひつるは。年ごろの心ざしの現るるにこそはありけれ」。北の方、「いとあやしく、例よりも思う給へられつるを、にはかに、候ふべきさまにもあらず言ひ急がし侍りつれば、ものも思ほえずまかり出でぬるこそ、いとあやしけれ」。上、「何かあやしからむ。常に、かくこそあらまほしけれ。興ある夕暮れにこそ、そこに参り来て承らまほしきことあれど、え。さすがに所狭き心地して、心もとなくありつるに」など、年ごろ・昔のことのたまふ、「昔、治部卿の朝臣のありし時より、なほ、いささか物の音を掻き鳴らして聞かせ給はなむと思ひて、御迎へせむと、常に思ふことありしかど、朝臣のありし限りは、さらに、あやしく古めきの族にて、かかる筋のことも疎ましげにやありけむ、たまたま、『参らせ給へ』とものせしかど、聞き入れられずなりにき。その後は、さらに世の中に聞こえ給はずなりにしかば、心ざしのみ多くて、少しも知らせ奉らずこそなりにしか。さるは、かく平らか

二「年ごろの心ざし」は、帝の俊蔭の娘に対する愛情をいう。

三 帝の御前にうかがうことになるのだというそぶりも見せずに急きたてましたので。

四 文末の「え」は、「えかなはず」などを省略した表現。あなたの所にうかがってお聞きしたいことがあるのですが、それもできません。

五「所狭き心地」は、天皇として制約が多くて思いどおりに振る舞うことができない気持ちの意。

六「治部卿の朝臣」は、清原俊蔭。

七 以下「ありけむ」まで挿入句。上の「さらに」は、「聞き入れられず」に係る。

八「俊蔭」の巻【三】に、「家の門は巡りて鎖して、帝・春宮の御文持たる御使、な

にものし給ひけるものを」。北の方、「年ごろは、世の中にも住まぬやうに侍りし。昔と今となむ、この世の中は見給ふる」。帝「一〇中ごろは、いづれの世にかものせられけむ。昔ながら対面賜はらましよりも、まして、心ざしまさることこそあれ。しか思ひし時は、目馴れや侮（あなづ）り聞こゆる時もありなましかし。一一[5]いと難きことこそ[6]ものし給ふめれ」。北の方、「何ごとにか侍らむ。心まさりしぬべきことにも侍るなるかな」。上、「おぼえ給はずやは。おのづから、言はねど、しるく見え給ふらむとなむ。思ひ心ざし聞こえ始めては、一二聞こゆる人も、聞き給ふ人も、暇（いとま）なくなむ。一三まづ、今宵の人の代はりにものし給うぬるを、一四かの人の譲り聞こゆらむことを、はや」とのたまふ。俊蔭の娘[7]「さらに、[8]譲るなどある人も侍らずなむ」。上、「あなさがな。一五おもとにさへ、かくこそのたまはざらめ。早う」とのたまふ。御いらへ、俊蔭の娘「何ごとにか侍らむ。さらに、言ひ知らする人なむ侍らぬ」。上、「仲忠の[9]朝臣は、聞こゆる言（こと）はなしやは」。北の方、「さらに、ものも申さずなむ。ただ、仲忠一六『陣のわたり

べての人の使は、明け立てば、立ち並みたれど、出で入りもせず」とあった。

八「たまたま」は、漢文訓読語。

九「その後」は、北山に住んでいた頃のことをいう。

一〇「中ごろ」は、昔（北山に行く前）と今の間の期間をいう。

一一「いと難きこと」を、『竹取物語』で、かぐや姫が求婚者たちに難題を出したことによる発言と解した。

一二 申しあげる私も、それをお聞きになるあなたも。

一三「まづ」は、「はや（弾き給へ）」に係る。

一四「かの人」は、仲忠をいう。

一五「おもと」は、二人称。多く、親愛・敬意の気持ちで女性に用いる。

一六「陣」は、縫殿の陣。

【三四】注四三参照。

に物見給へよ』とものし侍りてなむ。かく候はすべかりけるを、気色にも出ださで侍りつれば、何ともなく、里姿も引き替へず、急ぎまう[10]でつるを、仲忠[一七]『御垣下に、隠れて物見候ふべき[11]葎の陰なむある。なほまかり下りよ』とものし侍りつれば、常も空言し侍らぬを思ひ給へてなむ、[一八]玉の台[12]まで候ひにける」。上、うち笑ひ給ひて、[一九]「よそなれば、ここも効なしや。御本意ありつらむ葎の下ならねば」。北の方、「今は、その[二〇]葎も門鎖してなむ」。帝[13]「わづらひ聞こゆる人もありけり」とのたまひて、「まことか、[二一]中将の朝臣の聞こゆる言もなかりつらむは。さらば、聞こえむかし[14]。[二二]古き人の前に物語するやうにやあらむ。今宵、中将の朝臣の切なる言ひごとの数ありつるを、仲忠『さらに、みづからはものも思ほえず。もの忘れせぬ人をものせむ』とありつるは、げに、[二三]草莽の内にこそはものせられけれ。されば、それをも聞こえむとてなむ」とて[15]、仲忠に賜ひつる[二四]せいひの御琴を胡笳の調べながら取り出で給ひて、帝「これをなむ、かの朝臣に、『今宵の言ひごとの数に仕うまつ

一七 「かいもと」は「ゑんが」の訓読語。饗宴の宴席での相伴の客の座の意。
一八 参考、『竹取物語』「葎延ふ下にも年は経ぬる身の何かは玉の台をも見む」により、上の「葎の陰」と対比する。
一九 場所が違ったから。
二〇 『古今集』雑下、『拾遺集』恋二「今さらに訪ふべき人も思ほえず八重葎して門鎖せりてへ」（詠人不知）による表現か。
二一 倒置法。
二二 「古き人」は、俊蔭をいうか。
二三 「草莽」は、叢の意で、前の「葎」を受けると同時に、民間、在野の意でもあるから、ここは、仲忠の実家のことをいうか。

れ』[16]とものしつれば、[二五]おもとに聞こえよと申されつる。これ、[二六]さらに声も変へじ[17]、ただこの声ながら[18]、この調べの手を、とどめ給ふ手なく遊ばせ。琴（きん）といふものの声あまたなれど、なほ、胡笳（こか）なむ、あやしく、あはれに思ほゆる」とのたまふ。北の方、「さらに、[二七]人違（たが）へに聞こえさせたるにや侍らむ、『琴（きん）』とは何の名にか侍らむ、それをだに、え知り侍らぬに、あやしくも聞こえさせけるかな」。上、「この御不興（ぶけう）[19]の絶えぬを、名隠し給ふこそ方（はう）なけれ。さても、許し聞こゆべきにもあらずや。まさに、それよりは変へてむや。昔より、[二八]しるき夜目（よめ）をば」。[20]北の方、「『難き[21]御言（こと）』と、[二九]いかが聞こえさせざらむ。さらに、琴（きん）といふもの、よそにても見給へずて[22]なむ。昔、さもやありけむ。[三〇]年ごろさらに目に近く見給へねばにやあらむ、かけて、これとなむ[23]思ひ給へられぬ。そが後に侍りし仲忠、[三一]さらにおぼえ侍らずなむ、度々（たび）申すめる。それこそ、[三二]少し、昔の人々などにも、あまたの手弾きまさりて仕うまつるめりしか」とて、さらに手も触れず。上、「これ、[24]つらき

二四　「せいひ」は、「せいひん」の撥音無表記の形。琴の名。【三】注八参照。

二五　「おもとに聞こえよ」は、間接話法的な表現。「おもと」は、二人称。

二六　挿入句。

二七　以下、「侍らむ」まで、および、「『琴』とは……侍らむ」は、挿入句。

二八　『清慎公集』「手ばかりか恋もやすらむ夜目にてもしるきは人の心とぞ見し」による表現か。

二九　反語表現。「聞こえさせむ」の強調表現。

三〇　挿入句。

三一　あるいは、「おぼえ侍らずとなむ」の誤りか。

三二　「俊蔭」の巻【四二】に、「この子変化の者なれば、母は子の手母にもまさり、母は父の手にもまさりて」とあった。

御言なり。[25]まさに、若き時よりしつき給[26]ふらむこと、いと、さ忘るばかりあらむや。才といふもの、若くよりつきにたること、さらに、年経れど、忘れぬものなり。中将の朝臣は、なほ、知らることのあたりに申さるるにこそあめれ。まことに忘れなば、いとくちをしきことにこそあべけれ。天下に言ふとも、いと三三気離れてあるまじきことには、人憎からぬなむよき。三四昔の朝臣の、さる世の中の一の者にものせられし後、おもとにのみこそものし給へ。さるありがたき手を伝へ取りて、誰も誰も、少しづつなりとも、聞こえつべかりける。まめやかに、かうのたまふこそ、いとつらけれ」と、切に、許さずのたまふ。

かたみに、上も北の方ものたまひ交はして、上、三五『搔き鳴す琴の』とこそ言へ。つらしや」とのたまひて、

三六「よそにこそ音をもなくては小夜更けて弾かぬもつらき琴にも
　あるかな

三七『君がつらさに』とは、これらなりけむかし」。北の方、三八「秋の調

三三「気離る」は、平安時代の仮名作品にほかに例を見ない語。そっけない態度をとるなどの意か。

三四「昔の朝臣」は、俊蔭をいう。

三五『古今集』恋二「秋風に搔き鳴す琴の声にさへはかなく人の恋しかるらむ」（壬生忠岑）。

三六「なく」に「泣く」「無く」を掛ける。

三七 歌による表現か。参考、『古今六帖』六帖〈山吹〉「名にし負へば八重山吹ぞ憂かりける隔てて折れる君がつらさに」、『重之集』「見せばやな君がつらさに堪へかねてあらぬ姿になれるわが身を」。

三八「秋の調べ」は、『拾遺集』物名「松の音は秋の調べに聞こゆなり高くせめ上げて風ぞ弾くらし」（紀貫之）による表現か。

べは、弾くものこそあなれ」とて、

三九「秋風の調べて出だす松の音は誰を竜田の山と見るらむ

竜田姫かと思ひ給へらるるかな」。上、「いでや、手触れらるる人もなければ、皆、塵居にたりや。

四〇水を浅みひく人もなきあしひきの山のを川は塵ぞ調ぶる

さるは、宿世もありとか聞く」[27]。北の方、「目に見ずは、いかが」とて、

四一水を浅み砂子[28]も見ゆる山川は秋[29]の水守りもひかずやあるらむ

上、「なほ、遊ばしみよや。

四二水守りだにひき始めてば山川の底より水は絶えず出でなむ

四三心ざしは、泉よりもまさりなむ。よしよし。見給へ。まめやかに、四四からのたまひてやあらむとする。さては、えまかで給はじ。早うこそ」と、いと切にのたまふ。

三九『後撰集』秋上「松の音に風の調べをまかせては竜田姫こそ秋は弾くらし」（壬生忠岑）による表現。

四〇「ひく」に「引く」と「弾く」、「小川」の「を」に「緒」を掛ける。「あしひきの」は、「山」の枕詞。琴を弾くことを求めた歌。

四一「ひか」に「引か」と「弾か」を掛ける。琴を弾くことを断った歌。

四二「ひき」に「引き」と「弾き」を掛ける。「弾き始めてば絶えず出でなむ」は、琴を弾き始めたら、水が湧き出すように、次々と思い出すだろうの意。

四三「心ざし」は、帝の俊蔭の娘に対する愛情をいう。

四四このまま断って弾かずにすますおつもりですか。

二七　俊蔭の娘、琴を弾く。

北の方、[一]おぼろけなう聞こえ給へば、からうして、いとはかなき[二]古調ども、いとほのかに掻き鳴らし給ふ。上、「なほなほ。かくおぼつかなく承れば、ましてこそ心憂けれ。[1]少し聞きどころあらむ手を、一つ二つ遊ばせ」などのたまふ。少しおもしろき手など遊ばすに、[三]この御琴、昔の[四]なむやういしもの琴なれば、殊に[五]かれらに劣らず、いと切にあはれなること添へる御琴にて、北の方、心にも入れず掻き鳴らし給へど、[六]さる上手の天下の手どもを逸物にしつき給へる人の、さるは、殊に、秋の夜の更けゆき、[七]宴の松原の、[八]仁寿殿にあり、ありけむ風に調べ合はせて弾くに、あはれにおもしろきこと、ものに似ず。

北の方、[2]かう遊ばすこと、昔、[九]大将のおとどに対面し給ふ山に住み給ひし時弾き給ひけるままに、その後、さらに、住み給ひけ

一　帝がとても熱心にお勧め申しあげなさるので。形容詞「おぼろけなし」は、「嵯峨の院」の巻【三七】注四参照。

二　底本「こてう」を「古調」と解する説に従った。参考、『菅家文草』巻二灘声「如レ弾古調絃」。

三　「この御琴」は、【三六】注二四の「せいひ（ん）の御琴」をいう。

四　「なむやういしもの琴」、未詳。注三七参照。

五　「かれら」は、俊蔭が将来した秘琴をいう。

六　「さる上手」は、俊蔭。

七　「宴の松原」は、大内裏の宜秋門外、豊楽院の北にあった広場。

八　挿入句。今仲忠の母は

る世に手触れ給はず、この大将のおとど[3]にも、さらに、この琴弾きて見せ奉り給はず。宰相の中将は、時々、一〇紀伊国などにても仕うまつられけれど、この北の方は、さらに、里に出で給ひて後、琴に手触れ給はずあるに、かくわりなく聞こえ給へば、仕まつり給ふ。なほ、年ごろ騒がしくなどして、一一まれにこそ思ひ出で給へ、忘れものし給ふを、この琴に手触れ給ふにつけて、よろづ昔のこと思ほえ給ひて、あはれなること限りなし。一二親の御手より弾き取りし、中将にかの山にて習はせしこと、また、この里に出でむとて弾きし南風の声など、よろづにあはれなりし古事を湧くごとお[4]ぼえて、一三世間もののあはれに悲しくおぼゆれば、やうやう心ある手ども弾きかかりて、あはれにおぼえて遊ばす時に、皆人、上中下、楽人ども、楽屋の遊びの人も、遊びやみて、ただこれを一四[5]聞き愛でて、「あやし。この参りつる人は、誰ならむ。ただ今の世に、盛りの、よしと言はるる中にも、かくばかりの琴弾くべき人の思ほえぬかな。誰ならむ」と、皆人驚きつつ、「仲忠の中将こそ、

仁寿殿にいるの意。
九 「俊蔭」の巻【四四】参照。
一〇 仲忠は、吹上では琴（きん）を弾いていない。仲忠が琴を弾いたのは、「吹上・下」の巻の神泉苑での紅葉の賀の時である。ここは、仲忠と涼が琴を弾いた禄として、仲忠にはあて宮、涼にはさま宮をという〈吹上の宣旨〉を得たという、この巻で新しく作られた過去だろう。【三】注一〇、【六】注一九、【一七】注一〇参照。
一一 挿入句。
一二 以下は、「俊蔭」の巻【三三】【四二】【四三】参照。
一三 「世間」は、世の中の意。参考、『竹取物語』「見れば、世間心細くあはれに侍る」。
一四 底本「きこしめして」を「聞き愛でて」の誤りと解する説に従った。

かくばかりの声は出ださめ。それ、はた、かくてあり。あやしくもあるかな。[一五]藤壺、はた、参上り給はず」。皆人、あやしがりつつ、なほこの[一六]大将殿にやあらむと、人思ほし寄る気色を、大将の君驚き給ふ気色を見て、中将、せめて知らず顔を作りて、（仲忠）「あやしく興ある御琴にもあるかな。誰が遊ばすにかあらむ」と、いといたうあはれがりおぼつかながり居給へり。[一七][6]右大将殿の参り給はむを、仲忠知らざらむやは、誰が参りたるならむと、人々思ひ、大将のおとど[7]も、さ思ほしてあるに、夜は更けまさり、事も出で来まさるままに、胡笳の手どもの興あるを遊ばし出だしつつ、わざとおもしろくなりゆく時に、この北の方に、上、せめて御心とどまる。昔より聞こしめしかけたるうちにも、まさりて、あはれと思ほしまさること限りなし。さて、仰せらるる、（帝）「[一八]文の手どもの中に、[一九]心ざしあらむ手ども出で来む折には、涼・仲忠は詩誦[8]し申し、[二〇]仲頼・行正は、今めきたらむ[二一]唱歌仕まつれ」など仰せらる。

かかるほどに、めでたく遊ばしかかりて、その声いとしめやか

一五　あて宮（藤壺）の琴については、「春日詣」の巻【三】【四】参照。
一六　「大将殿」は、大将殿（兼雅）の北の方の意。
一七　「右大将殿」も、右大将兼雅の北の方の意。
一八　「文の手」は、詩章を伴う曲の意。
一九　「心ざし」は、興趣、趣向の意。
二〇　仲頼については、【一七】注五参照。
二一　「唱歌」は、楽に合わせて歌を歌うの意か。
二二　「手」は、楽譜の意。
二三　「など」は、その具体的な内容を省略した表現。
二四　底本「ふんのこと」。「譜のごと」で、楽譜どおりの意に解した。
二五　一とおりは。
二六　「しをすさ」、未詳。「吹上・下」の巻【二〇】注三

に弾き給ふ。上、[二二]手どもを取り出でて御覧じつつ、（帝）「この手には、[二三]などいふありけり」。また、「など弾くべき手なり」などのたまふ。このたまふ[9]ごと、北の方、[二四]譜のごと尽くして、めづらしき手をさへ尽くして遊ばす。[二五]一並は、胡笳の声、[10]譜のごと遊ばして、[二六]しをすさの声に遊ばすさま、[二七]同じ、[二八]位返して掻き変へ給ふさまの琴の音、おもしろき[11]ことことわりなり。同じく掻い弾き給ふさまの手遣ひなむ、愛しくめでたかりける。[二九]このめくたちを、（帝）「[三〇]昔、唐土の帝の戦に負け給ひぬべかりける時、胡の国の人ありて、その戦を静めたりける時、天皇、喜びの極まりなきによりて、『七の后の中に、願ひ申さむを』と仰せられて、七人の后を絵に描かせ給ひて、胡の国の人に選はせ給ひける中に、すぐれたる容貌ありける、そのうちに、天皇思すこと盛りなりければ、その[12]身の愛を頼みて、こくばくの[13]国母・夫人の中に、我一人こそはすぐれたる徳あれ、さりとも、我を武士に賜ばむやはの頼みに、[三一]容貌描き並ぶる絵師に、六人の国母は[三二]千両の黄金を贈る、すぐれたる国母は、

の「すさの琴」と関係があるか。

二七　「同じ」を、同じ曲の意と解した。

二八　底本「くらい」を「位」と解する説に従ったが、未詳。「位返す」は、調子を変えるの意か。

二九　「このめくたち」、未詳。「胡の婦（め）が出で立ち」の誤りで「胡婦行」の訓読と見る説や、「胡の婦（めこ）たち」の誤りと見る説もある。

三〇　以下は、王昭君の故事による。ただし、『漢書』『西京雑記』『文選』などに見える内容とは違いがある。

三一　以下「贈る」まで挿入句。

三二　参考、『永久四年百首』「見るままにわが姿をば描きてまし千ぢの黄金を惜しまざりせば」（源兼昌）。

おのが徳のあるを頼みて贈らざりければ、劣れる六人は、いとよく描き落として、すぐれたる一人をば、いよいよ描きまして、かの胡の国の武士に見するに、『この一人の国母を』[14]と申す時に、[三三]『天子は言[15]変へず』といふものなれば、え否びず、この一人の国母を賜ふ時に、[三四]国母、胡の国へ渡るとて嘆くこと、胡笳[16]の音を聞き悲しびて、乗れる馬の嘆くなむ、[17]胡の婦が出で立ちなりける。それを聞くに、獣の声にあらじかし。それを遊ばしつる御手、二[18]つなし。[三五]あらはともおもほえたつれ」とのたまふほどに、[三六][19]八の拍に遊ばし至る。それ、[三七]かのなむやうのいへのそうなりけり。

それを、[20]帝聞こしめして、「この遊ばす手は、昔の故朝臣の仕うまつられし手と等しく[21]なむありける。中将の朝臣のは、よろづのこと忘れて思はせて、せめてものの興なむ思ほえし。おもとに遊ばすは、よろづもののあはれなむ思ひ出でられ、[三八]昔の人の声など思ほえ、[三九][22]古き心ざしの深かり[23]しさへなむ思ひ出でられける。心細くあはれなることは、飽くまで、おもとになむ遊ばしける。

三三 「天子は言変へず」は、「天子空言せず」に同じ。
三四 以下は、蔡琰（蔡文姫）の故事による。参考、『楽府詩集』胡笳十八拍「蔡琰別伝曰、漢末大乱、琰為二胡騎所一レ獲、在二右賢王部伍中一。春月登二胡殿一、感二笳之音一、作レ詩、言レ志。曰、胡笳動兮辺馬鳴、孤雁帰兮声嚶嚶」。
三五 「あらはともおもほえたつれ」、未詳。
三六 胡笳十八拍の第八拍。参考、『楽府詩集』胡笳十八拍「為レ天有レ眼兮何不レ見二我独漂流一。為レ神有レ霊兮何事処二我天南海北頭一。我不レ負レ天兮天何配二我殊匹一。我不レ負レ神兮神何殛二我越荒州一。製二兹八拍一兮擬レ排レ憂、何知曲成兮転悲愁」。
三七 「かのなむやうのいへのそう」、未詳。注四参照。

[四〇]『忘れてもあるべきものを葦原(あしはら)に』とこそ聞こえつべかりけれ。この昔の思ほゆる手を遊ばせよ」などて、[24]搔(か)き返し給ふ時、[25]解(とき)あるをば、それをまし、解なき手をば、異(こと)ことにつけて愛(め)で給ひて、せめて、御心に、深くこの北の方を思し入りおはします。

次々遊ばしつつ、[四一][26]二の拍(はく)に搔(か)き返り給ふほどに、[四二]仲頼・行正、唱歌(しやうが)仕うまつりて、涼・仲忠、[27]詩誦(ず)じなどする声、ただ今の上手(じやうじゆ)、この道の人四人、昔の逸物(いちもち)の筋一人、合はせて、さる古き新しき上手たちの御遊びなれば、いとしめやかに興(けう)あること限りなし。上、「[28]二の拍のあはれなるに、心すごき音(おと)を聞けば、ことわりなり。この手なむ、かの胡(こ)の国へ渡りたる国母、胡の国とわが国と越えける境のほど、嘆きける手なる。[29]げに、さる天皇の正妃(せいひ)として、[30]一の后としてありけむに、さる[31]武士(もののふ)の手に入りけむ心地、いかなりけむと思ふに、[32]まして、[四三]遊ばしますさまの殊なるこそ、いみじくあはれなれ。[四四]関許されぬ人ある[33]には、[34]二の拍に[35]劣らぬ声出だしつべき心地なむする。[四五]境越えけむ国母に、関入らぬ国王をこ

三八 「昔の人」は、俊蔭。
三九 「古き心ざし」は、帝の俊蔭の娘に対する昔の愛情をいう。
四〇 『古今六帖』五帖〈忘れず〉「忘れてもあるべきものを葦原に思ひ出づるの鳴くぞわびしき」。
四一 胡笳十八拍の第二拍。参考、『楽府詩集』胡笳十八拍「戎羯逼レ我兮為二室家一、将レ我行兮向二天涯一。雲山万重兮帰路遐、疾風千里兮揚二塵沙一。人多暴猛兮如二虫蛇一、控レ弦被レ甲兮為二驕奢一。両拍張レ絃兮絃欲レ絶、志摧心折兮自悲嗟」。
四二 注三〇参照。
四三 「遊ばします」は、「弾きます」の主体敬語か。
四四 「関許されぬ人」は、兼雅をいう。
四五 「境越えけむ国母」に蔡文姫、「関入らぬ国王」に帝自身をたとえる。

そ思しも落とさざらめ」。北の方の、「いかなる関守かは許し聞こえさせざらむ」。上、「近き衛[四六]りの陣こそは固く居ためれ[36]」などのたまふ。

この二[37]の拍を、一度はほのかに掻き鳴らして、いま一度ばかり心とどめて掻き立てて仕うまつり給ふに、そこばく聞こしめす限りなむ、男女、似げなく[四七]、皆[38]、涙を流しつつ、聞こしめしあはれがり給[39]ふこと限りなし。

二八　帝、俊蔭の娘を尚侍に任じる。

「いでや、何をかは、今宵の御禄にはすべからむ。さらに、この遊ばす手どもに合ふべき禄こそ思ほえね。涼[一]・仲忠が紀伊国の九日の禄[1]を、まだ行はぬかな。府[二]の大将を、八月[三]の頃ほひになりなば、『禄遅し』と責め申せ。さて、今宵の禄をば、いかがすべき。涼[2]・仲忠は、さて[3]あり、おもとには、みづからをやは得給はぬ。

四六「近き衛りの陣」は、右近大将である藤原兼雅をいう。右近の陣は、紫宸殿の西、月華門にあった。

四七「似げなし」は、この場にふさわしくない、場所をわきまえないなどの意か。

一 吹上での、涼にはさま宮、仲忠にはあて宮を禄として与えるという〈吹上の宣旨〉である。【三七】注一〇参照。

二「府の大将」は、左大将源正頼。仲忠と涼は、左近中将。

三 あて宮（藤壺）入内の翌年の八月のことか。【一八】注八参照。また、「沖つ白波」の巻【三】注二参照。

四「日給の簡」は、出仕者の官位姓名を記した板。出勤者は、自分の名の下に日づけを記した紙を貼った。女官のものは清涼殿の台盤中将の朝臣、紀伊国の禄には、娘をこそは得たれ」[4]とて、御前なる日給[四]の簡に、尚侍[五]になすよし書かせ給ひて、それが上に、かくなむ。

帝「目の前の[六]枝より出づる風の音は離れにしものも思ほゆるかな[6]
　これがあはれなればなむ」

と書きつけさせ給ひて、上達部たちの御中に、「人々、これに名して下されよ」とて賜びつ。

左のおとど、見給ひて、いとおぼつかなし、誰ならむと思せど、御手づからのことなれば、名し給ふ[七]。「左大臣従二位[7]源朝臣季明[8]」と書きつけて、その傍らに、

「[八]風の音は誰もあはれに聞こゆれどいづれの枝と知らずもあるかな
　おぼつかなき宣旨になむ」

と書きつけて、右[9]のおとどに奉り給へり。

見給ひて、あやしく、ただ今、事もなき[10]琴の声出だして尚侍に

所にあったというが、相撲の節のために仁寿殿に持って来ていたか。

五 「尚侍」は、内侍司の長官。女官の最高位で、天皇に常侍し、奏上して勅を賜り、その勅を伝えた。後に、女御・更衣に準ずる地位となった。

六 「目の前の枝」は、宴の松原の松の枝をいうか。松風に、琴の音をたとえる。「離れにしもの」は、過ぎ去った昔の意。

七 「名す」は、署名するの意。

八 風の音（琴の音）は、誰にもすばらしいと聞こえますが、どの枝から吹いてくるのかわかりません（どなたが弾いていらっしゃるのでしょう）。

なるべき人、絶えてなし、琴弾きける人の族[11]にこそはあめれと思[12]ほし寄りて、名し給ふ。「[13]右大臣[14]従二位藤原朝臣忠雅」と書きつけて、かくなむ、

[九]武隈の塙の松は親も子も並べて秋の風は吹かなむ

と書きつけて、左大将に奉り給ふ。

左大将、見給ひて、「[一〇]これかれ参りて。これは、なでふことぞ。さらば」とぞ聞こえ[15]給ふ。右のおとど、「いさや。[16]さるは、かくなむ思ひ給へ寄りたる。いかに。さは思さずや」。「いで、さも知らずかし。さこそ言へ、いたく思ほし寄りたるかな」とて、名し給ふ。「大納言正三位兼[一一]行左近衛大将陸奥出羽按察使源朝臣正頼」と書きつけて、

[一二]塙より吹き来る風の寒ければむべもこ松は涼しかりけり

と書きつけて、右大将に奉り給ふ。

見給ひて、「あやし。こは、なでふことどもぞ。兼雅は、心得ずや」と[17]のたまふ。上、「けしう。そこは、心得給ふべきことに

九「武隈の松」は陸奥の歌枕で、親子二本で並ぶ相生の松。「親」に仲忠の母、「子」に仲忠、「秋の風」に琴の音をたとえる。

一〇「これかれ参りて」は、左大臣殿も右大臣殿も署名し申しあげての意か。

一一「行」は、位が官より高い場合につける。「近衛大将」は、従三位相当。『拾芥抄』官位相当部「官位相当者、以レ官書レ上。位不二相当一、以レ位書レ上。位貴官賤、書二行字一、官貴位賤、書二守字一」。

一二「小松」の「こ」に「子」を掛ける。

一三『古今六帖』五帖〈朝〉「おぼつかな夢かうつつか陽炎のほのめくよりもはかなかりしか」による表現か。

一四 以下をまわりの人々への発言と解した。

一五「守」は、官が位より

もあらずかし。おぼつかながら[18]、御名を、はや」。右大将、「[一三]陽炎(かげろふ)こそ、これには奉るべかめれ。おぼつかなくては」とのたまふ。上、「おぼめくより、はかなくてやはありけむ。[一四]いで、な知らせそや」などのたまふ。「従[19]三位[一五]守(しゆ)大納言兼[20]行右[21]近衛大将[一六]春宮大夫(とうぐうのだいぶ)藤原朝臣兼雅」と書きて、

[一七]更けまさる松より出づる風なれや殊なるなみの涙落つるは

と書きつけ給ひて、民部卿に奉り給ふ。

「従[22]三位権大納言兼民部卿源朝臣実正(さねまさ)」と書きて、

[一八]年経(ふ)れど枝も移らぬ高砂(たかさご)は隣の松の風や越えまし

と書きて、左衛門督(さゑもんのかみ)に奉り給ふ。

それ、名し給ふ。「中納言従三位兼左衛門督藤原朝臣[一九]正仲(まさなか)」と書きつけ給ふ。

[二〇]いにしへの松は枯れにし住の江の昔の風は忘れざりけり

とて、平中納言に奉り給ふ。

「中納言従[23]三位平(たひらの)朝臣正明(まさあきら)」と書きて、

も高い場合につける。注二参照。「大納言」は、正三位相当。

一六　かつては、源正頼が春宮大夫だった。「菊の宴」の巻【二四】参照。

一七　「なみ」に、「波」と「無み」を掛ける。「波の涙」は、波のようにあふれる涙の意か。

一八　高砂の松は、相生の松で、仲忠の母と兼雅の夫婦仲、「隣の松の風」に、帝の恋心をたとえるか。参考、『古今集』仮名序「高砂・住江の松も、相生のやうにおぼえ」。

一九　「正仲」は、右大臣忠雅の長男忠俊のことか。

二〇　「いにしへの松」に俊蔭、住の江の松に仲忠の母、「昔の風」に俊蔭の琴の音をたとえる。「二句切れ」の歌か。

聞く人は姉歯の松の風なれや昔の声を思ひ出づるは

とて、宮の大夫に奉り給ふ。「中納言中宮大夫従三位源朝臣文正」と書きつけてなど、心々に御名して下りぬ。かくて、この歌、

松風の昔の声に聞こゆるは八十島よりや吹き伝ふらむ

二九　帝、尚侍となった俊蔭の娘と贈答する。

北の方は、胡笳の手ども・調べども、皆仕まつり果て給ひぬ。上、飽かずめでたしと思ほせど、さらに調べ変へて仕うまつり給ふべきにもあらねば、飽かず心もとなしと思しながら、上、「胡笳は、かく、おぼつかなく思ほゆれど、かことばかりは遊ばしつめり。今は、これより、返らむ声に調べて、いま一度の節会に遊ばさむ声を調べてまかで給へかし」とのたまへば、なほ、迎への声に調べて候ひ給ふ。

上、「年ごろ過ぐしけることは、嘆きても効なし。今よりだに、

二一「聞く人は」は、「思ひ出づるは」に係るか。「姉歯の松の風」は、宮城県栗原市の歌枕。

二二「中宮大夫」は、従四位下相当であるから、「中納言従三位兼行中宮大夫」と署名すべきだが、中宮大夫は納言の兼官が例として定着したための特例か。

二三 文正は、「嵯峨の院」の巻【三】注四、「菊の宴」の巻【二】注四参照。

二四「八十島」は、難波の島の名。参考、『後鳥羽院御集』「住吉や八十島遠く眺むれば松の梢にかかる白波」。

一 兼雅の北の方。俊蔭の娘、仲忠の母。以下、「尚侍」とする。

二「返らむ声」は、返り声のことで、呂から律に転調することをいうか。参考、『源氏物語』「若菜下」の巻

なほ、よろしからむ節会ごとに、すべて節会一つに手一手づつ遊ばせ。また、節会ならずとも、春秋の草木の盛りの見どころあらむ夕暮れなどに、なほ、おもしろからむ手遊ばして聞かせ給へ。[4]わいても、千年が内に出で来む節会ごとに遊ばすとも、この御手の尽くべきことのなきなむ、あはれなりける。人の世は限りあるものを、おのが限り[5]にして、手ども[6]の千年[7]に尽きむことの難きこと。承りさして世の変はらむは、あはれ、後ろめたきこと。いかでか、そこにもここにも、万歳の命・齢もがなとこそ思へ。

帝[四] 千年経る松より出づる風の音は誰か常磐に聞かむとすらむ」。

尚侍、

[五]「声絶えず吹かむ風には松よりも齢久しき君ぞ涼まむ

誰にかあらむ」と申し給ふ。帝[六]「それが不定なるにこそ、あはれなれ。よし、おもとにも草木となるとも、この琴の音をそれに従へて、この遊ばすをば承りて、鳥の声にても承りてむ。草とならば、虫の声にても聞き、山とならば、風の音にても聞き、海・川とな

「返り声に、皆調べ変はりて、律の掻き合はせども、なつかしく今めきたるに」。

三 「迎への声」は、転調した調べの意で、ここは、律の調べをいうか。

四 『風葉集』賀「相撲の節の日、尚侍参りて琴弾き侍りけるに、『いかでか、そこにもここにも、齢久しく』などのたまはせて　うつほの朱雀院御歌」。

五 音がいつまでも絶えることなく吹いてくる松風（琴の音）には、松よりも長い寿命がある方（帝）が涼むことができるでしょう。前の朱雀帝の歌に続けて、『風葉集』賀「御返し　尚侍」。

六 その私の寿命が定めないことが悲しいのです。

らば、波高き音にてもなむ聞かむ」とのたまふ。帝「[七]楊貴妃が、七月七日、長生殿にて聞こえ契りければ、おもとには、今宵、仁寿殿にてを契り聞こえむ。さらに、長生殿の長き人の契りに思ほし落とすな」と、世の中のあはれなることをのたまひて、かくなむ、

帝「姫松の鶴の千年は変はるとも同じ川辺の水と流れむ[8]

そこに、さ思せかし。ここに、はた、さらなり」。尚侍、「『[八]言出しは』といふことのあれば、えなむ」とて、

「[九]淵瀬をも分かじと思へど飛鳥川そなたの水や中淀みせむ

とのみなむ。さらに、身には、『[一〇]深き心を』とのみこそ」。上、

「よし。さて、試み給へかし」とて、

[一一]もろともに流れてを見む白川やいづれの水か湧きはまさると

などのたまふほどに、[一二]内膳に仰せ言ありければ、御前の物、いと清らにて参る。[9]浅香の折敷四十、それに、折敷の台・敷物、いとになく清らにて、御器どもなどさらにも言はず。同じく盛りたる果物・乾物、世の常の食物にはあれども、いとめでたし。上、右

七 参考、『白氏文集』長恨歌「詞中有レ誓両心知　七月七日長生殿　夜半無レ人私語時　在レ天願作二比翼鳥一　在レ地願為二連理枝一　天長地久有レ時尽　此恨綿綿無二尽期一」。

八 『万葉集』巻四「言出しは誰が言にあるか小山田の苗代水の中淀にして」(紀女郎)。

九 参考、『古今集』恋四「飛鳥川淵は瀬になる世なりとも思ひ初めてし人は忘れじ」(詠人不知)、「絶えず行く飛鳥の川の淀みなば心あるとや人の思はむ」(詠人不知)。

一〇 『後撰集』恋五「おほかたは瀬とだにかけじ天の川深き心を淵と頼まむ」(小野道風)による表現か。

一一 「白川」は、京都市左京区を流れる、賀茂川の支流。参考、『古今集』恋三

近の実頼の中将・[一三]兵衛督などに、「かくてものし給ふに、今宵、この、琴仕うまつる人、いとめでたき人なるを、朝臣、なほ、内膳に就きて、この前の物、少し情けづいて、ただ今ものせよ。果物など、いと興ある物を選ひて仕うまつれ」と仰せられければ、この君、[10]天下の手を尽くして、労ありとある人・殿上人などして、[11]手づから俎に向かひて、[一四]艶の有識たち、三四十人して調じ出だしたること、いと清らなり。

かくて、めでたくて御琴仕うまつり果てて、暁方になるほどになむ、[一五]内侍ら[12]四十人、皆装束し連ねて、四十の折敷取りて参りける。かく尚侍になり給ひぬるすなはち、女官、皆驚きて、にはかに、[一六]内教坊よりも、いづくよりもいづくよりも、髪上げ、装束して、[一七]かたに出で来て、この御折敷取りて参る。[一八]典侍、賄ひし給ふ。その典侍、いとやむごとなき人なり。上仕うまつり給ひて、源氏・親王たちなどの御[13]ことしておはします。源氏の娘なり。[14]かくて、皆、この尚侍の御供にある大人・童などに、いと清らに物賜ふ。

「白川の知らずとも言はじ底清み流れて世々にすまむと思へば」（平貞文）。

一二　「内膳」は、「内膳司」の略。宮内省に属し、天皇の食事を司った。

一三　正頼の次男師澄。

一四　美しくて嗜みがある女性たちの意か。

一五　内侍司の女官たち。内侍司の定員は、尚侍二人、典侍四人、掌侍四人、女孺百人。

一六　「内教坊」は、宮中で、節会・内宴・女踏歌・五節などの折の女性の舞楽の養成をした所。

一七　「かたに」、未詳。「きたに」「にたに」と同じ語で、大勢、たくさんなどの意か。【三五】注二六参照。

一八　内侍司の次官。この典侍は、「あて宮」の巻【三三】注二四の「典侍のおとど」と同一人物か。

三〇 兼雅、尚侍は自分の妻だと知り、饗の準備をさせる。

かかるほどに、大将のおとど、まかで、物参りなどするほどに、わが妻と知り果て給ひぬ。大将、あやしく、そぞろにて参りけるかなと思せど、その人の御妻とて、さる大空の中に出で走りてあるに、殊に恥づかしからず、かくし具し給ふ、おとど、いやますますに心憎くなり、かかる妻持たりたる人、いかに異人を見むと、后の宮よりはじめ奉り、そこばくの人思ほす、げに、はた、見目容貌よりも、うち出だしたる才、生み出だしたる子などを見るに、いと世の常の人ならず見え給ふ人なれば、かへりて面目あれど、昔より、聞こしめしかけて、常に訪はせ給ふ、今にても、思し離れで訪はせ給ふものを、かくて候ひ給ふに、のたまひかかることもこそあれと、心は空に思して、この殿の政所の別当左京大夫橘元行の、北の方の御送りに参りたるを召してのたまふやう、

一 「大将のおとど」は、兼雅。
二 帝の御前から下がって、食事などをなさっているうちに。
三 「そぞろなり」は、「すずろなり」に同じ。【三四】注二で、尚侍は、「すずろなりともこそ思へ」と危惧していた。
四 このように大勢の人が見ている中に交わっても。「出で走る」は、人々の中に交わるなどの意。「蔵開・中」の巻【三六】注六参照。
五 底本「しくす」。「しくし」の誤りと解した。「しく具す」は、何もかも備わる、揃うの意。
六 「妻」は、底本「女」。
七 朱雀帝がかつて尚侍に手紙を贈っていたことは、「春日詣」の巻【一二】参照。
八 この「橘元行」は、こ

兼雅[九]「この里の、にはかに[一〇]女官の饗（あるじ）し給ふべ[6]かめるを、かの三条にただ今まうでて、さる心設けせられよ。必ず、送りに、人々ものせられなむ。女官の着くべき方、垣下（ゑが）の男の着き給ふ所など、清らにしつらはせむ」。元行、「御座所（おましどころ）は、[一一]この相撲（すまひ）にこなた勝ち給はばとしつらひ候ふ。[7]御饗（あるじ）のことなどは、こたみは、かねて心して仕うまつりたれば、なでふわづらひも侍るまじ」。おとど、兼雅「されど、相撲に勝たむ設けにこそあらめ。これは、かくにはかに労（らう）[8]ある宣旨（せんじ）にてあることとなるを、女の饗などのこと、いと清らになむせまほしき。饗のこと、心殊にあるべし。いはむや、[一二]ただ今の女官どももなり、やむごとなき典侍（すけ）など、はた、ものし給ふを、[9]用意せむ。[一三]宰相の中将ものせむとすれど、[一四]ここにまかでられむに、なくては悪（あ）しかるべければ」など、いとくはしくのたま[10]ひて遣はしつ。

こにだけ登場する人物。

九「この里の」は、北の方（尚侍）をいう。

一〇「女官の饗」は、尚侍任官の饗宴。後日宮中の縫殿高殿で行う例であったが、ここは、臨時のものか。『西宮記』臨時四尚侍饗女官事「後日、尚侍参レ内、於二禁中便所一、設二掌侍以上饗禄於縫殿高殿一、給二女官饗禄一」。

一一 尚侍も、【三四】注一一で、「もしこなたや勝ち給ふとて、人々参り集まりて候ふめるものを」と言っていた。

一二「ただ今の女官どももなり」を挿入句と解した。上の「いはむや」は、「用意せむ」に係る。

一三「宰相の中将」は、仲忠。

一四「ここ」は、尚侍（俊蔭の娘）をいう。

三一　帝、十五夜の再会を約束する。

かかるほどに、内裏、はた、いかで、この贈り物、いとめでたくして[1]しかなと思ほして、左のおとど[一]にのたまふ、「この尚侍のまかでむに、いかで興あらむ贈り物してしかなと思ふを[2]、さる心[二]もなく、にはかなることなれば、えなでふことなからむが、いといとほしきこと。蔵人所[三]・内蔵寮のわたりに、少し今めき労あらむ物は取う出られなむや。このことをものせさせ給へ[3]。これ、有心[四]の族にて、はた[4]、うるさき人なり[5]。心してものせさせ給へ」とのたまふ。后の宮・仁寿殿なども、いかでか[五]、いささかなりとももののせむなど思ほす。

かかるほどに、上、尚侍に御物語し給ふついでに、「今宵御もとに候ふ人の中に、[六]掌侍仕うまつるべき人はありや。この頃、上[七]の掌侍仕うまつるべき人の、一人なむなき。少し物など知りて、

一 「左のおとど」は、左大臣源季明。
二 その心用意もなく。
三 蔵人所や内蔵寮の物を贈ることは、「祭の使」の巻【七】注四参照。
四 「有心」は、風流を解するの意。
五 少しであっても、ぜひ尚侍に贈り物をしたい。【三】に、后の宮と仁寿殿の女御の贈り物が語られている。
六 「掌侍」は、内侍司の第三等官。定員四人で、ほかに権官が二人。参考、『枕草子』「女は」の段「女は、典侍・掌侍（ないし）」。
七 「上の掌侍」は、内侍所に常侍する掌侍ではなく、帝に近侍する掌侍の意か。

さてもありぬべからむ人、[八]賜ばりになさせ給へ。やがて、そこに参りなどし給はむに、後見もせさせ給へ。すべて、女官のことは、何ごとにも、御心のままにを。昔よりかやうならましかば、今は、国母と聞こえてましかし。わいても、仲忠の朝臣ばかりの親王なからましかし。よし。行く末までも、私の后に思はむかし。時々、なほ参り給へ。[九]御息所は、願ひに従ひて、清涼殿をも譲り聞こえむ。[一〇]みづからは屋陰に住むとも、御願ひの所はものせむ。さて候はるとも、人、悪しとはものせじを、なほ、さてものし給へ。右大将の制せむも、あぢきなし。今は、それにも、な従ひ給ひそかし。さても、けしうはあらじ。[一一]ねたうと思さむやは。それには、な慎み給ひそ。[一二]かくてところをはさてのみやあらむ」。尚侍、「[一三]何かは、候はむを制する人の侍らむ。[一四]すずろに候はばこそあらめ」。上、「[一五]おもとだにものし給はば、何かさらむ。隠れたる所こそ、かく物怖ぢはすれ。[一六]心ざし、昔より、さらにたとふるものなく多かれば、なほ、さて思ひてあれど、[一七]今はた、なほ、さてのみは、

八　「賜ばり」は、尚侍としての年官年爵をいう。
九　「御息所」は、ここは、宮中でのご休息所の意。
一〇　私自身は建物の陰に住むことになったとしても。
一一　反語表現。「ねたうと思さじ」の強調表現。
一二　底本「かくてところをはさてのみやあらむ」、未詳。
一三　反語表現。「候はむを制する人侍らじ」の強調表現。
一四　理由もなく参内するならばともかく、尚侍として参内するのですから。
一五　「おもと」は、二人称。多く、親愛・敬意の気持ちで女性に用いる。
一六　「心ざし」は、帝の尚侍に対する愛情をいう。
一七　今となっては、もうこれ以上、思っているだけでいることはできそうもありません。

えあるまじきを。[一八]天下にかく急ぐ心ざしの固くありとも、[7]里にものし給はむに、はた、えものせじを、ここにものし給はばなむよかるべき。『やがても候ひ給へ』と聞こえむとすれど、さまざまに、[一九]すすしきことなむ、この月にはある。[二〇]十五夜に、必ず御迎へをせむ。この調べを、かかる言の違はぬほどに、必ず、十五夜にと思ほしたれ」。尚侍、「[二一]それは、かくや姫こそ候ふべかなれ」。上、「[二二]ここには、[8]玉の枝贈りて候はむかし」。尚侍、「[二三]子安貝は、近く[9]候はむかし」。

三二　帝、蛍の光で、尚侍を見る。

上、いかでこの尚侍御覧ぜむと思すに、御殿油ものあらはに灯せば、ものし、いかにせましと思ほしおはしますに、蛍、おはします御前わたりに、三つ四つ連れて飛び歩く。上、[一]これが光に物は[1]見えぬべかめりと思して、立ち走りて、皆捕らへて、御袖に

一八　たとえ、私のこのように逸る思いが心変わりしない確かなものであったとしても。
一九　底本「す丶しき」、未詳。
二〇　来月の八月十五夜の日に、必ずお迎えいたします。『竹取物語』による表現。
二一　十五夜には、私ではなく、かぐや姫が参内するのがふさわしいと思います。
二二　私は、庫持の親王のように、蓬萊の山の玉の枝を贈って婿にしていただきましょう。
二三　「子安貝」は、タカラガイ科の巻き貝の一種で、安産のお守りとされた。子どもを大勢生んだ仁寿殿の女御をたとえるか。もちろん、『竹取物語』の燕の子安貝による表現である。

一　同様の趣向は、『伊勢物

包みて御覧ずるに、あまたあらむはよかりぬべければ、やがて、帝「童部(わらはべ)や候ふ。蛍、少し求めよや。かの書(ふみ)[二]思ひ出(い)でむ」と仰せらる。殿上童部、夜更けぬれば、候はぬうちにも、仲忠の朝臣(あそん)は、承り得る心ありて、水のほとり、草のわたりに歩(あり)きて、多くの蛍を捕らへて、朝服(てうふく)[三]の袖に包みて持て参りて、暗き所に立ちて、この蛍を、包みながらうそぶく[四]時に、上、いと疾(と)く[2]御覧じつけて、直衣(なほし)の御袖に移し取りて、包み隠して持て参り給ひて、尚侍(ないしのかみ)の候ひ給ふ几帳(きちやう)の帷子(かたびら)をうちかけ給ひて[五]、ものなどのたまふに、かの尚侍のほど近きに、この蛍をさし寄せて、包みながらうそぶき給へば、さる薄物(うすもの)の御直衣(なほし)[3]にそこら包まれたれば、残る所なく見ゆる時に、尚侍、「あやしのわざや」とうち笑ひて、かく聞こゆ。

[六]衣薄み袖のうら[4]より見ゆる火は満つしほたるる海人(あま)や住むらむ

と聞こえ給ふさま、めでたき人のものなど言ひ出だしたる、さらなり、し出だしたる[5]才(ざえ)[6]など、はた、いとめでたく心憎き人の、そ

語』三九段、『源氏物語』「蛍」の巻に見える。

二「かの書」は、『晋書』の車胤伝の故事をいう。「祭の使」の巻【一七】注九参照。

三「朝服」は、朝廷に出仕する時に着用する服。『和名抄』装束部衣服類「袍　宇倍乃岐沼　一云朝服」。

四「うそぶく」は、口をすぼめて息を強く吹きかけるの意。蛍を光らせるための行為か。

五「帷子をうちかく」は、（几帳の）帷子をかぶるようにして身を入れるの意。

六「うら」に「裏」と「浦」、「潮垂る」に「涙を流す」の意と「潮に濡れて雫が垂れる」の意を掛け、「海人」に尚侍自身をたとえる。四句に、「ほたる」を詠み込むか。

の容貌、はた、世にたぐひなくいみじき人の、さる労ある物の光にほのかに見ゆるは、まして、いとなむ切なりける。上、御覧ずるに、たとふべき人なくめでたく御覧ずること限りなし。かくて、いらへ給ふ、「年ごろの心ざしは、これにこそ見ゆれ。

しほたれて年も経にける袖のうらはほのかに見るぞかけてうれしき」。

上、おはしまして、よろづにあはれにをかしき御物語をしつつおはしますほどに、夜、暁になりゆく。鳥うち鳴き始めなどするに、上、『まれに逢ふ夜は』といふことは、まことなりけり」などのたまふ。

暁の声をば聞かで雛鳥の同じとぐらに寝るよしもがな

とのたまへば、尚侍、

卵のうちを夢よりかへる雛鳥は高きとぐらをよそに見るかな

と聞こえ給ふほどに、夜明けなむとするに、尚侍のおとど急ぎ給ふに、やうやう日など見ゆるほどに急ぎ給ふ。「待給へや。そも

七 長年の私の思いは、この蛍の光でわかると思います。

八 「しほたる」に「涙を流す」の意と「潮に濡れて雫が垂れる」の意、「うら」に「裏」と「浦」を掛ける。「かけて」は、それだけでの意か。

九 『後撰集』恋五「一人寝る時は待たるる鳥の音もまれに逢ふ夜はわびしかりけり」(小野小町の姉)。

一〇 参考、『古今六帖』六帖〈雛鳥〉「明けぬとて何急ぐらむ雛鳥のまだとぐらなる声にやはあらぬ」。

一一 「うち」に「内」と「内裏」、「かへる」に「孵る」と「帰る」を掛ける。「雛鳥」に尚侍自身、「高きとぐら」に宮中をたとえる。

そも、こは、暁かは。まだ明け暗れも、光見ゆるものを」とて、「右大将、定めてのたまへ」とのたまふ。大将、「なほ定めがたくなむ。なほ、木綿つけ鳥の、『ひる』と鳴くなる声なむ聞こゆる。いづれにか侍らむ。不当になむ、ただ今もおぼえ侍る」とて、

「しののめはまだすみの江かおぼつかなさすがに急ぐ鳥の声かな

これをなむ承りわづらふ」と申し給ふ。上、うち笑ひ給ひて、尚侍の御もとに、「聞き給へ。かく、人の申さるめる。ここには、

ほのかにも木綿つけ鳥と聞こゆればなほ逢坂を近しと思はむ

聞きなむまさる」とて、

とのたまふ。尚侍のおとど、

「名をのみは頼まぬものを逢坂は許さぬ関は越えずとか聞く

なほ、不当になむあなる」。上、「なほ、いで、効なくものたまふかな」とて、

「頼めども浅かりければ逢坂の清水も絶えてむすばれぬかな

一二「明け暗れ」は、暁よりも前で。夜明け前の薄暗い時分。

一三「木綿つけ鳥」は、「逢坂の木綿つけ鳥」の形で、恋の歌に多く詠まれる。「藤原の君」の巻【三六】注六参照。

一四「ひる」は、鶏の鳴き声で、「昼」を掛ける。

一五「住の江」の「すみ」に「墨」を掛け、暗いの意を込める。

一六「逢坂」に、尚侍に逢うの意を込める。

一七「逢坂の木綿つけ鳥」という名だけではあてになりません。逢うことができるという逢坂の関であっても、関守が許してくれないと越えることができないと聞いています。

一八「逢坂の清水」に尚侍をたとえ、「むすぶ」に「掬ぶ」と「（契りを）結ぶ」の意を掛ける。

あひ思されざりけり」とのたまふ。

一九なほまかで。

三三　左大臣季明・后の宮・仁寿殿の女御、尚侍に贈り物をする。

一左のおとど、蔵人所より、蒔絵の御衣櫃二十に、二台・覆ひ・杤など、[1]はた、さらにも言はず、三作物所の預かり仕うまつりけるを、なほ、四仕まつりける上手して仕まつらせ給へりける御唐櫃どもに、よろづの労ある物、[2]綾の紋つきめでたきは、五これがたばかりにな[3]む、錦などのおもしろきは、これが覆ひにと、年を経て選り調へ[4]て調じ給へる物も、六ただこの御料になむ。それに、蔵人所にも、すべて、唐土の人の来るごとに唐物の交易し給ひて、上り来るごとには、綾・錦、になくめづらしき物は、[5]この唐櫃に選り入れ、香も、すぐれたるは、これに選り入れつつ、やむごとなく七景迹ならむことのためにとてこそ、櫃と八掛籠に積みて、蔵人所に置かせ

一九「なほまかでむとし給ふ」などの誤りか。

一「左のおとど」は、左大臣源季明。

二御衣櫃の台と覆いと、御衣櫃を担うための杤。

三「作物所」は、蔵人所に属し、宮中の調度品などを作る所。

四「仕まつりける……御唐櫃ども」を、左大臣家にお仕えしている名工たちに手を加えさせなさったいくつもの唐櫃の意と解した。

五「たばかり」は、この唐櫃の飾りの意か。

六すべて尚侍への贈り物になさる。

七「景迹なり」は、すぐれている、すばらしいの意。

八「掛籠」は、箱の縁にかけて箱の中に収まるようにした内側の箱。

九以下「勘当あらじ」ま

給へるを、左のおとど、[九]年ごろ、にはかに景迹[6]ならむ折にとて調ぜさせ給うてあるを、天の下、今宵の御贈り物より越えて、さらにさらにせじ、これより、いつかあらむ、一つは、俊蔭が娘なり、夫は、右大将といひて、[一〇]えなたなり、し出だすわざ、俊蔭が世の琴なり、天の下、これより越えたる心憎さ、いつかあらむ、[一一]これを、今宵の贈り物にせむ、勘当あらじなど思ほして、[一二]それ十掛取り出でられ、いま十掛の御衣櫃に、内蔵寮の絹の限り、になき選り出だして、五掛の唐櫃の内に、[7]五百疋、いみじき限り、いま五掛には、[一三]畳綿の雪の降りかけたるやうなるが五尺ばかりの広さ、五百枚選り入れて、かの蔵人所の十掛には、綾・錦・花文綾、色々の香は色を尽くして、麝香・沈・丁子、[一四]唐人の度ごとに選り置かせ給へる、蔵人所の十掛、朸・台・覆ひ、さらにも言はず、いといみじくめでたくて、[一五]かけ調へて候ひ給ふ。

后の宮より、同じき[一六]志津川仲経が仕うまつれる[8]蒔絵の御衣箱五具に、御装束、夏のは夏、秋のは秋、冬のは冬、[9]御装ひ、さまざ

で、季明の心内。
一〇 「えなたなり」、未詳。すぐれた人だなどの意味か。
一一 これを、今夜の尚侍への贈り物にしよう。私の判断でそうしても、帝のお叱りを受けないだろう。
一二 蔵人所に納められていた物を御衣櫃十掛持って来させなさって。
一三 「畳綿」は、真綿を薄く延ばして衣などに入れられるように折り畳んだもの。「藤原の君」の巻【三五】注一〇、「吹上・下」の巻【五】注一四にも見える。
一四 「唐人の度ごとに」は、前の「唐土の人の来るごとに」と同じ意。
一五 「かけ調ふ」は、朸をつけて担げるように準備するの意か。
一六 「志津川仲経」は、前の「作物所の預かり」の名か。

まに、言ふ限りなく清らなり。御裳[10]どもは、[一七]形木のにもあれ、また、染めたる色も、限りなし。唐の御衣・御表着[11]など、言へばさらなり。めづらしき紋に織りて、これも、かかる用もこそとみに[12]あれとて、よろづにめでたくて設け給へるなりけり。これをなむ御箱どもに入れ給ひて、[一八]入帷子・包みなど、いと清らなり。綾を入帷子にして、[一九]綺の緑の[二〇][13]繒の[二一]海賦の紋を、また、包みにしたり。皆、唐物どもをしたり。

また、女御たちそこらの御中に、仁寿殿のみなむし給ひける。さる切なる物、はた、[二二]異君達は取う出給はず。今宵の尚侍の御贈り物は、世の中にかしこき人、[14]え取う出給はねど、仁寿殿は、[二三]さる大将殿のいつき娘といふところなむ、さ言へど、取う出給ひける。白銀を透箱に組まれたる、[15]組み目いとおもしろく、一具には秋山を組み据ゑ、野には、草・花、蝶・鳥、山には、木の葉の色々、鳥ども据ゑなどしたるさま、いとおもしろし。同じき山の心ばへいと労ある組み据ゑ、[16]一具には夏の野山を、山には緑の木、

一七 「形木」は、模様を彫った板。布に、その模様を摺りつける。

一八 「入帷子」「包み」は、装束を衣箱などに入れる際に包む布帛。参考、『紫式部日記』「衣箱の折立、入帷子、包み、覆ひ」。

一九 「綺」は、模様を浮かせて織った薄い絹織物。『和名抄』布帛部錦綺類「綺 岐 一云於利毛能、又一訓加无波太 似錦而薄者也」。

二〇 「繒」は、絹織物の総称。

二一 「海賦」は、色糸などで、大波・海松・貝などの海辺の景色を装飾したもの。

二二 「異君達」は、ほかの女御たちをいう。

二三 「さる大将殿」は、正頼。「ところ」は、やや特殊な表現か。

[17]野には鳥どもの凝り遊べる、山川の心、水鳥の居たるさま、木の枝[18]に虫どもの住みたるなど、いとめでたく、なまめき、めづらかに、その山里の人の住みたる心ばへなど組み据ゑたる、あらはにめでたし。いま一具には、春の桜など生ひたる島どもなどの心ばへ、船どもなど、その海いと労ありて、いとめづらしくをかしきことども組み据ゑたる透箱一具、白銀の[二四]高坏、[二五]金の塗物して、その高坏の脚にも面[19]にも、かく労ある物の形、をかしき物のさまなど描いつけて、いと世の常ならず。それに、[二六]御装ひ、さらにも言はず、いといみじくめでたくて、夏冬の装ひを透箱に入れて、その敷物、上の覆ひ、上の[二七]組み子せられけるさま、いとらうらうじく心深し。いま二つには、御櫛の調度、[二八]仮髻・蔽髪よりはじめ、釵子・元結・御櫛どもなど、その具、[20]さらにも言はずめでたくて、[二九]六高坏なむ設け給へりける。

二四　この「高坏」は、透箱を載せる台か。
二五　「金の塗物」は、漆器に金の梨子地粉を塗り、上に透明な梨子地漆を塗ったものか。
二六　この「装ひ」は、表や打敷などの装飾の意。
二七　「組み子」は、覆いの上の装飾のための組紐か。
二八　「仮髻」「蔽髪」は、「菊の宴」の巻【一八】注一八参照。「釵子」「元結」は、「祭の使」の巻【三】注九参照。
二九　冬の装飾を施した透箱については語られていないが、四季の装束を入れた透箱四つと、「御櫛の調度」を入れた透箱二つで、合計六つとなるのだろう。

内侍のかみ

一　七月上旬、帝、仁寿殿の女御と、恋愛について語る。

七月上旬ごろ、朱雀帝が、女御の局である仁寿殿にやって来て、「昨夜、女蔵人をお迎えに行かせたのに、どうして来てくださらなかったのですか。どういうわけか、ここのところ、迎えに行かせた人を何度もお返しになりますね。ひょっとして、何か恨みに思っていることがおありなのですか。ああつらい」。仁寿殿の女御が、「お恨み申しあげなければならないことがあるのでしょうか。冗談はさておき、ここのところ、暑気あたりなのでしょうか、どういうわけか、気分がすぐれずにおりましたので、参上いたしませんでした」。帝が、「暑気あたりなら、清く涼しい清涼殿においでになったら、お治りになることでしょう。ところで、気分がすぐれない原因は何ですか。もしかして、懐妊なさったのですか」。女御が、「まあみっともない。もう、懐妊など、けっして」。帝が、「もう懐妊なさらないとも思いません。『夏水の』ということもあるではないですか。実際に、最近は、隠れて愛し合っている人が大勢いるそうですね。あなたもそうなのでしょう。ああ、そのために、あなたは、これまで経験したことのない思いで悩んでいらっしゃるのでしょう。私も、今、そのことを聞いて悩んでいるのです」。女御が、「どなたのことを疑おうと思っていらっしゃるのですか。おかしなことですね。今でも、まだ、疑っていらっしゃる人がいるのですか」。帝が、「人目を忍んで愛し合っているのにしらばっくれるとは、筋が通りませんよ」。女御が、「まったくなんのことかわかりません。ほんとうに、なんのことでしょう」。帝が、「ほんとうに、おわかりにならないのですか。おとぼけにならないでください。おとぼけになっても、私は右大将殿（兼雅）ではないかと疑っています」。女御が、「ほかの方以上に、右大将殿はあり得ません。私以外の人とであっても、嘘だと思われます」。帝が、「不思議なほど心惹かれるすてきな人だから、疑うのです。疑いながら黙っているのは、私以外にはできないでしょうね。知って取り乱すことは誰でもありますが、その中でも、私は、寛大な気持ちを持っているのです。あの兵部卿の宮は、私の弟だからというわけではありませんが、少しは見る価値がある人です。何はともあれ、ちょっと見る時でも、宮を女性にして自分のものにしたいし、それができなければ、私が女になって宮のものになりたいと思われます。『男の私でもそう思うのだから、まして、その宮が心をこめて言い寄ったら、少しでも恋の情趣を解する女性なら、真面目一方ではいられずに心が靡いてしまうだろう』と思いますから、宮に心が惹かれるのももっともなことだと思って、強く咎めることもしませんでしたし、時々そのような様子が見えても、なんとも感じませんでした。けれども、罪に問われない場合もあります。中でも、右大将殿があなたと親しくなさっても、強く咎めることはないでしょう。もっともなことだと思われるところは、少しあるでしょう。右大将殿は、さらに、兵部卿の宮がかえって圧倒されるほどの人です。右大将殿は、見た女性が思いを寄せて当然なところがあって、吉祥天女にも、どうしたらいいのだろうかと、恋のもの思いをさせてしまいそうな人です。それに対して、あなたがほかの人より少しすぐれていらっしゃるところは、そんな右大将殿に、それほど深く関わることのないままますませておしまいになったことです。これから後はどうなるかわかりませんけれど」。女御が、「まあ、なんてことをおっしゃるのですか。そのようなお気持ちは、まったく見えませんでした。私ではなく、ほかの方に思いを寄せていらっしゃるようでした」。帝が、「こんなふうにとぼけなさるから、かえって疑わしくて、とても不都合だと思います」。女御が、「ただ、手紙の言葉を見ていても風情があり、すらすらと書いた手紙も嗜みがある様子だったので、すばらしいなどと思っただけなのです」などと申しあげなさる。帝が、「嘘をついていらっしゃるのですね。そうおっしゃるなら、お疑いいたします」。女御が、「嘘などついていません」。帝が、「右大将殿から時々お手紙があって、今でも続いているようですね」とおっしゃる。

二 帝、仁寿殿の女御と、仲忠と涼の結婚の相談をする。

仁寿殿の女御が、「さあ、どうでしょう。右大将殿(兼雅)はそんなふうに思うお気持ちがあったのだろうかなどと、はっきりと見えることもありませんでした。春宮のもとに入内しているあて宮が、まだこちらにおりました時には、あて宮に思いを寄せているのだろうと思って見ておりました」と申しあげなさる。帝が、「それは、おっしゃるとおりだと思います。どこの世界に、男たる者で、あて宮に求婚しなかった人がいたでしょうか。妻を持とうとしなかった致仕の大臣高基の朝臣までが、あて宮に求婚していたということです。それを聞いて、あて宮は不思議なほど魅力がある方だったのだと驚きました。あて宮に求婚した人々の中には、とても熱心に求婚した人々がいると聞きましたが、その中でも、仲忠は、たとえ例がないほどしっかりした心の持ち主の女であっても、仲忠さえ少しでも気があるそぶりを見せたら、女のほうでも思いを抑えることができない人です。『あて宮は、そんな仲忠のことを、どうして自分には関係がないと思っていられたのだろう』と思うと、ますます、とても奥ゆかしくほかに例がないほどのお心だと思われます。仲忠は、今でも、ずっと、あて宮への思いを持ち続けているのでしょうね」。女御が、「じつは、あて宮のほうでも、仲忠のことが心にかかっていたのでしょうか、ほかの人とは違って、返事をしたいと思っていたのです。また、仲忠も、そんな気持ちを察したのでしょうか、あて宮が心を動かすにちがいないと思われることを数多くしたようです。でも、仲忠は、真剣な思いにまでなることなく終わってしまったようでした」。帝が、「興味深いことですね。二人の間に交わされた手紙は、さぞかしおもしろいものだったでしょう。私も、その手紙を見てみたい。涼が住んでいた吹上の浜を訪れた時に、仲忠が琴をほんとうにすばらしく弾いたので、左大将殿（正頼）に、

『やはり、あて宮は仲忠にお与えください』と言ったことがありました。仲忠が、そのことを、ほんとうに心の底から喜んで口にしていたので、左大将殿は必ず与えてくださるだろうと思っていたのです。でも、私の思いがかなわずに、あて宮が春宮のもとに入内してしまったことを、仲忠はどう思っているのでしょう。この世には、『天子空言せず』ということはなかったのだと思っていることでしょう。不思議なほど魅力があって、気後れするほど立派だと思う人に、嘘をついたと思われるのは、つらい。仲忠には、そちらにいる女一の宮をお与えになりませんか。誰がなんと言っても、仲忠にとって女一の宮と結婚すること以上にすばらしいことはあり得ないでしょう。仲忠は、不思議なほど、見ていると心が晴れる気持ちがして、この世の憂さを忘れる人です。涼は、仲忠と比べることもできません。やはり、涼は涼として立派な人物ですが、仲忠は格別にすばらしい人です」。女御が、「仲忠は、まだ位が低いことが気にかかります」。帝が、「そのことは心配なさらないでください。それ以外に、非難なさることはありませんね」。女御が、「私は、何も心配しておりません。すべて、帝がお決めになることに従います」。帝が、「でも、私は、あなたが許してくださったらと思います」。女御が、「私は、何も申しあげることはありません。お考えどおりになさってください。仲忠が女一の宮と結婚しても、誰も、『ふさわしくない』などと言うことはないだろうと思いますが、位などがまだ高い人でもないので、『女一の宮は、やはり、しばらくの間は、このまま結婚なさらずにいたほうがいい』と思います」。帝が、「女性が結婚しないままに盛りが過ぎることがあってはならないし、ふさわしい相手がいない時でさえ結婚せずにいるのはつまらないのですから、仲忠のようなすばらしい結婚相手が目の前にいながら結婚せずにいることはあってはなりません。位のことは心配なさらないでください。仲忠は、まだ若い。位が低いということを、誰も咎めはしないでしょう。若いうちは、けっして人より軽んじることはないでしょう。やはり、仲忠との結婚をお決めください。けっして非難を受けることはないと思います」。女御が、「さあ、どうでしょう。私には決めることはできません」。帝が、「仲忠が洞で成長したことを思い出していらっしゃるのでしょうか。ああばからしい。非難を受けるようなことは、けっしてお勧めいたしません。やはり、仲忠と結婚させようとお決めください。いずれきっと格別に高い位に就けましょう。今の見た目の美しさ以上に、こうして備わった学才に加えて、容姿や思慮分別などもすばらしいのだから、世間の信望も今よりまさるでしょう」。女御が、「これから、充分に考えて決めたいと思います。里の父と母などがお許し申しあげなさるなら、私は反対いたしません」。帝が、「その里の父上と母上は、けっして非難なさらないでしょう。そういうことなら期待が持てますね」などと申しあげなさる。

「食膳を四つ立てて、帝が昼の食事を召しあがっている。」

三　帝、仁寿殿を訪れた正頼と語る。

左大将（正頼）が、「食事の世話をするためにおいでになりました。妻の病も、やっとのことで、最近、少しよくなりました」。帝は、「ほんとうにいたわしいことだ。まったく知りませんでした。女御の退出を許さなかった私の気持ちを、人々は、さぞかし、理解できないと思ったことでしょう。女御が、退出の口実に、誰かが病気だと嘘をつくのは、まったくけしからんことだ。私が、今度もいつもの嘘だと思って油断してもしかたがありませんね」などとおっしゃる。

四　上達部・親王たちも参上して、節会比べをする。

こうしているうちに、上達部と親王たちなどが、皆、仁寿殿に参上なさる。殿上の間にいた殿上人も、全員参上した。左大将（正頼）は、三条の院から、果物や酒などを取り寄せなさって、女御の局に、大勢の上達部と親王たちなどがやって来て、酒をお飲みになったりなどして、帝と春宮も、いろいろとお話をなさる。

帝が、「長い間、おもしろい催しをしていませんね。次第に、風が涼しくなり、季節もまた風情がある頃になってゆくから、この世の憂さも忘れ、心が晴れるような催しも、この秋にしたい。皆さん、相談してお決めください。人の寿命というものは、はかないものです。

生きている間に、おもしろい催しを見ながら過ごしたい」とおっしゃる。春宮が、「帝がおっしゃるとおりです。同じことなら、これから催される節会を、お言葉どおり、帝の御代の、これまでに例がない代々続く催しにしたいものです。以前の、吹上での九月九日の重陽の宴は、きっと少しおもしろい催しとなるでしょう。また同じような催しができたら、すばらしいでしょうね。一年の間に催される節会の中で、どの節会が一番おもしろいのか、決めてさしあげてください」。左大将が、「一年の間に催される節会は、どれもこれもおもしろいものですが、一月は、朝拝などを催しなさる時も、とても趣があり、内宴を催しなさる時も、とてもおもしろくて、趣があります。三月三日の節会は、桜の花が例年よりも早く咲く時は、とてもおもしろいものです。それはそれとして、特別に美しい花などは咲かない時期ですが、やはり、不思議なほど、落ち着いた趣があって心が惹きつけられるのは、五月五日の節会です。すぐに明けてしまう短い夜が明ける前に、時鳥がほのかに鳴いたり、五月雨が降った頃の朝早く、あちらこちらで軒に挿した菖蒲の香りがほのかに香ったりしているのは、どういうわけか、ほかの節会よりも風情があるように感じられます。果物などの盛りの季節ではありませんが、少し時期を過ぎた果物などがあるのも、ほんとうにおもしろいものです。節会の食事などを召しあがる時には、また、これ以上の節会はないと思われます。七月七日の節会は、趣深いものではありますが、特別なおもしろさはありません。でも、それも、やり方次第です。九月九日の重陽の宴も、吹上での例を考えると、とてもおもしろいものです。重陽の宴以後の節会は、五月五日の節会には劣ると思われます」。帝が、「ほんとうに的確に決めてくださいました。私の考えと同じです。一年の間に催される節会を見ていると、五月五日の節会以上の節会は、絶対にないと思う。花橘や柑子などというものは、時期が過ぎて古くなってしまった実であっても、咲いたばかりの花が一緒に交じっているのが、とても趣があるのです。それ以上のものはありません。五月五日の節会の際に行われる騎射も競馬も、見る価値などまったくありませんね」などと言ってお笑いになる。

五　初秋の歌を詠み、帝、仁寿殿から帰る。

こうしていろいろと話をなさっているうちに、日は夕日になるが、七月十日頃で、まだとても暑い盛りだ。風なども吹いてこないので、上達部が、「涼しい風も少し吹いてほしいものですね。暑いとはいっても、今日は立秋の日ですよ。秋が来たことがはっきりとわかる風が吹いてほしい」などとおっしゃっているうちに、夕方になってゆく。それまで吹くことのなかった風が吹いてきた時に、帝が、

　ようやく吹いてきた風が涼しいのは、今日が初秋なのだと告げているのでしょう。

とお詠みになる。仁寿殿の女御が、御簾の内にいたまま、「おっしゃるとおりですね。今日は、例年よりも涼しい風が吹いています」と言って、

　毎年、立秋になると、秋らしい様子は見せてくれますけれど、今日は、この涼しい風が、

秋の訪れをはっきりと教えてくれます（帝は、私に飽きた様子をいつもお見せになるけれども、今日は、特に強くそれを感じられます）。

とお返事申しあげなさると、帝は、笑って、「でも、その風（帝）は、まだ、御簾の外にいて、中に入れてもらえません。

秋になったばかりで、御簾の内にも入って来ないのに、風が秋の訪れをはっきりと教えるとは、不思議ですね（立ったままで、御簾の内にも入っていないのに、飽きた様子を強く感じさせるとは、不思議ですね）。

私以外にあなたにささやきかけ申しあげた風があるはずですよ」とおっしゃる。左大将（正頼）が、「それも、どうでしょうか」と言って、

たとえ外に立っていたとしても、御簾の内に入ることを期待していたわけではないと思います。浮気心を持った人は、秋が入って来ずに出て行っても、通り過ぎたと言うそうです。

と申しあげなさる。

仁寿殿にいらっしゃるうちに、日が暮れた。帝が、清涼殿にお戻りになろうとして、女御に、「せめて今夜だけでも清涼殿においでください。使の者をお迎えにさし向けたら、いつものようにお返しになるでしょう。さあ、一緒に行きましょう」と言ってお立ちになる。女御は、「帝も、返しやすいお使です」と申しあげて、「実際には、お返しすることはできませ

んね」と言って、

夏の間でさえも、衣を隔てて、夜が過ぎてしまったのに。

と申しあげなさる。帝が、『おのれつらくて（自分が薄情なくせに人を恨む）』とは、このことを言うのですか。ああたちが悪い」と言って、「早くおいでください」とおっしゃる。女御は、「冗談はさておき、今すぐに参ります」と申しあげなさる。帝は、「いつものように、使の者をお返しにならないでくださいね。わかりました。もし使の者をお返しになったら、私自身でお迎えに来ますよ」と言ってお戻りになった。

上達部は、皆、帝のお供をして参上なさる。

清涼殿から、女御のお供をさせるために、女蔵人をさし向け申しあげなさる。女御は、清涼殿に参上なさった。

「ここに、仁寿殿の女御と帝などがいらっしゃる。

左大将が、男君たちを引き連れて、三条の院にお帰りになる。」

六　正頼も退出して、大宮と、婿選びについて相談する。

右大将（兼雅）は、宰相の中将（仲忠）と一緒に、三条殿にお帰りになった。ほかの方々は、宮中で宿直をする方も、里に退出する方もいらっしゃる。

左大将（正頼）も、三条の院に退出なさる。婿君たちも男君たちも、北の対にお送り申しあげてから、それぞれのお住まいにお帰りになった。

左大将が、「仁寿殿の女御がお話をなさっていた時に、帝が、仁寿殿にやって来て、『私はこちらに来ている。おまえも来て相手をせよ』とおっしゃったので、私も、仁寿殿にも参上して、いろいろとお話などを申しあげたのですが、その間に夜が更けたのも気づきませんでした」。大宮が、「いかがでしたか。藤壺では、どんなことがおありだったのですか」。左大将が、「あて宮は、春宮の上局にいらっしゃいました。特に変わったことはないようです。いつものように、管絃の遊びをなさっていました。宰相の中将が、御簾のもとで、箏の琴を弾いていました。あて宮は、それに合わせて、琵琶を少しお弾きになっていたようです。こちらにいらっしゃった時よりも、少し上手になっていました。あの琴の名手の宰相の中将に劣らない音で一緒に弾いているのを聞くと、まったく非の打ち所がないものでした」。大宮が、「いかがでしたか。宰相の中将殿は、今でもあて宮のことを思っているのでしょう。その様子は、どうでしたか」。左大将が、「私も、そのことを気にして見ておりました。そう思って見ていたせいでしょうか、少し、心が動揺している様子が見えました」。大宮が、「宰相の中将殿は、聞く人の心に、すばらしいと感じさせる人でした。一途に思っていながら、取り乱した様子はまったく見えませんでした。そうではあっても、また、あて宮への思いを持っているだろうとは見えて、同じようにすらすらと書いた手紙は、穏やかで、人が見ても見苦しいこともなく、そんな手紙でも、ほんとうにすばらしく見えたものです。とても慕わしく思った宰相の中将殿の手紙が、ずいぶんと長い間見えないので、思い出されて、とても恋しくてなりません」。左大将が、「今でも、あて宮のもとには贈り続けているようです。今日も、見ていたところ、宰相の中将が、箏(しょう)の琴を弾くために春宮の御前(ごぜん)においでになっていたのですが、すらすらと見事に書いた筆跡の、薄様(うすよう)に書いた手紙が、懐から確かに見えたので、冗談の気持ちで、『見せてくれ』と頼んだのですが、宰相の中将は、笑って、見せてくれませんでした。やはり、あて宮への思いをこめた手紙だったのでしょう。春宮も、また、宰相の中将が今も昔もあて宮への思いを持ち続けているそうだとお聞きになっていたということなので、あて宮が時々返事をなさったりすることを、強くお咎(とが)めになることができないようです。無理もないことだと認めてもらっているとは、この宰相の中将はまことにすばらしい」などとおっしゃる。大宮が、「ところで、この宰相の中将殿を、こちらの婿として迎えたいですね」。左大将が、「さま宮を宰相の中将にと思っているのですが、帝がおっしゃったこともあります。帝は、『やはり、さま宮は涼(すずし)の朝臣(あそん)に与えよ。仲忠は、私に考えがある。女一の宮を涼にと思ったのだが、涼は一族の源氏だ。同じことなら仲忠をと思う』と、何度も、あの吹上での九月九日の重陽(ちょうよう)の宴でもおっしゃったことがありました」。大宮が、「そういえば、源中将殿（涼）も、宰相の中将殿に、どこも劣っていません。まったく優劣がつけられない人だと聞いています」。左大将が、「源中将は、財力が、格段にまさっているそうです。そうはいっても、宰相の中将もひどく劣っているわけではありません。人柄はまったく等しいが、気後れを感じるような様子と学才は、藤中将（仲忠）が、やはりまさっていると思います。あて宮に思いを寄せていた人々、たとえば、兵部卿の宮と右大将殿（兼雅）が、『せめてさま宮と結婚したい』とおっしゃっているのに、源中将と結婚させたら、財力目当てで結婚させたのだろうと思われるでしょう。私は、それが嫌なのです。私は、けっして、財力がほしいわけではありません。ただ、『この世で、容姿が調い、嗜みがある大勢の人々の中でも、すぐれているのは、藤中将と源中将の二人だ。だから、どちらか一人は婿にしたい』と望んでいるだけなのです。藤中将のことは、帝がああおっしゃっていますので」。大宮が、「帝は、藤中将殿は誰にとおっしゃっているのでしょうか」。左大将が、「さあ、わかりません。誰にと思っていらっしゃるのでしょう。『考えがある』とおっしゃったのですから、お決めになった方がいるのでしょう。その方もこちらの一族と無関係ではないだろうと思われます」と言って、「私は、やはり、藤中将殿のことが気の毒です。世間並みの人とは違って、立派な公卿の一人子で、何をするにも申し分のない、この世の人の中で最も理想的な人です。藤中将殿は、財力はないでしょう。それに比べて、源中将殿は、ほんとうに目もくらむほどの最高の財産家です。それを考えると、人々が必ず財産目当てだと邪推するでしょうから、婿としてふさわしい人だとは思われません。婿というものは、若い人などを、妻の里が世話をしたりなどして一人前にするのを、おもしろく思うものです。世話をする余地もなくて、妻の里のほうが気がねされるのは、不本意です。とはいえ、源中将はまことに見どころがある人です。藤中将と源中将の二人を見る時には、目が五つも六つもほしくなります」とおっしゃる。大宮が、「さま宮には藤中将殿をと思っていましたけれど、帝が源中将殿にとおっしゃったからだと、人には伝えましょう」。左大将が、「自分たちには責任がないかのように、『帝がそうおっしゃったからだ』と話すことなどできないでしょう」。大宮が、「さあ、わかりません。どうしたらいいのでしょう。さま宮を、人々が、『あて宮の代わりに』とおっしゃるので困っているのです。さま宮は、小さい時から、藤中将殿のためにと思って大切に育てましたのに」。左大将が、「ところで、そで宮とちご宮は、どうしたらいいでしょう」。大宮が、「この二人を兵部卿の宮と右大将殿にとは思うのですが、右大将殿には、とても大切に思っていらっしゃる藤中将殿の母上がいるので、どうしたらいいのだろうと悩んでいるのです」。左大将が、「どちらを、どなたの婿に迎えるのがいいのでしょうか」。大宮が、「やはり、見ると、そで宮は右大将殿が結婚なさるのがよく、ちご宮は兵部卿の宮が結婚なさるのがいいと思います」。左大将が、「うまく言い当てなさいましたね。そで宮は、とても美しくて、顔も性格も、右大将殿に合わせて育てました。ちご宮は、とても威厳がある様子で、向き不向きがあるようです」とおっしゃる。大宮が、「私の娘たちは、誰も皆、とても見る効(かい)があり、不満なところはありません。その中でも、さま宮は、どの娘とも違って美しく成長したと見えますが、あて宮には、少し雰囲気が劣っていますね」。左大将は、「あて宮は、不思議なほど、どこもかしこも、すべて感じがよくていらっしゃいます」などと申しあげなさる。
「三条の院の北の対で、左大将と大宮が食事をなさっている。男君たちも、皆いらっしゃる。寝殿には、十四の君（さま宮）をはじめとして、大殿の上腹の姫君たちが、皆やって来て涼んでいらっしゃる。」

七　兼雅、三条の院を訪れ、今年の相撲人について語る。

こうしているうちに、左大将（正頼）の三条の院の寝殿に、男君たちと、上達部や親王たちが、大勢やって来て、食事をしたりなどして、お話をなさる。その頃、右大将（兼雅）は、その日、休暇で、屋敷に籠もっていらっしゃったので、「今日、参内せずに引き籠もっていると、うっとうしい感じがするな。左大将殿の屋敷に出かけたい。あちらは、宮中よりもおもしろいだろう。さあ、中将（仲忠）よ、一緒に三条の院に行こう」とおっしゃって、右大将も中将も、美しい直衣を着て、同じ車に乗り、近い所なので、特に仰々しい御前駆もつけずに参上なさった。

右大将は、まず、中将を車から下ろして、「今日、休暇で籠もっていたのですが、うっとうしかったので、こちらに参りました」と申しあげなさった。左大将は、「私も、同じようにうっとうしく思って、そちらにうかがおうと思っておりましたのに、来てくださってとても恐縮しております」と言って、上達部と親王たちを誘って出ていらっしゃった。右大将は、車から下りて、建物の中にお入りになる。皆、御座所にお着きになった。

折敷は言うまでもなく、白銀の盃や、果物と乾物を、とても美しく調えてたくさんご用意申しあげなさる。北の対から、客人のための肴と酒をお送り申しあげなさる。それに続いて、粉熟や食事などをさしあげなさる。

いろいろとお話をなさった機会に、あるじの左大将が、「右近の相撲人たちは、やって来ましたか。左近の相撲人たちは、まだやって来ていません」。右大将が、「こちらは、少しはやって来たようです。例年は、上京して来る男たちは数が多いのですが、今年は、全員揃ってやって来ることは難しいようです。上京した男たちは、皆、すぐれた者たちです。姿かたちがとても美しく、今の世で相撲が強い男たちなので、ほんとうにすばらしい。今年の相撲人は、相撲を取ったら、やはり、少し見どころがある者たちです。例年やって来る者たちは、ある者は死んだり、ある者は病気にかかったりなどしたので、その次の者たちを順に繰り上げたことで、こうして充分に満足できる者たちが集まりました」。左大将が、「左近の相撲人も、すぐれた者たちのようです。力があり、姿かたちなども美しいうえに、今年は、何か思うところがあるのでしょうか、格別に心遣いをしてやって来たようです。左方の名高い下野の並則がやって来ました。何よりもすばらしいのは、その並則がやって来たことに尽きます」。客人の右大将が、「右方の伊予の最手行経がやって来ないので、私はどうしていいのかわからなくて困っています」。あるじの左大将が、「先日も、帝が、仁寿殿で、『少しおもしろい催しもしたい。同じことなら、これから催される節会（せちえ）を、見どころがあるものにしたい』とおっしゃいましたが、このように相撲人たちなどは多くありませんが、見どころがある節会にするのにふさわしい者たちばかりが集まるのですから、同じことなら、右大将殿のご配慮もいただいて、帝に今年の相撲の節（せち）をお見せ申しあげたいと思っております」。客人の右大将が、「私も同じ思いでいるのですが、おもしろい相撲の節にするのにふさわしい趣向を考え出すことができません」。あるじの左大将が、「口に言わずにひそかにお考えになっているのでしょうから、きっとすばらしい趣向なのでしょう」。右大将が、「でも、考えていることがあったら、口にせずにはいられないものです」などとお答えになって、お二人は、たがいに相手に劣るまいとお思いになる。

八　正頼と兼雅、親しくした女について語る。懸想文比べ。

酒を何杯もお飲みになって、右大将（兼雅）が、「あて宮さまがここにいらっしゃった昔は、こちらにうかがうと、きまりが悪く思ったものです。でも、今は、なんの気遣いもせずにうかがうことができます」。あるじの左大将（正頼）が、「気遣いをなさらないのは、今はもう、結婚してお世話くださるような娘はいないからなのですね」と申しあげなさる。右大将が、「不思議なことに、こちらにやって来ると、また、ずっと住みついているような感じがいたします」と言って、婿として親しく通うことがないままになってしまいました。こちらに来て、今日この屋敷を見ると、あて宮さまに対する昔の気持ちが思い出されることです。

とおっしゃる。あるじの左大将は、

お通いになることのないまま終わってしまうとも思われません。私の家には、右大将殿がこれから親しくお通いになることになるでしょう。

とおっしゃって、昔のことなど、いろいろなお話を申しあげなさる。

左大将が、「この世で、心が晴れる思いがして、なんといってもおもしろいことは、恋の情趣を解する嗜み(たしな)のある女性が、こちらから言い寄ったりなどした時に、どうしたらいいのだろうかと思い悩んで、配慮しながら書いた手紙を見ることで、これほどすばらしいことはありません。昔、嵯峨(さが)の院が帝(みかど)だった時に、承香殿(しょうきょうでん)の女御(にょうご)ほどの女性を見たことがありません。不思議なほど、すばらしい性格の方でした。私が、まだ中将だった時に、女御が、内宴(ないえん)の食事の世話役にあたっていて、仁寿殿(じじゅうでん)に伺候(しこう)なさっていた所で、透けている御簾(みす)の内にいらっしゃったことがあります。それが見えた時に、私は、魂が抜け出て、それ以来、少しでもいいからぜひ私の気持ちをお伝えしたいと思い続けていました。その後、どのような時だったのでしょうか、手紙をお贈りし始めるようになって、それからは、強引に手紙をさしあげて困らせてしまいました。その頃に、女御が思い悩んでいらっしゃるのだろうと思われるお手紙を拝見したのは、ほんとうに心に染みてすばらしいものでした。私がこの歳まで生きてきて、そのお手紙を拝見した時ほど、これに匹敵する感動をこれまで感じたことはありません。結局はそれ以上深い関係にならないまま終わっておしまいになりましたが、女御がきっぱりと拒絶なさることがなかったので、それまで以上に期待して、ますます、抜け出た魂がどこに行ったのかもわからないままになってしまいました。そのような女性は、今の世にいないだろうと思います」。右大将が、「今の世でほかに例がないほど思慮深い心を持った女性は、仁寿殿の女御でいらっしゃるでしょう。今うかがった承香殿の女御に、まったく劣ることのないお心です。今では終わったことなので、お話しいたします。とんでもないことですが、昔、お手紙をさしあげたことがありましたが、きっぱりと拒絶なさることもまったくなく、期待していいと思わせながら、私が思いをこめたたくさんの手紙を読んでくださったのは、これまで経験したこともないほどとても感動しました。今でも、ごくまれにお手紙をさしあげた時など、馴れ馴れしくなさらないご配慮は、以前と変わらないものの、私が思いをこめたたくさんの手紙を読んでいただきました」などと申しあげなさる。あるじの左大将が、「さあ、どこにいた人のことをおっしゃっているのですか。私の娘たちの中とは別の所に、そのような思慮深い女性はいるでしょう。先ほど言った承香殿の女御は、ほかの人とは違ってとても思慮深い女性ですよ」。右大将が、「わかりました。それでは、承香殿の女御のお手紙はまだ持っていらっしゃいますか。私のもとには、仁寿殿の女御のお手紙がありま す」と申しあげなさると、左大将が、「私のもとに、もちろんあります。いろいろと不愉快な思いをした時に拝見すると、この世の憂さを忘れる手紙がありますよ」。

右大将は、三条殿に、中将（仲忠）に、仁寿殿の女御の手紙を取りに行かせなさる。あるじの左大将は、左衛門佐（連澄）に、昔の承香殿の女御の手紙を取りに行かせなさる。右大将が、「左大将殿のもとにあるお手紙と私のもとにあるお手紙を比べてみたいので、左大将殿が先に何かお賭けください」と申しあげなさると、左大将が、「何を賭けたらいいでしょう。私は、娘を一人賭けましょう。右大将殿は、何をお賭けになりますか」。右大将が、「私は、今ちょうどここにおりますので、仲忠を賭けましょう」などとおっしゃって、お二人で、子どもたちを賭物にして、それぞれがお交わしになった中から選び出して持っていらっしゃった特にすばらしい手紙を、比べて御覧になる。右大将が持っていた仁寿殿の女御のお手紙は、美しい敷物に載った立派な白銀の透箱に、一方、左大将が持っていた承香殿の女御のお手紙は、表面を腐食させ、模様を削り出したりなどして、唐草や鳥などを透けるように彫った錫の透箱に入れてある。見比べても、まったく優劣がつかずに等しく、筆跡も内容も優劣がつかず同じようにすばらしいので、あるじの左大将は、「仁寿殿の女御は、物事に巧みな人だったのですね。承香殿の女御は、昔はもちろん将来までも評判になる、嵯峨の院が帝だった時の女御ですよ。仁寿殿の女御は、今でも、その承香殿の女御に特に劣らない上手な字などをすらすらと書いているのですね。私のもとに送ってくる手紙は、どうしてそれに似た趣が感じられないのでしょう」とおっしゃる。右大将が、「私のもとにある仁寿殿の女御のお手紙は、それとは違って、現代的な趣などはまさっていますね。勝負がつきません」と判定が下されて、藤中将を左大将の賭物とし、左大将が持っていらっしゃる娘を右大将の賭物として、たがいに子どもたちをお取りになる。

九　仲忠、正頼に、藤壺でのことを語る。

さまざまな琴を弾いて管絃の遊びをしている時に、藤中将（仲忠）が、左大将（正頼）に、「私は、これまで何度も、箏の琴などを、ほかの楽器に合わせて弾いてまいりましたが、その中でも、先日、藤壺でお弾きした時ほどすばらしいことはございません。あて宮さまは琵琶を合わせてお弾きになったのですが、それをうかがった時に、この世の憂さは忘れてしまいました。今の世のもっともすぐれた琵琶の名手は、良少将（行正）だと思います。私は、良少将の琵琶にも合わせて、何度も琴を弾いた時がございますが、その良少将でも弾くことができない奏法を、あて宮さまは、これまで聞いたことのないほどほんとうに見事にお弾きになりました。不思議だったのは、良少将がまず合わせることがおできにならないような箏の琴を、私がとても上手に弾いたのに、あて宮さまが、あの時、どんな名手でも合わせることが難しい、そんな私の箏の琴に合わせて、このうえなく見事にお弾きになったことです。そこで、あて宮さまがお弾きになる琵琶をもっと聞きたいと思っているうちに、大きな節会のために残しておいた奏法を、残すことなく弾いてしまいました」。あるじの左大将が、「実際に、あて宮は、気楽に弾いても、あなたがお弾きになる箏の琴に、不思議なことに、少しも弾き合わせまちがえたりなどしないと聞いております。とはいえ、琵琶は、女性が弾く姿は、疎ましく見苦しいものです。あて宮は、特に琵琶を習っているなどとも見えませんでした。どうしてあんなふうに弾くようになったのでしょう。ところで、その日、懐から見えた、あなたがやはかは（未詳）に書いた手紙を、いくらお願いしても見せてくださいませんでしたが、あれは誰からの手紙だったのですか。私は、あれほど見たいと思った物はありません。誰からだったのですか」とおっしゃると、藤中将は、「なんでもありません。家から重要な用件の手紙が送られてきたのです」とお答えする。あるじの左大将が、「何をおっしゃるのですか。そんな嘘(うそ)をおつきにならないでください。家から懸想文(けそうぶみ)然としたあんなお手紙を送ってよこしなさるはずはありません。いかにも思いがこもった手紙だと見えました。懸想文だと、はっきりとわかりましたよ」。藤中将は、笑って、「紙は、急いで間に合わせたものだったのでしょう。私は、この歳まで、まったく嘘をついたことがありません」。左大将が、「これをきっかけにしてお習いになるのですね」などとおっしゃるけれど、藤中将は返事をしない。

一〇　翌朝、正頼と兼雅、馬を賭物にして弓比べを行う。

こうして一日中管絃の遊びをして、翌朝、庭に馬槽(うまぶね)を置いて、馬に秣(まぐさ)を与えたりなどしている時に、あるじの左大将（正頼）が、右大将（兼雅）に馬をお贈りしたいとお思いになる。左大将の男君たちが、皆、革を張った的を立てさせて、矢を射ていらっしゃる時で、雎鳩（みさご）が、池から飛び立って、三寸ほどの鮒（ふな）をくわえて、中島にある五葉（ごよう）の松にとまっていた。あるじの左大将が、それを見て、「あの雎鳩を射ることができた方には、この西の廏（うまや）の馬を十頭とも賭けましょう」とおっしゃる。右大将は、「皆さまも矢を射てください。私もいたしましょう」とおっしゃる。あるじの左大将は、「しばらく待て。雎鳩が気づいたら、当たらないから、やはり、経験を積んだ兵衛尉（ひょうえのじょう）である私が先に試してみよう。雎鳩が飛び立ってしまったらつまらないだろう」と言って、先に、右大将と一緒に矢を射なさる。左大将は、西の廏でとても大切に飼わせていらっしゃる、五尺の鹿毛（かげ）、九寸の黒という名高い馬二頭を、右大将は、鷹屋（たかや）で飼っているとても名高い鷹二羽をお賭けになって、最初に、あるじの左大将が矢を射なさる。これは、右大将にこの馬をお贈りしたいとのお考えがあってのことなので、左大将は、特に射当てようというお気持ちもなく、ただ、雎鳩が飛び立ちそうもない所に、注意して矢を射なさる。矢は、まったく見当はずれの所に飛んでゆく。次に、右大将が、落ち着いた態度であちらこちらに移動しながら矢を射なさると、くわえた魚ごと突き刺すように射落として、雎鳩が池に落ちた。人々は、とても感動する。右大将は、駒迎えをして、左大将がお賭けになった馬をお受け取り申しあげなさる。左大将家の廏の別当と二人の預かりが、駒遊びをしながら、馬を引かせて参上する。

夜が更けて、右大将が、この賭物の、九寸の黒という名高い馬を引いて、こちらも駒遊びをして退出して、三条殿にお入りになる時に、宰相の中将（仲忠）と、右大将家の廏の別当と預かりと寄人が、舞い遊んで、この馬を、左大将家の廏の人の手から管絃の遊びをしながら受け取る。その後、その馬を引かせて、参上した左大将家の廏の別当と預かりにこのうえなく盛大に饗応なさって、宰相の中将は、盃を手に持って、これまでになく酒を無理にお勧めになる。

一一　兼雅、三条殿に帰ってから、正頼に鷹を贈る。

三条殿では、一晩中、神楽歌の「その駒」を演奏して、夜を明かし、夜が明ける前ごろに、右大将（兼雅）は、左大将（正頼）家の廏の人々に、女の装束一領、白張一襲、袷の袴一具ずつをお与えになる。左大将家の廏の人々が被け物をいただいて三条の院に帰る時に、右大将は、賭物にした、こちらの鷹屋の鷹を二羽、鷹飼の腕にとまらせて、帰って行く左大将家の廏の人々に持たせて、左大将にお贈り申しあげなさる。左大将は、「この鷹は、もう一度おいでになった時に、私がもう一羽の雎鳩を射落としてからいただきましょう」と言ってお返しになる。右大将は、「私は雎鳩を射ましたが、左大将殿はわざと中島のあたりに向かって矢を射なさったのですから、この鷹はお受け取りください」と言って、あらためてお贈り申しあげなさる。左大将は、「無理にお返し申しあげると、せっかくのご厚意を無にするようだ」と言い、左大将家の鷹飼が、高麗楽を演奏しながら、鷹を受け取って、右近中将（祐澄）が、帰って行く右大将家の鷹飼に、盃を手に持って、これ以上ないほどに饗応なさって、細長を添えた女の装束一装与えてお帰しになった。

右大将は、「左大将殿は、心遣いは、充分すぎるほどおありの方だ」などと言って、北の方（俊蔭の娘）に、三条の院に参上した時の出来事などを、とてもくわしくお話し申しあげなさる。

一二　正頼、兼雅、それぞれ、相撲の節の準備をする。

こんなことがあって何日かして、左大将（正頼）の三条の院に、左の相撲人がとても大勢参上した。左大将は、倚子を立てて、簀子に出て、「今年、右大将殿（兼雅）も、『今年の相撲の節は、例年よりは、格別にすばらしいものにしたい』などとおっしゃっているから、例年以上に相撲人たちの世話をいたせ。こちらには、並則が、こうして上京したのだから、今年は、例年よりもすばらしい催しになるだろうと期待できる。右大将殿も、『並則がやって来ているので』とおっしゃったことがあった。あちらにいる下野の最手並則よ。右大将殿は、『前に並則と対戦した行経は、まだやって来ない。でも、必ずやって来るだろう』とおっしゃっていた。もし行経がやって来なくても、右方には、まことにすぐれた相撲人たちが、大勢来ているようだ。不思議なことに、いつものように、左近と右近の対抗となると競い合って、もののしいことになるが、一番には占手の童、最後の番には最手のおまえが出るのがいいだろう」などと言って、政所から、食事をとても豪勢に調理してお与えになる。

右大将も、北の方（俊蔭の娘）に、「言うまでもなく、今年の相撲の節は、勝ったほうに、中将と少将たちなどがそのままおいでになるだろうから、その準備をしましょう。たとえ来なくても、そのつもりで準備していて、負けたとしても、それはそれでかまいません。急に用意することになったら、具合が悪いでしょう。やはり、心をとめて準備をなさってください。被け物などをたくさんご用意ください」と申しあげなさる。右大将は、政所などに、同じようにおっしゃって、禄をこれ以上ないほど見事に用意させ、見た目にも美しい打敷などのことも用意させなさった。

一方、左大将も、「左近中将たちにも、勝負がついた時の楽を演奏させよう。相撲の節で左方が勝ったら、その還饗の楽人や相撲人たちは、あらためて選んで決めよう」と言い、「ぜひ、還饗の饗宴を豪華にしよう。何もかも、これまでにないほどすばらしいものにしたい」とおっしゃって、お二人の大将たちは、どちらも、相手に劣るまいと思っていらっしゃった。

右大将の北の方は、相撲の節の日に着て参内なさることになる装束を、右大将のも、藤中将（仲忠）のも、これ以上ないほどに豪華に用意させなさる。絹と綾を、たくさん取り出してお仕立て申しあげなさる。

藤中将が、右大将の前に参上して、「私は、春宮のもとに参上したいと思うのですが、参上できずにいます」と申しあげなさる。右大将が、「これまでと同じように、参上して、あて宮（藤壺）さまにお話し申しあげたら、すぐれない気分はきっと治まるだろう」。藤中将が、「あて宮さまの所に参上したら、少し配慮して、お話しすることにします。気分がすぐれないままに、おかしなことを申しあげたら、きまりが悪いことでしょう」。右大将が、「おまえがすばらしいのは、あて宮さまにさしあげたお手紙の返事などをさせ申しあげたことで、巧みなことだ」。藤中将は、「それでも、これまで以上に親しくうかがってみます」とおっしゃる。

左大将も、同じように、この相撲の節の日のことを定めていらっしゃる時に、右方の伊予の最手の行経が参上した。それを聞いて、左大将は、ほんとうにこのうえないほどお喜びになる。左大将は、「今年の相撲の節に、行経がやって来なかったとしたら、どうなっていたことだろう。左方の並則もやって来ていたのだから。もともと、行経と並則が最手として戦うことは決まっていたのだ。行経はやって来ないのかと思って、とても残念に思っていたので、参上したことがうれしい」などとおっしゃる。

［三条殿では、伊予の最手行経が、進物を献上する。蘇枋や沈香などを献上した。ほかの相撲人たちなどにも持たせている。

左大将の三条の院では、仁寿殿の女御とあて宮の装束の準備をなさっている。

三条殿では、北の方が、右大将殿に、相撲の節の日にお召しになる装束をさしあげなさっている。ここに、相撲人たちがいる。」

その数日は、左右の大将、中将と少将は、ただこの頃の相撲の節のことばかり、その日が近づくにつれて、余念なく準備して、毎日参内なさる。相撲の召仰のことを定めたりなどなさる。右近は、中将として祐澄、少将として、平惟蔭、平中納言の太郎元輔、権少将として藤原仲正がいて、いずれも、容姿も調って嗜みもある、評判の高い人々である。祐澄は、蔵人の頭を兼任している。左近は、中将として仲忠と涼、少将として、行正、右大臣（忠雅）の三郎仲清、村方などで、評判が高いお二人が、その頃の左近中将でいらっしゃった。仲忠と涼は、お二人とも、宰相でいらっしゃる。

「ここに、左大将と大宮などがいらっしゃる。諸国から、絹をとてもたくさん持って参上している。」

大宮と左大将が、諸国から献上された絹を御覧になって、大宮が、「相撲の節の際の、仁寿殿の女御とあて宮の装束は、ぜひ贅を尽くしたものにしてご用意したいと思います」。左大将が、「当然、仁寿殿の女御が食事の世話役を担当なさいます。ですから、心をくばって豪華な装束を用意なさるのがいいでしょう」。大宮が、「裳などは、もう染めさせてあります。唐衣は、まだ染めさせていません」などと言って、左大将が相撲の節の日にお召しになる装束も用意なさる。

［上臈の侍女たちが二十人ほど、薄色の裳を着て集まっている。女童たちが大勢いる。唐衣などを染めさせなさっている。紅染めは、打ち物などをした所の別当である大弐のおもとが、大慌てで染める。蔵人所から下仕えなどが来ている。

政所に、家司たちが、とても大勢すわっている。家司の一人が、「盂蘭盆会の供物は、どうなっていますか。例年の数が揃っていますか」。義則が、「盂蘭盆会の供物は、早稲の米を持って来るように命じるために、人を行かせよ」と言う。御監が、「今年は、早稲の米がなかなか実らない年です」と言う。］

相撲の節が翌日になって、宮中では、食事の世話を担当なさる御息所と更衣たちが、参上なさる時のことを考えて、これまでにないほど念を入れた化粧をして身なりを調えていらっしゃる。

一三　相撲の節の当日、朝の賄いを仁寿殿の女御が務める。

当日、相撲の節は、仁寿殿で催しなさった。内宴を思い違えたのであろう。相撲の節の日は、朝の食事の世話は仁寿殿の女御、昼の食事の世話は承香殿の女御、夜の食事の世話は式部卿の宮の女御で、十人の更衣たちも、禁色が許されていらっしゃる方は、皆、さまざまな色の装束をお召しになっている。更衣たちは、誰もが、髪を上げて、裳と唐衣で正装して、これまで見たこともないようなすばらしい綾の紋様を織り出した衣をお召しになり、食事の世話をお務めなさらない御息所たちは、髪上げをせずに垂髪姿のままお仕えしていらっしゃった。今の帝が勢いの盛りの時期でいらっしゃるから、女蔵人も、皆、この御代の女蔵人は、身分が高い方の娘たちか、五節の舞姫だった方を任じている。雑用を務める女蔵人は、顔も美しい盛りを過ぎることがまったくなく、身分も劣ることがまったくない者たちで、髪上げをして着飾っている様子も、とても美しい。十四人の女蔵人は、七人が五節の舞姫だった女蔵人、七人が雑用を務める女蔵人である。ほかに、五位に叙せられて昇殿を許された命婦が三人がいて、昇殿を許されていない内侍たちも、ほんとうに美しい。相撲の節に奉仕する女たちは、誰もが美しい人で、仁寿殿にお仕えする心づもりをしている。

左大将（正頼）と右大将（兼雅）をはじめとして、この世のありとあらゆる人が参内なさる。左近と右近の楽人は、身なりを調えて控えている。とてもおもしろい。相撲人たちは、皆、相撲の装束をつけ、右方は瓠の花の造花を髪に挿したりなど、とても珍しい恰好をして、左近と右近の官人が、それぞれ、幄を張って控えている。参内なさった方は、とても上品で美しい人たちで、いつにもましてきちんとした装束を着て、誰もが、その日は、男も女も、二藍色の装束をお召しになっている。

その日、食事の世話役の御息所たちは、一の女御である仁寿殿の女御と、式部卿の宮の女御である。このお二人は、今の世の、帝のご寵愛を受けている女御だ。

仁寿殿の女御が、朝の食事の世話をするために出ていらっしゃる。生まれながらの容姿の美しさがこの仁寿殿の女御に匹敵する方は誰もいない。花文綾に唐綾を重ねた摺り裳をつけ、掻練襲の袿と、赤色の表着に、二藍襲の唐衣を着てお仕えしていらっしゃる。仁寿殿の女御は、とのみこにて（未詳）お仕えしていらっしゃる。帝は、大勢の女性たちと比べて見て、「昔、右大将が、この女御に思いを訴え申しあげなさったことがあった。今でも、その気持ちをお忘れになってはいないだろう」と思い、また、「今でもそういう関係だったら、どうだろうか」と思って、御簾の内にいる女御と、外にいる右大将に目を向けて御覧になる。どちらも、女として男として非の打ち所がない。そこで、帝が、「この女御と右大将は、恋愛関係になったら、これ以上にふさわしいものはない仲だったのだ。この二人を、一緒に、風情がある所に住まわせて、花の盛りの頃であっても、紅葉の盛りの頃であっても、趣がある草木の見どころがある場所で、そのうえ、夕暮れ時などに、将来を約束したり、深い愛情を誓ったりさせ、たがいに、風流なことを心をこめて言わせたり、趣深い様子でいさせたりしたら、悪くはないだろう。それを見たり聞いたりする人は、やはり、誰もが、目や耳をとめて注目するだろう。いや、そんな様子を人に見せはしないだろう。でも、二人に話をさせて聞いてみたい」などと思いながら、じっと見つめていらっしゃる。すると、仁寿殿の女御が食事の世話などをなさる様子も、洗練された感じだし、また、右大将が相撲の節などを執り行いなさる様子も、ほんとうに、とてもいきとどいた配慮が見えたので、帝は、「不思議なほど、お似合いの心の持ち主同士だな」と思って、目の前にあったとても美しい女郎花の花

につけて、

「野辺に咲く薄く濃く美しく色づいた女郎花を庭に移し植えて、花に置く露がどんな気持ちになるのか見てみたい。
この歌を見て意味が理解できる人はいますか」

と書いて、御簾の外にさし出しなさる。兵部卿の宮が、手に取って御覧になるけれど、理解がおできにならない。それでも、宮は、承香殿の女御への思いがおありだったので、よく理解できないままに、

籬(まがき)で美しく咲く七叢(ななむら)の女郎花は、どの野辺でも、同じ思いで、移し植えられることを待っていることでしょう。

と書いて、右大将にお渡し申しあげなさる。けれども、右大将は、心一つに秘めて思っていらっしゃったことなので、帝がけはいを察しておいでになることもお気づきにならずに、どのような意味なのだろうと思いながら、

女郎花を、身分が賤(いや)しい野辺に移し植えたとしても、蓬(よもぎ)は、身分が高い主君として仰ぎ見ることになるでしょう。

と書いて、左大将にお渡し申しあげなさる。左大将は、「どういうことなのだろう。今回の食事の世話役は娘の仁寿殿の女御が務めていらっしゃる。ちょうどその機会に、帝がこうおっしゃるのは、何かお考えになっていることがあるのだろう」と思って、

二葉の頃から野辺には似つかわしくなく育ててきた女郎花（仁寿殿の女御）よ。宮中の籬に植えられたまま生涯をお過ごしなさい。

と書いて、おそばにいた宰相の中将（仲忠）に渡す。宰相の中将は、あまりに深く気がまわるために、見てすぐにその意味を理解して、

撫子（女一の宮）を自分のもとで置いて育てた女郎花（仁寿殿の女御）を移し植えることになったら、私も、女郎花を撫子の親として頼りにしましょう。

と書きつけて、帝にお渡しする。

帝が、これらの歌を見て、いったいどんなふうに理解したのだろうかと、それぞれの歌にこめられた内容を読み解きなさる。兵部卿の宮は、承香殿の女御に思いを寄せていらっしゃる。帝は、左大将の歌を見て、「どういうわけか、私の歌の意味を理解した歌をお詠みになったものだ」とお思いになる。次に、宰相の中将の歌を見て、帝は、ひどくお笑いになる。帝は、「仲忠の朝臣は、いったい、私の歌の意味をどのように理解したのか」とお尋ねになる。宰相の中将が、「はっきりとはわかりませんでしたが、それでも、私が歌でお答え申しあげた内容は、まったくの見当違いではないと思います」。帝が、「あなたは、はっきりとした根拠もないままに巧みに歌でお答えになりましたね」と言ってお笑いになって終わってしまった。

一四　相撲が始まる。勝負がつかないまま、最後の十三番を迎える。

今では、すっかり、相撲が始まると、左方と右方の様子は、夢中になって勝ちを祈って、勝敗が決まった時には、四人の相撲人を出して、勝ったほうが、一番と二番の相撲人を出し、それぞれの方人に任じられた上達部と親王たち、また、左右の大将、中将、少将が演奏なさる。十二番まで、左右双方が、たがいに勝ったり負けたりなさる。今はもう、どちらも、最後の相撲人しか残っていない。最後の一番は、これから出すことになる相撲人で勝負が決まるにちがいない。左方には、評判の下野の並則が、上京して来ていて控えている。この並則は、これまで三度上京して、一度は相撲を取り、一度は対戦する相手がいないので帰ってしまった。ここ何年もの間で、一番の最手である。左大将（正頼）は、右の相撲人にはこの並則にかなう者はいないとお思いになる。この最後の相撲で勝負が決まることになるので、どうしても勝ちたいと思って、左右双方が張り合っていらっしゃる。左方は並則に、右方は行経に期待をかけて、大願を立てて、勝つことを祈るが、並則と行経は、一向にすぐには現れない。

一五　相撲が続き、夜の賄いを承香殿の女御が務める。

まだ日が高い。こんなことをしているうちに、朝の食事の世話をなさっていた仁寿殿の女御に代わって、昼の食事の世話役は承香殿の女御がお務めなさった。でも、今は、夜の食事をする頃になって、式部卿の宮の女御が担当なさることになっていたのだが、この女御が、昼の食事の世話をした承香殿の女御に、「今回は、そのまま、夜の食事の世話をお務めなさってください。私は、いずれ、その役を譲ってくださった時にお務めいたしましょう」と言って、この日は、引き続き、承香殿の女御が夜の食事の世話をお務め申しあげなさる。夕方の頃になって、夜の食事の世話をお務め申しあげなさる。

相撲の節の真っ最中には、左方と右方が、競い合って、勝ったり負けたりして、それぞれの相撲人を出して相撲を取らせて、このうえなくすばらしい楽を演奏し申しあげる。帝は、去年までは、このようにおもしろい相撲の節を御覧になった時は、容姿も装束も美しくて気品がある、食事の世話役をする御息所がいても、気にかけて見ることはおできにならなかったが、今年は、こうして、左方と右方が競い合い張り合って、並則と行経が現れずにいる間に、帝は、夕日に照らされて、気品がある美しさが加わり、不思議なほど、いつもよりもまさってすばらしかった承香殿の女御を見て、この女御を、噂がお立ちになった兵部卿の宮とともに見て、「実際に、やはり、このまま見過ごすことはできない二人の仲だったのだ。このような男と女が、たがいに顔を見合わせてしまったら、実際に、身は破滅することになったとしても、私でも、何もせずにすますことはできないだろう。この二人を見ていると、ますます、どちらも、とても嗜みがある方だったのだと思われる。この二人は、どんなに愛し合っていても、それを態度に表すことができずに、まわりを気にしながら、二人の間で、どんな愛の言葉を語り尽くしているのだろう。二人の間に交わされた手紙や言葉の中には、少し見るにつけ聞くにつけすばらしい、この世のありとあらゆることがすべて言い交わされていることだろう。それを聞いたり見たりしたいな」と思い、また、「ぜひ、この女御に、ちょっとしたことでもいいから、兵部卿の宮に言葉をかけさせてみせたい」とお思いになる。

帝が、夜の食事などをなさって、承香殿の女御に、「今日の夜の食事の世話役は、人々に酒をお勧めなさらなければなりません。特に、あなたはお断りなさることはできないでしょう」。女御が、「食事の世話役が酒をお勧めなさらなければならない人は、今日はおそばにいないようです」と申しあげなさる。兵部卿の宮は、それを聞いてそのままにしておくことができずに、「今日は、相撲の節だと思っていましたが、勧められた酒をお断りする節だったのですね」と申しあげなさる。帝は、笑って、「だから、飲み過ぎて倒れる人もいるのでしょうか」。兵部卿の宮が、「飲み過ぎて倒れたら、その人が勝ったということになるのでしょうね」と申しあげなさる。帝は、兵部卿の宮が承香殿の女御への思いをいくら隠そうとしても隠すことができない様子なので、それを見て、「宮は、つらく悲しく思っていることだろう。この二人は、結婚するのにふさわしい仲だったのだ」などと思い、「承香殿の女御が、酒をお勧めなさらなければならない人はいないと言っていたが、ほんとうにいないのかと試してみよう」と思って、食事の世話をしている承香殿の女御に、

「兵の庫に納められるのはつらいのですが、なんの難点も見えない乙矢（兵部卿の宮）でした。

と見えるので、咎めだてはいたしません」と言って、盃をさしあげなさる。女御は、
　その乙矢が聞こえてきますので、最近は心がいらだつ思いをしております。

と言って、それをいただきなさる。春宮が、その盃を受け取って、兵部卿の宮に、

「鴫の羽は、訪れない秋の夜の数を数えさせることになるから、これからは乙矢の片羽にしましょう。

同じことなら、そうなさったらいいと思います」と言ってお渡し申しあげなさる。兵部卿の宮は、それをいただいて、

「鴫ではなく大鳥の羽が片羽になってしまうことでしょう。今は乙矢に霜が降っていることでしょう。

思いがけないことですね」と言って、その盃を弾正の宮（三の宮）にお渡し申しあげなさる。宮は、それを受け取って、

「羽を隠そうともしない大鳥は、夜が寒いので、羽に降ってしまった昔の霜が消えずにいることですね。

やはり、噂を立てられておしまいになったことがよくないのです」と言って、左大将（正頼）にお渡し申しあげなさる。左大将は、それを受け取って、

消えてなくなることのないまま夏をも過ごす霜を見ていると、かえって冬の間どれほど
つらい思いをしてきたのかがわかります。

と言って、右大将（兼雅）にお渡し申しあげなさる。右大将は、それを受け取って、

「花（兵部卿の宮）の上には秋のうちから霜が降るということなので、野辺のほとりの草
（兼雅）はどうなるのかと思います。

このような根拠のない噂を立てられることが恐ろしいのです」と言って、式部卿の宮に盃をお渡し申しあげなさる。宮は、それを受け取って、

秋の野辺に咲く花をいろいろと合わせて見ていると、浮気心を持った人たちが特に真っ
先に手をつけて古いものにしていたのですね。

とおっしゃる。

一六　左方の並則が勝って、相撲が終わる。

こうしているうちに、ほかの上達部が、とても大勢参上なさった。何度も酒を飲んでいらっしゃるうちに、申の時（午後四時）ごろになるが、左方も右方も、最後のもう一番の相撲人が、まったく現れない。帝をはじめとして、上達部や親王たちが、「やはり、おもしろい取組になるはずだ。今度で勝負が決まるのだ」と思って、じっと待っていらっしゃる。

やっとのことで、まず左方に下野の最手並則が、続いて右方に伊予の最手行経が現れた。

それを見て、人々が、「この二人の相撲の勝負は、きっといつまでもつかないだろう。並則と行経が相撲を取ったら、すぐに決まるはずがない」と言ってやきもきしていると、帝が、「ほんとうにとてもおもしろい。左方でも右方でも、今日勝ったほうは、相撲の節が終わって退出する際に、参上した人が、席を立って、そちらの近衛府の人々や官人たちを見送れ」とおっしゃると、左方と右方が、これ以上ないほど一心に楽器を演奏する。

　こうしているうちに、やはり、左方が勝った。左方から、四十人の舞人が次々に出て来て、また、楽人なども数え切れないほど現れて、これまでにないほどすばらしい舞を舞い楽器を演奏する。おもしろく一心不乱に舞を舞い楽器を演奏して、それが終わると、左大将（正頼）が、盃を手に持って、勝った並則に与えて酒を飲ませ、さらに、着ていた衵も脱いでお与えになる。

一七　管絃に及び、帝、涼と仲忠に琴を弾くように求める。

　こうしてすばらしい舞を舞い、楽器を演奏している時に、帝が、「長年、嵯峨の院の御代でも、私が即位してからも、見て楽しい催しはなかったが、それでも、今日の相撲の節は、ほんとうにすばらしい催しになったな。それも、今の世の二人の大将が、普通の人よりも少しすぐれた人なので、心遣いをなさったのだろう。これに今までにない趣向を少し加えて、ぜひとも、吹上での九月九日の重陽の宴に匹敵する相撲の節にしたい。後世の人に、『仁寿殿での相撲の節、吹上での重陽の宴』とも言わせたいものだ」とおっしゃる。春宮が、「でも、今日、これはと思われる趣向は、ほかの人にはできないでしょう。こんなにも、これ以上ないほど、この世のありとあらゆる興趣は、今日の相撲の節ですべて出尽くしてしまいましたが、それ以上に少しおもしろいことは、涼と仲忠と仲頼なら披露することができると思います」。帝は、「その三人は、頼んでも言うことを聞いてくれない人だ。でも、今試してみよう」と言って、涼をお召しになる。

帝は、その日、とても美しい装束を着て参内していた涼を、御前に召して、「今日は、例年の相撲の節と違って、興趣が感じられる日であるから、今日の節会は、末代までの先例になるにちがいない。『同じことなら、これまでにないことをもう少し加えて先例にしたい。やはり、今日の相撲の節を、これまでに例がない故事にしよう』と思う。ほかの誰もができそうもないことをしたいと思うのだが、うまい具合に、あなたと、もう一人仲忠がいる。あなたが住んでいた吹上を訪れた時の九月九日の重陽の宴は、唐の国にも例がない、すばらしい先例になった。今日の相撲の節も、また、同じようにすばらしい先例にしたい。あの時に弾いた琴を、今日も弾いてくれ」とおっしゃる。涼が、「長年琴を弾いてまいりましたが、あれから、もうこの後は弾くまいと思う気持ちになって、心をも変え、これまで弾いてきた奏法の端々をもすべて擲ってしまいましたので、今日弾くのにふさわしい奏法というものは、まったくおぼえておりません」と申しあげる。帝が、「そのようなことは、けっして申してはならない。仲忠の朝臣が琴を弾くのを何度拒んでも、私は許さなかったのだ。ほんとうに、山賤たちが聞くことになるのではないか」とおっしゃる。涼が、なんとか、そばにいる人々に、「どうであれ、少しだけでも思い出すことさえできたら、お弾きしたいのですが、すっかり琴から遠ざかって忘れてしまいました」と言うのを聞いて、帝は、「あなたがお断りするのをそのままにしていたら、仲忠の朝臣が断るのを咎めることができないだろう」などと、何度も、熱心に急きたてなさる。涼は、恐縮して、まったく弾こうとしない。帝が、「たとえはっきりとおぼえていなくても、しっかりとした音楽の才能がある者は、琴を前に置いて手を触れさせると、自然に思い出されるものだ。もっとも、あなたが言うほど、忘れていることはなさそうだが。たとえ忘れていたとしても、琴の音の一端ぐらいはおぼえているだろうに」と言って、「何度も断るものだな。音楽の名手も、いつも喜んで演奏するわけではなかったけれど、頼まれれば、それなりに演奏したものだ。それにしても、あなたたちの琴の音はすばらしい。何にもまして、『普段と違って、興に乗って弾いたら、どんなにおもしろいだろう』と思われることが、とても興味深い。こんなにもすばらしい勝負があった相撲の節の夜に、情けないことは言わないでくれ」と言って、御前にあった六十調という名の琴を胡笳の調べに調律して、「この調子で、繰り返し、何はともあれ、あの吹上で弾いた奏法でお弾きになればいい。弥行から伝授を受けた胡笳十八拍の二の拍を、琴の音が出る限り弾け」とおっしゃるが、涼は、「ほかの調べなら思い出すことがございましょう。でも、胡笳の調べというものは、まったく少しもおぼえておりません。この調べを、もとに戻して、胡笳の調べに変えて、仲忠の朝臣と一緒に弾くのでしたら。そして、もし仲忠の朝臣が弾く琴の音をお聞きしたら、私も少しは思い出すかもしれません。ただこの六十調という名の琴だけは、ほかの奏法がたくさんあるでしょう」と申しあげて控えている。帝は、涼に、「あなたが琴を弾いたら、仲忠の朝臣には、『競い合っている涼の朝臣が弾いているのだから、これに合わせて弾け』と命じることもできるだろう。断るはずのないあなたでさえ、こうして拒む。まして、あの思いどおりにならない仲忠は、絶対に聞き入れてはくれないだろう。わかった。弾くように命じてみよう」と言って、「仲忠の朝臣よ」と、ご自分の口でお召しになる。仲忠は、左近の幄で、一心不乱に笛を吹いて、勝った左方の楽の演奏をしていたが、帝がお召しになる声を聞いて、笛をその場に放り出して逃げて隠れた。

一八　仲忠、琴を弾くことをのがれて、藤壺に隠れる。

中将（仲忠）は、どこに隠れたらいいのかわからず、なんとしてでも人に知られたくないと思って、春宮にお仕えしていらっしゃる、左大将（正頼）の九の君あて宮の局である藤壺に隠れる。すると、上臈の侍女たちが、笑って、「なぜ、こんな所に隠れていらっしゃるのですか」などと言う。中将が、「今、面倒なことがあって困っています。宮中から退出することもできずに、隠れられる所をなんとかして捜しているのですが、ただ、こちらに隠れさせていただくことだけが、安心できるのです」。兵衛の君が、「まあ恐ろしいこと。何か過ちを犯したのでしょう。そんな人をここに隠すわけにはいきません。侍女たちに言葉をかけたりなさると困ります」。中将が、「ほかの所で過ちを犯したおぼえはありません。でも、美しい方々がいらっしゃるこちらなら、ありとあらゆる過ちを犯してしまいそうです」。兵衛の君が、『用なきもの見えず（必要がないものは見えないが、必要があれば、目につく）』とか言うそうですから、きっとどこででも過ちを犯していらっしゃることでしょう」。中将が、「でも、相手次第では、懸想をしかけない人もいるようですね」と言って、御簾と几帳の間に隠れて、下長押にもたれかかって、あて宮のすぐ前にいて、いろいろとお話などを申しあげて、「今日、仁寿殿に参上なさらない方は、とても重い罪を犯した気持ちをなさっています。あて宮さまは、今まで見たことがないようなあんなすばらしい相撲の節を御覧にならなかったのですね。やはり、並みたいていの罪ではありませんね」。あて宮が、兵衛の君に、「そのすばらしい節を最後まで見ずにこちらに来るのも、罪があるのではありませんか」と返事をさせなさる。中将が、「時々こちらにうかがっているので、似てしまったのでしょうか」と言って、「冗談はさておき、あんなにおもしろかった見物を御覧にならないままになってしまったとは」。兵衛の君が、「あて宮さまは、最近、ご気分がすぐれなかったので。ところで、どちらがお勝ちになったのでしょうか」。中将が、「どうしてそんな決まり切ったことをお尋ねになるのでしょう。左近中将には、この私がいるのですよ。左近が勝ったに決まっています」。兵衛の君が、「あて宮さまは、中将殿がいらっしゃるから、左近ではないだろうと思っていらっしゃるようです」。中将が、「あて宮さまは、心の中では、まったく思ってもいないことをお思いになる方だったのですね」などと言う。兵衛の君が、「そんな様子は、まったくありません」。中将が、「それはともかく、ほんとうに、あて宮さまが相撲の節を御覧にならないままになってしまったことは、残念です。じつは、必ず参上なさるだろうと思っておりました。同じく舞う舞でも、とても気を遣って舞ったのですが、それは、あて宮さまが参上なさっているだろうと思ったからなのです。私の舞を見てくださらなかったということですが、『闇夜の錦』とかいうようなほんとうに張り合いのない気持ちがします」。兵衛の君は、「それなら、今ここで、ご自分で舞って、あて宮さまに見ていただきなさったらいかがですか」。中将が、「いや、そんなことはできません。でも、あなたが相手をしてくださるならば」などと言う。

中将が、こうして、あて宮にお話し申しあげ、兵衛の君ともいろいろと話をしてすわっていらっしゃると、あて宮が、兵衛の君を通して返事をさせなさる。中将が、「高麗人などは通訳が必要だそうです。でも、私は、高麗人のように、外国からやって来たわけではないのに、おかしなことですね」。兵衛の君が、「けれども、中将殿は、高麗人ではありませんが、独楽を回すのがお上手だからなのです」などと言っているうちに、夕暮れになった。その時、秋風が、とても涼しく吹く。中将が、秋風は涼しく吹くが、白栲（しろたえ）の……

などと詠みながら、前にある箏（しょう）の琴（こと）を掻き鳴らしたりなどする。兵衛の君が、「こんなふうにおっしゃるから、中将殿のことを頼みにお思い申しあげる人もいるのでしょうね」。中将が、「こちらの方以外にはいないと思います」。兵衛の君が、「でも、頼みに思っている中将殿が冷淡になさると、その人は野にも山にも行って隠れてしまうと言います」。中将が、「それは、その人の心に吹く嵐なのでしょうか」。兵衛の君が、「でも、それは、嵐ではなく、山風だと聞こえます」。中将が、「けれど、その風は、今は、皆、木枯らしになってしまっていますよ」。兵衛の君が、「だから、雁（かり）の声が、空に聞こえるのですね」。中将が、「雁は、『まず先に立つ』と思って」。兵衛の君が、「この春ごろから、このような風流なお言葉は耳にしませんでしたね。今になって、どうして雁の声が聞こえるのでしょう」。中将が、「春に飛んで行ってしまった雁が秋になって帰って来たのですから、秋霧の上に聞こえるのは当然でしょう」。兵衛の君が、「その思いが、雁が帰って来る季節になってもずっと晴れずにいらっしゃるのが、見ていて苦しいのです」。中将が、「そうそう。思いが尽きないのが、とてもつらい」。兵衛の君が、「あて宮さまは、『中将殿なら、宿を貸す人はいるでしょうに。筋が通らないお言葉ですね』などとおっしゃっています」。中将が、「けれど、春宮妃のこの局（つぼね）からは帰されるようですね」。兵衛の君が、「それは、『雲の上（宮中）には宿がおありだ』とお思いになって」。中将が、「その宿をそのまま通り過ぎたことは、月の光でも御覧になったでしょう」。兵衛の君が、「それは、わかりません」。中将が、「それはともかく、じつは、真面目なことをお話し申しあげたいのです。私にとっての月や日などは、ここにあったのですね。自分で決めることができない思いが、年月がたつにつれてつのるのは、どうしたらいいのでしょう。私の思いを最後までお気づきにならないことになるのでしょうか」。兵衛の君が、「この頃は、あて宮さまも、月によそえては理解はなさらないでしょう。月が籠もる月末になったのですよ」。中将が、「何をおっしゃるのですか。それでは、有明の月の頃もはっきりわかるでしょうね。どういうわけか、真剣な気持ちを訴え申しあげると、冗談ごとになさるのですね。いいえ。あなたのことを申しあげているわけではありません。あなたを相手にしていてもしかたがありませんね」などと言って、あて宮に、「この世で、独身でいること以上につらいことはありませんね。あて宮さま、今さら、『ぜひとも私の気持ちをお察しください』と申しあげても、どうしようもないことなのでした。今では、『結ふ手も弛く解くる下紐』と申しあげても、まったく効がないことです」。

あて宮は、やっとのことで、「『下紐解くるは朝顔に』とか言う歌があります」とお答えになる。中将が、「同じように吹くのなら、この風も、きっと、何かの役に立つほどになるでしょう」と言って、

「日も夕暮れになって吹く秋風は、旅人の草の枕の露も乾かしてほしいものです。こんなふうに枕に涙がかからない暁までないことがつらいのです」。あて宮が、

「浮気心を持った方の枕にかかる白露（涙）は、人を飽きることで吹く秋風によってますます置いていることでしょう。

お忘れになった方々もないわけではないでしょうね」。中将が、「そんな方は、まだいません。

木の葉をも宿で古く残すことなく吹き散らす秋風が、事実無根の浮き名をも空に立てることですね。

はっきりとした証拠もないでしょうに。浮気心を持っているのは、どちらでしょう」。あて宮が、

「吹いてくると、萩の下葉も色づくのですから、事実無根の浮き名をも立てる風だとは思いません。

誠実な方だとも思われませんね」。中将が、「その風は、あて宮さまに吹いているでしょうね」と言って、

秋風が萩の下葉を吹く度に、来ない人を待っている家では、騒いでいることでしょう。

あて宮が、お笑いになって、

籬の中で咲いている荻は、自分のまわりで風が吹いても、さあどうでしょう、そのとおりですと答えることはできません。

中将が、「何をおっしゃるのですか。思うようにならないものですね。

吹きわたる下葉がたくさんある風よりも、私のことを、「こちらへ」と言ってくださる

人がいてほしいと思います。

と申しあげる。

その頃、仁寿殿では、帝が、どうしてもと思って、中将をお捜しになるけれども、どこにもいない。帝は、「退出してしまったのか」とお尋ねになる。「左近の陣にも、中将殿の随身はいます。退出したとも思われません」とお答えするのを聞いて、帝は、必死にお捜しになる。帝が、「さっきまで、左近の幄で、これまで聞いたことがない笙の笛を吹くのが聞こえたから、けっして退出していないだろう。もし退出してしまったのなら、呼びに行かせよ」などとおっしゃるけれど、まったく見つからない。

一九　涼、仲忠を捜して、藤壺で仲忠を見つける。

帝が、右大将（兼雅）に、「仲忠の朝臣に、なんとしてでも会いたい。まったく見つからないとか。右大将殿は、どこにいるのかおわかりですか」。右大将が、「さっきまでいたのですが、今はおりません。退出してしまったのでしょうか」。帝が、「それなら、呼びに行かせよ」。右大将が、「そうはいっても、退出したとも見えませんでしたのに。どういうわけか、いなくなってしまいました。ここには源中将の朝臣（涼）も参上していらっしゃいますが、ひょっとして、仲忠に、琴を弾くようにお命じになったのではありませんか」と言って、涼に、「帝のお言葉をうかがって逃げてしまったのだろう。なんともけしからん者だ。琴を弾くように言うと、姿をくらまして逃げて隠れる者だからだろうか。しばらくの間、琴をお隠しになって、あなたも御前を退出したと噂を流して、姿をお隠しなさい。仲忠が、このまま宮中を退出してはまずい」。涼は、かえって好都合だと思って立って、帝の御前近くでお会いになった頼澄に、「私は退出します。もし帝が私をお呼びになったら、『御前で琵琶を弾いているうちに、急にのぼせて気分が悪くなったので』と申しあげてください」と、ほんの申しわけ程度に頼んで、仲忠の耳にとどくほど言い広めることなく、涼も、藤壺に参上した。

仲忠が、「そこにいるのは、誰ですか」と尋ねる。「涼です」と答える。仲忠が、「あなたがおいでにならなくても、今日は、涼しい風がずいぶんと吹いているようですね」。涼が、「涼という名だから、秋風扱いをなさるのですね。それはそうと、こちらに隠れていらっしゃったのですね。今、帝がしきりに捜していらっしゃいますよ」。仲忠が、「それなら、静かにしてください」。涼が、「右大将殿が、あなたを呼びに行く使に任命されなさったようです。父上がお使ではお断りにならないでしょうね」。仲忠が、「今夜は、親も子も関係ありません」。涼が、「帝の御前で、琴を渡されて、帝が責めたてなさったので、途方にくれてしまいました。あなたのおかげで、帝の御前を退出することができました」。仲忠が、「私のおかげでは、さほどうれしそうではありませんね」などと話をしていると、御簾の内から、いくつもの浅香の折敷に、とても見事に盛りつけた肴をお出しになった。

涼が、「今日、私には、たった一つ、とても残念なことがありました」。仲忠が、「どんなことですか」。涼が、「いやはや。今日は、必ず参上なさるだろうと思っていたのに、あて宮さまがおいでにならなかったことです」。仲忠が、「そのことですか。何があったのですか。残念なことがあったのですか」。涼が、「今日の相撲の節で、左方の並則が勝った際の大和舞を舞った時のことです。あて宮さまが来ていらっしゃると思って、準備をしていたものがあったのです」。仲忠が、「そんな時には祓えをすると聞いています。あて宮さまは、特別な神だとも思われませんのに」。涼が、「私が残念に思ったことを話しているのに、真面目に聞いてくださらないのですね。それは、お話をうかがうと、あて宮さまに対して、私と同じお気持ちにさえならなかったようですね」などと申しあげる。仲忠が、「私だって、同じ思いですよ。私も、あて宮さまが聞いてくださっていると思って、笙の笛を吹いたのです」などと言う。すると、あて宮が、「今、こちらでその笛を聞かせてくださいませんか」とおっしゃる。

二〇　兼雅、藤壺で、仲忠を見つける。

こうして、涼も仲忠も、藤壺で、さまざまなことをお話し申しあげているうちに、仁寿殿から、藤中将（仲忠）を捜す使として、近衛府の人も、皆、藤中将の家に行き、仲頼も少将たちも、連れだって、宮中を限なく捜しまわりなさる。右大将（兼雅）が、殿上童一人だけをお供にして、まず、陣を順に巡って、「宰相の中将は退出したか」と尋ねさせ、陽明門に人を遣わせて、「宰相の中将の車があるか」と尋ねさせなさる。すると、「陣にも、車も随身たちもいます。退出なさった様子もありません」と報告がある。右大将は、それを聞いて、常寧殿をはじめとして、妃たちの宿直所や局を覗いて様子を御覧になる。さらに、藤壺に立ち寄って聞いていらっしゃると、あて宮の御前のほうで、仲忠が箏の琴を弾き、涼がそれに合わせて琵琶を弾いているのが聞こえる。聞くと、すぐにそれとわかる琴なので、二人は、気づかれないようにと思って、いつもと違う調子に調えて、異なる音色で弾いていたが、右大将は、音楽に嗜みがある方なので、聞いて、すぐにそれとわかってお入りになる。

仲忠は、右大将に見つけられて、どうしていいのかわからなくなって、必死に隠れるけれど、右大将は、それを見つけて、「どうしてこのような所に隠れているのか。帝がお召しになっているのだから、参上しなさい」とおっしゃる。仲忠が、「帝には、『あのまま退出してしまいました』と申しあげてください」と言って、「今は、これまでになく気分がすぐれないので、帝の御前に参上することはできません」。右大将が、「困った人だな。人が、『退出してしまいました』と申しあげたから、帝は、『呼びに行かせよ』とおっしゃったのだ。また、たった今、『随身も車も、陣にあります』と、ご報告があったという。帝がそれをお聞きになったのだから、『退出しました』と申しあげるわけにはいかない。帝は、きっと、『おまえまで仲忠を隠しているのだな』とおっしゃるだろう。とんでもないことだ。あなたが宮仕えをしていると、父親の私は苦労する時が多いことだ。ごく普通の、誰でも簡単に引き受けることなら、ないがしろにしてもかまわない。でも、将来大臣として国を動かす立場になる人が、帝の要請をお断りしていいはずがない。帝ご自身でしきりに捜し求めていらっしゃるのに、宮中にいながら、帝のお言葉に従わないのは、普通の人がしていいことではないだろう。早く参上しなさい」とおっしゃる。仲忠が、「ぜったいに参上はいたしません。やはり、今夜はお許しください」。右大将が、「私が、後で強く非難されてもかまわない。おまえは、たとえどんなに思いどおりに振る舞ったとしても、まずいことはないだろう。だが、今夜のお召しに従いなさらないのは、まことに具合が悪いだろう。帝は、ご機嫌をそこねてお命じになったのだぞ」と言って、急きたてて、前に立てて参上なさる。右大将は、涼のことは、ここにいるのかともお聞きにならない。

「ここは、藤壺。仲忠と涼とあて宮がいらっしゃる。上臈の侍女たちが、数え切れないほど多い。右大将が、仲忠をお召しになる。

仁寿殿には、右大将と仲忠がいらっしゃる。春宮の妃たちである、左大臣（季明）の大君と嵯峨の院の小宮がいらっしゃる。ほかに、帝の四の宮と五の宮がいらっしゃる。女御は、食事の世話役の女御も特に役目がなかった女御も、大勢参上していらっしゃる。仁寿殿の女御をはじめとして、左大将の一族は、すべて、男君たちも女君たちも、皆、顔がとても美しい。」

二一　春宮、あて宮に歌を贈って参上を促す。

帝が、仁寿殿の、春宮の妃たちがいらっしゃる御座所に入って来て、「どうしてあて宮は参上なさらないのですか」とお尋ねになる。嵯峨の院の小宮が、「あて宮さまがおいでにならないのがもの足りなくてつまらないのです。あて宮さまが参上なさったら、今日の相撲の節よりも見どころがあったはずです」。春宮が、「鏡に映る姿を恥ずかしがるほどではありませんのに」と言って、御前にあった、石や貝がついたままの生海松を取って、あて宮に、

「どうして参上なさらないのですか。こちらに、皆さまがいらっしゃっているのに。

　浦に打ち寄せられた海松布を見ることなく、須磨の海人（あて宮）は海の底に潜って美しい藻を採っているのですか。

と思うと、不思議な気持ちがします。今からでも参上なさってください」

と手紙をさしあげなさる。すると、あて宮は、

「海の底にある海松の中に隠れている藻は、海松布（ほかの春宮妃たち）に妨げられて、潜って採ることができずにいました。

人々が御覧になるだろうと思って参上できずにいたのです」

とお返事をさしあげなさる。

春宮は、小宮に、「この手紙を御覧ください。そう言うほどは、まったく衰えてはいない

のに」と言って、帝の御前にお出になった。

二二　仲忠、兼雅と正頼に連れられて、帝の御前に戻る。

仲忠は、夕暮れになって、藤壺から仁寿殿に参上なさる。侍従だった時よりも、今は、容姿は上品で美しい盛りである。父の右大将（兼雅）も、それ相応に容姿が調った人で、二人で連れだって参上なさると、親子だとはまったく見えず、たった一歳か二歳違いの兄弟に見えた。左大将（正頼）が、それを見て、「すばらしい随身を従えていますね。中将の朝臣（仲忠）の今日の実際の随身は、ずいぶんと見劣りしますね」と、まわりの方々と冗談をおっしゃる。左大将は、「右大将殿が左近中将殿の随身をなさっているのだ。左大将の私が、同じ左近の随身をぜひ務めよう」と言って、仲忠を前に立てて、左大将と右大将が後ろについて参上なさる。仲忠を捜すために歩きまわっていた少将と、左右の近衛府の官人たちも、立って、皆、楽器を演奏しながら参上する。ただ、この中に、涼一人だけがいなかった。仲忠は、夕暮れの薄明かりに引き立てられて、大勢の人の誰よりも立派で、顔も美しいが、それ以上に、歩いている姿や、召し出されて困惑している様子が、誰ともまったく違って若々しくて洗練された感じである。

左大将と右大将をはじめとして、大勢の人々が参上するのを見て、帝は、とてもご機嫌がよくなって、「ずいぶんと巧みに捜し出しなさったものだな」とおっしゃる。帝のご機嫌がとてもいいので、御前に参上していらっしゃる方々は、兵部卿の宮や若宮をはじめとして、上達部と親王たちや、殿上人は、皆、連れだってお迎えなさる。弾正の宮（三の宮）は、立って、舞を舞いながら御階を下りて、仲忠と一緒に舞を舞いなさる。帝が、「宮中にいたということだが、呼びに行かせたのに、どうして参上しなかったのか」とおっしゃると、右大将が、「左近の幄で、左大将殿が、盃を与えて、闕巡を飲ませなさったので、ひどく酔って、生い繁った葎の下に隠れておりました。草の中で笛の音がしたので、そこを捜して見つけたのでございます」。帝が、「草笛を吹いていたのだな」。右大将が、「こっそりと女性と逢っていたのでしょう」と申しあげなさると、帝が、酒宴を始めて、「たとえ酔っても本性を忘れないとか」と言って、仲忠に、

「今では宮中で思いのままに振る舞えるあなたが、今日は葎の下で誰と寝ていたのだろうか。

実際には、そんな人はいないでしょう」と言って、盃をお与えになると、仲忠は、

　宮中に親しい人もいない松虫（仲忠）にとっては、野辺の葎は寝心地がいいものでした。

と申しあげて、盃をいただいて、春宮のおそばに行く。春宮が、「いえいえ。籠もっていらっしゃったその葎も心当たりがありますよ」と言って、

　松虫（仲忠）が訪れた秋の葎では、もともとそこに置いていた露（私）はもの思いをすることでしょう。

とおっしゃると、仲忠は、

同じ野で、宿を貸してくださるならば、松虫（私）は、秋の葎をあてにすることはないでしょう。

と申しあげると、春宮は、左大将に盃をさしあげなさる。左大将は、それを受け取って、松虫に宿を貸すことになったら、秋風によって、格別に美しい花も見えることになるでしょう。

と言って、盃をいただいて、弾正の宮にさしあげなさる。弾正の宮は、盃を受け取って、「左大将殿は、冗談であっても、私を婿にと考えてくれないのですね。

秋が訪れる度(たび)に、美しい花が咲く野辺を見ながら、そこに住むことを待つ松虫（私）は、ずっと旅の身のままに時を過ごしているのです。

『つらい』と申しあげたいのです」とおっしゃる。

二三　仲忠、帝との碁に負けて、母を迎えに行く。

こうしているうちに、帝(みかど)は、「仲忠に、どのようにしてほんとうの気持ちを口にさせたらいいのだろう」とお思いになる。仲忠はずいぶんと遠くに離れて控えているので、帝は、碁盤を取り寄せて、仲忠と碁をお打ちになる。帝は、「何を賭物(かけもの)にしよう。あまり大事な物を賭けるのはやめよう。たがいに、相手の言葉に従うことを約束して、そのとおりにすることを賭けよう」と言って、三番勝負ということにして碁をお打ちになる。帝はさまざまな伎芸をすべて嗜んでいらっしゃるが、その中でも、碁を一番好んで、特に得意にしていらっしゃるうえに、なんとしてでも仲忠にほんとうの気持ちを口にさせようと思ってお打ちになる。一方、仲忠は、帝がそんなお気持ちでいらっしゃることも知らずに、ただ藤壺であて宮とお話ししたことばかりが思い出されて、この碁の勝負に勝とうとも思わず、魂はただ藤壺に残したままここにいる気持ちで碁を打ったので、一番目には、帝がお勝ちになった。二番目は、仲忠が勝って、最後は、仲忠が、手を一つ打ちまちがえて、たった一目の差で負けてしまった。

帝は、おもしろいことになったと思って、「早く、賭物として出すものの件は」と催促なさる。仲忠が、「何をいたしたらいいのでしょうか」。帝が、「ただ、私が言うことを拒まなければいいだけのことだ。趣がある秋の夕暮れに約束したことは、それにふさわしいものにするつもりだ」とおっしゃる。仲忠が、「負けたことが悔やまれる。気を遣って打てばよかったのに。どんなことをおっしゃるつもりなのだろうか」と思って、「早くうかがって、私にできそうなことでしたらいたしますし、できないことでしたらその旨をお答え申しあげます」。帝が、「あなたができないことは、何もないだろう。それでは、できそうなことなら、必ず引き受けてくれるのだな」。仲忠が、「それは、うかがってからにいたします」。帝は、涼にお渡しになったのと等しい、せいひんという名の琴を、同じ胡笳の調べに調律して、

「これは、今日の賭物として弾くのにふさわしい琴だ。この琴は、まったく、上ふたへてこと（未詳）を聞くことはないだろう。この琴の音が出る限り、胡笳の調べを、繰り返し繰り返し、何度も弾け」とおっしゃる。仲忠は、「ほかのご命令なら、『おまえの身を破滅させよ。蓬萊の山に不死の薬、悪魔国に優曇華を取りに行け』とおっしゃったとしても、私ができる限りお引き受けいたしますが、このご命令は、絶対にお引き受けできません。蓬萊の山や悪魔国に行けとおっしゃるよりも難しいご命令です」と申しあげる。帝は、笑って、「蓬萊の山や悪魔国に行ってもいいとは、これまでに例がない勅使だな。でも、蓬萊の山へ不死の薬を取りに行った者は、童男と童女でさえ、その使に出発して、船の中で歳をとって、『島は浮かんでいるけれども、蓬萊の島は見つからない』と嘆いたようだ。そのような思慮分別が備わった徐福や文成でさえ結局はたどり着けなかった蓬萊の山へ、これから、あなたが、この国から、どっちに行ったらいいのかわからないまま、不死の薬を探す使を務めるのは、少し難しいだろう。いくら探しても見つけることはできないかもしれない。あなたが童男と童女を集めたら、徐福や文成に劣らない者たちを集めることができるだろう。だが、そうなると、今度は、美しい童女が現れる恐れがある。あなたが勅使をしたがるのは、これまで聞いたことがない、こんな理由があるのだな。また、悪魔国に優曇華を取りに行くとなると、自分の身に少し苦しい思いをするだろう。金剛大士も、南天竺から悪魔国に渡ったのは、その時の国母が、親しい友人を隣の国から迎えて、それをもてなすために、悪意を懐いて、優曇華を取りに行く使に行かせたという。その時には、南天竺から渡ったために、心ならずも長い年月がたってしまったので、慈悲深い家族の死に目にあうことができなかったと嘆いたではないか。それなのに、どうして、あなたは、悪意を懐く国母がいるわけでもなく、また、不死の薬をほしがる后がいるわけでもないのに、急に親を残して蓬萊の山や悪魔国に行こうとするのか。そんなことをすると、少し面倒なことも起こり、親不孝にもなるだろう。体も疲弊するはずだ。こんなこのうえなくたいへんな使をするよりは、ここにいたまま、調律してある琴を一曲弾くことのほうが、簡単だろう。行ってもしかたがない使には行かずに、この琴を一曲弾いて聞かせてくれ。あなたが弾く琴なら、あの不死の薬や優曇華に劣らないだろう。不死の薬は、『一つ食べただけでも、一万年長生きできる』と言って、その国の帝があのような困難な使を出して探し求め、優曇華は、『急に迫った寿命を延ばしたい』と言って、その国の国母が探し求めなさったのだ。どちらも、命を惜しむ薬だったのだ。それなのに、あなたを、今夜の賭物だからといって、悪魔国や蓬萊の山まで使に行かせるのは、私としては、少し心配だ。何はともあれ、私は、あなたをこうしてそばに置いて親しくしてきたのだから、そのような危険で恐ろしい使として、遠くまで行かせるとなると、少しつらく心細い思いをすることだろう。また、行って会ったことがあるあなたの母上も、今現在生きていらっしゃるのだから、その母上が嘆き悲しむのを見るのは、使に行く効はまったくないだろう。こんなことを言っても、蓬萊の山にたどり着くだろうと思った時に、母上に万が一のことがあったら、不死の薬を手に入れてもなんにもならないだろう」とおっしゃる。仲忠は、「それでは、行くことが難しい蓬萊の山に行っても、不死の薬はなかったのですね。ただ、かぐや姫が残した不死の薬は焼かれてしまったと言います」と申しあげる。帝が、「でも、今夜の宮中は、不死の薬を持っていたという西王母の家にひけをとらないぞ」。仲忠が、「確かに、帝のおそばに、童男と童女はおりますね」と申しあげる。帝が、「そんな童男と童女がいても、海は広く、風は激しく吹いているのに、どうやって蓬萊の山を探し求めなさるのだろうか」とおっしゃる。

仲忠が、けっして琴を弾くことはできないと申しあげ、その気持ちを詩に作ってお見せしたりなどすると、帝は、「分別のないことを言うものだ。結局は仲忠に言い負けてしまうのはしゃくにさわる」などと思って、「仲忠に琴を弾かせること以外に、何を命じたらいいのだろうか」とお思いになっているうちに、長年、仲忠の母のことを、御心の中でぜひにと思い続け、昔から評判を聞いて思いをかけて、なんとかしてお返事がほしいと思ってばかりいらっしゃったけれど、まったくお返事をさしあげなかったので、残念にお思いになったことを思い出しなさる。その仲忠の母が、こうして今もこの世で健在だと耳にして、現在の、嗜みもあり容姿も調った、二三人の者の中に入っているから、この機会に言葉をかけて親しくなろうと思って、帝が、「そういうことなら、あなたはまったく琴を弾くつもりはないと言うのだな。こうして、自分では弾くことができないと言うが、あなたの奏法に少しでも似ている琴を弾く人はいないだろう」。仲忠が、「私の一族の奏法は、松方だけは弾くことができましょう。松方は、私と同じ血筋の者でございます」。帝が、「松方の琴は、時々聞いている。今まで聞いたことのないもう少し珍しい琴を聞きたい」。仲忠が、「同じ一族の奏法は、松方以外に弾く者はございません」。帝が、「もっとよく思い出してください。それでも思いつかないか」。仲忠が、「思い出せません」。帝が、「女性の中に誰かいないか思い出してみよ。きっと誰かいるだろう」。仲忠は、「思い出せません」などとお答えしながらも、帝は何かお考えがあっておっしゃっているご様子なので、やっかいなことになったと思いながら、「私は、父方の親族にも母方の親族にも、女性は少のうございます。その中でも、母方の親族となると、男の松方以外に、才能がある者は誰もいません。琴は、もしかしたら、母方の親族は、あの俊蔭の朝臣の琴の奏法を弾くことができましょう。でも、それができる血筋の者は、男の松方のほかには誰もいないからでしょうか、女性となると、誰も思い出せません」と申しあげる。帝が、「わかった。それは、そのとおりだろう。でも、あなたを俊蔭の朝臣の琴の奏法を受け継ぐ大切な伝承者だと思って、あなたに伝授した人はいないのか。『誰もいない』と答えるつもりかもしれないが、多少でも手引きをした程度の人なら、きっと誰かいるだろう。その人を、今夜の賭物としてお出しになったらどうか。その人を、早く。この願いまで聞き入れてくれないなら、私はつらい気持ちになるだろう」とおっしゃる。仲忠が、「習い取って伝授を受けた私でさえ、その奏法がまったく思い出せないのですから、まして、私に琴を教えた師は、思い出すことは難しいことでございましょう」。帝が、「その方が思い出すことができないなら、今の師であるあなたが忘れてしまっていてもしかたがないと納得することにしよう。でも、教えた方は、もどかしくお思いになるだろうね」とおっしゃる。仲忠が、「おっしゃるとおりです。私が忘れてしまっていることだけでもわかっていただきたいとは思いますが、私の師を参内させることはできないだろうと思います」と申しあげると、帝は、「早く。その方を参内させることさえもかなえてくださらないなら、もうこれ以上話を聞くつもりはない」などと、許す様子もなくおっしゃる。仲忠は、「しかたがない。参内させ申しあげよう」と思って、何も申しあげずにその場を立つ。

右大将（兼雅）は、それを見て、「仲忠よ。どうして立って行くのだ。帝があんなにおっしゃっているのに、今度は、また、どこへ行くのか。なんだか変に、心が落ち着かず、風変わりな人になってゆくな。みっともないぞ。しばらくそこにいろ」とおっしゃる。仲忠が、「帝のご命令で行くのです」と申しあげる。右大将が、「そういうことなら、かまわない」とおっしゃる。仲忠は、陽明門に行って、自分の車を置いたまま、その日、父の右大将が乗って来て、陽明門に停めてあった立派な車に乗って行く。右大将の御前駆が、皆お供する。

二四　仲忠、母を連れて参内する。

宰相の中将（仲忠）は、退出して、三条殿に入る。母北の方（俊蔭の娘）は、その日、髪を洗って、簀子近くに出て干していらっしゃったので、御衣などを引き寄せて着て、中将は簀子に膝をついてすわる。母北の方が、「どうでした。相撲はどちらが勝ったのですか」。中将が、「左方が勝ちました」。母北の方が、「張り合いがなくてとてもつまらないことですね。もしかしたら父上の右方がお勝ちになるのではないかと思って、人々が参上して集まっているようですのに。ほんとうに残念なことですね」。中将が、「ずいぶんと思いやりがないことをおっしゃいますね。左近中将でもある私がいる左方が勝つことがうれしいのです。母上は、父上よりも私のことを軽んじていらっしゃる」。母北の方が、笑って、「左方が勝つことも、うれしく思いますよ。でも、右方がお勝ちになるのではないかと思って、こちらで準備していたのに、負けておしまいになったので、張り合いがなく思ったのです」。中将が、「左大将殿（正頼）をはじめとして、左近衛府の官人たちを引き連れて、こちらに参ることになりましょう。そうなったら、とりわけ大騒ぎになることでしょう。それはそうと、今日の宮中のおもしろさは、似るものがありません。右方の相撲も、いつものように、少し格別な様子でした。でも、左方は、例年も特別な配慮をなさるからでしょうか、左方がお勝ちになって、今、宮中は、これまでにないほど風流を尽くしています。世に名高い舞の師や音楽の師という者たちが全員集まってさまざまな管絃の遊びをなさっているのを、皆さまが見ていらっしゃるうちに、私が一人で見ているのがつまらなくなったので、母上をお迎えするためにやって参りました」。母北の方が、「私などが、どうして帝の御前の催しを見ることができましょう」。中将が、「それは、私が上手に見せてさしあげましょう。きっと、西方浄土（さいほうじょうど）の音楽も、こんなふうなのでしょう。見たいとおっしゃるなら、見せてさしあげましょう。早くお出かけください」。母北の方が、「軽率で非常識なことだと思います。また、父上は、どのようにお思いになるでしょうか」。中将が、「どうして私がそのようなことをお勧め申しあげるでしょうか。そんなことをお勧めするはずはありません。早く」と申しあげる。母北の方が、「軽率で非常識なことだとは思いますが、お話を聞くと、見たくなります」。中将が、「私が、人が軽率で非常識だと思うことをお勧め申しあげるはずはありません。いくらふつつかな私であっても、それくらい判断はできます。やはり、早く、少し風情がある着物をお召しになり、見映えがいい顔を見つけ出して、さあ、一緒においでください」。母北の方が、「着物は、懸命に探せば、見つかるかもしれません。でも、顔は、どこから取り出したらいいのでしょう。しまって置いた所も思い浮かびません」。中将が、「見映えがいい顔は、とてもうまく取り出しなさる時がありますね。わかりました。お捜しください」などと言ってすわっている。母北の方は、「それでは、参内することにします。気にかかることを、あなたがおっしゃるはずはありませんよね」と言って、まだあまり乾いていない髪を急いで乾かしなさる。

中将が、母北の方に、あらためて、「まことに残念なことですが、今日の相撲の節は、右方が負けておしまいになりました。私にとっては喜ばしいことですが、父上にとっては不本意だと思います。とはいえ、たった一番で負けておしまいになったのです。今、宮中では、とてもおもしろいことになっています。あんなにもおもしろい催しを一人で見ていても、まことにつまらないので、お迎えに参ったのです」と申しあげて、「饗応(きょうおう)の際の相伴の客のための準備をするために参上した人々は、母上のお供をせよ」と言って、さらに、母北の方に、「私は、馬でお供をいたします」と申しあげる。また、「母上は、何はともあれ、あちらにある、父上の檳榔毛(びろうげ)の車に乗って、副車三輛(そえぐるまさんりょう)とともに参内なさってください」と申しあげて、厩(うまや)の別当である右の馬助(うまのすけ)に、「こちらの厩の馬の中に、私が乗っても咎(とが)めを受けなさそうな馬があったら、移し鞍(ぐら)を置かせて、その馬をお貸しください」と言う。馬助の源国時(くにとき)は、「名だたる龍馬(りゅうめ)であっても、中将殿がお乗りになるのに咎めを受けることはないでしょう。厩の馬はどの馬でもかまいません」と申しあげる。中将が、「私自身でさえ野で放し飼いの馬のようにほうっておかれている身だから、まして、乗る馬など、どれでもかまいません。厩の雑用であっても務めようと思っています」。国時が、「駒牽(こまひき)の儀も近くなりましたから、野で放し飼いの馬であっても、御料馬の馬の中にお加えになる時があるのではありませんか」。中将が、「でも、その中に加えてもらえない時があるかもしれません」。国時が、「今ならきっとあて宮さまをお下げ渡しになりますよ」。中将が、「ああ、それにふさわしくない人々が待っている間ですね。冗談はさておき、母上が参内する時の御前駆(ごぜんく)を務めるための馬の支度をしてくださいませんか」。国時が、「いつものように、中将殿は座興をしておもしろがっていらっしゃったのですね」と言う。国時が、

帝の婿になられようとする今になっても、座興をなさっているのでしょうか。透けて見
　えていた薄い夏衣を着替えなければならない、この初秋の夕暮れには。

と言う。風が吹く頃に、中将が、出発しようとして、

秋の夜の涼しい頃に出かけて行く時は、着替えた秋の衣も、夏衣と同じように透けてい
　ます。私の「好き」は、衣更えをしても変わりません。

などと言うと、国時が、「真面目な話、鞍は、どれをご用意したらいいのでしょうか」。中将が、「移し鞍を置いてご用意ください。通常の鞍を用いるわけにはいきません。母上に対して失礼です」。国時が、「ほかの男たちの中には、移し鞍を持っていない者がいるので、中将殿にご用意するのは、急なことで、お供をする男たちが困ることになるでしょう」。中将は、「ほかの者たちには、いつものように、普通の鞍を用意せよ。私は、まだ、人並みでもなく、世間からも認められていないので、やはり、せめて母上に敬意だけでも表したいのだ。ほかの者たちは、やはり、いつものように御前駆を務めよ」と言う。

廏で三十頭以上飼われている馬の中に、吹上の浜で源中将（涼）からおもらいになった鶴駮の馬よりもすぐれた馬はない。国時が、その馬に移し鞍を置いて、中将のために引き出したりなどしている時に、母北の方は、洗った髪が乾いたので、梳かして、花文綾の地摺りの裳に呉綾を重ねて、涼しい時期なので、綾の掻練の袿一襲、赤色の表着にとても美しい二藍襲の唐衣をお召しになる。特別にすばらしい趣向をこらしたこともせず、この程度の身なり

を調えて、侍女六人、女童四人、下仕え二人とともに出発する準備をして、御簾のもとに膝をついてすわっていらっしゃる。中将が、松明を灯して庭で控えている者たちの光で、それを見ると、言うまでもなく、いつにもまして美しい。髪は、背丈よりも二尺ほど長くて、先が少し丸まったのを洗ったばかりなので、背中全体にあふれている。一筋たりとも、まったく乱れていない。容姿の美しさは、いつにもましてほんとうにすばらしい。背も高く、姿もすらりとして気品があることは、誰も並ぶ者がいない。顔かたちは、言うまでもなくすばらしい。中将は、これを見ると、あて宮のことを思い出して、この母北の方を、自分の母だということをすっかり忘れて、どこから現れた天女なのかと思っている。

母北の方が、「それでは、車を寄せさせてください」。中将が、「今、父上が見ていらっしゃらないことが、まことに残念です」と言って、「車を寄せよ」と命じて、ご自分の手でさし几帳をして母北の方を車に乗せ、後ろの席に侍女二人が乗り、副車に次々と侍女たちが乗って出発なさる。中将は、移し鞍を置いた馬に乗って、車の轅近くにつき添って立つ。三条殿の饗応の準備をするために参上していた、四位、五位、六位の官人たちなどを、合わせて八十人ほど伴って参内なさる。

中将は、縫殿の陣に車を立てて、「しばらく待っていろ」と言って参内する。御前駆の者たちも参内しようとする。中将は、それを見て、「あなたたちは、母上の車のそばに控えていてください。私は、一人で参内します」と言って入る。

［母北の方の車のお供には、前に松明を灯して、御前駆が数え切れないほど多い。］

二五　仲忠、母を帝の御前に連れて行く。

母北の方（俊蔭の娘）の車が縫殿の陣で立っている間に、中将（仲忠）は、殿上の間に参上して、その後、仁寿殿にいらっしゃる帝の前に参上なさる。帝が、それを見て、「どうだった。あの賭物の件は、どうなった」とお尋ねになる。中将は、「まだ車に乗ったままです」とお答えする。帝は、笑って、「そういうことなら、賭物のことは許す」とおっしゃる。中将は、帝にお答えした後、立って、春宮のもとに入内なさっている妹君（梨壺）の局に参上する。妹君は春宮の御座所にいらっしゃるが、母である女三の宮がおいでになる。あんなにご夫婦仲がよかったのに、右大将（兼雅）が、この中将の母北の方を妻としてお迎えになってからは、宮のそばに近づきなさることもなくなったので、思い悩んで、娘を春宮に入内させて、その世話をするために、ずっと宮中にいらっしゃるのだった。中将は、妹君の局の御簾のもとで、「ぜひ、女三の宮さまにお取り次ぎいただきたい」と言う。宮が、ご自身で、「どなたですか」とお尋ねになる。中将は、「仲忠でございます」とお答え申しあげて、「人に貸し与えてもいい几帳を、なにとぞお貸しいただきたい。急に里へ取りに行かせるのでは間に合いませんので」。宮が、「とても汚い物しかありませんが、それでもさしつかえないでしょうか」と言って、「若い娘が一人で春宮にお仕えしていらっしゃるので、心配で、ここ何か月も、こちらに来ております。ほかの方はお訪ねくださらなくても当然ですが、中将殿までとても疎遠に思っていらっしゃるのが残念です」。中将が、「畏れ多いことです。春宮のもとにおうかがいしたりなどする機会はありますが、女三の宮さまがこちらにおいでになるということは、まったく聞いておりませんでした。じつは、先日も、一条殿に参上してお住まいをお訪ねした時も、寝殿にうかがってご挨拶申しあげたところ、嵯峨の院に行っていらっしゃるなどとお聞きしましたが、こちらにいらっしゃったのですね。畏れ多いことですが、姫君などが春宮にお仕えしていらっしゃるのですから、私のことを人並みではないとお思いになったとしても、親しくお仕えしている他人よりは、特別な者とお考えくださったら、とてもうれしく思います」。宮が、「おっしゃるまでもないことです。春宮にお仕えしていらっしゃる娘のことは、父親もお忘れになっているようなので、やはり、兄上である中将殿が、気の毒でかわいそうな者だと思ってお訪ねください。娘は、ほんとうにいたわしく心細い思いをしている人なのです。私の姉や妹も、親身に思ってくださるはずがありません」。中将が、「畏れ多いことです。このようなお話がまったくなくても、私が梨壺さまにお言葉をおかけしてもいいのなら、お世話させていただきます」などと申しあげて、「いろいろ細かくお話ししたいのですが、急ぐことがございますので、これで失礼いたします」と言って急いで立つ。その局から、花文綾の帷子をかけた三尺の几帳を二具お借りして、母北の方のもとへ持って行く。

帝が、おいでになって、仁寿殿の南の廂の間の、御座所をしつらえた西の方に、屏風と几帳などを立てて、「上達部は、しばらく、あちらに」と言って、東の方に行かせて、帝は西の方の御座所におすわりになる。

中将が、仲澄に、「さあ、一緒においでください。今夜、私は、大切な人を参内させたので、あなたの陰に隠して連れてお入りください」。仲澄が、「どなたですか」。中将は、「さあ、誰でしょうね」と言って、仲澄を連れて、さらに、身分が高くて親しい人に、几帳と、父の右大将の沓を持たせて、母北の方に、「早く車から下りてください」と言う。母北の方が、「何がなんだかわけがわかりません。どこに下りろとおっしゃるのですか」。中将が、「わけがわからないことをおっしゃいますね。そんなことは、お気になさらないでください。まさか、私が、母上がおいでになってまずい所にお連れするはずはありません」。母北の方は、「まあ困りました。こんなふうに参内するとは思いませんでした。そんなつもりはなかったのに。気恥ずかしい思いをすること」とおっしゃるけれど、昔から中将が言うことに従っていらっしゃったので、車からお下りになる。その前で、四人の女童がさし几帳をする。侍女が後ろについて、中将が、沓を覆かせ申しあげ、侍女に裳の裾を持たせて、髪を調え、大切に世話をしている様子は、ほんとうにすばらしい。母北の方は、まことに美しい。中将も仲澄も、立派に身なりを調えて、さし几帳をして、母北の方を帝のもとにお連れ申しあげる。

帝が、出て来て、人々を皆外にお出しになる。御殿油をお消しになる。中将が、松明をすっかり消させて、母北の方をお連れ申しあげなさるとすぐに、帝が、「私が道案内をいたしましょう」と言い、「さあ、こちらからお入りください」と言って、母北の方を局にお入れ申しあげなさって。中将が母北の方を連れて参内したそぶりも見せずにすわっているので、右大将は、自分の北の方だろうとも、まったく気づかない。

二六　帝、俊蔭の娘に、琴を弾かせようとする。

帝は、几帳のもとに、褥を敷いてすわって、中将（仲忠）の母北の方（俊蔭の娘）に、「今夜は、仲忠の朝臣に頼んだことがあったのだが、『自分はできそうもありません。代わりの者を連れて参ります』などと言ったので、代わりの人とは誰なのかと思っていましたが、あなただったのですね。長年の思いがかなったのですね」とお話しになる。母北の方が、「仲忠の態度がいつもと違ってとても変だと思われたのですが、突然、帝の御前にうかがうことになるのだというそぶりも見せずに急きたてましたので、何がなんだかわけがわからないまま出て参りましたが、とてもおかしな気持ちです」。帝が、「おかしいことなどありません。いつも、こうしていたいのです。風情がある夕暮れに、あなたの所にうかがってお聞きしたいことがあるのですが、それもできません。やはり制約が多くて思いどおりに振る舞うことができない気持ちがして、じれったく思っていたのです」などと言って、「昔、治部卿の朝臣（俊蔭）が生きていた時から、ずっと、少し琴を弾いて聞かせていただきたいと思って、いつも、宮中にお迎えしたいと思っていたのですが、治部卿の朝臣の生存中は、何かの機会に、『入内(じゅだい)させてください』とお願いしたのですが、まったく聞き入れてもらえないままになってしまいました。不思議なほど古めかしい一族で、娘を入内させることもいとわしいと思ったのでしょうか。その後は、この世でまったく消息を聞くこともないままになっておしまいになったので、あなたへの思いがつのるばかりだったのに、その思いをまったくお伝えできないままになってしまいました。でも、こうして息災でいらっしゃったのですね」と言って、長年の思いや昔のことをお話しになる。母北の方が、「その頃は、ずっと、この世で生きてないような生活をしておりました。それ以前と今とが、生きてこの世を見ている思いでございます」。帝が、「その間は、どこでお暮らしになっていたのでしょうか。昔のままの状態でお目にかかるよりも、今こうしてお会いするほうが、あなたへの愛情がまさる思いがします。昔お会いしたいと思っていた時にお会いしていたら、あなたを見馴れて軽く見るような結果にもなったかもしれませんね。あなたは、かぐや姫のように、とても難しい願いをなさるかもしれませんね」。母北の方が、「どのようなことでございましょう。お話をうかがうと、自分がえらくなったような気がいたします」。帝が、「おわかりになりませんか。口にはしなくても、おのずとはっきりおわかりになっていらっしゃるだろうと思います。私の気持ちをお話し申しあげ始めたら、申しあげる私も、それをお聞きになるあなたも、時間がなくなってしまいます。今夜頼んだ仲忠の朝臣の代わりとしておいでになったのですから、仲忠の朝臣があなたにお譲り申しあげたことを、何はともあれ、早く」とおっしゃる。母北の方が、「誰も、私に、譲るなどと言った人もおりません」。帝が、「わけがわからないことをおっしゃいますね。あなたまで、こんなふうにおっしゃらないでください。早く」と急(せ)きたてなさる。母北の方は、「どのようなことでございましょう。私が参内する理由を、誰も知らせてくれませんでした」とお返事する。帝が、「仲忠の朝臣は、何もお知らせ申しあげなかったのですか」。母北の方が、「まったく、何も申しませんでした。ただ、『縫殿の陣のあたりで見物してください』と言っただけでございます。こうして帝の御前に連れて来るつもりだったのに、そんなそぶりも見せませんでしたので、深く考えることもなく、家にいる時の姿のまま急いでやって来たのですが、仲忠が、『今日の相伴の客の座に、こっそりと見物させていただけそうな葎(むぐら)の陰があります。何も言わずに車から下りてください』と言ったので、普段から嘘(うそ)をつくことがない子だと思って、この玉の台(うてな)まで参上いたしました」。帝が、お笑いになって、「場所が違ったから、ここにおいでになっても効(かい)はありませんね。おいでになるつもりだった葎の陰ではありませんから」。母北の方が、「今は、その葎も門を閉ざしていますね」。帝が、「おいでになるとお困り申しあげる人がいたのですね」と言い、「仲忠の朝臣が何もお知らせしなかったというのは、ほんとうですか。それなら、私がお話しいたしましょう。昔の俊蔭の朝臣の前で話をするようですね。今夜、仲忠の朝臣に、どうしてもと言って頼んだことが数々あったのですが、『自分は、まったくおぼえていません。おぼえている人を連れて来ましょう』と答えたのです。ほんとうに、叢の中にいらっしゃったのですね。こうしておいでになったのですから、代わりにあなたにお願いしようと思って」と言って、仲忠にお渡しになったせいひんの琴を胡笳の調べに調律したまま取り出しなさる。帝が、「この琴を、仲忠の朝臣に、『今夜頼んだことの中の一つとして弾いてくれ』と頼んだところ、『母にお願いしてください』と申されたのです。この琴を、ただこの調子のまま、胡笳の調べの曲を、奏法を残すことなくお弾きください。この調子を変えるつもりはまったくありません。琴というものの調子はたくさんありますが、やはり、胡笳の調べは、不思議なほど、心に染みて感じられるものです」とおっしゃる。母北の方が、「仲忠は、人をまちがえて申しあげたのでございましょうか。『琴』とは、なんのことでございましょう。私は、まったく、その名さえ存じませんのに、おかしなことを申しあげたものですね」。帝が、「私に対していまだにご機嫌をそこねていらっしゃるから、琴のことを知らないふりをなさるのはしかたがありません。それでも、お許し申しあげるわけにはいきません。私の願いを変えるつもりはありません。昔から、私の思いは夜目で見てもはっきりわかったと思います」。母北の方が、『難しいお言葉だ』と申しあげないわけにはいきません。琴というものは、自分には関係がないものとしても、まったく見たことがありません。昔は、そんなこともあったのかもしれません。でも、長年そばで見たことが少しもなかったためなのでしょうか、琴とは何なのか、まったくわかりません。そんな私の後で生まれた仲忠は、何度も、『まったくわからない』と申しているようです。その仲忠は、多少、昔の人々などよりも、たくさんの曲を巧みにお弾きしたようでした」と言って、琴にまったく手も触れようとしない。帝が、「これは、つらいお言葉です。若い時から身についたことは、そんなふうに簡単にお忘れになることはないでしょう。学問や伎芸というもので、若い時からおぼえたことは、何年たっても、まったく忘れないものです。仲忠の朝臣は、やはり、あなたが忘れていないと思って申しあげなさったのだと思います。ほんとうに忘れてしまったのなら、まことに残念でなりません。どんなに難しいことであっても、あまりそっけない態度をとってはいけないことに関しては、人から疎ましく思われない程度にするのがいいのです。昔の俊蔭の朝臣は、この世で一番の琴の名人でいらっしゃいました。その後それを受け継いでいらっしゃるのは、あなただけです。あのようなすばらしい奏法の伝授を受けたのですから、少しずつであっても、誰に対しても聞かせて当然なのです。こうしてお断りになるのは、ほんとうにとてもつらい」と、しきりに、許さないお気持ちでお話しになる。

　帝も母北の方も、たがいに言葉を交わして、帝が、「古歌に、『搔き鳴す琴の』と言います。私の思いがかなえられなくてつらいことです」とおっしゃって、

「お会いすることがないまま離れていて涙を流していましたが、こうしてお会いしたのに、
　夜が更けても琴を弾いてくださらないのは、つらくてなりません。

古歌に言う『君がつらさに』とは、こういうことだったのですね」。母北の方が、「秋の調べ

は、松風が弾くものだと言います」と言って、

「秋風が弾いて音を立てる松の音をお聞きになりながら、誰を竜田山だと思って見ていらっしゃるのでしょうか。

まるで私が竜田姫かと思われますね」。帝が、「それはそうと、手を触れる方がいらっしゃらないので、どの琴にも、塵が積もっていますね。

水が浅いので、山の小川は、その水を田に引き入れる人もいません。琴の絃は、弾く人がいないまま積もった塵が弾いているのですね。

そうはいっても、私たちの間には、それなりの宿縁もあるとか聞いています」。母北の方が、

「それも、実際に目で見ないとわかりません」と言って、

水が浅いので、川底の砂も見える山の小川は、秋の田の水守りも水を引き入れずにいるのでしょうか。私も、琴を弾くことはできません。

帝が、「そんなことをおっしゃらずに、お弾きになってみてください。

秋の田の水守りでさえ、水を引き入れ始めたら、水は山の川の底からこんこんと湧き出ることでしょう。琴を弾き始めたら、すぐに次々と思い出しなさると思います。ぜひ弾いてください。

私の思いは、その泉よりも深いと思います。いいです。見ていてください。ほんとうに、このまま断って弾かずにすますおつもりですか。それではお帰りになることはできませんよ。

早くお弾きください」と、心をこめてお願いなさる。

二七　俊蔭の娘、琴を弾く。

母北の方（俊蔭の娘）は、帝がとても熱心にお願い申しあげなさるので、やっとのことで、いくつかのちょっとした古い曲を、ほんの少しお弾きになる。帝が、「さあ、もっとお弾きください。こんなふうにもどかしい程度にお聞きすると、ますますつらく感じられます。聞くと少し感動する曲を、一つか二つお弾きください」などとおっしゃる。母北の方は、少し風情がある曲などをお弾きになる。このせいひんの琴は、昔のなむやういしも（未詳）の琴なので、俊蔭の朝臣が将来した秘琴に特に劣ることなく、ほんとうにとても心に染みて感じられる音色が加わっている琴である。だから、母北の方は、心に入れることもなくお弾きになったのに、俊蔭の朝臣が伝えたすばらしい奏法を秘琴で身につけなさった人が、それも、特に、秋の夜が更けてゆく中で、仁寿殿にいて、宴の松原に吹いていた風に調子を合わせて弾くのだから、このうえなく心に染みておもしろい。

母北の方は、こんなふうに琴をお弾きになるのは、昔、右大将（兼雅）に再会なさった北山に住んでいた時にお弾きになって以来で、その後、都に出てお暮らしになってからは、琴にまったく手を触れていらっしゃらないし、右大将にも、一度も琴を弾いてお見せ申しあげなさったこともない。宰相の中将（仲忠）は、時々、紀伊国の吹上などでもお弾きになったけれど、この母北の方は、北山をお出になった後、まったく琴に手を触れることがないまま過ごしていらっしゃった。でも、今夜は、帝がこうして執拗にお願い申しあげなさったので、お弾き申しあげなさる。母北の方は、まれには思い出しなさることがあったものの、長年いろいろなことがあって落ち着かなかったために、ずっと忘れていらっしゃったのに、この琴に手をお触れになると、昔のことがあれやこれやと思い出されて、このうえなく感慨深くお感じになる。父の俊蔭から奏法を習い取ったこと、北山で仲忠に教えたこと、また、北山を出ようと思って南風の琴を弾いたことなど、昔の懐かしい出来事が、あれやこれやと湧き出るように思い出されて、今のこの世でのことがなんとなくつらく悲しく思われたので、次第にその思いがこもった奏法を弾くようになって、心の底から感動しながらお弾きになる。この時、身分の上下にかかわらず、楽を演奏する人々も、楽所の楽人たちも、誰もが、演奏をやめて、母北の方がお弾きになる琴を聞いて、ひたすら感動して、「どういうことなのだろう。今ここに参内した人は、誰なのだろう。ただ今の世に、技術的に全盛期で、名手だと認められている人の中にも、これほど見事に琴を弾くことができる人は思いつかない。誰なのだろう」と言って驚いて、「中将殿なら、この程度の琴を弾くことができるだろう。でも、中将殿は、今ここにいる。変だなあ。あて宮さまなら同じようにお弾きになるが、今ここに参上なさっていない」と言う。こうして、誰もが不思議に思っているうちに、ある方が、「やはり、ここにいる右大将殿の北の方なのだろうか」と思い当たりなさる。右大将がそれに気づいて驚いていらっしゃる様子を見ながら、中将が、しいて素知らぬふりをして、「不思議なほど趣深い琴の音色ですね。どなたが弾いていらっしゃるのでしょうか」と言って、とても感動しながら不審がっていらっしゃる。人々は、「右大将殿の北の方が参内なさったのなら、中将殿が知らないはずはない。誰が参内したのだろうか」と思い、右大将も、同じように思っていらっしゃる。そうしているうちに、夜はさらに更けて、興趣もますますつのってゆき、母北の方が、風情ある胡笳の調べを弾いて、格別におもしろくなってゆく。帝は、それを聞いて、この母北の方に、どうしようもなく心が惹かれなさる。昔から評判を聞いて思いをかけていらっしゃったが、それにもまして、このうえなくいとしくお思いになる。そこで、帝は、「詩章を伴う曲の中で、興趣がある曲を弾くのが聞こえてきたら、涼と仲忠は、その詩を吟詠し、仲頼と行正は、今にふさわしい唱歌をいたせ」などとお命じになる。

　こうしているうちに、母北の方は、次第に見事に弾くようになって、まことにしっとりとした落ち着いた音色でお弾きになる。帝は、いくつかの楽譜を取り出して見て、「この曲には、これこれなどという由来があったのだ」。また、「これこれなどと弾くべき曲である」などとおっしゃる。母北の方は、帝がおっしゃるとおりに、すべて楽譜どおりに、これまでにない奏法の限りまで尽くしてお弾きになる。一とおりは、胡笳の調べを、楽譜のとおりに弾いて、次に、しをすさ（未詳）の調子でお弾きになる。同じ曲であっても、調子を変えてお弾きになる琴の音は、おもしろいのも当然だ。同じようにお弾きになっても、母北の方の手の運びは、感慨深く見事なものだった。このめくたち（未詳）を、「昔、唐の国の帝が戦に負けておしまいになりそうになった時に、胡の国の人がいて、その戦を収めたので、帝は、このうえなく喜んで、『七人の后の中で、これをと望む人を与えよう』と言って、七人の后を絵に描かせて、胡の国の人に選ばせなさったそうです。その中に、とりわけ美しい人がいて、特に帝の寵愛を一身に受けていたので、その一番美しい后は、それをあてにして、『多くの国母や夫人の中で、私一人だけが、帝の格別の寵愛がある。いくらなんでも、私を胡の国の武士にお与えになるはずがない』と思って、ほかの六人の后は后たちの顔を描く絵師に千両の黄金を贈ったのに、自分が帝の寵愛を受けていることをあてにして、何も贈らなかったので、絵師は、その后よりも美しくない六人の后のことは、実際よりもずいぶんと醜く描き、一番美しい后のことは、実際以上に美しく描いて、その胡の国の武士に見せたのです。それを見て、胡の国の武士が、『この一番美しい后を』と申しあげたところ、帝は、『天子に二言はない』というものなので、断ることができず、この一番美しい后をお与えになりました。その時、この后は胡の国へ行くことになって嘆き、后が乗った馬も胡笳の音を聞いて悲しんで嘆きました。そのことを歌ったのが、『胡婦行』という詩だったのです。この馬の鳴き声は、獣の鳴き声ではなく、人間の泣き声に聞こえるでしょうね。その曲をお弾きになったあなたの奏法は、このうえなくすばらしい。あらはともおもほえたつれ（未詳）」とおっしゃっているうちに、胡笳十八拍の八の拍に及んだ。それは、あのなむやうのいへのそう

（未詳）だった。

帝が、それを聞いて、「今お弾きになった奏法は、亡き俊蔭の朝臣がお弾きになった奏法と同じものですね。仲忠の朝臣の奏法は、この世の憂さを何もかも忘れさせて、興趣が胸にせまって感じられました。それに対して、あなたがお弾きになる奏法は、物事の情趣があれやこれやと思い出されて、亡き父上が弾く琴（きん）の音色などが感じられ、あなたへの昔の深い愛情までが思い出されるものでした。心細く心に染みて感じられることは、どこまでも、あなたがお弾きになった奏法でした。『忘れてもあるべきものを葦原（あしはら）に』と申しあげたほうがよかったですね。昔のことが思い出される奏法をお弾きください」などとおっしゃるので、母北の方が繰り返してお弾きになると、帝は、解釈がある奏法は、それを深め、解釈がない奏法は、ほかの曲の解釈をもとにして鑑賞なさって、この母北の方のことを、心の底から、とてもいとしくお思いになる。

母北の方が、次々と弾いて、二の拍にふたたび戻ってお弾きになると、仲頼と行正が唱歌をし、涼と仲忠が詩を吟詠したりする。その演奏は、現在のこの道の四人の名手と、昔の琴（きん）の名手の子孫一人が、一緒になった、昔と今の名手たちの管絃（かんげん）の遊びなので、まことにしっとりとした落ち着いた感じでこのうえなく風情がある。帝が、「二の拍は心に染みて感じられるものですが、あなたが弾くぞっとするほどすばらしい音色を聞くと、それも当然のことだと思われます。この曲は、あの胡の国へ行った后が胡の国と唐の国との境を越える時に嘆いた時のものです。『実際に、そのような帝の正妃として、第一の后だったのに、そんな胡の国の武士の妻として与えられた気持ちは、どれほど悲しくつらいものだっただろうか』と思いますが、それ以上に、あなたがお弾きになった格別にすばらしい琴の音を聞くと、その時の后の気持ちが偲ばれて、ほんとうに感動させられます。でも、私は、関を越えることを許してくださらない人がいるので、この二の拍に劣らぬ悲痛な泣き声を出してしまいそうな気持ちがします。関を越えることができない私を、国境を越えた后よりも軽く見ないでいただきたい」。母北の方が、「どのような関守がお許し申しあげないのでしょう」。帝は、「右近の陣が厳重に閉ざしているようです」などとおっしゃる。

母北の方が、この二の拍を、一度はほのかに掻き鳴らして、もう一度だけ心をこめて大きな音を立ててお弾きになると、それをお聞きになった大勢の方々は、皆、男も女も、場所をわきまえずに、涙を流して、このうえなく感動なさる。

二八　帝、俊蔭の娘を尚侍に任じる。

帝は、母北の方（俊蔭の娘）に、「さて、何を、今夜の禄にしたらいいのでしょうか。あなたがお弾きになった奏法にふさわしい禄は、まったく思いつきません。紀伊国の九月九日の重陽の宴での涼と仲忠の禄を、まだ与えてはいません。八月ごろになったら、『まだ禄をもらっていない』と言って、左大将殿（正頼）を責めたて申しあげればいい。それはそれとして、今夜のあなたの禄は、どうしたらいいのでしょうか。涼と仲忠は、それでいいが、あなたは、この私を禄として受け取ってくださいませんか。仲忠の朝臣は、紀伊国での禄として、左大将殿の娘（あて宮）を得たのです」と言って、御前にある日給の簡に、尚侍に任じる旨を書いて、その上に、

「目の前の松の枝から吹いてくる風の音（琴の音）を聞くと、過ぎ去った昔のことも思い出されますね。

この琴の音が懐かしいので」

と書きつけて、上達部たちの中に、「皆さん、これに署名して、順に下位の者におまわしください」と言ってお渡しになった。

左大臣（季明）は、見て、「なんだかまったくわからない。誰なのだろう」とお思いになるけれど、帝ご自分の手でなさったことだから、署名なさる。「左大臣従二位源朝臣季明」と書いて、その傍らに、

「風の音（琴の音）は、誰にもすばらしいと聞こえますが、どの枝から吹いてくるのかわかりません（どなたが弾いていらっしゃるのでしょう）。

わけがわからない宣旨です」

と書きつけて、右大臣（忠雅）にお渡し申しあげなさった。

右大臣は、それを見て、「変だな。現在、こんなに見事な琴の音を弾いて尚侍になること

ができる人は、誰もいない。琴の名手の一族なのだろう」と思い当たって、署名なさる。

「右大臣従二位藤原朝臣忠雅」と書いて、

小高い所に立っている武隈の松からは、秋の風（琴の音）が、親と子を一緒に並べて吹いてきてほしいものです。

と書きつけて、左大将（正頼）にお渡し申しあげなさる。

左大将は、それを見て、「左大臣殿も右大臣殿も署名し申しあげて。これは、いったいどういうことですか。でも、お二人が署名なさるのでしたら」と申しあげなさる。右大臣が、「さあ、わかりません。じつは、琴をお弾きになったのは右大将殿の北の方ではないかと思い当たったのです。どうですか。そうはお思いになりませんか」。左大将が、「さあ、そうとは気づきませんでした。それにしても、よくも思い当たりなさったものですね」と言って、署名なさる。「大納言正三位兼行左近衛大将陸奥出羽按察使源朝臣正頼」と書きつけて、

小高い所から吹いてくる風が寒いのですから、なるほど、小松を吹く風も涼しく感じられるのですね。

と書きつけて、右大将（兼雅）にお渡し申しあげなさる。

右大将は、見て、「何をおっしゃっているのですか。これは、いったいどういうことですか。私には理解できません」とおっしゃる。帝が、「ひどく不思議がりなさいますね。あなたは、理解がおできにならなくてもかまいません。わけがわからないままでいいから、早く

署名をしてください」。右大将が、「これには、陽炎をお返ししたほうがよさそうですね。わけがわからないままでは署名できません」とおっしゃる。帝が、「わけがわからないとおっしゃいますが、それ以上に、昔から陽炎のようにはかないものだったのではありませんか」と言って、「さあ、皆さん、右大将殿には知らせないように」などとおっしゃる。右大将が、「従三位守大納言兼行右近衛大将春宮大夫藤原朝臣兼雅」と書いて、

　さらに夜が更けてゆく中で、松から吹いてくる風なのでしょうか。格別にすばらしいことがないのに、波のようにあふれる涙が落ちています。

と書きつけて、民部卿（実正）にお渡し申しあげなさる。

民部卿は、「従三位権大納言兼民部卿源朝臣実正」と書いて、

　長い年月がたっても、枝が移り変わることのない相生の高砂の松（俊蔭の娘と兼雅の仲）は、隣の松（帝）から吹いてくる風が吹き越えることはないでしょう。

と書いて、左衛門督（正仲）にお渡し申しあげなさる。

左衛門督が署名なさる。「中納言従三位兼左衛門督藤原朝臣正仲」と書きつけて、

　住の江の昔の松は枯れてしまいました。でも、昔の風は忘れることがなかったのですね。

と書いて、平中納言にお渡し申しあげなさる。

平中納言は、「中納言従三位平朝臣正明」と書いて、

　聞いている人は、長い間忘れられていた琴の音色を思い出したのです。あれは、姉歯の

松の風なのでしょうか、

と書いて、中宮大夫（文正）にお渡し申しあげなさる。

中宮大夫は、「中納言中宮大夫従三位源朝臣文正」と書きつけたりなど、皆それぞれに署名をして、日給の簡が順に下位の者にまわった。中宮大夫の歌は、

松風が昔の声に聞こえるのは、八十島から吹いて今に伝えているのでしょうか。

二九　帝、尚侍となった俊蔭の娘と贈答する。

尚侍は、胡笳の調べも調子も、すべて弾き終えなさった。帝は、いつまでも聞いていたいほどすばらしいとお思いになるけれど、尚侍がこれ以上調べを変えてお弾き申しあげなさるはずもないので、帝は、心残りでもの足りないとお思いになる。そこで、帝が、「胡笳の調べは、もどかしく思われるけれど、こうして申しわけ程度には弾いてくださいました。今度は、これから、呂から律に調べを変えて、次の節会の際に弾くおつもりの調子で弾いてから退出なさってください」とおっしゃるので、尚侍は、そのまま、律の調べに調律して控えていらっしゃる。

帝が、「過ぎ去った昔のことは、嘆いてもしかたがありません。せめて、これからは、やはり、それなりの節会がある度に、どの節会でも一曲ずつお弾きください。また、節会以外でも、草木が美しい盛りで見どころがある春と秋の夕暮れなどに、同じように、風情がある

曲を弾いてお聞かせください。これから千年の間に催される節会の度にお弾きになったとしても、あなたが弾く奏法が尽きることがありそうもないことが、とりわけ感慨深いのです。人間の寿命は限りがありますが、その人が亡くなっても、その奏法は千年も絶えることがありません。ああ、あなたの演奏をすべてお聞き申しあげることなく死んでしまうのだろうと思うと、不安でなりません。あなたにも私にも、ぜひ、一万年の寿命があればいいなあと思います」と言って、

　千年も過ごしてきた松から吹いてくる風の音（琴の音）は、誰も永遠に聞くことはできないでしょう。

とおっしゃると、尚侍は、

　「音がいつまでも絶えることなく吹いてくる松風（琴の音）には、松よりも長い寿命がある方（帝）が涼むことができるでしょう。

その方とは、ほかならぬ帝のことです」と申しあげなさる。帝が、「その私の寿命が定めないことが悲しいのです。たとえ、あなたが来世に草木となったとしても、あなたが弾く琴の音をその草木によそえて、あなたがお弾きになる音を、草木に鳴く鳥の声としてお聞きいたしましょう。もし、あなたが草となったら、その草の中にいる虫の音としてでも、あなたが山となったら、その山に吹く風の音としてでも、あなたが海や川となったら、そこに立つ高い波の音としてでも、あなたの琴の音を聞きたいと思います」とおっしゃる。さらに、帝は、

「楊貴妃は、七月七日に、長生殿で、玄宗皇帝と比翼連理の契りを結び申しあげたのですから、あなたとは、今宵、この仁寿殿で、来世の契りをお結び申しあげましょう。長生殿で後世を約束して結んだ楊貴妃の契りより軽いものだと、けっしてお思いにならないでください」と、男女の仲は情愛深いものだということを話して、

「姫松に遊ぶ鶴の千年の寿命がさらに改まるほどの長い年月がたったとしても、同じ川辺
　の水となって一緒に流れていたいと思います。

あなたも、そういうお気持ちでいてください。私もまた、もちろんそういう気持ちでいます」とおっしゃる。尚侍は、『言出しは』ということがありますから、そういう気持ちでいることはできません」と言って、

「淵なのか瀬なのかも区別をすることはできないだろうと思いますが、飛鳥川は、その水
　の流れが途中でとどこおるのではないでしょうか。

と思うばかりです。それよりも、私は、『深き心を』とばかり期待しています」。帝は、「わかりました。それでは、試してみてください」と言って、

　白川を流れる水の淵と瀬のどちらの水がとどこおることなく激しく流れるのかと、一緒
　に流れて確かめてみましょう。

などとおっしゃる。

　そうしているうちに、帝が内膳司に前もって命じていらっしゃったので、とても贅を尽く

したお食事をさしあげる。浅香の折敷が四十、それに加えて、折敷の台と敷物はこのうえなく見事で、御器なども言うまでもなく立派である。同じように盛りつけた果物と乾物は、普通の食べ物ではあるけれども、とてもすばらしい。帝は、右近中将（実頼）や兵衛督（師澄）などに、「今夜ここで琴を弾いた人はとてもすばらしい人だから、あなたたちが、せっかくこうしてここにいらっしゃるのだから、やはり、内膳司の役を務め、少し心遣いをして、この人の食事を今すぐに調理せよ。果物なども、とても風情がある物を選んでさしあげよ」とお命じになっていたので、右近中将と兵衛督が、最高の技を尽くして、調理に熟練していると言われる人や殿上人などとともに、みずから俎に向かって、三四十人の美しくて嗜みがある女性たちを使って調理して出した料理は、まことに見事である。

尚侍が見事に琴を弾き終えて、夜が明ける前ごろに、内侍司の女官たち四十人が、全員正装して連れだって、四十の折敷を手に持って参上した。右大将（兼雅）の北の方がこうして尚侍におなりになるとすぐに、女官たちは、皆驚いて、急に、内教坊からも、そのほかのあらゆる所からも、髪上げをして正装した者たちが、大勢現れて、この折敷を受け取って運んで来る。典侍が食事の世話をなさる。その典侍は、とても家柄がいい人である。帝のそばにお仕えして、親王や源氏の世話をしていらっしゃる。源氏の娘である。このようにして、誰もが、尚侍のお供をして参内した侍女と女童などに、とても贅を尽くした贈り物をお与えになる。

三〇　兼雅、尚侍は自分の妻だと知り、饗の準備をさせる。

こうしているうちに、右大将（兼雅）は、帝の御前から下がって、食事などをなさっていた。そのうちに、琴を弾いて尚侍に任じられたのが自分の妻だと、すっかりおわかりになった。右大将は、「どういうことなのだろう。軽率で非常識に参内したものだ」とお思いになるけれど、このように大勢の人が見ている中に交わっても、右大将の妻として特に恥ずかしいこともなく、こうして何もかも備わっていらっしゃることで、ますます心が惹かれて、「后の宮をはじめ、大勢の方々が、『こんな妻を持っている人が、ほかの女性に思いを寄せることはないだろう』と思っていらっしゃる。実際に、やはり、見た目の美しさ以上に、披露した音楽の才能や、生んだ子などを見ると、まったく世間並みの人とは違ってお見えになる人だから、かえって名誉なことだ。でも、帝が、昔から、評判を聞いて思いをかけて、いつも手紙をお贈りになり、今でも、その思いを捨てることなく手紙を贈っていらっしゃるのだから、こうしておそばにいらっしゃる間に、帝が言い寄りなさるかもしれない」と思うと、心が落ち着かなくなって、尚侍を送って参内した、右大将殿の政所の別当左京大夫橘元行を呼び寄せて、「北の方が急に尚侍任官の饗宴をなさることになりそうだから、三条殿にすぐに戻って、その準備をしてください。北の方を送って、人々が必ずおいでになるだろう。女官たちが着くことになる所や、相伴の客人たちがお着きになる所などを、美しく飾りたてさせたい」とおっしゃる。元行が、「相伴の客人たちの御座所は、今回の相撲の節で右方がお勝ちになったらと思ってしつらえております。饗宴の際のお食事のことなどは、今回は、前もって心をとめて準備をしておりましたから、なんの心配もないと思います」。右大将が、「でも、それは、相撲の節で勝った時のための準備だろう。今回は、こうして急に帝の格別な配慮での宣旨によって実現したことだから、尚侍任官の饗宴などのことは、このうえなく立派なものにしたい。饗宴の際の食事については、格別にすばらしいものにしよう。ましてや、家柄がいい典侍などもおいでになるのだから、充分に心遣いをしたい。今の世の女官たちもいらっしゃるのだ。宰相の中将（仲忠）も準備のために帰ろうとしているが、北の方が退出なさる際に、宰相の中将がいなくては具合が悪いだろうから、おまえが代わって饗宴の準備をしてくれ」などと、とても細かい所まで指図して、三条殿に帰らせなさった。

三一　帝、十五夜の再会を約束する。

こうしているうちに、帝は、また、「尚侍への贈り物を、ぜひ、このうえなく立派なものにしたい」と思って、左大臣（季明）に、「この尚侍が退出する時に、ぜひ風情がある贈り物をしたいと思うが、その心用意もなく、急なことなので、特別なことができなくて、まことに申しわけない。蔵人所と内蔵寮のあたりに、少しはなやかですばらしい物があるだろう。それを持って来させてくださいませんか。あなたがこのことをご配慮ください。この尚侍は、風流を解する一族で、また、琴も巧みに弾く人です。心をとめて用意なさってください」とおっしゃる。后の宮や仁寿殿の女御なども、「少しであっても、ぜひ尚侍に贈り物をしたい」などとお思いになる。

　こうしているうちに、帝が、尚侍にいろいろとお話しなさるが、その機会に、「今夜あなたのもとでお仕えしている人の中に、掌侍として仕えるのにふさわしい人はいますか。今、私のもとで掌侍として仕えるのにふさわしい人が、一人足りないのです。少し思慮分別があって、掌侍の務めが充分に果たせられそうな人を、尚侍としての年官で任命なさってください。あなたが参内などなさった時に、そのまま、その掌侍に世話もおさせになればいい。今後、女官のことに関しては、どんなことでも、すべて、あなたが自由にお決めください。昔からこのように親しくなっていたとしたら、今は、后と申しあげていたでしょうに。とりわけ、仲忠の朝臣に匹敵するような親王は生まれなかったでしょうに。そうだ。これからはずっと、私の后と思うことにしましょう。これからも、時々参内してください。宮中でのご休息所は、ご希望なら、清涼殿であってもお譲りいたしましょう。私自身は建物の陰に住むことになったとしても、お望みの所はお譲りします。そんなふうに参内なさったとしても、誰も、不都合だと咎めはしないでしょう。ですから、これからも参内なさってください。右大将殿（兼雅）が制止したとしても、筋違いです。これからは、右大将殿の制止にも従いなさらないでください。従わなくても、かまわないと思います。右大将殿も、忌々しいとお思いにならないはずです。そんなことを気になさらないでください。かくてところをはさてのみやあらむ（未詳）」。尚侍が、「参内することを制止する人はおりません。理由もなく参内するならばともかく、尚侍として参内するのですから」。帝が、「あなただけでも参内する気持ちでいてくださったら、なんの問題もないでしょう。隠れた関係でいるから、こうしてびくびくすることになるのです。あなたへの思いは、昔から、何にもたとえるものがないほど深いので、今でも、その思いは変わりません。でも、今となっては、もうこれ以上、思っているだけでいることはできそうもありません。たとえ、私のこのように逸る思いが心変わりしない確かなものであったとしても、あなたが里にお帰りになったら、私はうかがうことができないでしょうから、あなたのほうから参内してくださったらうれしいと思います。『このままお帰りにならないでください』と申しあげたいのですが、今月は、あれやこれや、すすしき（未詳）ことがあります。来月の八月十五夜の日に、必ずお迎えいたします。『この約束が果たせなくならないうちに、必ず、八月十五夜に、胡笳の調べを弾こう』とお考えください」。尚侍が、「十五夜には、私ではなく、かぐや姫が参内するのがふさわしいと思います」。帝が、「私は、庫持の親王のように、蓬莱の山の玉の枝を贈って婿にしていただきましょう」。尚侍が、「子安貝は、おそばにあるでしょう」とおっしゃる。

三二　帝、蛍の光で、尚侍を見る。

帝は、「ぜひ、この尚侍の姿を見たい」とお思いになるが、「外からまる見えになるように御殿油を灯すのは気が進まない。どうしたらいいのだろうか」と考えていらっしゃると、帝のおそば近くに、蛍が三つ四つ連れだって飛びまわる。帝は、この蛍の光で姿は見えるにちがいないと思って、走りまわって、蛍をすべてつかまえて、袖に包んで御覧になるが、もっとたくさんあったほうがよさそうだったので、すぐに、「殿上童はそばにいるか。蛍を、少し探し求めよ。例の車胤の故事を思い出せ」とおっしゃる。夜が更けてしまったので、殿上童はおそばにいなかったが、仲忠の朝臣は、帝のお言葉をお聞きして、何をしようとなさっているのかがわかったので、水のほとりや草のあたりを歩きまわって、蛍をたくさんつかまえて、朝服の袖に包んで持って参上して、暗い所に立って、この蛍を袖に包んだまま息を吹きかける。すると、帝が、すぐにそれを見つけて、ご自分の直衣の袖に移し取って、袖に包んで隠して持って参上して、尚侍がおいでになる所の几帳の帷子をかぶるようにして身を入れてお話をなさる。その時に、その尚侍のすぐそばに、この蛍を近づけて、袖に包んだまま息を吹きかけなさると、蛍が薄い絹織物の直衣の袖にたくさん包まれているので、その光で、尚侍の姿があらわに見える。すると、尚侍が、「おかしなことをなさいますね」と言って笑って、衣が薄いので、袖の裏を通して光が見えますが、その浦には、涙に濡れて過ごしてきた海人が住んでいるのでしょうか。

と申しあげなさる。その様子は、上品で美しくて、口にした言葉は言うまでもなく、弾いてみせた音楽の才能も、また、とても見事ですぐれていて、その容姿も、また、ほかに例がないほどとても美しい。そのような人が、風情がある蛍の光にほのかに見えるのは、何にもまして、まことにすばらしかった。帝は、そんな尚侍を見て、ほかの誰にもたとえることができそうもないほどすばらしいとお思いになる。そこで、帝は、「長年の私の思いは、この蛍の光でわかると思います。

あなたは、長い年月涙に濡れて過ごしてきたとおっしゃいますが、私は、あなたを、こうしてほのかに見ることが、それだけでもうれしいのです」

とお答えになる。

帝が、尚侍のそばに来て、いろいろと心に染みる趣深い話をしていらっしゃるうちに、夜が明ける前ごろになってゆく。鳥が鳴き始めたりなどするので、帝は、『まれに逢ふ夜は』ということは、ほんとうだったのですね」などとおっしゃる。帝が、

夜が明ける前の親鳥の鳴き声を聞くことなく、雛鳥たちが同じ巣で寝ているように、私たちもこのまま一緒に寝ていることができる方法があればと思います。

と歌いかけなさると、尚侍は、

夢のような気持ちで宮中から帰って行く私は、この宮中は畏れ多くて自分には関係のないものと思って見ています。

とお答え申しあげなさる。そうしているうちに、夜が明けようとするので、尚侍が帰る準備をなさっていると、次第に日の光などが見える頃になってお急ぎになる。帝が、「お待ちください。いったい、今は、夜が明ける前なのですか。夜明け前のまだ薄暗い時分でも、日の光は見えるものですのに」と言って、几帳の外にいる右大将（兼雅）に、「右大将よ、今が、夜が明ける前なのか、夜が明けたのか、判定してお答えください」とおっしゃる。右大将は、「やはり判定することはできません。それでも、木綿(ゆう)つけ鳥が、『ひる（昼）』と鳴く声が聞こえます。どちらなのでしょうか。今でも、わけがわかりません」と言って、

「夜明け方とはいえ、まだ暗いので、夜が明けたのかどうかはっきりわかりません。そうはいっても、鳥は鳴きながら帰る準備をしています。

こんなお尋ねを受けて困っております」と申しあげなさる。帝は、笑って、尚侍のもとに来て、「お聞きください。右大将も、こんなふうに申していらっしゃいます。私は、鳥の声を聞いて、あなたへの思いがますますつのります」と言って、

ほのかに聞こえる鳥の声が、逢坂(おうさか)の関の木綿つけ鳥の声だと聞こえるのですから、私は、これからも、近いうちにあなたとお逢いできることを期待して待つことにします。

とおっしゃる。尚侍が、

「『逢坂の木綿つけ鳥』という名だけではあてになりません。逢うことができるという逢坂の関であっても、関守が許してくれないと越えることができないと聞いています。お話をうかがっても、やはり、理解できません」。帝が、「いやはや。まだ、お話しした効がないことをおっしゃるのですね」と言って、

「私はお逢いすることを期待していたのですが、逢坂の清水が浅くて掬うことができないように、あなたの思いが浅いためにまったく結ばれることができませんでした。私はあなたのことを思っていても、あなたは私のことを思ってくださらなかったのですね」

とおっしゃる。

尚侍は、それでも退出しようとなさる。

三三　左大臣季明・后の宮・仁寿殿の女御、尚侍に贈り物をする。

左大臣（季明）は、帝から依頼があったので、蔵人所から、蒔絵の御衣櫃二十を取り寄せなさる。その台と覆いと、担うための朸なども、言うまでもなくすばらしい。それに、作物所を管理している者がお作りして、さらに、左大臣家にお仕えしている名工たちに手を加えさせなさったいくつもの唐櫃に、左大臣が、「紋様の美しい綾は、この唐櫃の飾りに。見事な錦などは、この唐櫃の覆いに」と思って、長い年月をかけて選りすぐって調えて用意なさっていた、風情があるさまざまな物も、すべて尚侍への贈り物になさる。それに加えて、蔵

人所にある、唐の国の人が来朝する度に唐物の交易をなさって、唐の国の人が上京する度に納められた、このうえなくすばらしい綾や錦や、格別にすばらしい香も、すべて、この唐櫃に選り分けてお入れになる。また、帝が、大切なすばらしい催しがあった時のためにと思って、櫃と掛籠に積んで、蔵人所に納めておおきになっていた物も、左大臣は、「帝が、長年、急にすばらしい催しがあった時のためにと思って用意なさっていた物だが、この世に、今夜の贈り物にする以上にふさわしい機会は、またとないだろう。これをのがしたら、いつその機会があるだろうか。何はともあれ、俊蔭の朝臣の娘である。夫は、右大将で、すぐれた人だ。その尚侍が弾いたのは、俊蔭の朝臣の生前の琴である。この世に、これ以上のすばらしいことは、いつあるだろうか。これを、今夜の尚侍への贈り物にしよう。私の判断でそうしても、お叱りを受けないだろう」などと思って、蔵人所に納められていた物を御衣櫃十掛持って来させて、もう十掛の御衣櫃に、内蔵寮のこのうえなくすばらしい絹ばかりを選び出して入れ、また、五掛の唐櫃の内に、とても美しい綾と錦ばかり五百疋、もう五掛の唐櫃には、雪が降ってきてかけたような、五尺ほどの広さの畳綿を五百枚選り分けてお入れになる。蔵人所の十掛の御衣櫃には、綾・錦・花文綾、また、さまざまな香は、麝香・沈香・丁子香など、あらゆる種類のものが入れてある。麝香も沈香も、唐の国の人が来朝する度に選んで残しておおきになった物で、その蔵人所の十掛の御衣櫃も、朸・台・覆いも、言うまでもなく、ほんとうにとても見事で、左大臣は、御衣櫃に朸をつけて担げるように準備して控えていらっしゃる。

后の宮からは、作物所を管理している同じ志津川仲経が作った蒔絵の衣箱五具に入れてお贈りになる。夏の装束は夏の、秋の装束は秋の、冬の装束は冬の蒔絵を施した衣箱に入れてあって、どの装束も、言葉に尽くせないほど美しい。裳は、形木で紋様を摺りつけた物も、また、色を染めた物も、このうえなくすばらしい。唐衣や表着なども、言うまでもない。これまで見たこともないような紋様に織ってある。これも、后の宮が、「このような物が、急に必要になるかもしれない」と思って、どれも見事に用意なさっていたものであった。これをいくつもの衣箱にお入れになる。入帷子や包みなども、まことに美しい。綾を入帷子にして、また、緑色の絹織物の海賦の紋様の綺を包みにしている。どれも皆、唐物を用いている。

ほかには、大勢の女御たちの中で、仁寿殿の女御だけが贈り物をなさった。尚侍にお贈りするのにふさわしいすばらしい物は、やはり、ほかの女御たちは、里から持って来させることがおできにならない。今夜の尚侍への贈り物は、今の世で身分が高い人であっても用意することがおできにならないが、そうはいっても、仁寿殿の女御は、あの左大将（正頼）が大切になさっている娘なので、里から持って来させなさったのだった。白銀で組まれた、組み目がとても見事な透箱である。一具には、組み目を秋の山の装飾にして、野には、草や花、蝶や鳥を、山には、色とりどりの木の葉や何羽もの鳥を配したりなどしている。その様子は、まことに風情がある。一具には、組み目を、同じようなとても趣がある、夏の野山の装飾にして、山には緑の木々、野には何羽もの鳥が集まって飛びまわっている。山を流れる川の趣、水鳥が浮かんでいる様子、虫が木の枝にとまっている様子などは、ほんとうに見事で、美しく、すばらしい趣向をこらしていて、組み目を、その山里に住んでいる人の思いなどがはっきりわかるように装飾にしてあり、すばらしい。もう一具の透箱には、組み目を、趣がある春の海の趣向で、桜などが生い繁っているいくつもの島などの風情や、海に浮かぶ何艘（そう）もの船など、これまで見たこともないようなとてもおもしろい装飾にしてあり、その台にする白銀の高坏（たかつき）を金の漆で塗って、その高坏の脚（あし）にも面（おもて）にも、同じように趣がある物の形や、風情がある物の様子などが描きつけてあって、まったくこの世で普通にあるものではない。その透箱に、装飾の品々は、言うまでもなく、なんとも言えないほど美しくて、夏用と冬用の装束を入れて、その透箱の敷物と上の覆いや、その覆いの上を組紐（くみひも）で結んである様子は、まことに洗練された感じで、配慮がいきとどいている。ほかの二つの透箱には、櫛（くし）の調度や、仮（す）髻（え）・蔽髪（ひたい）をはじめとして、釵子（さいし）・元結（もとゆい）・櫛などが入れてあり、その調度は、言うまでもなく見事で、台にする高坏を六つ用意なさった。

沖つ白波

この巻の梗概

この巻には、六月と八月の内容が語られていて、「内侍のかみ」の巻の七月を挟むようになっている。「内侍のかみ」の二つの巻と、前の「あて宮」の巻、および、次の「蔵開・上」の巻との年立は不明である。

六月、源正頼は、藤原仲忠と源涼をはじめとするあて宮の求婚者の処遇について、妻大宮と相談する。八月になると、朱雀帝の宣旨によって、仲忠と女一の宮、涼と正頼の十四の君（さま宮）の結婚が決まり、結婚三日目の十五夜には帝の御前に召されて、清涼殿で宴が催され、仲忠と涼の琴の演奏が行われた。その夜、除目があり、仲忠と涼は中納言に昇進した。正頼は、さらに、兵部卿の宮、平中納言、藤原兼雅、源実忠の四人を婿取ろうとするが、兼雅と実忠の二人が辞退したために、十の君以下に、平中納言、良岑行正、兵部卿の宮、藤英が婿取られた。女一の宮と結婚した仲忠を含めて、婿たちは、皆、正

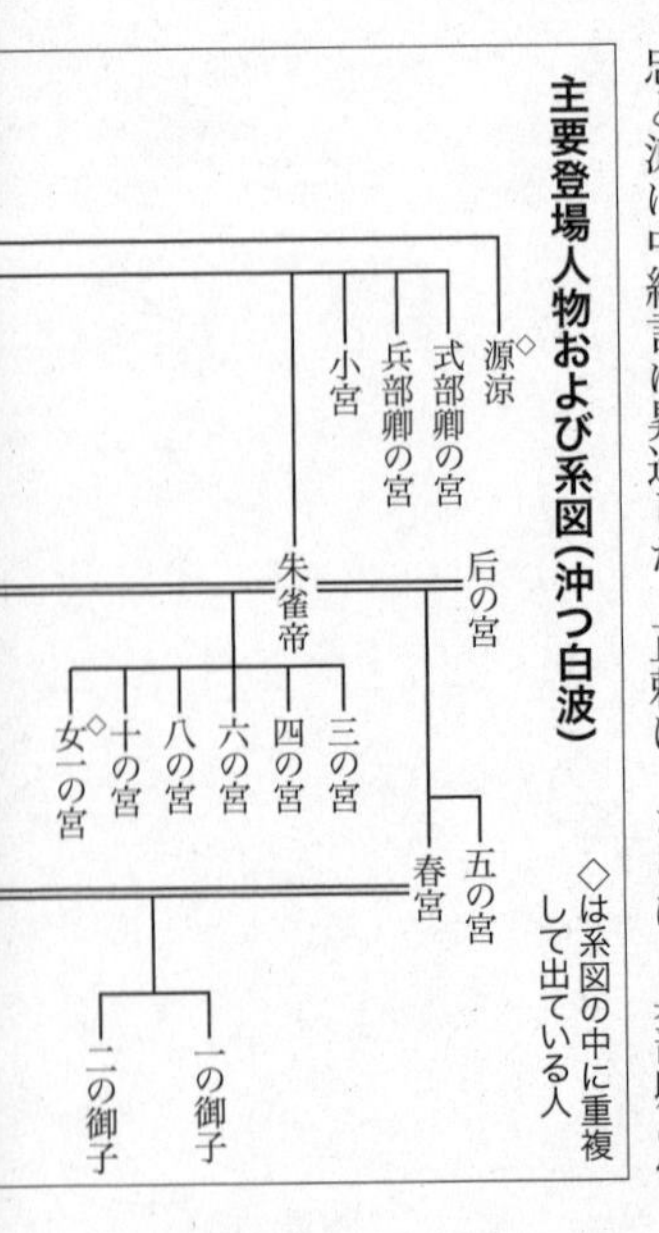

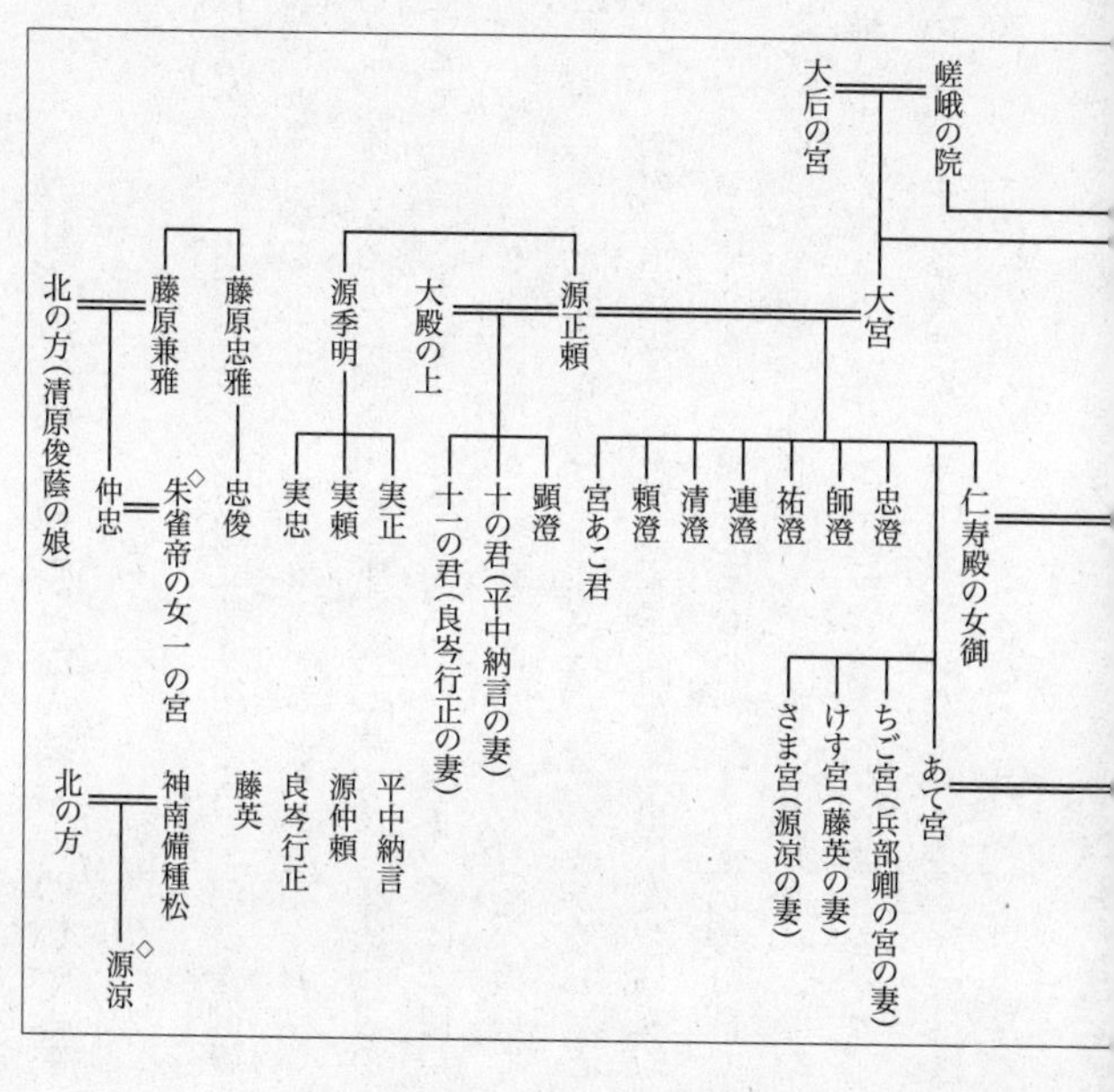

頼の方針によって、正頼邸に住まわされた。

なお、この巻には、底本をはじめ、諸本に共通して、巻末に、「春日詣（かすがもうで）」の巻の巻末部分が重複して存在するが、本来この巻にあるべきものではないので、この巻からは削除した。

一 六月ごろ、帝、仲忠と涼の結婚について悩む。

六月ばかりに、内裏の帝、仁寿殿に渡り給ひて、大将の女御の君と御碁遊ばしなどするに、大将のおとど参り給へり。上おはしますとて、隠れたる方に候ひ給ふ。上、召し出でて、ものなどのたまはせて、「暇文出だされて久しくなりぬと聞きつるは、何ごとぞ」。大将、「侍り所に、ほとほどしく侍りつるを見給へ扱ひてなむ」。上、「さらに聞かざりけり。先つ頃、『見にまかでむ』とありしを、例の、里住みせられまほしき時は、『里になむ悩み給ふ』と、ここもかしこもものせらるれば、身にも、この度は許し申さざりつるは、まことにこそあれ。すべて、空言し馴らはし給へる罪にこそあれ」。大将、「かしこにも、『殊なることなくは、なまかで給ひそ。参りまかでするもわづらはし』などのたまふを、いかなれば、さ侍らむ。もし、候ふに効なき心地やし侍らむ」。

一 以下の六月の場面は、年立の上では、「内侍のかみ」の巻に先立つ。
二 「大将の女御の君」は、左大将源正頼の娘の仁寿殿の女御。
三 「侍り所」は、「侍る所」に同じで、ここは、妻大宮をいうか。この部分は、「内侍のかみ」の巻【三】注一以下の孤立文と関係があるか。
四 「ほとほどし」は、危篤だの意。
五 私も。
六 「かしこ」は、妻大宮をいう。
七 「煙のたとひ」は、「火のない所に煙は立たない」などの諺をいう。
八 「なほ」を「涼が本意」以下に係ると解した。「涼・仲忠らが禄はいかにぞや」「など」は、挿入句。

帝、うち笑ひ給ひて、「煙のたとひもあれば。さも知らずかし。なほ、涼・仲忠らが禄はいかにぞや、など、涼が本意の違ひにたる心地のする」。大将、「今、この八月ばかりにとなむ思ひ給ふる。涼の朝臣には、しか思ひ給へしを、春宮より、宣旨なかりし前より、『奉れ』と仰せられしを、かかる宣旨なむあると聞こしめして、『なほ参らせよ。そのよしは奏せむ』と仰せられしかばなむ、参らせ侍りしを、その代はりにと思ひ給ふる者の小さく侍るほどに、今まで怠り侍りつる」。帝、「同じことにこそはあなれ。かの人をこそ、ありがたく聞こえしか。ここにも、かの源氏を、さしも思はざりしかど、惜しきものおぼえざりし夜なりしかばなむ。太子のさものせられむには、いかでかは、さあらざらむ」。大将、「今侍る者、かれに劣り侍らず」。上、「うるさきことかな。この度も危ふしや。『もどきし我ぞ』とか言ふを」などのたまはせて、女御の君に、「今宵だに参上り給へ。常に、さ聞こゆれど、上渡りをこそもの憂がり給へ」などておはしましぬべし。


九「吹上・下」の巻【二】の神泉苑の紅葉の賀での宣旨に、涼にはあて宮、仲忠には女一の宮とあった。

一〇 宣旨どおりにあて宮をと思っていましたが。

一一「かの人」は、あて宮。

一二「夜」は、神泉苑での紅葉の賀の夜のことをいう。

一三「太子」は、春宮。ここにだけ見える呼称。

一四 反語表現。「さあらむ」の強調表現。

一五「危ふし」は、あて宮の妹君に求婚者が殺到して心配だの意か。

一六「もどきし我ぞ」は、『後拾遺集』恋四「あぢきなしわが身にまさるものやあると恋せし人をもどきしものを」（曾禰好忠）による表現か。前に、恋する人を非難した私だが、恋をしてみて、その気持ちがわかった。

女御、参上り給ふ。

「仁寿殿の女御おはします。御歳[一七]二十五。御子たち八所生み給へり。御達多かり。帝おはします。御碁遊ばす。大将、候ひ給ふ。」

二　正頼、大宮と、娘たちの婿の相談をする。

かくて、おとどまかで給ひぬ。宮、[一]「など、今までまかで給はざりつる」。おとど、「仁寿殿にまうでたりつれば、おはしまして、もののたまはせなどしつれば。かの中将たちのことをぞのたまはせつる。源中将のこと違へたるやうにのたまはせつる、いとほしきこと」。宮、「[二]さまこそ、劣らず生ひ出でためれば、それをこそものすべかめれ。藤中将にこそ、娘一人取らせて、子出で来ば、琴継いでもせさせむと思ひつれ。[三]さるは、この筋は離るまじかなり」。おとど、「上も、と[四]思ほして、御心とどめて、もののたまふにこそあめれ。[五]うるさき人の幸ひなりや。同じき皇女たちと聞こ

一七　女御の年齢、不審。「藤原の君」の巻【四】には、「男四人、女三人、七人の宮たちの御母にて、一の女御、歳三十一」とあった。女御は、「嵯峨の院」の巻【三五】と「菊の宴」の巻【四】に懐妊のことが見え、「蔵開・上」の巻【三五】に、「四つばかり」の十の皇子が登場している。

一　以下の部分は、「内侍のかみ」の巻【六】注三参照。

二　「さまこそ」は、大宮腹の十四の君。さま宮。「内侍のかみ」の巻【六】注一九参照。

三　底本「ありはみものすちは、なるましなり」。ここを、「内侍のかみ」の巻【六】の「それもこの筋は離れじとこそ思ほゆれ」と同様の発言と解して校訂した。

ゆる中にも、六心殊に思ほしたりつるを。源氏の中将も、殊に劣らぬ人にしも。容貌（かたち）も才（ざえ）も、官爵（つかさかうぶり）も同じごと。ただ七勢ひなるのみなむ、思ふにはあらぬ。[7]すべて、女子（をんなご）の多かるは、すべきことぞ多かるや。八こなたのもあなたのも、子どもの九よきほどになりにたるを、例のこれかれに一〇奉りては、いかが思す」。宮、「そこにも、いかが思す。よろしかるべくは、はやせさせむかし」。おとど、「あてこそにものたまひける人をばほかに住ませじとなむ思ふ。[8]一一ちごこそは右大将ぬしに、けすこそは兵部卿の宮に、あなたの二人をば、姉にあたるをば平中納言、いま一人は[9]源宰相にとなむ思ふ」。（大宮）「源宰相をば、こなたにとこそ思へ。あてこそのまだ[10]何心もなかりし時、心ざしありて言ひ歩き（あり）給ひしものを。いかに思ひ給ふらむ」。おとど、「さらば、兵部卿の宮にも変へむかし」などのたまふ。


四「と」が受ける具体的な内容を省略した表現。

五「うるさし」は、すばらしいの意。

六 女一の宮のことを。

七「勢ひ」は、財力の意。

八 大宮腹の姫君も大殿上腹の姫君も。

九「よきほどになる」は、結婚するのにふさわしい歳ごろになるの意。

一〇 あるいは、「奉りてむは」の誤りか。

一一「ちごこそ」「けすこそ」は、大宮腹で、あて宮（藤壺）の同腹の妹。「内侍のかみ」の巻【六】には、大宮の発言として、「そでこそは右大将の見給ばむによく、ちごこそは兵部卿の見給ばむにこそはよからめ」とあった。

三　八月十三日、仲忠と涼、結婚する。

かくて、[1]極熱(ごくねち)の頃は、誰も誰も、をさをさ内裏(うち)へも参り給はず[一][2]籠もりおはしますに、八月になりて、[二]大将殿の御婿取りのこと近くなりて、仲忠の宰相の中将に女一の宮、源氏の中将にさまこそ[三]君、[四]これは宣旨(せんじ)にて賜ふ、私に、[五]あなたの御腹の[3]十の君をば兵部卿の親王(みこ)に、十一の君平中納言に、こなたの十二の君をば右大将のぬし、十三の君は源宰相に[4]と思して[5]、御方々よりはじめて、御調度・御装束(さうぞく)、上下(かみしも)、仕まつり人まで、容貌(かたち)清げに、心調へさせ給ひて、皆、御消息(せうそこ)聞こえ給ふ。ある限りの人、さらに聞き入れ給はず。誰も誰も、あて宮の御方に深き心ざしありき、参り給ひ[六]てほどもなく、異心(こと)ありとや思ほされむなど思す中に、源宰相は、かけても聞き給へば、本意[6]なく悲し[7]と思ほす。

おとど、宮(正頼)に、「この人々、皆、心行かず思したためり。何か、

一　底本「おはしまさふ」。「おはしまさす」の誤りと見る説もある。

二　七月のことが語られていない。七月のことは、「内侍のかみ」の巻に語られている。【二】注一参照。「内侍のかみ」の巻【三八】の帝の発言に、「府の大将を、八月の頃ほひになりなば、『緑遅し』と責め申せ」とあった。

三　さま宮。「さまこそ君」の呼称は、この巻にだけ見える。

四　挿入句。「内侍のかみ」の巻【三】には、「(仲忠に)その今宮をやは取らせ給はぬ」、【六】には、「なほ、さまこそは、涼の朝臣にものせられよ」とあった。いずれも帝の発言である。

五　十三の君の婿を兵部卿の宮から実忠へという変更

さあらむを、しひて申さむ。あてこそにものたまひし人々は、ここにあらむと思すかと思へども、七あしこならぬをば、否と思すなるをば、いかでかは、あまたの人々に一人をば奉らむ。さて、八この二人の宰相たちをば、天下（てんげ）にのたまふとも、強ひ申すべし。

九内裏（うち）より、日を取りて、下し賜はせて責めさせ給ふことをば、はかなき私事（わたくしごと）にて破るべきにてはあらず」とて、一の宮の住み給ひし中のおとどに、造り磨き、御座所（おましどころ）をしつらはれたること、綾（あや）・一〇緋（ひ）どもして飾り、候ふべき人、皆、髪長く、容貌（かたち）・心は定められて、八月十三日に婿取り給ふ。一一中将たち、心にもあらで婿取られ給ひぬ。

四　八月十五日、内裏で結婚の祝宴が行われる。

十五夜の夜（よ）、三日にあたるに、その夜（よ）、内裏（うち）より、一大将殿に、「その婿たち率（ゐ）て参れ」とあり。驚き給ひて、宰相の中将たち、

に応じて、十の君の婿も平中納言から兵部卿の宮へと変更された。

六 あて宮が春宮のもとに入内していくほどもたたないうちにの意。この巻は、「内侍のかみ」の巻と同じ年で、あて宮の春宮入内の翌年か。「内侍のかみ」の巻【一八】注八、【三八】注三参照。

七 「あしこ」は、あて宮（藤壺）をいう。

八 「この二人の宰相たち」は、仲忠と涼をいう。

九 帝が、（結婚の）吉日を選んで、宣旨を下して催促なさったことを。

一〇 「緋」は、緋色の練り絹。

一一 仲忠と涼は、宰相の中将である。

一 「大将殿」は、左大将源正頼。

上達部・親王たち引きて参り給ふ。

御前に、ある限り候ひ給ふ。皆、御物語して、御遊びなどし給ふほどに、尚侍の殿より、宰相の中将の小さくより習ひ、尚侍に俊蔭も習はし[二]細緒[2]、「とどめ候はれたる手やある」[3]とて奉れ給へり。右大将殿、取り次ぎて、「里より、かくなむ」とて取らせ給ふ。仲忠、「げに、とどむべくこそ侍りけれ」[4]とは聞こゆるものから賜はりぬ。かくて、[三]涼の宰相のもとに、[四]弥行が唐土より持て渡りたる、[5][五]南風やうの琴、十三千といひて、波斯風と等しき琴あり、それを、[六]紀伊守の北の方、里より、種松を使にて、「忘れ給ひにたらめど、今宵は思し出づや」とてなむ奉れたる。[6][七]左衛門督の君、取り次ぎて[7]、「里より、かくなむ」とて奉り給ふ。涼、「げにや[8]。かかる物侍りけることをさへ忘れ侍りにけるかな」[9]とて賜はる。それよりはじめて、上まで[八]御唱歌して、帝、「遅しや」とのたまふ。

涼・仲忠、久しくありて、楽[10]、心とどめて仕まつる。[九]神泉の南

二 細緒風。伝授する者が弾く秘琴だった。「俊蔭」の巻【一九】に、「龍角風をば娘のにす、細緒風はわがにて」、【四〇】に、「龍角風をばこの子の琴にし、細緒をば我弾きて習はすに」とあった。

三 以下「琴あり」まで挿入句。

四 丹比弥行。「吹上・下」の巻【三】注二参照。

五 「南風」「波斯風」は、天人が名づけた秘琴。「俊蔭」の巻【一】注二、注三参照。また、底本「十三千」は、琴の名だが、読み方はわからない。

六 「紀伊守」は、神南備種松。

七 「左衛門督の君」は、右大臣藤原忠雅の長男忠俊。

八 「菊の宴」の巻【三九】にも、「万歳楽の所に御唱歌して待ち奉る」の表現があった。

風は、驚かしく凝しく[一〇]て、今宵の細緒風は、高く厳めしく響き、静かに澄める音出で来て、あはれに聞こえ、細き声、清涼殿の清く涼しき十五夜の月の隈なく明かきに、小夜更け方に、おもしろく静かに仕うまつる。帝よりはじめ奉りて、涙落とさぬ人なし。

五　祝宴での詠歌。人々、昇進する。

上、「今宵は、など[一]いふ例を求めじ」とのたまひて、仲忠の宰相に御かはらけ賜はすとてのたまはす。

帝[二]　撫で生ほす松の林に今宵より千世をば見せよ鶴の群鳥

仲忠、

[三]　松陰に並み居る鶴の群鳥も世々をば誰と思ふものぞは

左大将、取り給ひて、涼の宰相に参り給ふとて、

正頼[四]　住の江の数にもあらぬ姫松を雲居に遊ぶ鶴いかに見む

宰相、

九　仲忠は、神泉苑の紅葉の賀で南風の琴を弾いた。「吹上・下」の巻【一〇】参照。

一〇　「凝し」は、柔らかみに欠けていて険しいの意。

一　先例を求めずに、これを新しい例として後世に残そう。最大級の賛辞である。

二　「松の林」に女一の宮たち、「鶴の群鳥」に仲忠たちをたとえ、結婚を寿ぐ。『風葉集』賀「右大将仲忠に、女一の宮許させ給ひて、三日の夜召して、御かはらけ賜はすとて　朱雀院御歌」。

三　「松陰」に女一の宮たち、「鶴の群鳥」に自分たちをたとえる。

四　「数にもあらぬ姫松」にさま宮、「鶴」に涼をたとえる。

右大将、

（涼）五 長き世を譲る鶴こそ[2]数知らね岸の松をばいかが数へぬ

（兼雅）六 葦原(あしはら)の鶴の数とも見ぬものを雲居近くも声のするかな

とて、式部卿の宮に参り給ふ。[3]

（式部卿）七 結びつる岩根の松は年を経て涼しくのみも思ほゆるかな

左大臣、

（季明）八 姫松をねたく見るらむ葦鶴(あしたづ)はおのが齢(よはひ)に老いやますとて

右大臣、

（忠雅）九 祝ふめる鶴の卵子(かひご)は今宵よりかへるかへるや千世をますらむ

兵部卿の親王(みこ)、

一〇 なよ竹の繁(しげ)れる宿に円居(まとゐ)してただ世に添へむ数は知るやは

民部卿、

（実正）もろともに千世をぞあまた数(かず)へつる磯なる亀も難く見るまで

などのたまひて、御遊びし給ふほどに、夜いたう更けぬ。

帝(みかど)、「かくここに御詩(ふみ)一一あるとも知らで、[4]里に待ち遠なる心地せ

五 「鶴」に涼自身、「岸の松」にさま宮をたとえる。

六 「葦原の鶴」に仲忠をたとえる。「数とも見ず」は、「数にもあらず」に同じ。「雲居近く声す」は、内親王の婿となったことをいう。

七 「岩根の松」は正頼家の婿となった自分たちを、「涼しく思ほゆ」は、松が枝を広げるの意で、子孫が繁栄することをいう。

八 「姫松」に仲忠と涼、「葦鶴」に自分たちをたとえるか。『風葉集』賀に、注二の帝の歌に続けて、「源のおほきおほいまうち君」として載る。二句「ねたく見るらし」。

九 「鶴の卵子」に、仲忠・涼夫婦をたとえ、「かへる」に「孵る」と「返る」を掛ける。

一〇 「なよ竹の繁れる宿に円居す」は、正頼家の婿と

らるらむものを、その罪代（つみしろ）には喜びをしてよ」[一二]とのたまうて、左大臣は太政大臣（だいじやうだいじん）に、右大臣は左大臣に、右大臣に左大将[5]、大納言に左衛門督（さゑもんのかみ）、中納言に涼・仲忠[6]、権中納言[一三]に忠澄（ただずみ）、左大弁に師澄（もろずみ）、宰相に祐澄（すけずみ）、宰相の中将[一四]に行正となされぬ。九人[一五]し給へる喜び、七人[一六]は、連ねて[7]、右大臣殿にまかで給ひぬ。

六　仲忠、父兼雅に昇進の報告をする。

藤中納言、まづ右大将ぬし[一][1]に喜び申し給ひに、二条の大路（おほち）より三条殿に別れ給ふ。左右のおとどよりはじめて、御車静かに促しとどめて待ち給ふほど[2]、父おとど、まかで給ひて、今宵のことなど聞こえ給ふほどに、中納言拝し奉り給ふ。父おとど、（兼雅）「何か。さらに」などのたまふ。中納言、（仲忠）「思はずに、かかる喜びの侍るをなむ」。おとど、「そが、いとうれしきこと」など申し給ふ。中納言、「候はむとするを[3]、これかれ車とどめられたればなむ」と

なったことをたとえる。

一一　底本「御ふみ」。別に、作詩のことがあったか。

一二　あるいは、「してよ」は「してむ」の誤りか。

一三　忠澄は、左大弁からの転任。師澄は兵衛督に左大弁、祐澄は中将に宰相を兼任する。

一四　行正は、「内侍のかみ」の巻【三】に、左近少将だったことが見える。

一五　右の昇進者は、十人。【一〇】の「絵解き」注八には、大納言になった藤原忠俊が見えない。

一六　「九人」の内、三条の院に住まない、源季明と行正を除く人々をいうか。

一　仲忠の父兼雅。兼雅は、一行より先に退出して、三条殿に戻っていた。兼雅は、この時昇進しなかった。

て急ぎて出で給ふに、尚侍の殿（ないしのかん）、うれしきにも、[二]まづ悲しく思さるれば、おとどに、かく聞こえ給ふ。

俊蔭の娘[三]　身を捨つと思ひしものを岩の上の松の種ともなりにけるかな

おとど、

[四]「生ひ出でて木（こ）高き松を見る時は身を捨てたるもうれしかりける

いみじく思ほえしも、[4]今日なむ慰みぬる」と聞こえ給ふ。

[5][右大将殿。おとど・尚侍（かん）の君、物語し給ふ。大人、三十人ばかり候ふ。」

[6]かくて、藤中納言待ちつけて、[五]大殿（おほとの）に、七所（ななところ）ながら連ねて参り給ひぬ。

七　三条の院で、昇進の宴、大臣大饗が催される。

かくて、[一][1]北のおとどの東面（ひんがしおもて）に、[二]宮の御前（まへ）に並み立ちて拝み奉

二 尚侍は、両親が亡くなった後一人残され、仲忠が生まれた後は仲忠と二人で貧しい生活をしていた昔のことを思い出したのである。

三 「岩の上の松の種」は、仲忠をたとえる。参考、『拾遺集』雑賀「岩の上の松にたとへむ君々は世にまれらなる種ぞと思へば」（藤原道長）。

四 「生ひ出でて木高き松」は、成長した仲忠をたとえる。

五 「大殿」は、正頼の三条の院。

一 「北のおとど」は、三条の院の東北の町の北の対。正頼と大宮夫婦が住む。

二 大宮。正頼の妻。

三 今日の昇進のお礼は、特にこちらに申しあげなければならないのです。大宮腹の十四の君さま宮が涼、

り給ふ。宮、（大宮）「いとかしこし」と聞こえ給ふ。おとどたち、「[三]今日の喜びは、こなたにのみなむ聞こえさすべき」とて、皆入り給ひぬ。

藤中納言・源中納言、[四]饗(けう)の方にて、物参り始む。[五]誰も誰も、まだ見え給はず。御膳(おもの)参りたる儀式、清らになまめきたり。藤中納言、[六]靫負(ゆげひ)の君を御使にて、（仲忠）「ただ今なむまかでつる。[七]喜びなども聞こえてしかな。渡り給ひぬべしや」など聞こえ給へり。宮、（女一の宮）「喜びは、ここにも、うれしくなむ。ただ今悩ましくて」など聞こえ給へり。中納言、「常にかくのみのたまはせむずらむな」と[八]て。

太政大臣(おほきおほいどの)の御大饗(だいきやう)の所に、左右のおとどよりはじめて参り給ひぬ。

明くる日、[九]殿にて、[一〇]左のおとど大饗し給ふ。[一一]あるじのおとどもし給ふ。おもしろく厳(いか)めしきこと、言ふばかりなし。

大宮の孫である女一の宮が仲忠と結婚したことによって昇進したためにいう。
四　底本「けうのかた」を「饗の方」と解した。新婚三日の夜の儀式を、昇進後の饗応とともに行ったの意か。
五　女一の宮もさま宮も。
六　「靫負の君」は、女一の宮づきの侍女か。ここにだけ登場する。
七　昇進の報告なども申しあげたいと思います。
八　接続助詞「て」でとめた表現。
九　「殿」は、正頼の三条の院。
一〇　左大臣藤原忠雅は、正頼の六の君の婿として三条の院に住んでいるので、三条の院で任大臣の大饗を行うのである。
一一　「あるじのおとど」は、右大臣となった正頼をいう。

八　仲忠と女一の宮、涼とさま宮の結婚生活。

かかるほどに、藤中納言[一]は左衛門督・非違の別当[二]かけ、源中納言は右衛門督かけつ。藤中納言は、中のおとど[三]に住み給ふ。帝・殿[四]の御労りにて、豊かにて経給ふ[1]。源中納言は、異町面[五]に、金銀・瑠璃、綾・錦して造り磨きて、七つの宝[六]を山と積み、上中下、花のごと飾りて、あるが中に勢ひて[七]住み給ふ。

かくて、一の宮[2]もさまこそ君も、御容貌もし給ふわざも、あて宮に殊に劣り給はず、めでたく清らに、誰も誰も[八]御心ざし深くめでたきものから[九]、なほ、かの中納言たち、厳めしく[一〇]もてかしづき、帝の居立ちて[3]労り、年に二度三度の司召しになり上がり給へども、宮の君[一一]に疎かに思されぬること、世にあらむ限りは、異心なく、心ざしをだに見え奉らむと思ひつる[4]ものをと思ひ嘆くこと限りなし。


一「藤中納言」は、仲忠。

二「非違の別当」は、検非違使の長官。中納言または参議で、衛門督や兵衛督の兼官が多い。

三「中のおとど」は、三条の院の東北の町の寝殿。もともと女一の宮があて宮たちと住んでいた所である。

四「殿」は、正頼。

五 涼が住んだのは、東南の町の西北の対。【四】参照。

六「七つの宝」は、「七宝」の訓読語。金・銀・瑠璃・玻璃・硨磲・珊瑚・瑪瑙の七種。ただし、経典により異同がある。

七「勢ふ」は、富み栄える、豪勢な暮らしをするの意。

八「誰も誰も」は、仲忠も涼も、「御心ざし」は妻への愛情の意。

九「めでたきものから」

九　あて宮から女一の宮のもとに手紙が届く。

[1]そがうちにも、藤中納言は、[一]参り給はざりし時にも人よりはいらへのたまひ、宮にても時々聞こえさせなどせしを思ひつつ、心魂もなく嘆くこと限りなくて、一の宮とも、時々、事のついでに、かの御ことを聞こゆるほどに、宮の君の御もとより、一の宮に、かく聞こえ給へり。

（あて宮）「久しくなりにければなむ。日ごろのもの騒がしく思すらむに、静かにと思ひ給へ[2]つるほどになむ、今までになりにける[3]。

[二]筑波嶺（つくばね）の峰までかかる白雲を[4]君しもよそに見るは何なり

[三]かの物懲りせし夕暮れこそ思ほゆれ」

など聞こえ給へり。

宮、見給ひて、うち笑ひ給ふ。中納言、（仲忠）「何ごとならむ。見給へばや」と聞こえ給ふ。（女一の宮）「あらずや」とて見せ給はず。[四]手を擦（す）る

は、「思ひ嘆く」に係る。
一〇　正頼がとても大切に世話をし。
一一　「宮の君」は、春宮妃となったあて宮をいう。あて宮のこの呼称は、この巻にだけ見える。

一　あて宮が入内なさる以前にも。
二　「筑波嶺」に女一の宮、「白雲」に、女一の宮に対する仲忠の愛情をたとえるか。参考、『信明集』「年を経て君に思ひをつくば山峰を雲居に思ひやるかな」。
三　仲忠に琴の合奏を聞かれた時のことをいう。「祭の使」の巻【三五】参照。
四　「手を擦る」は、掌を擦り合わせて拝むようにすること。懇願の気持ちを表す。

擦る聞こえ取りて見るに、心魂惑ひて、いとをかしく思ふこと昔に劣らず、思ひ入りてものも言はず。宮、をかしと思ほして、御返り聞こえ給ふ、

（女一の宮）「日ごろは、げに、おぼつかなきまでなりにけることをなむ。いでや、筑波嶺は、『陰あれども[五]』となむ見ゆる」

とて、

（女一の宮[六]）峰高み夢にもかくはしら雲を今も谷なるものとこそ見れ

と聞こえ給ふ。

中納言、「かの御方にもの聞こえし限り、魂の静まる時なかりしうちに、[七]いみじき秋の夕暮れこそありしか、ほのかに見奉りし[八]かば、静心なく思ほえしかば、近くだにとて参り来たりし夕暮れに、月見給ふとて御琴[九]遊ばししに、死に入りて、身のいたづらにならむこと思ほえず、片時世に経べき心地もせで、せぬわざわざしつべき心地こそせしか。今まで生きて巡らひ、さる過ちせずなりにけるは、かくても候ふべきにこそありけれ」。宮、（女一の宮）「『難し』

五 『古今集』東歌「筑波嶺のこのもかのもに陰はあれど君が御蔭にます陰はなし」。今でも、「あて宮さま以上の方はない」と思っているようです。

六 「白雲」の「しら」に「知ら（ず）」を掛ける。「峰」にあて宮、「白雲」に仲忠のあて宮への思いをたとえる。「谷なるもの」は、仲忠がそれを心に秘めていることをいう。

七 挿入句。あれはすばらしい秋の夕暮れのことでしたね。

八 この「ほのかに見奉りし」時がいつのことかは語られていない。

九 「祭の使」の巻【三六】では、あて宮は箏の琴、女一の宮は琵琶を弾いていた。

一〇 底本「このむねせす」。「この胸狭に」の誤りと見る説に従った。悲しみで胸

と言ふやうにも、はた」。中納言、「[一〇]『この胸狭[6]に』と言ふ心地なむ」とて、「昔だに人惑はし給ひし御琴[7]、[8]いかになりにたるらむ」。宮、「音調へぬ琴を手まさぐりに搔き鳴らししを、人聞きけりとて、それより、かの君もここにもせずなりにしかば、それだに[一一]忘れなむしにける」とのたまへば、中納言、うち笑ひ給ひて、「仲忠心地惑はすばかりは遊ばすなりしを、誰に恥ぢ給ふにかありけむ。琴の御琴は、[一二]嵯峨の院の御子の日にだに、[一三]春日にて遊ばすなりしにはこよなくまさりたりしを、まして、今は、いかならむ。いでや。ありがたくこそおはすれ。[一四]宮も、さ思ほし、また人は候ふとも思したらず、うちは参上り給ふを。されば、[一五][9]小宮・一条など参り給ふ時は、昼より暮るるまで、つとめてより昼まで[一六]おはしませば、ただ一所候ひ給ふやうにこそあめれ。かかればこそ、よろづのよき人、いたづらになりぬれ」など語り給ふ。

がいっぱいになるの意。歌による表現か。

一一 「忘れなむしにける」は、「忘れにけり」を係助詞「なむ」で強調した表現。「し」は、補助動詞「す」の連用形。

一二 「嵯峨の院の御子の日」は、嵯峨の院の大后の宮の六十の賀の日。「菊の宴」の巻【八】参照。

一三 正頼家の春日詣でのこと。「春日詣」の巻【四】参照。仲忠は、あて宮が弾く琴を聞いて、「少しまだ若くぞあんなる」と思っていた。

一四 春宮。

一五 「小宮」は嵯峨の院の小宮、「一条」は梨壺（兼雅の大君、女三の宮腹）。「一条」の呼称は、ここにだけ見える。

一六 あて宮が。

一〇　帝から女一の宮のもとに手紙が届く。

かかるほどに、内裏より、一の宮の御もとに、[1][一]蔵人の式部丞を御使にて、長櫃の唐櫃一具に、内蔵寮の[二]呉服・唐の[2]朝服、綾・錦、[三]平綾・[3]花文綾の薄物、よき宝ども入れて、御文に、かう聞こえ給へり。

[帝]「この度の[四]唐物、ようもあらずなむありける。[4]わざとの朝服にはあへぬべしやとてなむ」

とあり。

宮、御使の蔵人に、女の装束一領被け給ひて、御返り、

[女一の宮]「かしこまりて賜はりぬ。かかる朝服は、賜はるべき人なむ侍らざりけるを」

と聞こえ給ふほどに、右のおとど渡り給ひて、中納言を、[正頼]『いかにぞや。[五]御旅住みは、いかに便なく思さるらむ。[六]『居住まひか

一　「蔵人の式部丞」は、平中納言の男君。「あて宮」の巻【三】注三五参照。

二　「呉服」は、古代中国の呉の国の織法で織った綾。

三　参考、『和名抄』布帛部錦綺類「綾　音綾、阿夜、有二熟線綾・長連綾・二足綾・花文綾・平綾等名一」。

四　「唐物」は、呉服と唐の朝服をいう。

五　「旅住み」は、自分の家を離れて住むことをいう。

六　「居住まひから」は、夫の気持ちは妻がいる家の待遇次第だという意味の当時の諺だろう。

七　「組みれ」は、「組み入れ」の略。天井に板を張り、格子を組むことをいう。高い格式を示す。

八　北の対の場面。大納言藤原忠俊が見えない。

九　【五】注一六参照。

ら』と言ふやうに」。［仲忠］「かくのたまはするは、いとかしこし」。

「これは、右の大殿の中のおとどに、組み[七]れて、内に帳立てたり。[八]ここに、大臣二所居給へり。中納言三所、宰相・左大弁、[九]七所連ねて渡りて、大宮拝み奉り給ふ。[一〇]中納言に[5]白き大袿一襲、宰相に掻練一襲、殿上人も[6]うち被きて居給へり。

宮あこ君、[一一]御文奉り給へり。中納言、手を擦りて請ひ取りたり。大人三十人ばかり、裳・唐衣着て、うなゐ八人、汗衫・上の袴着たり。御台四具、金の御器して物参る。御賄ひ、[一二]宰相の君。

[7]これは、[一三]大饗の所。[一四]南のおとどしつらはれて、幄打ちわたしたり。

これは、[8]祐澄の宰相の中将、被け物は、大いなる箱に入れて持て出で給へり。

[一五]これは、一の宮の御方。中納言ものし給へり。言ふばかりなく、誰も誰も清らなり。宮の御はらからの皇子、[一六]四所ながら直衣奉りておはしましたり。[一七]宰相に、[一八]左大弁対面し給へり。[一九]右近の君など

一〇　以下、大宮からの禄である。
一一　あて宮から女一の宮への手紙。【九】参照。
一二　「宰相の君」は、女一の宮づきの侍女。
一三　左大臣忠雅と右大臣正頼の任大臣の大饗か。
一四　「南のおとど」は、「祭の使」の巻【二】注三に同じか。寝殿は仲忠と女一の宮の居所だから避けたものか。
一五　以下、女一の宮が住む寝殿。八月十五日の夜の所顕しの場面か。
一六　朱雀帝の三、四、六、八の宮。仁寿殿の女御腹。
一七　「宰相」は、注三の「宰相の君」。
一八　「左大弁」は、正頼の次男師澄。
一九　「右近の君」は、女一の宮づきの侍女。

して、[二〇]御帳に入れ奉る。一の宮を、女御・大宮などして出だし奉[二一]り給へり。中納言喜びておはす。

[二二]上達部、皆おはします。左右のおとど、見比べて、御階上り給ふ。大納言・中納言・宰相まで参り給ふ。弁・少納言・外記[二三]着き並みたり。御前ごとに、厳めしう物参りたり。[二四]しもついの幄の前に、[二五]中取り[9]に、束絹・よき絹など積みてしも[二六]着き給へり。

三の皇子、四、五、[二七]六の皇子、若宮[二八]に、中納言、御装束して対面し給へり。[二九]皇子と中納言と、碁打ち給へり。四の皇子箏の琴調べて、一の宮に奉り給へば、宮、「箏の琴忘れにたりや」[10]などのたまふ。御前[11]ごとに、御琴どもあり。」

一一　正頼家の婿選び。

かくて、今は私の御ことをし給はむと、方々劣らずしつらはれて、御調度・仕うまつり人、劣らず設けられて、宮、おとどに申

二〇 仲忠を御帳台にお入れ申しあげる。
二一 「出だす」を、女一の宮を御帳台に送り出すの意と解した。
二二 以下、太政大臣の大饗の場面と解した。
二三 参考、『江家次第』巻二〇新任大臣大饗「尊者以下入レ自ニ中門一列ニ立階前一、参議以上一列、弁・少納言一列、外記・史一列」。
二四 「しもつい」、未詳。
二五 「中取り」は、中取机。禄の絹を載せる。参考、『江家次第』巻二〇新任大臣大饗「史生信濃布三段、官掌・召使二段云々、家司唱レ名、中取ニ脚積レ之云々」。
二六 「しも」、未詳。
二七 「五の皇子」は、后の宮腹なので、ここにいること、不審。「四、六、八の皇子」とあるべきところ。
二八 「若宮」は、十の宮の

し給ふ、[大宮一]「思ひ心ざしたる人々の、[1]心行かず見え給ふを、いかがならむ」。[正頼]「なほ、かの[二]切にものせし人々の、かしこの聞き給はむに、『[三]何のよきこと』と言はじとにこそあらめ。[四]この中納言たちも聞きげにも思はざりしかど、今は、さもあらざめり。消息をせ[2]させむ。さて、[五]源宰相をなむ、その頃忘るまじう聞こゆる。御文にてのたまへ」とて、兵部卿の宮の[3]御使に[六]兵衛佐の君、右大将殿[4]に宰相の中将、平中納言殿に右衛門の大夫、源宰相殿に左衛門佐を奉り給ふ。

御消息、大将殿に、

[正頼]「聞こえさせにくきことなれど、思ふ心侍りて、これかれおはしまさすることなむ侍るを、[七]かくなむと聞こえさするは、いかがあらむ」

となむ聞こえ給ふ。

源宰相に、文書き給ふ。

[大宮]「おぼつかなきほどになりにければなむ。聞こえにくけれど、

ことか。「蔵開・上」の巻【一五】注三参照。

二九「皇子」は、三の宮。

一　娘たちの婿にと考えた人々。

二　あて宮に熱心に求婚した人々。

三　かえって好都合だ。「内侍のかみ」の巻【一九】注五参照。

四　仲忠と涼も聞き入れてくれそうだとも思わなかったけれど。

五　実忠については、求婚した当時の気持ちを忘れていないはずだと聞いている。

六　「兵衛佐」は五男顕澄、「宰相の中将」は三男祐澄、「右衛門の大夫」は九男頼澄、「左衛門佐」は四男連澄。

七　婿になっていただきたいとお願いしたいのですが、いかがでしょうか。

(正頼)『なほ聞こえよ』とあればなむ。先(さい)つ頃、[八]このわたりにのたまふことありけるを、[5]承らざりけるうちに、ここに[6]ものせられし人は、[九]身に添へて後見(うしろみ)せさせむと思ひ給へしほどに、宮よりのたまはせければなむ参りにけるを、(正頼)『同じやうによろしからぬ人侍るめるを、いかがせむと聞こえよ』となむ」

とて奉れ給へるを見給うて、宰相、涙をこぼして、とばかりものものたまはず。左衛門佐、事のあるやうをくはしく聞こえ給ふ。

源宰相、からくためらひて、(実忠)「今はかく[7]不用の人になりて、宮仕へもせず、まかり歩(あり)きもせで、尋ね訪(と)はせ給ふ人もなければ、誰々も対面賜はること難く、世の中をおぼつかなく思う給ふるに、かく、対面(たいめ)賜はり、[一〇]殿の御消息(せうそこ)を承るにも、まづなつかしくなむ。昔、[一一]何の契りかおはしましけむ、[一二]宮の御方に聞こえ初めてしより[一三]老いの世に、またなしと思ひし人、あはれと思ひし子のなりにけむ方も知らず、魂の静まる時なく思ひ給へ嘆きしほどに[一四]参り給ひにしかば、世の中は限りと[8]思ひて、すべき方もおぼえざりしかば、

八 「このわたりにのたまふこと」は、あて宮に求婚したことをいう。

九 私どものそばに置いて老後の世話をさせようと思っていたのですが。

一〇 「殿」は、正頼。

一一 挿入句。「おはします」は、あて宮に対する敬意の表現。

一二 「宮の御方」は、春宮妃となったあて宮。この呼称は、ここにだけ見える。

一三 「老いの世に」は、今の歳になるまでの意。老齢の意ではない。

一四 あて宮さまが入内なさってしまったので。

一五 実忠は小野に籠もっている。「あて宮」の巻【四】参照。

一六 「まかり隠る」は、死ぬの意。

一五かかる山里にまかり籠もりて、年ごろ、親の御顔も見奉ること難く、世の中のことよそに承りつつ、御喜びとかやも、え取り申さず、一六ただ今まかり隠れなむことを、今日や今やと思う給ふるに、一七いともかしこくのたまはせたるを。いでや、実忠、一八いたづら人にて侍り。一九かの御方、聞こしめして侍らむや。『あはれ』とのたまはせぬこそ、いみじくつらけれ」とて、臥(ふ)しまろび、泣き惑ひつつ、宮の御返り聞こえ給ふ。

実忠「げに、おぼつかなきほどになり侍りけるをかしこまりて聞こ二〇えさするに、いともかしこき仰せ言(ごと)は、かしこまりて承りぬるを、年ごろ、二一いかに侍るにか侍らむ、世の中に侍らむとも思ひ
[9]給へぬを、あやしく、今まで[10]巡らひ侍れども、えなほ侍るまじく思ひ給へらるれば、二二御被(かづ)けらるべきほどなかるべきをなむ、返す返すかしこまり聞こえさする。いでや、さても、

二三消え返り染め来(こ)しものを同じ野の花に置くとも何か見ゆべき

あなかしこ。二四昔は、さる心もや侍りけむ」

一七　このようなお手紙をくださって、まことに恐縮しております。
一八　「いたづら人」は、身を破滅させた者の意。
一九　「かの御方」は、あて宮。
二〇　あるいは、「て」は衍か。
二一　挿入句。
二二　「御」は、「御娘」の略。姫君をいただいても、結婚を続けてゆく余命がないことを。
二三　「消え返る」は、死ぬほどまでに思い詰めるの意。「消え返る」「置く」は、露の縁語。「同じ野の花」は、あて宮の妹君をたとえる。
二四　あて宮さまに思いを寄せる以前でしたら、そのような気持ちにもなったでしょうか。
二五　この「綾掻練」も、赤色だろう。
二六　掻練と唐衣の赤い袖の

などなむ。御使には、かはらけ度々参り、御物語などして、[二五]綾掻練の袿、[11]赤色の唐衣具したる女の装束一[12]具[13]被く。

実忠[二六]　君ならで誰にか見せむ紅にわが染めわたる袖の色をば

と書きつけて被く。左衛門佐、

連澄[二七]　薄く濃く染むべき色をいかでかは人の思ひのしるべともせむ

とて帰り給ひぬ。

［これは、[二八]源宰相、小野殿。[二九]やもめにて、男の童使ひて居給へり。[三〇]音羽川、前より流れて、前広く、前栽おもしろく、山近く、木の葉、[14]時雨に色づきて、草の花盛りにておもしろきを眺めて見る。左衛門佐、花の枝に文つけて、[15]宰相に奉り給へり。広げて見て、思ひ入りて居給へり。物語して、物被く。］

[16]かくて、御使の君たち、一度に帰り給へり。皆、女の装束一領づつ被き給へり。

御消息、兵部卿の宮よりは、[17]

「年ごろ、[三一]思ひとすることありて、山林にも家と住みぬべき心

色を、あて宮を思って流した紅の涙で染めたものと詠んだ歌。「わが」は、底本「我」。参考、『古今集』恋二「紅の振り出でつつ泣く涙には袂のみこそ色まさりけれ」（紀貫之）、『後撰集』恋四「紅に袖をのみこそ染めてけれ君を恨むる涙かかりて」（詠人不知）。

二七　参考、『貫之集』「薄く濃く色も見えける菊の花露や心を分きて置くらむ」。

二八　あるいは、「源宰相の小野殿」の誤りか。

二九　「やもめ」は、ここは、女性と離れて暮らすことをいう。

三〇　「音羽川」は、比叡山四明ヶ岳に発し、一乗寺の谷々の水を集めて、修学院離宮の南を西に流れる川。『山城名跡巡行志』「音羽河　在リ二雲母路鷺森北一ニ水源自リ二比叡山一出ッ遶リ二修学院ノ

地すれど、かく[18]のたまはするかしこさになむ、思ひ給[19]へ静まりて承りぬる」

と聞こえ給ふ。

平中納言[三二]「させしことの効（かひ）なくなりにしより、魂の静まる時なく思ひ給[20]へ嘆きて、[三三]かかる心なむ忘れにて侍る。[三四]いともかたじけなく、かくまでものたまはすることなむ、返す返すかしこまり聞こえさする」

と聞こえ給へり。

左衛門佐、宰相の御文奉り給ふ。宮、見給ひて、おとどに見せ奉り給ふ。正頼「これも、否とにこそあなれ。あやしのぬしたち」。宰相の中将、「右大将の申し給へることは、[三五]『まだ、かの小さくものし給ひしより、さる心ざしありて聞こえさせしを、参り給ひてほどもなく、さる心ありと聞き給はむは、いとほしかるべき。誰も誰も、世に経給はむ限り、御心ざしをだに失はであらむ』となむのたまへる」。左衛門佐、連澄「源宰相は、[三六]かくのたまへるなむ。殿造

西ッ入ル高野河ニ」。

三一 「思ひ」は、もの思い、悲しみの意。

三二 以下、平中納言からの返事。上に「平中納言殿よりは、かの君に聞こえ（させしことの……）」などの脱文があると解して訳した。

三三 「かかる心」は、あて宮以外の女性と結婚しようという気持ちをいう。

三四 以下、婉曲的に結婚を承諾する気持ちを伝える。

三五 「藤原の君」の巻【七】の兼雅の発言に、「中のおとどの姫君をなむ、小さく聞こえ給ひし時より承り置きたるを」とあった。

三六 「かく」は、実忠が連澄に語った内容を省略した表現。

三七 実忠が申しあげなさったことをの意。

三八 「太政大臣」は、実忠の父季明。正頼の同腹の兄。

り・ありさまを見[21]給[22]ふるに、涙惜しまずなむ侍りつる。さばかりめでたかりし人の、その人にもあらで」。三七申し給へることども、片端より聞こえ給ふ。おとど・宮よりはじめ奉りて、そこばくの君たち、涙落とし給はぬなし。おとど、「いとほしきことかな。あたら人を。三八太政大臣も、三九さやうにや思すらむ、『実忠顧みよ』と、[23]しばしばのたまへば、かくものするを、いかがはせむ。この代はりには、季英の右大弁をものせむ。かの人、四〇見たるところあれば、納言・宰相にもなりぬべき人なり。右大将の御代はりには、四一[24]良中将をものせむ。[25]宰相の中将、消息せよ。四二[26]宿少し放ちてむ」などのたまふ。

大宮、源宰相の御返り言賜ふ。

四三「置く露の中にも色と見えしかば同じ枝にと思ふばかりぞ
あはれに承りしかば、忘れ聞こえさせぬぞや」

など聞こえ給ふ。

四四[27]かくて、あなたの十の君平中納言に、十一の君をば良中将行正

三九 挿入句。
四〇 見どころがあるから。
四一 「良中将」は、良岑行正。
四二 藤英が住む所は少し離そうの意か。【四】の「絵解き」では、兵部卿の宮は東南の町、平中納言と行正は西南の町、藤英は西北の町に住んでいる。
四三 「置く露」にあて宮の求婚者たち、「同じ枝」にあて宮の妹君をたとえる。「色と見ゆ」は、実忠のあて宮への思いが特に深く見えたことをいう。
四四 実忠が断ったことで兵部卿の宮を大宮腹の十二の君の婿へと変更し、藤英を大宮腹の十三の君の婿に迎え、また、兼雅が断ったことで平中納言を大殿の上腹の十の君の婿へと変更し、行正を大殿の上の十一の君の婿に迎えたのである。
【三】注五参照。

に、こなたの十二の君をば兵部卿の宮に、十三の君けす宮をば右大弁季英と、八月二十八日に会はせつ。

三日の夜、四所ながら対面し給ひて、御前ごとに、被け物、例に劣らず豊かに勢ひたり。

一二　藤英、時めき、忠遠の恩顧に報いる。

右大弁、かけ官、右近少将・式部少輔・文章博士・東宮の学士、内裏・春宮・院の殿上許されたり。「親の時より敵あり」と申すによりて、少将はかけさせ給へるなり。身の才、ただ今、たぐひなし。

宮よりまかでさせて、大学の衆三十人ばかり、よき人の子どもに、学生ども十人ばかり、書など読む。弁の君の歳四十、いとど清げにてめでたし。人に書読ませなどするほどに、秀才四人参れり。ぬし、物語などして、「いかに。宣旨下りにたりや。いつか

一　底本「式部丞」。式部大丞は、正六位下相当。従四位上相当の大弁の懸官としては低いので、式部少輔（従五位下相当）の誤りと見る説に従った。文章博士と東宮の学士も、従五位下相当である。

二　「祭の使」の巻【三】の藤英の発言参照。

三　春宮。下の「させ」は、衍か。

四　「よき人の子ども」は、「大学の衆」の説明。

五　藤英の年齢は、「祭の使」の巻【七】には「歳三十五」とあった。

六　何の「宣旨」か未詳。対策以前に地方の掾として任官することをいうか。

七　以下を別の秀才の発言と解した。

八　倒置法。

九　「おもそへ」、未詳。史

出で立ち給はむとする」。秀才、「宣旨は承りにき。この頃出でてまかりなむと思ひ給ふるに」。「げに。疾く出で給ひなむこそよからめ」。七「それを、この頃、暇なむなき、八『史記のことおもそへ』九など仰せらるるに」。「『この史記の講書も、今まで仕うまつり侍らず』など仰せらるなりつれば、まづかの講書のこと果ててなむ一一御労の上のことはものすべき」などのたまふ。

一二忠遠、大学允にて、まうでたり。弁のぬし、「など久しく一三御遷官をせしめ給はぬことをなむ、季英嘆きとし侍る」。大学允、「そが、いとくちをしく侍ること。昨日今日の人のそくばく出で立ちぬるに、忠遠が、今まで侍ること」。弁、「そがいとほしきことをなむ。この頃は、一四蔵人の空きためるに、それに、いかでと思ひ給へて、一日、一五おとどに取り申ししかば、『あひ労らむと思ふ心やある』と仰せられしに、あるやうをくはしく申ししかば、『今奏せむ』などなむ仰せられし。今、またまた取り申さむ。まことなることならば、なりもし給ひなむ」。「その宮仕へも、一六不合にては

記の講書をせよという内容と解した。

一〇「仕うまつり侍らず」は、藤英の立場からの敬意の表現。

一一「御労」は、「御労り」の字音語。学者同士の言葉遣い。官位の昇進などの世話をするの意。

一二「忠遠」は、藤英の理解者だった曹頭進士。「祭の使」の巻【一七】注一三参照。大学大允は、大学寮の第三等官。正七位下相当。

一三「遷官」は、別の官職に移ること。ここは、昇進をいう。

一四 六位の蔵人。

一五「おとど」は、正頼。

一六「不合」は、貧しいの意。「忠こそ」の巻【三】注一参照。

一七「そうそう（怱々・忩々）なり」は、忙しいの意。

一八「妻子」は、妻と子。

難げになむあめる」。「[藤英]それは、な思ほしそ。仕うまつらむ。季英が、ぬしの御顧みを忘れ奉るべきかは[5]。公事[一七]そうそうにして、しばしば取り申さねば、疎かなるやうになむ」。大学允、「はなはだかしこし。いともうれしく、かくまで取り申し給ひけること。忠遠、朝廷に捨てられ奉りたる身一つ[6]をばさるものにて、老いたる親、小さき妻子[一八]の泣き悲しぶを見給[7]ふるなむ、紅の涙流れて悲しく侍る」。弁のぬし、「しかあるものなり[一九]。身の沈むこと悲しきことは、季英よりほかに知る人なし。さ、殿にたばかりものせむ。[二〇]そもそも、京に[8]年ごろものし給ひて、世途[二一]の方は[9]、いかがせしめ給ふ。今年の位禄[二二]、近江なむ賜はり侍る。まだ取りに[10]遣はさず。守のもとに消息ものせむ。取りに[11]遣はして用ぜしめ給へ」。大学允、「はなはだかしこし。殿にも、急要[二三]ものせしめ給ふらむ。いかでか」など言ふ。「[藤英]季英、殊に顧みるべき者侍らず。身一つはかくて侍れば、私の要、殊になし」とて、文書き添へて、韻[二四]作り、酒飲みして、暁に帰る[二五]にも[12]、綾掻練の袿一襲、袷の袴添へて被

『源氏物語』の「若紫」の巻の良清の発言にも、「若き妻子」の表現が見える。

一九「しかあり」は、漢文訓読語的な表現で、男性の会話文に多く見られる。

二〇「そもそも」は、話題を変える時の漢文訓読語的な表現。

二一「世途」は、生活の手段の意。平安時代の仮名作品にほかに例が見えない語。

二二「位禄」は、四位と五位の官人に、位階に応じて支給された禄。もとは布などだったが、後に諸国の別納租穀が充てられた。

二三「急要」は、急に必要なことの意。

二四「韻」は、詩の意か。

二五 大学允（忠遠）が。

一「殿」は、正頼の三条の院。

二「源少将」は、源仲頼。

けて帰す。

13かくて、おとどに切(せち)に申して、蔵人(くらひと)になして、喜ぶこと限りなし。蔵人の装束一領(さうぞくひとくだり)取らせ、よろづのこと労(いたは)らる。

一三　正頼、水尾の仲頼に見舞いの歌を贈る。

かくて、あて宮に聞こえ給ひし人々、[1]皆、一殿に住ませ奉り給ふ。[2]

二源少将いかに思ふらむなど思して、法服(ほふぶく)・綾襲(あやがさね)二つ調じて、宮あこ君に装束(さうぞく)めでたくて、衣の三裳(も)に書いて結ひつく。[3][4]

正頼四　結ぶ人待つ元結(もとゆひ)は絶えぬれど剃刀(かみぞり)をだにあらせざらめや

源少将、涙を流して、かう聞こゆ。

仲頼五　元結の朽(く)ちし涙は変はらねど今日剃刀を得るがうれしさ

など聞こえたり。

仲頼は、あて宮が春宮に入内した後、出家して水尾に籠もった。「あて宮」の巻【九】【三】参照。

三　この「裳」は、法服の裳。僧が腰にまとう。

四　「結ぶ人待つ」は、元結を結んでくれる妻を待つの意で、仲頼を婿として迎えようと思っていたことをいう。「元結が絶ゆ」は、仲頼が出家したことをいう。

五　「元結の朽ちし涙」は、出家した時に流した涙の意。

一　「皆」は正頼の男君や婿君たちのことで、正頼の三条の院に殿舎を得て住んでいることをいう。

二　「納め」は、「納殿」の略か。

三　以下の地域は、慶滋保胤の『池亭記』がいう都市空間とほぼ重なる。参考、『本朝文粋』「東京四条以北、

一四　正頼家の婿たち、すべて三条の院に住む。

皆、御方々調ひて住み給ふ。御私の殿も広くおもしろく、御調度・宝を納めに持ち給へらぬ人なし。一条より南、四条より北、壬生より東、京極より西は、異人の家なし。殿の御族の殿ばら、交じりもなくあり。藤中納言・右大弁、まだ私の家なし。ただ大殿に集ひて住み給ふ。

「かくて、東の町。大宮三条面。中のおとど、一の宮の御方。宮御歳十七、中納言歳二十六。並び給へる男女、玉光り輝くやうなり。御台立てて、物参る。宮、琴弾き給ふ。中納言、うち笑ひて、「つれなくも遊ばすかな」。宮、「『文屋ほとり』とか言ふなる」とのたまへり。妊じ給へり。東のおとど、春宮の御方。御子たち二所。男御子一所は立ちて歩き給ふ。乳母三人。いま一所は這ひ給ふ。御歳二つ。乳母、同じ数なり。這ひ給ふ。大人・童、多

乾艮二方ハ、人人無二貴賤一、多ク所ニ群聚スル也。高家比レ門ヲ連レ堂ヲ、小屋隔レ壁ヲ接レ簷ヲ」。

四　大宮大路と三条大路に面している。「藤原の君」の巻【三】注二参照。

五　「玉光り輝く」は、「俊蔭」の巻【三四】注二参照。

六　「文屋ほとり」は、「勧学院の雀は蒙求を囀る」「門前の小僧習わぬ経を読む」などと同じような意味の当時の諺だろう。

七　この「絵解き」は、「蔵開・上」の巻に年立的に重なる。「蔵開・上」の巻【六】注一参照。

八　「春宮の御方」は、春宮妃あて宮（藤壺）の里邸。

九　「藤原の君」の巻【四】の「絵解き」には、「西のおとど」とあった。

一〇　大宮腹の女君とその婿君たちが住む町。「藤原の

かり。[九][7]南のおとど、もとのごと、女御の君の御方なり。北のおとど、宮・おとど住み給ふ。

[一〇]東南(ひんがしみなみ)の町。東のおとど、式部卿(しきぶきやう)の宮の御方なり。西のおとど、兵部卿の宮の御方。宮二十七、女君十六。もののたまへり。御達(ごたち)[8]二十人、童・下仕(しもづか)へあまた。[一一]北東(きたひんがし)のおとど、左大臣殿の御方。西(にし)南(みなみ)、藤大納言の御方。西北(にしきた)の対、[9]源中納言殿の御方。さま宮十四、中納言二十六。二所、物語し給へり。御達(ごたち)、いと多かり。紀伊守(きのかみ)、参りて、廊の簀子(すのこ)に居たり。中納言の君会ひ給へり。絹・綿、唐(から)櫃(ひつ)に積みて奉りたり。

[一二]あなたの君たち住み給ふ[10]西南の町。[一三][11]西の対、中務(なかづかさ)の宮の御方。[一四]西の隅、平中納言殿の御方。東の対、藤宰相の御方。中西の隅、源中将の御方。西北の隅、良(らう)中将の方。東の中の隅、[一五][12]君たちもおはす。御達二十余(よ)人、童・下仕へ、いと多かり。これは、[一六]左大弁の殿の御方。君たちも、この町に集ひて住み給ふ。

[一七]西北の町。[一八]右大弁の殿の御方。御帳(みちやう)立てて、几帳(きちやう)・屏風(びやうぶ)新し。

君」の巻【一四】の「絵解き」の「御子どもの住み給ふ町」だが、住んでいる殿舎にかなり異同がある。

一一 以下、「北東（のおとど）」「西南（のおとど）」「西北の対」の位置、未詳。

一二 「藤原の君」の巻【一四】の「絵解き」には、「大殿の君住み給ふおとど町」とあった。

一三 「西の対」を補った。

一四 以下、「西の隅」「中西の隅」など、未詳。

一五 「君たち」は、大殿の上腹の男君たちか。

一六 「左大弁」は、師澄。ただし、師澄は、大宮腹で、後にも見えるので、不審。

一七 「西北の町」は、「藤原の君」の巻【一四】の「絵解き」に描かれていない。

一八 【二】注四三参照。

一九 書物を収める厨子。

二〇 「大学助」は、大学寮

よろづの調度清らなり。御衣架に、色々の御衣かけたり。台一具して、ぬしに物参れり。北の方、黄金の御器にて参りたり。歳十五。御達、いと多かり。一九厨子立てて、書読む。殿ばら・宮ばらの君たち集ひて読み給ふ。弁のぬし、宮よりまかでたり。装束清らなり。車清げに、[13]男ども四十人ばかり御供なり。二〇大学助も、二一下りて、膝まづきをり。弁のぬし、人々に、片端より書読ませ給ふ。破子・二二すみ物、いと多かり。二三衆ども、ふさにありて、書読む。[14]秀才二四菅原脇足、大学に色々の書取らす。ここに、弁のぬし入り給ひて、北の方ともの聞こえ給へり。[15]藤英「今日、宮に参りたりつれば、二五兵衛の君して御消息賜はせたりつるがなむ。命あれば、かかる折にもあふものになむ」とて、大学に参り給ふ。これは、女御の君の御腹の四の皇子の御方。北の方には、二六左大臣殿の[16]大君、異御腹の、[17]御歳十六。子一人、男子。また、六の宮の御方。北の方には、二七民部卿殿の大君、歳十四。妊じ給へり。三の宮、御妻なし。八の宮、いまだ童。これは、二八権中納言。北の方は、一世の源氏、

の次官。正六位下相当。
二一　車から下りて。
二二　「すみ物」、未詳。「あて宮」の巻【三】注一五参照。
二三　「衆」は、大学の学生。
二四　この「菅原脇足」は、ここにだけ登場する人物。
二五　「兵衛の君」は、あて宮（藤壺）の乳母子。藤英はあて宮からの手紙をもらったのである。
二六　左大臣藤原忠雅の大君は、春宮妃。「あて宮」の巻【一〇】注四参照。ここは、別の妻が生んだ大君。
二七　民部卿源実正の大君。実正は正頼の七の君の婿。
二八　正頼の長男忠澄。
二九　嵯峨の院の大后の宮の六十の賀。
三〇　正頼の次男師澄。注一六参照。
三一　正頼の三男祐澄の北の方は、嵯峨の院の梅壺の更

歳二十八。君たち四所、一所は女、三所は男。太郎君歳十四、二郎君十三。[二九]御賀の舞し給ひし。[三〇]左大弁。北の方には、平中納言殿の中の君、歳二十六。男子の限り、五人。宰相の中将の御方。[三一]北の方、院の[18]御娘、源氏、歳二十三。子二人。[19][三二][20]衛門佐の御方。近江守の娘、[三三]橘の娘、歳十五。子なし。[三四][21]右衛門の大夫の御方。兵部卿の宮の娘、歳十五。孕み給へり。[三五][22]式部大輔の御方。[三六]宮の学士の娘、歳二十二。子二人。

[三七]宮あこ君、まだ童。家あこ君、同じ童。皆、狭けれど、方々[23]しつつ住み給ふ。

[三八]町ごとに、御門、面ごとに立てて、馬・車の立つこと、御門に[三九]百ばかり立つ。そこばく広き殿の中、隙なし。」

衣の皇女。「藤原の君」の巻【七】注三参照。

三二 正頼の四男連澄。左衛門佐。

三三 「橘の娘」を、橘氏の娘と解する説に従った。

三四 正頼の九男頼澄。大宮腹。

三五 正頼の八男清澄。「藤原の君」の巻【四】注三には、「式部丞、殿上人清澄」とあった。

三六 「宮の学士」は、東宮の学士。定員は二人。藤英とは別の東宮の学士である。「嵯峨の院」の巻【七】注二の「学士正光」のことか。

三七 宮あこ君と家あこ君は、「蔵開・上」の巻【一八】注四〇に、元服したことが見える。

三八 四つの町は、どの町もそれぞれの大路に面して門を設けてあり。

三九 観智院本『類聚名義抄』「百 モ、モ、チ」。

沖つ白波

一　六月ごろ、帝、仲忠と涼の結婚について悩む。

六月ごろに、帝が、仁寿殿にやって来て、女御と碁を打ったりなどなさっている時に、女御の父の左大将（正頼）がそこに参上なさった。左大将は、帝がおいでになるので、隠れた所に控えていらっしゃる。帝が、左大将を呼び寄せて、いろいろとお話をなさって、「欠勤届けを出されたまま長い間参内なさらないと聞きましたが、どうしたのですか」。左大将が、「私どもの家で、今にも死にそうになった者の看病をしていましたので、参内いたしませんでした」。帝が、「まったく聞いていませんでした。先ごろ、女御が、『見舞いをしたいので、退出したい』と言っていたが、いつも、里にお帰りになりたくなると、誰もが里で病人が出たことを口実になさるので、私も、今回は退出をお許ししなかったのです。でも、ほんとうのことだったのですね。すべて、いつも嘘をついてばかりいらっしゃることが悪いのです」。左大将が、「私の妻（大宮）も、『特別な理由がないなら、退出なさってはいけません。そのために私たちが参内したり退出したりするのも、面倒です』などとおっしゃっていますのに、どうして退出したいと申しあげたのでしょうか。ひょっとして、帝にお仕えしていても効がないという気持ちになったのでしょうか」。帝が、笑って、「煙のたとえもあるから。でも、そうとは気づきませんでした。神泉苑の紅葉の賀で宣旨を下した涼と仲忠たちの禄は、どうなっているのですか。どうしてなのでしょう。やはり、涼への禄は、本来望んでいたものとは違ってしまった気がします」。左大将が、「近いうち、この八月ごろにと考えております。涼の朝臣には宣旨どおりにあて宮をと思っていましたが、春宮は、あの宣旨がある前から、『あて宮を入内させよ』とおっしゃっていたので、涼にあて宮をという宣旨があったと聞いて、『前に言ったように、私のもとに入内させよ。事情は、私から帝に申しあげよう』とおっしゃったために、春宮に入内させたのです。でも、あて宮の代わりにと思っていた娘が、まだ幼かったので、今まで果たせずにおりました」。帝が、「聞くところによると、涼にでも春宮にでも同じことではありませんか。あて宮のことを、誰にもましてすばらしいと聞いていました。涼のことは、それほど評価してはいなかったけれど、私も、神泉苑での紅葉の賀の夜は、涼に何を与えても惜しくないと思われるほど感動したので、あのような宣旨を出したのです。でも、春宮が、そうおっしゃるなら、かなえてやらざるをえませんね」。左大将が、「残っているほかの娘も、あて宮に劣りません」。帝は、「すばらしいことですね。今度もあて宮の妹君にも求婚者が殺到して心配ですね。『もどきし我ぞ(前に、恋する人を非難した私だが、恋をしてみて、その気持ちがわかった)』とか言いますね」などとおっしゃって、仁寿殿の女御に、「せめて、今夜だけでもおいでください。いつも、そうお願いしているのに、上の御局に来ることをおっくうがりなさる」などと言ってお帰りになったにちがいない。

その夜、仁寿殿の女御は帝のもとに参上なさった。女御は、二十五歳。御子たちを八人お生みになっている。「仁寿殿の女御がいらっしゃる。上臈の侍女たちが大勢いる。帝がおいでになる。お二人で碁を打っていらっしゃる。左大将がおそばに控えていらっしゃる。」

二　正頼、大宮と、娘たちの婿の相談をする。

左大将（正頼）は、三条の院に退出なさった。大宮が、「どうして今まで退出なさらなかったのですか」。左大将が、「仁寿殿に参上したところ、帝がおいでになっていて、いろいろとお話をなさったので、遅くなってしまいました。源中将（涼）と藤中将（仲忠）のことを話題になさいました。源中将の神泉苑での宣旨に背いたようにおっしゃったのを聞いて、申しわけなく思いました」。大宮が、「さま宮が、あて宮に劣らず成長したので、さま宮を源中将殿と結婚させたいと思います。藤中将殿には、『娘の中の一人と結婚させて、子どもが生まれたら、その子に琴の伝授も受けさせたい』と思っていました。とはいえ、こちらの一族と無関係ではなさそうですね」。左大将が、「帝も、同じように考えて、配慮なさったうえで、いろいろとお話をなさったのだと思います。藤中将は、幸せなすばらしい人ですね。同じ皇女たちの中でも、帝は女一の宮のことを特別にかわいく思っていらっしゃるのですから。源中将も、藤中将に格別劣った人ではありません。容姿も漢学の才も、また、官位も、優劣がつけられません。ただ財力があることだけが、婿とするのに不満なのです。娘が多いと、何かにつけて悩まなければならないことが多いものですね。こちらの娘たちも、あちらの北の方の娘たちも、結婚するのにふさわしい歳ごろになったので、これまでと同じように、方々と結婚させたいと考えているのですが、どうお思いになりますか」。大宮が、「あなたは、どうお思いになっているのですか。いいとお考えでしたら、早くさせましょう」。左大将が、「私は、『あて宮に求婚なさった方は、よその人と結婚させたくない』と思っています。『ちご宮は右大将殿（兼雅）に、けす宮は兵部卿の宮に、また、あちらの北の方の二人の娘は、姉にあたる人は平中納言に、妹は源宰相（実忠）に』と考えています」。大宮が、「私は、『源宰相殿は、私の娘の婿に迎えたい』と思っています。あて宮がまだ物心もつかなかった時、好意をもって言葉をかけていらっしゃったのですから。今は、どんなお気持ちでいらっしゃることでしょう」。左大将が、「そういうことなら、兵部卿の宮と換えて、けす宮の婿になっていただきましょう」などとおっしゃる。

三　八月十三日、仲忠と涼、結婚する。

酷暑の頃は、どなたも、ほとんど参内せずに籠もっていらっしゃったが、八月になり、左大将（正頼）家の婿取りのことが近くなって、婿をお決めになる。宣旨によって、宰相の中将（仲忠）に女一の宮、源中将（涼）にさま宮をお与えになる。また、左大将家として、「大殿の上腹の十の君は兵部卿の宮に、十一の君は平中納言に、大宮腹の十二の君（ちご宮）は右大将（兼雅）、十三の君（けす宮）は源宰相（実忠）に」と考えて、それぞれのお住まいをはじめとして、調度と装束や、身分の高い低いにかかわらず、お仕えする人たちまで、それも、顔も美しく気だてがいい者たちを揃えさせて、婿にとお決めになった方々にご連絡申しあげなさる。どなたも、皆、まったくお聞き入れにならない。誰もが、「あて宮さまのことを深く愛していたのだ。入内なさっていくほどもたたないうちに、心変わりをしたと思っていただきたくない」などとお思いになる。その中でも、源宰相は、ほんの少しお聞きになっただけでも、心外で悲しいとお思いになる。

左大将は、大宮に、「この方々は、皆、不満に思っていらっしゃるようです。それなのに、無理にお願い申しあげるわけにはいきません。『あて宮に求婚なさった方々は、わが家の婿になりたいと思っていらっしゃるのか』と思っていたのですが、あて宮以外は、嫌だとお思いになっているようです。でも、一人のあて宮を、大勢の人々にさしあげるわけにはいきません。それはそれとして、この二人の宰相たち（仲忠と涼）は、どんなにお断りになっても、無理にでも、婿になるようにお願い申しあげたいと思います。帝が、吉日を選んで、宣旨を下して催促なさったことを、取るに足らない私的な事情で断ってはなりません」と言って、女一の宮が住んでいらっしゃった寝殿に、美しく飾りたてて造った御座所をしつらえて、綾や緋色の絹で飾り、お仕えすることになる侍女たちは、皆、髪が長く、顔も性格もすぐれた者たちが選ばれて、八月十三日に二人の宰相たちを婿にお迎えになる。二人は、不本意ながらも婿取られなさった。

四　八月十五日、内裏で結婚の祝宴が行われる。

八月十五日の、結婚三日目にあたる夜に、宮中から、左大将（正頼）に、「そちらの二人の婿を連れて参内せよ」とご連絡がある。左大将は、驚いて、宰相の中将たち（仲忠と涼）と、上達部と親王たちを引き連れて参内なさる。

帝の御前に、全員が参上なさる。皆、いろいろと話をして、管絃の遊びなどをなさっている時に、仲忠の母の尚侍から、仲忠の宰相が小さい時から習い、俊蔭も尚侍に教える時に弾いた細緒風の琴を、「皆さまの前で披露せずに残しておかれた奏法はありますか」と言ってお届け申しあげなさる。右大将（兼雅）が、取り次いで、「家から、こんなふうに言ってきた」と言ってお渡しになる。仲忠の宰相は、「ほんとうに、残しておけばよかったと思います」とお答え申しあげながらも受け取り申しあげる。また、涼の宰相のもとに、弥行が唐の国から持ち帰った、南風と同じような、十三千という名の、波斯風に匹敵する琴がある。それを、紀伊守（種松）の北の方が、家から、紀伊守を使として、「お忘れになってしまっている奏法があると思いますが、今夜は思い出しなさるのではありませんか」と言ってお届け申しあげる。左衛門督（忠俊）が、取り次いで、「お宅から、こんなふうに言ってきました」と言ってお渡し申しあげなさる。涼の宰相は、「ほんとうにそうでした。こんな琴があったことまで忘れてしまっておりました」と言ってお受け取り申しあげる。それをきっかけとして、帝まで唱歌をして、帝が、二人に、「早く弾け」と催促なさる。

涼の宰相と仲忠の宰相は、ずいぶんと時間がたってから、曲を、心をこめてお弾きする。仲忠の宰相が神泉苑で弾いた南風の琴は、柔らかみに欠けていて険しくびっくりするような音で響いたが、今夜の細緒風の琴は、高く厳かに響き、静かに澄んだ音が心に染みて聞こえてくる。夜が次第に更けてゆき、清く涼しい十五夜の月が清涼殿を隅々まで明るく照らしてゆく中で、仲忠の宰相は、か細い琴の音を、大きな音を立てることなく風情豊かにお弾きする。帝をはじめとして、誰もが涙を落として感動する。

五　祝宴での詠歌。人々、昇進する。

帝が、「今夜は、先例を求めずに、これを新しい例として後世に残そう」と言って、仲忠の宰相に盃をお渡しなさる時に、

　鶴の群鳥たちよ、今夜からは、大切に育ててきた松の林に住んで、千年の寿命を見せて
　ください。

とお詠みになる。仲忠の宰相は、

松の木陰に並んでとまっている鶴の群鳥も、それぞれの千年の寿命は、誰ならぬ帝のためと思っているのです。

左大将（正頼）が、盃を受け取って、涼の宰相にお渡し申しあげなさる時に、

ものの数にも入らない、住の江の姫松を、空を飛びまわっている鶴は、どう思って見ているのでしょうか（私のつたない娘を、どう思って見ていらっしゃるのか気がかりです）。

とお詠みになる。涼の宰相は、

千年もの長い寿命をお譲りする鶴のほうが、ものの数にも入りません。住の江の岸の姫松を、ものの数にも入らないなどと思って見るはずがありません。

右大将（兼雅）が、

葦が生い繁った原にいた鶴は、ものの数にも入らないと思っていましたのに、今では空近くから声が聞こえることですね。

と詠んで、式部卿の宮にお渡し申しあげなさる。式部卿の宮が、

縁があって大地にしっかりと根を張ったような大きな岩に生えた松は、長い年月がたって、今では、枝を広げて、木陰がいつも涼しく思われます。

左大臣（季明）が、

葦が生い繁った水辺にいる鶴は、自分の年齢にさらに老いが加わるのかと思って、姫松のことを恨めしく思って見ていることでしょう。

右大臣（忠雅）が、

今日祝福を受けている鶴の卵は、今夜から何度も孵って、千年の寿命をさらに重ねることになるでしょう。

兵部卿の宮が、

私たちは、しなやかな竹が生い繁っている家に楽しく集まって、いったいどれほどの寿命を加えることになるのかまったくわかりません。

民部卿（実正）が、

磯にいる万年の寿命を持つ亀でさえも、これほど長くは生きられないと思って見るほどまでに、私たちは一緒に千年の寿命を何度も何度も数えてきました。

などとお詠みになって、管絃の遊びをなさっているうちに、夜がすっかり更けた。

帝が、「こうしてここで詩歌の宴があるとも知らずに、家では妻たちが夫の帰りを待ち遠しく思っていらっしゃるだろうから、その罪を償うために昇進をしよう」とおっしゃって、左大臣は太政大臣に、右大臣は左大臣に、左大将は右大臣に、左衛門督（忠俊）は大納言に、涼と仲忠は中納言に、忠澄は権中納言に、師澄は左大弁に、祐澄は宰相に、行正は宰相の中将に昇進された。昇進なさった九人のうちの七人は、連れだって退出して、右大臣の三条の院に参上なさった。

六　仲忠、父兼雅に昇進の報告をする。

藤中納言（仲忠）は、真っ先に父の右大将（兼雅）に昇進の報告を申しあげようと思って、三条殿に向かうために、二条大路で方々とお別れになる。左大臣（忠雅）と右大臣（正頼）をはじめとして、皆で、車を急きたてるのをやめて静かにお待ちになる。

三条殿では、父の右大将が、一行より先に退出して、尚侍に今夜の出来事などを申しあげなさっていた時で、中納言が拝舞し申しあげなさる。右大将が、「そんなことをする必要はない。拝舞など無用だ」などとおっしゃる。中納言が、「思いもかけず、中納言に昇進いたしましたので、そのご報告をしに参りました」。右大将が、「それは、まことに喜ばしいことだ」などと申しあげなさる。中納言が、「このままおそばにいたいのですが、方々が車をとめて待っていらっしゃいますので」と言って、急いでお立ちになろうとすると、母の尚侍は、うれしく思う一方、それ以上に悲しいお気持ちになられるので、夫の右大将に、

　この世を捨てたものだと思っていましたが、この子は、知らないうちに、盤石な岩の上に生える松の種ともなっていたのですね。

と申しあげなさる。右大将は、

「成長して高く生い繁った松（仲忠）を見ると、あなたがこの世を捨てたことも喜ばしいことだったのですね。

とてもつらいと思っていましたが、今日やっと心が慰まりました」と申しあげなさる。［右大将の三条殿。右大将と尚侍がいろいろとお話をなさっている。侍女が三十人ほどおそばにいる。］

その後、方々は、藤中納言を待ち受けて、右大臣の三条の院に、七人とも連れだって参上なさった。

七　三条の院で、昇進の宴、大臣大饗が催される。

方々は、大宮が住んでいらっしゃる北の対の東の庭に並んで立って、大宮に拝舞(はいぶ)し申しあげなさる。大宮は、「まことに恐縮です」と申しあげなさる。右大臣（正頼）たちは、「今日の昇進のお礼は、特にこちらに申しあげなければならないのです」と言って、皆屋敷にお入りになった。

藤中納言（仲忠）と源中納言（涼）は、結婚三日目にあたるこの日の饗応(きょうおう)の場で、初めて食事をなさる。女一の宮もさま宮も、まだ姿をお見せにならない。婿君たちにお食事をさしあげる儀式は、美しく優美である。藤中納言は、靫負(ゆげい)の君を使にして、「たった今退出いたしました。昇進の報告なども申しあげたいと思います。こちらにおいでくださいませんか」などと女一の宮に申しあげなさった。女一の宮は、「ご昇進のことは、私もうれしく思います。でも、今は気分がすぐれないので、うかがえません」などとお返事申しあげなさった。

中納言は、「これからは、いつもこんなふうにお断りになることになるのでしょうね」とおっしゃる。

左大臣（忠雅）と右大臣をはじめとして、どなたも、太政大臣（季明）の任太政大臣の大饗の所に参上なさった。

翌日、右大臣の三条の院で、左大臣が大饗をなさる。あるじの右大臣も大饗をなさる。言葉に尽くせないほど風情があって盛大である。

八　仲忠と女一の宮、涼とさま宮の結婚生活。

こんなことがあって、藤中納言（仲忠）は左衛門督と検非違使の別当を、源中納言（涼）は右衛門督を兼任した。藤中納言は、三条の院の東北の町の寝殿にお住みになる。帝と右大臣（正頼）のお世話を受けて、裕福にお暮らしになる。源中納言は、ほかの町に、対を、金銀と瑠璃、綾と錦で美しく飾りたてて造って、七種の財宝を山のように積み、侍女たちも、身分の上下にかかわらず花のように着飾らせて、婿君たちの中でも一番豪勢な暮らしをしていらっしゃる。

女一の宮とさま宮は、どちらも、お顔の美しさも身につけていらっしゃる才芸も、あて宮に格別に劣ることもなく、美しくて気品がおありになるので、藤中納言も源中納言も北の方となったお二人をとても大切に思っていらっしゃる。中納言たちは、右大臣がとても大切に世話をし、帝も心から手厚く扱って、一年に二度三度の除目で昇進なさったが、それでも、「あて宮さまに、真剣に愛してはいなかったのだと思われてしまったことだ。『この世に生きている間は、心変わりすることなく、せめて愛情だけでも見ていただきたい』と思っていたのに」と、言葉に尽くせないほど思い嘆く。

九　あて宮から女一の宮のもとに手紙が届く。

中でも、藤中納言（仲忠）は、あて宮が、入内なさる以前にもほかの人よりは頻繁にお返事をくださったり、入内なさってからも時々お話し申しあげたりなどしたことを思って、思慮分別も失い、ひどく嘆き悲しんで、女一の宮とも、時々、機会があると、あて宮のことをお話し申しあげる。

そうしているうちに、あて宮のもとから、女一の宮に、

「ずいぶんとご無沙汰してしまいましたので、お手紙をさしあげました。『ここ数日は何かと慌ただしい思いをしていらっしゃるだろうから、落ち着かれてから』と思っているうちに、お手紙をさしあげないまま、今になってしまいました。

筑波嶺の峰までかかる白雲を、あなたが自分には関係がないものだと思って見ているのはどうしてなのでしょうか。

昔、中納言殿に、二人の琴の演奏を聞かれてしまったことに懲りて、もう弾くまいと思っ

た夕暮れのことが思い出されます」

などとお手紙をさしあげなさった。

女一の宮は、お手紙を読んでお笑いになる。中納言は、「どんなことが書かれているのでしょうか。拝見したいですね」と申しあげなさる。女一の宮は、「なんでもありませんよ」と言ってお見せにならない。中納言が、手を擦り合わせながらお願いして受け取って、その手紙を読むと、気も動顚し、昔と同じようにとてもすばらしいお手紙だと思って、思いがつのって何も言わずにいる。女一の宮は、おもしろいと思って、

「ここ数日、ほんとうに、長い間お手紙をさしあげないままになってしまいました。ところで、『筑波嶺』とおっしゃいましたが、中納言殿は、『陰はあれども(あて宮さま以上の方はいない)』と思っているようです」

と書いて、

峰が高いので、白雲は、峰までかかることなく、今でも谷に残っているものだと思って見ています。こんなふうになるとは、まったくわかりませんでした。

とお返事をさしあげなさる。

中納言が、「あて宮さまにお手紙をさしあげていた時は、いつも心が静まることがありませんでしたが、あれはすばらしい秋の夕暮れのことでしたね、あて宮さまをほのかに見申しあげたことがあったために、居ても立ってもいられなくなって、せめて近くにと思ってやっ

て参ったのですが、その夕暮れに、あて宮さまは、月を見ながら琴を弾いていらっしゃいました。私は、それを聞いて、気を失うかのような思いがして、身が破滅するのもかまわず、片時もこの世で生きていられる気もせずに、してはならないけしからん振る舞いをしてしまいそうな気持ちがしました。それなのに、今まで生き長らえて、そんな過ちを犯さずにすんだのは、こうしてあなたと結婚する運命だったのですね」。女一の宮が、「過ちを犯さずにいたことを難しいことであるかのようにおっしゃいますね」。中納言が、『この胸狭に（悲しみでこの胸がいっぱいになって）』と言う気持ちです」と言って、「昔でさえ私の心を取り乱させなさったあて宮さまの琴は、今ではどれほど上達なさっているでしょうか」。女一の宮が、「充分に調律をしていない琴を手慰みに弾いていたのですが、あなたが聞いていたことがわかって、それからは、あて宮さまも私も弾くのをやめてしまったので、手慰みに弾くことさえ忘れてしまいました」とおっしゃるので、中納言は、笑って、「私が心を取り乱すほど上手にお弾きになったのに、誰に対して恥ずかしがりなさったのでしょうか。あて宮さまの琴は、嵯峨の院の子の日の時でさえ、春日詣での時にお弾きになった時よりは格段に上手になっていたのですから、まして、今では、どれほど上達なさっているのでしょう。いやはや。あて宮さまは、ほかに例がないほどすばらしい方でいらっしゃる。春宮も、同じお気持ちなので、ほかの妃たちが入内していることもお忘れになって、あて宮さまが毎晩続けて春宮のもとに参上なさっているのですよ。ですから、嵯峨の院の小宮や一条の御方（兼雅の大君、梨壺）などが夜の宿直に参上なさる時は、あて宮さまが、昼から日が暮れるまで、また、朝早くから昼まで春宮のおそばにおいでになるので、あて宮さま一人だけが春宮のもとに入内しているように見えます。こんな状態なので、身分が高い大勢の妃たちは、いてもいなくてもどうでもよくなってしまっています」などとお話しになる。

一〇　帝から女一の宮のもとに手紙が届く。

こうしているうちに、帝から、女一の宮のもとに、蔵人の式部丞を使として、長櫃の唐櫃一具に、内蔵寮の呉服や唐の朝服、綾や錦、平綾や花文綾の薄い絹織物、また、すばらしい財宝を入れて、

「今回お送りした唐物は、あまり上等な物でもありませんでした。でも、公的な朝服としてはさしつかえないだろうと思ってお送りします」

とお手紙をさしあげなさる。

女一の宮が、使の蔵人に、女の装束一領を被けて、

「お手紙をいただいて恐縮しております。これほどすばらしい朝服をいただいても、これを着るのにふさわしい人はおりませんのに」

とお返事をさしあげなさる。

そんな時に、右大臣（正頼）がやって来て、中納言（仲忠）に、「いかがですか。旅住みは、

さぞかし不本意に思っていらっしゃるでしょう。でも、『居住まひから（夫の気持ちは妻がいる家の待遇次第だ）』と言いますから、そのようにしなければと思っています」。中納言が、

「こんなふうにおっしゃっていただいて、まことに恐縮です」。

「これは、右大臣の三条の院で、寝殿に、天井を組み入れにして、母屋に御帳台が立ててある。

ここは、北の対の東の庭で、左大臣（忠雅）と右大臣（正頼）がいらっしゃる。さらに、三人の中納言（仲忠・涼・忠澄）、宰相（祐澄）、左大弁（師澄）がいて、七人が連れだってやって来て、大宮に拝舞し申しあげなさる。中納言たちに白い大袿一襲、宰相に掻練の袿一襲を被けなさる。殿上人たちも、被け物をもらって、一緒にいらっしゃる。

宮あこ君が、女一の宮に、あて宮からのお手紙をお渡し申しあげていらっしゃる。中納言（仲忠）が、そのお手紙を、手を擦り合わせながら、女一の宮にお願いして受け取っている。侍女三十人ほどは裳と唐衣をつけ、女童八人は汗衫を着て上の袴を穿いている。中納言と女一の宮は、食膳が四具用意されて、黄金の御器で食事をなさっている。食事の世話役は、宰相の君が勤めている。

これは、大臣の大饗の所。南のおとどがしつらえられて、幄を張り巡らしている。

これは、宰相の中将（祐澄）が、被け物を、大きな衣箱に入れて持って出ていらっしゃる。

これは、女一の宮がお住みになっている寝殿。中納言がおいでになる。お二人とも、言葉

に尽くせないほど上品で美しい。女一の宮の同腹の兄弟の皇子が、四人とも直衣を着て来ていらっしゃる。左大弁が、宰相の君にお会いになっている。右近の君などに命じて、中納言を女一の宮の御帳台にお入れ申しあげる。仁寿殿の女御や大宮などにお願いして、女一の宮を、御帳台に送り出し申しあげなさっている。中納言が、御帳台にいて喜んでいらっしゃる。

太政大臣の大饗の所。上達部が、全員おいでになる。左大臣と右大臣が、おたがいに譲り合って、南庭から一緒に御階をお上りになる。大納言・中納言・宰相までが参上なさっている。弁・少納言・外記が並んで座に着いている。どなたの前にも、豪華にお食事をさしあげる。しもつい（未詳）の幄の前に、中取り机に、東絹や美しい絹などを積んでしも（未詳）着き給へり。

中納言が、三の宮をはじめ、四の宮、五の宮、六の宮、若宮に、正装して会っていらっしゃる。三の宮と中納言が碁を打っていらっしゃる。四の宮が箏の琴を調律して、女一の宮にお渡し申しあげなさると、女一の宮は、「箏の琴の弾き方は忘れてしまいました」などとおっしゃる。どの方の前にも琴が置かれている。」

一一　正頼家の婿選び。

大宮は、今度はご自分の家の婿取りをしようと思って、どの町も東北の町に劣らずしつらえられ、調度品もお仕えする人も同じように用意されて、右大臣（正頼）に、「娘たちの婿にと考えていた人々が不満に思っていらっしゃるご様子ですが、どうしてなのでしょうか」と申しあげなさる。右大臣が、「やはり、熱心に求婚していたあの人々は、あて宮がお聞きになるだろうから、『かえって好都合だ』と言うわけにはいかないということなのでしょう。この中納言たち（仲忠と涼）も聞き入れてくれそうだとも思わなかったのですが、今では、不満もなさそうです。ともあれ、連絡させてみましょう。ところで、源宰相（実忠）については、求婚した当時の気持ちを忘れていないはずだと聞いています。あなたからお手紙で説得なさってください」と言って、兵部卿の宮への使に兵衛佐（顕澄）、右大将（兼雅）への使に宰相の中将（祐澄）、平中納言への使に右衛門の大夫（頼澄）、源宰相への使に左衛門佐（連澄）をさし向け申しあげなさる。

右大将には、右大臣が、

「申しあげにくいことですけれど、考えるところがあって、二人の婿をお迎えいたしました。右大将殿にも、婿になっていただきたいとお願いしたいのですが、いかがでしょうか」

とお手紙をさしあげなさる。

源宰相には、大宮が、

「ずいぶんとご無沙汰してしまいましたので、お手紙をさしあげます。申しあげにくいことですが、夫の右大臣が、『やはりおまえからお手紙をさしあげよ』と申しますので、私からお手紙をさしあげました。先だって、私どもの娘に求婚なさっていたということですが、それを知らずにおりました。そのうちに、こちらにいらっしゃったあて宮は、私どものそばに置いて老後の世話をさせようと思っていたのですが、春宮からお言葉があったので、入内してしまいました。ですが、『あて宮と同様にあまり出来のよくない娘がいるので、婿になっていただけるだろうかとお願いしてみろ』と申しております」

とお手紙をさしあげなさる。

源宰相は、その手紙を読んで、涙をこぼして、しばらく何もおっしゃらない。左衛門佐は、事情をくわしくお話し申しあげなさる。

源宰相は、やっとのことで気持ちを静めて、「今では、こんなふうになんの役にも立たない人間になって、宮仕えもせず、出歩くこともせずにいて、わざわざ訪れてくれる方もいらっしゃらないので、どなたともお目にかかることができず、これから生きていてもどうなるかわからない気持ちでいたところに、こうして、来て会ってくださって、右大臣殿のご意向をうかがうにつけても、何よりもうれしく思われます。どのような前世の宿縁がおありだったのでしょうか、昔、あて宮さまに初めて思いをうち明け申しあげた時からこの歳になるまで、ほかに妻とすべき人はいないと思って連れ添った妻や、かわいいと思った子どもがどうなったかも知らず、心が静まる時なく思い嘆いておりました。そんな時に、あて宮さまが入内なさってしまったので、私の人生はもうこれでおしまいだと思って、どうしていいのかもわからなくなったので、こんな山里に籠もったのです。それ以来、長年、親の顔を見申しあげることもできず、この世のことを聞いても自分には関係のないことだと思って、昇進なさった方がいるとうかがってもお祝いを申しあげることもできず、自分は、このますぐに死ぬのではないか、それは今日なのか今なのかと思っておりましたのに、このようなお手紙をくださって、まことに恐縮しております。ところで、私は、身を破滅させた者です。あて宮さまは、そのことを聞いていらっしゃるのでしょうか。『いたわしい』と言ってくださらないことが、とてもつらいのです」と言って、転（ころ）げまわって、泣いて取り乱して、大宮に、

「おっしゃるとおり、ずいぶんとご無沙汰してしまいましたが、そのことを申しわけなく思っていたところに、まことに畏（おそ）れ多いお言葉をいただいて恐縮しております。長年、どうしてなのでしょうか、この世に生きていたいとも思っておりませんが、どういうわけか、今まで生き長らえております。でも、このまま生きていることはできそうに思われないので、姫君をいただいても、結婚を続けてゆく余命がないことを、幾重にもおわび申しあげます。さて、それにしても、

私は、死ぬほどまでに、あて宮さまのことを深く思い詰めてきたのに、そんな私をあて宮さまの妹君の婿としてお迎えくださったとしても、どうして妻だと思えるでしょうか。畏れ多いことです。あて宮さまに思いを寄せる以前でしたら、そのような気持ちにもなったでしょうか」

などとお返事をさしあげなさる。使の左衛門佐には、酒を何杯もさしあげ、いろいろとお話などをして、

私が流し続けた血の涙で紅に染めたこの袖の色は、あなた以外に誰にもお見せすることはできません。

と書きつけて、綾掻練の袿と赤色の唐衣を加えた女の装束を一具被ける。左衛門佐は、

薄くも濃くも染めることのできる紅の色を、どうしてあなたの思いの深さを知る手だてとすることができましょうか。

と詠んでお帰りになった。

［これは、源宰相の小野の屋敷。源宰相は、北の方のもとを離れて、一人で、男の童を使って暮らしていらっしゃる。屋敷の前を音羽川が流れていて、庭が広く、前栽は風情がある。また、山が近く、木の葉は時雨で色づき、草の花が美しい盛りでおもしろい。源宰相は、その風景をぼんやりと眺めている。

左衛門佐が、手紙を花の枝につけて、源宰相にお渡し申しあげなさっている。源宰相は、その手紙を広げて見て、深く思い詰めていらっしゃる。源宰相が、左衛門佐といろいろと話をして、被け物を与えている。］

使として出かけた男君たちが、いっせいにお帰りになる。どなたも、女の装束を一領ずつ被け物としていただいていらっしゃる。

兵部卿の宮からは、

「長年、悲しい思いをすることがあって、山に籠もってそこを自分の家として住むことにしようと思っていたのですが、そんな私を婿にと言ってくださったことが畏れ多いので、そんな思いも静まって、謹んでお承(う)けいたします」

とお返事をさしあげなさる。

平中納言殿からは、

「あて宮さまに求婚し申しあげていたのですが、その効(かい)もなく、あて宮さまが春宮に入内なさってしまった時から、心が静まる時なく思い嘆いて、結婚しようという気持ちを忘れてしまっておりました。そんな私を婿にと言ってくださったことがとても畏れ多くて、まことに恐縮しております」

とお返事をさしあげなさる。

左衛門佐が、源宰相のお返事をお渡し申しあげなさる。大宮は、それを読んで、右大臣にお見せ申しあげなさる。右大臣が、「源宰相も、断ってきたのだな。理解できない方々だ」。宰相の中将が、「右大将殿は、『あて宮さまがまだ小さくていらっしゃる頃から、妻にお迎えしたいという気持ちがあって求婚し申しあげていたのですが、あて宮さまが春宮に入内なさって間(ま)もないのに、あて宮さま以外の方と結婚しようとしているとお聞きになったら、私は申しわけない思いをすることでしょう。あて宮さまに求婚した者は、誰も、生きていらっしやる間はずっと、あて宮さまを思う気持ちだけでも忘れずにいたいのです』とおっしゃっています」。左衛門佐が、「源宰相殿は、こんなふうにおっしゃいました。お住まいの様子やお暮らしぶりを拝見すると、涙をとめることができませんでした。あれほど立派でしっかりとしていた人が、まるで別人のようになってしまって」と言って、源宰相が申しあげなさったことを、次から次へとお話し申しあげなさる。それを聞いて、右大臣と大宮をはじめとして、大勢の男君たちが、皆お泣きになる。右大臣は、「いたわしいことだなあ。あんなにすぐれた人なのに。太政大臣殿（季明）も、同じお気持ちでいらっしゃるのだろうか、『実忠のことを心にかけてくれ』と、しばしばおっしゃっていたから、こうして、婿に迎えたいとお願いしたのだが、お断りになるのではしかたがない。この代わりには、右大弁季英（藤英）を婿にしよう。あの人は、見どころがあるから、納言や宰相にもなって当然な人だ。右大将殿の代わりには、良中将（行正）を婿にしよう。良中将には、宰相の中将が連絡しろ。右大弁が住む所は少し離すことにしよう」などとおっしゃる。

大宮は、源宰相に、

「あて宮に求婚なさっていた方々の中でも、源宰相殿は特に愛情深く見えましたので、その妹たちの婿になっていただきたいと思ってお願いしただけです。お気持ちを心に染みてありがたくうかがいましたので、源宰相殿のことをお忘れ申しあげることはいたしません」

などとお返事をさしあげなさる。

こうしたことがあって、八月二十八日に、大殿の上腹の十の君は平中納言に、十一の君は良中将に、大宮腹の十二の君（ちご宮）は兵部卿の宮に、十三の君（けす宮）は右大弁と結婚させた。

結婚三日目にあたる夜、右大臣は四人の婿君たちとお会いになって、どの方の前にも、被け物は、いつもの婚礼に劣らず豪華に飾りたててある。

一二　藤英、時めき、忠遠の恩顧に報いる。

右大弁（藤英）は、右近少将・式部少輔・文章博士・東宮の学士を兼官していて、内裏・春宮・院の殿上を許されている。右大弁が、帝に、「父が生きている時から恨みに思っている相手がいる」と申しあげたために、少将をかけさせなさったのである。学問の才は、今の世に、並ぶ者がいない。

右大弁が春宮のもとから退出して、良家の子どもたちである大学の学生三十人ほどと、ほかに、学生たち十人ほどが、漢籍などを読んでいる。右大弁は四十歳で、昔にまして見た目にも美しくてすばらしい。右大弁が学生たちに漢籍を読ませたりなどしている時に、秀才が四人参上した。右大弁は、いろいろと話をして、「どうですか。宣旨は下りましたか。いつ出発なさるのですか」。秀才が、「宣旨はお受けいたしました。近いうちに出発したいと思っているのですが」。右大弁が、「おっしゃるとおりです。早く出発なさったほうがいいでしょう」。また、別の秀才が、「それに対して、私は、帝が、『史記の講書をせよ』などとおっしゃるので、最近は暇がありません」。右大弁が、「帝は、『この史記の講書も、今までしていない』などとおっしゃっているそうですから、まずその講書をして、それが終わった後に、官職の推挙はいたしましょう」などとおっしゃる。

ある日、今は大学允になっている忠遠が参上した。右大弁が、「どうして長い間昇進なさっていないのですか。私は、そのことを、ずっと嘆き悲しんでいました」。大学允が、「私も、そのことをとても不本意に思っていました。昨日今日任官した人が大勢出世してゆくのに、私は、今まで昇進できずにいるのです」。右大弁が、「そのことを気の毒に思っています。今は、蔵人に欠員があるようですので、『ぜひ、あなたに蔵人になっていただきたい』と思って、先日、右大臣殿（正頼）にお話ししたところ、『昇進の世話をしようと思う事情があるのですか』とお尋ねになりました。そこで、事情をくわしくお話し申しあげたところ、『すぐに帝にお願いしてみよう』などと言ってくださいました。これからも、繰り返しお話ししてみましょう。右大臣殿がほんとうに奏上してくださったら、きっと昇進なさることでしょう」。大学允が、「昇進して宮仕えをしたとしても、貧しくては難しいと思います」。右大弁が、「そのことは心配なさらないでください。私がお世話いたしましょう。私が、あなたのご恩顧をお忘れするはずはありません。公務が忙しくて、右大臣殿に頻繁にお話しすることができませんので、感謝の気持ちが充分に表せないようで残念です」。大学允が、「まことに恐縮です。右大臣殿にまでお話ししてくださったとうかがって、とてもうれしく思います。私は、朝廷がお見捨てになったこの身はともかくとして、歳老いた親やまだ若い妻と子が泣き悲しむのを見ると、紅の涙が流れて悲しくてなりません」。右大弁が、「おっしゃるとおりです。不遇な思いをすることが悲しいことは、私以外には誰もわかりません。これからも、右大臣殿に働きかけましょう。ところで、都に長年お暮らしになっていて、生活の手段のほうは、どうなさっていたのですか。私は、今年の位禄は、近江国の物をいただきました。まだ受け取りに行かせていません。近江守のもとに手紙を書きましょう。取りに行かせてお使いください」。大学允が、「まことに恐縮です。右大弁殿にも、急に必要なことがおありでしょう。いただくわけにはまいりません」などと言う。右大弁は、「私には、特に世話をしなければならない者はおりません。私はこうして右大臣殿の婿となっておりますから、私に必要な物は特にありません」と言って、近江守への手紙を書いて持たせた後、詩を作り、酒を飲んで、歓待する。夜が明ける前に、大学允が帰る時にも、綾掻練の袿一襲を、袷の袴を添えて被けて帰す。

　こんなことがあって、右大弁が、右大臣に強くお願いして、大学允を蔵人にしたので、大学允はこのうえなく喜ぶ。右大弁は、大学允に、蔵人の装束一領を与えて、何かにつけてお世話なさる。

一三　正頼、水尾の仲頼に見舞いの歌を贈る。

右大臣（正頼）は、あて宮に求婚し申しあげなさっていた人々を、皆、屋敷である三条の院に住まわせ申しあげなさる。右大臣は、「源少将（仲頼）は、どんな思いをしているのだろう」などと思って、法服と綾襲の装束を二つ仕立てて、宮あこ君に美しい装束を着せて、法服の裳に歌を書いて結びつけてお贈りする。

　結んでくれる人を待っているうちに元結は切れてしまいましたが、せめて、出家なさったあなたに、剃刀だけでもおそばに置いていただきたいと思います。

源少将は、涙を流して、

　元結は、涙で腐って切れてしまいました。その涙は、今でも変わらずに流れていますけれど、今日剃刀をいただいてうれしく思っています。

などとお返事申しあげた。

一四　正頼家の婿たち、すべて三条の院に住む。

右大臣（正頼）の男君と婿君たちは、三条の院の四つの町のそれぞれの殿舎に揃ってお住まいになる。それぞれの私邸も広く風情があって、どなたも、納殿に調度や宝を持っていらっしゃる。一条大路から南、四条大路から北、壬生大路から東、京極大路から西は、ほかの人の家はない。ほかの一族の方々が交じることもなく、右大臣の一族の方々ばかりが住んでいる。藤中納言（仲忠）と右大弁（藤英）は、まだ、自分の家がない。お二人ともひたすら三条の院に住んでいらっしゃる。

［三条の院の東北の町。大宮大路と三条大路に面している。寝殿は、女一の宮のお住まい。女一宮は十七歳、中納言は二十六歳。並んでいらっしゃるお二人は、玉のように光り輝いている。食膳を立てて、中納言は食事をなさっている。女一の宮が琴を弾いていらっしゃる。中納言が、笑って、「弾けないふりをなさっているのに、琴を上手にお弾きになりますね」。女一の宮が、『文屋ほとり（大学寮のそばに住んでいると自然に学問が身につく）』という諺があるそうですから、自然に身についたのでしょう」とおっしゃっている。女一の宮は懐妊なさっている。東の対は、春宮妃（あて宮）のお住まいである。御子たちがお三人いらっしゃる。一の御子は立って歩いていらっしゃる。乳母は三人いる。二の御子は、二歳で、まだ這っていらっしゃる。乳母は、一の御子と同じで、三人いる。三の御子が這っていらっしゃる。侍女と女童が大勢いる。南のおとどは、これまでと同じように、仁寿殿の女御の里邸である。北の対は、大宮と右大臣が住んでいらっしゃる。

東南の町。東の対は、式部卿の宮のお住まいである。西の対は、兵部卿の宮のお住まい。兵部卿の宮は二十七歳、女君（十二の君）は十六歳。お二人がお話をなさっている。上臈の侍女たちが二十人、童と下仕えが大勢いる。東北の対は、左大臣（忠雅）のお住まい。西南の対は、藤大納言（忠俊）のお住まい。西北の対は、源中納言（涼）のお住まい。さま宮は十四歳、源中納言は二十六歳。お二人がお話をなさっている。上臈の侍女たちが、とても大勢いる。紀伊守（種松）が、参上して、廊の簀子にすわっている。源中納言がお会いになっている。紀伊守は、唐櫃に絹と綿を積んで、源中納言にさしあげている。

大殿の上腹の女君たちが住んでいらっしゃる西南の町。西の対は、中務の宮のお住まい。西の隅は、平中納言のお住まい。東の対は、藤宰相（直雅）のお住まい。中西の隅は、源中将（実頼）のお住まい。西北の隅は、良中将（行正）の住まい。東の中の隅には、大殿の上腹の男君たちもいらっしゃる。上臈の侍女たちが二十人以上、女童と下仕えがとても大勢いる。これは、左大弁（師澄）のお住まい。男君たちも、この町に一緒に住んでいらっしゃる。

西北の町。右大弁のお住まい。御帳台を立てて、几帳と屏風は新しい。どの調度も、皆美しい。衣桁に、色とりどりの御衣がかけてある。食膳を一具立てて、右大弁に食事をさしあげている。北の方は、黄金の御器で召しあがっている。北の方は、十五歳。上臈の侍女たちが、とても大勢いる。右大弁が、書物を収めた厨子を前に置いて、漢籍を読んでいる。殿方と宮さま方の男君たちが集って、漢籍を読んでいらっしゃる。右大弁が、春宮のもとから退出した。美しい装束を着ている。車も立派で、四十人ほどの従者がお供している。大学助も、車から下りて、膝まずいている。右大弁が、人々に、次から次へと漢籍を読ませていらっしゃる。破子やすみ物（未詳）がとてもたくさんある。学生たちが、大勢いて、漢籍を読んでいる。秀才菅原脇足が、大学寮にさまざまな書物を取りに行かせる。ここに、右大弁が入って来て、北の方とお話し申しあげなさっている。右大弁が、「今日、春宮のもとにうかがったところ、兵衛の君を通して、あて宮さまがお手紙をくださったので、うれしく思いました。生きていたから、こんな機会にもあうものなのですね」と言って、大学寮に参上なさる。これは、仁寿殿の女御腹の四の宮のお住まい。北の方は、左大臣の異腹の大君で、十六歳。子は、男君一人。また、六の宮のお住まい。北の方は、民部卿（実正）の大君で、十四歳。懐妊なさっている。三の宮は、独身である。八の宮は、まだ元服していない。これは、権中納言（忠澄）のお住まい。北の方は、一世の源氏で、二十八歳。子どもは四人で、女君が一人、男君が三人である。その太郎君は十四歳、二郎君は十三歳。この二人は、大后の宮の六十の賀の舞をなさった君たちである。これは、左大弁（師澄）のお住まい。北の方は、平中納言の中の君で、二十六歳。子どもは、男君ばかり五人。これは、宰相の中将（祐澄）のお住まい。北の方は、臣籍に降下した、嵯峨の院の皇女で、二十三歳。子どもは二人。左衛門佐（連澄）のお住まい。北の方は、橘氏の近江守の娘で、十五歳。子どもはいない。右衛門の大夫（頼澄）のお住まい。北の方は、兵部卿の宮の娘で、十五歳。懐妊なさっている。式部大輔（清澄）のお住まい。北の方は、東宮の学士の娘で、二十二歳。子どもは二人。

宮あこ君は、まだ元服していない。家あこ君も、まだ元服をしていない。

これだけ大勢の方々がお住まいになるには狭いけれど、どなたも、それぞれにお住まいを得て住んでいらっしゃる。

四つの町は、どの町もそれぞれの大路に面して門を設けてあり、門の所には馬と車が百ほど立っている。とても広い屋敷の中は、隙間(すきま)もない。」

『うつほ物語』三

本文校訂表

上に当該箇所の本文、下に底本の本文をあげた。ただし、上の本文は、本文庫の本文のままではなく、底本の本文に対応させた。仮名遣いも、底本にあわせた。

「菊の宴」の巻

【一】
1侍る—ね
2左—右
3いらへ—わらへ
4左大将—うふ大将
【二】
1さらは—さとは
2おほす—おほ
3左のおとゝ—右おと、
4の—ナシ
5ゐんし—てもし
6まて—ませ
7賜はる—御はる
【三】
1まかて—まかせ
2の給ひ—のた給
3あやしく—あやしき
4のたまひけむ—のたまいん
5かけ—りけ
6し—ナシ
7申さゝれ—申たれ
【四】
1なにはか—なこは
2る—り
3のたまはす—のたまふはす
4に—には
5こ宮—二宮
6右—左
7に—と
8ぬ—ね
9候は—候よそ
10の—ナシ
11ゐ—と
12右大臣—右大将
【五】
1給はむ—給こ
2こころ—いこ
3めくらし文—めつらし又
4かきつけ—かれつけ
5すまは—すまい
【六】
1かし—るし
2に—ナシ
3かはら—かくら
4やひらて—やなして
5そは〳〵し—うは〳〵し
6とこ—とし
【七】
1も—を
2なやみ—なみ
3む—は
4おほつかなから—おほつかなら
5わか宮—わか君
6給ふれ—給ふれ
7たまふる—たまふ
8こと—人
9を—も
10からく—かしく
【八】
1ふゆこもり—ふゆもこり
2もののふし—ものふし
【九】
1の—は
2つへき—いつき

3お前―あな
4おほえ―おえ
5ことすち―うとすち
6に―ナシ
7あいなたのみ―あいなたのみゝ
8ことに―うとに
9なる―なの

【10】

1の―ナシ
2と―ナシ
3みこ―こ
4たひ―たり
5ゆかしけに―ゆふかしけに
6かてら―かくら
7督のとの―との
8へん―院
9こと―と
10さは―さはさは
11のたまひ―のたまふ
12こと―と
13に―より
14はへ―はつ
15つみ―へみ
16いへあこ―いつあこ
17る―う
18と―ナシ
19られ―ら
20たい―ま［た］い

【11】

1ところ―ところ
2あたこ―あたうし
3て―こ
4式部卿の宮―式部を宮
5かく人ゐか―かく声か
6まゐのしゐか―まゐのえる

【12】

1おとろく―おとろ
2右―左
3か―ナシ
4こそ―もそ
5とく―をく［け］
6たまへ―たまふ
7ゝゐり―ゝり
8なと―な
9かはる―そはる
10かも―もゝ
11たに―たの
12霜―つゆ
13したひも―したひに
14御読経―経
15らうすけ―ちうすけ
16たちかへる―たちかへり
17給ふる―給ひ
18六十日―六十
19かへり―かゝり
20あさり―あまり

【13】

1の―ナシ
2御賀―賀
3おと子―おとこ
4おほんはこ―おほくはこ
5御はこ―御はら
6ちとり―ちこと
7御てうつ―御てうと
8の―ナシ
9かはしき―かへはしき
10をまし―をましう

【14】

1ひりやうけ―ひやうけ
2の―ナシ
3の―ナシ

【15】

1おほ宮―おほし宮
2まし―し
3ほとほとしく―ほとをとこそ

4ける—けり

【六】

1かへれ—かくれ
2の—み
3かり—とり
4ふみ—ふえ
5十一—十一月に
6ける—けり

【七】

1ひゝき—ひきゝ
2まゐる—まる
3左大将—さ左将
4大后の宮—大宮
5ついかさね—ついかまね
6しも—も
7はて—いて
8と—ら
9ひとつ〳〵—ひとり［つ］〳〵

【八】

1かんたちめ—かんためめ
2ふたい—ふさい
3えらひとゝのへ—ひらひとゝのへ
4ゝと—くと
5りようわう—りよわう
6りよう王—りやう王
7のふる—のほる
8后の宮—后きみ
9たてまつりて—たて
10きさきの宮—さきの宮
11させ—ませ
12おほんこと—おほくこと
13ふと—ふた
14左—右
15はえ—はみ
16つほ—ゆほ
17なか—なに

【九】

1まいらむ—まいり
2り—ナシ
3なに—なか
4と—ナシ
5あて宮—三宮
6さとゐ—さとに
7は—き
8に—よひ

【一〇】

1にも—なと
2さはる—まはる
3たてまつれ—にまつれ
4后の宮—こ宮
5はつかしけ—はつかしく
6右—左

【一一】

1の—ナシ

【一二】

1女—女御
2女—安
3ひとく—ひとゝ
4は—には

【一三】

1うれしかり—うれしくかり
2かはきし—かはしきし
3まつ—まへ
4思はせ—思るえ
5よ—と
6より—とり
7あまら—あまなら

【一四】

1人々—ナシ
2より—ナシ
3に—にか
4む—ナシ
5こそ—そ
6給ひ—給こ
7右—左

8ねき—ぬき
9かく—かくら
10給へ—給ひ
11か—かな
12なむ—な
13かそふ—かこふ
14源少将—源宰相
15わかみとり—わかみても
16す—て
17時なる—時なり
18おほう—おはう
19ほこりかに—ほこりか
20はふらし—はふくし
21事—子
22人—人々
23一つ—へ
24くも—ても
25きぬ—きゝぬ
26しろきさく—しらきさらき
27あはせ—はせ
28せ—い
29左—右
30まうちきみたち—まうらきみたえ
31思ふ—思ひ
32こそ—こに
33かたち—こたち
34さらに—さとに
35ね—ぬ
36とも—みも
37給ひつ—給へ

【三五】
1ける—けり
2こんこん—こん
3うゑ—こゑ
4見ゆる—見ゆるし
5はなに—なにゝ
6そて君—とて君
7父君—ナシ
8ほに—ほとに
9し—ナシ
10わたりありき—わたるありき
11あからしき—あるらしき
12かはり—かはかり

【三六】
1こひかなしむ—こひかなしみ
2の—ナシ
3まさこ君の—まさこの君

【三七】
1左—右
2式部卿の—兵部卿
3かけて—かきり
4まさこきみ—まつこきみ
5かく—く
6の—ナシ
7に—は
8きし—まて
9こ—み
10あらす—あう
11なけきわたり—なけきわたる

【三八】
1十よ日—十のよひ
2巳の—ナシ
3上し—上へ
4百五十石—百五十所
5さうそか—さうそは
6かうらん—かうらい
7ほて—ほと
8すへて—すへく
9ぬひもの—ぬるもの
10二—こ
11あなた—ありた
12おとときみ—おとこきみ
13に—人
14しろき—しろく
15に—み

16式ふきやう—ひやうふきやう
17たつ—まつ
18右大臣—さ大将
19見—み見
20すきし—すきしすきし
21を—と
【二九】
1たにもかな—かたりかな
2てうし—ておし
3みそき—みせき
4式部卿のみこ—民部卿のみこ
5ほと—こそ
6はる—はま
7民部卿—民部卿みこ
8とふ—みぬ
9は—に
10うて—うく
【三〇】
1おもほゆる—おもゆる
2る—り
【三一】
1たい将—さい将
2て—へ
3の—を
4まて—まうて
5れい—い
6こたひ—二たひ
7さ—ま
【三二】
1右—左
2まうて—さらへ
3ら—に
4たてまつら—まてまつら
5に—ナシ
6神ほとけ—神ほと
7侍て—給て
8らるる—らる
9し—ナシ
10に—も
11も—もも
12とも—とて
13かしこ—こし
14ここ—こ
15なにかは—こにかは
16昔—ナシ
17返り事—事
【三三】
1くたくる—てたつる
2は—に
3所—侍
4まて—きて
5は—に
6ぬれ—ぬ
7なれ—な
【三四】
1しりへ—しもへ
2いたみ—たゝみ
【三五】
1みつくき—みつかき
2はかり—ことはり
3たに—「た」に
4てしかな—てしな
5こと—と
6聞こえ—き聞え
7方—ナシ
8たまへ—たまひ
9ふたかれ—ふくかれ
10さかる—さりぬ
11ぬけ—ぬへ
12給へ—給て
13しに—し
14たきります—たきをます
15に—ナシ
16めくり—められ
17かた—かく

18民部—兵部
19ひま—はひま
20かうけ所—らうけ所

【三六】

1かち—かせ

【三七】

1たゝ—た
2とも—とり
3ちり—いた
4御たち—みたち
5の—ナシ
6ゆふくれ—ゆかゝり
7なと—ナシ
8とう中将—とうの中将
9あしひきの—あしひき
10うりふ—うりふや
11をかしから—おはしから
12つれなく—つねなら
13も—と
14ふす—かす
15より—よれ
16あはれに—あはれ
17やと—とて
18かへ—かく
19に—と

【三八】

1いらへ—いふへ
2わらふた—わらはた
3てへ—てゝ
4うし—ゝし
5ひらつき—つらつき
6かり—くり
7もみち—をみち

【三九】

1源宰相—源宰相に
2かたらひおき—かたひらおき
3と—か
4とう中将—とうの中将
5しきたへの—色かへの
6に—は
7源宰相—源中将

【四〇】

1たまへ—たまひ
2道—たう
3て—てて
4に—ナシ

「あて宮」の巻

【一】

1ひひ—ひ

【二】

1へし—へたし
2と—ナシ
3て—つゝ
4なとか—なると
5つく—つ
6つゝしみ—つゝし給
7やんことなき—やんかとなき

【三】

1みな—宮
2四位—四位の
3たゝの—たか

【四】

1御くしあけ—御くしのあけ
2ありかたく—ありかく
3の—ナシ
4さうそくし—さうそへし

【五】

1まいり—まへり
2みまいり—みまへり
3給は—給は給は
4な—る
5たち—たちたち

【六】

1とう中将—とうの中将

2や―ナシ
3を―と
【七】
1くたらあひ―くたうあひ
2うつふし―うふし
3の―ナシ
4女君たちたち―女君たゝち
5御―御御
6またたく―またく
【八】
1二―一
2まいる―まいり
【九】
1む―ぬ
2おとな―おとなは
3は―に
4うへ―かへ
5もくのきみ―もてのきみ
6と―かと
【一〇】
1に―ナシ
2の―ナシ
3おほいきみ―御きみ
4右大将―右将
5むまれ―むれ
6ね給へる―ね給あて宮へる
7ここ―み
8ましらはす―ましさらに
9へく―へし
10かかる―か
【一一】
1御たい―御たつ
2り―る
3いる―いた
4きさ―まさ
5たる―たり
6うるはしき―しき
7十たかつき―十かるつき
8おとゝ―おとし
9の―ナシ
10ふて―ふてふて
11すゝりかめ―すくりかめ
12るり―なか
13もり―り
14られ―それ
15まいらせ―まつらせ
16ひとく―ひとて
17うるはしき―しき
18さら―さう
【一二】
1うゑ―こゑ
2たむけ―たけ
3ぬふ―とふ
4かへれ―かくれ
5かつく―かへて
6かたつら―かたつゝ
7の―ナシ
8よ―せ
9たのきの―たの
10もて―もく
11君―ナシ
12の―ナシ
13おはする―おほはする
14式部―式う
【一三】
1こく―こゝ
2に―を
3おはし―おかし
4ゝく―らく
5われ―わかれお
6す―ん
7こたかき―とたかき
8ことねり―かとねり
9ことりは―ことはり
10すたけ―すたて

【四】
1まとひ—ままとひ
2思ひ—ナシ
3と—も
4いり江—江
5いまし—いまゝ

【五】
1し—ナシ
2て—ナシ
3みこもり—み［にイ］こもて
［り］
4は—い
5給ふる—給へ
6給ひ—給へ
7給へ—給ふ

【六】
1ほに—ほこ
2ますけ—ますを
3うれへ—これへ
4つかはされ—つかさはれ
5む—ナシ
6ゆき—ひき
7かちから—かちかう

【七】
1す—せ
2ほに—ほとに
3は—を
4の—ナシ
5を—え
6かたはし—かたはら
7に—により

【八】
1なる—るゝ

【九】
1さふらふ—てふゝう

【一〇】
1ついかさね—ついさね
2はし—けし
3こて—うて
4たまふる—たまへる
5すきこめ—せきこめ
6の給はせ—のた給はせ
7り—ナシ
8かう—ほう

【一一】
1みな—みる

【一二】
1あり—ある
2は—か
3すはう—すかう
4の—ナシ
5まうけ—まふ
6きよら—きよう

【一三】
1式部大輔—式部の大いふ
2は—か
3人々—人ゝ
4に—と

「内侍のかみ」の巻

【一】
1ころ—この
2おほしゑんする—おほえゑんする
3あな—何な
4うえ—こへ
5せ—ナシ
6もたら—もたう
7もたれ—もたら
8に—き
9の—ナシ
10の—ナシ
11ところ—こころ

【二】
1おもは—おもひは
2さふらふ—さるえふ

3と―ナシ
4しか―し
5御いらへ―御いらん
6せ―せよせ
7思は―思ひい
8や―地
9とも―も
10思ひ―思は
11それ―うれ
12いかて―いらへ
13まさり―まさる
14め―は［め］

【三】

1む―ナシ

【四】

1せ―と
2人々―ん〳〵
3なり―なく
4けうあら―こそあら
5は―ナシ
6るいたい―ないたい
7ある―あり
8ふき―なき
9に―ナシ
10せちゑ―せちく
11ひとつ―ひとへ

【五】

1しるく―しなく
2うへ―ふ
3とて―とく
4うへ―ふ
5そゝ―そこ
6すく―すくす
7に―〳〵
8たてまつら―たにまつら
9かへしやすき―かくしやすき
10かへし―かくし
11御とも―御もと
12上―よ

【六】

1右―左
2たまひ―たまは
3も―ナシ
4に―に［ミセケチ］
5ゑか―しか
6ふくる―うくる
7らる―らるゝ
8こへ―うへ
9もとかしから―もとかしかし
10おとゝ―を［お］とし
11それ―けれ
12中将―中侍
13しやう―きやう
14つかうまつる―つかうまつり
15と―ナシ
16あり―ある
17さは―きは
18けん中将―けん中侍
19けん中将―けん中侍
20いきほひ―いきをほひ
21けしう―けふ
22かは―るは
23とう中将―とうの中将
24は―か
25右―左
26もとめ―もと
27すくれ―をくれ
28あり―ある［り］
29とう中将―とうの中将
30まし―まて
31一のもの―ひとつもの
32なり―なる
33ね―ぬ
34む―んむ
35おほせらるれ―おほせられ

36ちこゝそ—ちゝこそ
37右大将との—左大将との
38右—左
39兵部卿—兵卿
40さまこそ—いとまこそ
41いつれ—かい［本］る
42すこし—たこし
43けはひ—けは
【七】
1内裏に—内々
2おもほえ—おもほは
3たてまつり—たてまいり
4所せき—所とき
5おほみき—おほみ
6とも—とり
7すまひひと—すまひと
8いてき—いて
9右—左
【八】
1て—こゝ
2御うしろみ—御うしろな
3ぬ—ん
4内えん—内らん
5見—ナシ
6たましひ—たまひし
7ありかたき—ありかたさ
8なと—ほと
9か—は
10は—か
11かし—しか
12に—にして
13ける—けり
14えりいたし—えりいてし
15の—は
16今—と
17たる—たり
【九】
1は—かは
2きき—もき
3おもと—もと
4えうし—らうし
【一〇】
1たらし—たうし
2なほ—なん
3し—き
4みまや—みや
5右—左
6くひ—てい
7いをこめ—はおこめ
8こまむかへ—このまむかへ
9より人—よるの人
10になく—なく
【一一】
1ひとく—ひとへ
2たかかひ—たかゐ
3は—に
4そへ—へ
【一二】
1いし—はし
2を—と
3さふらへ—さらへ
4右—左
5右—左
6右—左
7ろく—つゝく
8と—ナシ
9の—九
10てうせ—えうせ
11とう中将—とそ中将
12にもの—ものに
13心—心ち
14し—ナシ
15右—左
16すけすみ—つらすみ
17すゝし—すくし

18右—左
19こらんし—いらんし
20も—こと
21あたり—めたり
22なと—なに
23たてまつる—たて丶まつる
24御そ—さそ
25の—ナシ
26かうい—からゐ
29は—と

【三】

1ないえん—なえん
2には—には仁寿殿女御ひるのまか
なひには
3かうい—からゐ
4めつらしき—めつつらしき
5ける—けり
6つかうまつる—つかうまつり
7おとら—おとう
8七人—十七人
9みやうふ—みやらふ
10うゐ—こゐ
11なり—おり
12とも—も
13左右—左
14さふらふ—さる丶ふ
15の—も
16右—左
17も—ナシ
18さまにあらせ—さは［本］らせ
19た丶いま—たしいま
20さふらひ—さるるひ
21ちかくさふらふ—かくさるらふ
22と—ナシ
23のたまひ—のままひ
24かな—か

【四】

1かくし—かへし
2も—ナシ
3なた丶る—たしな
4さふらふ—さう
5に—ナシ
6右—左
7に—たに
8いとみ—いとなみ
9おはしまさふ—おはしまさむ

【五】

1給へ—給ふ
2なり—なる
3かの—日の
4いとみ—しとみ
5この君を—の君この
6はた—はた丶
7けに〳〵—けに〳〵けに
8とも—も
9めてたふれ—めて給ふれ
10聞こえ—き聞え
11かくしあまる—かへしあまり
12おもほゆ—おもほゆる
13にけなかる—にくけなかる
14の—に
15くら—は「くイ」ら
16弾正の宮—大上の宮
17とり—と
18式部卿のみこ—兵部卿みこ

【六】

1やは—やい
2なと—なを［と］
3たまひ—たまは

【七】

1こそ—らに
2せ—ナシ
3しやうそき—しやうそこき
4けふ—給ふ
5にと—ナシ

6を—と
7かの—か
8すまひ—さまし
9たかひ—なのかひ
10か—ナシ
11おりかへし—おもかへし
12そう—そら
13二のはく—このは
14この—もゝの
15御くちつから—御くちつかう
16をる—をな

【八】

1をしかかり—をしはかり
2いらへ—いらく
3せ—そ
4いらへ—いらく
5の—ナシ
6心地—心
7御てつから—御てつかう
8御らむせ—御らむと
9まかりわたる—まかりわたり
10いらへ—いちゝ
11はあれ—あはれ
12いらへ—しらへ
13やまかせ—まかせ
14上—ふ
15のみ—み
16こゝ—こえ
17そらめき—そらめに
18ゝと—ゝを
19いらへ—いらく
20とか—かと
21したは—したい
22こと—かせ
23さやく—しやく
24てう—ててう
25さらに—さしに
26まかつ—まろ

【九】

1右大将—左大将
2きえうせ—きこえうせ
3いへ—はへ
4君—君のきみ
5いらへ—いらゝ
6ね—ぬ
7中将—中侍
8やまとまひ—やとたひ
9あり—あひ

【一〇】

1もとめめくり—もとめくり
2に—も
3まかて—まにて
4つかはし—つかめし
5くるま—つるま
6あり—ある
7ゝ—し
8そうす—そうする
9けうとく—ほうとく
10御くちつから—御くちつかう
11ひとへに—ひみつに
12たら—さら
13おほせらるる—おほせらる
14そ—と
15は—に
16左大臣の大君—左大将の三君
17さかのゐんのこ宮—さかのゐん女
五宮
18五の宮—給宮
19おほいきみ—おほきみ
20女君—女

【一一】

1こ宮—二宮
2給ひ—給に

【一二】

1ひたり—ひたりみき

2つかうまつら―つかうまつりたまは
3夕はえ―夕はつ
4けちすん―けちする
5も―とも
6と―ナシ
7の―に
8たはふれ―さはふれ
【三】
1と―ナシ
2なにこと―なとこと
3ほうらい―ほうらいの
4あくまこく―あくまてこゝ
5ふしやく―しやく
6とり―とも
7さりとも―さりともと
8とり―とも
9くわん女―くれん女
10うれへ―これへ
11こく母―こく女
12あり―ある
13一つ―ナシ
14て―ナシ
15まて―て
16む―ナシ
17はかなき―はになき
18やか―か
19ける―けり
20こころ―ころ
21は―か
22なにこと―なとこと
23と―た
24きく―きゝ
25いますこし―いまたすこし
26そう―そこ
27者―物
28母かたなる―女かたなに
29はやき―はや
30あら―あか
31うつし―うつくし
32右―左
【四】
1すまし―すこし
2いて―ねて
3をり―なり
4まいら―まつら
5こなた―こかた
6かきり―かき［さ］り
7ものゝし―ものゝ
8御らんせさせ―御らんせ
9おもほす―おもほせ
10はやう―はやこ
11さも―さり
12まけ―さけ
13よに―よ
14この―この
15ひりやうけ―ひやうけ
16のる―のひ
17なかる―なる
18きこゆ―こゆ
19とも―ともも
20なからむ―なかたゝ
21はなた―ははな
22をせむ―せをし
23給は―給て
24たまへ―たまみ
25に―ナシ
26たひ―たに
27こと―かと
28て―は
29たひ―たに
30御さき―御さきに
【五】
1そ―こそ
2たまはら―まはら

3にはかに—にいかに
4か—る
5折—ナシ
6なかすみ—なかたゝみ
7おりよ—おもよ
8を—をを
9を—の
10くつ—く
11たてまつり—たてつり

【三六】
1の—のの
2の—ナシ
3と—ナ
4たまへ—たまふ
5いと—と
6こそ—こと
7さらに—さら
8ゆつる—ゆつ
9の—ナシ
10まうて—まかて
11さふらふ—さふら
12うてな—うたてな
13わつらひ—うつらひ
14む—ナシ
15て—く
16と—とと
17かへ—かつ
18こゐ—み
19たえ—たら
20きたのかた—きたかた
21かたき—〳〵に
22て—と
23と—こ
24つらき—つゝき
25まさに—まゝに
26給ふ—給へ
27きく—きて
28いさこ—みさこ
29秋のみもり—秋みゝ

【三七】
1ところ—ころ
2かう—よう
3の—かの
4おほえ—おほく
5ききめて—きこしめし
6右—左
7の—ナシ
8すし—ナシ
9こと—この
10こへ—うへ
11こと—を
12み—ゐ
13こくも—こくにも
14こくも—こもり
15ことかへ—かとかく
16の—ナシ
17このめかいてたち—このめいかて
たち
18ふたつ—たつ
19八—い
20みかと—みせ
21と—ナシ
22ふるき—ふかき
23ふかゝり—ふゝり
24て—ナシ
25とき—ナシ
26二—こ
27すんし—すへし
28二—こ
29なる—なり
30て—く
31物ゝふ—物ふ
32思ふ—思ひ
33ある—あり
34二—こ

35に―ナシ
36かたく―たかく
37二の―こく
38みな―みる
39給ふ―も

【二八】

1のろく―く
2すすし―すゝしの
3さて―きく〳〵
4朝臣―朝臣まへ
5え―とて
6も―と
7従二位―紀二位
8すゑあきら―すゑなとらんより
9右―左
10なき―［な］き
11そう―そら
12おもほしより―おもはしより
13右―左
14従―（三字程度欠字）
15そ―て
16さるは―さらは
17の給ふ―のた給ふ
18ゝから―くから
19従―ナシ
20兼行―かねゆき
21右―左
22従三位―三位
23従三位―源三位
24や―ナシ

【二九】

1て―く
2さらに―こに
3ひとたび―たひ
4わいても―れいても
5かきり―きり
6手―ナシ
7千とせに―千ふか
8と―を
9まいる―まいり
10天下―殿下
11ゝつから―ゝつから
12ら―う
13御ことし―御こに
14かくて―よくて

【三〇】

1しくし―しくす
2きさきの宮―きさきさきの宮
3さえ―さら
4あれ―あり
5の―ナシ
6へか―つる
7さふらふ―さふら
8らうある―ちうある
9を―せ
10の給ひ―のた給

【三一】

1しかな―しかれ
2思ふ―思ひふ
3させ給へ―まを給ふへ
4はた―はんた
5うるさき―うるさきの
6やかけ―やかき
7かたく―かた〳〵
8たまのえた―たまはた
9さふらは―さふら

【三二】

1みえ―みし
2御らんしつけ―御らんつけ
3そこら―そこゝ
4うら―うち
5しいたし―しゐたし
6さえ―まへ
7に―にに
8たまへ―たまつ

9ひる—ひな
10鳴く—ナシ
11きこゆる—きこゆ
12申さ—申ぅ

【亖】
1なと—と
2つくも所—つかひも所
3ろう—ちう
4に—ナシ
5になく—になむ
6かうさく—かくさく
7うち—う
8まきゑ—さきえ
9冬—ナシ
10とも—と
11おほんうわき—おほんらわき
12とみに—とみえ
13そう—そら
14とうて—ととて
15れ—き［れ］
16一よろひ—一ころい
17に—ナシ
18えた—はた
19にも—よく
20さらに—さとに

「沖つ白波」の巻

【一】
1なにこと—なとこと
2ことなる—ことふる
3まかて—よらて
4すゝし—すくし
5すゝし—すくし
6あそん—あそは
7おほせられ—□（判読不能）せられ
8と—とて
9む—は
10を—こと
11うへわたり—うへはわたり
12しゝうてん—しゝうなん
13こたち—こたたち

【二】
1おとゝ—おとこ
2しゝうてん—しゝうてんく
3せ—ナシ
4さるは—ありは
5この—みもの
6ましか—まし
7すへて—すへに
8思ふ—とふ
9源宰相—源中将
10なに心—なる心

【三】
1こくねち—こゝねち
2おはします—おはしまさす
3十の君—十一の君
4に—よ
5おほし—おほしく
6ほい—いは
7と—ナシ

【四】
1むこ—こけ
2し—く
3ととめ—とめに
4けれ—けり
5たる—たか
6たる—たり
7とりつき—とひき
8けに—に
9ける—けり
10かく—かう
11こゝしく—ちゝ大し

【五】
1に—ナシ

2たつ—まつ
3に—ナシ
4に—より
5に—ナシ
6に—ナシ
7て—に

【六】
1右—左
2待ち—侍
3を—ナシ
4おもほえ—おもほは
5右—左
6かくて—かつて

【七】
1北のおと丶—北方のおと丶
2に—こ

【八】
1へたまふ—つたさふ
2一宮—二宮
3ゐたち—いたかり
4思ひつる—思はる

【九】
1そからちにも—きからちにも
2たまへ—たまひ
3ける—けり
4きみ—き丶こ
5丶て—して
6せに—せす
7御こと—御御こと
8いかに—いか
9こ宮—二宮

【一〇】
1に—にか
2てうふく—てこふく
3花ふれう—きふれう
4わさと—わかこと
5に—ナシ
6も—ナシ
7これ—すみ
8すけすみ—すみけすみ
9なかとりに—なるとり
10たり—たる
11御前こと—御こと

【一一】
1人々—人こ
2させ—うせ
3の—ナシ
4さい相の中将—さい相中納言
5うけ給はら—うけ給は丶
6に—にに
7ふよう—にょう
8と—て
9たまへ—たまは
10めくらひ—めつらひ
11あかいろ—あるいろ
12く—へ
13かつく—かつ〳〵
14しくれ—しけれ
15て—に
16かくて—からに
17よりは—はより
18のたまはする—のたまする
19たまへ—たまひ
20たまへ—ままへ
21を—す
22給ふる—給へる
23しはしは—しはし
24らう中将—とう中将
25さい相の中将—さい相の中将に
26すこし—すうし
27かくて—かへて

【一二】
1式部少輔—式部丞
2しき—しく
3し—ナシ

4侍る―待
5かは―かな
6ひとつ―ひと
7たまふる―たまはふる
8に―ナシ
9かた―かたへ
10とり―とも
11とり―とも
12に―ナシ
13かくて―かへて

【三】
1し―に
2たてまつり―給てまいり
3かい―かく
4ゆひ―いひ

【四】
1一条―一条殿
2みふ―みふ二てう
3右―左
4をとこ―おと丶
5二つ―こ
6めのと―のと
7みなみのおと丶―みるみのおと丶
8廿人―女人
9源中納言―源大納言
10給ふ―給も
11西の対―ナシ
12君たち―たち
13きよけに―きよ
14秀才―十九才
15たまへり―まいる
16大君―大弁
17の―のの
18院の御娘―その御め
19ふたり―ふり
20衛門佐―兵衛佐
21右―左
22式部大輔―式部卿のたゆふ
23方々―方丶

新版
うつほ物語 三
現代語訳付き
室城秀之＝訳注

令和5年 6月25日 初版発行

発行者●山下直久

発行●株式会社KADOKAWA
〒102-8177 東京都千代田区富士見2-13-3
電話 0570-002-301（ナビダイヤル）

角川文庫 23704

印刷所●株式会社暁印刷
製本所●本間製本株式会社

表紙画●和田三造

●お問い合わせ
https://www.kadokawa.co.jp/（「お問い合わせ」へお進みください）
※内容によっては、お答えできない場合があります。
※サポートは日本国内のみとさせていただきます。
※Japanese text only

ISBN 978-4-04-400026-4 C0193

◇◇◇

角川文庫発刊に際して

角川源義

第二次世界大戦の敗北は、軍事力の敗北であった以上に、私たちの若い文化力の敗退であった。私たちの文化が戦争に対して如何に無力であり、単なるあだ花に過ぎなかったかを、私たちは身を以て体験し痛感した。西洋近代文化の摂取にとって、明治以後八十年の歳月は決して短かすぎたとは言えない。にもかかわらず、近代文化の伝統を確立し、自由な批判と柔軟な良識に富む文化層として自らを形成することに私たちは失敗して来た。そしてこれは、各層への文化の普及滲透を任務とする出版人の責任でもあった。

一九四五年以来、私たちは再び振出しに戻り、第一歩から踏み出すことを余儀なくされた。これは大きな不幸ではあるが、反面、これまでの混沌・未熟・歪曲の中にあった我が国の文化に秩序と確たる基礎を齎らすためには絶好の機会でもある。角川書店は、このような祖国の文化的危機にあたり、微力をも顧みず再建の礎石たるべき抱負と決意とをもって出発したが、ここに創立以来の念願を果すべく角川文庫を発刊する。これまで刊行されたあらゆる全集叢書文庫類の長所と短所とを検討し、古今東西の不朽の典籍を、良心的編集のもとに、廉価に、そして書架にふさわしい美本として、多くのひとびとに提供しようとする。しかし私たちは徒らに百科全書的な知識のジレッタントを作ることを目的とせず、あくまで祖国の文化に秩序と再建への道を示し、この文庫を角川書店の栄ある事業として、今後永久に継続発展せしめ、学芸と教養との殿堂として大成せんことを期したい。多くの読書子の愛情ある忠言と支持とによって、この希望と抱負とを完遂せしめられんことを願う。

一九四九年五月三日

角川ソフィア文庫ベストセラー

新版 うつほ物語 一
現代語訳付き
室城秀之＝訳注

『源氏物語』にも影響を与えたといわれる日本文学史上最古の長編物語。原文、注釈、現代語訳、各巻の梗概、系図などの資料を掲載。第一冊となる本書には、「俊蔭」「藤原の君」「忠こそ」「春日詣」をおさめる。

新版 うつほ物語 二
現代語訳付き
室城秀之＝訳注

紫式部や清少納言にも影響を与えた日本文学史上最古の長編物語。原文、註釈、現代語訳、各巻の梗概、系図などを収録。第二冊目となる本書には「嵯峨の院」「祭の使」「吹上・上」「吹上・下」を収載。

うつほ物語
ビギナーズ・クラシックス 日本の古典
編／室城秀之

異国の不思議な体験や琴の伝授にかかわる奇瑞などの浪漫的要素と、源氏・藤原氏両家の皇位継承をめぐる対立を絡めながら語られる。スケールが大きく全体像が見えにくかった物語を、初めてわかりやすく説く。

新版 落窪物語（上、下）
現代語訳付き
訳注／室城秀之

『源氏物語』に先立つ、笑いの要素が多い、継子いじめの長編物語。母の死後、継母にこき使われていた女君。その女君に深い愛情を抱くようになった少将道頼は、継母のもとから女君を救出し復讐を誓う――。

新版 古事記
現代語訳付き
訳注／中村啓信

天地創成から推古天皇につながる天皇家の系譜と王権の由来書。厳密な史料研究成果に拠る読み下し文、平易な現代語訳、漢字本文（原文）、便利な全歌謡各句索引と主要語句索引を完備した決定版！

角川ソフィア文庫ベストセラー

新版 万葉集（一〜四）
現代語訳付き
訳注／伊藤 博

古の人々は、どんな恋に身を焦がし、誰の死を悼み、そしてどんな植物や動物、自然現象に心を奪われたのか――。全四五〇〇余首を鑑賞に適した歌群ごとに分類。天皇から庶民にいたる万葉人の想いが今に蘇る！

風土記（上）（下）
現代語訳付き
監修・訳注／中村啓信

風土記は、八世紀、元明天皇の詔により諸国の産物、伝説、地名の由来などを撰進させた地誌。現存する資料を網羅し新たに全訳注。漢文体の本文も掲載する。常陸、出雲、播磨、豊後、肥前と逸文を収録。

新版 竹取物語
現代語訳付き
訳注／室伏信助

竹の中から生まれて翁に育てられた少女が、五人の求婚者を退けて月の世界へ帰っていく伝奇小説。かぐや姫のお話として親しまれる日本最古の物語。第一人者による最新の研究の成果。豊富な資料・索引付き。

新版 古今和歌集
現代語訳付き
訳注／高田祐彦

日本人の美意識を決定づけ、『源氏物語』などの文学や美術工芸ほか、日本文化全体に大きな影響を与えた最初の勅撰集。四季の歌、恋の歌を中心に一一〇〇首を整然と配列した構成は、後の世の規範となっている。

新版 伊勢物語
現代語訳付き
訳注／石田穣二

在原業平がモデルとされる男の一代記を、歌を挟みながら一二五段に記した短編風連作。『源氏物語』にもその名が見え、能や浄瑠璃など後世にも影響を与えた。詳細な語注・補注と読みやすい現代語訳の決定版。

角川ソフィア文庫ベストセラー

土佐日記
現代語訳付き
紀　貫之
訳注／三谷榮一

紀貫之が承平四年一二月に任国土佐を出港し、翌年二月京に戻るまでの旅日記。女性の筆に擬した仮名文学の先駆作品であり、当時の交通や民間信仰の資料としても貴重。底本は自筆本を最もよく伝える青谿書屋本。

新版 蜻蛉日記（Ⅰ、Ⅱ）
現代語訳付き
右大将道綱母
訳注／川村裕子

美貌と歌才に恵まれ権門の夫をもちながら、自らを蜻蛉のように儚いと嘆く作者二一年間の日記。母の死、鳴滝籠り、夫との実質的離婚——。平易な注釈と現代語訳の決定版。Ⅰ（上・中巻）、Ⅱ（下巻）収載。

新版 枕草子（上、下）
現代語訳付き
清少納言
訳注／石田穣二

約三〇〇段からなる随筆文学。『源氏物語』が王朝の夢幻であるとすれば、『枕草子』はその実相であるといえる。中宮定子をめぐる後宮世界に注がれる目はいつも鋭く冴え、華やかな公卿文化を正確に描き出す。

和泉式部日記
現代語訳付き
和泉式部
訳注／近藤みゆき

弾正宮為尊親王追慕に明け暮れる和泉式部へ、弟の帥宮敦道親王から手紙が届き、新たな恋が始まった。式部が宮邸に迎えられ、宮の正妻が宮邸を出るまでを一四〇首余りの歌とともに綴る、王朝女流日記の傑作。

源氏物語（全十巻）
現代語訳付き
紫　式　部
訳注／玉上琢彌

一一世紀初頭に世界文学史上の奇跡として生まれ、後世の文化全般に大きな影響を与えた一大長編。寵愛の皇子でありながら、臣下となった光源氏の栄光と苦悩の晩年、その子・薫の世代の物語に分けられる。

角川ソフィア文庫ベストセラー

紫式部日記 現代語訳付き

紫　式　部
訳注／山本淳子

華麗な宮廷生活に溶け込めない複雑な心境、同僚女房やライバル清少納言への批判──。詳細な注、流麗な現代語訳、歴史的事実を押さえた解説で、『源氏物語』成立の背景を伝える日記のすべてがわかる！

更級日記 現代語訳付き

菅原孝標女
訳注／原岡文子

作者一三歳から四〇年に及ぶ平安時代の日記。東国から京へ上り、恋焦がれていた物語を読みふけった少女時代、晩い結婚、夫との死別、その後の侘しい生活。ついに憧れを手にすることのなかった一生の回想録。

和漢朗詠集 現代語訳付き

訳注／三木雅博

平安時代中期の才人、藤原公任が編んだ、漢詩句588と和歌216首を融合させたユニークな詞華集。全作品に最新の研究成果に基づいた現代語訳・注釈・解説を付載。文学作品としての読みも示した決定版。

大鏡

校注／佐藤謙三

一九〇歳と一八〇歳の老爺二人が、藤原道長の栄華にいたる天皇一四代の一七六年間を、若侍相手に問答体形式で叙述・評論した平安後期の歴史物語。人名・地名・語句索引のほか、帝王・源氏、藤原氏略系図付き。

今昔物語集 本朝仏法部（上）（下）

校注／佐藤謙三

一二世紀ごろの成立といわれるインド・中国・日本の三国の説話を収めた日本最大の説話文学集。名僧伝、諸大寺の縁起、現世利益をもたらす観音霊験譚、啓蒙的な因果応報譚など、多彩な仏教説話二二一話を収録。

角川ソフィア文庫ベストセラー

今昔物語集 本朝世俗部 (上)(下)
校注/佐藤謙三

芥川龍之介の「羅生門」「六の宮の姫君」をはじめ、近代の作家たちが創作の素材をここから得たことは有名。世間話や民話系の説話は、いずれも的確な描写と簡潔な表現で、登場人物の豊かな人間性を描き出す。

山家集
西　行
校注/宇津木言行

新古今時代の歌人に大きな感銘を与えた西行。その歌の魅力を、一首ごとの意味が理解できるよう注解。たっぷりの補注で新釈を示す。歌、脚注、補注、校訂一覧、解説、人名・地名・初句索引を所収する決定版。

新古今和歌集 (上)(下)
訳注/久保田　淳

「春の夜の夢の浮橋とだえして峰に別るる横雲の空　藤原定家」「幾夜われ波にしをれて貴船川袖に玉散る物思ふらむ　藤原良経」など、優美で繊細な古典和歌の精華がぎっしり詰まった歌集を手軽に楽しむ決定版。

方丈記 現代語訳付き
鴨　長　明
訳注/簗瀬一雄

社会の価値観が大きく変わる時代、一丈四方の草庵に遁世して人世の無常を格調高い和漢混淆文で綴った随筆の傑作。精密な注、自然な現代語訳、解説、豊富な参考資料・総索引の付いた決定版。

無名抄 現代語訳付き
鴨　長　明
久保田　淳＝訳

宮廷歌人だった頃の思い出、歌人たちの世評──従来の歌論とは一線を画し、説話的な内容をあわせ持つ。鴨長明の人物像を知る上でも貴重な書を、中世和歌研究の第一人者による詳細な注と平易な現代語訳で読む。

角川ソフィア文庫ベストセラー

新版 発心集（上）（下） 現代語訳付き

鴨 長明
訳注／浅見和彦・伊東玉美

鴨長明の思想が色濃くにじみ出た仏教説話集の傑作。人間の欲の恐ろしさを描き、自身の執着心とどう戦うかを突きつめていく記述は秀逸。新たな訳と詳細な注を付し、全八巻、約100話を収録する文庫完全版。

宇治拾遺物語

校注／中島悦次

全一九七話からなる、鎌倉時代の説話集。仏教説話・世俗説話・民間伝承に大別され、類纂的な今昔物語と共通の説話も多いが、より自由な連想で集められている。底本は宮内庁書陵部蔵写本。重要語句索引付き。

保元物語 現代語訳付き

訳注／日下 力

鳥羽法皇の崩御をきっかけに起こった崇徳院と後白河天皇との皇位継承争い、藤原忠通・頼長の摂関家の対立、源氏・平家の権力争いを描く。原典本文、現代語訳、脚注、校訂注を収載した保元物語の決定版！

平治物語 現代語訳付き

訳注／日下 力

保元の乱で勝利した後白河上皇のもと、藤原信頼と信西とが権勢を争う中、信頼側の源義朝が挙兵して上皇と天皇を幽閉。急報を受けた平清盛は――。源平抗争の本格化を、源氏の悲話をまじえて語る軍記物語。

平家物語（上、下）

校注／佐藤謙三

平清盛を中心とする平家一門の興亡に焦点を当て、源平の勇壮な合戦譚の中に盛者必衰の理を語る軍記物語。音楽性豊かな名文は、琵琶法師の語りのテキストとされ、後の謡曲や文学、芸能に大きな影響を与えた。

角川ソフィア文庫ベストセラー

新版 百人一首

訳注／島津忠夫

藤原定家が選んだ、日本人に最も親しまれている和歌集「百人一首」。最古の歌仙絵と、現代語訳・語注・鑑賞・出典・参考・作者伝・全体の詳細な解説などで構成した、伝素庵筆古刊本による最良のテキスト。

堤中納言物語 現代語訳付き

訳注／山岸徳平

「花桜折る少将」ほか一〇編からなる世界最古の短編小説集。同時代の宮廷女流文学には見られない特異な人間像を、尖鋭な笑いと皮肉をまじえて描く。各編初めに、あらすじ・作者・年代・成立事情・題名を解説。

新版 徒然草 現代語訳付き

兼好法師
訳注／小川剛生

無常観のなかに中世の現実を見据えた視点をもつ兼好の名随筆集。歴史、文学の双方の領域にわたる該博な知識をそなえた訳者が、本文、注釈、現代語訳のすべてを再検証。これからの新たな規準となる決定版。

風姿花伝・三道 現代語訳付き

世阿弥
訳注／竹本幹夫

能の大成者・世阿弥が子のために書いた能楽論を、原文と脚注、現代語訳と評釈で読み解く。実践的な内容のみならず、幽玄の本質に迫る芸術論としての価値が高く、人生論としても秀逸。能作の書『三道』を併載。

正徹物語 現代語訳付き

正徹
訳注／小川剛生

連歌師心敬の師でもある正徹の聞き書き風の歌論書。自詠の解説、歌人に関する逸話、歌語の知識、幽玄論など内容は多岐にわたる。分かりやすく章段に分け、脚注・現代語訳・解説・索引を付した決定版。

角川ソフィア文庫ベストセラー

新版 おくのほそ道
現代語訳曾良随行日記付き

松尾芭蕉
訳注／潁原退蔵・尾形仂

芭蕉紀行文の最高峰『おくのほそ道』を読むための最良の一冊。豊富な資料と詳しい解説により、芭蕉が到達した詩的幻想の世界に迫り、創作の秘密を探る。実際の旅の行程がわかる『曾良随行日記』を併せて収録。

芭蕉全句集
現代語訳付き

松尾芭蕉
訳注／雲英末雄・佐藤勝明

俳聖・芭蕉作と認定できる全発句九八三句を掲載。俳句の実作に役立つ季語別の配列が大きな特徴。一句一句に出典・訳文・年次・語釈・解説をほどこし、巻末付録には、人名・地名・底本の一覧と全句索引を付す。

蕪村句集
現代語訳付き

与謝蕪村
訳注／玉城司

蕪村作として認定されている二八五〇句から一〇〇〇句を厳選して詠作年順に配列。一句一句に出典・訳文・季語・語釈・解説を丁寧に付した。俳句実作に役立つよう解説は特に詳載。巻末に全句索引を付す。

一茶句集
現代語訳付き

小林一茶
訳注／玉城司

波瀾万丈の生涯を一俳人として生きた一茶。自選句集や紀行、日記等に遺された二万余の発句から千句を厳選し配列。慈愛やユーモアの心をもち、森羅万象に呼びかける一茶の句を実作にも役立つ季語別で味わう。

改訂 雨月物語
現代語訳付き

上田秋成
訳注／鵜月洋

巷に跋扈する異界の者たちを呼び寄せる深い闇の世界を、卓抜した筆致で描ききった短篇怪異小説集。秋成壮年の傑作。崇徳院が眠る白峯の御陵を訪ねた西行の前に現れたのは――（「白峯」）ほか、全九編を収載。